目录

/contents

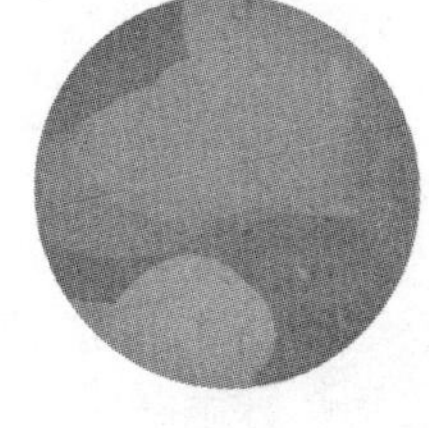

上 册 …

目录

/contents

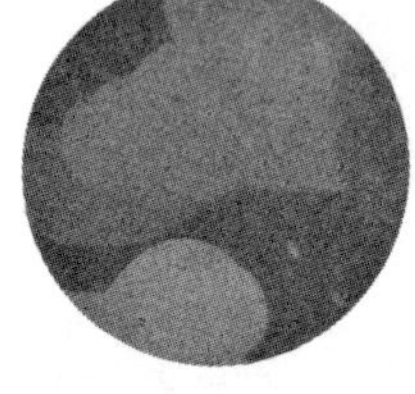

WUCI XIAOMEIGUI

下 册 …

有爱的青春陪伴者

无刺小玫瑰

上

春与鸢

CHUNYUYUAN

——著

贵州出版集团
贵州人民出版社

图书在版编目（CIP）数据

无刺小玫瑰：上、下 / 春与鸢著. -- 贵阳 ：贵州人民出版社，2022.12
ISBN 978-7-221-17327-0

Ⅰ. ①无… Ⅱ. ①春… Ⅲ. ①长篇小说－中国－当代 Ⅳ. ①I247.5

中国版本图书馆CIP数据核字(2022)第182051号

无刺小玫瑰：上、下

WUCIXIAOMEIGUI

春与鸢 / 著

出版统筹：陈继光
选题策划：大鱼文化
责任编辑：潘　媛
特约编辑：姜文迪
装帧设计：孙欣瑞
封面绘制：遐屿璐
出版发行：贵州人民出版社（贵阳市观山湖区会展东路SOHO办公区A座 550081）
印　　刷：长沙鸿发印务实业有限公司
开　　本：880毫米×1230毫米 1/32
字　　数：520千字
印　　张：18
版　　次：2022年12月第1版
印　　次：2022年12月第1次印刷
书　　号：ISBN 978-7-221-17327-0
定　　价：62.80元

第一章
无根的浮萍

苏芷坐在这间空荡清冷的等候室里已经半小时有余，手边那杯碧螺春已从开始卷曲成螺的深绿色茶叶变得肥厚而舒展。

缓慢沉淀到了杯底。

偶有一侧工作人员低声接听电话安排预约的声响，却也像是某种隔着屏障传来，苏芷并不能听清。

或许是她有些心不在焉。

等候室里，气温被打得很低，她久坐未动的双腿感到了一丝麻木。

可她没有办法了，只能在这里等。

半个小时前，这里的工作人员就告诉她：“李经理今天有重要客人，你没预约就只能等。至于等多久，三十分钟或是三个小时都不是没可能。”

工作人员话里略微的赶客意味，苏芷也沉默地接了下来。

因她没有办法了，她是真的没有办法了。

除了在这里等他，她别无选择。

漫长而僵硬的坐姿，苏芷微微地动了动身子。

深色的皮质沙发边发出了“咯吱咯吱”的声响。

她很快又重新坐定，才发现后背不知何时已经起了一层细密的汗，洇在白色的校服衬衫上。

重新与皮肤接触的瞬间，也带来一阵战栗的寒。

她此刻又清醒几分，打起精神看向那扇紧闭的门。

重新等待。

思绪快要再次沉沦的片刻——

忽地，一声清脆的风铃声传来。

像是午夜梦回摔碎的一个玻璃杯，紧紧地抓住了苏芷的注意力。

低沉的一声：“程先生慢走。”

有人从办公室里出来了。

苏芷心口收紧，贴着沙发站起来，几分紧张地看着那扇缓慢打开的门。

那人走得近了。

苏芷嘴唇轻抿，正准备开口，却发现是一个陌生的男人。

身形颀长而高大，一件珍珠白衬衫，袖口被整齐地挽至修长有力的小臂上方，手腕处有一只银色手表，折射着一簇从窗外投射下来的光。

坚硬的鞋底撞击在巷子里黑色的方砖上，敲出沉稳有规律的脚步声。

不是李年。

不是她要等的人。

苏芷的心跳顷刻放缓。

那人缓步走到了苏芷的身边，轻轻地偏头，看了她一眼。

毫无波澜的目光，却叫她无端想起远山里蔓延的迷瘴，背后有浓烈的、无法投射的光。

没来由地，心底涌起的一种强烈的警惕感让苏芷不自觉地往后退了两步。

“谢谢。”男人朝她微微颔首。

怔忪的一瞬，她忽然想起什么似的，极快地朝那敞开的办公室看了一眼，然后朝一旁的工作人员问道：“李叔叔的客人结束了，是不是？”

那工作人员朝办公室瞥了一眼，还不确定。

“你等我——”可她话还没说完，苏芷就快步走了过去。

还没靠近那办公室，忽然就看一个男人又从内走了出来。

黑色的一身长衫，几分冷意地喝住了苏芷：“到底是谁这么没规矩！”

苏芷猛地看过去，面前站着的正是与她父母常年一起做生意的李年。

此刻他面色有些铁青，蹙眉看着苏芷，片刻才说道：“你怎么过来了？”

苏芷与李年其实并不熟稔，但是与苏昌铭和齐美玉交好的朋友里她只认识李年一人，所以只能来找他。

苏芷声音有些紧张，可她还是双手攥紧开口说道：“李叔叔，我想请您和我父母说件事。”

李年似有些不耐烦，他眉头皱得更深，可还是问道：“什么事？”

“我父母要去M国做生意这事你知道的，对吗？他们要让我暂住到一个叔叔家，我不愿意，我宁愿一个人住校，你能不能帮我说说？”

李年一听，竟是这种小事，火气顿时上来。

“这种小事你也要来找我？”

苏芷嗓口发干，仍强撑着镇定说道：“我不愿意住到别人家去，但是怎么和他们吵他们也不同意。为什么他们说要去M国做生意就能立马走，我说要一个人住校他们却不肯尊重我的意见？”

苏芷眼眶发烫，声音也软下来：“李叔叔，我只认识您一个和他们交好的朋友，您可不可以——”

“苏芷！”可她话还没说完，就被李年厉声打断，“你父母工作忙你不能理解和关心就罢了，还为这种小事和他们吵架跑来找我？我算是和你爸爸相识多年，他们忙来忙去还不是为了你赚钱？”

“可这就是他们从来没时间管我、说把我送到谁家住就去谁家住的理由吗？”

“你真是太不像话了！”李年又一次呵斥道，“你小小年纪低头读书就行，哪来这么多要求！”

“小王，”李年彻底不耐烦，转身对旁边的工作人员说道，“赶紧送她出去。”

李年说完，就立马走回了办公室。

“砰”的一声，关上了大门。

北川大学32号楼旁的停车场，苏芷一个人在低矮的安全桩上坐了许久。

她身子一动不动，像是要麻木自己以抵抗那种剧烈的疼痛感。

羞耻与无力交相攀缠。

苏芷牙关轻轻地咬住，却也难以克制那种无用的悲哀。

她恨自己要去求李年。

从前很早的时候，苏芷就认识这位和苏昌铭交好的朋友。那时她还被苏昌铭放养在乡下亲戚家，偶有被苏昌铭接来吃饭的时候会遇到这位李叔叔。

李年从很早就与苏昌铭一起做生意，算得上亲近的人。

然而苏芷却并不喜欢他，因他这人过分重利，曾在出了人命的官司上对金钱分毫必究，过分蔑视生命。

可这次苏昌铭和齐美玉要去M国发展生意，不得已要将苏芷高三这年托付给其他人照顾。原先她常住的乡下亲戚家今年不再方便，他们就叫她暂住去一个她根本不认识的叔叔家。

苏芷不愿意，他们便说她太不懂事，一点不会让父母省心。她不明白，为什么这么多年他们这样因忙碌的生意忽略她，却还是能如此这般理直气壮地说一切都是为了她好？

为了她好，很小就把她送到表姑妈家，不知道她其实过得并不好。

为了她好，在她高三的时候又留下她一人，叫她暂住到什么姓程的叔叔家，说他们当年对那叔叔家有恩，那人一定也会对苏芷好。

是不是他们真的觉得，没有父母的陪伴，她真的可以生活得很快乐？

车库里，有四下游走的风在她的腿间穿梭。

苏芷重重地按了下眼眶，伸手从书包里拿出了手机。

上面有言希四十多分钟前发来的消息。

言希：今天的金融科普讲座你不来吗？

言希：吴树山说要点名的，不去的话他就当作高三开学下马威要给人好看。

言希：已经开始了，你真不来吗？

苏芷目光快速地扫过这些消息，心里涩得发痛，只快速地回复了言希：我在旁边停车场等你下课。

她随后就将手机丢进了书包里。

清脆的一声碰击，苏芷低头看去。

是一只黑色的打火机。

片刻，有莫名的火在她的心里烧起。

她目光长久地看着那只黑色的打火机，像是某种逐渐织连坚固的密网，指引她缓慢伸手探进了书包的最里层。

一个软质的香烟盒。

薄荷蓝盒身，上面有两道银白的花纹。

苏芷手指并不熟练地将外侧透明塑料纸拆下，细长的一根烟体被她捻在手里，她目光有些失神地望着发白的指尖。

手臂变得有些僵硬，眼圈不由自主地又开始发胀。

苏芷似是竭力要阻止这种无法控制的狼狈一般，又一次快速伸手掏出了那只黑色的打火机。

“咔嚓！咔嚓！”

两下滑石打过，她并不熟练，甚至还有些生疏。

她指尖又一下用力，被粗粝的滑石磨出深红的印子，终于起了火。

她把细烟放在唇间，凑近了去点火，猛地吸了一口，浓烈而又冲头的凉意顿入鼻息，她连忙拿出烟身，蹲在地上重重地咳了几声。

眼泪被呛出。

苏芷胡乱抹了一把，正要再试，忽然一个声音从上方传来：

“如果这是你第一次抽烟，至少不该是在这种糟糕的情绪下做出决定。”

深泉浸入山林般的冷彻，他声音不带有任何的情绪。

苏芷倏地抬头，阳光从他的身后袭来，一瞬间瞳孔收缩，她有片刻的眩晕，看不清那人的长相。

苏芷伸手遮住了光线的来源，瞳孔慢慢放大。

竟是在李年那见过的那个男人。

他此时套了一件黑色的西装外套。

白色袖口被放下，露出一截在黑色的衣袖外。左手腕上还是那只银色的机械手表。苏芷这次凑近了，才看得清。

银色的圆润表盘搭配钻石深蓝底色，三个小巧的副钟表精细绝伦，玫瑰金色的走针跃然于上。

苏芷慢慢地站起了身子，面无表情地看着他。

男人眉眼掩在半明的车库里，面色平和。

苏芷在他的眼神里恶意探寻，竟难以抓寻出一丝的鄙夷与说教。

可她觉得，从李年那里出来的人，和那种商人有来往，到底能算得上什么好人。

她心下发冷，把烟放在身侧：“你凭什么管我？”眼尾此刻几分挑起，有尖锐而不掩饰的冷意释出。

“我没有管你。”他目光始终平和，又或者，趋于冷意，“只是人有选择的时候，尽量不要往坏了选。”

苏芷嗤笑一声，带有挑衅意味地晃了晃手里的烟。

“我一个不良少女还有什么选择吗？”

“每个人都有选择。”

苏芷夹住细烟的手指收紧，被他这轻描淡写的态度所激怒：“你在路上看见人抽烟都要多管闲事吗？”

安静的停车场里，她声音也更显尖锐。

男人沉默地看着她，片刻，目光从她身上的校服收回。

“我没必要管你，我的车在你的身后。”

此刻苏芷才发现。

他声音竟可以更加冷冽，像是一把不见身影的软刃，刀口尖锐。

她牙关不由得咬紧，却忽然听见了一声叫喊：“苏芷！”

飞奔而来的脚步声，伴随着言希轻微的气喘：“我代你点过到了，这个讲座的主讲人讲了好久——”

话说到一半，言希近乎惊恐地噤了声，只呆呆地看着苏芷身边的那个男人。

苏芷警惕地一同看过去。

男人站在昏暗的一片阴影里，目光锋利地扫过两人，随后，落在了苏芷的身上，然后极轻地呵气一声：“原来你是为了逃我的讲座才躲在这里的。”

他的声音里其实仍未有半分的波澜或是苛责，甚至，像是根本就不在意。

苏芷却觉得一阵莫名的惶然。

也像是她早先时，第一次见到他的模样。

她大脑瞬间陷入无由的凝滞，也察觉心中的惶然更甚。

一刻的怔忪后，她听见一声短暂的鸣笛从她的身后响起。

苏芷侧身，看着那辆黑色的轿车缓缓驶离。

银色的反光镜里，瞥见他沉冷而没有情绪的侧脸。

昏暗的停车场，很快又恢复了无言的死寂。

她双脚像是被钉在那片干硬的水泥地上，目光还在看向那早已没有了声响的出口。

忽地一阵刺痛，苏芷抬手轻“嘶”。

那根一直被她捻在手里的烟身，不知何时已经燃烧殆尽。

她手指下意识地松开，燃尽的烟蒂落下，带着一点几欲熄灭的猩红，翻滚着，精准地坠入了窨井里。

“对不起，苏芷，我没想到会在这里碰到刚刚讲座上的主讲人。”言希一屁股坐在方才苏芷坐过的矮墩上，脸上的懊恼溢于言表。

苏芷深吸一口气，走到了言希的身边，声音像是已经不在意：“不怪你，是我应该谢谢你的。现在倒好，还连累了你。”

言希拉着她的手，干笑了一下：“没事，反正吴树山倒是不会找我麻烦，可你怎么办，又要被老吴骂，叫家长了。”

“叫就叫，反正苏昌铭绝对不可能为了我来学校的。”苏芷背起书包，“走吗？我今天得先回家了。”

“哦，好。不过你今天到底是什么事啊？”言希挽着苏芷的胳膊一起朝停车场外走去。

苏芷皱了皱鼻子，笑了下，声音短促：“没事。”

言希捏捏她的胳膊，也没再多问。

苏芷小学的时候一直暂住在亲戚家里，言希隐约知道一些，听说是苏昌铭时常忙于工作，而齐美玉又无心照顾，便索性送到乡下去，还有人帮忙看着。

于是，一整个小学苏芷都被丢在乡下放养，十岁的时候甚至因为生病休学了一年。初一的时候苏昌铭工作不那么忙，她才被接回北川上学。那时候苏芷的普通话说得不标准，年纪因为休学比大家大了一岁，同学讨论的电视剧和明星她统统不认识。

偏偏她那时就已经有初露锋芒的美，眼尾微微往上翘，不怀好意的男孩子们一边瞧不起她一边又喜欢去戏弄她。

女孩子们初初展露的嫉妒心也同样叫人心悸。乡下的土包子，是被孤立的存在。

可她偏偏乖得很，日日努力读书，从不和那些人争辩。

言希那时候不明白苏芷为什么那样乖，那样讨好所有人。

后来她才知道——

初三的时候，苏芷又被苏昌铭送回乡下。

在学校里最后看见苏芷的那天，她蹲在学校的厕所哭得昏天黑地。言希听见她呜咽地自问：“为什么我已经这么乖这么不让人操心了，他们还是不要我……”

后来高一的时候，苏芷又被接了回来。

她完全变了样，美貌越发张扬，像是盛开的玫瑰，再难遮掩香气，而性格也是天翻地覆。

日日旷课，再也不是从前那个乖到要去讨好所有人的苏芷了，或许是知道，她怎么样做都无法改变被送走的命运。

如今已是高三开学，言希有种预感，这次的事情，大概还是和苏昌铭有关。

算算日子，苏芷已经回到北川读了两年的高中了。

两人无言地走到公交车站，苏芷把书包里的烟和打火机取出来还给了言希：“上次给你过生日的时候，阿正放错在我包里的，我刚刚……”

“没事，他不会介意的。”言希接过烟盒放进了自己的书包里，她偏头看着苏芷，声音顿了下，目光看向了车来车往的街道，“苏芷，这次就算是要走，也不能不辞而别。”

她声音飘在柔软的夏风里。

狭小的公交车亭，两人并肩坐着，修长的小腿倚靠在一起。

苏芷嘴角咧开有些干涩地笑了笑，目光同样看向车来车往的街道。

“好。”

北川大学坐三站就是苏芷就读的四中，她一个人上了车之后，就独自坐在后排的窗边。再三站，就到了家。

刚刚和言希说话间的笑容早已经不知去向，她手指握紧书包肩带朝着家门口走去。

一排排精致的洋房小别墅，错落有致地分布在小区的两侧，苏芷还记得她高一刚从乡下回来的时候，第一次看见这个新家。

苏昌铭甚至没来得及告诉她，他们又赚了那么多的钱，多到足以住在这样高档的小区里。而她整整一个初三，在那个远得不能再远的表姑妈家里，挤在那间她小学时住过六年的屋子里。

狭窄的小床，那么多年过去了，还在那里等着她。

“专门给你买的。”表姑妈当年得意扬扬的样子，苏芷到现在都还记得清楚。

他们拿到的苏昌铭的钱，全都用在了表姐的身上。

后来她告诉苏昌铭自己在表姑妈家过得并不好，可苏昌铭却觉得她是太过娇气。表姑妈好歹也是家中亲人，怎么会对她不好。

后来，她不再和苏昌铭说这些，甘心地寄人篱下。

苏芷觉得，或许这世界上，不会有人比她更懂得什么叫寄人篱下了。

像是一根漂在阴沟的浮萍，细细的茎，风波一起，就断了。

而她须得小心再小心，毕竟，那是她唯一可以依靠的了。

苏芷一路沉默地走到了家门口，宽阔的花园里种满了这一季新开的蔷薇花。她侧身站在院子的一角，仔细又整理了一下衬衫和裙子。

手机拿出来看了看眼睛已经不再发红，才敢伸手输入了密码，“嘀哩”一串电子音，大门开了。

苏芷在心里警告自己，不能再和苏昌铭吵架了。

自从知道苏昌铭要让自己暂住到那个从来没听说过的叔叔家里之后，苏芷就和他们大吵了好几天。这么多年，她与苏昌铭和齐美玉之间本就生疏，话不投机，常常吵起来。

苏昌铭无论如何都理解不了她那套宁愿住学校也不愿意接受别人照顾，他说她不知好歹不知感恩，不懂得父母给她选的就是最好的。

可苏芷不知道如何解释，她真的不愿意再经历一次寄人篱下。

今天上午跑去李年那里，已是无可奈何。

她已经没有任何的砝码了。

唯一还能最后一试的，或许只有苏昌铭那也许根本就为数不多的父女之情。

她深深吸了一口气，站在门口脱了黑色的小皮鞋，打开鞋柜的时候才发现，里面竟然已经空空如也。

苏芷心头猛地涌上一阵不祥的预感，她呼吸凝滞，光脚朝客厅跑去。

——空空如也。

所有的家具、用品、电器，全部都消失不见。

窗户悉数被锁上，就连窗帘也都被拆了干净，不剩分毫。

早上走时还和平常无异的家里，短短一个上午就已经被清空得一干二净。

苏芷身子开始不自觉地发颤，她连忙拿出手机拨通了苏昌铭的电话。

空旷的屋子像是一只无声的怪兽，静默地看着那个僵直站在客厅的苏芷。

她手指紧紧握住电话，漫长的等待音。

是她习以为常地被忽视。

第三次拨过去的时候，电话被苏昌铭挂断了。

一条消息随后而来。

苏昌铭：我在你程叔叔家，你的东西已经带过来了。自己打车过来，我一会儿还有事要忙。

第二条消息，是一个名字和一个地址。

没有任何的说明，没有任何的解释。

只有命令、安排。

苏芷眼圈迅速地发红，又被她立马地压了下去。

她飞快地跑到门口，踩上刚刚脱下的黑色皮鞋，背起书包冲了出去。

苏芷很清楚，如果她没有在苏昌铭预计的时间里到达他给的那个地址，那么他就会真的立马离开。

这是她最后的一次机会了，苏芷心里清楚。

出租车一路朝北川市的南边开，她今日紧绷的情绪已经消耗了所有的精力，可她仍然不敢有一丝的松懈。

漫长的三十分车程，苏芷如坐针毡。

出租车一停下，她就快速地下了车，朝着苏昌铭消息上给的小区地址跑过去。

高大气派的灰岩门庭外，一个穿着深蓝色制服的门卫将苏芷拦了下来："请问您要拜访谁？"

苏芷拿出手机，念出了那个人的名字："程怀瑾。我找程怀瑾。"

门卫核对了一下电脑的信息："您姓名？"

"苏芷。"

"好的，我看到您的信息了。"门卫朝她微微笑了一下，"苏小姐，请跟我来吧。"

苏芷不知，这里的门卫竟会直接将访客送到小区里，直到她看见门卫开出了一辆巡视用的小车，她这才后知后觉地又看了一眼这小区。

无比疏远的别墅群，甚至无法叫别墅群，而是各自占地为王的别墅，一幢一幢，没有任何的雷同与相似。

或建在微耸的山头上，或建在粼粼湖水边。

根本不是她从前所见过的任何一种"高档别墅"。

苏芷心里更加茫然。

一种无知的恐惧，叫她好像一只误入广袤天地的小鸟，她深知自己根本不属于这种地方。

门卫尽职地将苏芷送到了小区最里端，爬满藤蔓的一圈围墙，里面是一座独立的院子。院门大敞着，精致的绿色草皮后方是两幢极具现代化风格的灰色别墅，一幢为两层，一幢则是稍矮的平层。

“程先生就住在这里。”门卫停了车，朝苏芷说道。

苏芷这才回过神来：“谢谢。”

她声音快而短促，已经无法再忍受这种惶然到快要窒息的感觉。

苏芷背起书包就往里面走去，正犹豫不知道要去哪幢时，左侧的双层别墅大门忽然从里面被人打了开来。

“还以为你赶不来了。”苏昌铭一脸笑意地从里面出来，看到苏芷更是笑意沸腾，连忙把人朝里面带，“程先生，这就是我女儿，这次真是多亏了你父亲肯出手帮忙，不然我都不知道该把她怎么办。”

苏芷身子僵在原地，不肯往屋子里走，只听见里面传来一个男人的声音：“苏先生不必这么客气，我们也是为了报答您当年对我父亲的恩情。”

清冷而又有些似曾相识的音色。

苏芷头脑轰然。

苏昌铭直接把苏芷硬拉了进来，声音带着过分明显的谄媚：“阿芷，这是你程叔叔，接下来的一年你好好学习，听程叔叔的话。”

苏芷抬头看过去。

——“程怀瑾。”

——“我找程怀瑾。”

——“爸爸带你去见程叔叔。”

原来，都是同一个人。

他此时只穿了那件白色的衬衫，身形颀长而挺拔，站在空阔的客厅里，有种带着压迫的巍然感。

苏芷脸上的血色悉数褪尽，仿若一张惨白的纸张。

怎么会是他?

他和苏昌铭又是怎么认识的?

难道因为他们都认识李年?

程怀瑾脸上却没有任何的异样，他朝前走了两步，像是在邀请苏芷跟他出来，别墅的大门没有关。程怀瑾走至门口，手指微微指了指一侧不远处的平层：“以后你住那里。”

仿若从来没见过她。

苏芷盯着他，心里生出一股无名的火。

因他此刻的风轻云淡，明明刚刚在停车场那样声色厉荏地警告过她。

也因觉得他是和苏昌铭一样，利欲熏心会和李年一起做生意的那一类人。

她嘴角几分愤意地勾起，反问他：“你有收留不良少女的癖好吗？”

程怀瑾敛眸看着她，却只神色淡淡地问道：“你是吗？”

苏芷刚欲再开口，忽然被苏昌铭一声喝断：“苏芷你怎么回事！懂不懂礼貌！”

她嘴巴紧紧地抿着，忍下了此刻就让程怀瑾对她彻底反感的念头。

她不能让苏昌铭对她生气，至少现在不行。

苏昌铭见苏芷不再开口，又恢复了略带讨好的笑容：“程先生你别介意，我家阿芷平时不是这样的，她很乖的。”

“我知道。”

男人话语平淡，苏芷却觉得格外讽刺。

他知道，他当然知道。

她抽烟逃课被他逮了个正着，他如何“不知道”。

“程先生，我还有事就先走了，阿芷就拜托给你了。”苏昌铭说着就要离开。

苏芷连忙跟上去：“爸，我有话和你说。”

两人直接走到门外。

“你进去，跟出来干吗？”苏昌铭皱起眉毛，语气略重，“别让人家觉得你没教养。”

苏芷此刻心中只觉得寒凉，可她没有办法。

她别无选择。

“爸，求求你了，我真的有话和你说！”

苏昌铭偷偷看了眼程怀瑾没有跟出来，语气有些难以掩藏的不耐烦：“我明天来接你吃饭，你那时再说行不行？”

苏芷仍是不肯松手。

苏昌铭立马装模作样地看了看手表，无奈道：“我现在真有事，苏芷，你不能再这样任性了！”

苏芷忍住心口的哽咽，只能松了手，咬牙和苏昌铭确认道：“你说明天会来接我吃饭的。”

“知道了知道了，进去吧。”苏昌铭朝她摆了摆手，随后大步走了出去。

客厅里，程怀瑾正站在中岛台的后面喝水。

那里位于客厅的最里端，是最好的环视客厅动态的位置。

显眼却不刻意。

苏芷慢慢地走了进来，一种难堪而又无可奈何的屈辱感横亘在她的胸腔里，而她无法那样自然而又快速地将它吞噬然后消化。

她立在鞋柜的旁边，久久都没有动静。

宽大的空间里，程怀瑾像是某种观察猎物的兽类，苏芷感到一种极强的压迫感，即使他分明离她有过分远的距离。

“哐当”一声轻响，程怀瑾放下了杯子。

“李阿姨会照顾你的生活。”他忽然开口说话。

苏芷转身看向他，不知何时，屋子里出来了一个四十多岁的女人。

“苏小姐，我带您去那边的房子安顿一下。”

李阿姨说着便走了过来。

“行李刚刚您父亲已经帮您送过来了，程先生已经吩咐我帮您放到那边的辅楼了。”

李阿姨说着就要带苏芷过去，苏芷连忙拉住了她：“谢谢阿姨……但是不用。”

李阿姨停了脚步，将目光投向了程怀瑾。

程怀瑾没说话，只看向了苏芷：“他们已经走了。”

“我知道。”苏芷极快地回道。

她胸口忽然有种被酸涩胀满的难受，因他这句不明不白、模棱两可的话。

他们只是先离开了，明天还会回来接她吃饭的。

她还是有机会的。

她不会放弃的。

“我爸爸明天会来找我的。”苏芷仍是坚持道。

程怀瑾没再说话，他走出中岛台，朝门口走去。

男人经过的瞬间，仿佛有早春寒露的清冽气息。

他接过李阿姨递来的外套，目光却并没有看向苏芷，只淡声问道：“早饭、午饭还是晚饭？”

“什么？”

苏芷眉头皱起，转头朝他看去。

下一秒，耳边蜂鸣。

“几点，哪里，有何安排的必要？”程怀瑾穿好鞋子，仍是没有看她一眼。

他声音分明轻得像风中的一朵云，苏芷此刻只觉得劈头的撕裂感，将她急剧地拆分成两个无法自洽的个体。

互相欺骗，互相折磨。

最后，粉身碎骨般地，湮灭在这男人走前的最后一句话里：“他们已经走了。”

程怀瑾没再等苏芷的回答，他或许知道，他并不能等到什么回答。

大门合上的瞬间，空荡的客厅里瞬间失去了那股占据上风的压迫感。

而苏芷却并未能够松懈地喘一口气。

因她此刻站在这里。

陌生而又未知的空间仿佛在从上而下地打量着她，李阿姨也没有再要为她收拾行李，只是静静地站到了一边，等她的下一步决定。

“李阿姨……”苏芷终究还是开了口，“可以麻烦您带我去那边吗？”

她急于藏身在一个狭小的、密闭的空间里，好冷静下来，重新捋一捋头绪。

李阿姨立马热情地笑了起来：“好的，苏小姐，您请跟我来。”

她小步地走到了苏芷的前面，带着苏芷走出屋子，来到了另一侧的房子里。

房门轻轻地推开，空荡荡的大平层里有种叫人窒息的冷寂感。李阿姨带着苏芷往里走，伸手推开了她卧室的房门。浅灰为主色调的极简卧室，李阿姨推开门之后，便回头同她细声介绍道：“苏小姐，这是您的卧室，往后您就随心住在这里。”

“您的行李箱我帮您放在衣柜里了，苏小姐到时候如果需要我帮忙整理，直接喊我就好。”

李阿姨脸上的笑容始终和善，苏芷不知道，她刚刚是否听到了苏昌铭和程怀瑾的全部对话。苏昌铭的谄媚与变脸，以及她刚刚的挑衅，李阿姨是否全都听到了。

只是，李阿姨脸上却没有任何的鄙夷，尽管程怀瑾根本不在这里。

说实话，如果李阿姨此时就转身离去把她一个人尴尬地丢在客厅里，或者假装不经意地嘲讽她两句，苏芷甚至可以心安理得地把态度继续恶化下去。

因为对于他们来说，苏芷并不是什么需要认真对待的对象。

可李阿姨只是耐心地站在这里，认真地问询苏芷的意见。

苏芷嗓子干咽了一下，说：“谢谢。我自己来就好。”

“好的，那我最后再打扰苏小姐一分钟，苏小姐有什么忌口或者喜欢吃的吗？可以现在告诉我，或者以后想到了慢慢说也可以。”

像是真的以为苏芷会长久地住在这里。

这种想法让苏芷心里倏地又跳起了一小簇火，顺着食道灼烧。她连忙说道：“不需要。”

而后她又补充道：“叫我苏芷就行。”

李阿姨笑了笑：“叫您苏小姐是家里的规矩，我不能随意更改。我先不打扰苏小姐收拾，有事随时叫我就好。”

轻轻的一声“咔嗒”，卧室终于只剩下了苏芷一个人。

她眼睛看着那扇合上的房门，确定此时此地，不会再有人来打扰她了。

情绪慢慢地从被压制的心底向上蔓延，而后，铺天盖地。

苏芷记得，小学一年级的时候，她第一次被送到乡下的表姑妈家。狭小的一间卧室，只有一张铺着床板的小床。

苏昌铭甚至没有把她真的送进屋子，好似不想再耽搁一分钟。

表姑妈便只敷衍苏芷说晚上睡觉的时候再帮她铺被子，可是苏昌铭走后，苏芷等来的只有一床散发着浓烈樟脑丸气息的被褥，被发黄的绳子捆着，丢在她的床头。

而此刻，她站在这间宽敞明亮的卧室里，心里却又一次清晰地感受到了寄人篱下的无助感。

她又一次地被父母自以为是的“好心”置于这种境地。

从前努力装乖讨好所有人，最后还是被送走。如今再怎么叛逆惹事，也引不起苏昌铭的半分注意。在他们的心里，或许只有生意才是最最重要的。

苏芷不知道该怎么办，那种常年被送来送去，毫无准备地回到家里就发现自己的东西被打包装箱的无助感，这么多年一直折磨着她。

像是一道永远无法愈合的伤疤，被人反复地揭开、流血，而后化脓。

安静的卧室里，她身子的温度随着情绪上升。

许久，才又慢慢地冷了下去。

苏芷坐在单人沙发的边缘，从书包里拿出了手机。

她想再发条消息同苏昌铭确认一下。

因程怀瑾出门前对她说的那番话。

——“他们已经走了。”

他仿佛并不在乎这些话语有多么直白、刺耳，将他以为的“真相”说出来，彻底摧毁她的念想，才是他的目的。

手机屏幕被苏芷一下又一下地按亮。

她却终究没有发出那条消息。

李阿姨再次来敲门的时候，已经是晚上七点。

苏芷开了门，李阿姨才发现那只箱子还是完整地立在衣柜里。她并没有多问，只说先生回来了，喊苏芷去吃晚饭。

苏芷吸了口气，正要把自己酝酿好的拒绝说出口，李阿姨却像是提前知道般地，在她之前说道：“程先生有话和您说，您今天刚来，出来熟悉熟悉环境也是好的。”

完全无懈可击，话语里带着那种真挚的关心。

苏芷根本无法对李阿姨产生任何的恶意。

而那个罪魁祸首却好像一直可以这样四两拨千斤般地轻易控制她的行为。苏芷感觉被人拿捏在手里。

她寂了片刻，点了点头：“好。”

李阿姨立马笑了起来，两人走出屋子，进到了程怀瑾的住处。

餐厅里，程怀瑾正站在吧台处给自己倒水，他已经换上了一件烟灰色的衬衫，袖口像是下午第一面时，整齐地挽在修长有力的小臂上。

餐厅的灯光照在他的皮肤上，有种冷寂的月光白，随着他喝水的动作，在流动。

苏芷目光落在他的身上，整个人竖起了戒备之心。

“你有什么话？”她语调很冷，像是又变成了那个反呛他多管闲事的女生。

程怀瑾把倒好的另一杯水放到了离她近的餐桌那边：“吃晚饭。”

“这句话李阿姨已经和我说过了，你想说的是什么？”

程怀瑾这下停了动作，抬眼看着她。

她还穿着那件白色的衬衫和灰色的校服裙，一头黑色的长发散在身后，与皮肤形成强烈的反差。

尤其是在她面色失血的时候。

比如下午他出门时看到的最后一眼。

程怀瑾伸手拉了椅子坐了下去，淡声说道："今天晚饭不吃，是不是明天早饭、午饭、晚饭也都不吃？我问清楚，好让阿姨别白做准备。"

一如既往地，直白而又刺耳。

"我没说我不吃晚饭。"苏芷看着他，直接拉开了自己那边的椅子。

她偏偏不让他如愿。

几不可闻的一声笑，程怀瑾目光不再落在苏芷的身上，他侧身请李阿姨帮忙上筷子。苏芷这才又意识到，她又被他精准地拿捏了。

恼意腾地在她的胸膛里翻涌，可她本来也无意要给程怀瑾留下什么好印象。

没有必要，而她实际上也不愿意。

和李年扯上关系的人，算不上什么好人。

一桌精致而又丰盛的晚饭，李阿姨安静地上完菜后，就合上餐厅的房门退了出去。苏芷身体逐渐变得僵硬，她动作缓慢，控制着让自己不要出错。

可这间宽阔明亮的餐厅里，空气仿佛被人抽吸殆尽。苏芷觉得胸腔微微地发痛。

他其实没再说过任何的话了，甚至没再抬头看过她一眼。

苏芷手指紧紧地夹住那双通体剔透的筷子，迟迟没有动作。

她不知道她在干什么。

她为什么要在这里，为什么要和一个陌生人吃饭。

她应该要对面前的这个男人感恩戴德的，不是吗？

感谢他给了她一个可以容身的住处。

可是她做不到。

苏芷觉得鼻头发胀。

她明明根本都还没接受被丢下、被安排，怎么就能这样顺理成章地去感谢他。

她做不到。

压抑的餐厅里，只有程怀瑾极为安静的吃饭声。

不一会儿，他放下筷子，径直走出了餐厅。

一晚上，苏芷难以入眠。

她只从行李箱里拿了一套换洗的衣服。

卧室里的窗帘没有被完全拉上，莹亮的月光静静地卧在她放在角落里的那只黑色箱体上。

苏家那么大的别墅，属于她苏芷的，永远都可以被放进这一只小箱子里。所以齐美玉熟悉得很，如何叫她立马离开，只要把她的东西全都塞进这只小箱子，她就可以轻松地被送走。

苏芷眼睛直直地看着那只箱子，视线慢慢地模糊。

梦境里，有汹涌的浪。

腐烂的根茎，一碰就断。

早上醒来的时候，天色已经亮了。

苏芷迅速地洗漱完毕，然后将昨天洗了晾在外面的衣服收进了行李箱。

被子恢复成原状，她从早上六点开始就坐在卧室一角的姜黄色沙发上，行李箱靠在腿边。

手机里，有言希昨天半夜发来的消息：怎么样了？

苏芷早上的时候才看到。

怎么样了，她也不知道。

一早上起来，只觉得心口被什么东西堵住一样，呼吸都觉得难以通畅。

十点的时候，李阿姨来敲了门，大概是怕打扰她睡懒觉，又怕她不好意思出来吃早餐，才掐着十点来敲的门。

卧室门一开，除了苏芷换上了一套新的短袖和牛仔裤，屋子里仿佛从没有人住过一般。

“苏小姐，现在吃早餐吗？还是弄点小点心垫垫肚子？”

苏芷飞快地摇摇头：“不吃，我不吃。”

“一天都不吃吗？这样身子会不会受不住？”

苏芷仍是摇头：“我爸爸一会儿……”她话说到一半，脑海里又想起了程怀瑾昨天的那句话，只觉得呼吸更加凝滞，声音也跟着变得短促而微小，“我一会儿有可能会出门吃饭。”

李阿姨表示理解地点了点头：“那我给你拿点小点心吧，饿了就先垫肚子，不吃也没关系。”

她说完便离开了卧室。

很快，一份精致的草莓纸杯蛋糕和一杯鲜榨果汁就被送到了苏芷的卧室里。

苏芷又重新坐到了那张沙发上。

漫长而又煎熬地等待着。

好像回到了昨天下午，她蹲在那间空旷的等候室里，等到的却是一个对她疾言厉色的李年。原本打算给言希回的消息，字还没有打完，她又熄灭了屏幕，只是静静地坐着。

后来，李阿姨又来问了一次午饭，苏芷还是没有出去。

窗外，天色渐渐暗了。

盛夏的黄昏，层金泼染。草地的绿色降低到了宜人的饱和度，碎金点缀其间。

苏芷最后一次点开手机的时候，已是晚上七点。

她手指开始发冷，应该是因为这屋子里从未停止过的冷气。

七点半，外面又一次响起了敲门声。

规律而又有力道。

程怀瑾的声音从外面传来："开门。"

片刻，卧室门从里面被打开。她脸上有似曾相识的、血色褪去的白。

乌黑的头发落在她圆润薄瘦的肩头，只有那双眼尾挑起的狐狸眼仍固执地抬起，看着他。

"打电话了吗？"程怀瑾问道。

"什么？"

"不是在等吗？还没等到的话打个电话给你父亲。"男人站在门外，他身形高大而挺拔，苏芷此时仰望他。

第一次，这样近地看着他。

她这才发现，他细长深陷的双眼皮褶有种寡然而冷淡的意味。毫无波澜的神色里，却是有种强烈的疏远感。

像是她第一次看见的时候，那种无法看透的迷瘴感。

苏芷定了定神，开口道："我发消——"

"打电话给你父亲。"

程怀瑾替她做了决定。

男人目光始终平静地落在她的身上。

苏芷却觉得自己像一只被风鼓起的风筝，而他朝她递出了一把刀。

要她亲自试一试，他说的，到底算不算真。

一整个下午，被反复点开的电话号码，苏芷终于拨了出去。

"应该会被挂断，他常常不能接电话，所以我说发短——"

可她尚未说完为自己、为苏昌铭找补的话语，电话的那头，响起了一段干净的女声：

“对不起，你所拨打的电话是空号，请稍后再拨。Sorry……”

一瞬间，恐慌像是夏日的暴雨，劈头盖脸地砸向了苏芷的心间。她几分仓皇地看向了程怀瑾，只见他拿出了自己的手机放在苏芷的面前。

点开消息，有一条署名“苏昌铭”的信息：程先生，我和我太太今晚就飞M国了，下次您和家人来M国，我们一定好好招待。

消息的最下方，时间显示为昨晚十一点半。

被风鼓舞在空中的那只风筝，终于破开了一条再也无法缝合的伤口。刺骨的寒风从中而过，风筝剧烈翻滚着，坠向无底的深渊。

灯下，她嘴唇也显现出一种脆弱的浅红色。纤长的睫毛轻颤着，闭上，又睁开。

苏芷抬头看着程怀瑾。

这下他到底该有多么满意。

看到她这般愚蠢而又无能为力的模样。

可她指甲紧紧地掐进手心，却看见程怀瑾只是将手机收进了口袋里，然后往后退了两步。

他淡声朝她说道：“出来，吃饭。”

程怀瑾或许并不在意那通电话到底对苏芷来说意味着什么。

他只是挑选了一把最为锋利的刀，递到她的手上，叫她自己手起刀落。

苏芷站在门口，看见程怀瑾朝外走去的背影。她应该恨他的，恨他这种冷漠而又残忍的行径。然而，她却无法生出任何的埋怨与恨意。

因他只是把那张她一直不敢上前揭开的幕布一把扯下，再一次地告诉她——他们已经走了。

程怀瑾住处的餐厅里，李阿姨还在摆放餐食。

苏芷跟在程怀瑾的身后走了进来。

她坐在程怀瑾的对面，目光垂下看着那双干净的筷子。

极轻的一声关门声，李阿姨离开了餐厅。

冷白的灯光穿过苏芷的手指，她看见自己的食指不自觉地抽动了一下。

随后，她说：“谢谢你收留我。”

她抬起头，看向了程怀瑾。

“我不需要你谢谢我。”程怀瑾回看过去。

他身子微微后倚在椅背上，右手随意地搭在灰色的岩石餐桌上。

“你住在这里，只是因为我父亲从前因故在你父亲家里住过一段时间，那时你还没出生，所以应该不知道。这次也是机缘巧合，算是回报你父亲当年的恩情，所以你不需要谢谢我。”

他的声音平静而沉缓。

如此明确地，率先在他们之间划下界限分明的警告。

他不需要她的感谢，他也并不在意她的感受。

就好像昨天晚上和今天晚上。

眼前的这个男人尽职地履行着他承诺给父亲的责任。

但是，他显然并不真的关心她到底会过得如何。

比如昨天晚上，他也并不在意她是否真的吃了晚饭。

苏芷后脊像是逐渐凝结的冰霜，一股寒意透进她许久未动的四肢里。

她嘴唇抿动了一下，声音也和程怀瑾一般冷静：“既然我爸爸已经走了，也管不到我了，只要你和我班主任说同意我住宿，我就会尽快搬走不再打扰你的。”

程怀瑾目光沉默地垂在她的脸上。

灯下，她皮肤更趋近于某种莹润的瓷器，苍白而又冰冷。

然而那双或许她自己都没有意识到的挑起的眼尾，同样也将她的脆弱展露无遗。

程怀瑾身子慢慢坐正，右手拿起了筷子。

“你想住哪里可以，但必须要你父亲同意。”

“你自己不能做主吗？”苏芷不想再问苏昌铭。

程怀瑾声音沉冷：“是你不能自己做主。”

苏芷嘴唇紧紧地抿起，半晌，也只能说道：“……好，我会再去问他。”

“另外，”程怀瑾又开口道，“以后你如果不愿意的话，可以留在自己的房子里吃饭。”

苏芷愣了片刻：“李阿姨……”

“她会做两份，这你不用担心。”

苏芷嘴唇轻轻地抿住，她不会在这里常住，没必要给别人添加麻烦。

“不用了，我可以来你这里吃。”

“可以。”

吃过晚饭后，苏芷一个人回到了房间。

程怀瑾给了她苏昌铭新换的M国号码。

一串苏昌铭可以给程怀瑾，却忘记告诉苏芷的电话号码。

卧室里没有开灯。

只有一片并不明亮的灯光从阳台外面的院子透过。

苏芷走过去，一手拉上了窗帘。

只剩下手机的光亮了。

她后背贴着冰冷的墙面，久久地凝视着这串陌生的号码。

黑暗里，荧亮的屏幕光将她的双眼刺得发胀。她执意一动不动地看着那里，直到眼眶泛起酸涩的水光。

随后，苏芷拨出了那个电话。

孤单的等候音，是这片黑暗里唯一的声响。

“喂，哪位呀？”

电话里，一个女人的声音传出。

苏芷登时愕然，却也立马回道：“妈妈，是我！我是苏芷！”

电话里顿了一下，而后问道：“苏芷？你怎么忽然打电话过来？”

她手指紧紧地握住电话，生怕齐美玉没听到她的回复，大声说道：“你可以……可以叫爸爸给程怀瑾打一个电话吗？程怀瑾同意叫我住在学校，你们也真的不用担心，只要——”

可她话还没说完，就听见齐美玉喝断她：“这件事情不是早就和你说好了吗？住在你程叔叔家对你百利而无一害，你看看你自己的成绩，要是再让你一个人住校放任自流，你还能不能考上大学？”

苏芷眼眶发烫，低声保证道：“我会好好读书的，我不想再住在别人家……”

可齐美玉已然没了耐心。

“我们这边还有很多事情要做，你就别再有其他心思了。”

“妈妈——”

“真的忙了，有什么事明天再说。”

电话的那头倏地就静了下来。

像是黑暗里陡然消失的光点，苏芷心下发慌刚要继续开口。

极快的一声“哐”响。

那光点彻底消失了。

黑暗里，苏芷坐在冰冷的地上。

再一次，他们因为忙碌将她的事情抛之脑后，对她的需求视而不见。像是很多年前把她一而再再而三地送到乡下亲戚家。

不会犹豫，不会愧疚，只会说，是为了她好。

苏芷一夜未眠。

早上六点的时候，起来洗漱穿上了校服。

六点二十分，坐在了程怀瑾住处的餐厅里。

李阿姨没想到她来得这样早，赶忙先给她端了一杯热牛奶。

“程先生一般六点半下楼，苏小姐先喝点牛奶，我现在就去端早餐。”

苏芷朝李阿姨摇了摇头：“没关系阿姨，等程……先生下来我再吃早饭。”

李阿姨笑了笑：“没事，现在时间也差不多了。”她说着便转身走进了厨房里。

苏芷安静地坐在餐桌边，她这才发现，餐厅的一侧原来是一扇可以打开通向后院的玻璃门。晚上的时候一直被灰色的窗帘遮挡，现在才完全地打开，让阳光得以铺进。

阴凉而又明亮。

整个餐厅里有种轻盈温和的气息。

很快，餐厅外传来了程怀瑾下楼的脚步声。苏芷快速地收回了望向窗外的目光。

男人穿了一件深色的衬衫，缓步走进餐厅的时候，同苏芷微微点了点头。

礼貌、客套，却也仅此而已。

像是某种于昨晚建立好的约定。

苏芷也同他微微点头。

他吃饭很安静，她就同他一样安静。

快速地吃完自己面前的早餐，苏芷两只手撑在座椅的边缘，静静地看着程怀瑾。

早晨的光线柔和地照在他的侧脸，无形中削弱了那些冷白灯光下显得过分凌厉的棱角。苏芷其实有些无法分辨，他到底算是好人还是坏人。

他是同苏昌铭一样和李年有来往的人，也是收留她的人。

他是逼着她给苏昌铭打电话的人，也是唯一一个不戴有色眼镜看她的陌生人。

苏芷看不懂他，第一眼就觉得像是远山迷瘴一样的男人，如今也还是如此。

可她不需要了解他，她也不会在这里多留。

程怀瑾喝完了最后一口咖啡，他站起身子，去接李阿姨递过来的外套。

“会有司机每天接送你，如果没有紧急的事情，联系李阿姨就好。”

程怀瑾甚至没有偏头看她。

他将手机放入自己的口袋，转身就要离开餐厅，却听见了一声清亮的喊声：“程怀瑾！”

苏芷倏地站起，走到了他的面前。

男人停下了脚步，垂眸看着她。

“你的手机可以借我打一下电话吗？”苏芷直接说道，“我早上给他们打电话的时候总是没人接。”

她声音始终平缓，目光不移地看着程怀瑾。

男人看着她似是在研判，片刻，拿出了自己的手机。

程怀瑾随后就径直走出了餐厅，只提醒她，七点钟，他必须出门。

身后，餐厅的门被轻轻关上。

程怀瑾坐在客厅的沙发上，他想随手拿些东西来看，才发觉茶几上没有摆放任何的物件，他并不常在客厅待着，所以也不允许客厅放置任何杂乱的东西。

这里什么都有，却也什么都没有。

程怀瑾手臂支在沙发扶手上，出乎他意料的，身后很快传来了沉重的脚步声。

“谢谢。”苏芷将手机递了过去。

程怀瑾接过：“你父亲同意你去学校寄宿了吗？”他目光垂下看着苏芷。

苏芷声音有些发涩，语气努力保持平静：“他说他现在有些事情要处理，晚上会再给我打电话——”

“一而再再而三地推托就是拒绝，你不知道吗？”

苏芷陡然朝他看去。

宽阔的客厅里，程怀瑾站在中央的位置。

那些偌大的、庞然的空间从来都不会成为将他衬托得渺小的对比。它们更像是依附于他的存在，更像是他一样的存在。

沉默让人无法忽视。

因他总知道，那把刀该精准地插在哪里。

苏芷哑然，半晌才又说道："他说他只是忙。"

程怀瑾没有再接话。

他将手机放进了口袋里，抬脚朝大门的方向走去，经过苏芷的时候，淡声说道："不是所有的斗争都是有意义的。"

他缓步走到门口，听到身后传来声音："最起码沙丁鱼是因为和鲇鱼的斗争，才让它活着到达目的地的。"

不再是刚刚发涩晦暗的声音，她在某些方面，或许有天生的防备与反击。

程怀瑾无言地穿好了自己的鞋子，抬手推开大门的那一秒，他回头看了一眼苏芷："活着到达目的地，然后呢？"

苏芷到达学校的时候，刚刚七点半，比她平时来得还要更早一些。

四中原本就是北川市排名中等偏下的高中，所以早读课也显得格外松散。苏芷趴在桌子上，不知道苏昌铭到底会几点打电话给她。

M 国的晚上，应该也没剩几个小时了。

苏芷将手机设为振动模式，然后放进了抽屉里。

"你今天来这么早啊！"言希一进教室就看到了趴在桌子上的苏芷。

苏芷往前挪了挪凳子让言希进来，她仍是伏在桌子上，眼睛微微睁开看着言希。

"昨晚熬夜了吗？"言希放下书包去揉她头发，"怎么比我这个彻夜玩手机的人还困的样子？"

苏芷嘴角弯了一下，抬手揉了揉眼睛。

"言希，我要搬家了。"

"搬家？"言希一愣，"你们家要搬家？"

"不是，就我一个人，我要搬出去住。"苏芷说道。

言希眉头蹙起，不解地问道："你爸不准你住家里了？"

苏芷点了点头："你还记得那天我们见到的主讲人吗？"

"你说上次在北川大学请来做金融科普讲座的那个程怀瑾？"

"是。"

"我记得啊，"言希后颈忽地一阵鸡皮疙瘩，"我到现在都记得当时被抓包的惊悚，他太吓人了！"

“我现在住在他那里。”

苏芷话音刚落，言希的两只眼睛顷刻瞪圆，半晌说不出话。

“你说，你现在住在那个程怀瑾的家里？”

“不是，我们不住在一幢房子里，只是靠得近。”

苏芷言简意赅地给言希讲了整件事情的来龙去脉。

“我要给苏昌铭打电话，我不会住在那里的。”苏芷坐直了身子，她声音低而缓慢，仿佛是下定了决心。

“可是为什么？”言希眉头越皱越紧，“按照你说的，他好像不是很坏的样子？”

苏芷顿了片刻，只重复道：“我不会住在那里的。”

言希久久地看着苏芷，她觉得困惑，却也觉得应当要问出口：“你是真的很讨厌这个程怀瑾所以才要住校，还是这只是你想引起你爸爸注意让他改变主意的方法？毕竟听起来，从前收留你的表姑妈显然更加恶劣。”

苏芷听着言希的疑问，身子久久没有挪动，不一会儿，才慢慢开口。

她声音很轻，更像是某种从她体外传来的声音：“言希，我不知道。我只是不想再一次地体会寄人篱下的感受了。”

她回想起早晨程怀瑾离开时说的最后那句话。

——“活着到达目的地，然后呢？”

然后呢，她或许也并不知道。

挣扎，斗争。最后，她到底能获得什么呢？

苏昌铭难道真的就会开始关心她了吗？她真的以为自己不会再被到处放养了吗？

苏芷嘴唇紧紧地抿起。

她低头看向手边的书本，黑色的印刷字慢慢地游移，重叠，而后模糊消失不见。

一上午，苏芷抽屉里的手机都没有发出过任何的声音。

最后一节大课结束，十一点四十五分，M国已是深夜。

苏昌铭没有给她打来电话。

去吃午饭的间隙，苏芷在洗手间重新拨出了那个号码。

她甚至没有很惊讶，因为苏昌铭的电话已经关机了，或许是他白天太忙了，眼下已经关机睡觉了。

他忘记了。苏芷最习以为常地被他忘记。

她面无表情地将手机握在手里，推开了隔间的门正要出去，迎面正好走来了三个女生。

苏芷下意识地朝另一个方向走，却被人刻意地堵住。

“嗬，看到老同学都装作不认识。”为首的女生抱胸站在苏芷的面前，她眉毛高高地扬起，语气里有毫不掩饰的挑衅。

苏芷看了她一眼：“有事吗？王敏。”

“没事啊。”王敏又往前走了两步。

她个头不如苏芷高，却喜欢斜着眼看人：“就是看到老同学打个招呼不行吗？”

苏芷冷眼看着王敏。

苏芷和王敏其实初中时便是同学，只不过那时她们并不相熟，上了高中之后，苏芷开始将逃课变成家常便饭，和王敏曾经做过一段时间的朋友。

但她们很快就分道扬镳了。

苏芷只想“堕落”引起苏昌铭的注意，而王敏却是真的堕落。

王敏无法理解苏芷的选择，她觉得苏芷故作清高，瞧不起她，于是时常针对苏芷。

“没事的话我要先走了。”苏芷不想和王敏发生争吵，她冷脸想从另一侧走过。

然而王敏也并没有上前阻拦，只目光讥讽地追过去，轻描淡写地说道：“长得漂亮有个屁用，还不是被人丢来丢去，我看你傲气到几时。”

苏芷没有回头，直直地走出了洗手间。

苏昌铭的电话是中午十二点打来的。

他不确定程怀瑾上午一定有空接听，于是特意等到了十二点。

程怀瑾正结束上午的课往停车场走去，这时接到了苏昌铭的电话。他打开车门坐了进去，顺手接上了蓝牙。

“程先生，是我，苏昌铭。”苏昌铭的语气极尽客气，“程先生现在在忙吗？”

“不忙，有事请说。”程怀瑾偏头看了一眼后视镜，轻踩油门将车开了出去。

“是这样的，我知道阿芷刚到您家肯定给您添麻烦了，还请程先生见谅，我——”

“她要自己住在学校，你同意这件事吗？”程怀瑾并没有想听苏昌铭继续抱歉下去的意思，便直截了当地问了他关心的问题。

苏昌铭那边声音一顿，立马回道：“那怎么行！这是你父亲的一片心意，我肯定不能拒绝的。当年你父亲住在我们家的时候，我们关系就很——”

“知道了，”程怀瑾说道，“如果没事的话我就先挂了。”

“程先生，程先生！”苏昌铭赶紧在电话里喊道，随后颇为不好意思地笑了笑，“阿芷这么多年其实都没在我们身边怎么生活过，所以可能有些叛逆，希望您见谅。”

程怀瑾目视前方，对这些并不感兴趣。

苏昌铭停顿了一下：“……我们对阿芷的确有很多亏欠，可是我们的确也没有什么办法再去弥补她了。忙起来，总是照顾不上她的。她的课业实在欠太多了，也辛苦您多费心。”

苏昌铭并未明说他为何无法弥补，可程怀瑾也并没有多问。

“好，如果没其他事的话，我先挂了。”程怀瑾没有再说，直接挂断了电话。

他并不在意苏昌铭和苏芷之前的纠葛，他只需要一个明确的答案。

黑色的保时捷随后如同入江的河水，融入了繁忙而又快速行进的车流中。程怀瑾一路朝着北川机场开去，下午约莫两点，终于在机场接到了江哲。

两人许久未见，江哲却是一点不感生疏，上来就搂抱了程怀瑾一下。

“二哥来接我，我好荣幸啊！”

程怀瑾推开他：“注意形象。”

“没问题。”江哲随即松手，而后又笑眯眯地凑过去，“二哥看我，听不听话？”

程怀瑾哂笑一下，语气几分揶揄：“‘听话’这两个字和你没关系。”

江哲哼哼冷笑两声，毫不客气地率先上了车。

他舟车劳顿在云市周转了几个月，好不容易得到了一点休息的时间，家也不想回，径直飞来了北川。

车子还没上到机场高速，江哲就已经迷迷糊糊地睡了过去。

程怀瑾开了最小音量的音乐，一路朝市中心的酒店开去。他和江哲相识快二十年，最是知道江哲的脾性，玩性大，做事浪荡。这次是被江父逼着去云市历练了几个月，事情一结束拗气般地不肯回京市，硬是要来北川。

程怀瑾由着他，答应他来机场接。

一个多小时的路程，程怀瑾在酒店停车场停了车才把他叫醒。

江哲迷瞪地看了一圈，一脸诧异：“二哥，你让我住酒店？”

程怀瑾下了车，走去他那边开了门：“下车。”

江哲赖在座位上，一副少爷模样：“我不住酒店，我要住你家。”

他说着眼皮又要合上，就听见程怀瑾说道：“今年不方便。”

江哲猛地睁开眼：“你家里住女人了？”他随即浮上一层不得了的笑意，“二哥你开窍了？”

程怀瑾目光示意他下车，随后说道：“我爸年轻时欠的一个人情，我今年帮着还了。不是女人，是个小姑娘。”

“小姑娘？”江哲跟在程怀瑾身后，啧啧赞叹，“多大的小姑娘，也不是不行——”

“江哲。”程怀瑾厉声打断了江哲的胡言乱语，“你如果还是这么口无遮拦，我会把你送回京市。”

江哲听言，挑了挑眉举手投降：“好，好，当我没说。”随后又笑眯眯地和程怀瑾说起了他在云市时遇见的几个漂亮姑娘。

程怀瑾晚上陪江哲吃了晚饭，离开的时候给江哲的父亲去了一个电话，告知他江哲现在人在北川，不用担心。

说起来，他与江哲认识，也是因为年幼时曾在京市的外婆家住过五年。江家挨得近，而他又只比江哲大两岁，一来二去两人就成了最好的朋友。

江哲的父亲母亲早年间离了婚，后来江父再娶，继母还带了个女儿进门。程怀瑾和江哲的性格天差地别，但是某种程度上，他们有共同的东西。

程怀瑾把江哲送回酒店，随后就开车回了家。

车子开到门卫处时，保安恭敬地敬了个礼：“程先生，您家司机的车也刚到。”

程怀瑾点了点头，朝他说了谢谢，然后就将车继续往里开。

一路缓行到地下车库入口。

车灯扫过，他一眼就看到了那个背着书包刚刚下车的苏芷。一身素白的校服，灰色的裙摆，她身形高瘦，站在昏暗的车库里，有种极易折断的脆弱感。

明晃的车灯从她的身上打过，苏芷定站原地，安静地回看他。

空旷的车库里有不少尚未停着车辆的空位，程怀瑾却直直地将车开到了苏芷面前的那一个。

黑色的车体像是某种于海面之下浮游的生物，如此精准而又无声地停在了她小腿旁不到十厘米的位置。

程怀瑾下了车，右手轻抬锁上了车门，侧头一瞥，苏芷随后跟上。

安静的停车场里，只有他们趋于同频的脚步声，像是在黑夜里的山脉，起伏而又连绵。直到走到车库出口的地方，程怀瑾才等到了苏芷的问话。

“我想问下，我爸爸今天有给你打电话吗？”苏芷抬头看着他。

那道高大的背影慢慢转了过来。

室外微凉的晚风卷着潮湿的气息扑向苏芷的小腿，她看见程怀瑾很深地看了自己一眼。

她无法揣度他这一眼的意味，更多的，她觉得不寒而栗。

“打了。”

苏芷手臂紧贴在自己的身侧，她声音竭力平稳：“噢，我上午没等到他电话，所以想问问，他说什么了吗？”

程怀瑾无声往后退了一步。他目光更加审视般地在苏芷脸上睃了片刻，像是某种决定前的研判。

苏芷觉得自己同样在等待他的判罚。

“他不同意你一个人在学校寄宿。”

“你有没有告诉他你也同意我一个人住学校？”

“你到现在都没明白你父母其实根本不在意你的想法吗？对他们而言，住在程家和程家攀上关系，比你的想法更重要。”

苏芷头脑里轰然一片。

然而程怀瑾却并未施展任何他或许根本就没有的仁慈，他接着说道：“这是你想要到达的目的地吗？”

这是你挣扎、斗争之后，想要得到的结果吗？

苏芷定定地站在原地，她觉得身子一阵潮热一阵寒凉。恍惚间，她想起苏昌铭那时和她说起这位程叔叔时多有得意，说他家世好、学识好，能做她榜样。原来只是为了让她成为一根线，一根他们以后或许用得上的和程家有交集的线。

宽敞的车库出口，有昏黄的灯光流入。一切很静，她脸上的惨白也变得格外清晰。

程怀瑾看着她，好像看到了那天她蹲在停车场试图抽烟的模样。她很锐利，却也很笨拙，让他想起某些已经模糊、无法忆起的过去。

他那天或许不应该上前和她说那三两句话，就好像现在，他仍然觉得他不应该和她说这些。

但他还是说了。

“斗争反抗并不比接受现实高尚或是聪明，你是个天生的叛逆者，但不代表你应该反抗一切的事物。

“如果你想明白，就安心地在这里过一年。如果你仍然想不明白，我也不会强行说服你。你有保持自己观点的权利。”

程怀瑾最后看了苏芷一眼，大步离开了车库。

第二章
程先生

W U C I X I A O M E I G U I

小学之前的事情，其实苏芷已经记不太清了。

那时候苏昌铭在外面忙得厉害，有时候晚上在家请客，来来往往的客人在客厅里穿梭。

热闹吗？怎么会不热闹。

家里人来人往。

但是孤单吗？苏芷觉得很孤单。

苏昌铭和齐美玉都是一心扑在生意上的人，常年出差，一年也只能见到几次。七岁的时候，苏芷满心欢喜地等着和邻居的小姑娘一起上学，却被苏昌铭毫无预兆地送到了乡下的表姑妈家。

从那天起，她开始被随意放养。

苏芷在乡下一待就是七年，初一的时候苏昌铭不那么忙才偶然想起她，将她重新接回北川。

于是恍恍惚惚两年，初三的时候家里又忙起来，她便又被一脚踢开。

高一时同样的理由，她再次被苏昌铭接回北川。

直到现在。

他们两人把生意做去了M国，没有任何犹豫地将她继续“放养”，那根从来都是脆弱、易折的根茎，终于腐烂，而后彻底断裂。

苏芷躺在床的一侧，今天晚上她没有拉上窗帘。外面有很柔软的光，同样也落在她的脸上、她的身上。

程怀瑾或许说得没错，不是所有的斗争都是有意义的。

她挣扎、斗争了这么多年。

这么多年。

沙丁鱼活着被运送到目的地，然后呢？

它们一样会死去。

这个道理，她今天终于明白。

苏芷紧紧地闭上双眼，她想，从今以后她该清楚地知道，她不被任何人拥有，她也不属于任何人。

如此，她便再也不会被抛弃、被放弃。

第二天早上，苏芷仍是醒得很早。

李阿姨有了昨天的经验，今天一看见苏芷到了餐厅就先端出了她的早餐。

“苏小姐今天起得更早了。”李阿姨说着把牛奶和三明治放在她的面前。

苏芷说了谢谢，又问道：“李阿姨，今天司机是几点来接我，我昨天没注意他是几点到的。”

“七点。苏小姐今天是要提前出门吗？那我现在去给他打个电话让他赶紧过来。”

“不用，不用。”苏芷连忙伸手阻止了李阿姨去拿电话，“没事，我就是问一下，七点可以的。”

“今天我先带你出门。”

苏芷话音刚落，就听见程怀瑾从楼上走了下来。

他一只手正系着表带，一边朝餐厅走过来。

“着急去学校？”

程怀瑾站在餐桌边，先给自己倒了一杯水。

苏芷看了他一眼。

他面色同往常一般，好像不管之前他们之间到底发生过怎样的对话，他都能完全地翻篇，又或者，完全地不在意。

程怀瑾扬头喝下了半杯纯净水。柔亮的晨光里，他肤色显现出一种洁净的冷白。从修长的手指看得见清晰而有力的骨节，他不像是真实存活在这个世界上的人，更像是某种该被陈列在博物馆里仅供人观赏的物品。

男人的喉结匀速地上下滚动了几下。片刻，“嗒”一声，他将杯子放回原位，坐在了餐桌边。

“司机之前是定的每天七点来接你，如果你想要早一点，下次记得提前一天和他说。”程怀瑾看了她一眼，随后便开始吃自己的早饭。

苏芷静静地吸了一口气，声音清亮地说道：“好的，那今天麻烦你了。我想先去学校旁边的书店买资料书。”

她说完也低头吃起了自己的早餐。

苏芷知道，他又短暂地看了自己一眼；她也知道，他收到了自己的答案。

她会好好在这里生活一年。

六点四十分，两人就一起出了门。

苏芷跟在他身后一起走到了车库。上车时，她还是犹豫着问了一句：“我坐副驾驶吗？”

程怀瑾应了一声，便率先上了车。

程怀瑾的车库里停着很多辆不同的轿车，但他常开这辆苏芷之前在停车场见过的保时捷。

通体黑色，阳光下，有种极其莹润的光泽。

轿车很快就开出了车库。

早晨六点多的阳光，还未达到下午的炽热难耐。尤其是车子里正缓慢地释放着均衡的冷气，打在苏芷的小腿上，有种说不出来的舒适。

微量的冷意，同时也能带来微量的镇静。

苏芷把书包放在腿上，鼻间能闻到一种淡淡的香味。

似有若无。

嗅进人的心里，会舒缓、扩散，而后又觉得清凉。

好像某种树木的味道，只沾了一点点，却又并非完全的乌木香。

与苏昌铭车里浓郁刺鼻的香水味截然不同。

苏芷有些神不知鬼不觉地把目光探了过去。

程怀瑾开车的时候，神情很是专注，修长的手指握在皮质的方向盘上，有种运筹帷幄的控制感。

苏芷很难将目光从他的身上挪移。

他到底是一个怎么样的人？残忍、冷酷，却同时在她绝望的时候，拉了她一把。他这样的人，人生会有需要斗争、需要挣扎的时候吗？

苏芷觉得不会有。他住在有钱也不一定可以住进来的地方，他做一份或许一辈子都抵不上他车库里某辆豪车价钱的工作。

他只是为了生活而生活，并非为了生存，所以他可以轻易地看不起她的挣扎，也可以直白地戳破她的妄想。

苏芷将头转向了窗外。

诚然，他绝非一个坏人，但是他在她心里，也绝对算不上一个好人。

她没有忘记她第一次遇见程怀瑾的地方，他和苏昌铭一样，是与李年有来往的人，和那种只看重利益的商人来往，如何算得上是什么好人。

程怀瑾一路无言地将车停在了四中的门口，苏芷同他说了谢谢，然后就径直下了车。

右边的后视镜里，她跑得很快。

风吹起她散落在身后的头发，同样也吹起她的裙摆。

像一只逆风而上的风筝。

程怀瑾收回视线，重新将车开了出去。

苏芷翻开手机里吴树生开学前发在班级群里的资料书单。她那时刚知道苏昌铭要和齐美玉去M国，整日里只顾着和他们争吵，根本没有心思在学习上。

眼下她真的被抛下了。

但她不想就这样彻底变成一个烂人。

程怀瑾说得不对，她永远不会接受现实。

她要斗，她要争。

只不过这一次她不想再为了苏昌铭或是齐美玉他们任何一个人了。

她要为了她自己。

高一高二时落下的课程都要一一补上。苏芷抱着一摞资料书往学校里走的时候，她觉得自己身上压上了一座足以将她碾碎的大山。

然而，她却同时也觉得松了口气。

很难讲，当她觉得这一切是为了自己而非其他人时，苏芷感到了一种久违的掌控感。

不再是惴惴不安地乞求着某个也许永远都不会来的电话，付出得再多，也有可能是镜花水月一场空。

一整个白天苏芷都在艰难地跟着老师的节奏走，她原本还在担心吴树山会来找她上次缺席北川大学宣讲会的麻烦，结果一天都没见到吴树山人。

说是请了几天假，暂时不会回来。

晚上九点下了晚自习，司机的车还和昨天一样等在校门口右边，苏芷上了车，照例和司机说了谢谢。

轿车一路顺畅地行驶进了程怀瑾居住的小区，这一次苏芷才看清了这个小区的名字——君苑。

苏芷下了车，走进了院门。李阿姨很快从屋子里出来迎她：“回来啦，苏小姐。”

“嗯，阿姨。”苏芷应了一声跟着她往里走。两人还没走到苏芷住的房子，一束车灯就从她们的身后亮起。苏芷驻足回首，看见那车停在了她的身后。

“哟，你家小姑娘回来了？”

忽地，一个略显轻佻的男声从车内传来。

苏芷看过去。

车里走出来了一个陌生的男人。

身形瘦长挺拔，穿着一件深咖色的衬衫，一只手插在口袋里。

他脸上展着过分明显的笑意，然而也显得轻浮。

因为没有诚意。

“回来了。”又是一声。

程怀瑾也从车里走了出来。

庭院里昏暗柔和的一团光线，照着程怀瑾的半边侧脸。

他比身旁那个陌生的男人还要高，此刻安静地看着她。

一种过分熟悉的感觉顿时冲上脑门，苏芷一把拎起书包就直接跑进了右侧的房子里。

不小的一声“砰”响，听得出来关门人急促地躲藏。

江哲瞪圆双眼，半晌，哈哈大笑了起来，转身去看程怀瑾：“二哥，你是不是虐待人家小姑娘了？这么害怕你？”

江哲揶揄地笑个不停，程怀瑾偏头看了眼李阿姨：“去看看怎么回事。”

李阿姨应了一声，便朝苏芷的住处走去。

江哲跟着程怀瑾缓步走进了左侧的房子。

江哲躺在客厅的沙发上浑身舒坦。

他一副浑不懔的模样，声音漫不经心：“很漂亮。”

程怀瑾斜睨了他一眼：“江哲，该说的我已经和你说了。”

“当然，二哥。”江哲笑了笑，“但是我用我阅历丰富的眼睛评价一下，很漂亮的女人。”

程怀瑾动了动手腕，垂眸看了眼时间：“人见着了，现在送你走。”

他说着就起身要让江哲回酒店。

“欸，二哥，你这人，”江哲被拉着不得不起了身子，“说看一眼还真就是只让我看一眼？”他一边被迫着往外走，一边目光往苏芷住的平层看去。

“在北川住几天玩够了就回家。”程怀瑾拿着车钥匙。

江哲摇摇头：“那里不是我家，这里才是。”

“那里不是你家是谁家？”

“老头家，老女人家，还有那个江妍月的家，反正不是我的家。”江哲执拗得很，一屁股坐上程怀瑾的副驾。

程怀瑾没回他话，径直启动了车子。

开始，江哲还说些个无关紧要的话，后来，也噤了声响，刚刚的嬉笑模样仿佛从未存在过一般。

车子开到酒店楼下的时候，江哲忽然把头转了过来。

“二哥，你知道她刚刚为什么忽然跑回去吗？”

突如其来地，他重新提及苏芷。

程怀瑾偏头看着他，他目光里有某种想要起伏的情绪，然而，却也只是淡声问道：“为什么？”

江哲笑了笑：“那次回家，我第一眼看见江妍月和她妈坐在我家客厅，我也是这么跑进卧室的。”

他又说：“情况也许并非完全相同，但是，我理解她。”

“二哥，你也是，对吗？”江哲眼睛久久地看向程怀瑾。

“你晚上喝多了。”程怀瑾说道，“自己下去，我不送你了。”

江哲眼睛轻轻地眨了两下，笑了一声：“二哥说什么就是什么。”随后便反手关上车门。

程怀瑾回到家的时候，李阿姨正从苏芷那边回来。

他站在门廊处，一边把外套脱下一边听李阿姨说道：“刚刚我问了，苏小姐是怕打扰到你会客，所以才着急躲起来的。应该是从前在人家家里住过，应激反应就往自己那里冲了。看着怪可怜的。”

程怀瑾神色未变，淡声道：“知道了。”

李阿姨便也不再作声，拿着程怀瑾的外套就往楼上去了。

男人把车钥匙放在了柜子上，穿上拖鞋就要往里面走。然而，一种莫名的、沉重的情绪却像一只不肯松手的触角，不知何时缠上了他的脚踝。

——“二哥，你也是，对吗？”

江哲转过脸来对他说的话模糊地在他的脑海重复。

程怀瑾的脚步放缓了，而后，他转身推开大门，朝苏芷的住处去了。

很轻的两下敲门声，他侧开身子说道：“我是程怀瑾。”

很快，苏芷打开了大门。

她仍是刚回家时的装扮，大门全开着，程怀瑾转过身子来看见空荡荡、只亮着灯的客厅。

苏芷没有先开口。

明亮的灯光下，她瞳仁显得更加黑而亮。

程怀瑾记得，他外婆和妈妈都有一双浅棕色的双眼。外婆常常在看见他的时候，几分玩笑地说他那双黑色的眼睛不好看，像极了他那个高攀的父亲。

可是，苏芷的黑色瞳仁却像是刚刚洗净的黑葡萄，水亮而又灵动。

她没有说话，但是他觉得仿佛听到了声音。

苏芷右手一直紧紧握在门后的把手上，沉默的一刹，她与程怀瑾同时开口：

“对——”

“以——”

苏芷后脊忽热：“你先说。”

程怀瑾看着她：“以后家里来客人不必躲。”

苏芷错愕地望过去。

男人往后轻退了一步，仿佛已经打算要离开。“你是住在这里，不是寄人篱下。”

他语气淡得像一缕黄昏时刻的烟。

苏芷此时不明白他为什么专门过来和她说这些话。

可当她准备开口再问的时候，却只看见了程怀瑾的背影。

笔挺而又清隽。

消失在黑夜里。

高三开学第一周结束，吴树山回来了。

晚自习言希偷偷在课桌下面照镜子，她一边理着头发一边用手肘戳了戳一直在写写写的苏芷。

苏芷一笔画飞出去，一脸的不解，看着她。

言希手里拿了支笔装作写作业：“你最近这学习劲头，马上就要追上我了啊。”

苏芷嘴唇抿了抿：“我再不学习，以后能干吗。”她拿起胶带去粘刚刚画出去的一笔。

言希眨眨眼睛，知道苏芷的意思。

眼下她对苏昌铭和齐美玉彻底失望，自然知道要让自己强大起来，才能不再受父母桎梏。

“离高考还有一年，你肯定可以的。”言希低声鼓励道。

苏芷嘴角毫无情绪地弯了弯，佯装并不担心的样子：“希望如此吧。”她又朝言希笑了笑，“你快写作业吧，不然一会儿要下晚自习了。”

言希“哦”了一声，便转回了身子。

第一节晚自习下课，苏芷和言希上完厕所回来。课间走廊里人来人往，言希挽着苏芷有说有笑，还提到了阿正。

谁知道两人转弯处，迎面遇见了王敏，她背靠着墙和几个男生说笑，一看到苏芷就立马站正了身子。

王敏眼睛扫了一下两人，齐耳的头发晃荡，笑着开口：“代我向阿正问好。”

言希冷眼看了她一下，要拉苏芷走。

谁知道王敏还不休不饶：“你这人好没礼貌，别人和你打招呼你都不说话的吗？”

言希后脊发烫，头也不肯回地死命拉着苏芷往校门口走。

一出教学楼，阴凉的晚风兜头朝两人吹来，苏芷把言希拉住，手腕被言希攥得发痛，但苏芷也顾不上：“怪我，如果不是因为我，王敏也不会连你一起骂。”

言希生气地朝教学楼望了一眼，“要怪就怪阿正，为什么非得和她们也认识。”

王敏一行人往日里也喜欢去阿正上班的餐厅聚会，相互认识也是正常。

两人回去的时候，特意避开了王敏的班级。她们绕了远路，从教学楼的另一端上了楼。

上课铃很快就重新响起，两人连忙加快脚步往班级走。走廊里人已经都空了，苏芷推开教室前门的一刹那，头皮瞬间发麻。

安静的教室里，吴树山两手背在身后，正站在讲台上看着她。

空调的冷风此时将苏芷包围，她觉得仿若一脚踏进了冰柜。

“正找你呢，这么巧呢？”

吴树山烟黄的镜片后方，一双小眼眯起。他声音因常年说话而喑哑，却也因此刻的责怪语气而尖锐。

矛盾而又糅合，让苏芷后脊发寒。

从前最是不怕吴树山来找自己麻烦的。

逃课、不交作业。她祈求得到苏昌铭哪怕那么一点点的关注，甚至愚蠢地将自己的学业轻易放弃。

然而现在一切因果报应，她后悔也来不及了。

吴树山冷冷地笑了两声，朝她俩走了过来。

“苏芷到我办公室去，言希你回去接着上晚自习！”

苏芷牙关紧咬却也只能跟着吴树山往办公室走。如果是从前，她大可以拒绝，大可以肆无忌惮地和吴树山对着干，让他叫家长。

可是现在苏芷只想认错，她只想忍过这一次，因为她不想再做这些愚蠢的事情了。也因为这一次，她害怕被叫来的是程怀瑾。

办公室里并没有其他的老师，约莫都去看晚自习了。

“把门带上。”吴树山重重地咳了一口痰吐进脚边的垃圾桶，然后拿起自己的大茶缸子坐在了办公桌后。

他常年穿着一件灰色的 Polo 衫，偏黑的脸上一双细小的丹凤眼，由下朝上睨着人的时候，有过分的奚落感。

正是此刻，看着苏芷的眼神。

“开学前安排的那次讲座为什么没去？”

果然，来找她算账了。

苏芷竭力让自己的语气听起来像是服软：“我那天确实是有事了。”

“你一个高中生能有什么事！”极高的一嗓子，吴树山的声音充满了讽刺，“你之前哪次不是有事？啊？那么多次了，一点长进都没有？”

苏芷两只手背在身后，不想和吴树山争论。

眼前的人似乎也并非真的想要教训苏芷，他把话撂下之后，又重重地吐了一口痰，清了清嗓子：“给你监护人打电话。”

“什么？”苏芷心下忽地一颤。

“什么什么？”吴树山已经有些不耐烦，“你爸妈不是去M国了吗，早就把你新监护人号码给我了，你打不打，不打我打！”

“他不是我监护人！”苏芷一下有些慌了。她也不知道为什么，就是不想让程怀瑾知道她现在这样。

吴树山一下子怒了，用力把桌上的教案拿起又摔下：“我今天一定要叫你家长来治治你。”

他说完就直接拿出电话。

根本就像是早有准备，他甚至并未翻动太多就直接拨出了电话。

苏芷身子像被人紧紧捆住一般，怎么也动弹不了。

她该做些什么，冲上去把吴树山的手机抢走，砸碎吗？

她不能，她不能错更多了。

苏芷呼吸艰难，咬牙挤出：“他很忙。”

可吴树山只是瞥了她一眼，直接拨通了电话。

他们并没有等太久。程怀瑾来的时候，不过刚刚过了两刻。

苏芷站在办公室，她无法描述这种感觉，像是她欺骗了程怀瑾一般。欺骗他，她已经下定决心不会再做从前的蠢事，可如今却还是这样狼狈地被罚站在办公室里。她有一种焚烧心口的羞愧感，可偏偏却又无能为力。

因这确实是她自己犯下的过错。

安静的走廊里，听得见程怀瑾走路的声音。吴树山率先走进了他的办公桌后，仰面看着程怀瑾走进来。

苏芷没有转身，她站在办公室靠门的角落。她看见程怀瑾走进之后，无声地扫视了一眼，随后，径直走到了她的面前。

“是因为上次逃讲座的事情吗？”

灯下，他有一双黑白分明的眼睛。此时冷静而又耐心的目光像一只大网轻轻地落在了她的身上。

苏芷抬起头。

好像第一次在停车场，被他抓住抽烟。

他眼中也从未有过任何恶意的预判或是指责。

只是想要她一个亲口的答案。

苏芷怔然，点了点头。

程怀瑾转身对吴树山说道：“吴老师，不如让苏芷先回去上课。”

吴树山一挥手：“回去吧，学你的习去。”

苏芷却觉得步子像被粘连在地上，无法腾挪。

程怀瑾看了她一眼：“先回去。”

安静的教室里，每一秒都是煎熬。

苏芷从坐下的第一刻，就再也没能安心地看下去一个字。指针像是在她的心口划过，苏芷不知道吴树山到底会和程怀瑾说什么。她觉得心里发慌，后背的衬衫早已慢慢濡湿。

可是，她并未等候太久。不过十分钟，她就看见程怀瑾的身影出现在了教室的窗外。

苏芷再难忍受，悄悄地从后门出去了。

走廊里，灯光有些昏暗。程怀瑾双手插在西裤口袋里微微倚靠在铁制的栏杆上。脚下，他身影被灯光拖得细长，而后消失在不远处的楼梯转弯里。

苏芷慢吞吞走到他的面前，问道：“他是不是又说如果我继续这样下去就真的没救了？”

程怀瑾垂眸反问：“你怎么知道？”

“他也和苏昌铭这样说过。”

“你父亲怎么说？”

“……他不在乎。”

“所以他想知道你这个新的监护人在不在乎。”程怀瑾双手抱胸，低头看着面无表情的苏芷。

苏芷心头像是皲裂的土地，明明在他面前下定决心要重新走回正道的，却又偏偏叫他看见她曾经犯下的蠢。

“那你在乎吗？”她声音干而涩。

“这是你自己的人生，并不是我的，所以你觉得我在乎吗？”程怀瑾淡声反问道。

苏芷不禁抬头看着面前的这个男人。他目光俨然凛上了几分寒意，正不开玩笑地反问着苏芷。

是了，是她第一次在停车场里见过的那个男人了。

那样残忍而又冷酷。

“你不在乎。”她说道。

昏暗的走廊里，他们的身影在楼梯的拐角处模糊、重合、消失。

男人将手伸出，指了指教室："东西收好，今天先回去。"

苏芷什么都没问，转身走进了教室里。

空荡的楼梯，苏芷安静地跟在程怀瑾的身后。

听见他低沉的声音："但我并不觉得你是真的无可救药。"

校园里冷寂得仿佛是末日审判的暗夜，他声音落下，便不再开口，只步伐沉稳地继续走在她的前面。

苏芷闻得见他身上极淡的气息。

像是某个光影浮动的黄昏，也像是某支沉缓低吟的歌。

他不是什么坏人。

苏芷忍不住一直去想。

"程怀瑾。"她同样也忍不住要说。

那个男人止步，转过了身子。

树下，他脸侧被昏黄的路灯打亮，低垂的眼睫，似是认真地看着她。

从第一次看见他时警觉地后退，到后来她觉得那目光过分冷酷而不敢长久直视，到现在她可以在他的目光里屏息凝视。

苏芷眼睫轻颤，开口道："谢谢你。"

程怀瑾没有回话。

苏芷抿了抿嘴唇，又说道：

"我知道你或许瞧不上我说的话，但是我还是要说。你是个好人，所以我想提醒你，李年不是什么正经商人，你最好离他远一点。"

苏芷抬头看着程怀瑾的眼睛。

灯光下，他瞳仁更显深邃。苏芷觉得像是一阵大风吹散了他曾经让她看不清的迷瘴。然而，她现在才发现，迷瘴的背后，也是无光的深海。

她看不见程怀瑾的情绪，那海面之下，是否早已暗潮汹涌。

苏芷心下发冷。

沉默了刹那后，她听见程怀瑾冷声说道："这是我的事。"

他无法靠近，也拒绝一切靠近。

苏芷明白了这个道理。

后来她想，程怀瑾怎么会不知道李年是什么样的人？和不和李年做生意，他自该有一套足以说服他自己的理由，又怎么会是她三言两语就能改变的。

苏芷觉得合理，却也觉得心寒。可他们原本就是永远也不该有交集的两个人，程怀瑾开始划下的那条界限，如今也被苏芷同样刻画。

他们永远也不会是一路人。

那天之后，苏芷维持了和程怀瑾开始达成的默契，他们只在每天早餐的时候会互相客气地打声招呼。

每天晚上回家时，苏芷也几乎不会看见程怀瑾。他们原本就不住在一起，偶尔在庭院里听见他开车回来的声音，苏芷也会加快脚步走回自己的住处。他们如两条江水，泾渭分明。

而自从那天晚上吴树山将程怀瑾叫去学校之后，苏芷就再也没有看到过吴树山了。她在某个早晨问过程怀瑾一句，程怀瑾说他并不知情，应该只是正常的工作调动。

吴树山由于身体原因被一个新来的女老师替代。新来的班主任年纪约莫五十，戴眼镜卷头发，说起话来娓娓道来，很受班级里学生的喜爱。

苏芷跟着大家一起叫她“老严”。

她觉得一切好像真的重新走上了正轨，吴树山的离开和父母的离开，仿佛也带走了她从前那段漂浮、腐烂的人生。

苏芷开始把高一高二的课本重新翻出来学习。她落下的东西太多了，必须要付出加倍的时间。

中午苏芷和言希吃完午饭之后一起趴在桌子上休息，学校通知今天教育局会来检查，所以晚自习被临时取消。

于是司机今天赶早来接她。

苏芷上车的时候，天色还是微亮。

半个多小时的路程，车辆驶入小区的时候，天色已经有些暗了。小区里的路灯早已一一亮起，排列整齐的灯光，像是指引某个朝圣的方向。

苏芷回到家里，李阿姨有些惊讶，才知道她今天没有晚自习。

“苏小姐现在吃晚饭吗？”

李阿姨看着刚放下书包就要往程怀瑾住处走去的苏芷说道。

苏芷站在门口朝对面望一眼，心中仿佛有数，伸手关上门说道：“李阿姨，我今天就不过去吃了。”

“我不是这个意思，”李阿姨连忙说道，她脸上忽地有几分懊恼的模样，或许也觉得自己刚刚的行为不合时宜，“我不是说苏小姐今天不能过去吃饭，只是现在……”

“那里现在有客人是吗？”

李阿姨顿了一下：“是，但是……”

“那我今天就在自己这里吃吧，”苏芷朝李阿姨笑了一下，“可能就是要麻烦李阿姨你做两份了。”她说着就先走进了卧室。

房门轻轻地合上了，苏芷无声地坐在椅子上。

她太知道在别人的地盘上到底要避讳些什么。

主人家有宴请要避着，有争吵要避着，有大事商榷要避着，有阖家欢乐，有时候，也得避着。

她心里知道得清楚，饶是程怀瑾之前说的，她只是住在这里并不是寄人篱下，她也没那么天真，真把他的话心安理得地听过去。

她心里清楚。

这是程怀瑾的家，不是她的。

即使他们没有真的住在同一个屋檐下，那也不代表她就可以在这里肆无忌惮。这里不属于她，这里属于程怀瑾。

苏芷在卧室里坐了一会儿，觉得有些闷，起身打开卧室窗户的时候，忽然听到了外面的一阵脚步声。

那走路的声音并不算轻，寂静的晚上尤为听得清。步调的频率也并不是程怀瑾的样子，而是有些急促，甚至于几分的不耐烦。

卧室正对着空旷的庭院，此时听得见两人的谈话。

“反正这件事情你自己想想清楚，江家那边也是有这个意思。”一个严厉的男声，话语间是浓浓的命令与说教感。

“但这对你长远的发展没什么好处。”程怀瑾声音极冷，语速平静到像是刀刃缓慢地划过冰面。

“你懂什么！”那人似是又要发怒，“李年那边的合作被你刻意搞砸我还没找你，你现在连这种事都要和我讨价还价？”

“你明明知道我拒绝的不是这件事，是你太过急功近利。现在和江家捆绑在一起，对你以后——”

“程怀瑾！”那人像是再也忍受不了程怀瑾的话语，“哐当”两声，听得见他落鞋的声音，“如果你还把我当大哥的话，就应该听我的。我不想再和你多说，我只想你记住，你也姓程！”

“更何况，”他最后一句话，“这是你欠程家的。”

说完，只听见“哐”一声巨响。

是车门被甩上的声音。

那门似乎甩在苏芷的心上，她身子僵硬成一股拧紧的绳，久久不能动弹——他刚刚说：“李年那边的合作被你刻意搞砸。”

苏芷的脑海里反复回荡着那个陌生男人的声音，原来程怀瑾去那里，并不是因为要和李年合作吗?

他只是为了斩断李年和这个陌生男人的来往吗?

片刻间，她心里有汹涌的风涌进，心被急剧地吊起，可还没过半秒，大门就传来了敲门声。

苏芷赶紧收了脸色，起身走出去打开了大门。

门外站着的，正是程怀瑾。

那人离开了，庭院里变得很静。

程怀瑾垂眸看着她，随后，淡声问道：“听到了？”

苏芷顷刻头皮发麻，因他此时的神情叫她分辨不出，他现在到底是克制愤怒来绞杀灭口还是真的只是问询。

她沉默了一会儿，没说话。

“今天不上晚自习？”程怀瑾又问道。

苏芷迟疑地看了他一眼，点了点头：“教育局检查，学校应该也给你发消息了。”

程怀瑾极轻地“嗯”了一声。许久，他没有再说话，更像是陷入了沉思。

客厅里没有开大灯，苏芷朝上望去的时候，只觉得他眉眼逐渐变得模糊，也变得缓和。

仿佛柔软的潮涌。她有一种似曾相识的错觉，那个言语威严的、发号施令的陌生男人，让她想起了同样会对她言语苛责的表姑妈。

他们并不在意所有的解释和阐述，他们自有一套自洽的逻辑，所以你只能被迫接受，被迫听话，被迫顺从。

她会告诉苏芷：你住在我这里，就必须听我的；你帮我看店干活，是你必须要做的。要不是我心善，谁愿意在家多养个孩子。

就好像刚刚，那个男人那样理直气壮地说道：“你应该听我的。”

苏芷长久地看着程怀瑾。

她感到一种矛盾，同时也感到一种熟悉的悲哀。

也许，她不该再去问他这个问题的。

片刻的沉默后，苏芷缓声开口道：“你不是要和李年合作的，是吗？”

灯下，程怀瑾目光微微动了几分。

他思绪似乎慢慢地回拢了。苏芷觉得刚刚才有几分模糊、缓和的眉眼，逐渐又变得清晰而锋利了。

程怀瑾并没有直接回答她的问题，他轻轻地往后退了一步。

“不是都听到了吗？”

那声音没有温度，带着令人后知后觉的寒栗披在苏芷的身上。

他说完话，就直接转过了身子。

挺直的背影穿过空旷的庭院，苏芷的目光追过去。

黑夜里，亮眼的路灯仿佛慢慢地熄灭了，他像是走在一条昏暗无人的小路上。

最后，伴随着熄灭的灯光一同消失在了路的尽头。

空寂的大门口，苏芷一动未动。

她仿佛陷入某种混沌，却也不知是否这其实也是“他”的一部分。

他不是什么坏人，她确定这件事情；他是个好人，她也确定这件事情。

至少，就苏芷现在看到的，她可以确定这两件事情。

唯一不太确定的，是那天她看到的那双变得模糊而柔和的眉眼，是否只是她的错觉。

是否那天她看到的程怀瑾只是她以为的程怀瑾，她以为的正在经历她曾经经历过的那些事的程怀瑾。因她之后，再没看见过那样的程怀瑾了。

他仍然是含有冷意的冰凌，然而苏芷却觉得，他不再是不可靠近的了。

某些事情上，他们站在同一边。

高三开学的第三周，苏芷从隔壁北川高中得知，北川大学的金融科普讲座这周六还会再举办一次。她打听清楚了这次的时间和地点，周六上午就自己跑去程怀瑾家附近的公交车站转了三趟车去北川大学。

平日里司机接送并不觉得路程遥远，然而自己等车、转车相继折腾后，到达北川大学已经整整耗费了一个多小时。

她今天穿了一件鹅黄色无袖连衣裙，柔软的棉布质地轻轻地收在她的腰际，露出修长而白皙的小腿。

下午一点半，阳光逐渐达到鼎盛。

炫目的阳光将她鹅黄色的裙子照得轻盈而又发亮，映衬出更为瓷白的手臂和脸庞。黑色的头发简单地披在身后，热气蒸腾的午后，她清丽得像是一道明艳的色彩。

苏芷一边用一只手微微遮着刺眼的阳光，一边左右看着走过马路。

讲座是下午两点在博学楼303。

苏芷缓步走在绿树成荫的校园里，她第一次这样认真地观察这座历史悠久的校园。极为宽阔的校园主路，两旁参天的古老梧桐，用硕大的树冠将这条马路完全遮盖。

阴凉的阴影下，仿佛有草木气息的潮湿，清凉地服帖在苏芷的皮肤上。

她觉得这清凉也沁进了心里，一种极为强大的、安静的力量，像一只大手缓慢地覆在苏芷的心里，这感觉很是奇妙。

从前，她觉得自己是一根在风雨里飘摇的浮萍，如今根系断了，她并不知道往后该飘向那里。

可是当下行走在这个校园里的这一秒，苏芷觉得，她也可以向下，可以沉到安静的湖水里，也可以沉到柔软的泥土里。

她也可以向上，可以飞到澄澈的天空里，也可以飞到浓密的山林里。

苏芷缓步走进宽阔的博学楼，一群刚刚下课的学生正三五成群地从楼梯上下行。

她侧身站在一旁等待。

她听见有人在讨论“辩论”，有人在讨论“创训”，有人在讨论“出国”。

她觉得自己像是一个飘浮在空中的灵魂，那样渴望地想要去听那些她从前不曾接触过的话题。

慢慢地，人群散尽了，灵魂重新归位。

苏芷这才察觉到她脸上不知何时微微扬起的嘴角。

她觉得奇妙，也觉得新鲜，但是更多的，她觉得心潮汹涌。

她不想说出来，她觉得自己很无厘头，因为此刻，她有一种强烈想哭的冲动。她比任何时候都意识到了自己从前的狭隘与愚蠢，也比任何时候都发觉自己向往的到底是什么样的生活。

苏芷在楼梯口的一侧安静地站了很久，然后大步地朝楼上走去。到达303门口的时候，教室门因为还未到时间所以依旧锁着。

北川高中的人也还没到。苏芷左右看了看，索性趴在走廊的栏杆处往下俯瞰。下面是一片小广场，有几个人在玩滑板。

她眼睛微微眯起，下颌撑在手掌上，看得入迷。

身后渐渐走近了一个人的脚步声，苏芷没有在意，再过了一会儿，她听见了那人打电话的声音。

一阵战栗顺着苏芷的后脊迅速上延至大脑，然而等她想要走开的时候，那人已经走到了教室的门口。

苏芷双脚完全地钉在了原地。

可是身后的人却并没有挂断电话。他声音依旧平缓，在和电话里的人说话。

苏芷的后襟微微地濡湿了，她觉得阳光变得更烈了。

很快，程怀瑾的电话结束了，身后没有声音，苏芷缓慢地转了过去。

明亮的走廊里，阳光打在程怀瑾的额间。他穿了一件深色衬衫，像是这个燥热夏天里极尽的一段凉。

"我来听金融科普讲座。"苏芷很快调整好了自己的情绪，她并不知道这一次的主讲人也是程怀瑾。

她觉得自己总被迫处在一个"偷听"的状况里，可她着实冤枉。

程怀瑾低头看了她一眼。

明亮的光线此时从她的后方照入，沿着她的轮廓描摹出一圈金色的边框，她面部因为刚刚长时间的太阳照射而微微发红，唇齿则显得越发艳丽，像是熟尽的红色樱桃。她没有再穿那套灰白的校服裙，一身极淡的鹅黄色将她的皮肤衬得更加雪白。

她变得生动，但也仍然易碎。

程怀瑾点了点头，转身看见了前来开门的管理人员。

他大步走到了门口，并未继续和苏芷交谈。忽地，楼道里响起了喧闹的声音，北川高中的学生成群结伴地来了。

程怀瑾站在门口让学生们先进去。

北川高中的老师也跟着一同来维持秩序，放眼望去的蓝白校服里，苏芷的鹅黄色长裙显得格外显眼。

她一脸哑然地站在栏杆处看着北川高中的学生往教室里进，再也没有挪动一步。

很快，那些学生已经全部走进教室了。

程怀瑾站在门口，他看了一眼教室内。片刻，他侧身朝苏芷说道："过来。”

亮起的一道目光迅速地朝他转来。

像是一只清晨迷失在森林里的小狐狸，眼睛里有濡湿的晨露。

程怀瑾把自己手里的一沓纸张递过去：“拿着，跟进来。”

苏芷一愣，立马上前接住了程怀瑾手里的东西。

男人随即转身往教室里去，苏芷有些犹豫却还是跟上了。

是她大意了，北川高中的人都穿着校服，老师也都跟着，她没有校服，难保不被请出去。

果然一进到教室，北川高中的老师就和程怀瑾礼貌地寒暄了两句。

程怀瑾随意应答了几句，然后转头对苏芷说：“你帮忙把东西分发下去。”

旁边的老师看了苏芷一眼：“程老板您的秘书吧，真厉害啊，都是精英。”

苏芷脸颊开始发红，她快速地转过了身子朝教室的后方去了。很快手里的文件就被分发完毕，最后多出来的几份被她放在了自己的手里。程怀瑾让她坐在教室的第一排。

她明明刚刚还因为一身便服而不知所措，可现在却因为“程怀瑾的秘书”一角，而变得格外被人羡慕。

苏芷抬眼看着讲台上的那个男人，他低垂着眼睫正认真地调试 PPT。程怀瑾很高，即使他此时一只手撑在讲台上微微下弯身子的时候，也仍然可以感受到他的巍然。

像是山脉。

像是黑夜里的山脉。

苏芷一动不动地借用这个光明正大的机会看着他，耳边的一切嘈杂像是变得很远，而后，她听见有人说：

“这个主讲人好帅啊！”

“听说是很有名气的投资大佬，因为学校邀请才办的金融科普讲座。”

“是啊，天，而且身形好绝好挺拔啊。”

“他没戴戒指是不是还没结婚的意思啊？天，绝了！”

苏芷的目光慢慢汇聚在了程怀瑾的脸上。

她想起了很多次程怀瑾低头看着她的时候，他眉眼很深，高挺的鼻梁下方是一张薄厚恰当的嘴唇。

凌厉的下颌骨常常带来冷漠的疏离感。

走近的时候，有风霜拂面的寒意。

他是一个皮相骨相都绝佳的男人。

苏芷的后耳不知为何慢慢地发烫了。她伸手摸了摸后颈，侧身才发现从窗帘缝隙里漏出的阳光正不偏不倚地打在她的后背上。

她伸手将窗帘完全地拉上，再回头时，程怀瑾已经站到了讲台的一侧。

苏芷发现，程怀瑾站在人前的时候，有天生的聚焦力。

他不用依靠任何的幽默、抖机灵或是其他来吸引目光。

他自己本身已是最能吸睛的聚焦体。

他的有条不紊，他的镇定自若，还有他从上而下的高密度的知识体。

却不叫你觉得他傲慢，只觉得心甘情愿地臣服。

一场讲座结束。

苏芷看见程怀瑾关掉 PPT 的时候才从中慢慢抽离。

北川高中的老师又和程怀瑾简单地说了几句，就维持着秩序带着学生们出去了。

苏芷偷偷地将一张宣传单叠起放进了自己的口袋里。

教室里很快就空了，程怀瑾在低头删除桌面上的文件，一抬头，看见苏芷站在讲台下面。

“谢谢你，程怀瑾。”

程怀瑾抬眉看了她一眼：“你今天很有礼貌。”

苏芷静了几秒，忍不住轻轻笑了出来。

“我一直都很有礼貌。”

程怀瑾目光扫过她：“是吗？”苏芷嘴角笑意更深，她双眼微微地眯起，轻声说道：“是啊。”末了，又迅速地补充，“只是你没发现而已。”

男人拔出了 U 盘不和她拌嘴，转身朝门外走去。苏芷也一同跟上，谁知道一出门就看见了一个倚靠在走廊栏杆上满脸笑意的男人。

那人极为懒散地眯眼看向教室，是上次在庭院里碰见的那个男人。

看到两人出来，江哲偏了偏头朝苏芷伸出了手：“上次见面没来得及自我介绍，我是程怀瑾的朋友，江哲。”

苏芷有些迟疑地看了一眼程怀瑾，却还是伸出了手轻轻握了一下：“苏芷。”

“我知道。”江哲满意地笑了笑，然后朝程怀瑾递过去眼色：“带着小朋友一起去吧，吃饭而已。”

程怀瑾眉尾微扬：“那你应该问她而不是问我。”

江哲笑了笑：“行，二哥你没意见我就问问小朋友。”他说着就转头看向苏芷，“二哥今天请客，我们一起去宰他一顿怎么样？”

苏芷有些犹豫地又看了程怀瑾一眼。

说实话，她并不觉得江哲是坏人。他是程怀瑾的朋友，而且程怀瑾也会在那里。

但他们不熟。

她根本不算是认识江哲。

程怀瑾偏头看着苏芷投来的求救目光，说道：“你可以拒绝，即使那个人是我的朋友。这是你的权利。”

苏芷抿嘴再一次忍住了笑意，她转头看向江哲：“我和你不熟，我就不去了。”

江哲故作惊讶地扬扬眉，又把目光投去程怀瑾埋怨道：“二哥，你胳膊肘往哪里拐？”

苏芷心里也有些没底，跟着江哲一起看了过去。

“她说不想去就不去，不是我胳膊肘往哪里拐的问题。”他声音总是很平静，却格外地让人觉得有分量。

一种莫名的、在苏芷心底缓慢聚集而来的底气。

来自程怀瑾的这句话。

她表情也变得不再拘谨，朝着江哲又笑了一下：“下次我们熟一点再吃饭吧。”

江哲低低地笑了两声，从口袋里拿出了手机：“小朋友，那我们加个微信吧？好歹也算是认识了？”

苏芷点了点头：“好。”

她说着就从口袋里拿出了自己的手机，和江哲加了好友。

程怀瑾全程没有阻拦，安静地站在一边等待。

苏芷点完确定之后，还是抬头又问询了一下程怀瑾：“我加他微信是可以的吗？”

“可以，这是你的权利。”

程怀瑾说着便率先朝楼梯口走去，苏芷和江哲也一并跟上。

“不过我有一个建议给你。”

他朝前走了几步忽然又开口。

苏芷连忙加快脚步走到他的身边：“什么？”

程怀瑾偏头毫无感情地看了她一眼。

极静的一刹——

苏芷听见他说：“加完之后，尽快拉黑。”

第三章 是解药，也是毒药

W U C I X I A O M E I G U I

苏芷和言希约了下午在北川大学里面的茶餐厅吃东西写作业，那里价格便宜可以待到很久。

程怀瑾便带着江哲直接往北川南边的餐厅去了。

“好有意思。”江哲偏头看着程怀瑾，又说了一遍，“真的很有意思，又刺又柔软。”

程怀瑾知道他指的是什么，没有搭理他。

江哲手肘撑在窗边，问道：“二哥，她今年高三我没记错吧？打算考哪所大学和你说了吗？”

“我们不聊这些。”

“那你们聊什么？”江哲皱皱眉头，“不是住你那吗？连这个你都不知道？”

“江哲，你的心思不要放在她身上。”程怀瑾低声警告道。

江哲看了他一眼，低低笑了起来。

“二哥，说什么呢，我就随便问问。我虽然不是什么好人，但是未成年我也不会碰的。”他不甚在意地耸耸肩，“等等呗，其实我们京市的大学也不错，下次你给她推荐推荐。”

“她已经成年了。”程怀瑾纠正道。

江哲愣了一下。

程怀瑾：“她父亲走之前给我说过一些她的事情，十岁的时候因为生病休学了一年，所以她已经十八了。”

江哲意味深长地笑了笑。

程怀瑾继而冷声道："我只是纠正你，但不代表你可以胡作非为。"

江哲："……"

程怀瑾瞥了他一眼，将车子缓慢开入餐厅地下车库。

停好车，他率先从车里走出。

江哲同他并排去等电梯。

两人走出电梯，江哲朝一边的晒台偏偏头，程怀瑾即刻会意，同他一起去了晒台吹风。

江哲双手撑在栏杆上望着外面，眼睛微微眯起不知在想什么，忽地笑了一下转头问道程怀瑾："二哥，你把苏芷放到我那里怎么样？我给她重新在京市办入学，保证好好对她。"

程怀瑾垂眸看着他，江哲一副嬉皮笑脸的模样。

他太了解江哲的性子了，天生一副浑不在意的浪荡模样，说什么都是开玩笑似的。然而程怀瑾和他认识了那么多年，一眼就能看中他的心思。

"你没必要把她当成小时候的你。"程怀瑾冷声朝他说道，"你不欠她什么，不需要对她负责。"

"那你呢，二哥？"江哲笑意敛起，"你不也对她很好吗？程叔叔欠她父亲的人情，需要你这样还吗？"

程怀瑾看了他一眼，伸手将他指间的烟掐灭丢进了垃圾桶里。

"江哲，这是我承诺给程远东的事情，你不用在这里模糊概念。"

江哲动作僵硬了几秒，而后才慢慢地缓过来。

"对，我忘记了，这是你欠程家的。我听说程怀岭已经和你说了，江妍月快回来了吧？"

"是。"

"你怎么想的？江妍月想和你结婚，程怀岭想要江妍月和你结婚，所以你就要和那个女人结婚吗？"

江哲看着程怀瑾，程怀瑾双手撑在栏杆上，目光平静地看着远方。

就好像很多年前，江哲第一次在程怀瑾外婆家的祠堂看见程怀瑾时一样。

江哲第一次看见受罚的人那样毫无怨言地、神色沉冷地跪在那间阴暗的屋子里。

程怀瑾平静地接受所有的责罚，也沉默地将所有的情绪吞噬消化。

后来，江哲才知道，程怀瑾那时跪在祠堂里到底是如何的心境。他甚至无法设身处地地去感受一秒，江哲觉得恐惧，也觉得窒息。

就好像现在这样，程怀瑾被要求和江妍月结婚。

然而，程怀瑾轻轻摇了摇头。他目光示意了一下餐厅，随后同江哲一起往里走去。

“程怀岭着急让我和江妍月结婚不过是为了绑定他和你们江家的利益，明年如果他不能上到那个位置，程怀岭是不会善罢甘休的。”

“但是他心里没有底，才这样着急地要你父亲帮一把。”程怀瑾拉开椅子坐下，他抬手帮自己和江哲倒了水，“程怀岭知道程远东不同意他这么急功近利抄近路，所以他只能私下给我施压。但是这样对他长远发展没好处，我上次没有答应他。”

江哲听言放松地靠进了椅背里，随即不忿道：“你就被你大哥这样扒着吸血。”

“江哲。”

程怀瑾目光看过去。

江哲气短，眼神瞥去了一边，半晌，又仿佛不解气地说了一句：“如果是我，我绝不可能被牵制一辈子的。”

“你不需要是我，你是你自己就可以了。”程怀瑾说完不再同他争辩，抬手叫了服务员。

两人吃了午饭后，程怀瑾开车将江哲送回了酒店，也算是给江哲的送行宴。

江哲再不想回家，也耐不住江父的连环电话，说他那个毫无血缘关系的姐姐马上要从 M 国毕业回来，让江哲别在外面瞎晃悠。

江哲无奈，只能屈服。

程怀瑾把他送回酒店之后就开着车独自往回去。临近傍晚六点，天色开始变暗。

周末人多车密，开到北川大学附近的时候，已经开始堵车了。

程怀瑾耐心地坐在车上等着，忽然接到了一通电话，说是晚上就要提交的一份文件现在才发现还没有拿给程怀瑾签字。

两人随即约了学校附近的咖啡厅见面，程怀瑾于是打开转向灯，变道将车开到了学校门口的停车场。

不过二十分钟的耽误，程怀瑾很快在咖啡厅签完了字。朝停车场走去的路上，正巧经过那间苏芷说到的茶餐厅。他目光扫了一下，正打算继续往前走，忽然听到了一个熟悉的声音：

“他是收留我的叔叔，没你们想的那么恶心。”

程怀瑾脚步一顿，又听到：“王敏你真不用处心积虑地找我麻烦，我不和你玩也不是因为看不起你。”

程怀瑾往前走了几步，他看到苏芷正一个人站在茶餐厅的后门处，对面是三个他没见过的女生。

后门处的光线并不清晰，此时天色也有些暗了。

苏芷被逼到坚硬的墙边，目光有些发狠地看着王敏。

言希下午时被她妈妈提前接走了，她原本打算把手头的作业写完再走，谁知道出门的时候竟然遇上同样来茶餐厅的王敏。

王敏不知道从哪里得知了苏芷现在寄宿在一个陌生叔叔的家里，眼下自然是迫不及待地要来挖苦讽刺她一顿。

后门处并没有什么行人，王敏有帮手在旁也更是肆无忌惮。

“你可真有意思，谁处心积虑找你麻烦？就你也配吗？”王敏双手抱胸朝苏芷更进一步，笑嘻嘻地说，“你长得也还看得过去，和人家叔叔住一块的时候没发生点什么吧？”

“那人长什么样啊？不过配你的话，看得过去就行了，有没有大肚腩？有没有孩子啊？”

王敏话音刚落，身旁的两个女生也跟着大笑了起来。

那话语里，恶意已昭彰。

苏芷手臂紧紧地贴在身侧，声音冷硬：“王敏，你不用在这里说这些难听的话。我也不会被你影响到的，你要是今天敢打我，就算这里没有监控，但是旁边的路口也是有监控的，你们逃不掉的。”

程怀瑾并不能完全看到苏芷此时的表情，他站在不远的拐角处，两旁的灯光逐渐地亮了。

但他仿佛可以想象到。

那只浑身竖起利刺的小狐狸，如何在被逼到墙角的时候，还要做奋力的反抗。

——“又刺又柔软。”

程怀瑾抬手看了眼手表，抬脚打算离开，却又听到那个陌生女孩讥讽地骂道："苏芷，你会不会太高看自己了，你浑身上下哪里值得我出手？你搞搞清楚，你是个连自己亲生父母都不要的烂货！

"小学就被丢到乡下去，初三的时候又被丢一次，看看，现在你爸妈还不是又把你丢了？你真把自己当盘菜了！"

王敏显然被苏芷这副刀枪不入的态度惹恼了，她言语锐利地说道："你不过是个没人要的垃圾，谁碰到你谁倒霉。你那个叔叔也不愿意收留你吧！"她声音变得尖锐，也变得歇斯底里。

程怀瑾驻足在原地。

然而许久，他也没有听到苏芷的反击。

空气变得凝滞，同样也变得沉重。

他应该离开的。

他给程远东的承诺只有让她在家里住一年。

江哲说得没错。

程远东当真在乎那年在苏昌铭家住过的情分吗？如果他真的在乎，也不会后来机缘巧合遇见的时候才说要回报。

如果他真的在乎，也不会就让苏芷住到程怀瑾那里之后再没问过她一句。

程怀瑾看着不远处灯光投下的几个人影。

他应该离开的。

可他也想听听那个人的答复。

许久，他终于听到一个缓慢的声音从那后门处传来："我没什么必要和你说这些。"

是了。

她无法回答那些问题，她无法回答那些她为何被放养被忽视的问题。

恍惚间，程怀瑾想起了八岁那年他被程远东送到外婆家的那个晚上，外婆抬手狠狠扇了程远东一个巴掌。

程远东受了，然后离开了。

外婆从始至终都没有看过程怀瑾一眼，程怀瑾知道，那个巴掌其实是该给他的。而后很多年，他记忆里最深的是那间昏暗的祠堂。常年昏沉的房间里，只有不灭的香火跳动。

一个小男孩曾经长久地、频繁地跪拜在那支烛火的下方，大部分时间是为了赎罪；有时候是在祈福，有时候也是因为挨罚；更多的时候，他其实是无处可去。

求那不知名的神明给他个安心的去处，一个可以心安理得地躺下休息的地方。

极静的一刹。

程怀瑾转身朝那后门处大步走了过去。

昏暗的角落里，他一眼看见了满眼讶异看过来的苏芷。

略显慌乱的王敏提高音量喊道："你是谁啊？"

程怀瑾却径直走到了苏芷的身边。

苏芷已无法说出任何话，也不知道程怀瑾为什么会出现在这里。

一切都变得虚化了，声音也变得模糊。

不知何处而起的白噪声疯狂地在苏芷的耳边响起。

她看见程怀瑾走到了她的身边。

而后，那白噪声消失了。

一切变得寂静，也变得让人不敢相信。

苏芷看着程怀瑾，清楚地听见他问："还聊吗？不聊我们回家。"

很长一段时间里，苏芷无法正确定义"家"这个字。

它应该是具象的，一个可以遮风避雨的屋檐；也应该是抽象的，一个可以依靠停歇的港湾。然而在苏昌铭身边生活的十七年，她只感受到了那个具象却冰冷的"家"。她的确拥有一片不至于流落街头的屋檐，却也觉得那屋檐建在绝壁千尺的崖前。

她身后无人，随意摇摇欲坠。

可如今，那个她相识不过一个月的男人无声地在她背后伸出了一只手，在她摇摇欲坠快要坠下悬崖的时候，伸手拉了她一把。

北川已经入夜。

街上缓慢行驶的车辆，温柔的霓虹和行走的人。

隔着一道透明的玻璃，也给苏芷隔出了一个无声的空间。

她获得可以自我缓解的时间，不必强撑着说她早就习惯，也不必和他解释到底发生了。

因为程怀瑾什么也没问。

苏芷身子靠在副驾驶的车门处，她脸颊贴着冰冷的玻璃，目光一直看向窗外。

开始，她也等着程怀瑾会问她些什么。

骂她的是什么人？她们为什么会知道这些事？她和她们又是什么关系？

可她一直看着车辆驶离北川大学走上高架，也没有等来程怀瑾的任何问询。

苏芷顷刻就明白了，因为程怀瑾根本不在乎这些问题，他的俯身迁就和他的施以援手更像是某种他可以毫不费力就完成的行为。

安静的车厢里，她看着窗外的眼圈慢慢地发红，也慢慢地恢复。

均衡的冷气舒缓地游走在她的小腿间，苏芷轻轻吸了一下鼻子，转头看了过去。

车厢灯光昏沉，程怀瑾正目不斜视地看着前方。对面是流光溢彩的霓虹灯带，模糊的色块在他高挺的鼻梁上流转、变化。

他眼眸很深，却也很亮，微小的一片光斑停留在他的眼眸上，像是能一眼看进人的内心。

苏芷也的确这样认为，被他注视，也被他注解，而他却像一张空白的卷纸，一眼望过去她无法找到任何一处注脚。

程怀瑾很快就将车开回了君苑。

苏芷无声下了车，低声同程怀瑾说了句谢谢，就往自己的住处走，却听见程怀瑾在她身后说道："我有话和你说。"

苏芷身子一滞。

"现在有空吗？"程怀瑾站在庭院里，定身等着苏芷的答复。

苏芷慢慢转过了身子："有。"

住在这里的半个月以来，苏芷的活动范围很是固定。

自己住的这套平层以及程怀瑾那边的餐厅，就是她给自己划下的界线。

然而从这天起，她的世界被扩大了。

"客厅这边的拉门打开可以通向前院，和你住处卧室看见的是同一片草坪。"

"餐厅的后面还有一间小客厅，从这里出去是后面的一小片花园。这里的楼梯通往地下室，下面有一个健身房、一个室内游泳池和一间影音室，你右手边是酒窖。"

“你平时只来过这里的餐厅，我住在楼上。”程怀瑾一边说着一边率先走上楼梯。

苏芷变成了一只会行动的木偶，她不知道程怀瑾到底在做什么，却还是无法控制地亦步亦趋跟在他的身后。

“右手边是我的卧室，旁边是书房。楼上更简单些，还有两间会客室、一间客厅和两个阳台。”

除了他的卧室，程怀瑾都侧身一个个推开了门，确保苏芷全都看到。

苏芷目光扫过去，嗓口觉得越发堵塞，疑问越来越多，却一个也问不出来。

程怀瑾还是带着她在二层也逛了一圈，然后目光示意她一起下楼。

苏芷走在前面，棉质的灰粉色拖鞋在地砖上踏出柔软而低沉的声响，她思绪完全凝滞，心中有隐约而又呼之欲出的答案，也被她克制地压在心底。

因她知道失望落空之后，是比从未拥有过还要剧烈的落差，所以她什么都没有说，她顺从地走到一楼后侧身站在了原地。

程怀瑾从她的身边走过，偏头说道：“去后面的花园。”

苏芷第一次来到程怀瑾别墅后面这座被精致打理的花园，明黄色的矮灯错落照在花丛里。光线并不明朗，一切好像被罩上灰色调的滤镜，所有的颜色都变得安静，也变得柔和。

夜晚的风很潮湿，拂在苏芷的脸庞上，让她有种过分奢侈的错觉。

这一刻，过分地平和了。

她坐在长椅的一端，感受着这份她长久以来缺失的平和。

她觉得那根曾经腐烂、折断的根茎仿佛又生长了出来。

她觉得安稳，也觉得安全。

程怀瑾坐在离她不远的另一端，他身子微微依靠在椅背上，看了远方的天空一会儿。

然后转头对她说道：

“这是我的名片，上面有我上班的地址。”

他说着拿出一张名片，荧亮的灯光下，苏芷看见他被照拂的半张侧脸，目光沉静，也如同他的言语。

“上面有我的电话号码，你现在记下来。”程怀瑾将名片递到了她的面前。

苏芷看着那串陌生的数字，她目光变得迟疑，而后，轻声问道：“为什么？”

她已无法再接受更多的善意，她害怕那些善意堆叠而出的猜测，更害怕猜测落空后剧烈的落差。

所以她拒绝为程怀瑾今晚的行为做任何的定义。

程怀瑾侧头看了苏芷一眼。

“你如果真的把我的话听进去，现在就不会问我为什么。”

他身子微微前倾，双肘抵在膝盖上，黑夜将他的目光装饰得柔和，敛去了凌厉的冷意。

此刻，叫人在这认真问询的目光里下沉。

仿佛他当真是在意的。

苏芷心脏漏跳了半拍，嗓口干咽：“什么话？”

“我说你不是寄人篱下，而是住在这里。”

是这句了。

苏芷一晚上不敢去想的那句话，终于被程怀瑾说了出来。

“所以我亲自带你再走一遍，下次你应该把我的话记住。”程怀瑾目光收回来，又点开了他的手机，“你电话号码多少？”

苏芷觉得心跳的声音已经将她淹没，她看着那点亮起的屏幕，告诫自己现在不应该失控，所以她声音很缓，却仍然清晰地报出了自己的号码。

程怀瑾拨出了电话，然后很快挂断，他将手机收回口袋，站起了身子。

“你想坐也可以继续坐一会儿。”他说完就转身朝屋里去了。

花园里又静了。

苏芷在那里坐了很久。她身子变得僵硬，而后也变得柔软。

她这才发现在她右手边的地方种了一小片洋桔梗。灯光幽暗，她无法看清那片桔梗的颜色。层层绽放的花瓣，在这个静谧的夏夜里随着微风昂扬也飒爽。

“无刺小玫瑰。”苏芷轻喃出口。

她最喜欢的洋桔梗，又名无刺小玫瑰。

同样的美貌，却是温柔而无刺。

苏芷低头看着自己手机上的那通未接来电，十一个数字的排列，她反复地默读也反复地记忆。

在这个沉默的夏夜里，她觉得自己的利刺也消失了。

苏芷在外面坐了好一会儿，时间靠近九点她才返回自己的住处。穿行过空旷而精密的庭院，她抬头时能看见程怀瑾别墅二楼有隐隐的灯。

苏芷驻足在庭院里看了片刻，而后便走回了自己的住处。

洗漱完毕之后，她早早地躺到了床上。

窗帘没有拉上，从她卧室的角度只能看见别墅前面的那片宽大的草坪。她侧枕在自己的手臂上，静静地去看那片月光。

屋内没有声音。

她双手贴在脸颊上，才发觉手脚是这样冰凉，身体却又这样烫。

鬼使神差地，她又重新打开了手机，将他的电话号码输入了微信搜索框。

她没想到会这么顺利，手机上很快跳出了一个深色的头像。

她嘴唇抿紧着去点开了他的头像。

程怀瑾的头像色调很深，苏芷点开大图，又用双指放大看了好久才隐约有些看出来。

好像是一片夜里的大海。

底色是完全的黑色，只有映衬着几分天光的波澜堪堪能让人分辨得明白。

没来由地，苏芷觉得心口有微微的下坠感。

仿佛，是被这幅图像所吸引。

因它并非什么富有积极寓意的图画，相反，你聚精会神地看着它时，还会感受到一种向下的拉扯感。

将你悄无声息地向下拖拽。

她心里有一种莫名的寒凉感。

不知道程怀瑾是不是拍照的当事人，不知道他拍下这张照片时，又是怎样的心情。

黑暗里，苏芷熄灭了屏幕。

她无声地从床上坐起，赤足踩在柔软的地毯上，从那条被她换下的裙子里拿出了程怀瑾的讲座宣传单。

程怀瑾的照片被印在反面的介绍上，照片里他眉眼平静地看着镜头，嘴唇轻轻地抿起，冷冽的目光同样也透过这无声的照片看向她。

让她想起她第一次遇见程怀瑾的时候。

安静的等候室里，他从门口走来。

她觉得茫然，也心生警惕。

而后无数次，苏芷依旧没有否定自己第一次时产生的感觉。

直到他一次次地伸手扶了她一把。

直到她看见这片黑色的大海，想知道他并非看上去的那样坚不可摧、不可碰触。

苏芷紧紧地捏住这张宣传单，心跳却并未在此发慌地加速。

因她也同样看到，程怀瑾的年龄和程怀瑾的履历。

以及他刚刚才向自己介绍过的，程怀瑾的家。

她第一次踏进就深知自己不属于这里的家。

苏芷心里太过清楚。

屋子里的温度缓缓地，又降了。

窗帘被她重新拉起，一切陷入彻底的黑暗。

那张印着照片的宣传单被苏芷叠起放入了抽屉的角落，而后缓慢地合上了抽屉。

她安静地走回到自己的床边，躺下闭上了双眼。

一切应该和从前没有任何不同。

她感谢程怀瑾，却也应该永远止步于感谢程怀瑾。

然而那天晚上，苏芷躺在床上。

她也觉得某些东西在她的心口无法控制地坍塌了，沉溺了。

半梦半醒之间，她视线变得模糊。冥冥暮霭里，一切昏暗而沉重。

她只能察觉到一点微微的光亮隐在不远处的前方。

苏芷迟疑着走近，看到一个男人坐在长椅上。

跳动的灯光照拂着他的半张侧脸，他目光轻柔而认真，偏头问她："回家吗？"

九月的最后一个周五，第一次月考进行到最后两门考试。

苏芷早上早早醒来把物理公式又翻出来，坐在餐桌前边喝牛奶边继续背诵。

程怀瑾从楼上下来，便看见她一只手握住杯子一只手在快速地翻动书页，嘴里还小声地念念有词。

"早。"他打了声招呼，在苏芷的对面坐下。

苏芷迅速地抬头回道："早。"然后又继续背诵公式。

程怀瑾接过李阿姨递来的咖啡，低头处理了一会儿手机上的邮件，然后就收了手机。他双肘撑在桌面上，安静地喝着咖啡。

苏芷最后把几条最重要的公式又默读了几遍就立马合上了书页，将杯子里的牛奶一饮而尽。她抬头一瞥，发现程怀瑾正看着她。

苏芷手指一滞，慢慢地放下了杯子。

“今天我送你去学校。”程怀瑾神色如常，将空了的咖啡杯放到一旁，“司机请假回老家了。”

“哦。”苏芷点了点头，用纸巾擦了一下嘴角，“我好了。”

“走吧。”

苏芷立马起身将书包背上，跟着程怀瑾往门口走。

北川已经进入九月的尾巴，然而气温却一日高过一日地烧起。不过在门口等候程怀瑾将车开出来的片刻，苏芷已觉得这太阳要把自己灼烧、融化。

她贴身站在门口仅有的一点阴凉下，目光看着地下车库的出口。

程怀瑾的车一出来，她就小跑着奔过去。

车里的冷气已经开了，一坐进副驾驶，苏芷这才觉得一口气缓过来。

后背洇湿的一点薄汗很快就在流通的冷气里慢慢干燥，苏芷整个人都觉得达到了一种极为舒爽的状态。她嘴角微微抿起，伸手想去把自己这边的风口关闭，谁知道手指触及风口时才发觉自己这侧的风口竟一直未开。

愣怔的一瞬，她看见程怀瑾伸手将空调的温度调高了一些，而后什么也没说，抬手转动着方向盘将车开上了高架。

苏芷慢慢收回了手指，目光却情不自禁地朝程怀瑾看了过去。

晨曦的光照还泛着微弱的金色，在他的眼睁和鼻梁上都镀上了一层轻薄却柔和的纱。流畅而硬挺的脸部线条，越过微微凸起的喉结，而后消失在扣起的第一颗衬衫纽扣处。

苏芷目光无声下移，倏地发现了两抹白。

第一抹白，是他白色的西装衬衫。

穿在程怀瑾宽厚而笔挺的身上，手臂处收紧的褶皱也同样描绘出修长有力肌肉的轮廓。手腕处一只干净利落的银色腕表，像是他本人的真实写照。

第二抹白，是她的白色校服衬衫。

荷叶领的学生制服，被她塞进灰色裙内的衬衫下摆。

苏芷手指不经意地抚上了自己的袖口，手指的肉色从轻薄的衬衫里透出，目光长久地凝视这里，而后，她迅速地将头转向了窗外。穿梭而过的车辆，聚合又扩散的人群，苏芷再没把目光朝程怀瑾看去。

七点半左右，程怀瑾将车停在了校门旁边。

苏芷转头朝他说了谢谢正要下车，就听见了程怀瑾说道：“今天几点放学？”

苏芷愣了一下，这才想起司机已经请假回家，晚上不会来接自己了。

“四点半考完。”

“还在这里等我。”程怀瑾说道。

苏芷点了点头：“好。”

“下去吧。”程怀瑾偏头看了一眼后面来车轻声说道。

苏芷“哦”了一声，开门下了车。

车外，一阵温暖的热浪将她团团包围。

苏芷走到一旁的人行道上看见程怀瑾将车倒出，然后驶离了门口。

她心口微微发颤，却也并不知为何。

最后她只再看了那早已没有那辆车的踪迹的马路一眼，便转身走入了学校。

苏芷学的是理科，当年文理分班的时候她心思还不在学习上，为了和言希能继续一个班也就跟着言希一起选了理科和物理、生物。

然而她数学和物理都是万年大坑，靠着高三开学这几周的弥补根本是杯水车薪。

月考的最后两门是物理和生物，苏芷憋着一口气硬是把所有的空都写得满满当当，试卷交上去的一刻，她觉得瞬间的解脱也预感了国庆节后的灾难。

言希一脸兴奋地在苏芷旁边收拾书包，国庆七天假期她已得知苏芷不会出远门，便拜托苏芷帮忙打掩护好让自己能每天出去玩。

苏芷还沉浸在考试考砸的低落情绪里，言希已经飞快地背上书包抓紧这来之不易的提前放学去餐厅找阿正。

班级里很快也就没了人，苏芷背着书包朝校门口走去。今天是国庆放假前的最后一天，校门口挤满了来往的车辆。

苏芷找了一个稍高的地方站着，却左右也没看见程怀瑾的车。

她打开手机看了眼时间，正好四点半。

苏芷将手机放进口袋里，双手握在书包肩带上，有些无聊地看着蜂拥而出的人。有很多前来接孩子的家长，骑着灵活的电动车，一个个接走他们的小孩。

苏芷将目光从远处收回，望向了自己的鞋尖。

五点，校门口的人群已经逐渐散了。

街对面的晚餐摊子一个个支了起来，苏芷点开手机，上面有她十分钟前拨出去的两个未接电话。

程怀瑾迟到了，也没有接她的电话。

苏芷面无表情地将耳机从书包里拿出插进了手机里，夏日的燥热慢慢地散了。她身子微靠在旁边的水泥墙上，听着手机里的音乐。

嘈杂消散了，然而她也并未听清耳边唱着的到底是哪一首歌。

她目光只长久地看着早晨程怀瑾将她放下的那个地方，空白的一个车位，再也没有东西可以填上。

上午出门时还是阳光明媚的天气，下午说变就变。

苏芷等到快五点半时，阴云已经逐层积压。

天色变得昏暗，晚风卷着潮湿的凉意从她的小臂和腿边掠过。苏芷再次看了眼手机，决定再给程怀瑾发条消息就自己坐车回去。

风力越发威猛，飞起的树叶擦过她的脚踝，留下片刻的刺痛。苏芷看了一眼便朝门卫处走了过去。

有了一面墙的遮挡，苏芷将手机打开找到了程怀瑾的电话。

她点开消息界面，正准备给他留条消息时，忽然一只手轻轻地拉了一下她的耳机。

苏芷倏地转头看了过去——

天色已经完全暗了，门卫处，一盏昏黄的路灯从她的斜后方照下。

他比她要高上许多，此刻站在她的身后，像是将她笼罩，也像是将她拥在怀里。

黑色的西装外套与这片黑色的背景相融，一只月色般冷白的手指抬起伸至了她的眼前。

温热的指腹，因为她突然的转身，轻轻擦在了她的脸颊上。

苏芷浑身都跟着颤抖了片刻，而后迅速僵硬灼化。

他靠得太近了。

因为这逼仄的墙边，也因为他伸出的手。

苏芷呼吸停摆。

瞬间，程怀瑾拿下了她的耳机。

世界重新蜂拥而至。

嘈杂、气息，也包括他的声音。

“抱歉，我的手机没电了。”程怀瑾低头看着她，“先上车。”

苏芷嘴唇紧紧地抿起，抬头朝他看去。

冷风更甚了。

她看见飞起的树叶盘旋着朝天上飞去，也看见程怀瑾的衣角被吹拂着上下翻飞。

然而这个逼仄的角落里，这盏昏黄的路灯下。

她却觉得，像是某个不知梦起的午后，一个静坐在花园的黄昏，也像是那天，她在花园里的那场梦。

他靠她很近，也伸手，也垂眸。也像现在，她试图缓慢恢复呼吸的时候，闻得到他身上令人难忘的气息。

片刻，苏芷终于开口：“好。”

然后她便随他一起往车上去。

当苏芷走近程怀瑾的车时，她才发现副驾驶的位置上，坐着一个她并不认识的女人。

那情愫散了，也退了。

苏芷沉默地拉开后座的车门坐了上去。

“你就是苏芷吧？”

苏芷一上车，副座上的那个女人就转过了身子。

她声音很温柔，也很礼貌。车厢里弥漫着一股柔和的香气，像是在这里存在已久。

苏芷觉得嗓口被扼住，她手指紧紧抓住裙摆：“是。”

前面的女人轻轻笑了一下。

她一头披肩的卷发，身上是一条米白色的连衣裙。

“我叫江妍月。我替二哥向你道歉，是我忽然来北川找他，他才先去机场接我的。”

江妍月满眼歉意地朝苏芷说道，然后便将目光投向刚刚上车的程怀瑾。

“走吧，二哥，今天还是去以前你常带我去的那家餐厅好吗？”

程怀瑾上车后侧头看了一眼后面，随后去系安全带：“哪家？”

江妍月顿了一下，声音温柔：“我知道我好久没来了，二哥你别生我气。”她说着就将自己的手机放在了支架上，“导航吧。”

程怀瑾扫了一眼，将车开了出去。

一路上，江妍月都在和程怀瑾说她在M国读书的事情。苏芷一直看着窗外，可那声音却像是无数只细小的钩子，让她无法也不能视而不见。

程怀瑾是为了先去接她才将自己晾了一个小时的。

她唤程怀瑾叫二哥。

她那样亲昵地和程怀瑾分享自己读书的事情，那样熟稔地同程怀瑾聊起自己的家人。

车外，天色彻底地黑了。

红色的车灯，彩色的霓虹。

苏芷看见自己的轮廓被描绘在这张透明的玻璃上，也看见那张轮廓的内里被那些匆匆而过的灯光所填满。

渐渐地，江妍月的声音也变得遥远。

苏芷像是沉入某种不愿醒来的梦境，一直看着窗外。

程怀瑾将她们带到了一家装修古典的餐厅。两推门的庭院，一个穿着素白长袍的女人站在门口将他们迎入。

宽阔的庭院里栽种了数棵参天的大树，一排低矮的走马灯沿着主路，将他们迎上了一座石砖拱桥。

苏芷一直走在最后，看着江妍月与程怀瑾并肩而行。

江妍月个头娇小，身子微落于后，一身米白色的连衣裙。

他们像是穿着“情侣装”。

不仅颜色相同，他们在每个维度都是相似的，都是相配的。

苏芷步履越发缓慢。

她想不明白为什么程怀瑾会带她一起来吃饭，她宁愿他就没有出现，就让自己转三趟公交车回家，而不是这样，要她亲眼看一看。

折回蜿蜒的长廊，苏芷与他们越来越远。她看见他们一同拐弯，一同消失，又一同出现，晚风吹着廊檐的灯笼晃动，她身影也被吹动，安静的庭院里，她已经听不到他们交谈的声音了。

他们也许已经忘了自己了，苏芷心里笑道。

她僵着身子继续机械地前行。

然而，抬头的一刹——她看见了从拐弯处重新出现的程怀瑾。晃动的灯影里，他高大的身躯像是高耸巍峨的山脉。

苏芷手臂紧紧地收在身侧朝他走去：“对不起，我走得太慢了。”

程怀瑾微微侧身，等她小步走到了自己的身边才又抬脚折回。

不远的前方，江妍月正笑着等着两人。她伸手捋了捋微卷的长发，同快走到身边的程怀瑾说道："二哥，王老板刚刚请你去说说话。"

"哪里？"程怀瑾淡声问道。

"就在我们包厢旁边，你好久没来这吃饭，他大概是和你打个招呼。"江妍月轻推了程怀瑾后腰一把，"我和苏芷在包厢等你。"

程怀瑾点点头，便朝前走了过去。

江妍月朝苏芷招了招手："我们先进包厢等二哥吧。"

苏芷应了一声，同她一起走进了包厢。

穿着长袍的女人抬手合上了房门。

极淡的檀香，一眼看不尽全貌的包厢。

远远地，江妍月走进了那扇巨大屏风的后面。

"还和我跟二哥上次来时一样的摆设。"她声音轻柔地穿过、扩散，"之后把订婚宴也定在这里好了。"

她更像是在自言自语。

一路上，苏芷都不知道要如何插进他们的谈话。她嗓口被沉默封缄，也被自卑噤言，然而此刻，她被某种无法研判的情绪所支配。

让她回想起程怀瑾第一次叫她打电话给苏昌铭的那个晚上。他亲手递给她一把刀，要叫她自己看看，他说的到底真不真。

如今，苏芷也将那把刀拿出，刀口锋利逼人，想要知道那个答案到底是什么。

"你要结婚了吗？"

那声音很平静，苏芷定定地站在原地。她看见江妍月又从那屏风的后面走了出来。

江妍月妆容精致也妩媚，笑起来像是一弯流淌的春水。

"二哥还没和你说吗？"江妍月轻声笑了笑，"你别太担心，我们一定会安排好你之后的住处的。"

那春水缓慢地流淌进苏芷的心里。

她想，也许是她的心里太冷了。不然为何，那春水已结成冰凌。

苏芷轻轻地笑了笑。

"恭喜。"

"谢谢你。"

她听见刀口下落的声音，也听见冰凌破碎的声音。

程怀瑾简单地同餐厅的老板寒暄了两句，这家店从前江妍月来北川时常来。隐私、高端，符合她的喜好，后来她留在M国继续读书，他就再也没来过。

和老板简单打了招呼之后，他就回了包厢。推开门，看见苏芷一个人伏在一旁的沙发上写作业。

江妍月回头看见程怀瑾进来，连忙起身：“二哥。”

程怀瑾侧头：“点餐了吗？”

“还没，等你呢。”

江妍月说着就要去拉程怀瑾的手臂要他先去餐桌坐下。

程怀瑾抬手微微让了一下，朝苏芷那边走了过去。

“先吃饭？”

苏芷抬起头，她朝程怀瑾笑了一下：“好。”然后侧身从他的一边绕了出去。

江妍月很是客套地让苏芷随便点：“听说你父母都去M国了，你也是挺可怜的，就一个人。”

苏芷看着菜单上动辄三四位数的菜品，灵魂都仿佛在飘浮。

“还好程伯伯心善，让二哥收留你。不过二哥性子冷，你别太介意。”江妍月好似忽然想到了什么有趣的事情，笑了起来，“你知道吗？小时候我最怕的就是二哥发脾气，他和大哥还不一样，大哥会骂人，但是二哥不会，他什么都像正常人似的，但就叫你心里难受极了。”

“一转眼都这么多年过去了，”江妍月感叹道，“不过说起来，二哥正好比你大十岁呢，你平时叫他什么？”

“我……”苏芷犹豫了一下，她目光瞥了下程怀瑾，却发现他也正看向这里。

“她叫我本名。”程怀瑾替她答道，“而且也不是我收留她，只是暂住在这里。”

苏芷后颈微微发热，他竟还特意去纠正江妍月的话。

“哦，这样。”江妍月笑了几声，催促道，“快点单吧，二哥。我坐了十几个小时的飞机饿坏了。”

苏芷最后什么也没点。说实话，她根本感觉不到饥饿。如果可以，她更想现在就逃离这里，而不是状若无事地同他们一起吃晚餐。

晚餐很快就全数上齐。

江妍月没再和苏芷搭话，而是一直在问程怀瑾家人最近如何。

苏芷吃得很少，更多的时候，她只是在一旁默默地听着。其实，这些都与她无关的，可是她控制不了，像是连一字一句都要缝刻在心。

原来程怀瑾的父亲和大哥都在京市，江家也是。江妍月一直在问程怀瑾国庆要不要和她一起回京市，她父母也颇为想念程怀瑾。

“江哲也回去了，你们从小感情那么好，就不想见见他吗？”江妍月似是很笃定江哲的分量，“明天下午我们回吧，我也和程叔叔说好了。这么久没见到程叔叔，他肯定也想我了。”

“让李阿姨照顾苏芷就好，或者我帮她报个旅游团出去玩玩。”江妍月说着就去拿手机，“去云市吧，江哲刚从那回来说是很有意思。”

“我不去！”苏芷连忙出声拒绝。

她不想去什么云市，更不想被江妍月安排。

“我国庆要在家里写作业，我不想出去。”苏芷几分恳求地将目光投去了程怀瑾那里。

程怀瑾看了她一眼，朝江妍月说道：“明天下午我安排车送你回京市。”

“二哥你不和我一起吗？”江妍月手指一滞，望过去。

“我这段时间很忙，年底才能回去。”程怀瑾淡声说道，“而且江哲前段时间已经来过我这儿，如果你真的关心他，不会不知道。”

程怀瑾语气很是寻常，他放着江妍月说了那么多，最后却直接拒绝了她。

苏芷察觉到一束目光投了过来。

炙热也冰冷。

她忽然听见江妍月轻笑了一下，语气温柔：“小芷，我想和二哥说几句话，你能不能……”

“好。”苏芷一口应下。

说句实话，她甚至有些迫不及待地想要逃走。

程怀瑾转头看见苏芷站起身子，淡声说道：“别走太远。”

苏芷没看他，只点了点头就径直往门外去了。

包厢门轻轻地又合上。

屋里重新变得安静，餐桌上的饭食其实并没有动很多。或许在这氛围下，吃不下的，不止苏芷一人。

“国庆你很忙，是要陪那个小姑娘吗？”江妍月声音依旧缓和，语气却已有不满，“怪不得去机场接我的时候那么生气，我们认识这么多年，连这点时间都舍不得为我耽误吗？”

“我刚刚解释过了，不是舍不舍得的问题，是我说了去接她就不能食言。”程怀瑾身子后靠到椅背上。

“那你和她说一下让她先回去不就可以了吗？”江妍月几分埋怨。

“这点我也解释过，因为去接你所以手机没能充上电，我也不记得她的电话号码。”程怀瑾语气仍然平和，“明天下午两点我安排车送你回京市。”

“二哥！”江妍月忽然有些失控地喊了一句，随即眼圈发红，声音低小，“我坐了十几个小时的飞机回来，家也没有回，只想着先来北川看你。你去机场接我不情不愿就算了，还一定要在一个外人面前折我的面子吗？”

她一双盈着泪水的眸子看着程怀瑾，声音变冷：“二哥，你不该折我面子的。”

江妍月从头到尾都没再和程怀瑾大声过，她和程怀瑾说“你不该”。

程怀瑾太明白她的意思了。

他们程家是从泥里面一步步爬上来的，是程远东高攀着上来的。

而江家，是生来就站在高处的。

或许江妍月从来都觉得自己高人一等。

而分明她也不过是随着母亲二嫁入江家的孩子。可也许有人就有那样的天赋，她善于将不属于自己的东西占为己有。

她也从不会觉得自己不属于这里。

她和他从来都不是一路人。

如今，她也不怯于用这层身份来压制程怀瑾。

程怀瑾伸手将面前的餐具往前推了推：“如果你觉得我折了你的面子，我和你说抱歉。但是我最近很忙，没办法陪你回京市。”

他说完就直接站起来往外走去，包厢的门一推开，他就看见了插着耳机坐在走廊处的苏芷。

她身体背对着厢门，微微倚靠在深色的廊柱上。头顶一只晃动的竹制灯笼，为她披上一件流动的纱。

走廊里很安静，她也静得像是融入了这片黑夜。

怔忪的一瞬，程怀瑾朝她走了过去。

这一次，仿佛是心有灵犀，苏芷转过了头。

昏暗的夜色里一双黑色的眼睛，亮得能照进人的心里，小巧纤细的鼻梁微微翘起，下方是一张将开未开的唇。

程怀瑾忽然想起了江哲的那句话：“很漂亮的女人。”

沉默的一刹，他听到苏芷开口：“你们吃完了吗？”

“走吧。”

程怀瑾还是把江妍月先送回了酒店。

一路上，再也没有人开口说话。下车的时候，江妍月狠狠地甩上了车门。

安静的车厢里，苏芷不知道该说什么。她清楚地察觉到江妍月定是在程怀瑾这里碰了钉子，却也越发地觉得无法理解。

他们已经快要结婚了，为什么程怀瑾还是这样的态度。可她也知道，这一切都不关她的事。

苏芷一直靠在窗边望着外面。

然而程怀瑾并没有急着开车，他转身看着苏芷，声音平和：“吃饱了吗？”

仿佛刚刚发生的一切都不存在。

黑暗里的山脉，隐藏了所有的深浅沟壑。

苏芷恍惚间回头，并不知道要回答什么。他真的在意她是否吃饱没有吗？

“我也没吃饱，我们去吃点其他的。”程怀瑾说完便抬手发动了车子。

一路沿着灯火蔓延的公路行驶，二十分钟后，程怀瑾将车停在了一家射击馆的停车场。他伸手拿出了一张卡，停车场的栏杆自动抬起。

随后，他轻车熟路地将车停入了最里面的一个车位。

“关门了。”苏芷出声提醒道。

这家射击馆的门和灯都是关着的。

“嗯，知道。”程怀瑾熄了火，下巴示意了一下旁边的饭店，“在旁边吃饭。”

苏芷“哦”了一声，随后跟着他下了车。

两步远的距离，这家餐馆就在射击馆的后面。不大的店面，塑料帘子挡着外面的蚊蝇和风，程怀瑾一手掀了帘子，让苏芷先进去，自己随后。

“程先生怎么今天来了？”里面一声带着北方口音的女声响起。

苏芷看见一个穿着围裙的女人走了出来。

年纪有四五十岁，穿着一件深紫色花短袖，手上还拿着刚刚在擦桌子

课程表 · KECHENGBIAO

日期 / 课程	MON 一	TUE 二	WED 三	THU 四	FRI 五	SAT 六

的抹布，看起来很是干练。

程怀瑾朝她点了点头：“路过，正好来吃点东西。”

那人听言，脸上笑容满面地看了眼苏芷：“小姑娘好漂亮啊！”

苏芷连忙朝她问了好：“阿姨好。”

“真有礼貌。”那女人笑声爽朗，给她递了一个菜单，“你们先坐，一会儿点单喊我。”

“好。”程怀瑾应了一声，带着苏芷在左边靠墙的那桌坐了下来。

他抽了几张纸巾将桌子又擦了一遍，然后帮苏芷拿了碗筷。

苏芷一直看着他。

把江妍月送回酒店之后，他就一直这副模样。

正常、冷静到无可加复。

可江妍月临走时无可忍受的甩门却也那样昭彰地告诉苏芷，他们刚刚发生的不愉快。

就好像江妍月说的那样，他生气时也是这般正常的模样。

苏芷觉得有什么东西在她的心口抽离、沉没。她觉得嗓口发干，连带着整个胸腔都有隐隐的不适。

“看看你喜欢吃什么？”

而他此刻，依旧只关心她到底想吃什么。

苏芷抿了抿嘴巴，接过了他手里的菜单。

基本都是各式各样的面条，种类并没有很多。

“你吃什么？”她问道。

程怀瑾伸手指了一下菜单：“我一般吃牛肉面。”

苏芷犹豫了一下，问道：“你常来吗？刚刚那个阿姨好像和你很熟。”

“嗯，常来。”程怀瑾回答依旧简短。

苏芷不知道自己是否应该再和他说些什么，最后只是说了也要牛肉面。

很快，两碗牛肉面被端了上来。

程怀瑾吃饭很安静，她也就不说话。

时间已经不早了，即使是周五，店里也并不热闹。

苏芷低头认真地吃着碗里的面条，吃到一大半的时候已经隐隐有些吃不下了。

她抬头看着程怀瑾才发现他已经吃完正等着她。

苏芷赶紧又低下头继续吃。

“吃不下了？”程怀瑾问道。

苏芷夹住筷子的手一顿。

“没有。”她说完憋着一口劲儿将剩下的一点吃完了。

程怀瑾起身去结了账，随后对苏芷说道：“下次你应该点小碗。”

苏芷一瞬愣怔，“下次”这两个字像是炽热的铁掌在她的耳边烙下了一片赤红。

下次。

他下次还会再带她来这里吗?

“想再坐一会儿吗？”程怀瑾见她没动，低声问道。

苏芷连忙站起了身子：“不坐了。”

“那我们沿着这条路走一会儿。”

程怀瑾说着，率先走出了小餐馆。

夏天的晚上，连风都卷着潮湿的暖意。

程怀瑾走得很慢，并未像早些时候那般同江妍月一起走在她的前面。他黑色的外套丢在了车里，此时只穿着一件白色的衬衫，慢慢地走在苏芷的身边。

一条漫长的小路，往来没什么车辆，几盏昏黄的灯光，照着路边零散的店家。

苏芷心里无法控制地想着他的“下次”，却也忽然想起了江妍月的话。

——“你别太担心，我们一定会安排好你之后的住处的。”

下次。

其实他们或许没有下次。

苏芷侧头看向了程怀瑾，他目光平静地直视着远方。

其实，她不知是否有人说过，程怀瑾看人的时候过分地认真，像是他真的在乎，又或许，他真的在乎。

片刻，她缓缓开口问道：“程怀瑾，你和江妍月结婚之后，我需要搬出去吗？”

她声音不大，却也清晰。

寂寥的十字路口，他们一起停在了那盏红灯的面前。

程怀瑾垂眸看着她：“江妍月和你说的？”

苏芷点了点头：“我会搬出去的，你们不用担心。”

她久久地看着十字路口对面的那盏路灯。心里想着，她并非一根无处定脚的浮萍，而是一盏永远站在原地的路灯。

人来，也走。

苏芷眼眶微微地模糊，忽然，却被一只有力的臂膀紧紧地揽入了怀里。

那股被她刻在脑海里的气息。

某个光影浮动的午后，某首低声吟唱的歌，此刻，也被重新赋予了她从未触碰过的体温，心悸铺天盖地地朝她袭来。

呼吸停滞的一刻，她听到程怀瑾的声音："有车。"

也听见他淡声说道："我没有要和江妍月结婚，你也不用搬出去。"

远处，红灯跳转成了绿灯。

程怀瑾松开手，示意她一同朝前走去。

冷硬起来的心脏，被他揽入怀里的一瞬间，被击碎，也被融化成无尽的春水。

苏芷望着对面的那盏路灯，她终于想起早些时候，她靠在门卫处时听到的那首歌。

她把那首歌单曲循环。

程怀瑾伸手拿开她耳机的那刻，里面正唱着《勇》：

"我也不是大无畏，我也不是不怕死。"

"但是在浪漫热吻之前，如何险要悬崖绝岭。"

——"为你亦是当平地。"

第四章 晚安，程怀瑾

W U C I X I A O M E I G U I

一条马路走到头，再往前走就是高速入口。

折回的当口，程怀瑾问苏芷：“好点没有？”

苏芷一愣，瞬间会意过来他竟是在带着她消食。

“好了。”短促的一声回应，心里有猝不及防的紧绷情绪。

程怀瑾并未在意，已同她一起往回走。

苏芷微微落在他身后，嘴角轻轻抿起，然而笑意已然发酵，将她的心轻盈地包裹。

“你是京市人吗？”苏芷加快脚步，重新跟上程怀瑾。

“不是。为什么这么问？”

“刚刚在路上还有吃饭的时候听到的。”苏芷如实回答，“她说你家人都在京市，一直在问你要不要回家，所以我以为是你一个人来的北川。”

程怀瑾偏头瞥了她一眼：“不是我一个人来北川，是我一个人留在北川。我父亲和大哥从前也都是北川人，后来工作变动去了京市。”

“哦，这样。”苏芷若有所悟地点点头。她心里有些侥幸的窃喜，程怀瑾竟真的这样认真地回答她的问题，并未有任何的敷衍。

让她有种被重视的感觉，又或者说被平等对待的感觉，他并不敷衍她。这想法被反复验证，也叫她笑意延开。

晚风微微吹起她的裙摆，苏芷用手轻轻摁下朝他说道：“程怀瑾，其实你是个好人。”

程怀瑾偏头看过来，正好与她笃定的目光对上。

苏芷如今确定这件事，也并不怕他知道。

可程怀瑾却只是极淡地看了她一眼，又重新移开目光。

“是吗？”

他语气可有可无的，像是从没在意过这件事。

“第一次听人这样讲，”程怀瑾思索了片刻，“所以你得出这个结论的基础，是曾经觉得我是个坏人，对吗？”

苏芷口舌顿干，这才发觉他竟察觉出了她之前的错误揣度。可她还没来得及解释，又听到程怀瑾说道：“不过你之前的判断，也不算全错。”

“什么意思？”

程怀瑾抬起手示意她拐弯：“我也许并不是个好人。”

“为什么？”苏芷不明白他的意思。

然而程怀瑾却并未即刻回答她，两人拐进了射击馆后的停车场，程怀瑾把车打开让她上车。

苏芷将车门合上，书包放在脚边转头看着程怀瑾。

程怀瑾将空调打开，淡声说道：“没有人是绝对的好人或是坏人。”

“我知道，人性很复杂。”苏芷接道，她有些害怕程怀瑾会觉得她幼稚，便也学他的样子说些模棱两可的大道理。

可是话刚说出口，她又开始懊悔。

——“你懂什么。”苏昌铭最常对她说的一句话。

然而，程怀瑾只是“嗯”了声，便倒着车子开了出去。他没有揭穿苏芷的“不懂装懂”，他并不从别人的难堪里获取快意。

苏芷心里的紧张很快被程怀瑾随后开启的电台所消解，他调开的是一个英文的民谣电台。苏芷放松下来开始听的时候，正好到一个年轻的男人在唱歌。

他声音很低缓也很慵懒，更像是在一个乡村的傍晚。天色并不明朗，两人百无聊赖坐在院前的椅子上看着面前一望无际的原野。

天边有低沉的云，温柔的晚风从他们的脸庞拂过。他在叙述，也在歌唱。也好像那天晚上，他和她坐在家里的院子里。他们各自看着前方，安静地说会话。

苏芷伏在身侧的窗户上。

这一次，她依旧觉得那窗户上的倒影被五彩斑斓的霓虹所填充，可她也依稀看见了自己。

一双明亮的眼睛，一动不动地看着前方。她嘴角忍不住抿起，只觉得这一刻应该被妥善地收藏，裹进柔软的布帛里，从此以后只在夜里慢慢地品尝。

一首歌很快就结束，电台里响起了一段歌手的独白。

苏芷的英语还不能完全地听懂他的意思，只依稀抓住几个关键词，却无法串联成有意义的句子。

她下意识地朝程怀瑾看过去。

“他说——”程怀瑾开口，“这首歌是曾经和一个朋友喝完酒后在农场的院子里写下的。他们那天喝了一夜的酒，凌晨四点，满屋的酒鬼只有他们两个还醒着。”

“于是他和他的朋友一起走到了屋外，两人坐在门口的椅子上，一直坐到了天亮。”

“从那天起，他和那个朋友再也没有喝过酒。”

苏芷听到这里，忍不住笑出来。

“我不信。”

她转头朝程怀瑾看过去，竟看见他嘴角很浅地勾了一下。

“我相信。”

“你怎么知道？”

“因为我是他那个朋友。”

苏芷双眼微微撑圆，半晌说不出话。

“你认识这个歌手？”

“以前在 M 国读书的时候认识的。他现在是个小有名气的编曲家，说不定你也听过他的作品。”

苏芷听着程怀瑾的声音，她开始重新回想程怀瑾刚刚翻译的话。

——“这首歌是曾经和一个朋友喝完酒后在农场的院子里写下的，他们那天喝了一夜的酒，凌晨四点，满屋的酒鬼只有他们两个还醒着。”

她眉头皱起望着程怀瑾，像是完全不敢相信。

“你也会喝酒喝到烂醉吗？”

“以前会。”

“那你也抽烟吗？”

“以前抽得很厉害。”

苏芷两只眼睛瞪得更圆，左左右右将程怀瑾看了好几遍。

而后，她忽然想到什么似的，支吾出声问道："所以……所以你第一次见到我的时候，告诫我不要抽烟也是因为这个吗？"

车辆缓缓停在红灯亮起的十字路口，程怀瑾转过头来看着她。他目光其实并不明朗，拜这昏暗的环境所赐，可是苏芷却还是感到了一阵强烈的羞愧。

程怀瑾说道："是，你不应该在糟糕的情绪下做出这种决定。"

苏芷沉默地看着他，鼻头突如其来地发酸，声音也变得凝滞："你在街上会制止每个试图抽烟的人吗？"

程怀瑾最后瞥了她一眼："不会。"随后重新启动车子向前开去。

他说不会。

苏芷的心脏怦怦地重跳。

是因为她哭得特别惨，还是因为她正巧蹲在了他的车前，还是因为那天他的心血来潮，还是什么其他的原因？

他说不会。

他不会制止每个试图抽烟的人，他只是制止了她而已。这想法简直叫人难熬。

她不敢想太多，只能重新看向窗外。

车里很快就切到了下一首民谣歌曲，苏芷慢慢地从舒缓的歌曲里抽离了自己的情绪。

两人回到家时，已经是晚上十点。

苏芷跟在程怀瑾的身后下了车，她把书包重新背上，程怀瑾已经朝他的别墅走去。

"程怀瑾！"她忽然出声喊道。

程怀瑾脚步一滞，转身看过去。

庭院里亮着两排柔和的路灯，向下投下一片氤氲的光圈。

苏芷站在草坪边缘，灰色的裙摆分散成一朵灰色的花朵。乌色的长发柔软地披在她的身后，此时正扬头看着他，像是花园里某朵随风摇曳的花朵，柔软却也生命力顽强。

程怀瑾垂眸应了一声："还有事？"

苏芷目光笃定："我不会再抽烟了。"

"嗯。"

她眼角微微笑起。

“晚安，程怀瑾。”

程怀瑾眼睫动了动。

“嗯。”

而后他转身离开。

那天晚上，苏芷洗完澡之后一直坐在阳台的扶椅上吹风。

夏夜的自然风透过半开的窗户将她裸露在外的肌肤完全地包裹，她还微微湿润的头发垂在肩头，第一次，感到一种长久而安稳的平静。

一晚上睡得极好，早上醒来的时候竟还不到五点。

窗外的天色已是雾青，苏芷睁眼看了一会儿，忽然想起程怀瑾之前和她介绍过他别墅的地下有一个室内游泳池。

突如其来的想法，或许也是因为这段时间长久以来的压抑与烦闷都在昨天那个夜晚消弭，苏芷下床快速地洗漱完，安静地穿过草坪朝他那里走去。

这是程怀瑾带她参观过之后，她第一次自己过来，上次来的时候只匆匆看了一眼，这次来才再次感叹这里奢侈得惊人。以室内游泳时为发散中心，旁边是上次程怀瑾介绍过的酒窖、健身房和影音室。

此时下面的灯被打开，将泳池里的水照得碧波荡漾。

苏芷站在游泳池的边上，心里忍不住地小雀跃。她小学时经常在表姑妈家旁边的小河里游泳，也算她运气好游了好几年都没出事，不过长大后再也不敢去河里游。

来北川念书之后能去游泳的机会也很少，即使去了也是下饺子一样囫囵泡澡。

苏芷嘴角忍不住上扬，随即转身小跑着回到了自己的住处。从箱子里翻出她很久没穿的黑色泳衣，再裹了件大浴巾便朝楼下走去。

来到游泳池的时候，不过五点半。她记得程怀瑾下楼一般都是六点半，她并非故意要躲开程怀瑾，只是觉得还无法坦然地在他面前穿着泳衣，接受他的目光。

可其实苏芷也知道，程怀瑾从来不会随意评判。

他比任何人都尊重她。

她知道，她只是害羞。

穿过安静的客厅，苏芷从楼梯处往下走。浴巾丢在一旁的躺椅上，她蹲在池边用手撩了撩水。

竟是恒温的，带着一丝温和的触感，迅速地攀上了苏芷的手臂。

她在池边活动了几下，纵身跳了下去，像是坠入了另一个安静的世界。

她慢慢尝试着在水底睁开双眼。碧蓝的色彩，折射着顶部明亮的照灯，声音被隔绝在水面之上，她像一条游鱼，柔软地随着水流前行。她更享受这种在水里缓慢前行的感受，仿佛自己也融成了这里的一部分，不会被割舍。

苏芷反复地在泳池里折回，她游得很慢，一直睁眼看着自己朝前伸出的手臂。被切割的冷光在她白皙的手臂上织出一张流动的网，苏芷双腿最后发力将她送到了池边。

她手指按上台面，仰头浮出了水面。扑面而来的干燥空气，流动的水珠沿着她的发绺滴下，半只肩膀也裸露在空气里。视线是湿漉漉的，颤动着的眼睫被濡湿成一簇一簇，她不经意地朝前方看去。

仿佛有不存在的风，吹在她的皮肤上带来瞬间的冷意。

苏芷忽然愣在了池边，一切变为静止，只剩阵阵涟漪从她的身边淡去。

“早。”

门口，程怀瑾朝她点了点头。

苏芷大脑有片刻的空白，口舌被惊诧封缄。

她很少看见他穿着除衬衫以外的衣服，可眼前的男人穿着一件烟灰色短袖，下身是一条宽松长裤。右手拿着他常用的咖啡杯，情绪松弛地站在门口。

柔和的水光同样也打在他的脸颊上，极深的眉眼里像是晃动着一片宁静的湖面。

苏芷的身子慢慢地沉下了，湿冷的肩头重新没入了恒温的水中，只留出一颗仍然看着程怀瑾的头。

“早。”她短促地说道。

“你继续。”程怀瑾说着，便抬脚往旁边的影音室走去。

“你今天不工作吗？”苏芷不知为何，忽然开口。

她依旧把自己藏在水里，下巴支在池边，看着程怀瑾。像是昨晚只有他们两人的车厢里，她格外珍惜可以程怀瑾单独说话的场合。

“工作。”程怀瑾转过身子说道。

“那你……”

程怀瑾顿了一下，抬脚朝她走来。

苏芷手指暗中收紧在池边，看见程怀瑾蹲在了她的面前。

极淡的冷香，也同他一齐带来的阴影将她完全笼罩。

程怀瑾低头看着她，开口说道："醒得早，看一会儿电影就走。"

"什么电影？"

"《触不可及》，看过吗？"

"没有。"苏芷说道。她两只眼睛一眨不眨地看着程怀瑾，把下半句话吞了下去。

"我的时间看不完整部。"

"我可以自己看接下来的。"

程怀瑾眉尾微挑："那抓紧。"

"好。"

苏芷心脏跳得快要蹦出来，她一个深潜，像是湖中的银鱼一般游到了上岸的地方。

程怀瑾站起身子，抬手喝了一口咖啡，眼睛看着苏芷重新从泳池的另一边露头。

"哗"一声不小的出水，透明的流水像是一层逐渐褪去的水衣，从她的肩头落下。乌发紧密地披在她的肩头，冷色的射灯仿佛在她白皙的手臂上流动。

程怀瑾目光收回，朝着影音室走去。

苏芷迅速地跑回卧室洗了澡，头发用吹风机最大风力吹到半干，就又往楼下跑去。

途经餐厅的时候正巧碰上在准备早餐的李阿姨，她又被囫囵塞了一杯果汁和几个小面包。

苏芷一路心跳不止，跑至影音室门口的时候，才驻足稍微定了定心跳。

她抬手推门，里面很是昏暗。

房门缓慢地合上，一种与世隔绝的私密感，拜这间影音室极好的隔音所赐，静得仿佛也一同夺走了苏芷的呼吸。

她小步走到程怀瑾的身边。一排单人的沙发，苏芷踌躇了片刻坐在了程怀瑾的身边。

"你吃面包吗？"她小声地朝着正在调试机器的程怀瑾说道。

"不用，谢谢。"

"哦，好。"苏芷将面包放回自己的手边。

房间里唯一亮着的屏幕发散着柔和的光亮，苏芷身子微微后移，用余光看着程怀瑾。他目光专注地看着前方，黑暗与莹白，两种对立的色彩铺陈在他的脸颊，像是山间流动的月光，寂静而冷。

她穿了一件白色的短袖和一条灰色的短裤，膝盖收在胸前专注地看着程怀瑾。

不一会儿，屏幕上就出现了影片的开头，一个开车的男人。

“好了。”程怀瑾轻声说道。

苏芷立马收回了自己的目光，紧盯着前面的屏幕。

程怀瑾往后倚靠在了沙发里，连带着苏芷这边也感受到了轻微的凹陷。

这样陌生的场景，她从未和程怀瑾一起看过电影。

苏芷微微屏息，努力克制这种蔓延生长的紧张感。

影片里传来的节奏感较强的音乐，同样附和着她爆裂的心脏。

她想看看他此刻是什么样的表情，却又不敢再朝他看去，因他只要微微偏头就一定能将她精准逮住。

屏幕上，那个男人正在夜里开着车，激扬的音乐，不断闪过的灯光。忽然，一声巨大的引擎发动声，车子如同射出的利剑急剧加速。

苏芷情绪紧绷的身子不禁惊得一颤。她手臂同程怀瑾的手臂微微相错。

触电般的感觉，他皮肤冷极了。

似是冰冻的月光，浇在她的皮肤上，她立马收回了手臂，连带着身子都往后挪了大半。

心跳声盖过了影片的声响，她小心翼翼地转头看向程怀瑾。

黑暗中，程怀瑾依旧一声不响地目视前方。

他很认真，并没有在意她的动静。

巨大的汽车轰鸣声，如雷的失措心跳声。

苏芷紧紧地向后倚靠着，让自己慢慢地放松下来。

双手抚上脸颊，是冰一般的指尖。

屏幕里，开车的男人急速地在繁忙的车道里穿梭，苏芷强迫着自己专注于剧情，双手环抱着膝盖，慢慢地将心跳重归如常。

一切都变得正常了。

发烫的、加速的，都重新卧回了正常的轨道。

影片很快进入了正题，一个因为极限运动而瘫痪的富豪和一个有着犯罪前科而落魄的黑人，就像是两条永远不会有交集的直线，却令人意外地纠缠在了一起。

苏芷很快被剧情所吸引，聚精会神地同程怀瑾一起看着电影。他做什么都那样专注，从来不敷衍。

昏暗的影音室里，荧光不断地投射在两人的脸庞。女孩的身体慢慢地松弛了下来，左臂支在扶手上，作为身体的倚靠。男人的右手搭在她的左臂旁边，手指微微扣着咖啡杯。

曾经的那种针锋相对逐渐消弭，取而代之的是一种无须多言的和谐。

程怀瑾离开的时候，电影刚刚过半。

他手机在黑暗里安静地振动，离开的时候告诉苏芷她可以接着把电影看完，不用等他。

苏芷点了点头，看着他离开了影音室。她关掉了屏幕，一切彻底陷入了黑暗，很安静，也很私密。

苏芷静了片刻，随后起身离开了影音室。

回到卧室的时候，困顿的睡意来势汹汹，她重新爬上床睡了一个冗长的回笼觉，随后上午十一点出了门。

言希同苏芷约在了四中门口的茶餐厅见面，苏芷需要出现一下，让送言希过来的妈妈看见就行。

言希随后就跟几个外校的朋友一起去了商场。

吃完午饭之后，苏芷便留在房间里写作业。时而发呆时，她会回想起早上的片段。

她醒得太早了，让一切不真实得像是一场梦。如果不是那身潮湿的泳衣，她或许真的会怀疑这是一场梦。

苏芷在房间里做完了两套数学卷子，然后抱着语文书去了后面的花园。

下午的阳光照在她裸露的脚踝上，带来极度舒适的温暖。她靠着那把长椅，默背书上的古诗词。阳光渐渐从午后的炽热变得柔和了，色彩降低了饱和度，连风都凉意习习。

沉沉的困意不经意地朝她袭来，她眼皮不自觉地下垂。困顿的视线里，仿佛闭眼走过一条雪白的走廊。她努力想睁开眼，却怎样都没有办法。隔着遥远的声音，她听到有渐近的脚步声。

苏芷无法看见来人的长相，只能跟着他一起走。

“睡着了？”忽然，那声音变得极近。

宛如沉闷午后的一支冷剂，叫苏芷猛地睁开了眼睛。

白色的衬衫入眼，程怀瑾正一只手扶着她的胳膊。

她差点睡倒。

苏芷连忙坐正了身子。

“对不起，我……”

程怀瑾收了手，往餐厅门走去：“困就回房间睡。”

他像是刚从外面回来。

苏芷思绪仍然困顿，她坐在长椅上清醒了片刻，起身跟进了他的住处。

李阿姨收了程怀瑾的外套，给他倒了一杯水。

程怀瑾站在客厅的中岛台处将纯净水一饮而尽，余光看着苏芷赤脚站在客厅的另一角。

“电影看完了？”他将杯子放回大理石台面上。

苏芷手臂收紧在身侧：“没有。”她目光假若自然地回看着程怀瑾。

然而程怀瑾却并未开口，垂眸又给自己倒了一杯水，他骨节分明的手指拿起水杯，目光耐心地看着苏芷。

苏芷耳后发烫，像是被他看穿了心意。

她心底发虚，仍然明知故问：“你在等谁吗？”

那演技简直太拙劣。

程怀瑾收回目光，将杯子轻轻地放回了桌面。

苏芷头皮发麻，看着他独自转身朝下楼的方向走去。

她站在原地有些不知所措。

忽然，程怀瑾的声音从拐弯处传来。怔然的一瞬，她嘴角漾起无声的笑意。

他带着几分纵容，不拆穿她：“等你。”

电影的下半段，半身瘫痪的富豪和有犯罪前科的黑人意外地合拍。两个最不被看好的组合，却戳中了富豪的心里。他喜欢这个“没有同情心”、做事不按常理出牌的黑人，他喜欢被他推着轮椅在夜半的巴黎散步。

他们永远也不会被认为是最合适的组合，却又那样突破世人观念地成为永远的朋友。片尾，富豪在黑人的帮助下终于踏出了脱离自卑的第一步，苏芷看得鼻头发酸。

而随即影片展示的一小段视频更是让她惊讶不已。

微微泛白的视频里，一个黑人推着轮椅上的男人来到山顶。字幕写道：

“菲利普和阿布德尔始终保持着深厚的友谊。”

苏芷忍不住转头朝程怀瑾说道：“这是真的？”

程怀瑾说道：“是，这是真实事件改编的。”

苏芷不禁又回过头去盯着屏幕里的那段视频，他们两人站在高耸的悬崖边，看着远方的太阳。

她太喜欢这个故事。两个永远都不可能有交集的男人，那样奇妙地相遇。如果没有遇见阿布德尔，菲利普也许永远会是那个脾气古怪自卑敏感的富豪，他脖子以下终生瘫痪，永远也不敢鼓起勇气去见那个女人。

而如果没有遇见菲利普，阿布德尔将靠着失业救济金浑浑噩噩度日，或许同他的母亲一样年老时仍然要担心一家人的吃穿用度。

“我喜欢这个故事。”苏芷说道。

“许多人都喜欢美好的幻想。”程怀瑾身子微微前倾将影片关闭。

“这不是幻想，这是真实故事改编的。”

“足以被改编成电影的事情，发生的概率会有多大？”程怀瑾站起身子打开了影音室的灯。

苏芷微微眯起双眼，生怕刺到眼睛。

然而这里的灯光却是十分缓慢地亮起了，给了她足够适应的时间。

她完全睁开眼睛，身子半伏在沙发上同站着的程怀瑾理论：“但就是有可能的，谁也说不准会遇上他的阿布德尔或是菲利普。”

“你很乐观。”程怀瑾说道。

“是你太悲观。”

苏芷抬头看着他，不禁也想起最初来到这里时，程怀瑾不留情面地戳穿她的某些幻想。

诚然，由于某些原因他看到的东西最后被证明是对的，但这也不代表世界上所有的事情他的观点都是对的。

比如这个故事，比如这世界上还会不会有另一对“菲利普与阿布德尔”。

“你可以保持你的观点。”程怀瑾并不介意地扬扬眉。

他并不想要说服她，也并不把自己的观点强加在她的头上。

苏芷心里有淡淡的愉悦，嘴上却还是硬要争个上风：“我会遇见的。”

程怀瑾看了她一眼，似是被勾起了兴趣。

“你是阿布德尔？”

“你为什么第一反应我就是那个有犯罪前科的阿布德尔？”苏芷皱眉

反击。

“因为你有‘前科’。”程怀瑾双手抱臂，微微倚靠在墙边说道。

“……那你是菲利普！”

“为什么？”

“因为你半身瘫痪。”

程怀瑾：“……”

“胡搅蛮缠我就不聊了。”程怀瑾朝她发出警告，同时也站直了身子。

苏芷连忙投降：“因为你有钱。”

程怀瑾嘴角勾了一下：“但是我不需要被人救赎。”他说完便转身朝外面走去。

苏芷也起了身子，跟着他一同往外面走。

“不过在哪里能看见那样的山崖，可以站在悬崖峭壁上看日出？”她问道。

“想看吗？最近的是南岩山。”

“那个好像很远。”

“开车大约三小时。”

“哦。”苏芷应了一句，“太远了。”

程怀瑾侧头看了她一眼，没说话。

两人缓步上了楼梯，闻到厨房里传出浓郁的饭香。李阿姨家在南方沿海城市，前几天回了趟家带了不少特产回来。

苏芷坐在餐桌边的时候，看见自己面前放了一小碗调制好的水果。

有杧果和番石榴，上面撒了红色的梅子粉。

李阿姨一边给他们端来最后的一道鱼汤，一边说道：“苏小姐你吃吃看喜不喜欢这样的水果，我们那里常这样吃，特别开胃。”

“我喜欢，”苏芷嘴角喜悦上扬，“谢谢李阿姨。”

她说着就用叉子叉了一块到嘴边，清凉的杧果软中带脆，配上梅子粉的酸甜，强烈而又无法拒绝地在味蕾上绽放。一口下去，所有的味道混合交错，苏芷被酸得瞬间眼睛眯起，而后又很快适应。

睁开眼的时候，她才发现程怀瑾面前并没有拌水果。

“你不喜欢吃这个吗？”苏芷问道。

“几乎不吃。”

苏芷想了想他平时的吃食，才发觉他口味好像十分清淡。李阿姨做饭也很少出现重油重辣的菜品，难怪刚刚的拌水果也只是在她的面前放了一份。

“好吧。”苏芷抿了抿嘴唇，重新低头去吃她面前的杧果。

程怀瑾抬手去给自己倒了杯水，垂下的余光看得见她微微皱起的鼻头和上扬的嘴角。

能安心地享受食物，也代表她觉得来到了安全的地方。

不久，一小碗拌水果就被她消灭殆尽。苏芷将空碗往旁边挪了挪，又开始染指其他的菜品。

李阿姨做饭虽然不重油重辣，但是她极会将食材本身的味道发挥到极致。没一会儿的工夫，苏芷又吃了小半只烤鸽。

筷子再提起来的一瞬，苏芷忽然抬头问程怀瑾："我是不是吃太多了？"

“为什么这么问？”

苏芷中指在筷身上摩挲了一下，有些支吾："没什么，我就忽然想到了这个问题。"

“和我见过的其他女性相比，是。”程怀瑾说道。

他并没有说假话安慰苏芷，却也让苏芷心里微微失落。

可程怀瑾又接着说道："我见过的女性大多在靠节食保持身材，你年纪小，吃多了也不容易发胖。"

愉悦转瞬涌上苏芷的心头，她嘴角抿住笑意："那我多吃点。"她说着便将李阿姨给她舀好的一碗汤移来了面前，抬手喝了两口，清甜润嗓。

苏芷眼睛看着桌面眨了几下，忽然又抬头朝程怀瑾说道："你和我表姑妈不一样。"

“哪里不一样？”程怀瑾放下筷子。

苏芷手里拿着勺子，目光复杂地看着程怀瑾。她变得想要和程怀瑾倾诉，想要和程怀瑾说关于她的所有事情。

因他的确是个再好不过的倾诉对象，认真从不敷衍。

可这想法也让苏芷觉得危险，产生依赖是一件可怕的事情。

苏芷再清楚不过。

时间停滞。

程怀瑾却没有开口催她，只安静地等着。

苏芷随后开口："我表姑妈很不喜欢看到我……"她思索了片刻，"享受吃饭的样子。"

“就像刚刚那样，如果是她看见的话一定会说我吃得太多了，她已经养不起我了。我那时每年最开心的时候就是表姐过生日那天，我可以吃到一小块蛋糕的边角料。”苏芷把勺子放下，双臂交叠在餐桌上，“你能理解吗？就是我明明没有把他们吃穷，但是他们看不得我吃得开心，我必须要吃得小心翼翼，必须要表现得战战兢兢，他们才觉得舒心才觉得我摆正了自己的位置。”

苏芷心里有积压已久的怨气，但她还是小心地看了一眼程怀瑾的表情，因她也知道，有些人并不喜欢接受她的怨气。

可程怀瑾却是认真地将身子前倾，询问她：“你常常吃不饱吗？”

“那倒也没有。”苏芷说道，“小学的时候人小吃得本来也不多，初三那年又被送回去，我变得怨气很大，我恨苏昌铭却又盼着他来救我，我恨我表姑妈却又不得不屈服于她。”

“所以我也变得很扭曲，我不知道怎么说。我会故意让他们生气，我也会故意不听他们的话。”

“这很正常，你不用觉得自己变得扭曲。”程怀瑾声音平和地说，“你年纪小，不知道如何处理这些事情。”

苏芷疑惑地看着他，长久以来她也和所有的大人一样，觉得她那时的行为是极其错误的，是忘恩负义的，是非常扭曲的。

然而今天程怀瑾告诉她，这很正常，不用觉得自己很扭曲。

“我其实没错吗？”苏芷喃喃问出口。

“你还记得昨天晚上你自己说的话吗？”程怀瑾说，“你说人生是很复杂的。所以不要单独看一个行为的结果，如果这个行为的起因已经足够扭曲，那么你也不应该去批判这个扭曲的结果。”

安静的客厅里，程怀瑾的声音始终平缓。

很多次，苏芷都觉得，他是一个具有力量的男人。

从他的话语里，也从他的思想里，更从他此刻看着自己的目光里。他从头到尾都没有说她不懂事，他为她扭曲的行为也找到同样扭曲的理由。

苏芷鼻头微微发胀。

她忍不住地去想，他怎么那么好，他怎么可以那么好。

苏芷将头低下去，不想叫他看见自己发红的眼圈，却忽然听到程怀瑾问道：“还能吃下东西吗？”

苏芷疑惑地把头抬起看着他。

程怀瑾直接起了身子，朝她说道：“走吧，我们去吃点其他的。”他说着就朝餐厅门口走了过去，“去穿件衣服，现在出门。”

已是晚上八点了，天色完全地黑了。路上有来往不息的车流。

休假日的晚上，一切才刚刚开始。

程怀瑾开车带着她一直开到北川的最南边，路上偶有堵车，他也极为耐心。

还是上次那个民谣电台，苏芷一路听着，有时也跟着不着调地哼几句。

等红灯的片刻，她摇下窗户同旁边趴在车窗上哈哈呼气的金毛兴奋地打着招呼。程怀瑾偏头望过去，霓虹照射而来的光，轻薄的一层，将她的脸颊照亮。

她手臂不停地朝窗外挥起，声音里有不加掩饰的愉悦。

可程怀瑾很难忘记她话语里描述过的战战兢兢，也很难忘记她第一次看见江哲时转身跑开的背影。

昏暗的停车场，以及她抬起头时眼里的绝望。

然而此刻，他看着苏芷的背影，却感觉到了一种生机勃勃的生命力。

她是个天生的叛逆者。

他那时说得没错。

她时常会深陷在泥潭里，却从没有真的陷下去。

红灯转绿的瞬间，程怀瑾重新收回目光将车开了出去。

车子一路向南开，两人下车的时候，苏芷才知道他带自己来到了哪里。

一家装修极为精致的甜品店，从外向内看去，巨大的玻璃窗内亮着难以计数的彩色灯珠。完全不掩饰的精致与奢侈，苏芷踩上店里松软的地毯再一次确认这件事情。

店员将两人领到了包间，递上了两份菜单。

苏芷坐在桌前，不可思议地看着那菜单上价格昂贵的甜品，继而仍是不敢相信地问道：“你开车一个小时，就是为了带我来吃这家甜品？”

程怀瑾将袖口微微卷起：“是。”

苏芷仍是看了他好一会儿才勉强接受这个事实。

她垂眼看着菜单上各类造型精美的甜点，还是忍不住朝程怀瑾感叹道：“好像做梦一样。”

“是吗？”程怀瑾抬手喝了一口旁边的茶，身子放松地倚靠在沙发上，

“今天可以做梦。”

温暖的灯光下，他目光变得柔和而澄澈。

苏芷心里隐隐地发颤，她察觉到一丝被溺爱的迹象，却那样害怕地想要伸手将它拒绝。

“梦里都是假的。”她开口说道。

程怀瑾垂眸安静地看着她，片刻，轻声说道：“但今天可以是真的。”

国庆放假的第一个晚上，苏芷在庭院里来回地走步。她晚上在店里吃了三块小蛋糕，肚子撑得无法入睡。

回到家后，程怀瑾就直接上了楼，洗完澡出来时，看见手机上有五个未接电话。

他站在床边看了几秒，垂手将电话拨了过去。

短暂的三声，那边接了起来。

“二哥。”江妍月的声音已然恢复了正常，此时甚至还有几分撒娇求好的意味。

程怀瑾拿着电话缓慢踱步去阳台：“有什么事吗？”

“二哥，你还在生我气是吗？”江妍月语气里有些委屈，“我爸也批评我了，说我不应该不顾及你的工作，强行要你跟我回去。”

“嗯。”程怀瑾应了一声，驻足站在了窗户的旁边。

入夜的原因，偌大的前庭草坪上只留了两盏高立的路灯，昏黄的光线朦朦胧胧地笼罩着这片草坪。

有人穿着一条鹅黄色的吊带长裙，正沿着草坪的边缘来回踱步。

“二哥，过两天可以陪我去给我爸取一套茶具吗？就在北川南边。”

耳边，江妍月仍在继续说道：“晚上我爸让江哲来接我了。”

黄色的灯光也给她的头发披上一层黄色的光影，一切显得很模糊，也显得很柔和。

“二哥？你有在听我说话吗？”

程怀瑾转身走回了卧室：“到时候我去接你。”

“好，我就知道二哥不会生我气的！”江妍月语气骤然开朗，“那我们过几天见，二哥。”

“嗯。”程怀瑾应了一声，挂断了电话。

他将手机放在桌上，随后去书柜上抽了一本书出来。

书封还未翻开，就听见手机传来了“叮”一声消息提示音。他嘴唇轻抿，抬手将手机拿了过来。

他眉头瞬间蹙起，而后又慢慢地松开。

程怀瑾转头看了阳台的方向一眼，又将那条消息从头到尾读了一遍。

苏芷在外面来回走了小二十分钟，收到了一条程怀瑾的消息：到我这边客厅来一下。她看了看亮着灯的别墅，迟疑了一下走了过去。

客厅的中岛台后，程怀瑾正站在那里倒水喝。

他穿着一件宽松的灰色短袖，头发还有些微微的湿润，几分服帖地耷拉在他的额间。

尚未合上的推拉门此时送来了一阵凉风，吹得苏芷有片刻的战栗。

因程怀瑾正一言不发地看着她。苏芷顿时心生不祥的预感。她支吾道：“你找我……有事吗？”

程怀瑾将杯子放回桌上，缓步走到了沙发处坐了下来，语气不容置喙：“过来。”

一颗心“哐”地落在了地上，苏芷转过头去，看见程怀瑾正一脸淡然地靠在沙发上，等着她过去。她慢吞吞地走到程怀瑾的身边，故作镇定：“什么事？”

程怀瑾看了她一眼：“坐。”随后拿出了自己的手机。

苏芷目光扫了一下，坐在了茶几旁的地毯上。她双臂伏在茶几上，目光去看程怀瑾点开的手机。

“你的月考成绩。”程怀瑾说着将手机朝她面前推了推。

苏芷头脑空白，连忙凑前去看。

安静的客厅里，一切仿佛陷入了无法行走的凝滞。时间被虚无吞噬，也同样带走了所有的情绪。

良久，程怀瑾伸手将手机收回：“你的数学和物理很差。”

“数学和物理都是班级四十名开后，功课落下得太多了。”他声音仍然平缓，目光垂下看着苏芷。

乌色的头发遮住了她圆润小巧的肩头，她好像陷入了某种低落的情绪里，扬头看过来的时候眼尾淡淡发红。

苏芷没有说话。

她其实甚至没有看清自己到底考了多少分，只仰着头沉默地看着程怀瑾。从见到程怀瑾的第一次，到踏进这个小区的第一次。

每一次，无数次。她都知道，他是人上人，不管是家世背景还是学术学识，都是走在云端上的人。而他身边的江妍月，样貌生得很有南方小家碧玉的特色，说起话来也很是温柔。江妍月同程怀瑾一起长大，也拥有配得上程怀瑾的学识与阅历。

他们都是这世上万里挑一的，可她呢？她什么都不会，什么都不懂。与他们比起来，像是落在泥泞里。苏芷目光穿过程怀瑾的脸颊，窗外，月色冷冷地流淌进偌大的客厅里。

同样也流淌进她的心里。

冰冷的一段月色，她此刻感同身受。那些轻盈的、洋溢的喜悦遮蔽了她的双眼，如今她也体味到如何叫云泥之别。

不过是最最微小的一件事情，却也足够让她彻底地冷静了。

苏芷看着程怀瑾，轻声开口："我刚刚没看清楚，可以再看一次吗？"

程怀瑾垂下的目光落在她的脸颊，今天晚上，他格外温和，他将手机重新打开，点开了那条短信。

苏芷强迫着自己专心于她应该关心的事情上来，然而，她还是高估自己了。

程怀瑾的手指很长，屈起的指节有清晰的骨感。指甲的边缘整洁而干净，也像是他本身一样。

她目光仍在长久地出神，程怀瑾这一次却没再耐心地等待："你有考大学的打算吗？"

他的问题很直接，也带着几分无可避免的尖锐。苏芷这才慢慢地回过神，手机上的数字逐渐变得清晰。

数学：89+18分。物理：57分。

和她所预估的差不多，总分也是倒数。

"如果是这样的成绩，考上一本几乎没有可能。"

他声音其实并未有太大变化，苏芷却觉得全身都在失温。

"我太差了。"她说道。

不论是哪个方面。

"这不是我要说的意思。"

"我知道。"她并未反驳，只又说了一遍，"我太差了。"

程怀瑾将身子微微前倾，目光完全地落在她侧过去的半张脸庞上。

她白天游泳时的惬意、看电影时的感性，以及刚刚在甜品店里的愉悦，此时全部退去。

冷白的灯光下，她嘴唇也变得血色极浅。

程怀瑾停顿了一会儿，又问了一次："你有考大学的打算吗？"

苏芷回头看着程怀瑾，她怎么没有呢？

她永远也忘不了第一次走进北川大学里的那种感觉。

可是她的成绩连考上一本都极其困难，更不要说北川大学了。

"不知道。"

她低声说道。

更像是害怕地将自己的野心慌忙藏了起来。

怕她达不到，也怕他残忍地嘲笑。

灯光下，程怀瑾很深沉地看着苏芷。

他慢慢坐正了身子，像是在安静地思考。

片刻，他问："那就是也有想考的打算，是吗？"

程怀瑾将手机调到了日历表，左右滑动看了一下日期："到放寒假前还有三个月左右的时间，以后每天晚上回来我帮你补两个小时的数学和物理，你有意见吗？"

苏芷有些难以置信地看过去，程怀瑾的眉眼很深，此时正认真地回看她。

苏芷感到害怕，却也根本无法拒绝，她无法拒绝来自程怀瑾的善意。

"为什么是到寒假前？"

"如果没效果就也没有继续下去的必要。"

苏芷嗓口干涩，片刻："……好。"

程怀瑾点了点头将手机收了回来，也像是耐心告罄了一般，无声地呼了一口气。

"回去睡觉。"

他说着就站起了身子打算朝楼上走去。

倏地，身后却又传来了苏芷的声音：

"你对你身边的每个人都这么好吗？"

程怀瑾转过身子。

深色的布艺沙发前，她屈膝坐在地毯上。

鹅黄色的睡裙更衬得她皮肤冷月光般地白皙。

一双远远望着他的黑色眼睛，也让他想起某个曾经在夜里跟过他一段路的猫咪。

他喂养了它一段日子。

后来再也没见过了。

它好像回来了。

又或许，并不是。

漫长的一段空白，苏芷被程怀瑾完全地、专一地注视。

随后，听见他淡声说道："我没那么多时间。"

明亮的灯光下，苏芷感到一阵眩晕。

——"你在街上会制止每个试图抽烟的人吗？"

——"不会。"

——"你对你身边的每个人都这么好吗？"

——"我没那么多时间。"

即使此刻她再如何告诫自己，不要再被那些虚假的、无法长久的幻想所遮蔽，可她还是无可抑制地从他的话语里得出这样的结论：

——她是特殊的。

——在程怀瑾的眼里，她是特殊的。

第五章
温柔的手

W U C I X I A O M E I G U I

苏芷从前并未了解过程怀瑾大学时学的是什么，直到他在自己的物理试卷上逻辑清晰且极有条理地写出解题步骤的时候，她才意识到，他是真的极为擅长理科，甚至可以说是精通。

所有的公式都被剥去极为复杂的外表，他总能从最简单的原理开始，教她一步步推导出那些应该被记住的应用公式。

“如果忽然忘记了，也可以自己从头推一个。”苏芷仍是坐在程怀瑾的腿边，双手伏在茶几上。

程怀瑾垂眸看着她，像是有些一言难尽：“考试的话尽量不要，防止时间不够。”

“哦，对。”苏芷抿起笑意，又把他刚刚推导的步骤从头到尾理解一遍。

一连三天，程怀瑾晚上都会固定在八点到十点这两个小时，坐在客厅里教苏芷物理和数学，有时候是回答她作业上的问题，有时候是帮她捋一捋高一高二的知识点。

他耐心很足，也从未因为苏芷的迟钝而有所不满。

无论她如何反复地无法理解一个问题，他都一定会从不同的角度试着去让她理解。

客厅的茶几上，被苏芷放上了假期作业和几本教科书，省得她总是来回奔袭于两座房子之间。

国庆暑假的第五天早上，苏芷收到了假期以来言希的第一条消息，她沉迷于游戏无法自拔，终于想起了她这个朋友。

言希：SOS，SOS！

苏芷有样学样：SOS，SOS！

言希：快救救我，今天我们出来学习吧！我的作业再不写就要写不完了！

苏芷握着手机窝在被子里，嘴巴憋笑：你还有多少没写？

言希：基本都没写……你作业写得怎么样了？

苏芷：快写完了。

言希：那今天下午两点还是学校门口茶餐厅见，我必须抓紧了。

苏芷：几点结束？我至少七点得回家吃晚饭。

言希：没问题。

苏芷随后去了程怀瑾那里吃早餐，吃到一半正好遇见即将出门的程怀瑾。

“我下午要出门一趟。”

“打电话叫司机接送你。”程怀瑾说道。

“好。”

“对了。”他接过李阿姨递来的外套，又朝苏芷说道，“江妍月和江哲今晚来家里吃饭。”

苏芷愣了一下，立马回道：“好，江哲也来？”

“嗯，他们是姐弟。”

苏芷有些惊讶但并没有表现出来。

程怀瑾瞥了她一眼，语气淡然：“江妍月说的话不必全都放在心上。”

“我知道。”

程怀瑾“嗯”了一声，抬手推开了大门，往前走出去的一瞬，又停步回头问道：“晚上几点结束？”

苏芷正要回卧室，也猛地停住回道：“大概七点。”

“你高中门口的茶餐厅？”

“嗯。”

“在那儿等我。”

“你去接我？”

“嗯，这次不会迟到。”

程怀瑾说完便不再停留地离开了门口。

口袋里的手机已经振动了好几分钟，他走到车库坐进驾驶座的时候，才将手机接通了蓝牙。

江妍月最喜欢不停地打电话直到对方接起电话，这个习惯这么多年了都没有变过。

车子驶出车库，江妍月的声音也从音响里传出：“二哥，你到了吗?我叫了早餐，一会儿我们一起在房间里吃吧。”

程怀瑾看着路的前方转动方向盘：“我一会儿就到，你自己吃就行。”

还是上次江哲入住的那家酒店，程怀瑾到达套房时，江妍月已经在餐厅慢悠悠地吃早餐。

“我爸一直惦记着那家的茶具，麻烦二哥今天带我去跑一趟了。”

“应该的。”程怀瑾走进餐厅，坐在了窗边的位置上，“我一个人去取也可以。”

“一起嘛。”江妍月有些撒娇地笑道，“好像还是很多年前和二哥、大哥还有江哲一起去过那个茶庄，之后都没再去过了。我念完书了，以后也能多和二哥在一起了。”

程怀瑾面色淡然地看着她，并未答话。

然而江妍月似乎并未满意，又问起：“苏芷呢，她还好吗？”

“很好。”

“哦……”江妍月意味深长地笑了笑，“小姑娘挺漂亮的，二哥你喜欢那样的吗？”

“注意你的言辞。”程怀瑾沉声回道。

“哦。”江妍月嘴角温柔地弯起，却又说，“年纪轻轻就寄人篱下，倒是有几分像二哥和我。”

她把面前的牛奶推去了一边，转头看着程怀瑾。

男人坐在靠窗的位置，光从他的后方照来，也带给他眉眼里的阴霾。

江妍月脸上的笑意未变，轻声说道：“二哥可怜她，可怜她像你小时候一样被程叔叔丢在外婆家无人管，倒不如可怜可怜眼前人，我七岁就跟着我妈妈嫁到江家，江哲不喜欢我，处处针对我。说起来，二哥倒没有对我有几分心疼呢。”

“你过得很好。”程怀瑾说道。

“是吗？”江妍月眼里几分不甘，言语仍是温柔，“所以二哥可怜她，可怜到处处维护她。二哥，你从前不是这样的人。”

“你不需要自己脑补这些不存在的东西，你和她不过只见了一面。”

程怀瑾卧在逆光的阴影里，江妍月并不能完全看清他的表情。

但她如何也猜不到，和程怀瑾一起长大的这么多年，她如何不了解这个男人，你永远不用妄图从他的脸上得知一些什么，就连笑意他都吝啬得可怕。

江妍月又重新转过了身子，用毛巾将手指擦干净，轻声说道："二哥，女人看女人不需要第二眼。"

程怀瑾目光扫过去："你想太多了。"

江妍月没有感情地轻笑一声："但愿是。"

吃完早饭之后，江妍月将自己的东西一一收好。程怀瑾将她的箱子提上车，两人一同去了北川南边的乡下。

江妍月的父亲喜好收集各式各样的茶具，这次打听到南边的茶庄有心仪的茶具，程怀瑾也不得不为他跑一趟。

程怀岭如今想从江家借力，他心里清楚。

即使他不赞同通过婚姻的方式将程家与江家彻底绑死，但是维持良好的关系仍是不可避免的。

四个小时的车程开到南边乡下，再四个小时车程开回。

中午程怀瑾只简单地吃了一点便餐，便又重新上路往回赶。

开到北川城区时，刚好六点半钟。

程怀瑾这次提前到达了四中门口的茶餐厅，一眼看见了伏在靠窗位置上认真写试卷的苏芷。

言希已经提前走了，只有她一个人坐在这里等程怀瑾。

开门进去的时候，她正把下巴支在手臂上，眉头紧蹙。

"这题昨天是不是讲过类似的？"

苏芷思绪正互相打架，忽然听到程怀瑾的声音，她猛地抬头去看，程怀瑾正松弛地坐在她的对面，目光垂下看着她的试卷。

"你到了？"几分不敢相信似的，苏芷连忙点开手机去看时间，"六点四十分，你今天没迟到。"

"是，以后也尽量不迟到。"程怀瑾淡声说道，"收拾下，回家了。"

苏芷旋即笑起应了一声，将书本全部收进了包里。不过两分钟的片刻，程怀瑾只安静地坐在对面看着她。

苏芷余光瞥过去。

他只穿着一件浅灰色的衬衫，眼皮微微垂下，像是漫不经心，也像是有难以察觉的疲惫。

餐厅里偏黄的灯光下，在他的眼睫下投下一片昏暗的阴影。

“你今天很累吗？”苏芷把书包拉链拉上问道。

程怀瑾看了她一眼，声音微微滞后：“没有。”说着就站起了身子同她一起往外走去，“江妍月在车上。”

他又一次提前给她打预防针。

“好。”苏芷应道。

两人上了车，江妍月依旧坐在副驾上。她转过头很温柔地同苏芷打招呼：“学习好努力啊，小姑娘。”

苏芷很是礼貌地笑了下：“成绩不好。”

“有打算考什么大学吗？北川大学吗？”

她转过身子看着苏芷，脸上的笑意很是柔和，并无攻击性。

苏芷也弯了弯嘴角：“我怕是考不上。”

“那干脆让二哥送你去M国念大学，省事。”江妍月笑着说道。

苏芷沉默了片刻，不知该如何回答这个问题。

程怀瑾并无任何可能或是义务送她去M国读书，相反，他们之前其实应该更生疏。

然而江妍月却好似刻意一般，将她与程怀瑾之间的关系无限拉近。

“我不会去M国读书的。”苏芷声音平静地说道。

“为什么呀？”江妍月问，“二哥这么护着你，也不至于眼睁睁看着你没前途的。”

她的声音依然轻快，但已有几分利刃架在苏芷脖子上的错觉。

苏芷觉得自己被挟持，被绑架。

江妍月故意将她和程怀瑾的关系拔高到一个苏芷无法企及的高度，然后要苏芷亲口承认，程怀瑾根本不会为苏芷付出那么多。

因为苏芷不值得。

像是被抛进冰冷的湖水里，苏芷觉得身体里的血液变得寒冷，顺着四肢百骸缓慢地流淌。

轻微的白噪声，也被无限地放大。

苏芷觉得自己应该说出那句话——“我在程怀瑾眼里，不值得他这么做。”

可苏芷还是没有，她终究没有程怀瑾那种撕破幻想的勇气。

程怀瑾的声音忽然在车厢里响起。

苏芷从前只觉得程怀瑾这冷淡又漠视的语气像把锋利的刀刃，直直地戳穿她的幻想，叫她直视血淋淋的现实。如今，苏芷也觉得他这语气像只温柔而又有力的大手，不论遇到什么事情，他总这样风轻云淡地伸到你的面前，用力地将你拉起来。

苏芷听见他说："去M国读书也是一种选择。如果三个月后你成绩毫无进展，我们也看看这条路。"

剩下的半段路程，车厢里只有电台在低缓地播放着音乐。

谁也没有重新挑起这个话题。

苏芷靠在右边的车门处，隐约地能看见程怀瑾的小半侧脸。他眼睫微微地耷拉着，也没有再说话的意愿。轻蹙的眉宇里，像是挂了雨的烟，叫人看不清。

一切都在往下沉。

恍若疲惫不堪的后半夜。

车子开进小区时，门卫通告了江哲刚刚已经到了。程怀瑾同门卫说了谢谢，将车开回了车库。

苏芷跟着下车之后，才看见后备厢里放着一只木制箱子，一侧的标签上写着"萍乡茶庄"。

萍乡，她几年前随着苏昌铭去过那里一次，从北川城区开车过去，四小时都打不住。

她看着程怀瑾将箱子搬到了车库一旁的置物架上这才意识到，她今天看到的，都是真的。

他的疲惫和困倦。

三人很快便朝程怀瑾的别墅走去，李阿姨过来开门。

苏芷越过程怀瑾和江妍月看过去，江哲正笑着朝门口走来："二哥，好久不见。"

程怀瑾应了一声："嗯。"

"来了。"江妍月也笑着打了招呼。

江哲瞥了她一眼，几分敷衍地哼笑了两声，像是连粉饰太平的欲望都没有。然而江妍月并不在意，仍细声问他来的路上顺不顺利。

"顺利，怎么不顺利呢？要接你回家，老头子派了两个司机跟过来害怕疲劳驾驶呢。”

江哲冷呵呵地说着这话却也并未再期待江妍月的回话，只目光穿过江妍月身后投向了刚换好拖鞋的苏芷。

“小姑娘，又见面了。”他眼角笑着朝苏芷走来，单手插在口袋里几分浑不懔，“好像变漂亮了。”

苏芷把书包提在手里，目光瞥了一眼程怀瑾。

“江哲，上楼。”程怀瑾出声，随后对苏芷说道，“一会儿我们吃晚饭，你可以先在这边的客厅休息一会。”

苏芷点了点头：“好。”

江哲朝她摆了摆手，随后就同程怀瑾朝二楼走去。

空旷的客厅里很快就只剩下了苏芷和江妍月。苏芷不想同她有更多交集，转身要往外走。

“苏芷。”

可江妍月却并未打算就此翻篇。

她声音变得更加温和，敛去了所有锐利的攻击性。

苏芷转头看着她。

江妍月脸上已不再有那副温柔的极具伪装性的笑意了。她面色变得有些冷，露出褪去蜜糖外衣后几分赤裸也冰冷的真心。她轻声说道：“小芷，如果我之前说的话让你觉得不舒服了，我现在和你说声抱歉。”

苏芷远远地站在原地，手指将书包带紧握在手里。

江妍月嘴角轻抿，开口道：“我的确不应该误会你和二哥会有什么，你才上高三，还是认真学习准备高考的年纪。更何况我最清楚的了，二哥从小就是这样，他是个责任大过天的人，在他心里只要是他认定的责任，他就绝不会松手。”

“是我有些疑心过重了。”江妍月深吸了一口气，“但你也应该理解我，我比任何人都希望二哥好。他不应该也不能和像你这样的女孩子在一起。并非我有什么错误的阶级观念，而是事实往往比你想象的更要残忍。”

“我们江家、程家，哪个不是盘根深厚的大树。我、江哲、大哥、二哥每个人都是这棵大树上身不由己的枝丫，生下来就是要为这棵大树的长青奉献一辈子。因为树倒了，人就没了。”

“二哥更是如此，要不然也不会一直留在北川。程家两手发展，大哥往京市走，就必须留一个人在北川坐镇。二哥从来也没有抱怨过，是因为他心里清楚，也不会做对程家不利的事情。”

“这次是我担心二哥走偏路，才这样口无遮拦地对你说这些话。”江妍月朝苏芷走近了两步，笑了笑，“不过现在我也弄明白了，也不会再胡乱猜测和言语了。小芷，你不会怪罪我吧？”

她声音越发柔和，连带着笑容都让人难以拒绝，然而苏芷僵硬地站在原地，迟迟没有答话。

其实，江妍月说的每一句话、每一个字她都听得清楚，甚至觉得那字句像是锋利的小刀，一笔一画在她的心里刻磨。

苏芷觉得心跳得很疼，也觉得胸口发沉。

就好像那天，她坐在程怀瑾的身边，那样清晰地意识到她与他之间的差距。

只不过一次又一次，她假装看不见那些障碍；一次又一次，她选择沉溺在他的目光里。

而现在江妍月如此血淋淋地将事实摊开在她的眼前，要她亲自看一看，她到底是如何配不上。

难熬的沉默里，苏芷觉得嗓口发干也发疼。

她听见自己仍像是不死不休般，开口问道：“我这样的女孩，是什么样的女孩？”

阴冷的灯光下，她朝微微错愕的江妍月看去。

江妍月意味深长地看了她一眼，随即轻声说道：“没办法给程家带来任何帮助的女孩。”

“他结婚就必须这样功利性吗？”苏芷又问道。

江妍月笑了笑：“所以我说，小芷，你根本不懂二哥。”

“小芷，你知道吗？在程怀瑾的心里，程家永远排在第一位。”江妍月目光骤然冷下，声音沉缓，“因为这是他欠程家的。”

——“这是你欠程家的。”

恍惚间，苏芷想起第一次听见这句话的时候。

那个趾高气扬的说话充满命令的男人，他阴沉地冲着程怀瑾说道：“这是你欠程家的。”

如今，江妍月也证实这番话。

苏芷不禁觉得心里寒凉，她无法得知这句话的具体来由，却为程怀瑾感到莫名的悲哀。因他身边的所有人，都直接或是间接地想用这句话将他套牢，以此来达到自己的某种目的。

而他又是怎么想的呢?

苏芷不知道，或许也从未有人真的去问过他。

漫长的沉默里，苏芷再未说出任何一句话。她拎起自己的书包，转身走出了大门。穿过空旷的庭院，她仿佛也是筋疲力尽般地回到了自己的住处。

苏芷觉得自己的心里像是被某种巨大的情绪完全地占据了，撑满了。而她无法去辨认那种情绪，她也拒绝辨认。

于是她变得麻木，也变得面无表情。她只是沉默地侧卧在床边，不敢再去回想任何一句江妍月刚刚说过的话。

她脑海里，无法控制地浮现出一个个平平无奇的瞬间。

他同她说——“我们回家。”

他陪她看完那部电影；他和她一起坐在花园里说话；他和她一起听过的那个电台。

其实，还有好多。

甚至于她刚来时，那些在她看来是程怀瑾的“不留情面”与“不怀好意”，如今也变得模糊而柔和。

苏芷将脸深深地埋进被子里，那股莫名的情绪仍在肆无忌惮地膨胀、肆虐。

忽地，一声清脆的消息声。

苏芷身子迟缓了片刻，伸手将手机拿到了面前。

是从未给她发过消息的江哲。

江哲：二哥在开车，我们出门取个东西很快回来吃饭。

她不明白他为什么忽然发这条消息，只回了：好。

江哲的消息很快又进来：二哥说觉得尴尬就可以先回自己的住处待一会儿，我们很快回来。

苏芷看着回过来的消息，鼻子有剧烈的酸胀感，原来是程怀瑾担心她，才特意让江哲发消息告诉她。

很快，眼前的字句变得愈加模糊，苏芷觉得，心里的那块巨石也在慢慢地崩塌。她甚至还未来得及研判这行为是否真的值得，手指却已经飞快地将那行文字发了出去。

荧光的手机屏幕上，江哲无法察觉她这句话的情绪。

苏芷：我想知道，像你们这样的人，婚姻都是听家里的吗?

车窗完全地打开，江哲的笑声引起了程怀瑾的注意。

“她说什么了？”程怀瑾问道。

“我和小姑娘的秘密。”江哲眼角笑弯，打字回过去。

江哲：“我们这样的人”是指什么?

苏芷：你和程怀瑾。

江哲眼里兴趣渐浓：我呢，说不准。婚姻这东西绑不了我一辈子。

苏芷：那程怀瑾呢?

江哲侧头看了看程怀瑾，半开玩笑地回道：二哥倒是可以确定，为了程家的利益，他迟早会娶个娇生惯养的贵小姐，到时候有他受的。

安静的卧室里，苏芷长久地看着那条江哲发回的消息。

其实，很多东西早就在第一天有所预示。

她第一次踏进这里，她强烈的、无可消弭地排斥。

她不属于这里。

而程怀瑾属于这里。

苏芷将手机屏幕熄灭，整个人慢慢地坐起。

她缓步走到书桌的抽屉旁，伸手从最深处拿出了一张被仔细叠起的讲座宣传单。

展开。

清晰的折痕上面，是一个眉宇浓郁的男人。

他目光平静而沉稳，也像是无数个注视着她的时刻。

苏芷长久地看着这张照片。

“程怀瑾。”

她低声轻喃道。

沉寂的月光照在她的侧脸上，像是一片冰冷的水面。

下一秒，苏芷无声地笑了笑。

抬手一扬，那纸片也飘飘摇摇地落下。

其实呢，她本来就什么也没有。

那天晚上江妍月和江哲在家里用了晚饭，苏芷吃得少，只说还有作业要补就先回了住处。

一晚上有些浑浑噩噩，不知是真的身体不适还是什么，她洗了澡后就倒头睡了过去。

梦里，像是浮在风波骤起的海上，她头晕目眩想要抓住什么，伸手却是冰冷的一阵浪。

海浪将她完全地吞没，又将她高高地抛起。

夜半时，骤冷骤热的体温终于把苏芷唤醒。她额头满是汗，身子却发抖地觉得寒冷。

她慢慢地睁开眼睛。

一滴冷汗从她的额间滑下，她动了动嘴巴才发觉嘴唇干涩而冰冷。

她发烧了。

她一阵一阵地打摆子，满头大汗却还是觉得异常冷。

苏芷慢慢地从床上坐了起来，有些眩晕。钻出被子的瞬间，后背有如浸入冰凉的水面，她伸手摸了摸才发觉后背早已完全湿透。

此刻接触到空气，她不禁又一次打了个寒战。

苏芷伸手按亮了手机，现在不过四点一刻，掀开被子，忍着胃里隐约的恶心朝客厅走去。她住的屋子里从前一直是空着的，因此苏芷翻了很久都没有找到任何药物。

恍惚中记起刚来的时候李阿姨和她说过，程怀瑾别墅一楼的客厅里有一些常用的药，需要的时候可以自己去拿。

白日里明亮的庭院，此时也并非完全黑暗。

一束极为柔和的灯光穿过，安静地铺陈在宽大的草坪上。

她脚步有些虚浮，赤脚穿过庭院，像是走过一片极浅的昏黄水塘。

输入程怀瑾别墅大门的密码后，她走到了客厅角落里一只柜子旁。苏芷缓慢地蹲下，将抽屉抽出，里面是满满当当排列整齐的各式药品。她嘴唇紧紧地抿起，想要抑制住越发虚浮的冷悸。

抽屉里的药很多，层层叠叠。她不得不将无关的药盒都一一拿出，才能继续翻找。

然而一整抽屉的药盒都被翻出，苏芷都没有找到退烧药。

她有几分迟缓地看着空荡荡的抽屉，半晌，才决定先把药都放回去。

抬手的一瞬，一只玻璃瓶的药盒“砰”地倒在了硬质的地板上。

空荡的客厅里，这声响像是砸在人的心里。

苏芷眉心也一跳，赶紧将药瓶扶起放进了抽屉里。

明天早上再来问问。

她决定不继续在这里浪费时间。

所有被拿出的药盒都被苏芷重新按照顺序摆进了抽屉里。她伸手轻轻地将抽屉合上，刚要起身，却忽然听见了一阵很轻的脚步声。

她没来由地一阵紧张，胃里的翻腾也似乎被激起。

苏芷有些难受地蹲在原地朝那脚步声的方向望了过去。

灰色的拖鞋，从二楼的楼梯走下，一件黑色的短袖，下身是条宽松的灰色长裤。

程怀瑾走下楼梯，隔着宽大的客厅沉默地看着苏芷。

昏暗的客厅里，她被一团朦胧的黄色光源笼罩，上身紧紧地贴在屈起的腿面上，只露出冷白的绸缎一般的手臂与脚踝。

瘦长的双脚赤足贴在地板上，有种易碎的脆弱感。

当然，也因为她此刻苍白的脸和唇。

“在找什么？”程怀瑾并未朝她走去，只远远地垂眸看着她。

苏芷抬头看着他，小腿的失血让她开始有飘忽的眩晕感。她应该缓慢地站起来，在沙发上坐一会儿。

苏芷觉得很不舒服，可她没办法站起来，因她刚才并未穿着内衣出来。

苏芷假装顺手般地扶住了面前的柜子，她尽力稳住声音轻声问道：“你家有退烧药吗？”

“你发烧了？”程怀瑾抬脚想朝她那边去。

苏芷下意识地将身子往后缩了缩，心跳怦然。

燥热夹带着精疲力竭，令她不得不紧紧地扶住那只柜子。

她觉得她就快要晕倒了。

然而，程怀瑾停下了脚步。

他仍站在那个离她很远的地方，沉默看过来的目光更像是在研判。片刻，他开口说道：“去你那里换件衣服，我带你去医院。”

程怀瑾说完便不再停留，抬脚朝楼上去了。

绷紧的一根细弦，瞬间在苏芷的心口松开。她身子也彻底失去了力气，整个人跌坐在了地上。

凌晨五点，程怀瑾开着车将苏芷带到了一家私人医院。

简单的测温与检查之后，确定她是真的发烧了。医生给苏芷打了退烧针，让她安心地在病房里睡一会儿。

苏芷并未能程怀瑾多说些什么话，眩晕的不适感与困顿很快就将她的意识拖累，重新沉入那片起伏不定的深海。

前半场的巨浪逐渐变得温和了。后半场，她像是仰面漂浮在地下室里那个恒温的泳池里。

柔和的灯光，平静的水面，也将她温柔地接纳。

下午三点左右，苏芷慢慢地醒了。

安静的单人病房里，墙面被刷成了极浅的米黄色，白色的百叶窗堪堪开了一小半，下午明亮的阳光被整齐地切割成浅金色的条纹铺在白色床单上。

一切趋于静止、凝滞，仿佛被放进精心保管的旧画框里。

早先出的一身大汗早已弥散，被子里有恰到好处的干燥舒适地熨帖着她的身子。

苏芷缓慢地睁开眼睛，不远处的沙发上，程怀瑾正安静地坐在那里。他还穿着把她送来时的那件烟灰色西装，外套敞开着，身子倚靠在棕色的绒皮沙发里。

身后的阳光照在他的半边侧脸，沿着高挺的轮廓勾勒出起伏的金线。他正低头认真地读着一本书，垂下的眼睫也在他的眼下投出一片氤氲的阴影。

苏芷将被子轻轻地掖到自己的下颌，发出极轻的摩挲声。

她抬眼望去，程怀瑾也抬头回看她。

背光的原因，她微微眯上了双眼。

程怀瑾将书放到一边，起身，将白色百叶窗完全地拉上。

苏芷慢慢地重新睁开眼睛，看着程怀瑾朝她的病床走来。

他微微俯身，苏芷无声地垂下了眼眸。

若隐若现的冷调气息像是黑夜里潜行的迷瘴，她屏息却也忍不住轻吸。

男人的身影遮去了大半的光亮，苏芷只能看着他内里白色的衬衫，下摆处有几道折痕，他到底在这里坐了多久？

苏芷克制住心头继续细想的念头，将目光瞥去了一边。

程怀瑾抬手按响了她床头的呼叫铃，淡声说道：“病人醒了。”

很快，一个医生带着护士又来给苏芷测了一遍体温。

“程先生，苏小姐已经退烧了，一会儿吃点东西，就可以回家了。”

程怀瑾同医生说了谢谢，随后又将房门关上。

男人重新坐回了那张沙发上，却并没有重新拿起书，只安静地看着坐在病床上的苏芷。

苏芷半靠在柔软的枕头上，目光不自觉地投在他交叠的手指上。

这沉默简直叫人难熬。

尤其是在她清晰地记得江哲和江妍月的话时。

她不知道该和程怀瑾说什么，也不知道能和他说什么。

然而，程怀瑾却主动开了口："是昨天下午在餐厅里待得太久了吗？"

苏芷目光投过去。

片刻，接受了这个理由。

"空调太冷了。"

"下次自己应该注意。"

程怀瑾语气仍旧平淡，苏芷却觉得鼻头无由地一酸。

他话里像是指责，也像是告诫她，没有人会对你负责，除了你自己。

强烈而又莫名的委屈倏地浮起在苏芷的心头。她其实觉得，并非就是昨天下午餐厅里往复循环的冷气叫她发烧、住院，然而另一个她觉得合理的理由却无论如何都无法说得出口。

所以她觉得委屈，担下这份没有照顾好自己的过错。

也觉得心颤，因他这句话里过分清晰的界限——"你应该照顾好你自己。"

因为没有人会对你负责，也没有人应该照顾你。

苏芷将眼眸微微地垂下，片刻又重新看向程怀瑾："对不起。"

她声音冷得像一段冬夜里的月光，音色清晰也锋利："我不应该生病，也不应该给你添麻烦。说实话，我父母忽视我也是对的，不论在哪里，我都是别人的累赘，对于你更加是。所以真的很抱歉，我不应该这样麻烦你。

"以后我也不会再给你添麻烦，也不会让你烦心和浪费时间在我身上了。我自己心里有数，没有人是应该为我付出时间和精力的。"

一根根曾经消失的、锋利的刺，此时重新生长了出来。

苏芷身子变得僵硬，只机械般地、自虐般地继续说道："其实我自己也明白，我就应该是一个人，谁也没义务照顾我对我好，我也不应该再对别人有任何的期待。也不怕你笑话，上次你问我想不想考大学，我说不知道。其实我想考，我什么都没有了，如果不读书我也不知道自己要怎么办。我……"

“如果你继续这样自我贬低，”程怀瑾冷声打断她，“我会觉得我之前做的都是无用功。”

苏芷嘴唇紧抿地朝他看过去。

窗外的天色已经慢慢地暗了，白色的百叶窗折射着冷质均衡的灯光。程怀瑾的眉头微微压下，眼眸里是她并不常看到的寒意。

霎时，一阵无可抑制的战栗从苏芷的头皮蔓延而下。她手指止不住地发凉，也发觉那些过分极端的、自我贬低的话语到底有多么伤人。

更何况，每一个字伤害的其实都是她自己。

极端的敏感，也是极端的自卑。

那把朝着程怀瑾递出去的利刃，何尝不是对准了她自己。

潮热的泪水倏地涌上了苏芷的眼眶，她迅速地转过头去，将自己埋进了被子里。

她双手紧紧地捂住自己的脸。

她觉得自己已经无药可救了。

在程怀瑾的面前，她变得那样脆弱也不可理喻。

他生气了吗?

他生气了。

他会讨厌她的吧?

他会讨厌她的。

沉默里，苏芷听见了房门打开又合上的声音。

她再也忍不住，将所有的声音埋进了被子里。

傍晚六点多，苏芷简单地在医院吃了一点营养餐。

程怀瑾已经离开，是李阿姨过来帮她收拾东西的。

“程先生下午有点事，叮嘱我接苏小姐回家。”李阿姨拎着苏芷早些时候换下来的衣服，带着她往车库去。

司机已经在等，苏芷朝阿姨和司机说谢谢，随后就一言不发地坐在后座望着窗外。

她止不住地悲观，像是站在一片早已泥足深陷的沼泽里。

明明早就清楚的，可她控制不了。

穿梭而过的窗景，清晰也模糊。

半个多小时的车程，快到家时天色已经完全黑了。

司机将车停在庭院里，苏芷跟着李阿姨下了车。

抬头的刹那，她看见程怀瑾正从车库里走出。

远远地，隔着那片宽阔的草坪，四目相对。

明明，一切都不甚明朗了。

黑色的天幕，昏沉的灯。

然而，他漆黑的瞳孔依旧像一束刚刚擦亮的火光，炽热地烫在她的心里。

苏芷极快地别过了眼去。

她面色也冷，沉默地跟着阿姨一起朝自己那边走去。苏芷脚步越来越快，企图逃避任何来自程怀瑾的讯息。

可她刚刚要走进屋子的一瞬，程怀瑾出声叫住了她。

“我下午去了一趟北川高中。”他语气依旧平静。

“我知道你很忙，我自己可以管好我自己。”苏芷握住大门把手，语气也依旧锐利。

“北川高中比你现在就读的学校要好，升学率和教学水平都更高。”

苏芷背对着他，不明就里也不做回应。

像是彻底破罐子破摔，知晓他们之间已无任何可能。可是，苏芷怎么也没有想到，程怀瑾径直走到了她的面前，沉默地看着她。

他生气了。

她如今确定这件事。

然而，几不可闻的一声轻叹，也像是真的无可奈何，可他语气里分明连半分的不耐烦都没有：

“我只想问你愿不愿意去北川高中读书，同意的话，我明天就帮你办转学。”

寒凉逐渐地退了。

苏芷觉得一股温热的潮涌重新将她完全地包裹了。

她抬头看着程怀瑾，一片极淡的乌青隐约浮现在程怀瑾的眼下。她这才后知后觉地想起，是否在将她送到医院之后，他其实就再未休息过。

凌晨四点半一直到现在。

她的心紧紧地拧成了一团，像发烧也像着火。

“为什么还要让我转学去北川高中？”她嗓口干涩得发痛。

“如果你还想靠读书靠考大学改变自己的人生，转学是你眼下最合适的选择。”

“我是说，”她竭力让自己的语气显得冷漠，“在我那样之后，你为什么还要帮我转学去北川高中？”

程怀瑾看着她的目光沉默了两秒，问道：“哪样？”

苏芷嘴唇紧抿了片刻，开口道：“敏感，极端，自卑，尖锐，无可救药，破罐破摔。”她声音低缓而清晰，因为每一个字其实也是对她的又一次鞭刑。

“自我认知很清晰，还不算完全没救。”他冷声说道。

苏芷几分不敢相信地看过去。

“但这和我帮你这件事没有关系。这是我和你的区别，你会因为一些其他的事情迁怒自己和别人，但是我不会。”

他站在安静的庭院里，有风轻轻吹动了他的衣服。

苏芷远远看过去。

一种时空倒转的恍惚感。

仿佛是那天，她第一次踏进这里。

苏昌铭离开后，他也曾那样站着审视着自己。

同现在一样。

程怀瑾又说道：“你可以考虑考虑，不用急着拒绝我。”

其实，也不一样。

那只曾经俯视着让她感到无尽压迫感的怪兽消失了，取而代之的，是一个将她所有的棱角与利刺都沉默着包容、消化的程怀瑾。

在她那样尖锐而无理地宣泄之后，仍然没有放弃她的程怀瑾。

而她的盔甲又能有多强硬。

也不过就这一瞬间，灰飞也烟灭。

苏芷眼眶发酸，手指紧紧地握在了一起。

“程怀瑾。”

那声音很轻，越过空旷的庭院，落在程怀瑾的耳边。

“对不起。”

他安静地注视着她，摇了摇头：“你应该和自己说对不起，那样贬低、瞧不起你的恰恰是你自己。我说过，扭曲的动机带来扭曲的结果，很难为这些行为评判对错，但是这并不代表你就应该永远地沉湎于此。”

“还是那句话，如果你愿意往上走，我很愿意帮你一把。但如果你仍然这样自暴自弃，我也无能为力。”

程怀瑾脚步后挪，并不打算再在这里多做逗留。

苏芷眼眶早已模糊得看不清任何东西，却还是忍着没有掉下一滴。

“我明天答复你好吗？”

“答复什么？”

他驻足要她说清楚。

“要不要转学。”

程怀瑾看了她一眼：“好，希望这次你可以考虑清楚。”

“我会的。”

苏芷垂下眼眸，听着那脚步声渐渐地消失了。

明明，已经山穷水尽的地步了，他也还是没有放弃她。

苏芷第二天给了程怀瑾答复，她如实说既舍不得言希也很害怕在新的环境里无法适应，最后适得其反。

于是，以三个月为期限。如果她仍然没有明显进步的话，就接受程怀瑾的意见，从下学期开始转去北川高中。

程怀瑾应允，也说国庆假期之后她应该看看有没有合适的补习班，这几天他的补习并不是一个长远的办法。

苏芷答应会自己留意。

长假的最后一天，程怀瑾午饭时问她晚上有没有兴趣去逛一圈北川西边新建成的集市。他正好下午要去西边谈点事情，时间不长可以把她带着，晚上在那集市附近逛逛顺便解决晚餐。

苏芷心里清楚，他虽然没有追问她那天为何忽然失控，却也把她的情绪都看在眼里。

她想修复和他的关系，即使从此以后只能这样不咸不淡地说话。

两人吃完午饭后，苏芷回房间换了一条浅蓝色的无袖长裙。下午太阳热辣，她还套了一件极薄的白色长袖开衫。

两人上了车，空调便快速而安静地运行起来。苏芷仍然发现她这侧的风口被关上，她抬手想去拨开一些，却听见程怀瑾说道：“等一会儿就凉快了，不要吹风。”

苏芷耳后一热，把手收了回来。

“哦。”

她转脸贴在微凉的玻璃车窗上，眼角微微弯起。

车厢内很快达到了温度适宜的平衡点，窗外照射而来的阳光在她的脸颊上铺上一层带着暖意的金纱。

车子随后开上了往城西去的城际高速，轻盈的音乐里，苏芷的心情也变得愉悦。

她坐正身子看着前方，语气很柔和：“你今天是去见朋友吗？”

程怀瑾目视前方，伸手调小了电台的音量：“不算是。一个项目推进需要我去看一眼，签个字。”

“要你亲自去吗？”苏芷偏过去看着他，“为什么不拿来给你签？”

“因为还要看一眼现场，所以无论如何都要去一趟。”

“哦，”苏芷点点头，又问，“所以你这个国庆假期其实都没有休息一天。”

“休息过一天。”

“哪天？”

“送你去医院的那天。”

苏芷：“……”

“你这人讲笑话真冷。”她哼哼道。

程怀瑾嘴角很浅地勾了一下：“我没有说笑，那天我的确也借机休息了一天。”

“你很忙。”她得出这个结论。

程怀瑾应了一声，打着转向灯将车开下了高速。

车子又开了二十分钟，最后转进了一条有些荒凉的马路上。

“在车里等我一会儿。”他熄了火，但仍然保持车子通电，“窗户开下来些，我很快就回来。”

苏芷立马点了点头：“好。”

程怀瑾却忽然犹豫了一下：“你穿的什么鞋子？”

苏芷一愣，忙把脚抬高了：“黑色皮鞋。”

“那还是不要进去了，里面是工地。”程怀瑾像是已经做了决定，“就在这里等我，我很快回来。”

“好，我没事的。”

程怀瑾随后便关了车门朝马路对面的工地走了过去。

他穿过马路的身影有几分步履匆匆，下午的暖风扬起他外套的衣角。一举一动，都在践行刚刚同她说的那句：“在这里等我，我很快回来。”

苏芷目光一直追随着那身影消失，回过神来，才发觉心跳失常。

她有些心怯地转过头去看着空无一物的中控台，强迫自己什么都不要想。

程怀瑾去了约莫有五分钟，苏芷低头看了会儿手机的工夫，再抬头就看见马路对面有人出来。

两个男人在依次同程怀瑾握手，随后目送着程怀瑾走到了车旁。

“好快。”苏芷看着打开车门坐进来的男人感叹道。

程怀瑾关上车门去拉安全带：“原本就是顺路的事情，应该快。”

“我以为我今天才是那个顺路的。”苏芷故意说道。

程怀瑾启动了车子，语气平淡：“我觉得你转校或许也没用。”

“什么意思？”苏芷皱眉朝他看去。

程怀瑾语气几分揶揄：“和学校无关，是智商问题。”

苏芷：“……”

从工地离开之后，程怀瑾顺着那条公路又开了半个多小时。

两人大约下午五点半钟到达了北川西边的这片集市。

说是集市，但其实很像是一片新开的活动广场，只不过面积够大，店家够多。

这几日刚刚开张，又碰上国庆假日，还没到天黑就已经人满为患。

程怀瑾在停车场转悠了快十分钟才找到一个很是逼仄的位置停车。苏芷跟着下了车，心情变得有些雀跃。

一进入集市的大门口，映入眼帘的就是密集排列的两侧商铺。各种手工艺品和小食餐铺穿插其间，有种可以悠闲逛到天荒地老的感觉。

两人随着缓慢前行的人群往前走去，苏芷一直不停地左右张望，频频转头和程怀瑾叽叽喳喳，程怀瑾不时点头或是简单回应几句。

天色渐渐地暗了，路两边的灯光越发地亮了起来。

熙攘的人群给了苏芷一种莫名的安全感，身边的一切热热闹闹，灯火通明。

“那边有家杨记牛肉面馆，程怀瑾！”苏芷一脸惊喜地转头看着一直走在她身后的男人，“那家店挺有名的，我们一会儿可以去那里吃晚饭吗？”

程怀瑾点了点头，忽然伸手将她往身边轻拉了一下。

“抱歉抱歉！”一个陌生男人的声音随即从苏芷耳边响起。

苏芷转头去看，原来是一个背着外卖箱的男人在人群中艰难地前行。

“看路。”程怀瑾松了手。

苏芷短促地“哦”了一声，立马转过了身子。

心脏后知后觉地加速，她不自觉伸手抚上了他刚刚抓住的手臂，下一秒，便警觉般地强迫着自己放下了手指。

走到牛肉面馆的那段路上，苏芷没再一直转头同程怀瑾说话了。

他并未同她并排走，他总是走在她后面。

两人很快就一前一后走进了那家牛肉面馆，里面人很多。他们运气不错，到的时候刚有一桌客人结账离开。

等了几分钟，苏芷就和程怀瑾坐进了面馆里。

琳琅满目的菜单，和程怀瑾上次带她去的那家很不一样。

“你吃什么？”苏芷有些无从下手。

程怀瑾却很快做好了决定，他指着最上面那个最简单的说道：“牛肉面。”

“下面还有好多其他的，你不看看吗？”

“不了，你可以点其他的。”程怀瑾将菜单合上，耐心地等她。

苏芷咬了咬嘴唇，又纠结了一会儿，最后也选了牛肉面。

“下面还有好多其他的，你不看看吗？”程怀瑾淡声说道，目光垂下看着苏芷。

苏芷此刻确定他在“蓄意报复”，断言道：“你心里在笑我！”

“没有。”程怀瑾坦然扬眉，面色如常。

“程怀瑾，你这人挺会伪装的。”

“怎么说？”

“看不出来喜怒哀乐，也不知道你喜欢什么。”

“是吗？”程怀瑾语气淡然，“和你正好相反。”

“什么？”

“喜怒哀乐，什么都能一眼看出来。”

苏芷：“……说话真毒。”

“只是陈述事实。”程怀瑾抬头看着走过来的服务员，不再与她纠缠，“你好，两碗牛肉面。”

“有什么不吃的吗？葱、生姜、香菜都可以吗？”服务员问道。

苏芷摇摇头：“我都可以。”

程怀瑾也说：“没问题。”

苏芷又说了句谢谢，看着服务员利索地将菜单撕下塞进围裙兜里准备离开，忽然看见程怀瑾同服务员又招了招手。

她以为他还要再点些其他的，却听见男人淡声补充道：

“第二份牛肉面要小碗，谢谢。”

第六章 飞蛾扑火

“我饿了，要吃大份。”苏芷手肘支在餐桌上一本正经道。

“可以，小份本来就是给我点的。”程怀瑾神色自若地拆了一份餐具递给她。

苏芷见他总这样压她一头，忍不住又揶揄：“果然是中年男人，得少吃保持身材。”

程怀瑾安静地看了她一眼：“记得一会儿不要浪费粮食就行。”

“不会的。”

苏芷信誓旦旦回应他，却还是在小碗面条上来的第一时间抬手请服务员端到了自己面前。

程怀瑾极浅地勾了下唇角，并不拆穿。

两碗面条上来之后，苏芷还特意比对了一下小份和大份的差别。她两只手拇指与食指撑起在程怀瑾的碗边比画了一下，然后又比画了一下自己的。

“小份小了不少。”她啧啧感叹。

程怀瑾手肘撑在桌面，不打断她的游戏。

“你能吃得下吗？感觉比上次你带我去的那家店分量要多。”苏芷问道。

程怀瑾用筷子搅拌下，大概看了看分量：“可以。”

苏芷嘴角忍不住笑起。

“笑什么？”程怀瑾问道。

苏芷转瞬收了笑意，因她自己也不知道为何其实程怀瑾什么都没说，她却觉得翻涌起伏的甜意已经从她的心里迫不及待地溢出，轻盈地撑着一个个粉红色的圆润的身子，飘在她的眼前。

“这顿我请你吧。”苏芷忽然握拳在桌上轻捶了一下。

程怀瑾抬眼望去。

“当作你上次带我吃小蛋糕的回礼，可以吗？”苏芷说道，“这是我唯一请得起的了。”

程怀瑾看着她，片刻，淡淡说道：“挺会做生意。”

苏芷：“……”

“等我有钱了再请你吃其他的，这总可以吧，程叔叔？”苏芷并不常叫他“程叔叔”，此刻有些揶揄的意味在里面。

“可以。”然而程怀瑾依旧面不改色，不为她的小把戏所激怒。

苏芷几分占上风地抿嘴笑笑，一种隐隐的、难以言明的情绪也同样在她的心口蔓延。他总是这样，不拆穿她，也不苛责她。

纵容。

这两个字她连想一秒都觉得害怕。

不过二十分钟的工夫，两人就吃完了面条。店里依旧人多，苏芷付了钱之后就和程怀瑾一同往店外走了。

夏天的夜晚，空气里飘浮着潮湿而温热的气息，将人从头到脚完全裹挟。

微凉的晚风从带着湿气的皮肤上掠过，也留下令人浑身舒爽的凉意。

苏芷站在门口停顿了片刻，她望着这条熙熙攘攘的街道，远方是一望无际的黑色天际，近处是霓虹闪烁的明亮烟火。

一切显得很喧嚣，然而也显得很快意。

她眼睛微微地眯起，能察觉到温柔的风流从她的耳边穿过，也像是从她的心里穿过。

轻盈而松快。

苏芷再次睁开眼睛，看见程怀瑾正站在店门口的楼梯下看着她。

他一只手微微插在口袋里，整齐的白衬衫此时在黑夜里熠熠发光，或许还有他的脸庞，或许还有他的眼眸。

五彩的霓虹流光在他的鼻梁上投下流动的光影。

苏芷想起，最初她能这样长久地看着程怀瑾时，常常是在家里的餐厅。

冷白的灯光，也带来同样冷白的程怀瑾。

她觉得他不可触碰，也无法触碰，可此刻，他站在人来人往的街边，那些艳俗的、五彩的灯光轮番照射在他的脸上，也像是照在那件原本被摆放在博物馆里仅供参观的瓷器上。

他变得仿佛可以触碰。

苏芷心口又开始无法控制地收紧。

“还要再看吗？”

台阶上，程怀瑾终于开口。他目光示意了一下前方，让她继续往前走。

“不了，我们走吧。”苏芷轻声开口，走到了程怀瑾的身边。

两人又沿着这条街道往前走。

一条路走到尽头，他们并没有再继续说些什么。

从西边往回开车时已经将近九点，苏芷一路靠着车门，有几分吃饱饭后的困顿。

从车库里走出来时，只想着今天晚上必须早点睡觉，不然明天开学必然也会很困。

她在草坪处与程怀瑾分道扬镳，却看到李阿姨匆忙从别墅走出来对程怀瑾说道：“程先生，刚刚程怀岭先生来过了。”

程怀瑾朝别墅里面看了一眼，低头问李阿姨：“还在里面吗？”

“走了。”李阿姨说，“刚来不久听说程先生你出门了，他就先走了。”

“好，我知道了。”

李阿姨也应了声，就先离开了。

苏芷离开的步调不自觉停下，忽然出声：“程怀岭是你亲戚吗？”

程怀瑾看着她：“是我大哥。”

“是那天来家里和你吵过架的那个男人？”她不禁直接问出口。

“是。”

程怀瑾将口袋里的车钥匙重新取出。他面色从刚刚听到程怀岭来找他时就变得暗沉，嘴唇轻轻地抿起，却又什么都没再说。

片刻，程怀瑾抬脚朝车库走去，转头对苏芷说道：“你先回去，明天要开学了。”

“我知道。”苏芷说道。

程怀瑾最后看了她一眼，转身直接离开了。

走进自己的屋子里，很快，苏芷听到了汽车开出的声音。她目光望向声音传来的方向，却也只看到了客厅里已经合上的单色窗帘。

她不禁想知道，为什么程怀岭甚至不愿意给他打一通电话。

打一通电话就可以解决的事情，或者就在家里等他一下，而不是这样什么都不说就来，然后又什么都不说就离开。那不像是他的大哥，更像是他的债主。

苏芷在空无一人的客厅里驻足了片刻，随后回了房间。她将明天上学要用到的东西都放进书包里，然后去洗了澡。

头发擦到半干，她窝在被子里最后看了会儿手机。

眼皮已经一次又一次地耷拉下来，她却还是让自己撑着不要睡过去。

她偶尔会看着房门的方向发呆，可那里并没有再传来任何的声响了。

已经十一点了。

程怀瑾还是没有回来。

苏芷把手机关了整个人窝进了被子里。

她的眼皮轻轻地合上。一种酸涩的感觉在瞬间释放，像是两股相触便快速融合的胶水，睡意铺天盖地。

她很快就昏沉地睡了过去。

可是，一种隐约的、难以消弭的东西却一直在她的脑海里浮现。

苏芷有些难耐地时不时翻动着身子，睡了个并不安稳的觉。

昏沉中，不知到底过去了多久。

她忽然惊醒了过来。

并未听到任何的声响，只是忽然醒了。

苏芷在床上未动，清醒了片刻，才发现原来是睡觉前，书桌上的那盏台灯忘了关。难怪她总觉得好像忘记了什么事情，一直惴惴不安。

苏芷从床上起来，伸手熄了灯。

正要回床上去时，忽然，外面传来了汽车引擎的声音。

她赤足停在了书桌的旁边。

很快，听到了人走路的声音。

苏芷从桌上拿起了自己的手机，刺眼的屏幕光亮起——十二点半。

程怀瑾刚刚回来。

那脚步声也很快就消失在了苏芷的耳边。

昏暗的卧室里，苏芷垂眸看了看自己的手机。她思绪有几分迟缓，却也觉得心里好像放下了什么。

她将手机熄灭放回桌上，走进洗手间，不经意地一瞥。

在薄透的纱帘外，她隐约看见了一个人远远地坐在花园里。

困意顿时消散全无，她伸手将纱帘轻轻地撩开。

昏暗的后院里，那个他们曾经一起坐过的长椅上，此刻，正坐着一个沉默的男人。

灯光随着入夜也暗了。

只有昏暗的几盏，错落隐在随风摇曳的花丛里。

程怀瑾两只手支在膝盖上，目光低垂着看着不远处一枝随风摇晃的洋桔梗。

苏芷也无声地站在纱帘的后面。

她变得完全清醒，看着那个男人的背影。他匆匆离去的背影，他沉默静坐的背影。

她的手指慢慢将纱帘握紧。

下一秒，她转身走回了卧室，抬手将睡裙脱下，重新穿上内衣，然后再是睡裙。

很晚了，已经很晚了。

她知道。

已经十二点半了。

可她没办法，她没办法就这样假装一切都没看到。

她趿着柔软的拖鞋，走出了屋子，行至花园入口的时候，程怀瑾转身看了过来。

一双幽远深暗的眼睛，在这样不甚明朗的夜色下，安静地看着她。

时间失去了度量的意义，也将这个瞬间无限地放大又拉长。这样专注而又长久的注视，也像是炙热的铁水。

苏芷后脊不禁浸出轻薄的冷汗，嘴唇轻抿开口道："你怎么没回去睡觉？"

程怀瑾低头看了眼手表，朝她说道："我刚刚吵到你了吗？"

"没有。"苏芷立马说道。

她目光左右看了看，朝程怀瑾问道："你心情不好吗？"

"为什么这么说？"

苏芷抿了抿嘴唇，伸手指了下长椅："我可以坐下来说话吗？"

程怀瑾还未开口，她就三步并作两步走了过去。

"你明天还要上学。"

"我知道。"苏芷心脏扑通扑通地跳动。

短暂的沉默后，她目光瞥向那片洋桔梗，像是要转移程怀瑾的注意力，她说：“我喜欢洋桔梗。”

程怀瑾侧头朝她看来。

她该是刚刚从床上起来，头发柔软地披在后肩，素净的脸庞上有种白皙的纯粹。

她没有看他，更像是顾左右而言他。

“你明天还要上学。”程怀瑾再次出声提醒。

“我知道。”第二遍，她声音也有些没有底气。

苏芷将目光收回到自己的脚边，很久，程怀瑾也没有再和她说话，他好像很累了。

“你们又吵架了吗？”倏地，她偏头朝程怀瑾望去。

程怀瑾并未看向她，又一次说道：“已经很迟了。”

苏芷的心慢慢地沉了下去，最后，只小声地说道：“再坐十分钟也不可以吗？”

全无底气的问句，像是连形都不曾拥有的一阵烟，或许还未传到程怀瑾的耳边，就已经一阵风散了。

很长的一段沉默，苏芷都没有得到任何来自程怀瑾的回应。

他或许是真的不希望她陪在这里。

清冷的月光，也像是披在她的身上。

苏芷低头看了看自己的脚踝，心里无声地、自嘲般地笑了笑。

她慢慢地站起了身子准备回去。

“拿件外套，外面冷。”

可是，走到门口的一刻，她听见程怀瑾在她身后出声。

苏芷有些惊错地回过头，却看见程怀瑾也同样回看着她，寂静的黑夜里，他声音变得如此清晰，更像是低头附在她的耳边，字句都足够直击心口：“就十分钟，别说话。”

苏芷其实是第一次，在这样安静的深夜里长久地、专注地看着那片没有边际的天空。

其实并不完全是黑色的，是很深的蓝色，隐隐有泛白的云和光。

她拿出了下午出门时穿的那件长袖针织衫，坐在离程怀瑾不足一米的地方。

她真的没说话，只是这样安静地坐在他的身边，按照程怀瑾需要的，只是安静地在他的身边坐一会儿。

第一次，这样被需要的感觉。

微妙到甚至难以捕捉，却像是一粒从风中飘到苏芷心口的种子，血肉被用力地撑开，而后向下蔓延、生长。

也像是无数个，她曾经因为犯错、因为不尽如人意，又或是某个连她自己都不清楚的原因而被表姑妈苛责的时刻。

她感到心口一阵强烈的震荡，让她又酸又涩，想知道是否程怀瑾此时也在经历某些曾经与她相似的时刻。

苏芷目光慢慢地瞥过去，程怀瑾依然保持着开始的姿势，双肘撑在膝盖上，目光微微下垂。

高挺的眉骨与鼻梁上披着一层淡淡的光，双眸看不明朗，像是隔着远山的雾，又将他层层地围拢了。

苏芷将自己的双膝收在裙摆里，两手抱着膝盖，柔软的裙边扫着她踩在椅边的脚面，瘦长而又白皙。她把头也放在膝盖上，无声地看着程怀瑾。

仿若借着是他开口叫她留下的勇气，程怀瑾转头看过来的片刻，她连半分的闪躲都没有。

她只是看着他。

“冷就先回去睡觉。”程怀瑾声音很轻。

“不冷。”苏芷摇了摇头。

“先回去吧。”程怀瑾又说道，像是已经开始反悔刚刚叫她留下来。

可苏芷俨然已经将他之前说的话当作了自己的底气，几分执拗地说道：“十分钟还没到。”

半晌，又像是缓和语气地找补，她轻声说道：“我想在这里陪你一会儿，不会打扰你的。”

程怀瑾看着她。

夜色糅杂的光影里，她白皙的脸颊被地面照射而来的灯光所照拂，漆黑的瞳孔里有小而明亮的光点，随着她不时地眨眼而闪烁。

她将自己完全地缩在了一起，纤细的手臂绕在膝盖上，安静地，一言不发地，陪在自己的身边。

怅然间，程怀瑾想起某个不甚清晰的傍晚。

他因为太饿提前在饭桌上动了筷子，一大桌子的长辈看着他被保姆狠狠打手。外婆坐在桌子最远的另一端，她喜欢戴一串很有光泽的珍珠项链，泛着凌厉冷白的光泽。

“带出去跪着，一点规矩都没有。”

没有规矩。

从他八岁那年起，他听过的最多的一句责骂。

漆黑的祠堂里，他过分熟悉地在那张垫子上跪下。

保姆合了大门，跳动的烛光，同样照拂着他通红的双眼。

直到，一只很小的、柔软的小猫慢慢地走到了他的身边，它把自己缩成很小的一团，安静地躺在他的腿边睡觉。

温热的身体，跳动的心脏，也是无数个冰冷的夜晚，他手心唯一能察觉到的温暖。

程怀瑾并不记得，那只小黑猫到底陪伴了自己多久。他只记得，后来他变得叛逆也放肆。

祠堂里排放整齐的供品，晚饭时偷偷留下的剩菜，他养过那只小猫咪一段时间，后来，就再也没见过了。

幽静的深夜里，思绪变得缥缈而久远，尘封了多少年的记忆，他原本以为早就忘得一干二净了。

轻柔的一阵风，程怀瑾看着苏芷的裙摆也被小幅度地吹起，像是一阵涟漪，而后慢慢散去。

“明天几点去上学？”沉寂之后，程怀瑾开口问道。

苏芷怔了片刻，回道：“七点，你不是知道吗？”

程怀瑾抬手看了看时间：“十分钟到了，回去睡觉吧。”

“你呢？”

“我也回去了。”

苏芷眨了眨眼睛，似是在思索。

“你心情好些了吗？”她还是问出了口。

程怀瑾站起身子，要看着她走回她的住处：“好了。”

他的声音平缓而有力，站在原地等她先走。

苏芷缓慢地转过身子。

然而，她脚步还未真的离开程怀瑾的身边，就听见那个熟悉的声音从她的头顶温柔地落下：“明天我送你去学校。”

苏芷怔然回头。

程怀瑾：“七点出门，记得不要迟到。”

从家里到四中并非完全地和程怀瑾上班的路线重合，苏芷后来自己查过，他每次应该都要从旁边的一条主路折回去，再绕一点。

国庆之后，程怀瑾送了苏芷很长一段时间。晚上的时候还是司机来接，因为他们的回家时间实在是差得太多。

苏芷放假归来就愈加勤奋地读书，半个月之后的小测，她的数学成绩罕见地比平时进步了十个名次。

午休时间，言希在她旁边将她的卷子翻来覆去地观摩，毫不吝啬地惊讶道：“你也太厉害了，最后一道大题做出来了两问啊！”

苏芷双眼弯起，也去看自己的分数：“还好有成果，不然我真的要伤心了。”

“你再冲冲考北川大学都有可能啊！”言希说道。

苏芷没忍住笑出了声：“你太夸张了，我怎么都不可能考上北川大学的。”

“这有什么不可能啊，还有小一年的时间，以你现在的进步速度完全有可能。”

苏芷笑了笑，认真地说：“我想考京市的北岭大学。”

“你要出省？”

“对。”苏芷点点头，“省内学校竞争太激烈，同样的成绩在外省可以上到更好的学校和专业。”

言希皱眉思索了一会儿：“好像有道理啊。不过我不想出省。”

“没问题，我会常常回来看你的。”苏芷伸手捏了捏她的下巴。

还有约莫十分钟就要开始下午的第一节课，教室里大部分的人已经醒了，在嘻嘻哈哈地聊天。

苏芷把错题集写好又抽出了一张新卷子来做。

教室里吵吵闹闹，像是没有内容的白噪声。午后的阳光从窗户的一隅照射到苏芷的桌面上，她嘴角微微弯起，把自己的手掌放了过去。

一道七彩的霓虹安静地流淌在她的指尖。

她正想叫言希来看。

忽然，一道粗粝的男声从教室外的走廊响起：“着火啦！”

惊愕的一刹，教室里瞬间陷入茫然的寂静。

而后，声音骤然发散。

“怎么回事！”

“快出去看看，哪里着火了啊？”

有几个男生直接冲了出去，也有人迅速挤到靠近走廊的窗边朝外慌张地张望。

苏芷赶紧拍了拍言希的手臂，让她留心外面的动静。

“大家往楼下去啊！隔壁化学实验室着火啦！”

第一个冲出去的同学扒着窗户朝班级里大喊道。

顿时，桌椅声雷动。

所有人都拥挤着冲向狭小的门口。

言希被横亘推来自己面前的桌椅挡在后面，着急地大喊苏芷的名字。

苏芷用力地想把桌子拖出，然而蜂拥而出的人根本没有在意到她们的动静。

停在中间的苏芷不得不用手紧紧抓住桌子的一角，才不至于被后面的人群一起冲走。

她快速地左右张望了一下，腾出右手抓住了旁边的墙角，将自己作为连接，左手用力地试图把困住言希的桌子往外拉。

这时终于有几个男生发现了苏芷和言希，几双大手上来一齐推着那张桌子。

——一声刺耳的桌腿划过地面的声响。

那张桌子被用力地推出。

苏芷眉头却狠狠地一皱。

她察觉到一道潮热的液体顺着自己的手心滑了下来，然而谁也没有注意到，只大声地催促着：“快点出去。”

拥挤的走廊与楼梯，老师们在转角处紧急地维持着秩序。

苏芷痛得身子发抖，却只能暂时将被桌角划破的手心紧紧按在灰色的裙子上。

人群摩肩接踵，相互拥挤着终于来到了楼下。

她和言希早已被冲散，偌大的操场上，到处都是仰头看着浓烟滚滚的学生。

苏芷有几分不知所措。

她低头想看看自己的手掌，才发现那股热血已经把她的伤口和棉质的裙子黏合在了一起。

她颤抖地试图将手掌脱离裙子。

带起的血丝被一条条撕扯，而后又重新涌出新的血流。

手掌完全红了。

黑红、鲜红，层层叠错。

她只低低地放在身侧看着，一句话也没有说。

苏芷忍着疼痛将左手微微地握住，而后听到了学校在操场播放的广播。

所有的学生今天都直接提前放学，不要再回到教室。校门马上就会关闭，并且已经给家长都发去了通知。

她左右又看了看有没有言希的身影，拿出手机才发现了言希刚刚发来的消息。

言希：谢谢宝贝今天救我！人太多没找到你，我就先走啦！

苏芷抿了抿嘴唇将界面调到了短信，准备给司机叔叔发消息。

片刻，她又忽然停了下来。

她走到了路边避开朝门口涌去的人群，手机搜索显示最近的诊所在学校附近一公里。

苏芷认真查看了一下路线发现并不难走。

操场上，大批的人已经往校门口去了。她将手机握着也跟着人群一起朝外走。

不到十分钟的步行距离，苏芷就找到了那家诊所。

干净整洁的一个门面，并不大，里面有几个人坐在椅子上像是在等待。

苏芷右手推开玻璃门进去，旁边的前台有个穿着白大褂的小姑娘探头来问："来看什么？"

苏芷把左手艰难地张开一点，凝固的血液又开始互相粘连，她并不能完全地展开。

前台皱眉"嘶"了一声，伸手给她指了一边的沙发："去那边坐下，你这个估计要缝针。"

苏芷点了点头，坐在了一旁的凳子上。

旁边的玻璃隔断里，看得见有两个医生在坐诊。

她低头点开手机打算消磨点时间，谁知道屏幕点亮的一瞬间，一通电话打了进来。

苏芷身子一紧，左右看了下。

前台立马意会："小声点就行。"

苏芷低声说了句谢谢，右手接通了电话。

“人在哪里？”

电话里，程怀瑾的声音有些低沉。

苏芷的心脏因为紧张而加速，旁边的一面镜子里，她看见自己面色惨白。

“怎么了？”她竭力维持着声音的平稳。

“学校着火提前放学，你为什么到现在都没有让司机去接你？”

电话里，隐约传来鸣笛的声音。

苏芷不知为何，有种难以启齿的预感。

“你现在人在学校吗？”程怀瑾又一次问道。

苏芷手指紧紧地握住电话，缓声回道：“我的手不小心划了道小口子，在学校旁边处理一下，马上就回家。”

“地址发给我。”

“不严重，我一会儿自己给司机打电——”

“地址发给我。”

命令式的，不带有任何的余地。

应和着那种预感，此刻，在苏芷的心口颤动。她有一种强烈想哭的冲动，眼眶也无法控制地瞬间发红。

即使在刚刚发现受伤的那一刻，她其实都没有觉得有多大的触动，她觉得很疼，却也仅此而已。

找一个诊所，处理一下伤口。一切都不必大惊小怪。

也不应该大惊小怪。

这是苏昌铭这么多年灌输给她的，只要还能活下去，关于苏芷的一些都不应该大惊小怪。

电话挂断之后，苏芷将地址发了过去。

前台笑着问她：“男朋友吧，你看你眼圈一下就红了。”

苏芷连忙摇头：“不是。”她声音变得很小也变得很奇怪，“……我家长。”

前台尴尬了一下：“不好意思啊，搞错了。”

诊所里又陆续来了两个病人排队坐在苏芷的后面，她目光一直时不时地看向门外，很不安宁。

最后，苏芷强迫自己把目光收回。

然而，清脆的一道汽车落锁声，让苏芷条件反射般地又一次转头看向了门外。

透明的玻璃门外，她看见程怀瑾快步朝她走来。

原本已经被压制消散的情绪在一瞬间被重新勾起，他沉凝的面色和匆匆的步伐。

苏芷眼眶忍不住地发胀。

太糟糕了，她觉得自己太糟糕了。

程怀瑾径直推开了诊所的大门，他左右环视了一圈走到了苏芷的面前。

“手给我看看。”程怀瑾伸出手，要她把那只伤手放在上面。

苏芷抬头看着他，竭力克制着继续发红的眼眶。

“马上轮到我了。”她声音沙哑得厉害。

“出来，我们不在这里看。”程怀瑾见她不肯把手伸出来，直接往后退了两步示意她出来，“我带你去医院。”

苏芷争辩了几句，最后还是别无选择只能跟着程怀瑾走出了诊所。

程怀瑾绕到她那一侧帮她开了车门，他微微俯身从副驾驶的位置上提出了一个很小的行李包丢到了后座。

苏芷这才意识到他像是从出差的路上折返回来的样子。

“你要出门？”她驻足在副驾门口不肯上车。

“上车。”程怀瑾冷声说道。

“我自己在诊所处理伤口可以的，你快点忙你的吧。”苏芷有些着急地又往后退了几步。

她看见程怀瑾眸色微微变暗，连语气也变得不容置喙：“现在上车，我带你去医院。”

不知为何涌出的一股执拗，让苏芷语气也变得同样固执：“你干吗为了我这点小事就回来啊？你有事就先走，真的不用管我。”

“我现在只想带你去医院。”程怀瑾低头看着她，声音里已有几分难以忽视的生气，“你的手有多严重自己不知道吗？”他目光下移到苏芷已经黑红的左手，旁边的灰色裙棉，同样沾了黑红的印记。

苏芷手腕微微颤抖着想要藏到身后，固执道：

“你的事情比我重要。”

难熬的沉默中，她看见程怀瑾几欲发火的神色。

他径直将苏芷藏在身后的左手拉出。

那样生气的时刻了，他还是小心地避开了她的伤口，只松松地握着她的手腕。

他语气冰冷得不像话：

“但我现在只问你疼不疼？”

苏芷记得，苏昌铭从前最爱和她说：“我现在有更重要的事情不要来烦我。”

开始，是她不小心摔了一跤血流不止，苏昌铭骂她走路不长眼睛耽误他出门吃饭。

后来，是她误吃了过期的食物腹痛呕吐，他不得已开车送她去医院一路上骂骂咧咧。

再后来，她不再与人说这些“不值一提”的小事，也同样惶恐那些突如其来的关心。

可现在有人站在她的面前，丢下他自己的事情，只关心她：到底疼不疼。

苏芷无声地落下眼泪，重重地点了点头。

她声音破碎：“程怀瑾，我疼。”

还是上次的私人医院，程怀瑾过去时打了个电话。两人下车后就有一位护士在医院门口等着了。

苏芷被带着去做了伤口的清理，被双氧水反复清洗伤口，她也没再掉一滴眼泪。

因为伤口过深，医生确定要缝针。一剂麻醉药下去，医生很是仔细地将她的伤口缝起。

“放心吧，不会留疤的。”

医生把针收回朝苏芷笑了笑，而后转头对坐在旁边的程怀瑾说道：“还要让她去打一针破伤风，然后挂三天消炎药就行。”

程怀瑾同医生说了谢谢，又问道：“什么时候可以拆线？”

“十二天之后。”

“好。”

医生随即招手请一旁的护士给苏芷把伤口包扎好，苏芷左手直直地伸在桌面上，安静地任由护士摆弄。

“我出去打个电话。”程怀瑾转头对苏芷说道。

苏芷怔了片刻，立马回道：“你去忙吧。”

“就在门外，你一会儿好了叫我。”程怀瑾说完，起身走出了门口。

宽阔的诊室里，只剩下了为苏芷包扎的小护士。她见程怀瑾走了，不由得笑了起来。

苏芷此刻也觉得心里没刚刚那么难受了，由于麻醉剂的缘故，手掌也只剩下了麻木的感觉，并不再痛。

她不禁开口去问：“怎么了？”

小护士抬头瞥了一眼门外，小声说道：“程先生是你家人吗？”

苏芷愣了一下，摇了摇头：“不是。”

小护士眉毛惊讶一挑，语气更是困惑：“我在这家医院工作年限不长，但也见过三次程先生。”

“你和他很熟吗？”

一种想要探寻不同维度的程怀瑾的窥视欲，也让苏芷不由自主地低了声音。

小护士摇摇头：“我哪里能和程先生熟呢，不过是程先生太出挑，来一次就足够让人记住了。”她一边熟练地用纱布将苏芷的手掌包起，一边说，“如果不是家里人，怎么会这么关心你？”

苏芷的左手不由自主地收缩了一下，一种羞赧的热气涌上她的脖颈。

“没有吧。”她习惯性否认。

“怎么没有？”小护士拿出剪刀剪下最后一块纱布，认真分析道，“你看，他刚刚说出去打个电话，你就说让他去忙吧。原本程先生只要出去就好了，可他又加了句：‘就在门外，你一会儿好了就叫我。’”

小护士又笑：“他怕你以为他要走了，特地说给你听的，他就在门外。”

热气越发膨胀，苏芷忍不住向门外瞥去。

“他随口一说的。”

小护士将她的手掌包扎完毕，轻轻拍了下她的手腕，胸有成竹地说道：“可是你看呢，程先生是个喜欢说废话的人吗？刚刚从进来到出去，他有和医生或是我说任何与你的伤情无关的话吗？”

苏芷的左手一瞬间察觉到了某种刺痛，她手掌一颤。下一秒又好像只是她的错觉，一切仍是麻木。

小护士一脸期待地等着苏芷的回复，却冷不丁地被走过来查看包扎进度的医生敲了敲脑门：“一天到晚就知道瞎聊天！”

小护士“嗷呜”一声，反抗道：“包扎好了！没耽误！”

苏芷原本燥热的心境一下被逗笑，不经意地一瞥，看见程怀瑾从门外走了进来。

“好了？”他走到苏芷的身边，垂眸看了看她的手掌。

苏芷仍保持着手掌平展朝上的姿势，有些费力地将手指也全部伸直让他查看。

“好了。”她抬头看着程怀瑾，刚刚小护士说的话又将她心里的热浪拱起。

苏芷把目光又瞥去了一边。

“再打一针破伤风，我带苏小姐去挂消炎药水。”小护士站起身子去扶苏芷的左手，程怀瑾侧身给她们让出了位置，随后也跟了过去。

打完破伤风之后，苏芷就被安排进了一间单人房。

她不想躺在病床上，小护士就安排她坐在一旁的单人沙发上，右手挂着吊瓶，左手正好可以平展地放在沙发边的茶几上。

小护士把一切安排妥当，依着程怀瑾的吩咐拿了一本书来。

程怀瑾坐在苏芷旁边的一张沙发上，两人之间隔着那方小小的透明茶几。

又好像回到了那次她发高烧，睁眼的时候，看见他正安静地看一本书。

屋子的百叶窗开了一半，此刻西晒。温黄而又黏稠的阳光穿过窗帘铺陈在这安静的病房里。他们都背着光，像是共同被庇佑在一个温暖的、无人知晓的角落。

只有他们两个。

苏芷垂眸看着阳光落在自己手掌上，目光不自觉地也看去了程怀瑾的手上。

进来之后，他就没再说话了。

一切恢复成什么都没有发生的平静。

是程怀瑾一如既往的作风。

苏芷试探性地动了动左手的手指，仍然有些麻木。

程怀瑾的目光看了过来。

“还疼？”他合了手上的书放到了一边。

苏芷摇了摇头：“不疼，很麻。”

“麻醉剂还没过去。”

“嗯。”苏芷低声应道，她轻轻咬了咬嘴唇，又开口，“今天是打算出差吗？”

程怀瑾微微侧过身子，声音平缓：“是。”

苏芷抬头去看他，背光的原因，程怀瑾的面容显得格外柔和。

让她想起下午时他几欲发火的模样，竟有几分不真实的错觉。

他会为自己发火吗?

苏芷甚至不敢去想。

他真的在乎自己吗?

苏芷更是无法回答。

安静的病房里，一切也变得缓慢。

问也是，答也是。

苏芷静了很久，忽然笑了一下。

很轻的一声，像是早春的某只蜻蜓，在湖面点出一片微小的涟漪，浅浅地向外扩散。

“不哭了？”程怀瑾的声音几分戏谑。

苏芷回看他，否认道：“我本来也没哭。”

男人安静地看着她一会儿，嘴角勾了勾：“那是我看错了。”

“对，是你出现幻觉了。”苏芷微微偏着头。

程怀瑾目光动了动，昏暗的光线里，她眼眶其实还带着点微微的红。

然而此刻的模样，却像是几分颇有底气的骄纵。

是她从前从未表现出来的。

程怀瑾把视线转向了她的手掌：“怎么弄的？”

苏芷手指动了动：“从教室里跑出去的时候，不小心刮到桌角了。”

“手心刮到桌角？”他目光直直地投来，并不介意直接戳穿她。

苏芷脖子一热，直接坦白：“言希被困在桌子后面，我帮忙拉桌子的时候不小心划伤的。”

“她知道吗？”程怀瑾又问道。

“还不知道。”

“还不知道。”程怀瑾低声把她的话重复一遍，径直问她，“打算什么时候让她知道？”

苏芷微微怔了一下，说道：“我……”

“还是本就没打算让她知道？”程怀瑾话语直白。

“不是什么大伤。”苏芷声音很低。

“不是什么大伤，刚刚你在车上哭了五分钟，在医院缝了三针，打了破伤风，现在还在挂水。”程怀瑾的声音变得有些冰冷，“苏芷，如果连你自己都不觉得你是重要的，那也不会有人把你当成重要的。”

“可是事情已经发生，让她知道也只会让她觉得难受。”苏芷不知道他为什么一定要把这件事情拔高，“而且她也不是故意的，并不怪她。”

“是不怪她，但你要让她知道。”

“我觉得没必要。”苏芷说道。

“是你觉得没必要，还是你害怕？”程怀瑾开口问，“苏芷，你把自己看得太低了。”

他语气里又有那种隐约的失望，沉默半刻，说道：“这让我觉得我做的事情也变得一文不值。”

安静的病房里，已经不再有窗外投射而来的光了。

冷白的顶灯亮起，他脸上此刻的表情变得格外清晰，也冰冷。

苏芷觉得一阵寒潮从自己的脚底升起，循着缓慢流动的血脉，触及她的四肢百骸。

——“这让我觉得我做的事情也变得一文不值。”

手掌处的麻木似乎瞬间也传到了她的身体，程怀瑾的话像一盆冷水兜头朝她泼出。

因他说得没错。

她害怕让言希知道，她害怕让言希担心。

她们之间并非完全平等的、正常的友谊。

她愿意付出得更多，只祈求言希能永远做她的朋友。

然而这也让程怀瑾为她做的一切同样变得一文不值。她觉得自己不值得，可她没办法觉得程怀瑾也不值得。

苏芷怔怔地看着自己的手掌，雪白的纱布层层叠叠。

恍惚间，她想起很多程怀瑾曾经对她说过的话。

——“你不是寄人篱下，你只是住在这里。”

——“还聊吗？不聊我们回家。”

——“如果你愿意往上走，我很愿意帮你一把。但如果你仍然这样自暴自弃，我也无能为力。”

一而再，再而三。

程怀瑾对她伸出过援手，她拒绝过，怀疑过，也动摇过。

然而此刻，那种不愿意让他再失望的情绪像是疯长的藤蔓，将她的思绪完全地占满、填充。

她没办法接受程怀瑾的失望。

一丁点都会让她窒息。

灯光下，她的手指显示出一种白纸般的苍白。

慢慢地，痛感回笼。

苏芷看着自己的左手，轻声问道："我应该怎么说？"

程怀瑾侧头看过去，语气平缓："把你当成是和她平等的朋友，告诉她这件事情。不一定非要她的道歉，但她必须要知道。"

"我可以晚上回家再给她发消息吗？"她祈求最后一点的缓和。

"可以。"他说道。

程怀瑾也往后退了一步。

那寒潮慢慢地退了，苏芷觉得自己凝结的血液重新回暖、融化。

她不想和程怀瑾这样僵持下去。

她嘴唇紧紧地抿起，目光看着自己展开放在茶几上的手。

冷不丁地，苏芷开口问道："我的手指是不是很长？"

突如其来地挑起新的话题，她自己也被惊得起了一层冷汗。

十足地欲盖弥彰。

这拙劣的手法连她自己都无法忍受。

然而，她垂下的视线里，闯入了一只并不属于她的手。

透明的一方茶几上，程怀瑾的左手向上平展着放在了她伤手的旁边，清晰的骨节，看起来修长而又有力。

他没有揭穿她，而是伸出了自己的手，应和她。他宽大的掌根贴着她的指尖，修长的指尖结束在她的腕心。

他的手很长，干净且有力。

苏芷几分茫然与忐忑地抬头看向程怀瑾。

男人低垂的神色认真而平静。

"是很长。"他轻声说道。

苏芷耳后烧红成浆。

程怀瑾收回了自己的手，几分责备的语气，彻底带走了苏芷的心跳："但是你并不爱惜。"

出差被程怀瑾推迟。

十二天后，他陪着苏芷重新去医院拆了线。

伤口恢复得很好，医生叮嘱她千万不要抓挠，不然难保不留下疤痕。

两人从医院回到家时，正是晚餐时间。苏芷用完餐，李阿姨提醒她有一个快递刚到。

苏芷心急，等不到回去再看，索性坐在客厅的茶几旁就拆了起来。

并不大的一个包裹，但是包装得很是严实。

程怀瑾用完晚餐，也朝客厅走去。

苏芷把快递小心地拆开，里面是一套包装精美的笔记本，旁边的袋子里还装着很多贴纸赠品。

程怀瑾站在中岛台后看着她眼睛笑得弯起，嘴角轻勾。

“言希买给你的？”

“你怎么知道？”苏芷完全无法遮掩笑意抬头朝他看去。

程怀瑾把杯子放到一边：“猜的。”

苏芷忽略他一副了然于胸的模样，情绪轻扬地说道：“谢谢你。”

程怀瑾扬眉，淡声道：“不客气。”

这是两人心知肚明的默契。

苏芷心里一阵无法承受的轻颤，被这汹涌而来的愉悦所淹没。

“我把这贴纸送给你！”

苏芷十分慷慨地拿出一张贴纸举高。

程怀瑾几分不可置信地睨了她一眼，片刻，冷笑出声。

“啊，总裁，你终于笑啦！”苏芷极尽夸张地说道。

程怀瑾脸色一秒收敛，将杯子里剩下的水一饮而尽，随后转身朝楼上走去。

他语气里有隐约的笑意，似轻描淡写：

“幼稚。”

程怀瑾上楼换了一套衣服，很快又重新下来。

出差的行李箱已经被李阿姨收拾放在了门口。

他和苏芷说了大约一个星期后回来，就提着箱子上了车。

一路顺利到达机场，距离飞机起飞还有半个多钟头。

宽阔的休息室里，零散地坐着几位客人。

程怀瑾找了一个僻静的位置，有些疲累地坐了下去，双眼合上，能听见不远处一个小女孩不时的笑声。

那声音不近，隔着宽阔的走道。

程怀瑾并未在意，只是闭目养神。

后来，那连续不断的笑声渐渐消失，他听见断断续续的：

“叔叔。”

“叔叔。”

程怀瑾无声地睁开了眼睛，那小姑娘是真的在喊他。

“叔叔，这张贴纸好漂亮！”小姑娘伸手指着程怀瑾手提箱的一侧。

男人并未说话，目光循着她的手指看了过去。

手提箱拉链褶皱旁极不显眼的地方，正贴着一张浅紫色的花朵贴纸。

淡淡的紫色，花瓣柔软而舒展。

怔忪片刻，程怀瑾无声地看向那张贴纸。

“好漂亮！”那小姑娘仰起头又一次说道。

男人目光变得柔软，温凉的指腹轻轻按上那张贴纸：

“是吗？”

小姑娘仰起头，咬了咬嘴唇小声道：“叔叔，这个能送给我吗？”

程怀瑾的食指在贴纸上摩挲了几下：

“抱歉，不能。”

程怀瑾出差后的那个周六，苏芷和言希约了一起去逛商场。

繁重的学业压力下，难得的休息时间也显得格外珍贵。两人赶在上午把作业全部写完，便迫不及待地相互挽着在商场里逛了起来。

苏芷目标明确，她想趁着夏天的尾巴还没过去，买一条新的裙子。

“什么场合穿的？”言希一边用手拨着衣架上的裙子一边转身问苏芷。

苏芷顿了几秒：“日常。”

“日常？”言希看着她笑了笑，伸手挑出一件米白色的长裙，“这条你觉得好看吗？”

苏芷目光看过去，是一条绝不会出错的长裙。

并不夸张的泡泡袖，下面是长至小腿的百褶裙摆，很是淑女，也很是学生气。

“我好像有这种类型的裙子了。”苏芷开口道。

言希愣了愣：“也不是同一种款式吧，这条裙子挺好看挺淑女的，你不喜欢吗？”

苏芷目光又落到衣架上的其他裙子，然后伸手拿出另一条。

言希的表情有些犹豫：“这条还挺成熟的。”

“是吗？”苏芷竟有几分高兴的样子。

“对呀。”言希把苏芷手里的裙子接过。

一条宽肩带的吊带黑色连衣裙，剪裁简约而复古，没有任何多余的装饰，长度约莫到苏芷的膝盖。

“不过也挺好看的。”言希说道。

苏芷直直地盯着这条裙子，半晌，说道：

“那我先去试一下。”

“行。”

很快，苏芷就从试衣间里走了出来。

言希抬头看过去。

两指宽的黑色肩带落在苏芷白皙瘦长的肩头，一对修长的锁骨从容地卧在她的肩颈之下，水平裁剪的襟口，恰到好处地留白出大片白皙的胸口，然而并不情色，因为并未有任何不该的东西露出。

反而更有克制的美感。

裙身极其服帖地收拢于苏芷的腰间，冷白的灯光下，她皮肤因为这黑色而显得更加白皙。

言希说得没错，这是一条叫她看上去更成熟的裙子。

苏芷看着镜子里的自己，嘴角不自觉地上扬。

她没再去看其他的裙子，把身上的这条换下之后就去结了账。

随后她又陪着言希逛了一圈，只是言希什么都没买。下午结束的时候，两人在商场楼下买了奶茶。

苏芷坐在奶茶店靠窗的位置，目光单是瞥到纸袋里的那条裙子，嘴角都会微微上扬。

“言希，我觉得我真的开始新的生活了。”

人声嘈杂的奶茶店里，苏芷忽然轻声开口。

正在低头喝奶茶的言希看过来：“什么？”

苏芷朝她笑了笑：“我觉得一切好起来了，一切变得有希望了。我想买新的衣服，想要变得快乐，想要读书，想要有很好的未来。”

“是因为程怀瑾吗？”言希问道。

“是，他对我很好。叫我从以前那种浑浑噩噩、不知道每天在做什么的日子里走出来了。”

苏芷把奶茶稍微推到了一边，继续说道："他让我觉得，我也是有价值的，也是值得被人好好对待的。"

言希许久未动。

苏芷觉得心跳怦然，第一次，她这样对别人、对自己坦诚程怀瑾对自己的好。

"你不知道，他到底有多好。他把我拉起来，还要带我往前走。"

"所以呢，我会继续认真读书，努力考大学。这是他教我的。"苏芷目光里有很浅的笑意，像是在回忆。

"我也不会再让他失望的。"

那天晚上回到家后，苏芷收到了言希的一条邀约。

阿正的餐厅明天晚上搞周年庆，请她务必一起来玩。言希短信里言语很是恳切。

苏芷欣然同意，不过她也记得程怀瑾也是明天晚上出差回来。

苏芷：但是我明天晚上可能要早些回家，不能陪你们到最后。

言希的消息很快回过来：当然可以啦！明天记得穿这条新裙子来玩。

苏芷看着言希回过来的消息，嘴角扬起笑意，发去一句话：

"没问题，明天见！"

周日傍晚六点的时候，苏芷穿着那条小黑裙出了门，一头乌发梳顺散在肩头，脚上穿着一双黑色小皮鞋。

她拜托司机将她送到四中门口，在那里她和言希会合之后一同去了餐厅。

餐厅四周年店庆，阿正给他们寻了一个大厅里可以直接看到驻场歌手的位置。

苏芷和言希到的时候，桌边已经坐了很多人。

大部分苏芷并不认识，有些是上次来的时候见过一面的。

但是她今天只是为了陪言希，所以并未有太多的交流欲望。

她安静地坐在言希的身边，有时听听大家的聊天内容，有时刷刷自己的手机。

今晚的店里十分热闹，请来的驻场歌手是个在当地小有名气的明星，所以客人也很是捧场。

言希在位置上待了一会儿就和阿正两人一起出去取东西。

她走得匆忙，连手机都忘了拿。

苏芷只好把自己和言希的手机收好，随后一脸笑意地撑着下颌继续看舞台上的人表演节目。

一切都像是沸腾的汽水。

热闹、喧嚣，铺天盖地。

震耳欲聋的音乐将她的感官完全地占满。

约莫半小时之后，言希才和阿正从外面回来。

苏芷把手机还给她，又转头去看那表演。

忽然，她听见言希极轻地唤了她一声。

苏芷回头，昏暗的卡座里，言希的脸色变得惨白。

荧亮的手机灯光从下而上地铺陈在她的脸颊，有种彻骨的悚然。

苏芷心下发紧，忙出声问道：“怎么了？”

言希几乎丧失了言语的能力，她只僵硬地将手机放到了苏芷的面前。

苏芷低头一看，顿时一层冷汗浸出。

五个来自言希妈妈的未接来电下方，还有三条二十分钟前收到的消息。

妈妈：你今天不是说和苏芷在你们学校对面茶餐厅一起写作业吗？我现在在这里，你人呢？

妈妈：你根本不是在写作业是不是？是不是苏芷那个丫头带着你到处乱玩？

妈妈：言希，你跟我说实话，你们是不是又去了上次那个餐厅？

所有的喧闹仿佛一瞬间变成了一把刺向言希心脏的利剑，她几乎无法开口，身体因为极度的恐慌而开始发抖。

苏芷紧紧握住了她的手，问道：“你妈妈知道这里？”

言希嘴唇翕动，声音微弱：“她送过我一次，那次我骗她是你在这里过生日。”

“那她会不会已经来了？”苏芷顿时也心生恐惧。

然而言希却好像看到了什么一样，再也没有说话了。

苏芷缓慢地顺着言希的目光转过身去，不远处的门口，正有两个人径直地走过来。

她的血液也瞬间冰凉。

因找过来的，正是言希的妈妈和她们的班主任。

苏芷不愿意再去描述那场灾难性的场面。

大声呵斥的言母，和声嘶力竭的言希。

喧闹的背景音，也将人的所有情绪轻易放大。

愤怒与痛苦，失望与无奈。

人的自尊被砸烂在地上，剩下的就只有歇斯底里。

最后，言希被她妈妈提前带走。

苏芷被班主任留在了餐厅的门口。

因她被言希妈妈认定是带坏言希的人，也因她这身“目的性过分昭彰”的穿着被言希妈妈认定是在早恋。

即使她与在场的任何一位男性都没有任何的关系。

所有的否认都变成了她的狡辩。

一通电话打出去，苏芷听见电话那头程怀瑾的声音。

苏芷身体僵硬地站在晚风骤起的街道，一旁的班主任还在痛心疾首地训斥她罔顾自己的前程。

“我没有。”

她仍然只是轻声说道。

苏芷并不在意班主任到底会如何看待她，因为程怀瑾会相信她。

因为他知道，她答应过要努力往前走了。

川流不息的街道旁，苏芷把自己站成了一尊雕塑。直到那辆她熟悉的车辆出现，苏芷的手臂才微微地松动。

她情不自禁地往前走出了一步。

汽车缓慢而平稳地停在了餐厅的门口，副驾驶的车门打开，程怀瑾从里面走了出来。

烟灰色的衬衫，他身上有长途奔袭的疲惫。

昏黄氤氲的灯光落下，他甚至没有看苏芷一眼就径直走到了班主任的面前。

苏芷的心里像被堵住，一种无法形容的难受从心里无声蔓延。

班主任又和程怀瑾交代了几句，最后劝诫苏芷别再自误前程。

她说完就先行离开了。

人流穿梭的门口，程怀瑾转过身子无声地看着苏芷。

那一眼，让苏芷觉得像是一把凌迟的刀，从她的眼睛，到她的嘴巴，到她的四肢，都被他目光锋利地肢解。

她出现的地方，她穿着的衣物。

通通是她无力反驳的呈堂证供。

“先上车。”他的声音冷得让人发痛。

苏芷有些恍惚地跟上，一个人坐进了后排的位置。车门合上的瞬间，车内的安静也同时扼住了她的喉咙。

因为程怀瑾什么都没有和她说。

司机打开了转向灯，慢慢地会入了车流。

苏芷看见后座的不远处，平放着程怀瑾的行李箱。黑色的拉链旁，那张小小的花朵贴纸仍然妥帖地安置在原地。窗外的光影掠过，她看见一张更大的透明贴纸将那朵小花牢牢地贴在箱身上。

所有难挨的沉默此刻都变成了柔软的潮涌。

苏芷忍不住地去想，他看到了。

他不仅仅是看到了。

她就知道，她就知道。

像是久溺深海后的第一次仰头，苏芷在心里大口大口地呼吸着。

她手指轻轻地按在那张贴纸的上面，正要开口解释，却听见程怀瑾的声音从前面传来：“如果这就是你期许的人生，欺骗家长和人早恋，那你应该早点告诉我，也省得我白费功夫。”

或许，程怀瑾从没真的觉得她可以站起来，即使他一次、一次，又一次地朝她伸出过援手。

他话说完的当下，苏芷不得不强迫自己去接受这个事实。

其实，他根本就没相信过自己。

在他的眼里，她就是那个愿意四处厮混、与人早恋、尖锐堕落的苏芷。

即使她以为，她做出的行为已经改变了他的想法。

苏芷浑身冰凉地坐在位置上，按在行李箱上的手指因为用力而逐渐失去了血色。

一阵彻骨的寒凉从她的头顶向下倾倒，每一块骨节都在愤怒地、瑟瑟地发抖与尖叫。

“你觉得我就是这样的人，对吗？”一字一句，她艰难却清晰地吐出。

“我觉得你是什么样的人重要吗？”他声音低冷，话语中的疏离感也愈加强烈。

细小的碎裂声，从她的耳边响起。苏芷眼眶发胀，忍不住冷笑，随后声音寒凉地说：“不重要，你认为我是什么人一点都不重要。”

她话一说完就转脸看向了窗外，睁开的双眼，眼泪干脆地落下。

窗外的一切她都看得清楚，程怀瑾的每一句话她也听到了心里，他不在乎她到底是什么样的人，因为这对他来说不重要。

苏芷这一次听得好清楚。

一路再无言。

司机将车停至车库后，苏芷就和程怀瑾一同下了车。

李阿姨前来开门，欣喜的面容也在看见二人同样冰冷的面色之后消逝于无形，只噤声接过了程怀瑾的箱子，说晚饭已经准备好了。

一桌子丰盛的饭菜，最后还有一小碟精致的草莓蛋糕。

鲜艳的红色点缀，也像是一块正在淙淙流血的伤疤。

他们再无交流。

仿佛是在空气稀薄的高原，仅仅喘息就已耗尽了生存的所有力量。

苏芷无声地吃着自己面前的饭菜。

她脊背挺得很直，眼泪也绝不会再掉。

这让她回忆起那个高烧刚退的午后，那时程怀瑾对她说：“你应该照顾好你自己。”

苏芷想起自己的敏感与尖锐，也想起自己脆弱疯狂的自我贬低。只是因为他那样模棱两可的像是要划清界限的话语，她觉得自己懦弱，也发誓再也不会那样做。

从未觉得一顿饭会有这样漫长，每一次咀嚼都像是缓慢地凌迟。饭菜失去了味道，变成了机械吞咽的重复。最后一块小蛋糕，她也面无表情地吃下，然后，无声地离开了餐厅。

很轻的一声，推拉门被她关上。餐厅里，就连最细微的声响也彻底失去。

一切像是被冰封了。

漫长的一段沉默，程怀瑾将筷子放到一边。

他目光平静地看着苏芷离开的方向，透明的推拉门，她穿着那条黑色的裙子蹲在他的行李箱旁。

片刻，她站起身子将什么东西丢进了客厅的垃圾桶，而后推开大门离开了。

客厅又空了。

程怀瑾仍是未动。

冷气充足的餐厅里，他莫名地觉得烦躁与不得安宁。

明明已经没有任何人来打扰，明明她表现得那样的“得体”。

没有和他吵闹，也没有和他争执，她表现得那么平静，他到底在烦躁什么。

程怀瑾嘴唇抿起，听到了手机的消息声。

他低头看去，是司机发来的：“程先生，刚刚机场高速上还是不小心超速了，这是罚单，您看下。”

程怀瑾回复“知道了”，而后熄灭了屏幕。

他站起了身子，不经意间一瞥。

看见苏芷最后吃下的那块草莓蛋糕，一颗鲜红的草莓像被肢解一般碎成了烂泥。

程怀瑾沉寂了两秒，转身走了出去。

安静的客厅里，她已经不在了。

昏暗的路灯从偌大的落地窗投进，他像是站在一团迷雾的边缘，远远地看向那只箱子。

那只黑色的箱子仍是他的黑色的箱子，却也不再是他那只黑色的箱子了。

程怀瑾无声地收回目光，抬脚朝楼上去了。

一场足够声势浩大的风雨，终究在闪电之后，没有了终章。

连绵、低沉的雷声，把这场夏夜推到最后的末日。

沉闷，潮湿。

一切被粗暴地丢进水里，再湿淋淋地拽出来。

苏芷手臂冰凉，拜这永远不会断开的空调所赐。

她猛地站起身子，朝卧室的阳台走去，抬臂推开窗户。

那沉闷的湿气也滚滚而来。

浓重的乌云被层层压下，再多一点，是不是连这地面也要一同吞噬。

晚饭过后，她一直坐在那张桌子前。

翻开的数学习题册，她像疯了一样把还没摘录的错题一道道抄了下来。

然而她只能誊抄题目。

她连思考都没办法思考了。

大敞着的玻璃窗户，此时传来了疾风呼啸的声响。

已经这样酝酿了两个多小时了。

苏芷看着天色，想知道现在已是几点。

她缓步走回到自己的书桌边，忽然停了下来。

一整晚，像是被暴风卷席过境。

苏芷现在才发现离开餐厅时，因为太过的混乱与无措，她没有把自己的手机带出来。

她的手机丢在餐厅了。

苏芷神绪飘忽地看着窗外，其实她并没有什么急事。

其实，她并没有一定要现在拿回手机，她只是站在这里，出神地看着阴翳的窗外。

忽然，一声炸裂的惊雷，天色如同白昼的一闪，那股浓重的潮湿像是蓬发的蒸汽一般从窗户涌入。

顷刻，窗外瓢泼大雨。酝酿了足够久的宣泄，雨滴如同利剑穿刺大地。

苏芷忽然朝书桌的抽屉走去，几张备用现金抽出拿在手里。房门推开，她穿上自己的鞋子撑起雨伞就走出了家门。

“砰”一声关门声，与天上落下的一道惊雷重合。

伞身被骤雨打砸，无数的水滴随后也扑向了苏芷的小腿。头发被吹起，苏芷嘴唇抿起一个人朝庭院外走去。

天色已经完全黑了。

路边的灯光被这高密度的雨势所模糊，一切像是要倾倒在这世界末日。

苏芷用力撑住这把伞，径直往前走。

从未觉得这小区竟有这么大，尤其在无法看清前路甚至举步维艰的此刻。

小腿以下又或者说半腰以下几乎完全湿了，头发也蒙上了一层飞起的水雾。出门时随便穿上的皮鞋已经进水，每一步都变得越发沉重。

但一切都无法回头了。

苏芷不会在此刻回头，她现在就要去餐厅，她要拿回她的手机。

一团漆黑的迷雾，她只管奋力往前走。

忽地，一道刺眼的灯光从她的身后传来。

苏芷眯起双眼朝后扫了扫，随后很快让到了路的一边。

谁知道那车并没有超过她开走，而是缓慢地跟在了她的身后。

苏芷驻足。

黑亮的车身，雨刮器以最大的频率左右摆动，车前照出的两道光柱被这密集的雨滴所填注。

靠近她这侧的车窗降了。

“上车。”

苏芷撑伞站在车旁，静静地看着车里的程怀瑾。

浓密的雨帘后，男人的眉眼也仿佛变得潮湿、氤氲。

他沉默地注视着她，也同她此刻一样。

“我身上湿了，不方便。”苏芷冷静地开口，只在陈述事实，“你关窗吧，别把你的车打湿了。”

“上车。”他重复道。

“不用麻烦你，程怀瑾。”苏芷两只手用力握住几欲飞走的伞柄，“我没有在和你置气，你回去吧。”

她语气冷静到不像话。

苏芷说完就转身又朝前走了。

那车没有跟上来，她每走一步都不知道到底踏向了哪里。

而后，一声“砰”响，她听见了程怀瑾大步走来的声音。

“上车。”

雨幕下，他连伞都没有打，只伸手扶住苏芷的肩头，半拥着要她往车上去。

苏芷不说话，执拗地站在原地。

程怀瑾的手指握住她的肩头，也一刻都没有放下。

他的衬衫湿了。

不过几秒的时间。

雨水也顺着他手臂，从苏芷的肩头流下。

几乎是无奈的语气了。

程怀瑾说道：“先上车。”

……

苏芷没再和程怀瑾犟了。

车窗完全地合上，程怀瑾把暖气打开。

车子就停在小区的路边，他把雨刮器关停，车窗彻底变成模糊的流水。

他们好像又回到了那个只有他们知晓的角落。

窗外暴雨倾盆，把他们隔绝在这方只有彼此的天地里。

湿透的裙子此时冰凉地贴在苏芷的大腿上，还有少许的雨水从她的手指流下。

程怀瑾拿了一盒新拆的纸巾放在她面前。他的衣袖也已湿透，紧紧地贴在他的手臂上。

苏芷接过纸巾，看见他目光转回了前方。

她把自己的脸上和手臂上的雨水稍微擦了一下，听见他重新打开了雨刮器。

“一定要在下这么大雨的时候出门吗？”

程怀瑾偏头看着她。

苏芷握住手里的纸巾回看着程怀瑾，他发梢因为沾水微微贴在额间，温热的车厢里也褪去了他目光里几分清冷的寒气。

“程怀瑾，我应该从一开始就听你的话的。”

没头没尾地，苏芷忽然说道。

她如此冷静的表情，难以琢磨的话语，程怀瑾眉头不易察觉地蹙起，他觉得早些时候的那种烦躁与心神不宁又重新回来了。因为她的过分冷静，其实也像是慢慢地疏远。

“哪句话？”程怀瑾沉声问道。

“你说，我住在这里只是你父亲给苏昌铭的一份回报，所以你不需要我的谢谢。”

她如今开始重提他们开始的那段关系。

什么样的关系？

程怀瑾对她毫不在乎的关系。

他将这把愚钝的小刀磨利，到头来，也由她慢慢刺回自己的心里。

握在方向盘上的手指慢慢收紧，程怀瑾缓声说道：“很多事情已经变了。”

苏芷伸手在出风口轻轻拨弄，好像已经不在乎他说的话了。

“是吗？”

她转头看着窗外的雨势，慢慢地，已经小了很多。

苏芷深深吸了一口气，将雨伞拿起。

“雨小了，你回吧。”

她说着就要去开她那侧的车门。

然而，利落的落锁声，也将她的出路彻底封死。

苏芷转头去看程怀瑾。

昏暗的车厢里，他目光也变得晦涩与无法解读。

这也是她的第一次。

第一次，看见这样的程怀瑾。

即使是与程怀岭或是江妍月不欢而散，他其实都没有过任何的妥协与挽留。

然而此刻，程怀瑾侧身从车后座拿过了一件他的外套，伸手披在了苏芷的身上。他声音混杂着细密的小雨，不容抗拒地，渗进了她的心里。

“衣服披好。想去哪里我都送你。”

随后，他启动车子径直朝雨夜去了。

第七章 没有截止日期

W U C I X I A O M E I G U I

大雨过后的夜半，灯光全部晕开在潮湿的地面上。

破碎的高楼倒影从眼前掠过，像是一场世界颠倒的梦境。

街上仍有很少的车辆飞驰而过。苏芷把头靠在窗边，看着程怀瑾朝餐厅的方向开去。

加热的车垫与暖气已经将她轻薄的裙子烘干，除了鞋子里尚存的一些水迹，她甚至以为刚刚的暴雨或许从未存在过。

她是在那趟去往甜品店的路上，她是在那个他说“今天可以是真的”的那晚。

而不是此刻，她看着车窗上程怀瑾的轮廓，只能记得他那句：

——“如果这就是你期许的人生，欺骗家长和人早恋，那你应该早点告诉我，也省得我白费功夫。”

是了。

这就是程怀瑾。

即使她以为他们之间早和开始时不一样了，可他仍然可以轻而易举地说出那些刺痛人心的话，甚至比从前更加过分，比那些打破她的幻想叫她面对事实的话语更加过分。

他甚至没有开口问她到底发生了什么，就直接定了她的罪。

苏芷不明白，明明他被吴树山叫到学校去的那次，他都会那样镇定地先问过她到底发生了什么。

然而今天却这样不分青红皂白地就这样定了她的死罪。

甚至没有给她解释的机会。

苏芷将身子坐正，目光沉默地看去程怀瑾的侧脸。

他的头发和衬衫也已经干了，握在方向盘上的手背有清晰的经脉凸起。

她忍不住去想他下车揽住自己的那个瞬间，那样大的暴雨，他连伞都不打。

可是，她却也忍不住地悲哀。

她觉得他们不会再好了。

程怀瑾一路沉默地将车开到了餐厅旁边的停车场。车子一停，苏芷就解了自己的安全带。

“我自己去就行。”她下车将车门关上，却看见程怀瑾还是跟了过来。

苏芷没有理他，一个人朝餐厅走去。

时间将近十二点，餐厅只有外围的茶水吧还热闹着。

苏芷刚把门打开，就差点被一群走出来的男男女女撞到。她侧身让了一下，看见程怀瑾走到了她的身旁。

他稍稍走在她前面，带着她往前台去了。

“我要先去看我刚刚坐过的地方。”苏芷说着就想一个人去早先他们坐着的位置看看。

程怀瑾却没让她自己过去：“先去前台问问有没有人捡到手机。”

他很短暂地拉了苏芷的手腕一下，又放开，确保她不会一个人走开。

苏芷将自己的手臂收在身后，几分刻意的动作。

她自己也说不清自己到底在做什么，像是一张已经被撑开到几近撕裂的布帛，她还忍不住一定要插上一刀。

何苦这样难熬呢。

干脆手起刀落。

人声嘈杂的茶水吧里，程怀瑾一句话也没有说。他松开的手掌轻握了一下，又松开。

两人走到了前台，程怀瑾说得没错，他们应该先来前台问问。

服务员听到两人来意之后，很快确认的确有一部手机被人在卡座拾到。

他和苏芷确认了手机型号和一道背部的划痕，然后让苏芷用自己的指纹解锁了手机。

不过几分钟的时间，苏芷就拿回了自己的手机。

再次走出餐厅的时候，雨已经完全停了。

水洗的一片天，澄亮得甚至不像夜晚。

程怀瑾站在苏芷的身后，苏芷驻足了片刻便重新走回了车上。

暖气又起了。

低沉而又均衡的声响缓缓地在车厢游移。

苏芷身体侧向车窗，她将手机握在手里，两眼空空地看着窗外。

刚刚结束的骤雨，玻璃上的雨点还未完全消失。一滴一滴，顺着窗户向下融合更多的雨滴。她只一次又一次地看着雨滴落下，看着这片窗户从模糊逐渐又变成清晰。

最后一滴雨珠落下了。窗外，一辆辆不时开入开出的汽车也变得同样清晰。

苏芷不由得转过头去。车厢里没有开灯，一切其实看不明朗，然而，程怀瑾无声的、沉默的目光却好像一道迷雾里照射而来的灯光。

笔直而又明确。

他在这里看她多久了，他为什么没有开车？

苏芷静静地看着程怀瑾，她看见程怀瑾很轻地抿了抿嘴唇，开口说道："今天和言希去餐厅见朋友了吗？"

他声音沉缓而平和，像是真的关心她。

苏芷不禁想笑，却也无法否认她真的想哭。

太过迟来的询问了。

程怀瑾，太迟了。

"这重要吗？我早恋的事情你不是已经给我定罪了吗？何必现在又来问我当时到底发生了什么。"

"我应该先问的。"程怀瑾目光微动，顿了片刻开口说，"对不起，下次我会先问你。"

他的声音是那样认真，目光也从未移动过半分。

并非什么遮遮掩掩心口不一的道歉，而是字句清晰的、想让她明了的道歉。

苏芷觉得快要窒息。

像是拼了命才从那片无光的深海里走出，如今又被那骤然掀起的浪头追上，不由分说地就要把她拉回去。

他凭什么现在给她道歉。她宁愿他什么都不说。

苏芷眼眶热得发烫，言辞也陡然锋利："程怀瑾，你不用和我说对不起，因为你没什么对不起我的。我吃你的住你的，什么都是你的。说实话，我应该对你事事听话，感恩戴德。”

“你对我的训斥我也应该全盘接受，毕竟我很快也会离开这里。至于我到底去餐厅做了什么见了什么人，其实根本对你也不重要，是我自己想太多罢了。”

“反正我很快就会离开，反正我很快就会离开。”

她说着说着，一滴眼泪直接从她的眼眶掉出。

苏芷用力将眼泪擦干，伸手就要去开车门。

可是，一声落锁，程怀瑾直接启动了车子。

她从没见他这样开车过，沉默地开出拥挤的停车场后在凌晨的街道上飞驰。

苏芷不可置信地看向程怀瑾，某个荒诞的瞬间她觉得他是想和她一起冲下山崖。

然而这是程怀瑾，并非什么能被轻易激起情绪的莽撞少年。

车子很快开入了一条苏芷并不熟悉的高速，可她看着程怀瑾阴沉的脸色，还是选择将脸转向了窗外。

她不想再和程怀瑾说话了。

她话说得够狠了。

刚刚被她用力擦过的眼眶像是后知后觉般地泛出了干涩的痛意，濡湿在慢慢扩散。她看见高速旁边一片黑色的田野，蔓延向不知何处的边际。

她好像也变成了一只单薄的黑色影子，朝着那片田野的深处走去，边走边被吞噬，边走也边枯萎。

程怀瑾一路从高速向南开，许久都没有停下。

连绵的夜幕从车窗外不断地擦过，没过多久，苏芷就沉沉地睡了过去。疲惫与伤心交错，她早已无力支撑，一场混沌不堪的梦，仿佛每一根神经都在激烈地试图发出自己的声响。

然而她却什么都不记得了。

眼睛慢慢睁开的时候，天色其实与早些时候并无什么不同，她甚至无从得知自己到底睡了多久，轻轻地动了动自己的手指，身子的触觉逐渐回笼。

苏芷坐正身子，才发现她身上披着程怀瑾的外套，酸涩的一瞬，她将外套收起，昏暗的车厢里，只有仪表盘散发着刺眼的灯光。

她侧头去看，已经凌晨四点。他整整开了近四个小时的夜路了。

苏芷忍不住去看程怀瑾，却发现他也看了过来。

“醒了？”

程怀瑾声音有些低哑，不知道是因为疲惫还是因为许久没有开口说话。

苏芷目光看向前路：“你带我去哪里？”

“马上到了。”

他不肯说。

“那边有矿泉水和吃的。”

苏芷目光朝自己那侧车门看去，两瓶未开封的矿泉水整齐地摆在车门内侧的收纳里，旁边还有一整盒看不太清楚的甜食。

刚刚是没有的。

睡前是没有的。

昏暗的车厢里，她放纵自己这样长久地看着那些程怀瑾不知道什么时候买的东西。她想起有一年冬天，她赶早要和表姑妈一起去集市买过年的东西。

凌晨四点钟，她被一只冰手从被子里拽出来，意识甚至还没完全清醒，就一头栽进了冷冽的寒风里。整整一个早上，她连早饭都没吃就跟在表姑妈的后面帮忙拿东西。

一路拎到家已是接近中午，她饿得发慌冲进厨房拿了一个刚刚蒸好的包子，可还没吃到嘴里就被表姑妈一把夺下，用力地将她推搡到了地上。

苏芷其实后来才知道，表姑妈家哪里有那么穷，哪里到了连一个包子都没办法给她吃的地步呢？

不过是觉得她不配，觉得她不值得。

一双十块钱不到的手套都舍不得给她买，眼见着她在冬天里烂手又烂脚。

后来，她学会了自己在乎自己。

一到冬天就一定戴上手套，表姑妈再怎么阴阳怪气她也要把饭吃饱。

她不再期许别人。

也不该期许别人。

可是……

苏芷情不自禁地伸手去摸那个包装精致的甜品，这样晚的时间了，他到底是什么时候买的。

她不得而知。

一声沉缓的“到了”，苏芷将手收回去看前方。

天色有几分发亮了，不再是之前浓重的夜色。

她仍是面无表情地去看程怀瑾：“这是哪里？”

程怀瑾下了车，将她那侧的车门也打开。

一阵带着些许寒意的晨风吹到苏芷的身边，她不禁缩了缩身子。

“外套穿上。”程怀瑾用手扶着车门给她留下下车的空间。

苏芷坐在座位上又一次朝外面看了去。

忽然，她身子猛地定在原地。

几乎是不敢置信般地，死死地看着外面的那个名字。

那股温柔而又潮湿的记忆不可控制地又一次卷席了她的脑海。

——“我喜欢这个故事。”

——“很多人都喜欢美好的幻想。”

——“不过在哪里能看见那样的山崖，可以站在悬崖峭壁上看日出？”

——“想看吗？最近的是南岩山。”

——“那个好像很远。”

——“开车大约三小时。”

——“哦。”

太远了。

她没机会去的。

可是，眼前的那块石柱却如此清晰又真实地告诉她：

他带你来南岩山了，他带你来看日出了。

汹涌的泪水很快就将她的眼睫濡湿，她看见程怀瑾伸手将那件外套展开，重新披到了她的身上。

他手指拿在领口的位置，最后把领口收紧在她的脖颈。

苏芷仰头看着他。

山间有风，吹动着他衣袖。他却一动不动地站在风来的方向，像一座不言语的山脉，她其实见到过很多次。

“既然你说很快就要离开，那就今天来看。现在坐缆车上去，还赶得上日出。”

他从始至终平缓冷静的语气，即使在她说出那样决绝的话之后。

“程怀瑾。”

她无法控制地轻喃出声。

他的冷漠与无情，他的无奈与妥协。

他还记得那么久之前她随口说过的一句话。

甚至，她后来根本就再也没想起过。

压抑了一晚上的情绪，此刻倒像是那场酝酿已久的暴雨。

清冷的山间停车场，她眼泪不停地掉。

程怀瑾最后只能重新上了车开了暖气，怕她着凉。

这一次，车里放了低低的音乐，还是上次那个英文民谣电台，程怀瑾一直喜欢听这个。

那么巧，又一次放到了他们上次一起听到的那首歌。

Four o'clock in the country yard
凌晨四点醒来在农场后院
You and me sitting over night
你和我在这儿坐了一整夜
We've had too much hung over
太多太多的宿醉与厮混
It is time to move on
是时候重新上路出发了

那个男声慵懒又舒缓，仿佛也是在歌唱此刻的凌晨四点。

Four o'clock in the country yard
凌晨四点醒来在农场后院
You and me staring at night
你和我一起凝视着夜空
Wind blowing across our face
有风轻轻从脸庞吹过
It is time to move on
是时候重新上路出发了

苏芷把那盒抽纸里剩下的一点全部擦光，眼眶红红地去看程怀瑾。

他从自己那侧抽出了一瓶未开封的矿泉水伸手拧开，递过去：“先喝点水。”

苏芷鼻子里挤出一声“嗯”，接过了矿泉水。

她仰头将水“咕咚咕咚”喝下，抬眼，程怀瑾也正认真地看着她。

天色更亮了，并非太阳已经出来的那种明亮，而是氤氲着的，带着薄薄的青色。

一切像是在一场安静的、薄雾冥冥的晴早，应该什么事都没有发生，应该什么事都不会发生。

苏芷鼻子又觉得酸涩。

她轻轻吸了吸鼻子。

“感冒了？”程怀瑾伸手又要去调高温度。

“不是，”苏芷把水放下，连忙出声，“没有感冒。”

她此刻说话已经不像之前那般字字是刺，程怀瑾点了点头，又问道：“还上山吗？不想上也可以不上。”

苏芷看着他，半晌才说：“来都来了……你还开了那么久。”

南岩山并不高，但是他们两人到达时间太晚，如果不乘坐缆车上山便无法及时看到日出。

程怀瑾买了往返的缆车票，便和苏芷一同上山了。

两人到达山顶之后，观景平台已经有不少驻足等待的人，但因为不是什么节假日，所以并没有达到拥挤的程度。

苏芷不禁又回想起那部影片的结尾，登高眺望的山顶，一人坐在轮椅上，一人站在他的身边。两人一起眺望着远方缓缓升起的太阳。

“我们去那里吧。”苏芷伸手指了指观景平台的一处角落，虽然不能像其他地方一样看到整座山的风景，却十分僻静。

“只要能看见日出就好。”她又说道。

程怀瑾点点头，同她一起朝那里走去。

齐胸高的栏杆后，苏芷几分舒畅地深吸了两口山间的晨气。带着些早秋的凛冽与潮湿，将她胸腔中的浊气全部排除。

人站在这巍峨的山间，总有一种微不足道的感觉。连带着她这天晚上同程怀瑾发生的所有的一切，都被无限地缩小又缩小。

清晨五点十五分。

开始有金色的光线从远方的云层后泄出。

人群纷纷骚动着站了起来。

苏芷有些兴奋地回头去看程怀瑾："太阳要出来了。"

温柔的光线浅浅地打在程怀瑾的脸上，他目光也柔和地看她："嗯。"

程怀瑾很快就又重新看向了那簇刚刚泄出的光线，苏芷却几分怔忪地仍回头看着他。

清冷的山间，很多人都穿着保暖的冲锋衣。

可是程怀瑾把自己的外套披给了她。

凛冽的山风将他的衬衫吹起，然而他却岿然不动。

像山一样，他安静地站在她的身后。

苏芷不禁想到他大哥的名字，程怀岭。

或许，程怀瑾更适合那个名字。

恍惚的一刹，程怀瑾的声音忽然从她的耳畔传来。

温热的气息将她的后耳瞬间撩红，苏芷察觉到程怀瑾轻轻拍了拍她的肩头，说道："太阳出来了。"

苏芷回头——

极致的一刻宣泄。

所有的金色从云层间喷涌而出。

云层带着宣泄而来的色彩翻涌着铺满整片天地。

不过数秒的时间，天地间完全地亮了。

一颗金红发烫的太阳从云间缓缓升起，拂面而来的湿气也带上了一丝温热的气息。

苏芷眼角弯弯地笑起，又兴奋地回头去看程怀瑾："好漂亮！"

程怀瑾嘴角浅浅地勾了一下，忽然问她："要拍照吗？"

"什么？"苏芷愣道。

"你，"程怀瑾拿出手机，"转过来。"

他说着就往后走了几步，从口袋里拿出了自己的手机。

苏芷这才意识到他是要给她拍照，她连忙捂住了脸。

程怀瑾不解。

"我眼睛肿了，不好看。"苏芷不肯让他拍。

程怀瑾把手机放下，站在不远处看着她。

苏芷从指缝中去看程怀瑾，心里有些戚戚然。

"我眼睛肿吗？"她又问。

"我没有觉得不好看。"程怀瑾说道，"不过还是随便你，如果你不想拍也可以不拍。”

他并无所谓的样子。

苏芷眉毛轻蹙：“我拍。”

她把程怀瑾宽大的外套理了理，然后嘴巴弯起，两只手完全淹没在过长的袖口里了，只剩下两条白皙的长腿露在外面。

程怀瑾很快拍完收了手机：“晚上回家发给你。”

“好。”

两人没再多逗留，一同又坐了缆车下山。

苏芷的肚子饿得咕咕叫，一上了车她就把程怀瑾给她的那盒小甜点拿了出来。

拆开盒子一看，里面是六个十分精致的马卡龙，色泽鲜艳。每个的夹心都是完全不同的馅料，厚厚一个，被完好地包装。

苏芷伸手挑了一个，忍不住去问：“你昨天半夜在哪里买到的？”

程怀瑾正低头看手机，听言抬头回道：“你觉得半夜可以在哪里买到？”

苏芷沉默。

程怀瑾淡声说道：“昨天下飞机时一个客人送的。”

“那你原本……”

“原本打算下飞机给你的。”程怀瑾没否认，“昨天晚上的事情的确是我考虑不周到，你如果需要什么补偿也可以和我说。”

“我没什么要你给我补偿的。”苏芷直接说道，“我只是想告诉你我没谈恋爱，我只是陪言希去那里见她的朋友。”

程怀瑾眉尾微挑：“好，我知道了。”

“不过你可不可以向我保证，”苏芷又说道，“保证你以后都会相信我。”

程怀瑾垂眸看着她：“怎么保证？这种事情没有人可以保证。”

“你给我写一个保证书，就写程怀瑾会相信苏芷。”

男人把手机放下，安静地看了苏芷一会儿。

“你知道这种东西是没有任何效力的吧？”

苏芷有些执拗地说：“我知道，那就当你补偿我糊弄我也行。”

程怀瑾沉默了一会儿：“可以。”

“不过……”他忽然又开口。

苏芷有些戚戚然地看过去，以为他要反悔。

“不过我现在需要先找一个地方睡一会儿。”程怀瑾声音平淡地说道，

“我已经一天没有睡觉了，继续开车不安全。”

苏芷这才想起他从昨天晚上下飞机一直到现在根本就没有休息过，愧疚不由得将她席卷。

“好的，你现在要去哪里休息都行。”

她一副极其乖巧的模样，不再和程怀瑾对着干。

程怀瑾点了点头，随后直接启动了车子。

两人来到了南岩山附近的一座小山头，程怀瑾只开了不到半小时的车程就到了目的地。

一幢三层楼高带院子的小别墅，坐落在南岩山附近的一座山头上。

里面很快出来了一位阿姨：“江先生现在不在家，交代我先接待您二位。”

程怀瑾朝她打了招呼，和苏芷两人一起上了别墅二楼。

“我在隔壁房间睡一会儿，你班主任那里我刚刚已经发过短信给你请了一天假，你也休息一会儿，有什么需要可以请楼下阿姨帮忙。”

苏芷点了点头：“你快去休息吧。”

程怀瑾应了一声，转身朝旁边的房间去了。

苏芷将自己的房门关上，才左右看了一眼。这是一幢有些年代感的小别墅，里面房间的装饰也是如此。

大多是红木家具，有种稳重的感觉。

苏芷把程怀瑾的外套叠放在桌上，安静地在床边坐了一会儿，渐渐地，有沉缓的困意袭来。

她掀开了被子正打算上床眯一会儿，却忽然听见了有人敲门的声音。

苏芷愣了一下，立马下床去开了门。

房门一开，她就看见程怀瑾正站在外面。

“你不是休息了吗？”苏芷有些茫然。

程怀瑾却递出了一张纸给她：“先把这个写了，防止我之后忘记。”

苏芷接过他手里的白纸，展开。上面的字迹遒劲有力，清晰地写道：

不管发生什么事情，程怀瑾都会相信苏芷。

她一遍又一遍地将这句话翻来覆去地看。

太幼稚了。

她心里也忍不住地呐喊。

可是他却愿意这样认真地把这句话写下来，交给她。

空白的右下角，程怀瑾也认真地签上了自己的名字。

宛如有骨一般铿锵的字迹，也像是程怀瑾本身。

她双眼笑得弯起，已无法抚平。

“你忘记写截止日期了。”她手指指着签名的下方，“就写我高考结束的那天吧。”

她说着将那张纸又递回给了程怀瑾。

程怀瑾右手还拿着那支黑色的签字笔，他看着那个签名下方，却迟迟没有动笔。

“算了，我来写也行。”

苏芷正想要去拿他手里的签字笔，却看见程怀瑾将笔收进了自己的口袋里。

他将那张白纸仔细对折，然后又一次递给了苏芷。

无声看过来的目光。

苏芷第一次觉得，那道曾经把她隔绝在外的迷瘴，慢慢地也将她完全地包拢了。

安静的走廊里，程怀瑾的声音也显得格外清晰。

循着他专注投下来的一道目光，落在苏芷的耳畔：

“我还不想写上截止日期。”

光线透亮的走廊里，他们两人的身影被无限拉伸至楼梯的拐角。

很久再没发出声响了。

像是一场梦境的开始。

心跳早就把一切全都吞噬、淹没。

苏芷手指僵硬地将那张纸紧紧攥在手心。

顷刻间，她觉得头脑轰然，也觉得氧气殆尽。

蜂鸣骤起的耳边，仿佛还能听见他刚刚朝她说的那句——“我还不想写上截止日期。”

江哲收到程怀瑾那条消息时，还在梦里迷迷糊糊。

身边的女伴起来去洗手间恰好看见他手机收到消息，江哲本不想理却听见女伴说叫什么程怀瑾。

他眯瞪着双眼把手机摸了过来，才发现是程怀瑾问他方不方便去南岩山下的老宅子借住一天。

江哲立马给一直照顾老宅子的阿姨去了电话，叫她好好招待程怀瑾。

那套宅子原本是江哲爷爷住的，后来爷爷过世便把房子留给了江哲，平时没人住，只有个人打扫看管。

京市离南岩山并不远，约莫一个小时的车程。江哲收拾收拾先把身边女伴送回家，然后便一人开车过去，抵达老宅的时候差不多十一点半。

阿姨来开门，说是两人还睡着。

江哲一听乐了，问道："两人来的时候是什么情况，你给我仔细说说。"

"程先生也没和我说太多，"阿姨引着江哲往客厅坐，给他倒了杯茶继续说道，"早上六点多的时候两人开车来的，说是赶早去南岩山上看日出，休息一下再开车回。这山上天气冷，程先生只穿了一件衬衫，外套裹在小姑娘身上。我一会儿给他们煮点姜茶。"

江哲越听嘴巴越笑开，听完就往楼上去。左手边第二间，阿姨说了是程怀瑾的房间。

他没敲门，直接推了开来。

本以为能看见程怀瑾在睡着，没想到他正一个人站在阳台上打电话。

程怀瑾回头看了他一样，江哲摆摆手示意他继续不用管自己。

没一会儿，程怀瑾就挂了电话，朝房间里走了进来。

"谢谢。"他伸手按了按江哲的肩膀，"她没有带身份证，住酒店不方便。"

江哲笑眯眯道："二哥，你这就和我见外了。你来我这里住就是不和我说又有什么关系，不过我记得你是不是昨天刚从 M 国飞回来？"

程怀瑾坐在他旁边的椅子上，伸手去拿水喝。

"是。"

"一飞回来就开车带小姑娘来南岩山看日出，"江哲"啧啧"两声，"二哥也从没带我看过日出呢。"

他话语里揶揄意味十足，程怀瑾不搭理他。

"不是让你不用过来吗？"

"我闲得没事啊，再说好久没看过小姑娘了，不知道被你养得好不好，不好换我来养。"

程怀瑾瞥了他一眼："注意你的言辞。"

江哲"哼哼"两声："苏芷醒了没？"

"刚刚阿姨去看过，说睡得很沉。"

"那一会儿吃午饭还叫她吗？"江哲又问。

“不了，让她睡。”

江哲点点头，目光垂去他刚刚打电话的手机：“刚刚是你大哥？”

“是。”程怀瑾靠在椅背上，将手机放回桌面。

江哲几分讥讽地笑笑：“我就知道，我昨天就听说了程怀岭被人举报了，说他行贿邵家。”

“没有的事。”

“我当然知道没有。”江哲说道，“举报不过是幌子，只是有人要给你大哥使绊子了。”

程怀瑾沉默了一会儿：“他太急功近利了，眼下必须要停一停了。”

“你父亲怎么说？”

“他已经警告过大哥。”

江哲笑了笑：“也无妨，大不了最后出了事把你送来我们江家，我家老头子绝对保他程怀岭安然无恙！”

他说完去看程怀瑾，明亮的天光从窗外铺陈而来。程怀瑾没说话，目光落在桌上一沓空白的纸张上。

“二哥？”江哲出声。

程怀瑾站起身子朝门外走去：“我叫阿姨看看苏芷醒没醒，吃饭吧。”

苏芷醒来的时候已是下午两点，阿姨送来了一条干净的新裙子和内衣裤。

她换好衣服就下了楼。

程怀瑾和江哲在院子里说话，这别墅建在山上，很是安静。

她脚步声刚传出来，程怀瑾就转过了身子。

“休息好了吗？”他问道。

苏芷有些不好意思地点点头。

江哲上下看着苏芷，喜上眉梢。

“是不是长高了，感觉和上次看到的又不一样了。”

苏芷有些欣喜，被人这样认真地记在心里，甚至还发现她有些长高了。

“过来，我看看到我哪里了。”江哲招手。

苏芷走过去站在他面前。

江哲伸手按在她头上：“到哥哥嘴巴。”

苏芷有些被他的称呼吓到，回头看了看程怀瑾。

江哲佯装不满："怎么了，你又不肯喊程怀瑾叫叔叔，总不能喊我叫江叔叔吧！"

"江哲。"苏芷出声。

江哲伸手轻敲她额头："没礼貌，其他姑娘都叫我——"

"饿了吗？"站在一旁一直没说话的程怀瑾忽然对苏芷说道。

苏芷迟疑了一下："现在还有饭吃吗？"

程怀瑾目光示意她跟自己进来："阿姨给你留了午饭，吃完我们回了。"

苏芷跟在他身畔，目光不由自主地朝他看去。

她到江哲的嘴巴，那她又到程怀瑾的哪里呢？

她不知道，他们从没靠过那么近。

程怀瑾陪着她吃完了午饭，两人和江哲道了别就重新驾车回北川了。

傍晚六点多回到北川，苏芷累得想要直接回自己住处休息。

"等一会儿。"程怀瑾却没让她先回去。

苏芷只能跟着程怀瑾先去了他的地方。走到客厅里，看见程怀瑾拉出了他昨天回来时带着的那只箱子。

苏芷脖颈发烫，看着程怀瑾意味深长的目光理直气壮道："本来就是我的贴纸，我想怎么处理就怎么处理。"

"但是你给我了，就是我的了。"程怀瑾反驳她的狡辩。

"我给你也不算是你的。"她立马赖账。

"那你把那张纸也还给我。"程怀瑾像是真要和她较劲一般。

苏芷立马进入防备状态，把那张纸攥在自己手里："不可能！"

她一副视死如归的模样，倒是把程怀瑾逗笑了几分，随即又冷了脸色："那快点给我重贴一张。"

"……"

苏芷看着他面无表情的样子，心里竟有几分莫名的甜意涌上，仍故作姿态地说道："我还不知道你也喜欢洋桔梗呢？追着我要贴纸。"

程怀瑾看了她一眼："喜不喜欢与你无关，但那是我的东西。"

那天过后，程怀瑾变得开始忙碌了起来。

苏芷没具体问过，但她大概知道是关于程怀岭那边的事，她就也没有多问。

从南岩山回来的第二天，苏芷就在学校重新见到了言希。

她手机被收了，并且遭到了训斥。言希妈妈每天来学校接送言希，晚自习还常常中途来看看。

言希拉着苏芷在学校的厕所里痛痛快快地哭了一场，告诉她，等到高考结束，一切就会好起来。

她比苏芷想象得还要坚强。

奇妙的是，那句话也像魔咒一样钻进了苏芷的耳朵。

等到高考结束。

她也想等到高考结束。

高考结束，她就可以像言希一样做自己想做的事了。

十一月模拟考，苏芷第一次考到了班级三十四名。程怀瑾很难得地抽了一晚上的时间陪她去吃了一顿火锅。

十二月，她很少再看见程怀瑾。

他常常停留在京市，偶尔回家她也会因为在上学而和他错过。

微信成了她唯一和程怀瑾联系的方式，拜上次在南岩山拍的那张照片所赐，她加上了程怀瑾的微信。

那张昏暗的大海头像成了她的置顶。

她很少主动去找程怀瑾聊天，但是朋友圈却更新得很勤快，当然，只对程怀瑾可见。

十二月中旬，圣诞节晚会被提上日程。

高三压抑的生活难得迎来可以嬉闹放松的时候，班主任报了全班集体大合唱的项目。

苏芷在微信里问过程怀瑾圣诞节那天是否回家，程怀瑾说可能回不来，问她有什么事。

苏芷也没遮掩：学校圣诞节晚会，我们班集体表演合唱。

程怀瑾：你也参加吗？

苏芷：当然啦，我还是小领唱。

程怀瑾：我争取回去，把时间、地点发给我。

苏芷笑着给他发了过去，却也知道他已是分身乏术，赶得上就看，有事就去忙。

程怀瑾只一个字回过来：好。

那点程怀瑾有可能回来看的念头像是一只明亮的星火，苏芷其实心里隐约知道不可能，他已经忙得连家都回不了了，怎么还会来看她的圣诞表演。

十二月二十四日那天晚上，整个四中都洋溢在圣诞晚会的兴奋里。

下午的课一结束，大家都纷纷开始换衣服化妆。男孩子们统统换上了白衬衫黑裤子，女孩子们则穿雪白的长裙。

长头发的姑娘全都盘起头发，再在发髻处插一朵小花，短头发的则统一别在左耳的上方。

班级里有个女同学的妈妈工作是化妆师，此时正一个个地给小姑娘们化妆。

苏芷化得早，换好裙子后就坐在一边和同学聊天。

她时不时地低头看着手机，但是上一次和程怀瑾的对话还是三天前。

她没有再去提醒程怀瑾今天就是圣诞晚会，也不想去确认他到底会不会来。

京市回到北川，总是会浪费掉他很多的时间。

他还是不要来了。

有那点时间自己休息也好。

苏芷心里反复默念着这个想法，一次次地将微信点开又退出。

很快，所有人都已经准备完备。班主任给大家最后打气，然后领着所有人一同朝礼堂去了。

偌大的艺术礼堂里坐满了整个学校的学生，灯光已经调到最暗，彩色射灯正朝着全场旋转照射。疯狂的尖叫声与嬉闹声交相混杂，苏芷一进入场馆就感受到了一种莫名的激动，连带着整个人的情绪都涌动了起来。

言希激动地一直拉着苏芷的胳膊，凑近她耳边喊道：“我今天好开心啊！”

苏芷笑着回头看她，也说道：“我也是！”

她话音刚落，心脏忽然没来由地重重顿了一下。

一时间，场馆里响起了激昂的热场音乐。苏芷听不见自己的心跳了，她只看见自己和众人一起往里面涌去。

他们班的节目被排在很后面，一整晚苏芷都跟着言希一起嘻嘻哈哈。两人挽着胳膊倒在一起，时而兴奋地尖叫，时而哈哈大笑。

苏芷经常点开手机看一眼，言希问她看什么，她又立马收回去说看下时间什么时候轮到我们班。

约莫十点钟的时候，终于轮到了苏芷他们班上场。苏芷最后看了一眼手机，笑了笑把手机放在了位置上，跟着言希往后场去了。

他们班表演的歌曲是《歌唱我的祖国》。苏芷长相身姿好，被安排在最前面的位置。她站在光亮的舞台上，再无杂念拿起了话筒。

一首歌的时间并不长。

他们唱完，整场响起了如雷的掌声。

苏芷转头和言希相视一笑，然后跟着大家一起鞠躬下台。

重新回到自己位置上的时候，她发觉心里像是稳稳地落了地。

他没来，也挺好。

至少不用两地奔波。

苏芷接过言希递来的矿泉水打开喝了两口，忽然察觉座位上的手机振动了两下。

嘈杂的场馆里，什么都听不清了。

苏芷整个身子怔在原地——

手机又振动了两下。

她连忙将矿泉水放下，伸手点开了手机。

两条程怀瑾的消息传过来：

表演开始了吗?

场馆闭门没有证件的不予放行，我可能进不去了。

苏芷猛地从座位上站起来，手机被她紧紧攥在手里。

言希伸手去拉她："你要去哪里？"

苏芷说："我有事先走了，言希！"

她说着就从拥挤的走道跑了出去，三层楼高的位置，她一步两个台阶地往下冲。

飞快地从楼梯口朝大门处跑去，门口的老师还没来得及给她开门，她就自己一把将门推开了。

外面完全黑了。

极冷的一阵风将她单薄的裙子吹起，她的心里却像是烧起了一把火，足以抵抗所有的寒冷。

微弱的路灯下，她有些茫然地左右张望着，却并未看到程怀瑾的身影。

她急得正要拿起手机再给他发消息，就看见程怀瑾打来了电话。

"喂。"

苏芷站在高起的路牙上，心跳早已从她的胸腔跳出。

"你出来了？"他声音从电话的那端传出，苏芷忍不住想哭。

“我出来了！你人在哪儿？”

“你在哪个出口？”程怀瑾问道。

“二号出口！”苏芷大声说道。

“我去找你。”

“好。”

苏芷手指紧扣在手机上，目光继续张望。

不过几秒的时间，却觉得漫长得难熬。

然而还是没有看到人。

“你到哪里了？”她忍不住又问。

忽地，她听见程怀瑾说道：“站在那里别动。”

苏芷猛地定住身子，耳后迅速发烫，一种强烈的预感，声音也变得悬浮而柔软：“你看到我了？”

电话里，他声音那样地近，更像是贴在她的耳畔私语。

“看到你了，小桔梗。”

苏芷看见不远处的拐角，那个穿着深灰色大衣的男人挂断了电话，大步朝她走来。

“表演结束了？”程怀瑾走到她面前问道。

苏芷点了点头：“你来迟了。”

“抱歉，高速出现车祸，堵了很久。”

“没关系。”

昏暗的路灯下，苏芷看着程怀瑾。氤氲的灯光缓慢地在他高挺的眉眼与鼻梁上流动，他安静地注视着自己。

“你干吗叫我‘小桔梗’？”

程怀瑾目光垂下去看她的发髻。

苏芷轻轻“啊”一声，伸手去摸这才想起来她发髻上的这朵小花。

“这不是小桔梗，就是朵普通的小花！而且我喜欢的是洋桔梗！洋桔梗，不是小桔梗，这是两类花！”

程怀瑾眼眸里有很浅的笑意，不搭理她的“气急败坏”：“你的外套呢？”

苏芷这才后知后觉地发现她还只穿着这条单薄的小裙子。

“放教室了。走吧，我们拿完外套就先回，今天反正也不上晚自习了。”苏芷说着就和程怀瑾朝教室走去。

礼堂离教室很近，没两分钟苏芷就取回了自己的书包和外套。她去教室旁边的女厕所把裙子换下，出来的时候看见程怀瑾帮她拎着书包耐心地站在楼梯口等她。教学楼里空荡荡的，明亮的灯和在等她的程怀瑾。

像是一个繁星出没的夜空，每一帧都该被截图保存。

她把手套戴好就走到了程怀瑾的身边，刚要伸手去拿自己的书包，程怀瑾就先转了身子同她一起往楼下走。

她目光看着程怀瑾往楼下的脚步，紧跟其后。

两人上车之后，程怀瑾就问她想吃什么，今天就在外面吃。

苏芷把外套脱下，理了理白色的毛衣问他："要不回家吃吧，你一路开回来太辛苦了。"

"还好，"程怀瑾启动了车子，打亮转向灯，"你先找吃饭的地方，我去加个油。"

晚上七点多，两人进了一家粤菜馆。平安夜的晚上，各个店里都打扮得花枝招展。银白色的大片雪花贴纸贴在落地的玻璃上，沿边还要贴一圈红色的圣诞老人。

服务员从里拉开门，风铃声随后响起。

程怀瑾走在苏芷的身后，跟着服务员一起去了包厢。

苏芷喜滋滋地把自己的外套脱下折叠整齐放在一侧的椅子上，随后几分狗腿模样地去谢程怀瑾："感谢程叔叔的外套。"

程怀瑾也刚把外套挂好，一边去倒水一边睨着她又有什么新花样。

"好看吗？"苏芷指指自己的外套又指指自己的白色毛衣，"上个月李阿姨陪我去买的，那么好看的款式还正好打折，我就从零花钱里分了点出来买了。"

"生活费还够吗？"程怀瑾把一杯温茶推到苏芷面前，"如果不够要及时和我说。"

"够的够的，"苏芷双手握在水杯上，温温热热的水汽氤氲在她的脸颊上，"你只管我能吃饱活着就行，剩下的你本来都不该管的。"

"今天这么客气？"程怀瑾抬手喝了一口茶，眉眼里有淡淡的笑意。

"每天都很客气。"

程怀瑾看破不说破地勾了勾嘴角，把菜单递到她面前："点菜吧。"

苏芷很喜欢粤菜里的各种小点心，分量小，各种样式都能点了尝一尝。程怀瑾也不挑，只在苏芷点完之后，又加了一份汤。

这家店上菜速度很快，不一会儿，桌子上就摆满了各式精致的小点心。店里还能听到欢快的圣诞歌曲，苏芷一口咬下一只腐竹虾肉卷，里面的馅料软得她心颤。

“好吃！”她眼睛笑得眯起。

温黄的灯光下，她只穿着一件宽松的白色高领毛衣，身子因为过分愉悦舒适而轻颤，一头黑色的头发被绾在头顶。

程怀瑾恍惚间想到那只曾经在他手上酣睡过的小猫。

温热的身子，均匀的心跳。

毫无防备。

也像此刻，她毫无防备。

极轻的一声短信提示声，两人一同朝程怀瑾的手机看去。

男人放下筷子，目光瞥了苏芷一眼。

苏芷立马紧张：“不会是月考成绩吧？”

程怀瑾点开信息：“是。”

“老严可真是会挑时间啊！利用完我们之后立马给我们当头棒喝！”苏芷着急去看自己的成绩，直接起身坐到了程怀瑾那边。

她凑到程怀瑾的手机旁，看着看着嘴角却慢慢地扬了起来。

“二十四名，我从没考过这么好。”苏芷欣喜地看着程怀瑾的眼睛。

程怀瑾垂眸看着她：“看来我不在的时候，你有好好学习。”

“我一直都很努力。”

“是吗？”

“本来就是。”苏芷此刻底气十足，“还有就是，我不想要转学了，我觉得我最近状态挺好，不想再去折腾了。”

程怀瑾把手机熄屏：“可以。你目前有考虑报考什么大学吗？”

苏芷一听到正经话题，也正襟危坐。

“北岭大学。”

“京市的？”程怀瑾看过去。

“是。”苏芷点点头，“我的成绩在北川上不了什么太好的学校，北川大学估计考不上。但是同样的成绩出省的话倒是可以上到更好一点的学校。”

程怀瑾安静地听着她的解释：“你最近还和你父母有联系吗？”

他忽然提到苏昌铭和齐美玉。

苏芷顿了一下："没有，他们很忙。"

程怀瑾"嗯"了一声："上大学的费用你父母有和你说怎么给吗？"

他今天忽然把这件事提到桌面上，苏芷有些不理解，但也还是缓声回复道："苏昌铭走之前提过，说是会给学费。"

"只给学费吗？"

"对……他说成年之后应该学会自己赚生活费了，不应该再朝家里伸手要钱。"苏芷低声道。

程怀瑾侧身看着她："有条件的情况下，不要浪费时间去做兼职赚取生活费。"

苏芷心口哑然，摁在桌面上的手指慢慢收紧，又听见他说："我每个月打给你的钱都还存在卡里吗？还剩多少？"

"还剩三万五千多，具体我得看看。"苏芷说着就要拿出手机。

"不用告诉我具体数额，"程怀瑾把她手机按下，"你都没怎么花钱。"

"没什么需要花钱的，除去这学期的学费，我吃和住都在你家了，没什么需要花钱的。"

程怀瑾点了点头："苏芷。"

他忽然喊她的名字，苏芷身子一震，眼神不确定地看着他。

"你高考结束，不管卡里最后剩下多少，我帮你补到三十万。"

程怀瑾语气依旧平淡，苏芷却着急了起来，她正要开口说话又听见程怀瑾说道："你不用拒绝我，这是我借你的。我不希望你把时间耗在维持生活上，我希望你能花更多的时间去读书，所以你没必要拒绝我。"

男人目光温和地落在她的脸颊上，继续说道："不需要在自己的前途上矫情，选择对自己有利的道路不是什么见不得人的事。"

苏芷看着程怀瑾的眼眸，他好像知道她心里想的所有，三言两语，就将她想要拿出来的借口拆分肢解。

那些"过分矫情"的拒绝，不应该拿来与她的前途相比。

"那我给你写张借条。"

"不需要。"

"那我万一赖账怎么办？"

"我相信你不会。"

"你为什么相信我？"苏芷不解，却又在瞬间明白他的意思。

半晌，她支吾道："你不是说那张纸条是玩笑话，谁也不能保证的吗？"

程怀瑾点了点头：“的确是无法保证。”

“那你——”

“主要是三十万你还不还对我都没差别。”

苏芷：“……”

程怀瑾一脸正经，苏芷只能在内心将他暴揍了无数遍，末了，还要假惺惺地笑一笑，说道：“程叔叔，您真有钱。”

“太假了。”程怀瑾瞥她一眼。

苏芷：“……”

两人吃完了晚饭，程怀瑾从饭店后面取了车。

苏芷系好安全带，还在回味最后喝的那碗汤。目光一瞥，看见程怀瑾从后座拿来了一只银棕色的盒子，上面的牌子她虽然没买过却也早有耳闻。

苏芷立马看向程怀瑾，不敢动作。

程怀瑾把盒子递到她面前：“拆开看一下。”

苏芷仍是没动：“这是什么？”

“别人送的。”程怀瑾语气平静，“我家里没有女性，摆在那里也是浪费。”

苏芷知道这牌子的东西不便宜，即使程怀瑾这样说她仍是有些犹疑。

“不喜欢丢掉也可以。”

她最后迟疑了两秒，还是接了过来。

精致的盒子打开，里面是一条玫瑰金色的精细项链，下面是一只红色的扇形吊坠，周边一圈细碎透亮的小钻石。

昏暗的车厢里，丝毫不遮掩璀璨的光泽。

“平时可以随便戴戴。”程怀瑾淡声说道。

原本心中的犹疑早已被汹涌的兴奋所掩盖，苏芷将项链取出，搭在自己的手背上。

纤细白皙的手背，更衬得这红色的吊坠鲜艳明丽。

她微微晃动，能看得见项链折射出来的微弱光芒。

程怀瑾一手扶在方向盘上，侧身看着嘴角扬起的苏芷。窗外零星的灯光也同样照射在她的眼眸里，像是湖面上投射而来的月光，一把细碎的银子，轻盈地上下起伏。

程怀瑾嘴角勾了勾，启动车子驶入了马路。

“谢谢，不过那位送礼的朋友不知道你们家没有女性吗？”一会儿，苏芷从兴奋中回过神来转头问道。

“知道。”程怀瑾面色不变。

“那他为什么还送你们项链？”

“送什么东西不重要，重要的是送礼这个行为。”

苏芷不能完全理解他们大人之间的你来我往，安静了一会儿感叹道：“可是这条项链好贵，送给我会不会不合适？”

“为什么不合适？”

“不值呀。我又没什么可回报你的，也不能帮到你什么。”苏芷看着程怀瑾的侧脸说道。

车外，红灯亮起。

程怀瑾踩了刹车侧脸看过来：“不值吗？我觉得很值。”

“哪里很值？”

“我现在都还能听到。”

“听到什么？”苏芷不解。

程怀瑾最后瞥了她一眼，绿灯亮起，他一脚踩上了油门。

“听到你刚刚的痴笑。”

那张曾经摆放过程怀瑾宣传单的抽屉已经空了很长一段时间。

后来，一张写有程怀瑾名字的白纸和一个摆放着项链的盒子被妥善摆放进了抽屉的深处。

圣诞过后，程怀瑾在京市的忙碌彻底告一段落。他在家里休息了两天。

元旦假期前一天晚上，他问苏芷假期有什么安排。

“写作业。”

苏芷坐在餐桌上喝着李阿姨煲了一个下午的鸡汤。家里开着暖气，她只穿了一件白色短袖和灰色短裤，头发扎成丸子头束在头顶。

整个人很是惬意。

“多吗？”程怀瑾接过李阿姨手里的一份饭后小甜品，递到苏芷面前。

苏芷眼角笑起接过：“不多，今天放学之前我就在教室做了一大半了，元旦你要带我出去玩吗？”

程怀瑾眉尾轻挑：“看你有没有时间，愿不愿意。”

他放下筷子，把手机日历表调出来递给苏芷：“明天早上我去京市，后天是江哲生日，第三天上午从京市回来。如果你去的话，可以假期第三天下午写作业。来得及吗？”

“来得及！”苏芷毫不犹疑地回道。

程怀瑾顿了一下：“这么想去给江哲过生日？”

苏芷点了点头。

程怀瑾把手机收回来：“作业确定做得完吗？如果做不完还是以学业为重。”

“做得完，我一会儿吃完晚饭就去写，写得快今晚就能写完！”苏芷语气里信誓旦旦。

她常年被苏昌铭丢在乡下，后来即使在北川读书也很少有机会出去玩。

京市离北川远，她更是没机会去。

“要是方便的话，可以带我去看看北岭大学吗？”苏芷把筷子放下，认真地问道。

她的两只手臂上课听讲般规矩地搭在餐桌上，额头微微偏着。明亮的灯光下，看得见她脸上细小的绒毛。

像是一层柔亮的光圈。

程怀瑾点点头：“可以，明天下午我们就可以去。”

苏芷心里一阵兴奋：“程怀瑾，你真是个好人！”

“是吗？”程怀瑾言语淡淡，“谁对你好一点就都是好人了。”

“是啊，”苏芷说，“只要对我好一点，我就很满足了。”

她脸庞微微扬起，笑起的眼尾像是沾了花蜜的狐狸尾巴，每一滴都看得清晰。

程怀瑾目光收回，起身拿起了手机，最后叮嘱道：“明早八点出门，简单收拾两件衣服就行。”

“好！”

第二天早上八点，李阿姨帮着把两人的行李放进后备厢。

苏芷上车后就把外套脱了放在后座，程怀瑾开了暖气，将车驶离小区。

他今天在衬衫外面穿了一件深灰色的针织衫，手腕处白色衬衫多出来恰到好处的一截，最后是他那块银色的手表。

苏芷没有转过去看他的全身，只余光看着他握在方向盘上的手掌。

温热的车厢里，他手指也染上一层淡淡的血色。脉络清晰的手背，上面的纹路也变得那样好看。

让她想起那次在医院，他们并列而放的手掌。

热气从高领毛衣里溢出，苏芷目光偏回了窗外。

“之前去过京市吗？”车厢里，程怀瑾调低了音乐的声响开口问道。

苏芷转过头去：“没有，太远了。我家没什么人在那里。”

“那去过哪些地方？”

苏芷想了一下：“除了北川的市区和乡下，好像最远就去过旁边的夏川。有个亲戚在那里结婚，去过一次。”

“以后上了大学可以多出去看看。”

“有空的话。”苏芷说道，“我都不知道大学到底会是什么样子。”

“不需要去打工赚钱。”程怀瑾一秒就看穿她的心思，“有条件的情况下，没必要把时间浪费在毫无益处的打工上，如果钱不够可以直接告诉我。”

他语气从始至终地平淡，苏芷也知道程怀瑾从来不会借故奚落她或是其他。但是她仍然感受到了一丝窘迫，来自她自己最后的一点自尊心。

“我到时候再看看吧。”她没有把话说绝，却也不想再继续这个话题。

红灯亮起，程怀瑾将车停稳偏头去看她，发现她目光几分出神地看着他的手腕。

“在看什么？”

苏芷一愣，才发现她有些走神了，随口一说：“看你的手表。”

她没想到程怀瑾听言之后直接将自己的手表解下，递到了她的面前。

“拿着看。”

苏芷连忙伸手接了过来。

她想起第一次见到程怀瑾时，他朝她走来，刺眼的一道光芒正是来自这块手表的折射。

温润的表带上，还残留着他熨帖的体温，并不冰冷。

苏芷将表放在自己的手掌细细观看，鬼使神差地，她试戴了一下。

“咔嗒！”她扣上表带。

手腕悬空晃了晃，多余的表带也跟着左右轻晃。

他的手腕比她大上一圈。

苏芷不由眼角笑起。

“这块表是不是很贵？”苏芷看着表上的英文说道，“我听过这个牌子。”

“看你怎么定义‘贵’。”程怀瑾目光看着前方说，“不会影响到你正常生活的消费都不算贵。”

苏芷“哼哼”两声，趁红灯又把手表还给了程怀瑾。

“随随便便就把手表给别人，也不怕被人偷走。”

程怀瑾侧头瞥了她一眼：“我没这个习惯随随便便给别人看。”

他突如其来的回话叫苏芷耳后一热，厚重的毛衣变成了热气腾腾的蒸箱，叫她有些无所适从。

“什么什么。”她小声咕哝道。

程怀瑾侧头看了眼后视镜驶上高速：“毕竟也没几人像你一样直勾勾地盯着看过。”

苏芷：“……”

此次去京市，拜这晴好的天气所赐，程怀瑾一路开得顺畅。

下午一点多两人就到了江哲家。

与程怀瑾家不同，江哲一个人独居在一座高档公寓，大平层，苏芷粗略看过去并无法判断到底有多大。

极其现代的装修风格，吊顶是巨大而极富艺术感的螺旋吊灯。

光是站在客厅里，都能看见两幅色彩浓郁的抽象派画作，沙发的后面是一整面摆满书籍和艺术品的书柜。

一切显得很有生机也很有人气，和程怀瑾居住的地方有极大的差别。

两人一到门口，家里的阿姨就送上了拖鞋，并且接过两人的行李往卧室去了。

江哲喜上眉梢。

“路上堵吗？”他迎着程怀瑾和苏芷往家里去。

程怀瑾显然是常来，他将外套脱下挂在门口的挂钩上，淡声说道：“不堵。”随后站在苏芷身边，伸手等着她脱下外套。

苏芷原本还慢吞吞，一看程怀瑾在等她立马把外套快速地脱下。

程怀瑾接过将她外套挂在自己的旁边，转头对江哲说道：“别让她住你对面那间客房。”

“怎么可能？”江哲笑笑，对苏芷说，“过来，小丫头，哥哥带你看下房间。”他说完就带着苏芷往卧室走。

江哲时常喜欢带女伴回来过夜，然而他有时候睡眠不好会赶那些女人去其他房间睡觉。

程怀瑾刚刚提到的江哲卧室对面的那间客房便是那些女伴被赶出去时的去处。

他怎么可能让苏芷住在那里。

迂回拐过两条走廊，江哲给苏芷开了门。

“住这间。”

苏芷抬眼望过去，一间采光极好的卧室。一眼望过去，浅粉色的大床下面铺着一块莫兰迪色拼接的大块地毯。靠近阳台的一侧床头柜上有一盏复古绿的玻璃台灯。

床的一侧是一小片会客的区域，两把姜黄色的皮质扶椅极大地丰富了整间卧室的色彩。

穿透而来的光线将一切照得更加明亮与鲜艳。

江哲几分得意问她：“和二哥那里比，如何？”

苏芷也忍不住叛变：“好有生活气息，好鲜艳啊！”

“谁说不是，二哥那里简直就是钢筋铁皮冷酷地窖。”江哲说着就带着苏芷往餐厅去，“考虑考虑，没事来我这儿住住？”

苏芷一眼看见在餐厅喝水的程怀瑾，他目光几分无意地扫过。

“不了不了，我上学不方便。”

三人吃完午饭后，江哲和程怀瑾就带着苏芷去了北岭大学。程怀瑾在学校里有相熟的教授，几人聊着天带着苏芷将校园游逛了一圈。

最后那位教授还耐心地给苏芷分析了她目前的成绩和可以考虑的专业，并鼓励她继续努力，以后会有很好的未来。

苏芷几次眼眶发红，最后还是忍了下来。

太过真诚的善意了，即使那位教授或许只是看在程怀瑾的面子上才这样热心待她。

可他循循善诱的口吻和真诚的鼓励还是让她心口一阵阵温热发烫。

末了，几人在北岭大学的食堂用了晚餐，才又回到了江哲的住处。

天色已经不早，苏芷回到房间后就先去洗了澡。京市相比北川冬天更冷，于是这公寓里的暖气也一刻未停过。

苏芷洗完澡后将头发吹到半干，接到了江哲的微信。

江哲：来客厅看电视。

苏芷将短袖短裤套上，回他消息：什么电视？

江哲：随便。

他几乎不遮掩的目的不禁让苏芷笑起。

江哲：每次见面都和我一副不熟的样子，我不比二哥和蔼可亲多了。

苏芷：程怀瑾也在吗?

江哲：非得他来你才愿意出来?

苏芷指尖一顿，像是怕被发现：没有，我现在就出去。

她发完消息，就趿着拖鞋走了出去。

长长的走道里，依稀听得见客厅传来的电视声。

苏芷一走到客厅，就看见江哲坐在沙发上侧着身子朝她招手："过来。"

苏芷小步快走，坐在他右侧的单人沙发上。

电视里正放着动物世界的纪录片，江哲拿出一副纸牌，问她："会什么？"

会什么？苏芷什么也不会。

她是个纸牌盲，只会最简单的小猫钓鱼。

江哲看着她迷茫地摇了摇头，嘴角弯起："不碍事，哥哥教你。"

一整个晚上，江哲不停地给苏芷喂牌。他喂得明目张胆，一点也不遮掩，却也叫苏芷的笑声从来没停下过。

打牌的间歇，也讲些他身边有趣的事情，是苏芷从未接触过的世界，荒诞而又不可思议。

江哲太知道如何叫小姑娘高兴，她和他身边的那些女伴截然不同，喂金喂银不如喂她一手明目张胆的偏爱。

她太过单纯，也让他忍不住舍下力气来逗弄。

"啧，你又赢了！"江哲再一次把手里的牌一把丢下。

苏芷忍不住笑着骂他："你手里全是大牌，为什么不出？"

江哲不叫她看清自己到底剩了什么牌，只一下混进牌堆里，笑嘻嘻："我不乐意出。"

"哪有你这样打牌的？"苏芷脸上笑出红晕，她两条腿收在宽大的单人沙发上，身子舒适地靠进沙发背里。

江哲挑眉去洗牌，随口说道："和你打牌可比和二哥打牌舒坦多了。"

"程怀瑾也会打牌吗？"苏芷一秒被勾起好奇心。

"他这个人不仅会，而且把把叫你输得一塌糊涂。"江哲愤愤道，"和他打牌我就没赢过。"

苏芷简直无法想象程怀瑾打牌的模样，可是他也的确说过他曾经是个会抽烟喝酒的人。

苏芷心下思忖，还是没忍住："我听说他从前也会抽烟喝酒，是吗？"

江哲目光瞥过去，笑道："二哥和你说的？"

苏芷点点头。

“他——”江哲刚准备开口，忽然一阵脚步声从走廊处传来。

苏芷和江哲循声看过去，竟是程怀瑾从卧室里走了出来。

他穿着一件深色的衬衫和长裤，像是要出门的模样。

江哲低头看了眼时间，已经晚上十点了。

“怎么忽然要出门？”

程怀瑾目光轻扫过他们俩和茶几上的纸牌：“有点事。”

他大步朝客厅走来，路过苏芷的时候忽然停了下来，问她：“会路过京市一条有名的跨江大桥，你要去看看吗？”

苏芷闻言目光倏地亮了起来，却忽然听到江哲在后面慢悠悠地说道：“话题过期不候。”

苏芷：“……”

她几分纠结地又去看江哲，可还未做出决定，就听到程怀瑾冷淡的一声：“你陪他打牌吧。”

他话音刚落，就径直离开了客厅。

“程怀瑾刚刚是不是生气了？”

公寓大门合上，苏芷又朝那方向看了一会儿，半晌，转过身来问江哲。

江哲毫不在意地去洗茶几上的牌，眉眼带笑：“生气的理由？”

苏芷有些惴惴不安，面色沉凝地想：“因为我没跟他一起出门。”

“你们是什么关系？”江哲将牌洗好丢到一边去倒水喝，目光几分看热闹地看向苏芷。

苏芷有些警觉他此刻的问话，不知他到底是想说什么，只说道：“我在他家暂住的关系。”

“还有呢？”

“没了。”

“他对你有什么其他的感情吗？”江哲直接问出口。

苏芷心跳猛地一颤，眉头微微皱起镇定回道：“怎么可能？”

“那他生气什么？”江哲站起身子伸了伸懒腰，似笑非笑，“他叫你出去你不肯那就不肯，除非他想你陪着他你却不肯，他才会生气。”

“小阿芷，是不是这个道理？”他踱步走到苏芷的沙发后面，轻轻拍了拍她的头，“睡觉去吧，再晚点程怀瑾真要朝我发脾气了。”

苏芷心里有种难以言明的困惑，可江哲说得没错。程怀瑾根本没有朝她生气的立场。她思忖了片刻寻不出答案，有些泄气地不愿再想。

“那晚安。”她趿上拖鞋站起了身子。

江哲朝她招招手，一个人往阳台去了。

京市每年的冬天都是一成不变的干冷。粗糙的北风像是一只干燥皴裂的大手，拂面吹过的时候也带来毫不留情的痛感。

阳台的门一推开，那股冷意就劈头盖脸地将江哲的身子裹挟，他只穿了一件单衣，屋子里带来的丁点暖气瞬间消逝不见。

他把身后的门合上，在一旁的椅子上坐下。

手机里有几十条未读消息，他全部点了关闭，然后安静地看着窗外。

程怀瑾回来得不算晚。

他每年来京市出差时，从来不会住在程远东或是程怀岭的住宅处。

当然，他从前住过的陈家也绝不会是他的选择。那是他外婆的住处，那是他母亲曾经的住处，但绝非他的住处。

除了过年，程怀瑾如若来京市，必定是住在江哲这里，就好像江哲去北川也必定是住在程怀瑾的家里。

他和程怀瑾能这么多年一直亲近的原因，某一部分也是由于他们很像。他们游离在那个“家”的附近，想要靠近却也不愿意靠近。

听到一声沉闷的关门声，江哲坐在阳台笑了笑。

不一会儿，身后的门开了。

他目光还是望着窗外碎星亮起的夜幕，声音带笑：“坐一会儿，她睡了。”

程怀瑾把外套挂在门口，抬手关上了门。

江哲侧头看过去：“什么事非得晚上出门？”

程怀瑾身子后靠在椅背，语气平淡：“我大哥。”

“他知道你来京市了？”江哲身子微微前倾，转头看过去。

“嗯，他知道我每年元旦会到你这来。”

江哲冷笑两声：“是你大哥知道还是江妍月知道？我没猜错的话，江妍月是不是和你说想要明晚来给我过生日，让你带她一起来？”

程怀瑾瞥他一眼：“我没答应她。”

“你答应她我就和你绝交！”江哲朝天翻了个白眼，“那女人真是阴魂不散，你知道她最近和你大哥走得有多近吗？”

“什么时候的事？”程怀瑾微微蹙眉看过来。

“就最近，你嫂子时不时带着江妍月出门吃饭消费，我难得回趟老头子的家也能看见你大哥和嫂子在我家做客。”江哲眼里有隐约的寒意，声音还是笑着，“程怀瑾，我看你几时被你大哥彻底卖了。”

“江哲。”程怀瑾声音依旧平淡，冷冽的北风忽地吹进，江哲不寒而栗。

“这是我的事。”

程怀瑾说完就站起了身子要走。

江哲不忿，转头去问他：“二哥，值得吗？这么多年值得吗？你就非得这么有道德感，这样糟蹋自己吗？”

“哐当”一声打开门，程怀瑾甚至没有回头。

他手指按在扶手上，只淡声说道：“江哲，各人走各人的路，我不后悔。”

他说完，就大步离开了阳台。

股股的冷风涌进温暖的客厅，江哲嘴唇紧紧抿着，再也没有说话。

苏芷一觉睡到了上午十点，睁眼的片刻，她望着这间陌生的卧室愣怔了好一会儿，而后，才想起来这是在京市，是在江哲家。

一晚上暖气烘着却并不觉得干燥。室内有种温和的湿润，服帖地熨在她的皮肤上。她把头埋进被子里舒展地伸了一个懒觉，然后下床去了浴室洗漱。

走出卧室的时候，看见厨房里有两个阿姨在忙，她轻声打了招呼又继续朝客厅去。还没走到，她就听见了几个人轻言慢语的说话声。

苏芷放缓了脚步，在客厅的入门处停下看了眼。

空旷的客厅里，有四五名穿着黑色正装的女人，或站或蹲。旁边停放着四五个挂满衣服的推轮衣架，像极了在商场里会看见的那种展示用的衣架。

几十或许上百件的衣服悬挂其间，等候着被挑选。

苏芷只在入口处站了一刻，江哲就发现了她。

他把刚刚试穿的衣服丢在一旁，招手叫她过来：“给我挑下晚上穿的衣服吧。”

苏芷有些新奇这样的挑衣服方法，点了点头走了过去。

一名胸口戴着铭牌的女人很温柔地笑了下，言语甜美：“那我再给先生小姐介绍一下我们家冬季的新款。”

……

一连两个小时，苏芷看得眼花缭乱。她这才知晓江哲到底是个如何浮夸享乐的性格。五个销售人员轮番帮他介绍、挑选、试穿，最后还要被他皱眉嫌弃款式太过无聊。

苏芷原本还兴致勃勃，最后只能抱着阿姨送来的一份早餐神思涣散地给点意见。

“要是二哥在这里挑衣服你也这么瞌睡？”江哲一边试穿一边不服气地哼哼。

苏芷窝在沙发上低低地笑：“他才没有你这么浮夸。”

“我浮夸吗？”江哲几分散漫地笑起，“看看这件怎么样？”

他双手微微抬起，一件灰色的大衣，里面搭配了一件浅蓝色的针织长衫。长衫的胸口处有一个很是别致的针织刺绣，是这个牌子的特色。

“好看。”

江哲眉尾一挑，把外套脱下丢给身边的人：“就这个了。”

苏芷长呼一口气，正要趿上拖鞋开溜，江哲一手摁住她的肩膀：“别跑，到你了。”

江哲每年过两次生日，一次阴历一次阳历。

阳历容易被记住，江父每年在江宅摆宴，江哲过去吃一口露个面，听一圈恭维的江少爷真是一表人才，摆一副敷衍得不能再敷衍的假笑。

吃完饭筷子一丢就走，他看到江妍月和她的父母家人亲厚他就恶心得想吐。

还有一次阴历生日。每年就两个人庆祝，他和程怀瑾。

程怀瑾少碰烟酒多年，江哲也不介意，自己一个人喝个痛快，反正程怀瑾那天会陪着他通宵。

今天一早程怀瑾就要出门，说中午在外面吃。

江哲原本还同程怀瑾置气，但是程怀瑾出门前给了他一串钥匙。

江哲没好气地问程怀瑾是什么，程怀瑾瞥他一眼，淡声说道是房子。

江哲“嘁”一声，很是不屑，又听到程怀瑾补充道：“Foxton Street.”

江哲一愣，立马不可置信地问：“你怎么和房东谈下来的？我上次出双倍房价，那老头都不肯卖我！”

程怀瑾伸手将大衣套上，只对他说：“生日快乐，小哲。”

他目光始终平缓，安静地落在江哲的身上。

也像是很多年前，他们两个躲在无光的阁楼里。

他的二哥给他点一支蜡烛，对他说：“生日快乐，小哲。”

江哲看着程怀瑾，片刻轻哼一声，却伸手将那把钥匙紧紧地握在了手里。

“中午你要和你大哥他们一起吃饭吗？”

程怀瑾看了他一眼，点了点头：“你晚上还是老地方？”

江哲无奈，却也无计可施：“是，还是老地方，你早点回来。”

“好。”程怀瑾说完，就转身推开了大门。

京市南边有一家日本餐厅，常年只接受预约，每月仅开放一天接待一拨客人。

程怀瑾开车到的时候，已是傍晚六点。门前一片茂密的竹林，冬日里几分萧瑟挺拔，随着呼啸的北风左右摇曳。

一条浅灰色石子铺就的小径，弯弯曲曲引着他走进这座庭院。

“程先生，欢迎光临。”

程怀瑾行至门口，一位穿着全套和服的女人浅笑着同他打招呼。

他点了点头，几分轻车熟路地朝餐厅走去。

浅色的门廊，一排白色的纸灯笼亮起。

程怀瑾脚步很沉，无声跟在那位服务员的后面。

口袋里，消息的振动声一直没有停下。

“程先生，到了。”行至餐厅的门口，服务员停下身子推开了大门。

程怀瑾却没有立马进去，他在门前止步，将手机拿了出来。

屏幕上，江妍月的消息一条一条令人窒息般地跳了出来。

程怀瑾眼眸微暗，将手机按了关机，抬脚走进了餐厅。

一幅五米长的浮世绘屏风，包厢里，极淡的檀香混合着湿润的暖气将人层层包裹。

头顶一片铺满白色灯笼，氤氲地散发着暖黄的色调。

有微风从包厢的一侧吹起，也将那片灯笼吹得上下起伏。

像是一片倒置的稻田麦浪。

程怀瑾还未走到那屏风的后面，就听见了两人轻笑的声响。

“这座美术馆常年有小有名气的画家来看画展，到时候周末，我们一起去看。”

“真的吗？我都没进过美术馆。”

“这有什么，以后你来京市读大学，每个周末我都带你出去玩。”

“会不会不太好？”

“哪里不好？”

“我应该还要学习什么的。”

一阵散漫的大笑。

程怀瑾走过屏风，看见江哲抬手去揉苏芷的头发：“怎么这么乖。”

他的手还未放下来，就转身看见了进来的程怀瑾。

“二哥，来了。”

程怀瑾点了点头：“来了。”

江哲起身去迎他：“二哥来了，我们就开始吧。”

苏芷想过江哲这样的富家子弟应该是如何过生日，包最大的包厢，请最多的人，一整晚要热热闹闹，笑意一刻也不会断。

然而，江哲只践行了包最大的包厢。

其余的——

一块六寸巴掌大的小蛋糕，纯白的抹面，上面只写着最简单的“江哲，生日快乐”。

包厢的灯光全都熄了，只有头顶上那一只更像是装饰用的灯笼在暗暗发散着亮度。

苏芷帮江哲插上了一支蜡烛，江哲正要闭眼许愿，忽然朝苏芷开口道：“小丫头，往年我都是直接许愿的，今年你给我唱生日歌吧。”

苏芷心头一跳，轻轻“啊”了一声：“我唱歌不好听。”

“随便唱。”江哲说着就闭上了双眼。

跳动的烛光里，一切都变得极易挑动情绪。苏芷轻咬了一下嘴唇，身子前倾凑近了江哲的身边。

忽明忽暗的烛光在她的侧脸打上一层暧昧的光影，她轻声开口：

“祝你生日快乐……”

安静的包厢里，很久都只有苏芷唱歌的声音。闭着双眼的江哲，和认真看着他的苏芷。

光亮温柔地将他们收拢了。

再远一点，只能看见江哲的身侧，有一只轻搭在餐桌上的男人的手。

手指捏着纸巾的一侧，很久再没有动作了。

他整个人因过分远离光源而完全地湮没在黑暗里，然而，也让他变得坦然，坦然地看着对面那个笑起来唱歌的小姑娘。

她穿了一条崭新的裙子，双膝跪在不高的椅子上，手肘支撑着自己的身子，微微前倾。

无袖的珍珠白长裙，从她的手臂向下，那样服帖地熨在她纤瘦的身体上。

跷起的两条小腿轻轻合拢，最后是一双浅口的白色小皮鞋。

灯光晦暗。

其实，并不能看得有多清楚。

只是，刚刚推门进来的第一眼，他已看得足够清楚了。

黑色的头发微微烫卷，她笑起来的时候喜欢前倾后仰。发丝从小巧圆润的肩头上划过，转身看过来的时候，擦着口脂的唇瓣笑起。

像是一幅原本清淡的山水画，叫人点上了精致的、明艳的色彩。

她在轻声开口唱歌。

唱给江哲。

一会儿，灯光亮了。

江哲心满意足地吹灭了蜡烛：“小阿芷，以后每年都和二哥一起来给我过生日吧。”

他说完，不等苏芷回复就招手请服务员上菜。

这家餐厅的特色就是每次只上一道菜，慢慢吃，也慢慢喝。

江哲一杯酒一杯酒地喝着，几次想让苏芷也尝尝清酒，都被程怀瑾拦了下来。

“喝酒不是什么好习惯。”

江哲几分醉意，不管程怀瑾的“意见”直接去问苏芷：“就是尝一口，不用多喝，尝尝味道就行。”

苏芷几分好奇，跃跃欲试，却也有些顾忌程怀瑾。

程怀瑾目光扫过去：“你自己做决定，但是我不建议你喝酒，包括以后也是。”

苏芷点了点头：“程叔叔说得对。”

程怀瑾目光微松，正要去拿筷子，却又听见苏芷说道：“但是今天江哲生日，喝一口应该没事吧！”

她说着就将面前的小盏拿起，一口闷了下去，眼睛微微眯起，片刻，轻轻“啊”了一声。

“好甜啊！”

程怀瑾眉头蹙起正要劝苏芷还是别喝，这才发现苏芷拿起的其实是一小杯果汁。

她此刻几分狡黠地看向自己，随后，和江哲两人相视大笑。

一顿饭慢悠悠吃到十二点，江哲要通宵，程怀瑾不同意。他和苏芷明天还要回北川，没有那么多时间。

江哲哀号无果，只能跟着一同出了餐厅。

他几乎是烂醉如泥的状态了，程怀瑾扶着将他放进了后座。

苏芷坐进副驾驶，心情还有些未平稳的雀跃。

“你今天都没怎么吃呀。”

她转过头去看着程怀瑾。一晚上大多是她在和江哲说话，程怀瑾几乎没怎么插话。

虽说他平时也绝非一个话多的人，但总觉得有些沉闷。

“吃饱了就不吃了。”

空荡的十字路口，程怀瑾将车停在红灯下。

“你今天是不是不高兴？”没来由地，苏芷身子朝他那侧靠去问道。

程怀瑾瞥了她一眼：“想多了。”随后一脚踩上油门开过了路口。

苏芷有些郁闷，却也实在想不出程怀瑾有任何不高兴的理由。她侧身靠在了车窗上，很快，思绪就飞去了黑色的天边。

一路顺畅，到达江哲公寓楼下的时候，程怀瑾通知了阿姨下来接。

“我们还要去哪儿？”苏芷看着程怀瑾没有要下车的样子。

“去旁边药房买点胃药和醒酒药。”

苏芷了然。

两个阿姨很快就从公寓门口下来，一人扶着江哲的一边要将他抬下车。

谁知道江哲忽然抱住苏芷的椅背，凑到她跟前要说话。

苏芷连忙侧身去听：“你要说什么？”

江哲眼睛已经睁不开了，只笑笑：“小丫头，以后你都和二哥一起来陪我过生日吧！你把我当哥哥，我就照顾你一辈子，好不好？”

他声音其实都有些听不清了，嘟嘟囔囔的，带着浓郁的酒气。

苏芷还没来得及回答，程怀瑾就直接下了车帮着阿姨一起将他拉出了车厢。

“看着他点。”

阿姨点了点头，扶着江哲走进公寓。

程怀瑾很快又重新上了车，不过开门的一小会儿，车厢里的暖气已经全被吹散。

他看见苏芷眼眶微微发红，把外套往她身上披。

“别人说两句你就感动得开始流眼泪。”

程怀瑾坐上车子，抬手将空调温度又提高。

“你不懂，”苏芷转头朝他看去，“我知道江哲只是说的玩笑话，但是他愿意这样和我说我就很开心了。从没人这样和我说过，说要做我的家人。”

“说得再多不如做得多。”

气氛有几分怪异，程怀瑾没有立即启动车子。

他目光冷淡地看着安静的停车场，一只手搭在方向盘上。

苏芷眉头轻轻皱起，侧身朝他看来。

他情绪好像一直有些低落。

其实，她应该早点发现的，从晚上程怀瑾出现，一直到现在。

即使他否认，即使他说没有的事。

“你今天不开心，是不是？”苏芷又问了一遍。

然而程怀瑾并没有回答她的问题，他目光落在她露出的白色裙身上，开口道：“说得再多，有没有在意过这么冷的冬天穿裙子会不会生病？”

“我有穿外套的。”苏芷着急说道。

“那上次在餐厅吹空调吹到发烧的事情呢？”程怀瑾目光转过去，几分冷意地看着她。

像是一把烧起的火，里面也淬着锋利的冰凌。

“我不会再发烧了，我很健康。”苏芷努力地笑了笑，她不想和程怀瑾吵架。

安静的车厢里，程怀瑾目光快速地收回。

“行。”

“行什么啊？”

“你愿意信什么就信什么，这是你的权利。”他俨然一副不愿再说的模样。

“哪有？”苏芷心下更是着急，和着程怀瑾启动引擎的声响，又听见他冷淡地丢下一句：

“还不如养只猫。”

程怀瑾随后就伸手点开了车载蓝牙，余光一瞥，看见苏芷眉头极其困惑地皱起看着自己。

他嘴唇轻轻抿起，直接收回了目光。

谁知道正要出发的一刻，忽然一只手伸出直接关掉了电台。

程怀瑾微微错愕，转身朝苏芷看去。

昏暗的车厢里，她脸庞依旧清晰可见。微微眯起的狐狸眼此刻释放出了本能的蛊惑。

程怀瑾刚要开口质问，就察觉到一双温热的手紧紧地抓住了他的小臂。

她身子完全地倾覆过来，亮起“獠牙”，双眼直勾勾地看着他，发出了一声愤怒的：

“喵呜！”

如果不是程怀瑾带她来，苏芷或许永远也不知道这样九曲十八弯的深巷里，竟然能藏着这样一家别致典雅的餐馆。

铅灰色的裸露砖砌四合院，门口没有任何招牌。

只有两盏橘红的灯笼挂在庭院的飞檐，坠在幽深的小巷里，像是深海航行里看见的灯塔。

服务员点餐完毕后就退出了包厢，不大的中式古典装修，却有一种古朴的温厚感。

苏芷把外套脱下搭在一边，双肘支在桌面上去看程怀瑾：“程叔叔，不是说吃饱了就不吃了吗？”

程怀瑾垂眸睨着她，双手支在下颌，脸颊微微扬起。

因为化了妆的缘故，她眉眼更显生动鲜明，像是夏日里一朵迎风招展的小野花，色泽鲜艳而又蓬勃。

上挑的眼尾此时几分“挑衅”与“看热闹”地扬起，却并不叫人觉得尖锐，更像是有恃无恐的“撒娇”。

程怀瑾将擦过手的手巾放到一边：“是，但是我现在饿了。”

“哦——”苏芷有些夸张地假装惊讶，忍不住笑地继续调侃，“那你身体可太好了，这么快就消化完了。”

“是吗？”程怀瑾皮笑肉不笑地看着她，“跟你不能比。”

苏芷眼睛眯起，察觉他下句话有危险气息：“什么意思？”

“晚上刚和江哲分完半个蛋糕，现在还能再点三个甜品。”

苏芷：“……”

“我年轻我能吃！”

程怀瑾嘴唇抿起似是在笑，淡声道：“可以，吃吧，我有钱。”

苏芷：“……”

“你哄猫呢？”

“你不是吗？”程怀瑾目光看过来。

苏芷后颈一热，身子都往后挪了几分。她又想起刚刚在车上，她被程怀瑾那几句不冷不热的话气晕了头脑，直接双手抓上了他的手臂。

本以为他还会再次冷言冷语地教训自己，没想到程怀瑾却只是无声地看着她。

她第一次这样握住他的手臂。

这样有力、坚硬的手臂，将她倾覆而来的重量纹丝不动地承起。

心后知后觉地疯狂跳起，热潮却也在程怀瑾的注视下很快消退了，她心里一阵怯寒正要收回手，却听到程怀瑾说：“把外套穿好，空调还没热。”

苏芷挪开的目光倏地和程怀瑾又对上，嘴角抿了抿试探道：“你不生气了？”

“跟‘猫’生气她听得懂吗？”

苏芷嘴角旋即扬起，两手抬起又做猫爪状“喵呜”了一声，这才坐回自己的位置去。

程怀瑾目光瞥了她一眼，将车开出了停车位。

两人在包厢里没坐多久，服务员就送来了餐食。

这家餐厅主打素食，所以并不油腻。甜品也是用豆制品和一些有颜色的蔬菜制作而成，很有一种别致的韵味。

“你是怎么发现这家店的，江哲告诉你的吗？”苏芷一边喝着温热的玉米汁一边问道。

“不是。”

“那你怎么找到这家藏得这么深的店的，你又不是京市人。”

“我在这里住过一段时间。”

“京市吗？”苏芷有些意外，“我以为你一直待在北川的。”

“八岁的时候搬过来的，在这里住过五年。”

“你们家那时候就搬来京市了啊？”

程怀瑾把筷子放下：“不是，只有我一个人。”

苏芷愣了一下，却听见他很是冷淡的声音：“我父亲那时工作调动去了北川乡下，我应该和你说过，就是那段时间在你父亲家曾经住过一阵。我大哥那时在其他城市上大学，我一个人没有人照顾，就被送来了这边的外婆家。”

他话语里没有什么遮掩，也很是坦然。

苏芷嘴唇翕动了片刻，却也没有问出话。

“我母亲在我八岁那年去世了。”程怀瑾回答了那个她没有问出口的问题。

苏芷手指在杯壁上收紧，片刻又问道：“那你外婆对你好吗？”

“什么样算是好，什么样算是不好？”程怀瑾反问。

苏芷目光看着面前的程怀瑾，她无法想象，原来他也在那么小的时候就离开了亲人。

“住在别人家里，怎么都不是好的。”苏芷声音沉沉地说道，“但是我现在也觉得，并不是一定要和父母在一起才算是家。你看我，可怜巴巴地求着苏昌铭不要丢下我，说实话我现在一点也不想回到他们身边。”

“程怀瑾，我觉得和爱自己、自己也爱的人在一起就是家。”

苏芷腰板挺直，两眼迫切地看着程怀瑾。

谁知道他只是淡淡地“嗯”了一声，并未接着她的话说下去。

苏芷有些不知所以，却也察觉他也许并未像他看上去的这般毫不在意。

他只是擅长递刀，擅长揭开幻想，但不代表他感觉不到痛。

两人吃完之后已经凌晨一点半。

苏芷回到江哲家草草洗漱就直接倒在了床上，程怀瑾站在卧室的阳台里，重新点开了手机。

又有数十条未接来电跳了出来，他却并不惊讶。

程怀瑾扫了一眼，随后打开了江妍月早些时候发来的消息。

江妍月：大哥也是为了程家的未来，现在这个节骨眼儿，你不能总是劝他收手。

江妍月：明明你帮一把就可以的事情，为什么非得让大哥错失这个机会。

江妍月：二哥，你一直都知道我愿意帮你的。

江妍月：二哥，你有空给我回条信息好吗?

江妍月：程怀瑾，你就这么铁石心肠。

今晚没有月亮，荧亮的屏幕光照射在昏暗的阳台上，像是深海里一只亮起的探路灯。

或许不是，而是一只恐怖阴冷的灯笼鱼。

程怀瑾将消息一条条读完，没有回复。他点开朋友圈，下拉刷新了两下。

几个小时前，有一条苏芷刚发的动态，是他帮苏芷和江哲还有那块蛋糕拍的一张合照。背景略显昏暗，但人像尤为突出。

她鼻尖上一点雪白的奶油，嘴唇是熟透的樱桃红。她双眼看着镜头，笑起。不再有最初见到时，那种时刻竖起的防备，她变得松弛，也觉得安全。

同时，也释放出一些她原本被隐藏的特质，她越发舒展的神态和几欲破镜而出的笑颜。

安静的阳台里，程怀瑾把那张照片点开，又退出，点开，又退出。

最后，他手指顿了一下。

他直接关了手机，抬脚走回了卧室。

从江哲家回到北川之后，苏芷就进入了一学期最忙碌的阶段。

过年前的期末考是四市联考，老严反复强调了这次考试的重要性，并直接指出这次考试的规格和考题都是对标高考，有很大的参考意义。

苏芷如同利箭上弦，铆足了一股劲儿要拼一把。

每个周末她都不浪费，去学校参加自习。有时候各科老师会来转一转，她也正好抓住机会查漏补缺。

周末不上晚自习，有时候是司机来接，有时候程怀瑾正好在外面，就是他来接。

两人常常在周日晚上去那家程怀瑾常去的面馆吃一碗牛肉面，然后才一起回去。吃饭的时候，苏芷最喜欢喋喋不休地讲她最近的学习进度，程怀瑾听得认真，有时候也会给点意见。

一月末，期末考如期而至。

程怀瑾早上把她送到学校门口，叮嘱她正常发挥即可。

苏芷在车里紧张得手发凉，程怀瑾看着她："紧张对你的发挥没有益处。"

"我知道！"她声音也发颤，"你说点别的！"

程怀瑾静了片刻："考成什么样都没有人会苛责你。"

"也不是这个！"

程怀瑾彻底沉默，片刻，他开口道："你肯定能考好。"

“借你吉言！”苏芷两手握拳，喜笑颜开。

程怀瑾：“……”

“快点下车，我还要上班。”

“好，晚上记得来接我！”苏芷立马拉开了车门，一声招呼，就小跑着往学校里去了。

程怀瑾目光追过去，嘴角很浅地勾了一下，随即将车驶离了四中门口。

因为是年末最后一场考试，所以成绩出来得也十分迅速。

苏芷这一次直接冲到了班级第十五名，听到程怀瑾告诉她的时候，她正忙着收拾回程怀瑾老家过年的行李。

程怀瑾难得亲自来她的住处，敲门把这消息告诉苏芷。苏芷激动得原地弹跳，然后一声尖叫跳上了床，又翻了四五圈。

直到她头晕得不得不停下来的时候，才看见程怀瑾全程面色毫无波澜地站在门口。

羞涩与激动一同涌上心头，她一声轻叫把自己埋进了被子里。

“快点收拾，一会儿下午出发了。”

苏芷揭开一点点被子，才看见他还在门口站着，似笑非笑的，就是故意看她笑话。

“我考得好吗？”苏芷隔着被子小声问他。

她看见程怀瑾嘴角微微勾了一下。

片刻，他声音笃定道：“很好。”

第八章 粉身碎骨的尽头

W U C I X I A O M E I G U I

今年程怀瑾还是同往年一样，过年这段时间会回京市住一段日子。程远东早年乡下工作结束之后很快被调动去了京市。

再加上程怀瑾的外婆家也在京市，程远东和程怀岭后来就把生活和工作的重心全部迁到了京市。

从前如何靠着外婆家的庇佑，如今也是如此。

吃过午饭，阿姨就帮两人先把行李放到车后。苏芷趁着最后检查有没有漏带东西的片刻，把那条项链从抽屉里拿了出来戴上。程怀瑾随后叮嘱了阿姨几句，就和苏芷上了车。虽然已经到冬日，但正午的阳光依旧功力不减。

苏芷脱了大衣还觉得热，她把窗户微微开了一条缝，透进来些微凉的空气。

程怀瑾伸手把温度调低了些，随后把苏芷那侧的窗户关上，将他正后方的那扇窗开了一条缝。

“不要着凉。”他说着就启动了车子。

一路从北川到京市，除了中间停在服务区的时候，苏芷下来舒展了一次筋骨，其余的时间她都在车上睡得极为安稳。

温热的阳光，舒适的椅背，还有电台里音量低沉的音乐。

再次睁眼的时候，天色已经微暗。

她伏在车窗上往外看，才发现他们行驶在一条较为僻静的路上。

“我们到哪儿了？”苏芷转过身子，她声音还有些刚睡醒的沙哑。

“快到了，你旁边有水。”

苏芷低头，身侧果然有两瓶矿泉水。

她伸手拿来喝，又问：“你家里住得好像挺偏。”

“不在市区，我父亲喜欢住得僻静一点。”

“哦。”

苏芷没再问话，她安静地看着窗外的天色慢慢变暗，很快他们驶入了一条修葺整齐的小路。

两个拐弯过后，她才明白，或许他父亲喜欢的并不是这里的僻静，而是这里的宽阔。

一座极为气派的四合院，四周是视野开阔的林地。

下车之后，有两个阿姨过来帮忙接了行李。

三进门的院子，苏芷跟在程怀瑾身后走了好一会儿才走到最里面。她克制了自己东张西望像是没见识的样子，她不想给程怀瑾丢脸。

阿姨带着她去了西边的客房，程怀瑾叮嘱她收拾一下，一会儿就出来吃晚饭。

苏芷点了点头，她在自己的客房里把头发重新梳了下又扎起，洗了手就出门了。

穿过漫长的走廊，苏芷临到主厅时才发现那里忽然多了一群人在说话。

她看见程怀瑾坐在那群人的一侧，还没等她犹豫到底要不要现在过去，她就看见程怀瑾朝她走了过来。

客厅里的人都噤了声，看着程怀瑾把苏芷带进来，其实，他也可以就朝她招招手，或者开口叫她过来。

但他没有。

程怀瑾把苏芷带进客厅，给她在自己身边拉了一把椅子坐下。

她这才敢草草看一眼客厅，循着程怀瑾的介绍：

坐在最前面主座的是他父亲程远东，穿着一件黑色长卦，面色几分肃穆。

坐在苏芷对面的一对夫妻便是程怀岭夫妇。程怀岭嘴唇紧抿，投过来的目光更像是打量与审视，倒是程怀岭的夫人，眉眼温和，还朝苏芷笑着点了点头。

简单介绍后，苏芷很快又变成了透明人。他们并没有避着苏芷，也许是根本就不在意。没有粉饰太平的阖家欢乐，刚坐下不到五分钟，苏芷已然觉得后脊发寒。

因她从前只觉得，程怀瑾被送到外婆家的那些年也许同她有过些许相似的经历，然而，从坐在客厅里的这一刻起，她也觉得，他并不被这个家所接纳。

原本是程怀岭前段时间因为太过急功近利出了岔子被人盯上，程远东不过寥寥数语叫他以后须得更加小心，而后却责怪程怀瑾没能给他大哥足够的帮助，最后又质问程怀瑾为何这样不重亲情，一年才回来看外婆一次。

即使程怀瑾解释这是外婆本人的意愿，不想被打扰，程远东依旧言辞严重地苛责他，说他不懂感恩，应该时常去外婆家看看她老人家。

苏芷身体紧绷一动不动，她皮肤一阵又一阵地发麻，伴随着程远东一次又一次的苛责。

仿佛每一句骂在程怀瑾头上的话语，也像是骂在她身上。

晚饭前的小半个钟头，最后终于在程远东问到小惠最近身子的情况时才做了了结。大嫂有些愧疚，却也只能说还没动静。

程远东眼中有些不悦，但还是忍住只宽慰道："下次再去医院看看。"随后，拂袖离开了主厅。

厨房来人通知，请二十分钟后去吃晚饭。

大哥和大嫂也没多留，一同离开了主厅，方才热闹、嘈杂的主厅，不过一瞬的工夫，又变得冷冷清清。

苏芷半晌都还未回过神来，只听见很轻的一声杯子落下的声音。

她转过头去，看见程怀瑾起了身："走吧。"

他低垂而来的目光，一如既往地平静，即使是在刚刚那样的对话之后。

他一年不过回来一次的地方，没有人问过一句他这段时间过得怎么样。

苏芷心跳惶惶，有些失神地站起身子，跟着他往外走。

外面，天色已经完全地暗了。他们穿过宽阔的庭院，朝另一边的餐厅走去。

风中有瑟瑟的树木声。

今晚还是没有月亮。

她跟在程怀瑾的身后，有些心神不宁。

倏地，前面的男人停下了脚步。

苏芷一个止步，抬头望了过去。

程怀瑾目光垂下，声音很淡："知道我为什么叫程怀瑾，而我大哥叫程怀岭吗？"

一种令人心痛的预感，他知道她想问什么。

苏芷看着他转投而来的目光。

昏暗的、沉默的。

像极了他那张用作头像的大海。

他声音像是山间的一团雾，缥缈而又难以捕捉。

“怀岭是山，怀瑾是玉，程家就是这座大山，所以程远东不能倒，程怀岭不能倒。”

“但是玉呢，有用的话就不必怜惜地去利用。但若是没用——”

程怀瑾伸出一只手在苏芷面前轻轻地握起又松开。

“丢弃，也不会有人在意。”

他说完，轻轻推了一把苏芷的后颈。

“走吧，去吃饭。”

程远东的这座四合院面积着实不小，苏芷和程怀瑾都住在专门接待客人用的西边，那里有独立的餐厅、客厅等所有功能间。如若不想见到程远东，那便可以完全不见。

那天晚上苏芷还以为是和程远东以及程怀岭夫妇一起用餐，后来才发现就只有她和程怀瑾在西边的餐厅里吃了晚饭。

年前一连几天都是这样，程怀瑾有时候无事会带她出门转一圈，但是更多的时候，苏芷就一个人留在房里写寒假作业。她还有小半年就要高考，不敢随意松懈。

农历二十九那天，江哲也从他常驻的公寓回了江家老宅。离程远东的四合院不远，中午的时候，三人一起在程怀瑾这儿用了午饭。

江哲让苏芷少吃点，下午带她出去逛逛。

“这一片不靠市区，但是也有不少有意思的地方。”江哲放下筷子，招呼阿姨帮他撤了餐具。

“程怀瑾这几天带我转过不少地方了，”苏芷也吃完，将碗朝前推了推，“昨天我们刚去过后山那片茶园，一下午喝了好多种茶。”

江哲一脸受用不起的表情：“我听到茶我就头疼，我家老头对那东西简直着迷。我不带你看这没意思的。”

苏芷一下兴趣上来：“那你带我看什么？”

江哲正要答话，程怀瑾出声：“不要带她乱转。”

他言语里有淡淡的警告意味，江哲双手举起，笑道：“我哪敢呢？”

“我们偷偷去吧。”苏芷凑到江哲身旁。

江哲偏头低语：“没问题。”

程怀瑾瞥了他们俩这明目张胆的小动作，不揭穿，只站起身子垂手拿了自己的手机。

“我下午出趟门，晚上不回来吃。”

“去陈家吗？”江哲抬头去问。

程怀瑾“嗯”了一声，随后并没有多说就转身离开餐厅了。

苏芷有些晕，问道：“哪个陈家？你怎么知道他要去那里？”

江哲没什么情绪地笑了两声：“他外婆家，他外婆姓陈。”

苏芷低低地应了一声，也没再多问。

江哲目光几分有兴趣地看过去：“二哥和你讲过？”

“讲过一点。”苏芷说，“他只说他八岁的时候搬到外婆家住了五年，其他的我也不清楚。”

“想不想知道一点程怀瑾的过去？”江哲站起了身子，一手拎起自己的外套，一手搭在了苏芷的肩膀上，声音清亮，“走吧，我带你去看看我们以前读书的地方。”

京市三环以内寸土寸金，毫厘必究的地方，也耐不住资本的奢侈。草皮铺到一望无际，浅黄色的砂岩建筑坐落其间。

江哲的车一路通畅无阻地驶入校园，最后停在了一座教学楼的后面。司机在车里等着，江哲带着苏芷下了车。

“你和程怀瑾不太一样。”苏芷一下车就说道。

“哪里不一样？”

“他出门几乎都是自己开车，很少用司机。”苏芷一边说着一边朝前走。

江哲落后她半步：“他这人一直都是这样，能自己开车绝不会用司机。”

“为什么？”苏芷回头看着江哲。

江哲笑笑：“也许是谨慎吧。”他随后拍了拍她的肩膀，“这边走。”

两人很快步行到了一家露天的咖啡馆，江哲问她喝什么。

“你有什么推荐的吗？”苏芷没看面前密密麻麻的菜单。

江哲笑了笑，转头向服务员说道：“两杯馥芮白。”

两人随后坐到了一处空位，江哲几分舒适地眯起眼睛看着外面的景色：

“好久没来了。”

苏芷也早已忍不住，直接问道：“你和程怀瑾当年一起在这里读的书吗？”

江哲点点头：“这里小学、初中是合并在一起的，不过他读完小学就回北川了，因为他父亲那时下乡结束，也就把他接回去了。”

“他父亲在乡下待了五年吗？那么久？”苏芷之前听到这里都没觉得有什么不对劲儿，可是没想到程远东居然在乡下待了这么久。

江哲将送上来的咖啡递了一杯到苏芷的面前：“具体原因不重要，你只要知道程怀瑾就是因为这样才被送到他外婆这里的就好。”

“所以你们也是这么认识的？”

“是。”江哲抬手喝了口咖啡，“我没和你说，我家和他外婆家一条马路之隔。第一次看见程怀瑾是我父亲带着我去陈家做客。我母亲那时刚和我父亲离婚，我叛逆得厉害，你猜我下了饭桌后跑到陈家哪儿去了？”

苏芷听得入神，眉头都微微蹙起：“哪里？”

江哲似是回想到了当时的场景，他目光看着远处的风景笑了笑，回头说道：“我不小心跑进了他们家的祠堂。”

苏芷眉头更深，她总觉得“祠堂”像是某种时代久远的东西，竟不知程怀瑾外婆家还有那样的东西。

“他外婆家家大业大，深信家族力量，有祠堂也不是什么怪事。”江哲手指握在咖啡杯上，又说，“那是我第一次看见程怀瑾。”

“他一个人跪在那间屋子里，一回头也看见了我。”

那个下午，江哲告诉了苏芷他是如何和程怀瑾认识的。空旷昏暗的祠堂里，两个小男孩长久地对视。江哲瞬间忘记了他为何要跑出来，只鬼使神差地踏进了屋子，反手合上了门。

江哲害怕程怀瑾把他闯入别人家祠堂的事情告诉他父亲，程怀瑾也威胁他不准把这里有只猫的事情说出去。

后来，江哲频繁地出入陈家。

他们曾经在那间背负“罪罚”“羞愧”和“悔过”的屋子里，度过了很长一段时光。

那只黑色的小猫被他们共同抚养，也终究消失在一个已无法忆清的傍晚。

苏芷这才知道，他那天为何随口说道还不如养只猫。

他是真的曾经养过一只。

“那只猫后来去哪儿了？”离开时，苏芷问道。

江哲开口让司机往回开，他侧脸看过来：“消失了。”

“怎么消失的？”

江哲笑了笑，没有再说话。

车子一路平稳，江哲将自己那侧的窗户微微开启。干燥的北风顺着缝隙挤进，苏芷转头去看他。

“你知道二哥为什么对你这么好吗？”忽地，江哲转过头来。

车子汇入了高架，敞开的窗口刮出呼呼的风声。

苏芷嘴唇有些谨慎地抿起。

江哲背光看着她，昏暗的目光里，有细碎的难以察觉的情绪涌动：“因为他知道寄人篱下如何叫人心灰意冷、小心翼翼，所以他对你好，不想叫你再经历一遍。”

那天晚上，江哲陪着苏芷在外面吃了晚饭才回去，回家的路上特意带她看了一眼陈家。

不过也只是一眼，陈家院墙高大，她其实什么也看不见。

不过，她也不想看。

江哲其实并未如何描述程怀瑾是怎么跪在那间昏暗的祠堂的，可是她脑海里，无可抑制地想起了那天晚上，他深夜回来一个人坐在花园里。

与那时跪在祠堂里，是不是同样的心境。

被困住，被压制。

他什么也不说，什么也不做。所有的愤懑、痛苦、不解与无奈全都沉默地藏在自己的心里。

苏芷忍不住去想，会痛吗？

会吧。

她甚至还可以通过发脾气、大哭来释放这些锥心的情绪，那么程怀瑾呢？

苏芷无法想象，他好像什么也不做。

就那样安静地、沉默地将那些利刺吞下，有时，也有来自她的。

安静的卧室里，她一动不动地缩在沙发上坐了很久。

后来，苏芷将头埋进了自己的膝间，她也不知道到底等了多久。

走廊里传来了并不清晰的脚步声，行经她卧室门口的时候，苏芷一把打开了门。

灯光明朗，他脚步骤然停下。

偏投而来的目光，因为高挺的眉眼而看不清来源。黑色的大衣脱下拿在一只手里，另一只手空落落，只套着那只银白色的手表。

“吃过晚饭了？”程怀瑾看着门里的人。

苏芷点了点头：“你呢？”

“我也吃过了。”程怀瑾声音平淡。

他目光落在苏芷的身上，家里都开了暖气，她穿得也不多。

一件简单的白色短衫，下面是一条灰色的棉质短裤，米黄色的长毛地毯上，她没有穿拖鞋。

“程怀瑾，我其实现在又有些饿了，”苏芷看着他开口道，“你带我出去再吃点吧。”

她眼角微微地弯起，直面着程怀瑾几分审视而来的目光。

“不过你如果现在有事的话就——”

“我去换一件外套。”程怀瑾忽然开口说道。

“好。”苏芷点了点头。

她目光随着程怀瑾的背影拉远，慢慢地，面色也变得沉冷。

和她方才第一眼看见的他一样。

江哲说，程远东当年是因为娶了程怀瑾的母亲才步步高升的，如今他母亲不在了，那个用来嫁接利益的桥梁也就顺理成章地变成了程怀瑾。

陈家如何不知晓程怀瑾每年来拜访的目的，就也不难理解从那里回来，他怎么会顺心。

不过十分钟的耽搁，苏芷也换好了棉服同他一起上了车。

程怀瑾没再去上次带苏芷去的那家餐厅，因为她说想吃牛肉面。

两人在一家巷子口停了车，走进了店里。

时间已经不早了，店里只有靠近门口的灯还亮着。

苏芷把菜单递了一份到程怀瑾面前：“也陪我吃一点吧，我一个人吃多不好意思。”

程怀瑾没拒绝。

两人最后都只点了小份的牛肉面。

苏芷有一搭没一搭地和程怀瑾讲着她下午和江哲出门的事情，程怀瑾也认真地回应。

“你们学校真的好大。”

程怀瑾语气很淡：“太久没去过，记不太清了。”

“那下次你带我去逛逛吧。”苏芷笑着说道。

“学校没什么好逛的。”

“那有什么是好逛的？”苏芷忽然想起了什么，直接说道，“晚上我们去看你上次说过的那个跨江大桥吧？”

程怀瑾也想起那次，他目光有些冷淡地扫过去：“不是说不想去吗？”

“我哪有说，你都没给我开口的机会。”

他垂眸看着她，顿了片刻：“那一会儿可以从那边经过。”

苏芷眼尾弯起，又问：“哦对了，明天除夕，晚上我们一起打牌守岁吧。我刚刚在门口看见一家小店，我一会儿去买副牌。”

“你会吗？”程怀瑾一边拆了筷子，一边问她。

“我不会。”她摆烂得坦然，双肘撑在桌面，身子微微前倾。

程怀瑾不由得又想起那天晚上她同江哲在客厅里持续不断的笑声。他嘴唇微微抿起，几分沉冷地说道：“我不是江哲，我不会通过给你喂牌来哄你开心。”

他语气甚至有些不悦，然而苏芷的眼角却越发轻快地弯起。

她很是自然地伸手去接程怀瑾手里的筷子，轻声道：

“但是我会啊，程怀瑾。”

苏芷其实并不太记得和家人一起过年是什么感觉了。

上一次和苏昌铭还有齐美玉一起守岁也许要追溯到上小学之前了。时间太过久远，她什么都不记得了，只记得后来，不管是在表姑妈家还是苏昌铭家，她都没有再和家人守岁过。

因为大人们只顾着自己，叫她早早就回去卧室休息。

于是每一个除夕的晚上，她都一个人待在卧室里，开着小小的窗户，看着外面升起又炸裂的烟花。小区里会有举着烟花棒的孩子，三五聚在一起，穿着崭新的过年棉服，嬉笑着放烟花。

北川的冬天很冷，可她喜欢在那时偷偷地将窗户打开一条小缝。寒冷的北风夹杂着烟火的气息，她趴在那条小缝的边缘深嗅，幻想自己也是窗外戏耍的一分子。

然而今年，她却可以和程怀瑾一同守岁，她买了一副崭新的纸牌，告知自己今年不再会是一个人。

除夕的下午，整个程家变得尤为忙碌。

程远东请来的先生在客厅手写春联，一群人也就聚在客厅谈话。

苏芷不愿意过去凑热闹，程怀瑾便让她待在房间里写作业或是睡一会儿都行，不必出来应付，晚上吃饭的时候会去叫她。

苏芷应下，又同他确定晚上两人可以打一会儿牌。

“可能会有点晚。”程怀瑾站在她卧室门口说道，“家里规矩多，吃完饭还会耽误一会儿，你可以下午先睡，防止晚上熬不住。”

“我不会的，”苏芷心里有些难耐的雀跃，这是她第一次守岁，“只要你不困就行。”

程怀瑾“嗯”了一声，就转身朝客厅去了。

行至庭院，能看见脚步匆匆来往的佣人。程远东最喜排场，每年过年尤甚。

程怀瑾快步走过，很快来到了客厅。

宽阔的屋子里，中间一张四方桌。

一位先生正坐着手写春联，旁边已经平铺了好几副刚刚写完的，等到油墨一干，便有人拿着送到院子的各处贴起。

程怀瑾进到客厅里就同程远东和程怀岭打了招呼。程远东点头示意他坐着，而后又和程怀岭继续说着话。

客厅里有淡淡的檀香游走，程怀瑾安静地坐着，阿姨给他上了一杯热茶。

程远东这才投过来视线：“这是你江叔叔刚叫人送过来的新茶，你尝尝。”

程怀瑾抬手将杯子拿起，一口下去。

茶香浓郁，甘润而不苦涩，后味很是清冽，是上等的好茶。

“是江叔叔的水准。”他把杯子放下。

程远东“嗯”了一声，似是对他的反应满意。

“你过几天去看看你江叔叔，妍月也回来有一段时间了，你们俩从小一块长大不该这么疏远。”

程怀岭坐在一旁没有说话，抬手去抚茶杯，目光却瞥向对面的程怀瑾。

“应该的。”然而程怀瑾也很是平静。

程远东同程怀岭对视一眼，又说：“今年过去你也二十八了，之前几年我没催你放着你一个人在北川，但你也是时候考虑一下自己的事了。”

程远东的语气其实并未有什么特别之处，然而在座的三个人心中如何不明了。

程怀瑾看了大哥一眼。

从前程怀岭还只敢私下叫他考虑和江家的婚事……

“我听说大哥前段时间手里负责的项目又停工了。”程怀瑾并未直接回答程远东的问题，他转头看向了程怀岭。

“这是我工作上的事情，轮不到你来指手画脚。”程怀岭眉头皱起，很是不满程怀瑾的质问。

“上次被举报之后，如果大哥能听我一句劝避避风头，他们也不会像现在这样再出手。”程怀瑾声音沉冷地说，“如果一直这样强硬地出头，到时候难保不落人口实，惹祸上身。”

“砰”一声茶杯落下。

程怀岭厉声道：“我还轮不到你来教训我，要怎么做我自己心里有数，你管好你自己就行！”

程怀瑾握在杯身上的手指收紧，语气仍是冷静地说道：“我只是希望大哥可以坐下来好好考虑一下，这样急功近利最后——”

“程怀瑾！”程怀岭已然是被激怒，他站起身子朝前走了两步，“那你是什么意思，还要我再等几年？我还能再耽误几年？”他语气里怒意已然涌出，一双眼睛盯着程怀瑾。

“吵什么。”

忽地，程远东冷声开口，他目光扫到程怀瑾身上说道：“你大哥也没有逼你现在就和江妍月结婚，不过是个双赢的事情，叫你考虑考虑罢了，你现在这副样子倒是要翻天了！”

偌大的客厅里，程远东的声音也被轻易地放大，像是撞击到礁石上的波浪，折返回巨大的波纹。

程怀瑾看着面前的两个男人，沉默良久，开口说道：“如果和江家联手是双赢，我怕是早就被安排着和江妍月结婚了。”

他手指轻轻地将茶杯松开，站起了身子。

“江家的确势大，然而也是危楼高百尺。尤其是江叔叔站队已久，可以一朝盛极也可以一朝倾覆。我们程家这么多年小心翼翼哪边都不站队，才能长久地走下来。”

“现在你们说和江家联手是双赢，不如说是大哥前途堪忧，不得不赌上全部的家业和江家站在一起。”

程怀瑾声音越发寒凉。

“不是我不愿意看着大哥高升，只是如今处于风口浪尖，实在没必要为了拼一把就把程家和江家彻底捆死。”

空荡的客厅里，空气变得稀薄。

程怀岭阴冷地开口：“所以你想叫我再避几年，让我再等几年？因为你，我还耽误得不够吗？”

“程怀瑾，你可真是自私。”

他说完，就大步离开了客厅。

程怀瑾站在这客厅里，温热的地暖将这间屋子烘热，然而他却觉得从头到脚的寒。

程远东走到他面前，沉声说道：“就算不是为了你大哥的前程，妍月也是很不错的选择，没必要把话说得那么难听！你母亲在天上看到了也不会高兴的。”

他说完，也跟着程怀岭一起出去了。

偌大的客厅里，程怀瑾目光看着他们留下的那两盏茶，已经凉了很久了。

冷掉的茶，不会再回温，只会被倒进同样冰冷的水槽里。

他目光在那儿停顿了片刻，然后转身离开了客厅。漫长的一段走廊，不停地有人从他的身侧走过。然而，他好像走进一段梦境，眼前的灰色岩石，时不时变成光洁的大理石地面。

很小的时候，母亲喜欢拉着他的手在北川的家里玩闹。那时外婆偶尔会来看看他们，程远东次次都很是热情，让他和大哥多去陪陪外婆。

如何不热情呢？

程远东当年不过是一个一无所有的人，后来遇见了程怀瑾的母亲，一跃成了炙手可热的新贵。

陈家再是看不上程远东的家世，也抵不住女儿的一厢情愿。于是在陈家的帮助下，程远东一路高升，顺风顺水。

直到程怀瑾的母亲去世的那一年。

那一年，程远东被人联合陷害，他一朝失势，求助无门。

陈家刚刚痛失女儿，恨极了程远东，根本不肯再伸手帮他。

于是，程怀瑾八岁的那年，程远东被调到北川乡下，程怀岭也是前程受阻。

程远东厚着脸皮将年幼的程怀瑾送到陈家，说是无人照应不得已而为之。外婆再狠，也只能将程怀瑾收了进来。

后来，程怀瑾才知道，哪里是真的无人照顾呢，不过是程远东还怀着一丝幻想罢了，乞求陈家不要彻底和他恩断义绝。于是，他程怀瑾便是其中的筹码。

没有人在乎他到底该如何在陈家生存，从出生在程家的那一刻起，他其实也就不过是一枚棋子。

沉默的一段路，走到尽头，程怀瑾停了下来。

院子里，依旧人来人往。

红色的对联已经全部贴上。

一年又一年，其实没什么不同。

冷风将他的衣领吹起，程怀瑾看着前方，忽然听到了苏芷的声音。

“阿姨刚刚来叫我们去东边的餐厅了。”她穿着米白色的长款棉服，鼻尖似是被冻得发红。

程怀瑾侧身看了她一会儿，点了点头：“走吧。”

一顿虚情假意的年夜饭，即使苏芷早有心理准备，也很难去形容那种如鲠在喉的虚伪。再精致玲珑的餐食也无法掩盖这桌上疏远冰冷的距离。

一顿饭吃到晚上九点，苏芷再难熬下去。

程怀瑾让她先回房间，她才敢逃也似的离开餐厅。

她一个人在卧室又等了好一会儿，睡意逐渐浓郁。程怀瑾回来敲她房门的时候已是晚上十一点。

“困的话就睡吧。”他身上有饭桌间带来的淡淡烟酒味。

苏芷的思绪因为困顿也有些迟缓，却还是说道：“程怀瑾，你们这里还有卖烟花的吗？我们出门放一会儿烟花吧。”

程怀瑾看着她：“不打牌了吗？”

“打。”苏芷说道，“我们边放烟花边打吧。”

程怀瑾看了她一会儿：“好。”

除夕夜的晚上，街道也变得冷清。

程怀瑾带着苏芷在路上绕了几圈，终于在一家小超市买到了一扎烟花棒。

他把车子开到了京市北边的一片海滩。冬天的海边，夜风格外潮冷。苏芷和程怀瑾将两根烟花棒斜着插在松软的沙土里，用新买的打火机点燃。

两人随后坐进了车子的后排，苏芷把车窗开了一条小缝，淡淡地，闻得见烟火的气息。

车里的暖气没关，苏芷只穿着一件毛衣。她伏在窗边看着那只信子在黑暗中燃烧。

漆黑的一片，只听得见潮水来回的声响。

明黄的信子很快烧进了烟花棒里，她呼吸也微微屏起。

“砰！”一声爆裂。

海上炸开了一朵彩色的烟花。

转瞬即逝的明亮，像是擦拭而过的火柴。

而后，接二连三。

一朵朵小而明亮的烟花一次次将这片冬夜里的大海照亮。苏芷忽地想到了什么似的，她转头看着程怀瑾。

“你的头像。”

车厢里，程怀瑾靠在他一侧的车门上，亮起又熄灭的光影从他的眉眼里倒映。

明亮的火焰，温热的车厢。

明明，一切都那么温暖了。

可他注视而来的目光，却还是一段冰冷的霜。

“是在这里拍的。”他淡声说道。

苏芷看着他，片刻从窗口坐回：“我们打会儿牌吧。”

“好。”

将剩下的六根烟花棒，一次性在窗外全部点燃。

此起彼伏的光亮，这一次，不再是明暗交错。午夜前的最后一场烟花盛典，无人知晓的角落，一种燃尽了就能奔赴山海的心甘情愿，同这亮起又湮灭的火花一起，坠入黑色的大海。

他们连打了三把。

苏芷全输。

她毫无章法地喂牌，甚至比江哲还要过分。

“这让我赢得毫无成就感。”程怀瑾放下手里的牌。

苏芷眼角弯起，又去洗牌：“这话说的，你就是瞧不起我的牌技。”

程怀瑾垂眸看着她："不打了。"

"你不高兴啦？"

"没有。"

苏芷往前凑了凑："那就是比刚刚开心一点了，是吗？"

程怀瑾目光落在她身上，窗外，烟火已经散了。车厢的顶灯照着她的侧脸，她微微仰头，明亮的眼眸里似是有流动的春水。

澄澈也明晰。

"嗯。"程怀瑾应了一声。

苏芷旋即笑开，问道："这就是你们家每年过年的样子吗？"

"是。"

"感觉和我相比也没什么两样。"

"你是什么样子的？"程怀瑾问道。

"我是一个人，一个人待在卧室里，没人带我出去玩，也没人带我放烟花。"苏芷笑了笑，把牌收进盒子里，"实不相瞒，今年是我过过的最好的一个年了。"

"为什么？"

苏芷抿了抿嘴唇："因为可以在外面吃饭，可以放烟花，可以不用一个人守岁。"

"以后也可以这样。"程怀瑾说道。

苏芷安静地看着程怀瑾。

"是吗？"她声音轻到不知是否发出。

片刻，她伸手将自己的外套穿上，问道："我可以打开窗户看一会儿大海吗？"

"可以。"

"谢谢。"

苏芷说着就将自己那侧的窗户打开。涌动的潮声伴随着冷风从她的脸颊抚过，她双臂伏在窗口，安静地看着窗外。

白色的泡沫层层叠叠在黑色的礁石上，冷白的月光落下，也被打碎成无数零落的光点。

"程怀瑾。"她忽然开口喊他的名字，却并不转头看他。

呼啸的冷风里，她声音变得有些破碎。

"明年除夕我们也来一起看海，好吗？"

苏芷一动未动地看着窗外的大海，冷风将她的脸颊吹得麻木。

她话音刚落，远方，一声厚重的钟声响起。

午夜十二点已经到达。

守岁结束了，新的一年到了。

钟声连响十二声，她清晰地听见程怀瑾说道：“好。”

她嘴角咧开，干涩地笑了笑。

真好。

身后，程怀瑾的声音又传来。

“看一会儿就关窗户，不要着凉。”

苏芷点了点头。

冷硬的北风中，她遥远地望着那片没有尽头的天际，眼眶湿漉漉的。

她想，要是没听到客厅的那段对话就好了。

不然，她也许真的会信，他们还有下一年。

一晚上彻夜难眠，早晨醒来的时候，枕边也湿漉漉的。

出去吃早饭，阿姨送来一个红包：“程先生早上来过一趟，姑娘你还没起，他就让我转交了。”

苏芷说了谢谢，接过红包。

厚厚的一沓，红包的外面用笔写着：新年快乐，金榜题名。

她鼻头又是一酸，只能把有字的那一面朝下放在桌上，才不至于在餐厅里就哭出来。

一整个白天，程怀瑾都忙得见不到人影。程家门庭若市，上门拜访的客人也是络绎不绝。她朝主厅那里走过一次，刚刚路过庭院就看见院子里都聚了不少人。

主厅那里显然是在招待客人，苏芷没再靠近，转头又走了。

直到等到午饭、晚饭，她都没在西边的餐厅等到程怀瑾。阿姨来收晚饭餐盘的时候，苏芷随口问了一句东边是不是还有客人。

阿姨说是，程家新年一直都是这样忙碌，客人多，交往多，比往常都还要累。

苏芷点了点头，就回屋了。

招待客人的活动大多在院子的东边进行，西边反而就显得有些冷清。她今天穿的是一件白色的长款棉服，她在北川的时候和李阿姨一起去挑的。

她担心白色不耐脏，犹犹豫豫，李阿姨却让她不用担心。

“小姑娘穿白色俏丽。”

于是她便买了这件棉服。

早上起床的时候穿了一天，眼下她倒是连程怀瑾的面都没有见到。

苏芷在卧室里坐了一会儿，实在无聊，把外套穿了，拿上手机和耳机。客厅往西边房间走有一条可以看得见院子的长廊，也是她昨天碰见程怀瑾的地方。

苏芷换上了鞋子，便一个人走到了那条长廊上。

天色已经完全黑了，院子里没有了白天时的热闹，冷冷清清没什么人愿意待在外面。她把耳机插上后，然后还戴了一顶粗线针织的帽子。

走廊两侧有灰色的岩石台面，她随便找了个不起眼的地方坐下，身子微微倚靠着石柱。

京市比北川还要更北一些，气候也更加干燥。冬日的夜晚，扑面而来的夜风像是一把把极钝的小刀，划在人的脸颊上却又不见血刃。

耳机里的音乐一直在随机播放，有时欢快有时低沉。苏芷仰头看着天上的月亮，今晚没有星星，但是月亮格外澄澈。

她不禁想起她和程怀瑾一同坐在北川家里的院子时，也常是这样宁静的夜晚，他们并不会一直说话，更多的时候，只是这样安静地坐着。

苏芷不想将目光落下来，她不想看见身边空空如也。

刚刚还有些干涩的眼眶，倏时润起了薄薄的水光。她又想起昨天在客厅外听到的那些对话，她不是故意去偷听的，但也无法否认，在听完第一句后她也变得寸步难行。

莹亮的一道水光从她的脸颊落下又消失，她眨了眨眼睛，伸手去擦。

忽然，她察觉到一只手轻轻地摘了她的耳机。

苏芷倏地转过身去，穿着浅灰色大衣的男人正无声地站在她的身后。

他的手已经收回去了。

昏暗的走廊里，程怀瑾垂眸看着苏芷。一层淡黄色的月光披在她的脸颊上，微微发红的眼眶，此刻正一动不动地看着自己。

“怎么不回房间？”程怀瑾绕过柱子，同她坐到了一边，“不冷吗？”

苏芷不确定他是否看见自己掉眼泪了，只摇摇头：“不冷。”说完，就看着空荡的院子。

清冷的空气里，她能闻得到程怀瑾身上淡淡的烟酒气味。

“一直吃到现在吗？”她问道。

“几个重要的客人，还留下来打了一圈牌。”

苏芷转过头去看他：“你赢了吗？”

程怀瑾看着她：“你说呢？”

“那有我喂牌喂得好吗？”

“差不多。”

苏芷嘴角弯了弯，她目光抬起又去看天上的月亮。

安静的冬夜里，程怀瑾并没有问她刚刚到底怎么了，只和从前在家里一样，坐在她的身边。

她心脏开始不时地抽痛。

她像是难以耐受这种似曾相识的宁静，越到悬崖的边缘，越是连话都讲不出来。

“谢谢你的红包。”

片刻，苏芷低下头说道，而后就站起了身子：“有点冷，我先回去了。”

程怀瑾看着她目光垂在地上，也没有阻拦：“早点休息。”

“嗯。”苏芷低低地应了一声，就转身朝房间去了。

脚步匆匆，一路无声。

只有风干的泪痕隐隐地刺痛她，明明，她是为了等他才坐在那里的。

反手将卧室的门合上，苏芷抬眼看着漆黑的房间，眼睛一直睁着，眼泪便也淙淙地流下。

说不出为什么，只觉得这年这么的好，遇见他这么的好，但是也要结束了。

苏芷心痛得无法站立，扶着跌坐在了地上，这是她过过的最好的一年了。

她满足了，再也不会有了。

一连好几天，苏芷都没再去找程怀瑾。并非她刻意躲避，只是如果不是像上次那样坐在长廊里等着，她原本是不会和他碰面的。

客人依旧是日日换新，程怀瑾时不时还要跟着出门。

苏芷有时听阿姨说一些，有时也不问。

只知道他很忙，有时一天下来忙到夜半，才来西边厨房弄一点简单的吃的。

苏芷开始还不理解，阿姨才说：“那种招待客人的饭局哪里能安心吃到多少，烟烟酒酒，谈天说地，不是正经吃饭的地方。”

她听了只应了一声，没有再问。

年初五的时候，江哲来了电话。

他在电话里问她，程怀瑾最近怎么样。

“我好几天没看见他了，他一直在招待客人。”苏芷停下手里的笔，如实答道。

“他又把自己搞成这样？”江哲语气有些不好。

“什么意思？”苏芷问道。

江哲却没直接回答她的问题：“今天他应该没应酬了，晚上你要是见到他给我回个电话。”

“说什么？”

“告诉我他状态怎么样。”

电话里，江哲的语气并不像是在开玩笑。苏芷抿了抿嘴唇：“如果我能看到他的话。”

半晌，她还是没忍住，追问道：“我方便知道他出什么事了吗？”

江哲在那头沉默了一会儿：“我以为你知道，今天是他母亲的忌日。”

苏芷的心脏猛地一跳，她手指紧紧地握住水笔，嗓口干涩：“我不知道。”

“原本也不是你的事，”江哲说，“只是我这边实在抽不开身，问他他肯定也说没事，所以拜托你晚上要是看到他回来和我知会一声。”

“好的，肯定的。”苏芷音量微微提高，像是要让江哲放心。

她挂了电话，点开手机，已是下午三点。

她放下笔，趿上拖鞋。

阿姨果然在厨房里准备晚饭，她站在门口问道：“阿姨，你知道程怀瑾今天什么时候回来吗？”

“今天吗？”阿姨放下手里的菜，擦了擦手回道，“程先生今天一早就去南边了，不确定什么时候回来。”

阿姨话里的意思苏芷听懂了，她没明说是去墓地，只说是南边。

“大哥也去了吗？”

“是的，早上开了两辆车出去的。”

“好，如果晚些时候他回来我没看见，阿姨方便去我房间告诉我吗？”苏芷又请求道。

“没问题。”

“多谢。”

苏芷随后就回了卧室里。

她在书桌前坐了一会儿，却是一个字也没再看进去。

她也不知道为什么，像是冥冥中无声地召唤一样。她把棉服、鞋子、帽子全部穿戴整齐出了房间，一整个下午，不停地在庭院和大门之间来回，假装是单纯地散步。

冬天天色暗得极快。

五点刚过，太阳就已经擦过地平线。

苏芷的脸颊已经冻得几分麻木，可她仍然在门口左右晃悠着。

快到吃饭的点了，她刚刚问过东边的做饭阿姨，他们接到电话说是程怀岭马上就回来。

她也不敢再回房间暖暖身子，生怕错过程怀瑾回来。

门前一条宽阔空旷的主路，她来回踱步。

忽地，一声汽车鸣笛，苏芷猛地回头，看见路口拐进来一辆白色的轿车。

她连忙转身走进了院子里，快步朝那条通往西边房间的长廊走去，然后坐在了那天晚上她坐过的地方。

——若是程怀瑾回来，一定会经过这里。

苏芷目光紧紧地盯着庭院的入口，果不其然，程远东最先走了进来，后面紧跟着的就是程怀岭和他的夫人。

然而，这三人走进之后，身后的院门就被用人关上了。

苏芷眉头皱起，看着三人朝东边走去。

很快，庭院里就又空了下来。她快步走到刚刚关门的叔叔身旁问道：“外面没有人了吗？”

那叔叔看了她一眼，认出是程怀瑾带回来的小姑娘。

“没了。”

“那程怀瑾怎么没和他们一起回来？”

那人又重新上下打量了苏芷一圈，确定她是真的不清楚。

“程先生每年都不和他们一起回来的。”

“为什么？”

那人往后退了两步，不肯再说：“您到时候自己问问程先生吧，我们也不好多说。”他说完就转身朝一旁去了。

苏芷心跳不正常地加快，她也说不上为什么。

即使是程怀瑾母亲的忌日，按照他的个性也绝非会出事的样子。

但是江哲下午时的那个电话还是让她慌得摸不着底。她右手伸在口袋里握着手机，也没办法去个电话或是消息。

程怀瑾只会说没事。

昏沉的庭院里，很快就亮起了几盏壁灯。今天没有客人上门，这里显得更为冷清了。苏芷心里像是烧起了一把火，火舌肆虐，叫她连坐下都办不到。

她在庭院里来回地踱步，阿姨中途叫她先去吃晚饭，她也只说再等等，等程怀瑾回来再一起吃。

天色一层层地暗了。

像是慢慢沉淀下来的墨汁，也将她完全地包裹。

双脚已经有些冻得发麻，她把手机从口袋里拿出。刺眼的屏幕亮起，已经晚上十点二十分。

那扇大门再也没有人进来过了。

她也不再来回地踱步，耳机摘下，只笔直地站在一盏壁灯的下面。

空旷的庭院里，灯光照不到的地方都变成了没有边际的黑色。她其实一点也不喜欢这里，令人压抑的长辈和冷漠的亲情，就像这无声的黑暗一样，轻易将人的情绪吞噬。

苏芷小幅度地动了动快要冻僵的腿，忽然听见了轻轻的推门声。

她嗓口一滞，正要抬脚上前，却认出进来的是早些时候关门的叔叔。

那叔叔显然也是看见苏芷了，愣了片刻朝她走来。

“还在等程先生？”

苏芷点点头。

“程先生在外面了。”他说。

“在外面？”苏芷目光看过去，言语几分急促，“他怎么不进来？”

“这我就不知道了，不过好像在外面停留了有一会儿了。小姑娘你要是有急事可以过去找程先生。”他说完就朝东边去了。

心头的一簇火，猛地跳起，她身子却没有变得更温暖，只觉得火舌的刺烫在心口反复地灼烧。她脚步无法控制地加快朝门口走去，伸手按上冰冷的把手。

用力推开——空寂昏暗的一条长街，那辆黑色的车子停在一盏路灯的下面。缓慢落下的光照将那一片空间安静地包拢。

路边的一条长凳上，他背对着主路坐下，双肘支在膝上，目光看着没有光照的不远处。

他一个人坐在那里。

明明那样宽阔的肩膀，隔着一条长街的距离，却觉得异常单薄。看不见的冷风从他的身侧穿过，也鼓动起他同样单薄的衬衫。

他连外套都没有穿，只有一件什么都抵御不了的衬衫。

他在那里坐多久了？为什么不回家？

心里的那把火灭了，灭得一干二净。取而代之的，是一抔清寒的雪。

她缓慢地朝着程怀瑾的方向走去，安静的街道上，她的脚步声也被无限地放大。

程怀瑾微微侧头看了她一眼，又沉默地转了回去。

“吃晚饭了吗？”苏芷站在他的侧身后问道。

“还没。”他声音很轻也很低，苏芷心头无由地震颤。

“怎么这么晚？”她又问道。

“什么？”

苏芷的嘴唇轻抿，又问：“你父亲和大哥很早就回来了。”

“是吗？”他仍是保持了开始的姿势，并不看向苏芷。

他分明是知道程远东和程怀岭先回来的，却这样几分“讥诮”地反问她“是吗”。

苏芷嗓口干涩，终于明白江哲为何一定要她来看看程怀瑾的状态。

他不是没事。

寒意从她的背后隐隐扩散，苏芷觉得他在把自己往外推。

眼眶又开始发胀，她等了他那么久。

漫长的一段沉默，她又开口：“怎么没和他们一起早点回来，现在这么晚是不是饿——”

“你想知道什么？”程怀瑾忽然开口。

苏芷怔住。

那话里的“恶意”已然昭彰。

他声音像是风雪拂面般地清冷，字字锋利：“你想知道为什么我没和程怀岭一起回来是吗？”

死寂的街道里，她甚至仿佛听见了他的冷笑：

“因为程怀岭恨我，如果不是我，我母亲不会去世，他也可以爬得更高，所以这么多年，我都是一个人去看我母亲。这样说清楚吗？”

苏芷浑身僵硬：“我……”

可她还没来得及开口，程怀瑾就冷声打断了她：“我还没沦落到需要你来同情我。”

骤起的风，吹得他声音也变得破碎，是不是这寒冷的冬夜里太冷了，要不然，她怎么会觉得连心都寒得发颤。

无声地掉了一滴眼泪，她顿了片刻，抬手擦掉，声音哽咽却也清晰：“我没有同情你，程怀瑾。”

昏黄的灯光下，他背影一动不动。

被风吹起的衣角将他的后背仔细勾勒。

第一次，她觉得她走进了那团曾经把她排斥在外的迷瘴。

第一次，她看见程怀瑾一个人待着的地方是什么样子。

他独自坐在寒冷的冬夜里，只穿着一件单薄的衬衫。

沉默地拒绝着她的靠近。

可是，她没有办法控制自己不去想。无数次，无数次，他朝自己伸出手，把自己拉出来。

无数次，她朝他发泄自己的恨意、怒气与无知，他从来没有放弃过自己，也从来没有松开过手。

这样寒冷的夜晚里，这样寒冷的夜晚里，他耳郭已经被冻得通红，却还是不肯回去。

如果这是个下雪的冬夜，她的心早已碎成一片片冰凌。

昏黄的路灯下，苏芷慢慢地走上前。

她看见自己伸出了双手，轻轻地覆上了他的耳侧，那样温柔地，将他的寒冷收拢了。

苏芷嘴角轻轻地咧开，声音近在咫尺。

“别着凉，程怀瑾。”

随后，她闭上了双眼。

疾风劈头盖脸，身子剧烈地颤抖着。片刻，她却察觉他冰冷的手指缓慢地覆上了。

难熬的一段沉默。

苏芷的心脏也彻底停止跳动，坦然地等待着他的推开与拒绝。

然而，难以置信地，她惶然地睁开了双眼——那双曾经把她从泥潭里拉出来的大手，这一刻，也轻轻地握紧了她。

细小的白绒从天而降。

下雪了。

模糊的视线里，她看见程怀瑾缓缓地偏过了头，覆着她的左手，紧紧地盖住了他的双眼。飘摇的雪花密密地落在她的眼睫上，也融化成柔软的泪水从她的脸颊流下。

她想，这段寒冷的冬夜，很快，就要过去了吧。

京市这夜开始下雪。

干燥的、冷硬的雪花从无尽的夜幕里落下，并不融化，只轻轻地在他们的发间堆叠出薄薄的一层，仿佛能看见，然而伸手去抚的瞬间，化成泪水一般地湿润。

不敢说话，不敢行差踏错，不敢问，也不敢再有更多。

程怀瑾让她先回房间，外面太冷。

他要把车开进车库。

苏芷早已丧失了所有思考的能力，只机械地点了点头，推开大门朝里走。

院子里已经没有人了，那盏她刚刚站过的灯下也是空空如也。然而，从天而降的雪花在那束垂直投下的光影里有了具象，雪白的柔絮飘飘摇摇，让她不自觉想起刚刚的程怀瑾。

第一次，她觉得她也可以给他依靠。

那火又重新燃了，跳动着一簇，飞溅着落在苏芷的浑身各处。

她倏地一回神，才发觉自己在这里驻足。

手脚已经冰到没有知觉，苏芷抿了抿嘴唇，大步朝西边去了。

回到房间的时候已是半夜十二点，她脱了衣服把浴缸的水打开。

等水的空隙，苏芷给江哲去了条消息：他回来了，心情不是很好。你明天如果有空可以来看看他。

江哲似是一直在等待，没一会儿就回复道：明天早上我去你们那儿。

苏芷：好，明天见。

江哲：明天见。

苏芷退出聊天界面，又点开了和程怀瑾的对话框。

几分犹疑，不知道他是否停好了车子。可其实，是她不知道到底如何开口。

苏芷紧紧地握着手机，半晌还是先放在了一边，下了水。

热水瞬间将她冰冷的身体淹没，引起瞬间的战栗。随后，不断侵蚀的热气重新将她的身体激活。

苏芷背贴着瓷白的缸体，缓慢下滑。

水面逐渐浸过她的双肩，而后是下颌。最后，她屏息下沉，水没过她的脸庞。

水面微微地波动。

睁眼，苏芷看着被柔化也模糊的顶灯。

心脏极钝的一下疼痛。

有低于水温的液体在她的眼角氤氲。

她忍不住地去想，如果能抱抱他就好了。在他那样脆弱、痛苦的时候，她也想像他从前安慰她那般，安慰他。

眼眶越发酸胀，她再也耐不住。

出水的一刻，双眼止不住地湿润，湿漉的头发贴在她的脸侧，也让她此刻显得越发狼狈。

目光长久地看着对面那片雪白的墙壁，朦胧的雾气里，一切变得模糊。

从浴室里出来之后，阿姨过来送了一趟姜茶，说是看她这么晚才回来，害怕她受凉。

苏芷说了谢谢，把姜茶全部喝下。

她蜷在沙发上，却还是没等来程怀瑾的任何消息。

最后，她实在抵不住沉沉的睡意，给他发了一条：晚安。

他们从不在微信上说晚安的。

没能再等到程怀瑾的回复，她已经沉沉地睡去了。

程怀瑾最终还是没有给苏芷回复。

第二天醒来的时候，已是临近中午。托那杯姜茶的福，她没有感冒。

拉开窗帘的时候，苏芷有些愣怔地看了好一会儿。

原本一片空阔的庭院全都覆上了一层皑皑白雪。满目的白色折射着明亮的日光，一切复杂的光景都变成了最简单的白。

她伸手打开了一点窗户。

扑面的冷刀子直奔她裸露在外的四肢与脸庞，苏芷贪婪地吸了一口冰冷的空气，也将这股寒意带到身体的深处。

她随后关了窗，转进浴室洗漱。

临近午饭的时候，她才从卧室里走出。路过程怀瑾卧室的房门时，她不自觉地看了一眼。

房门紧闭。

苏芷又想到那条没有回复的消息，不知他是不是太过疲累。

走到客厅的时候，才发现江哲一个人坐在那里看电视。

听见她的脚步声，江哲回头，几分调侃地说道：“看来我们小阿芷在二哥家过得挺舒服。”

他穿着一件米白色的短衫，神情很惬意。

苏芷眨眨眼睛，不搭理他的调侃，只目光示意一下程怀瑾的卧室：“他还没起吗？是不是感冒了？”

江哲拍拍身边的沙发叫她过来坐：“还是我命苦，大早上冒着雪过来，你们倒好，一个睡到大中午，一个一声招呼不打就出门了，白瞎了我来看他。”

苏芷坐过去，目光又不自觉地去看程怀瑾的房门：“他出门了？”

“早上六点就走了。夏川那边有点事，我给他去了电话说是晚上回来。他没和你说吗？”

苏芷嘴唇轻抿了一下，摇了摇头：“应该是我起太迟了。”

她也不知道怎么回事，心里有些惴惴的，说不上来，像是胸口以下泡在水里一般。

她还能呼吸，但是使不上力。

“你怎么了？”江哲身子微微凑近细看她眼睛，“眼睛有点肿，哭了？”

“没有。”苏芷立马否认，又几分心虚地往后退了退，“晚上水喝多了，早上就会水肿。”

“我还以为你昨晚心疼程怀瑾心疼哭了呢。”江哲忽然笑了笑。

“怎么可能，”苏芷声音渐小，“我就是水喝多了而已。”

她说着就站起了身子，目光望着江哲：“要留下来吃午饭吗？”

江哲也跟着起身：“不吃岂不是白来？”

中午阿姨熬了一锅人参鸡汤放在餐桌的中央，周围又摆了一圈菜。

江哲也不客气，拿起筷子就吃，很是熟悉的样子。

苏芷胃口不是很好，只舀了一碗汤来喝。

江哲瞥见，笑着问道：“减肥吗？只喝汤？”

“没有，刚起床胃口不好。”

“千万别减肥，你这身材正好，柴了也不好看。”

苏芷手里拿着勺子，直直地看着他，像是有话要说。

“有什么要问的？”

“江哲。”她忽然有些认真地喊他名字。

江哲放下筷子。

“你喜欢什么样的女人？”

江哲目光忽然变得有些耐人寻味，他眼睛微微眯起笑了笑，片刻说道：“我先理清，你是想问我喜欢什么样的女人，还是程怀瑾喜欢什么样的女人？这两者差距可是很大。”

他语气里有过分明显的意味，苏芷隐隐察觉到一丝探寻，也令她心生警惕，因她并不知道江哲到底会站在哪边。

“我随口问的，你不想说就算了。”她飞快地撇清自己的关系，低头又去喝碗里的汤。

餐桌上，江哲忍不住笑出了声。

“我什么类型的都喜欢，都尝试。但是程怀瑾呢，我不知道。或许他喜欢男人。”

苏芷猛地抬头瞪江哲一眼，江哲更是哈哈大笑。

她立马低头将碗里的汤喝完，站起身子要走，江哲连忙伸手把她拉住。

“开玩笑，开玩笑。小阿芷原谅我。”

苏芷被他拉得又坐下，也觉得自己的反应有些过激。

她沉默了一会儿，才给自己找补：“程怀瑾是个好人，你别这样给他乱造谣。”

“嗯，好人。”江哲点点头，“我的错。”

苏芷也不想表现得太过明显，也就继续坐下吃其他的。

“不过，我真有一个问题想问你。”

江哲负荆请罪，态度自然好：“知无不言。”

苏芷犹豫了一下，还是想知道到底是怎么回事。

“程怀瑾他母亲是怎么去世的？”

江哲听见她的问题，脸上浑不懔的笑意立马僵了片刻。他眼睛眨了眨，谨慎地问：“他和你说什么了？”

苏芷也不想故意从他嘴里套话，她不愿意在程怀瑾的事上用这种伎俩。于是诚实道：“他只说他母亲是因为他去世的，所以程怀岭恨他，从来不愿意和他一起去扫墓。”

“程怀瑾告诉你的？”江哲仍是有几分不信。

“绝对实话，这种事情上撒谎我做不到。”

苏芷面色凛凛，像是连剖心都不怕。

江哲的目光反复地在她的脸上打量。说实话，他完全看得出来她没有撒谎，他只是没想到，程怀瑾会连这件事都告诉她。

但江哲也没再多质疑，他开口道：“出车祸去世的。”

苏芷嘴唇紧抿，等着他接下来的话。

“年关暴雪，比今天这场还要大得多的雪。司机载着他母亲出门，在路上出了车祸，不幸身亡。”

江哲话语很是平淡，只简单叙述。

苏芷忍不住抬眼去看外面，白皑皑，能掩盖风景，也能掩盖血泪。

“那，那他为什么说他母亲是因为他去世，所以程怀岭才——”

“我不这么认为。”江哲直接打断了她的问话，“你或许觉得我冷血，但我的确无法认同这件事。他母亲当年和司机出门，的确是因为那时二哥看着外面下雪吵着要出门，所以他母亲心软就带着他出了门。但是出车祸，出人命，都不应该算作是二哥完全的责任。更别提程怀岭那一套杀人诛心的理论，说什么就是因为二哥的错，导致了他母亲的去世，从而使得陈家当时对程远东的遭遇冷眼旁观，以及让程怀岭错失绝好的工作机会。”

“这根本就是程怀岭这么多年用来利用、控制二哥的手段！”江哲目光变得阴冷，“我不怕你说我说话难听，但是在我看来，程远东就是个草包。当年二哥母亲去世不过是个契机，程远东靠着陈家一路高升得意忘形，翻车是迟早的事。而程怀岭所谓的被二哥耽误，原本就不是他的，何谈耽误。”

“他不过是仗着二哥自己心里的负罪感与愧疚，一次次地利用他罢了。为什么每年不和二哥一起去扫墓？”江哲冷冷地笑了笑，“因为他要每年用这把刀捅一捅二哥的伤口，好叫二哥永远别忘记。”

温暖的餐厅里，苏芷如坠冰窖。

她一句话也说不出，也无法想象程怀瑾到底是如何在这些亲人的仇视下成长的。

那些她曾经以为的程怀瑾递过来的“刀”，其实，和他经历的相比，根本就不值一提吧。

江哲抬手喝了一口水，像是将满腔的怒气重新压制。

半晌，他又缓慢地说道：“但是你也知道的，二哥是什么人。在他心里，他是有罪的。尤其是这么多年，所有人也都这样认为。所以我只想哪天他能放手去做自己真正想做的事情，而不是一辈子把自己困在这个笼子里。”

安静的餐厅里，苏芷维持着一个姿势坐了很久，而后轻声开口：“他从没和我说过这些事。”

江哲：“他不愿意和你说这些。你知道程怀瑾这人的性格的，什么话都说出来不是他的风格。”

可她越知道程怀瑾是这样的性格，心里也越发痛。他把所有的伤口都沉默地藏在背后，然后永远若无其事。

这想法更叫她难受。

苏芷身子微微倚靠在桌边，领口滑出了一条项链。江哲瞥了一眼，眉头几分疑虑地皱了一下。

他又看了看苏芷，可最后还没说话。

两人在餐厅里无言地坐了一会儿，还是江哲重新开了口：“想去山上看看风景吗？”

“什么？”

“讲了这么多糟心的事，我想叫你心情好点。”江哲站起身子，拉着她往餐厅外走。

江哲开了一辆越野车上山。

早晨还白皑皑一片的世界，临近下午的时候基本融化殆尽。

苏芷换了一件浅黄色的羽绒服，整个人有些疲倦地靠在窗户上，接受着冬日阳光的照拂。

难得江哲亲自开车，他把电台调到了一个粤语歌曲台，声音降到最小充当车程的背景音。

年假的原因，山上游客不少，一路上不时有车来往。虽说是盘山公路却也没有那么崎岖。

“如果是程怀瑾，今天他肯定不推荐出门。”

苏芷转过脸去：“为什么？”

江哲食指抬起，指指路两边的雪：“他开车最是谨慎，尤其是下雪天。”

苏芷立马想起江哲早些时候说到的事情，有些心悸地应了一声。

江哲瞥了她一眼，一脸的闷闷不乐。

“开心点。”

苏芷靠在车窗处，低低地“嗯”了一声。

出发时，她给程怀瑾发了一条消息，说是要和江哲上山玩，晚上回来。

眼下他们已经出发快一个小时，程怀瑾还没有回复她。

他应该在忙。

苏芷心里想。

他原本也不是那种会立即回复的那种人，或许现在他也在开车。

车子一路顺畅地开上了山顶。这山并非什么有名的景点，只是在京市市中心不远的地方，所以来游玩的人也不少。

两人下了车，江哲带着她往前走：“这山不高，爬得快，半小时。”

苏芷点了点头，跟着他往前走，忽然看见了缆车的售票处。

她伸手拉住江哲，指了指缆车。

“想坐缆车？”

苏芷点点头。

“走吧。”江哲拍拍她的帽子，转身去买票。

新雪初融的山间，即使热烈的太阳已经照射了一天，山间的树木仍然有很多都还覆着白雪。

缆车慢慢地上行，苏芷看着越来越远的地面，难以控制地也想起那次，她把他惹生气。

他夜里开车带她去南岩山看日出。

也是现在这样，他们坐着缆车，他坐在她的左边。

苏芷手指紧紧地握住铁栏杆，目光看着远方，心里微微塌陷，也像是现在，浮走在万丈高空。

可以一脚坠落，也可以一脚登顶。不过十分钟，缆车就到了顶。两人走到观景平台上，寻了一张长椅坐下。

苏芷两只手抄在羽绒服口袋里，面无表情地看着远处的山景。

江哲偏头看着她。

山间清冷，她鼻尖有些发红，情绪都写在眼睛里，郁闷、不忿，却又无可奈何。

他忍不住笑了一下。

苏芷皱眉，瞪他一眼。

江哲开口：“站到前面去。”

苏芷困惑地看着他。

江哲却已经掏出了自己的手机："我拍几张你的照片给二哥发过去，记得要笑得开心一点。"

苏芷犹疑地看了他一眼。

江哲拍拍她肩膀，语气不容置疑："快去。"

观景台的一侧，苏芷在一旁让他拍了好久。

拍到最后苏芷已然被江哲的一顿"不满意"消耗了全部的耐心。她死也不肯再拍，只让江哲选那几张背影发过去就好。

"笑得比哭还难看。"江哲忍不住吐槽道。

"我现在哪里还笑得出来。"苏芷自己选了几张看不见脸的背影照用江哲的微信给程怀瑾发了过去。

一瞬间，消息列表里跳出去了三张照片。

两人之后就在这山顶四处转悠了一会儿，四点多的时候，一起走下了山。

天色渐渐地暗了下来。

江哲把车灯打开，下山的路上车不多，偶有不讲规矩的车忘关远光灯江哲都会很不满地也闪他两下。

上车之后，苏芷就再没说过话了。

她把电台的音乐调大，闭着眼睛靠在窗户上。

一整个白天，程怀瑾既没有回她的消息，也没有回江哲的消息。或许他真的在忙，或许就真的忙了一下午没有机会看到手机。可苏芷心里也慢慢地浮现了另一种可能，又或许，在昨天她无意中看到他的秘密之后，他也选择了另一种应对方式。

江哲说，他不喜欢把这些事说给别人听。

一种隐约的惶然感慢慢地在苏芷的心里浮现，像是赤足走在无垠的沙漠里，每往前多试探一步，都是无尽的深渊。

苏芷眼睛慢慢地睁开，天色已经完全地暗了。

两边延伸至远方的路灯不断地从她的眼前擦过，她忽然转身朝江哲说道："我可以用你的微信给他发一条消息吗？"

江哲握住方向盘的手一紧，他似是知道她到底想要确定什么，但他也不想阻拦。

"密码 8790。"

苏芷嗓口紧涩，说了谢谢。

点开江哲的微信，他和程怀瑾的对话仍然停留在他下午时发去的那几张照片。

她手指微微地颤抖，却还是不愿退步地给他发了一条消息。

江哲：二哥，明天下午有空吗？家里有点事想问问你。

她甚至还没有退出界面。

程怀瑾的消息已经回来：有空。

车子开进了一条隧道，所有的声响在瞬间涌进那条封闭的甬道里。穿梭而过的昏黄顶灯，像是半梦半醒时从眼前闪过的浮光掠影。不知何起的低气压，她耳膜微微鼓胀，出现轻微的蜂鸣。

很快，昏黄的隧道顶灯走到了终点。一瞬间，黑暗重新铺天盖地地朝她袭来。

电台里，那个女人的声音像是穿破重重迷雾，是苏芷曾经最喜欢的 Fly me to the moon：

Fly me to the moon
带我飞向月球吧
Let me play among the stars
让我在群星间嬉戏
Let me see what spring is like on
让我看看
AJupiter and Mars
在木星与火星上有怎样的春天
In other words, hold my hand
换句话说，拉住我的手
In other words, darling, kiss me
换句话说，请亲吻我

车上，空调吹出温暖的气息。

朦胧的街景，冰冷的冬夜。

苏芷一动不动地看着窗外。

清晰到模糊。

“哪里可以喝点东西？”

“什么？”

苏芷转过头去，看着江哲：“哪里可以喝点酒？”

“程怀瑾不会同意的。”

“和他有什么关系吗？”

江哲看了她一眼，快速地把车停到了马路的一边。

他拿回手机，点开聊天记录，片刻，抬头看向苏芷。

苏芷淡淡地笑了笑：“我其实出发前也给他发了消息，但他没有回我。”

江哲怔在原地。

苏芷声音如常，缓声道：“你刚刚说得没错，他不喜欢把自己的事情告诉别人。”

她安静地把昨天晚上的事情告诉了江哲，然后自嘲般地笑了笑：“你看，我不小心知道了他的秘密，他就远远地躲开我了。”

江哲蹙眉，无声地呼了口气。可他没有办法去指责程怀瑾，他和程怀瑾相识这么多年，如何不知道程怀瑾到底是个怎样的人。他觉得愤怒也觉得无奈。

片刻，江哲转头看着趴在窗边不再说话的苏芷，伸手重新启动了车子。

“不要喝酒，我带你去吃点别的。”

苏芷到家的时候是晚上十一点半，江哲把车停在程家门外，一直将她送到了西边住所。

推开门，客厅里安安静静的。

没开灯。

扑面的暖气将她的身子烘得更热，她觉得一股热气也从她的身体里涌出。

苏芷开了灯去换鞋，顺手的工夫就把外套脱下拿在了手上。她还是觉得热，也莫名地觉得燥。

她把外套放在沙发上，直直地朝餐厅走了去。

冷白的灯光一瞬亮起，她不禁有些恍惚。

江哲的确浑不懔，却也有分寸。

他开了一个安静的包厢，只给苏芷点了很多甜品。

她吃了很多，仿若在发泄。麻木的胃部此刻终于苏醒，带来隐隐的刺痛，像是沸腾的海水倒灌而进，海浪晃荡，叫她走路也飘忽。

苏芷走到冰箱旁接了一杯冰水。

冰块“哐哐”落下的瞬间，她也听到了“咔嗒”一声开门的动静。

她脸颊开始燃烧，手指紧紧地握住冰冷的杯身，思绪却被那缓慢朝外走来的脚步声所吸引。

沉缓的。

靠近的。

她背对着餐厅的门口，也察觉那道无声的目光。

突然，被冰得一个激灵，苏芷这才发现冰水早已溢出流到了她的手背上，她立马伸手按停了接水。

手指停顿在按键上片刻，她缓慢地转过了身去。

餐厅的入口处，他沉默地站在那里，右手拿着一只杯子。

原来也是来接水。

苏芷却没有看向他，她顺着餐厅的另一侧想要从他的身边走开。

走至门口的一刻，程怀瑾却轻轻抬手挡住了她。

垂下的眼眶在瞬间湿润，委屈却也顷刻化为愤怒，她抬起头，看着站在她面前的程怀瑾。

那个雪夜里把她的手覆在她双眼上的程怀瑾，此刻已变得陌生。

“不舒服？”他声音低沉，垂眸看着苏芷。

雪白的毛衣，她脸颊更显苍白。

仰头看过去的目光仿佛覆上了冰冷的水光。

像是真的毫不在乎，她说道：“好像和你没什么关系。”

程怀瑾沉默地看着她，只觉得抬起的那只手也变得冰冷，而后开始麻木。

他慢慢地收回了手，听着那脚步声渐行渐远。

空荡的餐厅里，他身影也显得寂寥。今晚没有月亮，融化的新雪也找不到任何存在的痕迹。

像是一切都没有发生。

程怀瑾将空杯子缓慢地放在了一侧的餐桌上，转身离开了餐厅。

之后的几日里，苏芷都没再见过程怀瑾。

阿姨也说不知道：“程先生这段时间早出晚归，不知道在忙什么。”

她也就把自己关在屋子里拼命地写作业。寒假作业写完就去写模拟试卷，她试图让自己忙起来。

年初八的时候，江哲来了电话，问苏芷要不要出来玩。

“小聚会，有些我的朋友，没有乱七八糟的人。”

“在哪儿？”苏芷在电话里问道。

“一个私人俱乐部，晚上我早点去接你来我公寓，我们还是先挑衣服打扮一下，和上次一样。”

苏芷想也没有多想：“好。”

下午五点多，江哲把苏芷从程家接走。

江哲也问起程怀瑾最近在忙什么，苏芷只随口道不清楚，就没再说了。

江哲看了她一眼，也不再多问，载着她先回了自己的公寓。

客厅里还是和上次一样，有几个人在等着。

苏芷已不是第一次来，相比上次少了很多拘束。江哲在一边接电话，示意她尽管随意挑。

“我出趟门，很快回来。”江哲挂了电话走去门口换鞋。

苏芷点点头，继续跟着身边的姐姐看衣服。

江哲很快出了门，一个许久未见的朋友刚到京市，他得去见面打个招呼。

不大的饭局，江哲进去寒暄了几句，和朋友小喝了两杯，只说晚上还有事，今天只能先打个招呼，过段时间再聚。

一来二去，也耽误了大半个小时。

他担心苏芷一个人在家无聊，路上开得快，六点左右又回到了家。

开门的时候，客厅里的衣服已经都撤了。苏芷正背对着大门坐在沙发上让化妆师化妆。

江哲换了鞋子往里走，里面的两人同时回头。

苏芷开口：“回来了。”

江哲一瞬怔在原地。

冷白的灯光将她的面容照得格外清晰，却也像是完全换了一个人。

成熟、冷艳。

黑眉、红唇。

没有任何花招地击中人心。

一头黑色的长发盘起，脸颊两侧有微微垂落的碎发。

她挑了一条硬质的黑色抹胸长裙，平整的前襟只带来冷艳与利落，并不显得媚俗。白皙的肩膀与四肢像是莹润的瓷白玉器。黑白相映，令人难以挪目。

转头看过来的时候，耳边坠下的珍珠耳环也微微晃荡。

江哲目光在她身上驻留了很久，直到她问他好看吗，他才回过神来。

“很好看，我一直都这么说。”

他大步走到苏芷的面前，伸手把她从沙发上拉起来。

“你应该对自己自信一点。”

苏芷站起身子，苦涩地笑了笑。

一旁的化妆师又帮苏芷整理了一下裙身。

“走吧。”苏芷说道。

江哲点点头，带着她出门了。

京市南边的一家私人俱乐部，装修格调是很浓重的重金属风，红色荧光的店名，外面罩上了一层黑色的铁丝网。

江哲领着苏芷进了三楼的包间，一推门，里面已经坐了五六个人。江哲给苏芷一一介绍，有男有女，基本都是江哲这个圈子的朋友。

江哲来之前已和他们提前打过招呼，所以大家都显得格外和善，很快给苏芷和江哲腾了位置。

“都是老朋友，你随意一点就可以。”江哲拍拍苏芷的头。

苏芷“嗯”了一声，随即问他是否可以喝酒。

江哲愣了一下：“你虽然已经成年了，但是……”

苏芷直直看着他：“不可以吗？我没有在陌生人身边喝，因为你在这里我才喝的。”

她的语气十分平缓，然而江哲却有种难以拒绝的冲动。

她信任他，这想法几乎叫他彻底妥协。

可他还是忍住，只说：“最好不要。”

苏芷静了片刻，妥协道：“好。”

包厢里气氛很快变得融洽，苏芷在一旁安静地喝着果汁，旁边几个人轮流上去唱歌。江哲时不时看看苏芷的状态，但是她一直都很安静，只握着果汁慢慢地喝，看着前面的人唱歌。

歌曲切了一首又一首，拿着话筒的姐姐忽然喊她：

“小芷。”

“帮我切下歌，这首我有点忘了怎么唱。”

苏芷正坐在靠近点歌机的附近，她点了点头正要去切，忽然停了下来。

“我可以唱这首吗？”

拿着话筒的姐姐听言立马点头，叫她上前来：“当然啦。”

江哲看着苏芷走到了包厢的前面，她没有站着，而是坐在了那只高脚凳上。缓慢的弦乐声起了，四周灯光慢慢暗了，只有一束冷白的光从她的上前方落下。

江哲靠在沙发里边喝酒边听，余光一瞥，发现包厢的门被人从外打开。他目光一滞，才发现居然是程怀瑾，然而程怀瑾却并没有看向他。

昏暗的包厢里，只有那一处亮得让人挪不开眼。他右手握在门把上，目光朝着苏芷看过去。

黑眉，红唇，不掺任何杂质的美艳，像是精致锻炼的白玉瓷器。齐至胸口的纯黑长裙，随着她盈盈一握的腰际向下，裙摆结束在她的小腿处。

一双黑色高跟鞋，一脚踩在高脚凳的横杆处，一脚脚尖轻轻点地。她目光清冷而又疏远，并不知到底看向何方。消瘦的手臂与肩颈，最后是一双几欲飞出的修长肩胛骨。

低低地开口唱歌，竟有一种独自行走在夜晚的孤寂感。

音乐仍旧徐徐地播放着，苏芷忽然有预感般地朝门口看去，然而，只看见了江哲推门出去的背影。

一瞬间，她有些失神。

好像看见了谁，又好像没有。

片刻，苏芷收回了目光，伸手将歌切了。

“不是没空吗？”空荡的走廊里，包厢内的声音被无限隔绝，江哲看着站在门口的程怀瑾问道。

“你没告诉我你带她来。”程怀瑾声音很是低沉，带着些从外面带来的寒气。

“你为了她来的？”江哲直接问道。

程怀瑾眼眸微暗，却是几分严厉地说：“你不应该带她来这些地方。”

“她已经成年了。”

“她还是个孩子。”

“但我把她当作大人对待。”江哲说道，“我不会让她喝酒，但是内心里我把她当作大人一样平等对待。”

“你想说什么？”程怀瑾反问。

江哲几分冷意地看着他，说道：“我想说，你不应该总是把她当成小孩，有些事情她也可以知道，你也可以接受她的安慰。”

说实话，程怀瑾这段时间的回避着实让江哲觉得寒心。

程怀瑾冷声道：“这些事情有什么必要告诉她！”

“你以为你这样是在保护她吗？”江哲冷冷地说道，“你这样只会伤她的心。”

“这不是她现在应该关心的事情。”

“二哥，”江哲声音也变得严肃，“那我也想告诉你，从今天开始我来管她。你要是不想再靠近她就索性全丢给我。我明天就带她回北川收东西办转学，下半年直接就在这念了再也不麻烦你。”

江哲俨然不是开玩笑的样子，甚至他很少这般认真，没有任何的插科打诨，没有任何的玩笑意味。

光线昏沉的走廊里，程怀瑾几分审视地看着江哲。半晌，他声音沉冷地问：“江哲，你现在是什么意思？”

这是不加掩饰的警告了。

然而江哲也只是平静地看着他：“二哥，我说把苏芷交给我。她在你身边，你能让她开心吗？这么多天她在你身边开心过吗？”

“你怎么带给她快乐？”程怀瑾抬手指着包厢的门，语气越发冷硬，“带她出来玩，这样让她开心吗？你以为她是你身边那些乱七八糟的女人吗？玩一段时间腻了就丢了？”

“我不会。”

“你不会？”程怀瑾眉眼阴翳地压下，声音已像是极度地克制，“你以为我不知道你身上一堆烂事吗？你能帮她一辈子吗？”

江哲抬眼看着眼里有隐约怒意的程怀瑾，心里越发确定了那件事。

他声音平缓地说：“二哥，我可以把自己弄得干干净净，如果她愿意，我也可以把她放在身边一辈子。但是只有一件事情希望二哥答应我，如果到时候阿芷愿意跟我走，你别拦着。”

他说完就转身朝包厢走，谁知道还没来得及打开门，就看到了从里面出来的苏芷。

苏芷微微怔住，看到了一旁的程怀瑾。

原来她刚刚没有看错。

“怎么出来了？”江哲上前问道。

“去洗手间。”苏芷平静地说着。

江哲刚要再开口，程怀瑾就走上前强硬道：“我陪你去。”

苏芷没有看程怀瑾，只沉默地从他的身侧绕过，然后走进了不远处的洗手间里。

大片的落地镜，头顶是明黄的水晶吊灯，她驻足在镜前。镜子里，是一个她并不熟悉的女人。

苏芷觉得有些悲哀，可是，她已经无能为力了。

从洗手间出来的时候，程怀瑾仍在一旁等她。

苏芷没有看程怀瑾，径直要离开，却听见程怀瑾开口道：“跟江哲混在一起不适合你。”

她驻足，抬头望过去。

其实，他们有好几天没有见过了。程怀瑾的样子没有变，可她却觉得没有办法靠近了。

安静的走廊里，她的目光慢慢地变冷。

她其实并未听懂程怀瑾刚刚的话到底是什么意思，也不知道刚刚江哲在外面和他说了什么。然而，一股寒意从她的心里升起，也将她的话语结成锋利的冰，狠狠地、毫不犹豫地朝他反刺而去：“我觉得挺合适的。”

第九章 无法自控

W U C I X I A O M E I G U I

包厢里，已经换作刚才那个姐姐在唱歌。

苏芷推门进去，看见江哲坐在沙发上看她，像是在等她。她径直走回自己的位置上坐着，也看见程怀瑾跟着走了进来。

包厢里有几个相识的惊讶过后纷纷打了招呼，程怀瑾只简单地应了几声，就坐到了包厢的一侧。

苏芷没有往那边看，她直直地看着前面的歌曲 MV，让自己的情绪变得麻木也冷静。

江哲偏过头来低声问："二哥和你说什么了？"

苏芷没有动静，仍是僵硬地挺直着自己的身体。

江哲轻搂了一下她的肩，不想叫她这么难受。

苏芷回头看了江哲一眼。

昏暗的包厢里，江哲一眼就看到她眼睛里蓄满了泪水。

他无声地叹息，拍了拍苏芷的肩膀安慰她。

江哲声音很低："靠过来偷偷哭一会儿吧，我不叫二哥看出来。"

他的目光越过几个正在插科打诨的人影，也看见了程怀瑾投过来的目光。

江哲没有说话，只用手轻轻地抚了抚苏芷的头发，然后转过头去看歌曲的 MV。

歌曲唱了一轮又一轮。

她的眼泪也慢慢地流干。

很快，苏芷理了理头发重新坐直了身子。

江哲看她已经毫无感情的眼睛，轻轻笑了笑。

女人就是这样，能瞬间脆弱，也能瞬间冰冷。

苏芷伸手把自己刚刚没喝完的半杯果汁一口喝完，就看着前方再也没有说过话了。

一群人聚到十二点就准备散了。

苏芷在外面套了一件长及脚踝的羽绒服跟着江哲往外走。

那几个人带了司机来接，和江哲打了招呼就先撤了，剩下他们三人一起往停车场去。

江哲的司机已经在车里等着了，江哲回头看了眼程怀瑾，偏头问苏芷："我送你回去，还是你直接跟二哥走？"

苏芷还没来得及回答，就听见程怀瑾说道："她跟我走。"

他说着就解锁了一旁的车，却发现苏芷站在江哲身边一动未动。

程怀瑾回头看着她，语气此时仍然冷静："他送你也是要绕路回去。"

江哲却是无所谓地摆摆手："我不介意。"

苏芷抬头看着程怀瑾，车库里阴冷的灯光从他的头顶倾斜，高起的眉骨也带来难以看清的眼眸，像是黑夜里的大海，平静下似乎也有暗流汹涌。

窒息般的沉默，苏芷转头对着江哲说道："我可以明天再把衣服和鞋子还给你吗？"

江哲已知她的答案："当然可以，不还也可以。"

"谢谢。"苏芷点了点头，抬脚跟着程怀瑾去了。

坐上程怀瑾的副驾，她把外套脱下抱在了怀里。程怀瑾很快将车内暖气打开也加热了坐垫。

一整晚，他们第一次这样安静地坐在一起。

程怀瑾偏头看了她一眼，她把自己的头发放了下来，整个人缩着趴在窗边。

她还是不想看他。

程怀瑾眼眸微暗，不过也只是片刻，就转头发动了车子。

凌晨的街道，偶有车辆从旁开过。树木朝天空伸出庞大的枝丫，却只更添萧瑟的气息。

一路上，车厢内安静得仿佛真空。

或许有人有千言万语，却无论如何不知怎么说出口。

穿梭而过的路灯，千篇一律的路口。

苏芷麻木地看过。

很快，车子开入了程家的停车场。

感应灯光逐一亮起，程怀瑾没有停在他常停的地方，他将车顺着往前开，一直开到了停车场的最里端。

关灯，手刹拉起。苏芷伸手就去开车门，然而，干脆的一声落锁，她转头朝程怀瑾看去。男人没有说话，只抬手打开了顶灯。

程怀瑾有话要说。

苏芷看着他，一动未动。

四目相对，如今倒是变得连开口说话都觉得煎熬。

漫长的一段空白，车外，灯光灭了。

逼仄的车厢里，他们仿佛无法再后退一步。

“跟着江哲，对现在的你来说没有任何益处。”

程怀瑾终于开口：“他花天酒地是因为他有靠山有成本，不怕坐吃山空。但是你不一样，你至少应该先好好读书考大学，这才是会永远属于你的东西。”

苏芷面色沉冷地听他把话说完，也同他一般冷静地轻声道：“读书考大学，我从来没有说过会放弃。聚餐，去俱乐部我也不觉得是堕落。你从前不也会抽烟喝酒吗？我下次也去学抽烟，不知道能不能学得会。”

温热的车厢里，她字字成冰。

程怀瑾靠在扶手上的手臂变得僵硬。

“那你至少应该保证自己的安全，晚上聚会的那些人你认识几个？”

苏芷轻轻地眨了眨眼睛，开口说道：“我会注意自己的安全，在江哲的身边我觉得很安全。”

“你就这么信任他？”程怀瑾忍不住说道。

“是的，我觉得在他身边很开心。他不会推开我，不会因为我想要关心他而变成一个冰冷的恶魔。”

程怀瑾目光看去车前窗，不再看她。

他面色变得极冷，像是在竭力克制自己的脾气。

包厢里，她无视自己的画面一遍遍地在他的脑海里重现，程怀瑾无法解释，他觉得有什么东西在他的心里延开了一条裂隙。

微小而又剧烈地疼痛。

他无法挪开自己的目光，这让他觉得恐惧也茫然。

倏地，他听见苏芷的声音响起。

程怀瑾转头看去。

“程怀瑾，谢谢你这么长时间以来的照顾。”

她声音忽然过分地平和，程怀瑾却有一种被推远的惶然感。

“这次回到北川之后，没多久我就高考了，高考结束，我们之间就没有关联了。”苏芷一动不动地说着，“怕到时候忘记和你说，就今天提前说一下。谢谢是真的谢谢，我真心实意的。”

程怀瑾目光沉沉地看着她：“高考结束你就打算立刻去找江哲，是吗？”

苏芷顿了一会儿：“有可能，但是我肯定不会再回北川了。没意思，所有不好的回忆都在那里，我不喜欢那里。”

她声音像是彻底没有了感情，以彻底的麻木祈求最后的冷漠。

“就这样吧。”

“就这样吧，程怀瑾。”

苏芷看着黑暗的停车场，低低地笑了笑。

她转身就要去开车门，突然，一双大手紧紧地攥住了她的左手腕。

耳边忽地起了蜂鸣。

苏芷回首，四目相对。

程怀瑾头脑轰然。

车门已经上锁了，他却慌得什么都忘了。

以为她就这样走了。

以为她就这样永远地走了。

昏黄的顶灯下，他看见苏芷的眼眶慢慢地变红。

可是，她不再是那个只会哭着自怨自艾的小姑娘了。

她长大了。

她已经长大了。

他不该总还认为她是那个什么都不懂的孩子。

眼泪掉下，苏芷泪流满面，再也无法控制自己。

“程怀瑾，你别总把我当成小孩。”

她声音带着难以克制的哽咽，任凭眼泪泗流：“程怀瑾，我已经长大了，也可以承担你那些沉重的回忆。”

“你还记得我刚到你家的时候吗？你带我去吃甜品，你陪我看电影，你帮我补习功课，你带我去医院。我那时候敏感又自卑，觉得这世界上没有人应该对我好，所以我惶恐也常常对你发脾气，但是你却从来没有放弃过我。因此我也想对你好，也想在你伤心难过的时候，有资格安慰安慰你。”

苏芷身子不停地颤抖，却还是继续说道：“江哲说你天性使然，总是不愿意把心里的事情告诉别人。所以那天之后，我原本以为自己也拥有了可以安慰你、帮助你的资格，却没想到，换来的是你的疏远和冷漠。”

她每一下哭声都极度克制，程怀瑾却觉得那像一把把锋利的刀刃，将他的心也一刀刀地劈烂。

程怀瑾沉默了很久，随后，低声说道：“这次是我错了。”

苏芷泪眼蒙眬地看着程怀瑾，不敢相信。

“程怀瑾……”

程怀瑾深深地看着她。

此刻的她，眼眶发红，脸色惨白，微微轻颤的眼睫上面是濡湿的泪水，嘴巴因为害怕和不敢相信而慢慢张开。

殷红而饱满。

程怀瑾轻轻抿了抿嘴唇，开口道：“江哲说得没错，你不再是那个什么都不懂的小孩了。”

苏芷嘴唇轻轻地抿起，片刻，听见他沉声说道：“那天晚上，谢谢你。”

……

明亮的车库里，许久没有声响。

他们安静地坐在车子里，让彼此的情绪重新沉淀、冷静。

程怀瑾没有再开口，但是苏芷知道，这是他能说的、能做的最多的了。他那样一个从不愿意表露更多的情绪的人，这已是他能做的最大的妥协了。

苏芷抬起头，无声地看着程怀瑾。

“我只是想安慰你。”

黑暗里，她看不见他的双眼，却知道他也在看着自己。

程怀瑾缓声应道：“我知道。”

苏芷偷偷用手擦去眼眶里的泪水，低声道：“你从前帮过我很多，所以我没办法在看到你那样的时候袖手旁观。”

说话的瞬间，苏芷像是忽然明白了什么。想起她第一次接受程怀瑾的善意时，她的犹疑、惶恐与惴惴不安，也在此刻忽然明白了他那天之后疏远的态度。

他不是抗拒、厌恶她，他只是太像她。

眼眶又一次烫起来，苏芷没办法再去责怪程怀瑾，他根本对她毫无恶意。

眼泪掉下来，她声音哽咽："我不生你的气了。"

气氛变得松弛，一晚上的剑拔弩张终于在程怀瑾的退让下逐渐消弭。

"回去吧，时间不早了。"过了一会儿，程怀瑾开口道。

苏芷看着他："我还想再坐一会儿。"

"不困吗？"

"不困。"苏芷摇摇头。

"程怀瑾。"她突然又开口。

程怀瑾应了一声，垂眸看着她。

苏芷手指紧紧地手在一起，他们明明和好了，她却没来由地开始想到离别。

"我在想，高考过后我就会离开了。"她轻声问道，"我爸爸有和你说过我应该在哪天离开吗？"

"没有，你可以在你想走的时候离开。"

苏芷呼吸变得缓慢，她低声问道："我可以住到六月十六再离开吗？"

程怀瑾沉默地看了她一会儿，开口道："可以。"

"你不问我为什么吗？"

"那天是你生日。"他说。

苏芷鼻子发酸，他知道她的生日。

"你会来陪我过生日吗？"

"会。"

"真的吗？"她忍不住又问。

"真的。"

知道程怀瑾从来不会骗自己，可还是要这样反复地确认。

可她也不知道为什么，这天晚上好像在坐过山车。

他的退让、他的承诺，都叫她觉得不敢相信。

是不是她回到卧室，睡一觉，醒来的时候就又一切都不作数。

不要说几个月了，她甚至连此时此刻都觉得程怀瑾会立马改变心意。

一种巨大的悲哀从她的心底升起。

觉得此刻他的话语像镜花水月，她不敢去深究，害怕探手，就摸到刺骨的水。

凌晨的时候，两人才回去，一前一后，步入庭院。

各自走回了各自的卧室。

苏芷睡前收到了程怀瑾的一条消息，问她明天下午有没有空，他可以带她去摘草莓。

隐隐约约的补偿意味。

苏芷窝在被子里，嘴角扬起给他回去消息：叫江哲吗?

消息过去好久，程怀瑾都没再回复。

苏芷赶紧不再逗他：就我和你。

程怀瑾：嗯，下午两点。

程怀瑾：早点睡。

苏芷认真打字：程怀瑾，你也早点睡，晚安。

程怀瑾：晚安。

她看着屏幕上的两个字，忍不住又翻来覆去。

苏芷第二天起来的时候，收到了程怀瑾的一条消息。

程怀瑾：今天忽然有急事，下午应该赶不回来了。下次有空再带你去。

苏芷看了一眼时间，竟是早上七点。她不知道是什么样的事情，但是也能察觉到隐隐的事态紧急，不然他不会这么早就给她发来消息。

她回了“好”，还让程怀瑾不用着急，什么时候带她去都可以。

苏芷在房间里慢慢地洗漱，随后去餐厅吃午饭。

她起来的时候已经是十一点，早已错过了早餐时间。

走到餐厅的时候，阿姨正在摆放饭菜。

苏芷打了声招呼，阿姨却好像愣神一般没听见，直到苏芷坐到餐桌旁，她才像是被吓到般地“哎哟”了一声。

阿姨立马道歉：“抱歉抱歉，我刚刚想事情走神了。”

苏芷笑了一下：“没关系。”她拿过桌上的温水来喝，随口问，“程怀瑾早上出门吃早饭了吗？”

阿姨一边上菜一边回道：“程先生没吃，他走得匆忙。”

“这么着急的吗？”

阿姨抿了抿嘴唇，只说道：“好像是的。”她说完就转过身子又去厨房。

苏芷把手机放在桌面上，几分犹疑，不知道是否应该发个消息问问他出什么事了，可是手指搭上去的片刻，又收了回来。

他不是个喜欢频繁看手机的人，发了消息或许也只是打扰他。

不如等他晚上回来再问。

苏芷关了手机就开始吃饭，她昨天折腾了一晚上，现在早已是饥肠辘辘。

吃饭的间隙，江哲来了电话。

苏芷开了免提，边吃饭边和他说话。

江哲："你们俩怎么样了？"

苏芷一听，立马心虚般地关了免提把手机贴到了耳侧。

"什么怎么样了？"

她装傻。

"这语气听起来不哭也不闹了，看来是和好了。"江哲笑道。

"我才不跟他和好。"苏芷嘴上说着，却已带了笑意。

江哲也不揭穿她，忽然说道："今天想不想出门？"

"什么？"

"天天待在家里不会闷吗？"

"我们昨天不是刚出去过吗？"苏芷有些奇怪。

江哲也顿了几秒，又说道："我一个人在公寓里有点无聊，要不你来陪我打打牌吧。"

苏芷觉得哪里有点奇怪，却又实在说不上。

但今天的确是无事，她便说了好。

江哲像是松了一口气般："还有五分钟到你家门口，换换衣服就出来吧。"

苏芷有些错愕，愣了半秒："那我马上出来。"

她正好也吃得差不多了，就回了卧室去换衣服，穿戴好帽子和手套就往外面去。

今天天气格外晴朗，阳光照在人的身上也很是舒适。

苏芷眯了眯眼睛抬头看了会儿天，就朝长廊走去。

然而这几日已经清静下来的庭院，今天却不知为何多了许多来往的人。

大门完全地敞开着，外面停了不少黑色的轿车。

一个行色匆忙的人朝苏芷的方向走来，苏芷认出来是东边的做饭阿姨。

她有些好奇地叫住阿姨："今天来客人了吗，这么多人？"

阿姨目光紧张地回看了一眼后面，正要开口，却听见有人在喊：

“苏芷。”

苏芷转头，原来是江哲进了院子。

“出来吧，路边不好停车。”

苏芷立马应了一声，那阿姨见状也赶紧走了。

江哲带着苏芷直接走出了大门，苏芷这才发现外面的车比她刚刚看到的更多，不停地有人从家里出来，也不停地有人进去。

江哲径直把她带上了车。

苏芷一边摘着帽子和手套，一边转头说道：“今天家里来了好多人，程怀瑾好像也很忙，一大早就出门了。”

江哲淡淡地“嗯”了一声。

“你认识这些人吗？”苏芷从后视镜看着越来越远的门口，“不过好奇怪，怎么都很严肃的样子。”

江哲很是随意地说：“应该是客人吧，我也不太认识。”

苏芷“哦”了一声。

江哲问：“昨晚你们怎么样了？”

他忽然把话题转回到她身上。

苏芷顷刻脸红，声音也黏腻：“就，不吵架了。”

“就不吵架了？”江哲笑了笑，“我看你蛮高兴的。”

“哪有？”苏芷忍不住嘴角上扬。

江哲瞥了她一眼，也笑。

“连我都瞒，行。”

“我没有瞒你，”苏芷连忙说道，可声音也变小，“到你家我再和你说吧。”

半晌，她忽然想起什么似的：“我给程怀瑾发个消息，告诉他我去你公寓了。”

江哲眨了眨眼睛：“发吧。”

苏芷低着头，很快把消息发了过去。

等了一会儿，他没回信，她也就把手机收了。

不一会儿的车程，江哲就和苏芷到了公寓。

“你先坐会儿，干什么都行。”

苏芷应了一声。

江哲最后看了她一眼，朝洗手间走去。

房门关上，他拨通了电话。

响了有一会儿，那边接了。

风声不小，听不太清。

“你接到她了？”

江哲回道：“接到了，你那边怎么样了？”

“不太好。”

“程怀岭呢？”

电话里，那声音越发破碎，断断续续，像是站在风口。

“他已经被带走了。”

程怀瑾挂了电话，看见苏芷发来的消息。

他回道：在江哲那边玩一会儿，晚上叫他送你回去。

几乎是下一秒，苏芷的消息就回来：你还在忙吗？

程怀瑾：是。

苏芷：那你先忙，不用再回我啦。

他几乎能想象苏芷的语气，就像昨天晚上她后来的妥协。

也让他觉得心口发涩。

程怀瑾便也不再回复，他把手机收进了口袋，重新走进了身后的屋子。

空旷的厂房，到处飘浮着沉积已久的灰尘。干冷的冬日里，更觉得萧瑟。

两个负责人在一旁的柜子里不停地翻找，一听到程怀瑾进来的脚步声更是冷汗直流。

“程……程先生，这些资料我们太久没来整理过了，可……可能还需要一些时间。”

程怀瑾脸色变得沉冷，直接问道：“连对接的生产商的合同和资料都这么敷衍了事，还是说其实根本就没有？”

其中一个负责人几欲哭出来：“我们当时也没想到会出事，这些东西本来就是走个流程，上面也是知道的。那时候对接的时候也是没人想到……”

“没想到会出事故，没想到会遭到调查是吗？”程怀瑾声音像淬了冰，“看来你们还没意识到事情的严重性，那我现在可以告诉你，程怀岭已经被带走了。”

话音刚落，那两个负责人就满脸煞白，再也说不出一句话。

程怀岭年前牵头接了一个项目，原本是个公益性质并不赚钱的事，然而程怀岭哪里是做慈善的人，不过是为了从中获取名声。

谁知道问题就出在这上面，有人也盯上了这个项目，暗中和程怀岭较劲儿。

程怀岭当时牵头找了另一家大企业做担保，却差点被人构陷说与该企业的邵家有不正当的往来。

邵家随即就撤了所有的资金撇清关系，程怀岭这个项目变得岌岌可危。

实在没办法，程怀瑾年前那段时间才频繁地往来于京市和北川。

陈家也是看在程怀瑾的面子上，最后出手帮了一把却也是怨言满满，觉得脏了自己的手。

最终程怀岭的确顺利地拿下了这个项目，只是程怀瑾临回北川时，告诫他大哥低调一段时间，不要在这个风口浪尖上再生风波。

可是程怀岭哪里是愿意忍气吞声的人，这一次对手没把他弄死，他便越发猖狂，还夸下海口，一副要狠狠打对手脸的样子。

于是刚刚过年那会儿，工地就被人举报施工不规范，停工了一阵子。程怀岭私下里没少被嘲讽。他不顾程怀瑾的警告，这段时间又强行让人重新开工，谁知道那么不巧，工地昨天凌晨出现意外，整幢未完成的建筑倾斜坍塌了。

还好是深夜没人，就没有任何人员伤亡。

然而，对手像是早有准备，立马就收集了大量的证据。

几乎是事故发生的同时，便将举报的证据提交了上去。程怀岭与开发商、供应商私下勾结，克扣建筑财款，中饱私囊。

证据就是工地上的劣质建筑材料，对手连夜取了证。

数额巨大，一旦被判罪，后果难以想象。

事发突然，程家还没来得及有所反应，今天早上五点多，就有人直接把程怀岭带走了。

程远东和程怀瑾一早上就去了陈家，然而陈家听了事情经过后严词拒绝了程远东的提议。

外婆年纪虽然已经大了，但话语仍然锐利。

“我以前就看不上你程远东，还好怀瑾从小是我管着长大的，不像程怀岭，被你教成和你一模一样。现在出了事，你这个做父亲的难辞其咎！

“你说这次程怀岭是被污蔑的，那你怕什么，顶多关几天最后总能出来，也当作给他个教训。你不信法律偏要来找我，在我看来，你其实是不信程怀岭根本没做错！”

外婆字字戳中程远东的心肺，坚决不肯碰这件事。

程远东虽气极，却也无可奈何，最后只能让程怀瑾先去工地上看看能不能找到什么有用的东西，自己一个人去了江家。

而那工地其实早就已经被人紧密地围住，这一次从上而下的调查根本不是他们可以随意动手操作的。程怀瑾也只是依着之前帮忙处理程怀岭一些事物的过程中，找到了这处还没被查封的厂房，试图寻找一些当时与开发商签订的合同。

然而一整个上午过去仍然一无所获。

程怀岭当时的得意忘形与粗心大意，如今也这样反噬到他自己的头上。

外婆说得没错，和程远东当年几乎一模一样。

程怀瑾站在阴冷的厂房外，觉得浑身冰冷。

忽然，一阵手机铃声响起。

他点开，看见是江妍月。

程怀瑾目光暗了片刻，接起电话。

“有事吗？”

“二哥，我知道大哥的事了。”江妍月声音很是担忧，却也尽量平缓不让他感到烦躁，“程叔叔已经和我爸爸在商量怎么办了，你也别太着急。那边如果没有线索的话你就先来我家，他们正在商量呢。”

“我知道了。”程怀瑾声音很是冷淡。

“二哥，要不我去陪着你吧？我觉得你状态好像不是很好，我听程叔叔说你在城北的工地，我一会儿叫司机送我过去。”

“不用了。”程怀瑾直接拒绝，“这里什么都查不出来，你不用过来了。”他说完就挂断了电话。

一阵北风从他的身后吹起，他手指紧紧地握住电话。

荒凉的工地上到处是已经停工的机器，天色明明还亮着，程怀瑾却有一种慢慢发暗的错觉。

像是一道他无法拒绝的阴影，慢慢地，朝他的头顶拢来。

所有掩盖其下的生物都将无法幸免，他沉默地抬头看了会儿天，片刻，抬脚朝一旁的停车场去了。

程远东从前告诫过程怀岭不要急功近利，也否定过和江家联姻这条路。

如今程怀岭被人带走，陈家不肯插手，联姻成了程远东最后的救命稻草。

程怀瑾下午到达江家的时候，程远东俨然一副已经解决问题的模样，他招手让程怀瑾和江妍月先去外面坐会儿。

然而程怀瑾却一定要单独和程远东在院子里说几句。

程远东有些不耐烦，却也没办法只能跟了出去。

程怀瑾关上院子的门，沉声说道："如果大哥是清白的，那我们就没必要靠江家的力量，只要积极配合调查继续查找证据就可以。"

程远东不满地蹙眉看着他："现在和江家联手就是最好的时候，难道你要看着你大哥和我当年一样白白被人构陷，然后浪费这么多年时间吗？"

程怀瑾冷静地说："我不是这个意思，只是当年不比现在，当年很多事情说不清楚也找不到证据，但是现在我们只要积极配合，确定大哥无罪就行。放出来是迟早的事情，实在没必要和江家——"

"程怀瑾，"程远东低声叫他住嘴，"你以为对面是没有准备的吗？找证据找证据，他们也有证据！但是今年年底那位置就要开始选人，你大哥要是错过了又要等几年！"

"不会的，"程怀瑾坚持道，"只要我们积极去找证据，根本不会那么久的——"

"程怀瑾！"

程远东忍不住大声呵斥，继而又压低声音道："你从前一直也没反对过联姻，只不过是不想和江家捆绑，我也就没催你。你现在是什么意思？我看你是已经忘了你是程家人了，是吗？你不要以为我不知道你在想什么？"

程远东的声音像一记警钟重重地敲在程怀瑾的耳畔。

他面色骤然变得惨白。

"你娶了江妍月，你在外面怎么样我都不会管你。"程远东双眸阴冷地看着程怀瑾，沉声道，"你是我儿子，你以为我看不出来？我只是不说但不代表我不知道！现在好了，程家需要你的时候，你给我来这套。"

程远东冷冷地笑了两声："程怀瑾，做人要有良心。你是我儿子，当年的事情我不怪你。但是你大哥那时因为背景原因活活耽误了这么多年，这次他出事，我绝不允许这种情况再发生！"

程远东说完就拂袖走进了书房，院门"哐"一声巨响，也将这段争吵彻底地掐断。

天色昏暗的院子里，只有程怀瑾一个人站着。

他久久都没有说话。

从头到脚地冷。

像是有无声的冰凌从心脏向外蔓延。

程怀瑾远远地看着院子里的一盏夜灯，也想起了昨天晚上。

那些燃烧过的、滚烫的东西，如今也变成了一片片一捏就碎的灰烬，随着寒风，从他的心里慢慢剥落。

“二哥。”

忽然，江妍月的声音响起。

程怀瑾沉默地看过去。

“别和程叔叔吵架了，大哥那边来消息了。”

程怀瑾缓声问道：“说什么？”

江妍月伸手推着他往家里走：“那边说可以见人了，程叔叔已经先去了，叫我们回家去拿份文件也跟着。”

程怀瑾应道：“好，我去拿。”

“我和你一起。”

苏芷在江哲家待到了晚上七点多，晚饭时两人边吃边看完了一部电影。

其实，并不认真，大部分时候他们俩在有一搭没一搭地聊天。苏芷和江哲说了他们昨晚在车里发生的事情。

江哲想开口说些什么，却被苏芷按了回去。

“不要评价，好吗？”

江哲看了她一眼，只摸了摸她的头发。

大约八点的时候江哲把苏芷送回了程家。院子里不知为何有种更加冷清的感觉，苏芷一下车就觉得头皮发麻。

早上那拨人已经不见了，只有开门的叔叔和她打了声招呼。

苏芷朝江哲摆了摆手就往西边去了，问了阿姨，程怀瑾还没回来。

她刚准备回房间，却听到了外面大门被打开的声音。一种强烈的预感，她嘴角忍不住地上扬，已经轻快地朝外面跑了去。

果不其然，庭院的门又开了。

隔着宽阔的院子，光线并不明朗，苏芷却一眼看到了抬脚进来的程怀瑾。

他穿着一件挺阔的烟灰色大衣，此时敞开着，有股清冷的寒气。

“程怀瑾！”她站在长廊上轻声叫道，立马要朝他那里去，却也看到他身后一同走进来的江妍月，脚步忽地止住了。

江妍月也看到了苏芷，她微微点头算是打招呼，然后走到程怀瑾的身边说道："二哥别敞着衣服，小心着凉。"

程怀瑾却没看她，只低声说道："等我一会儿。"随后就大步走到了苏芷的面前。

"刚回来？"他低头看着苏芷。

苏芷目光看向在不远处等待的江妍月，又看着程怀瑾："你今天没带我去摘草莓，就是在忙这件事吗？"

程怀瑾刚要开口，苏芷就笑着冷冷地说："你去和她忙吧，我没事。"她说着就转身朝屋子里跑去。

"二哥，时间不早了。"

不远处，江妍月的声音恰到好处地响起。程怀瑾右手轻握了一下，片刻，转身和她一起朝东边去了。

站在长廊拐角处的苏芷沉默地收回了视线，一个人慢慢地走回了卧室。

在十点多的时候，程怀瑾来了一通电话。

但是他只解释是有正事，不是因为江妍月才放她鸽子，却没告诉苏芷到底发生了什么事，以及江妍月为什么会在他身边。

苏芷只问他为什么江妍月可以知道，她却不能知道。

程怀瑾无言以对。

"好，你忙吧。"她语气里有明显的气愤。

苏芷最后说完这句话就直接挂断了电话，然而，伤心也很快漫上心头。

她感到了一种巨大的排斥感。

她知道自己不该这样想，但是她控制不了。

她被程怀瑾排除在外，这个想法让她觉得痛苦。

一晚上睡得浑浑噩噩，早上起来的时候才发现手机里有一条程怀瑾发来的消息。

三个小时前发来的，他问她醒了没有。

苏芷几分出神地盯着这条消息看了小一会儿，没有回复。

洗漱完之后朝餐厅走去，阿姨正在准备早餐，一看见她出来就说："程先生早上回来了一趟。"

苏芷默默地在餐桌边坐下，抿了抿嘴唇："他是昨晚都没回来吗？"

阿姨端着热牛奶过来："没，就早上六点多匆匆忙忙回来了一趟，在家坐了十分钟就走了。”

“什么都没干？”

阿姨忽然想起什么似的：“哎哟，我给忘了！程先生回来的时候放了一盒水果在冰箱，叫我等你起来后告诉你的。”

她说着就去开了冰箱。

一个很大的红色纸盒。

一打开，里面是一个个鲜红饱满的大粒草莓。

苏芷看到的瞬间，鼻头倏地就酸了。

“他是早上几点回来的？”

她声音有些哽咽地去问阿姨。

“六点多。”阿姨看着这盒子的标签，“这是北边那个草莓园买的啊，还挺远的。”

苏芷眼眶也发红，她看见纸盒的一边贴了一张浅黄色的便笺。

是熟悉的程怀瑾的字迹。

她伸手揭下来看，上面只写了一行小字：

“小芷，吃草莓。”

第十章 烟花燃尽

W U C I X I A O M E I G U I

苏芷没有动那盒草莓，又重新放回了冰箱。

但是那张浅黄色的便笺被她拿走，贴在了她同样珍藏的那张白纸的下半部分，像是竭力寻求的关于程怀瑾关心她的证据。

吃完早饭之后，苏芷把自己的作业收拾了一下。她寒假作业已经全部做完，按照原本的计划，过两天他们就要回北川了。

她在卧室里看了会儿电视，忽然听到外面有动静。

苏芷以为是程怀瑾回来了，连忙趿上拖鞋往外去，可是门一打开，却看见了五六个穿着黑色制服的人站在门口。

阿姨也吓得站在客厅里不敢说话。

外面的人看见门口的苏芷，指指她，让她出来。

为首的是个高瘦的男人，面相冷硬，手里提着一张纸。

“搜查令，看下没问题的话就到门口等着。”

苏芷根本没有反应过来，阿姨连忙过去把她拉出来。

“我们先出来。”

阿姨拉着苏芷站在门口，大门敞开着。

寒气直接扑上苏芷的身子，她只穿着短袖短裤。

那几个男人随后就进入屋子，苏芷这才发现他们的穿着像极了昨天看到的那些人。

“阿姨，他们——”

“他们昨天刚刚搜过东边，”阿姨声音不自觉地发抖，“怎么西边也突然要搜了啊。”

苏芷太阳穴没来由地突突跳起，她这才意识到程家或许是真的遇上麻烦事了。

“阿姨，这到底发生什么了？为什么昨天搜东边，程怀瑾昨天是不是因为这件事情在忙？”

阿姨还是有些支吾地看着苏芷。

“阿姨，已经这种时候了，我还能什么都不知道吗？”苏芷忍不住提高声音。

阿姨眉头紧紧皱着，像是真的无可奈何了。

“程先生不让我告诉你的，但是现在这……这我也没办法瞒住了。东边的程先生，程怀岭，昨天早上就被带走了。”

苏芷心下发慌：“什么？”

“具体的我也不清楚，反正是出事了，昨天才有那么多人往东边去的。”阿姨止不住地抖，“西边原本不是程怀岭的住处，也不常住人，不知道今天怎么忽然又杀回来了。”

客厅里，那几个穿着黑色制服的男人在各个房间里穿梭。

苏芷身体发麻，不知是不是这冷风的缘故。

忽然，一声“苏芷”从她的身后响起。

苏芷猛地回头，看见了大步朝她走来的程怀瑾。

她身体不受控制地立马朝外面跑去。

程怀瑾不动声色地把她带着往里走，屋里的人显然认识程怀瑾。

“让她回去穿件衣服，天气太冷。”程怀瑾沉声说道。

为首的男人犹疑了一下，叫了个女性进去陪着。

苏芷这才得以回到卧室穿上外套。

走到客厅的时候，阿姨已经先离开，那些人还在一点点地从程怀瑾的卧室往外搬东西。苏芷紧紧地站在程怀瑾的身后没有说话。

一直持续了半个多小时，这些人终于把所有要用的东西都搬了出去。

“程先生，谢谢你的配合，之后有需要我们会再联系你的。”为首的男人最后和程怀瑾打了声招呼，就带着人走了。

大门合上，客厅里只剩下苏芷和程怀瑾。

“程怀瑾，怎么回事？”

她抬起头满脸焦急地看着他。

程怀瑾伸手抚了抚她的头发，只说道："先去看看你的东西有没有少？"

苏芷点了点头，立马回了卧室。

抽屉里，程怀瑾给她写的纸张没有被拿走，除了东西被翻得乱了些，他们并没有拿走她的任何东西。

苏芷走出来，程怀瑾还站在客厅里。

"你要去看看你的卧室少了什么东西吗？"

"不了。"

程怀瑾低声道。

苏芷无声地看着他，不一会儿，眼眶里蓄起薄薄的泪水。

程怀瑾极轻地叹了一口气，问道："怎么哭了？"

苏芷哽咽了一下："你怎么跑那么远去给我买草莓？"

"昨天的事情对不起，我实在是走不开。"

"我不怪你了。"苏芷小声说道，她眼睛红红的，眼泪又要流。

程怀瑾抬手把她眼泪细细地擦掉："不哭了，回去收拾一下东西，现在回北川了。"

"我们现在就走吗？"

程怀瑾顿了一下："司机先送你回去，我现在还不能走。"

"为什么？"

"我这里还有很多事情要做，走不开。"程怀瑾的声音变得有些严肃，"我已经叫李阿姨提前回来了，你回家之后她会照顾你的。"

"那你呢？你什么时候回北川？"

程怀瑾嘴唇抿了抿："我没办法给出具体日期。"

苏芷两只手紧紧地拉住程怀瑾的袖子，祈求般道："我就每天在这里写作业，不给你发消息也不给你打电话，不和你生气。我等几天再回北川好吗？"

程怀瑾低头看着她不肯撒手的模样，半晌，却还是将她拉开。

苏芷心下发冷。

程怀瑾又去拿她脱下的外套给她穿上："衣服穿好，把东西收一收，一会儿司机下午来接你回北川。"

他语气里俨然是不肯再变的意思。

苏芷身子僵硬地任凭他帮自己穿上外套。

程怀瑾微微低头，帮她把拉链也拉上，手指行至领口，也被苏芷一把抓住，不肯妥协地、耍赖一般地缓慢说道："刚刚到现在，我什么都没有问，你为什么就不能让我待在这里。"

"程怀瑾，"她又心疼又害怕，眼眶止不住地湿，"我不想把你一个人丢在这里。"

她双眼润着盈盈的泪水从下往上看着程怀瑾，握住他的手也冰冷得不像话。

程怀瑾浑身僵硬，像是要克制住某些难以言明的情绪。

他沉默了很长一会儿，把自己的手抽了出来。

"小芷，你在这里我会分心。"

他第一次开口叫她"小芷"，却是叫她走。

一种撕裂的错觉，像是一半走在天堂里，一半燃烧在地狱里。

苏芷手指慢慢地变冷，声音也失去了温度。

"其实，你没真的把我也当作可以依靠的人。"她喃喃说道。

他身边的所有人都可以知道这个消息，但是苏芷不可以。

就连江妍月都可以为了这件事情跟在他后面奔波，但是苏芷不可以。

他天然地保护她。

何尝不也是天然地排斥她。

把她隔绝在一个完整的程怀瑾之外。

这不是苏芷想要的。

她要程怀瑾有需要的时候，她也能时时刻刻陪在他身边。

就像那天晚上，他需要她的手。

她就能安静地陪在他身边。

而不是灾难来了，就让她一个人躲得远远的。

程怀瑾："不是依靠不依靠的问题，这次不是你能帮得上的事情，留在这里没有必要也不安全。"

苏芷沉默了许久，似是做最后的挣扎："程怀瑾，你想保护我，我也想保护你。"

安静的客厅里，空气缓慢地流动。

有些窒息般地难挨。

程怀瑾看着她因失望而慢慢暗下去的目光，沉声说道："我们没这种绑定的关系，你也不需要负起这部分的责任。"

是了。

他们本来就没有什么特别的关系。苏芷麻木地往后退了两步，随即转身朝卧室去了。

“我回北川。”

接苏芷回北川的是时常送她上学的司机，程怀瑾帮她把箱子送到车上，又站在车边和司机交代了两句。

司机一一应下，就上了车。

苏芷坐上车就闭上了眼睛，车子启动片刻，她偷偷地朝后看去。

程怀瑾很高，萧瑟的北风里，他衣角被微微地吹起。

面对着她离开的方向。

明明那样挺阔的肩膀，竟也生出了几分难言的单薄之感。

苏芷又重新地闭上双眼。

温热的车厢里，她眼泪却是那样冰冷。

回到北川后，苏芷和程怀瑾彻底少了联系。

她不知道程家的事情怎么样了，更不知道程怀瑾怎么样了。

程怀瑾给她打过几个电话，她只说要复习功课。程怀瑾也没说什么，只叫她如果有事就给他打电话。

她每次都应，但从未给他打过电话。

距离开学还有两天的时候，北川忽然亮起了暴雪红色预警。

之前一直断断续续地下雪，没想到这天下午的时候天空忽然开始大密度地降雪。

手机里推送了好几次暴雪警报，小区里的保安也挨家挨户地上门提醒。

“送来了好多照明设备。”李阿姨刚和保安在门口说完话，然后拎着一袋东西进来。

苏芷正在餐厅吃晚饭，李阿姨把袋子放在餐桌上。

“说是害怕停水停电什么的。”

“为什么会停水停电？”苏芷打开袋子，里面是不少手电筒和蜡烛。

“前段时间在修地下管道，还没完工忽然又开始下大雪，施工不方便只能先临时掩着。”阿姨说道，“也没说一定停，就是做个防备，总比没有的好。”

苏芷点了点头去看窗外，不过一个下午的时间，院子里已经是白雪一片，厚厚的一层，盖住了好几层台阶。

天色比平常要更早地就暗了，天空压得低低的，像是暴风雪的前兆。

一切都很压抑。

苏芷转回目光，又去喝汤。

她下午睡了好长一觉，现在还迷迷糊糊。

吃饭也吃得走神，不知道在想什么。

吃了一会儿苏芷正要放下勺子，忽然一阵清脆的手机铃声响起。

“我儿子。”李阿姨不好意思地说道，然后走到了厨房接电话。

苏芷又继续喝汤，谁知道李阿姨过了一会儿急急忙忙地出来。

“苏小姐，我儿子刚刚在外面骑车摔断了腿，我，我……”李阿姨急得话都说不清楚。

苏芷会意：“他现在人在医院了吗？你要去看他是吗？”

李阿姨手臂哆哆嗦嗦：“是，是的，苏小姐，我就想问问我能不能——”

“你快去吧。”苏芷站起身子把她往外面推，“我一个人在家没事的，你要我给司机打个电话来送你吗？”

“不用不用。”李阿姨几欲哭出来，她连忙把围裙脱下来放到厨房，一边往门外走，“苏小姐我真是对不起你，这大雪天的把你一个人放在家里。”

“我没事的，本来我也哪儿都不去。”苏芷想了下，转身又去房里拿自己的手机，“我打电话给司机吧，外面这么大雪你也不好打车。”

李阿姨着急得说不出其他话，只能一个劲儿地说谢谢。

苏芷手机电已不多，她赶紧打了个电话给司机请他来把李阿姨带到医院去，一来二去折腾下来，李阿姨走的时候已经接近晚上九点了。

外面完全黑了，积雪已经看不清堆到了多高，只有路灯下仍能看见持续不断的、密密麻麻的飘雪。

苏芷把手机放到了一边，防止一会儿真的停水停电，她得先去洗澡。

快速地洗完之后，她穿了条吊带睡裙就出来，头发吹到半干。

她赤脚走在地毯上，想要去给手机充电。

谁知道刚插上插头，房间里的灯忽然全都灭了。

她站在床边一动未动。

片刻，苏芷意识到停电了，赶紧把手机屏幕按亮，循着一点光朝餐厅走去。

袋子里的蜡烛和手电筒很快都被苏芷拿了出来，她打开手中的一个手电筒，立马一束极强的光束射出，将整个餐厅照亮。

苏芷手里握着手电筒，有些出神地看着窗外。

屋内昏暗的缘故，外面显得更亮了。原本还看不清晰的飘雪，此刻竟然像是书里写的那般，洋洋洒洒地落下来。

家里好安静。

这间屋子里，就只有她一个人。

苏芷站在餐厅里看了一会儿，随即小步去拿了盒火柴。

她点了一根蜡烛放在餐桌上，然后关了手电筒。

很小的一片光影，晃晃荡荡的，只堪堪能将她拢入。她双手抱住膝盖坐在椅子上，身子微微地侧靠着椅背。

虽然停电了，但家里其实并不冷。没来由地，她想在这里坐一会儿。从餐厅可以看见整个后院，往日的花已经寻不见了，只有泛着天光的白雪和飘飘摇摇的鹅毛。

一切都安静极了，像是陷入某种幻境。

苏芷在这里坐了很久，中途手机彻底没电关机了，后来来电了。

暖气重新运行，她赤着脚把家里的灯都关了。

蜡烛燃到一半，她决定燃完再去睡觉。

大雪还在继续，她目光看着窗外。

一旁的蜡烛慢慢燃入了终章，火焰开始不规律地跳动。

苏芷目光瞥过去的一瞬，忽然听见了有人开门的声音。

一瞬间，她头皮发麻，身子像是被钉在椅子上一般一动未动。

然而，下一秒，她就听到了一个她许久没有听到的声音。

“苏芷。”

是程怀瑾。

他很少来她这里。

苏芷心跳无法控制地开始加速，她强迫着自己保持背对着餐厅门口的姿势，不肯回应他。

程怀瑾脚步匆匆，很快就找到了餐厅。

极其昏暗的环境里，只有一根快要燃尽的蜡烛在跳动着微弱的烛光。窗帘大开着，昏黄的路灯氤氲地从外照入，像是一张安静的油画。

她一个人抱膝坐在椅子上，头发柔软地披在肩头。

一动不动。

程怀瑾站在门口，久久没有说话。

半晌，他才问："还没来电吗？"

他说着就要去开餐厅的灯。

"别开。"苏芷忽然回头制止他。

程怀瑾的手停在半空。

安静的一刹。

四目相对。

他只穿着一件单薄的白色衬衫，灯光并不明朗，她其实看不清他的脸色。然而，一种没来由的错觉，叫她觉得他竟像是疲惫至极，清寒的冷气从他的身周慢慢扩散，也沉淀到看不见的黑暗里。

程怀瑾的手慢慢地放下了，问她："手机没电了吗？"

苏芷声音很淡："没电了。你给我打电话了吗？"

"很多个。"

苏芷沉默，只问道："有事吗？"

"暴雪警报和停水停电的消息发到我那里，阿姨说你一个人在家，你电话却不接。"他语气仍然平缓，苏芷却听出了克制的怒意。

像是故意要和他对着干，她也把他曾经说过的话拿出来："我们又不是什么绑定的关系，你不需要负起这部分的责任。"

程怀瑾只沉默地看着她，忽然往后退了两步就要往外走。

苏芷脱口而出："你又要走了吗？"

程怀瑾止步，转头看她："车里还有东西没拿。"

"你一个人开车回来的吗？"

"是。"

苏芷心脏剧烈地开始疼痛，她想起江哲和她说过：

——"他母亲是暴雪天出车祸的。"

——"他开车最是谨慎，尤其是下雪天。"

"你开车回来干吗？"苏芷声音已经有些难以压抑的情绪。

程怀瑾看着她，缓声说道："给你送草莓，上次不是一个都没吃吗？"

"冒这么大雪，就为了给我送草莓吗？"她眼眶缓慢发胀。

"是。"程怀瑾又肯定。

苏芷眼前慢慢地模糊，因他毫不犹豫地肯定，也叫她心里慢慢地溃堤。

"那你去给我洗。"

程怀瑾沉默地看了她一会儿，忽然沉声说道：“出门的时候太急，我其实忘记拿了。”

苏芷嘴唇抿起，明明想笑却直直地掉了两滴眼泪下来，声音也染了水汽：“就这么急吗？”

“是。”

他今晚完全缓和的态度，叫苏芷无论如何都无法再与他继续置气。

她最后只小声说道：“我又没叫你过来。”

“是我自己要过来的。”

苏芷眼泪又要掉，赶紧制止他：“你不要再说了。”

“那还生气吗？”

“和你生气没意义。”她嘴硬。

程怀瑾目光松动了片刻，点了点头，转身往外走。

苏芷紧张，又问：“你要去干吗？”

片刻，程怀瑾走回餐厅，他手里拎着一个红色的盒子，语气很淡：“给你洗草莓。”

苏芷第一次看见程怀瑾进厨房。

他把那盒草莓打开，里面和他上次买给她的一模一样。

一个个鲜红精致的大草莓被白色泡沫纸仔细地包裹。

苏芷赤脚走到他身后，看见他把袖子整齐地挽在小臂上。

水流顺着他的手指持续下流。

程怀瑾洗了一盘草莓放在客厅，她走到他身边，还是习惯性地坐在地毯上。

客厅的灯都开了，程怀瑾坐在一旁给自己倒了一杯水。

苏芷朝上看过去，他眉眼里有很淡的疲倦感，目光微微地下落，像是在想事情。

又像是失神。

“你要吃吗？”她轻声开口，拿了一颗草莓递到程怀瑾面前。

程怀瑾目光看过来，片刻凝视后，淡声道：“你吃吧，我不饿。”

他的语气一如既往地平和，苏芷心里隐隐抽痛，不知道为什么。

“哦。”她应了一声，去吃那草莓，鲜软的，也带着浓郁的甜意。

她伏坐在程怀瑾的腿边，吃完一个后将下颌轻轻支在他的膝盖上，仰头看他。

“好甜。”

刚刚哭过的眼眶微微地弯起，嘴唇也因为草莓的缘故而变得湿润。冷白的灯光下，她身上的一切色彩都极为柔和。

白皙的手臂，浅黄色的裙子，像是点缀极为克制的瓷器，干净得让人忍不住多看。

此时，她脸颊轻轻地贴在他有些清冷的西裤上，安静地看着他。

“晚上开了多久才到家的？”苏芷双手也随后伏上他膝头，轻声问道。

“四个多小时。”

“下次不要在这种天气开车了，太危险。”

程怀瑾垂眸看着她，微微上扬的眼角此刻过分乖巧，像是一只温驯过头的猫咪。

她整个身子都靠在他的膝间，是完全的、毫无保留的依靠姿态。

“嗯。”他淡声应道。

苏芷也不再说话，那么长时间的冷战后，他们第一次这样平和地坐下来。

她只仰着头一直看着程怀瑾，眼睛笑眯眯的。

程怀瑾也安静了一会儿，开口道：“时间不早了，你去睡觉吧，我也回我那边。”

“你明天要回京市，是吗？”苏芷忽然开口问道。

“是。”他没有犹豫。

“这么大的雪……”

“顶多留到中午，暴雪警报今晚就解除了。”

苏芷有些失望地“哦”了一声，她仰起的脸颊垂下，目光回落到他的衬衫上。

黑色的头发柔软地卧在她的肩头，也滑落一些在他的膝盖上。

“最近还是很忙吗？”她开口问。

“嗯。”

“哦，”苏芷轻轻应了一声，“我马上就开学了。”

程怀瑾仍只是“嗯。”

她嘴唇抿起。

这样缓慢的、随意的谈话，像是从前很寻常的一天。他和她在家中吃着晚饭，随意说些今天发生的事情。

如此凛冽的雪夜里，她心中有温暖的潮水涌过。

却忽然听见程怀瑾沉声说道：“苏芷，我有话和你说。”

没来由地，一阵悚然。

苏芷坐直身子去看他，却见他前所未有的认真，一双沉冷的眼眸无声地看向自己。

那春水退了，寒冷铺天盖地。

苏芷双手冰冷地贴在小腿上，片刻，终于等到程怀瑾再次开口：

“你从前觉得我把你当成小孩，什么事情都不告诉你，所以今天有些事情我觉得我应该告诉你。”

不祥的预感在此刻成真，除夕那天晚上她听到的事情在这一秒重新变得清晰。

“我大哥出事了，你也已经知道。这段时间我不得不留在京市为他四处奔走，”程怀瑾双肘支在膝盖上，声音平缓，“所以我现在也是个摘不干净的人。如果我大哥真的有事，那我和江家——”

“我知道。”苏芷忽然出声，打断他的话语。

明明之前她还生气他什么都不肯告诉她，可当下的一刻，她却不想他再说任何话。

因他此刻的神色像是暴风雨前的预告，只要他说出口，就没有任何挽留的余地。

“我知道。”苏芷紧跟着重复道，“我知道你现在处理的事情很重要很危险，我帮不上忙，所以我会乖乖听话，不会去打扰你的。”

“你还没听完我要说的话。”

苏芷的眼眶迅速地发红发胀，情绪也变得微微激动。

“你要说的我都知道的，程怀瑾，我知道你现在有很多的事情要去处理。我会听话的，我会耐心地等待的，程怀瑾。”

“你有你自己要处理的事情，我也有我自己要做的事情。我知道，我知道的，程怀瑾。你不必把所有的话都说出来。”

她一遍遍地说着这些话，也像是要给自己洗脑，不愿意去听他后半句没有说完的话。只要他不说出来，这些事情就不会发生。

程怀瑾目光沉沉地看着她，半晌，才又重新开口：“苏芷，你确定你真的清楚我要说的吗？”

“你为什么觉得我一定不清楚呢？”苏芷直直地看着程怀瑾，眼泪也掉了出来，“程怀瑾，你为什么总是这么狠心要把残忍的事情让我一遍遍记住？”

她眼眶和鼻尖止不住地发红，程怀瑾手臂也微微地收紧。

一刻沉默后，他才开口说道：

“你照顾好自己。”

他声音依旧平缓，像是一把刀子，在彼此的身上划下伤口。

外面的大雪不知什么时候已经停了。迷幻的暴风雪随着这个冰冷的夜晚一起，已经消失了。

程怀瑾最后看了一眼苏芷，说道：“如果你有任何需要我帮忙的事情都可以打电话给我，但是这段时间我不会待在北川了。”

他说完就站起了身子门口走去。

身后，她声音最后一次响起：“那我高考前你还会回来看我吗？”

程怀瑾身子微微一滞。

“不会了。”

他说完，就大步离开了。

开学之后，程怀瑾再也没有回来过，她也不再每天去程怀瑾的住处吃饭。苏芷每天早出晚归，彻底坠入了无尽的题海模式。

五月份的一次摸底考试，她第一次冲进了班级前十。

老严很是大力地在班级里表扬了她，也叫她好好保持，高考一定会有好结果。

苏芷麻木地点了点头，她看着自己成绩单上的数字，不禁有些恍惚。

一切仿若还是在昨天，也仿若已经过去了很久很久。

然而，怔忪的一瞬，她目光重新聚焦，耳边响起的却是轰鸣般的读书声。

江哲来过几次电话问她最近怎么样，她都说很好。

其实，哪里有任何的不好呢？

有阿姨照顾着，司机日日来接送。

生活费从来都不缺。

已经是苏芷曾经拥有过的最好的生活了。

她应该感激，也应该珍惜，把自己的命运重新抓回到自己的手上。

然而，苏芷也觉得麻木，一种除了低头拼命学习以外找不到其他意义的麻木，只是机械般地走在这条无人的小路上，期望着时钟快点走到某个时间点。

六月初，江哲来了一趟北川。

苏芷很久没有在周末出去玩过，江哲带着她去了一趟大佛寺。

“虽说不能全信，但是我们小丫头也不能少。”江哲把香递到苏芷手上，“拿好，哥哥帮你点。”

他一手挡着风，一手把香点好。

苏芷对着亮点微微吹起，火星瞬间亮了起来，一缕烟轻轻地飘出。

她拿着长香走到炉前，也学别人的模样，弯腰拜了拜。

两人在寺里只待了一会儿，虽然有大片的树荫遮阳，然而六月的天气已然燥热。

江哲开车带着苏芷去了一家餐厅。

他喜欢日式包间，私密也安静。

苏芷盘腿坐下，等菜的间隙，低头刷着手机。

“在看什么？”江哲问她。

“班级群里的消息，”苏芷把手机转了方向，推过去，“在发考场信息了，我一会儿回去要仔细看下我的考场在哪儿。”

“在本校考吗？”

“嗯嗯，这倒是比较方便。”苏芷把手机收起来，她两手抬起将披散在肩头的头发高高扎起，随意地盘了一个结。

有些碎发仍然落在脖颈，她也没有在意。

一整天都是这样，心不在焉的。

或者说，麻木的。

江哲目光沉沉地看着她，开口道：“是不是瘦了？”

苏芷低头看了看自己：“是吗，好久没称了。”

“手臂看起来更细了，说话也没力气，也就看到我的时候笑了一下，然后到现在都没再笑过了。”江哲说，“压力很大吗？”

“还好。”苏芷勉强自己弯了弯嘴角，“快了，没几天了。”

江哲身子有些微微后倚，随口道：“最近有和二哥联系吗？”

苏芷微微偏着头去看一旁的灯盏，声音很轻：“没有。”

“他也一次都没有主动联系过你？”

“我们不联系的。”她目光仍是冷淡的，偏过去的脸像是无比认真地看着那只灯盏，又或者说，无比失神。

“程怀岭已经在里面待了快五个月了。”江哲淡淡说道。

苏芷回头，缓声问道：“已经抓进去了吗？”

“没有，还是搜证的阶段，双方都不停地有新证据送过去。这件事情比开始以为的还要严重，牵扯面已经扩大了，不是一时半会儿能解决的。”

苏芷嘴巴紧紧地抿起，然而她也并没有开口问起程怀瑾。

江哲看了看她，也觉得胸闷。

“你要是愿意去看看二哥就好了。”

苏芷仍然没有开口。

“他和他父亲已经快要闹翻了，强顶着压力一定要为程怀岭找证据，这段时间四处奔波，我也很少见到他了。”江哲慢悠悠地说，“但是我父亲呢，又是个利益至上的人，他要的东西还没拿到，他也不会真的出一份力的。”

“眼下，只有二哥相信程怀岭还可以通过这种正当途径被救出来。我上次看到他的时候，还是在检察院的门口，二哥话更少了。”

江哲看着苏芷，忽然没什么情绪地笑了笑：“倒是和你现在这样有点像。”

苏芷仍然沉默。

说实话，她并不知道说什么。

可叫她让江哲不要再提起程怀瑾，她也没有办法说出口。

包厢的门被推开，两个服务员进来。

“先生、小姐，你们点的菜。”

他们将菜摆放完毕，很快就退出了包厢。

江哲笑笑：“算了，如果你不想听我也不说了。”

苏芷手臂紧紧地收在身侧，片刻，声音有些发涩地问：“江哲，联姻是什么样的？”

江哲几分审视地看着她，想知道她的目的。

“两个没有感情的人，是怎么在一起过一辈子的？”她又开口。

江哲冷冷地笑了笑：“那你可算是问对人了，我见过太多了。”

他身子微微坐正，看着苏芷说道：“有的夫妻呢，是一方渐渐动了心，一方仍然无情，比如我父亲和我母亲。所以最后我父亲出轨，我母亲愤而离婚。有的呢，是一方始终利益为上，一方得过且过，比如程怀岭和他妻子，所以他们一定会坚不可摧。”

“但是，我想，”江哲故意停顿了片刻，他看着面色渐渐趋于苍白的苏芷缓声说道，“我想你要问的，应该是二哥吧。”

“他——”

“我不想知道了。”

江哲被苏芷骤然地打断，他目光看过去。

一道柔和的光束不偏不倚地从窗户的一隅落在她的脸颊上，她其实没有什么特别的情绪。然而，叫人无端地觉得清冷，像是冬夜里投在水面的一轮月亮，探手只摸得到刺骨的冰冷。

“他会解决他自己的事情的，”苏芷冷静地说，“我也有自己的事情要做。”

一瞬间，她像是从短暂的迷茫里抽离出来。

江哲哑然。

她如此“信念坚定”，也如此“一意孤行”。

也叫他想起那天他在检察院门口看见步履匆匆的程怀瑾，程怀瑾也是这般“信念坚定与一意孤行”。

江哲沉默了许久，又开口：“小阿芷，要不要和我回趟京市？只停留半天，明天就把你送回来。”

他话语里不言而喻，他想带她去见见程怀瑾。

可是，他却没有想到，在某种程度上，苏芷比他以为的还要倔强。

“不了，他说过高考之前不会再见我的。”她声音像是一片极淡的云，“我答应过他，会听话的。”

“我不会去找他的。”

高考前一天晚上，李阿姨特地买了食材回来包粽子。

“明早吃个粽子，一定会高中的！”

苏芷也坐在餐桌和李阿姨一起，她低低地笑着，学着李阿姨的样子往粽叶里填米。

“不过苏小姐有想好考去哪里的大学吗？”李阿姨问道，“要是北川大学那就好了，还能留在这里。”

“北岭大学，”苏芷说道，“我的成绩报北川大学的话选不到什么好专业。”

“这样啊，那有什么心仪的专业吗？”

苏芷轻轻笑了笑：“不知道，到时候看看分数再决定。”

李阿姨也笑：“一定会考得很好的。明天我和司机都会在外面等你的。”

苏芷点了点头：“谢谢阿姨。”

“谢什么，我儿子当年高考我也去了，有个人在外面等着，是个期盼。”

苏芷目光垂下，没说话。

第二天早上六点苏芷就起床了，她喝了一点温水，吃了一个粽子和一个鸡蛋就出发了。

天气并不太好，出门的时候已是阴云密布，似是要下大暴雨。

还好他们出发的时间早，路上并未耽误太久。

车子开到学校附近的时候就已经进不去了，苏芷下了车打开了伞朝车里说道：“叔叔阿姨，你们找个地方先避雨吧，看起来马上要下大暴雨了。”

李阿姨不肯，跟着也下了车。

“苏小姐，我送你到门口，叔叔这边不好停车下来，我们先走。”

苏芷只能点点头，好让司机快去一旁停车。

阴风将她的伞柄吹起，苏芷不得不两只手握住。天上开始重重地砸雨豆子，李阿姨护着苏芷一同往学校门口去。

天色越发昏沉了，人群摩肩接踵，只能在一片潮湿、拥挤中缓慢地前行。

骤风越来越急，像是势要将这天的开端搅得天翻地覆。

苏芷被李阿姨拥着艰难地在人群中前行，黑色的伞沿将她的视线遮蔽到只有眼前的一小片路径。

她只能循着那道红色的告示牌目标明确、心无旁骛地往前走去。

心中无端地惶然，此刻，也像极了她这半年来低头前进的模样。

冥冥中的一段映射，也叫她心跳加速。

长长的警戒线很快就将李阿姨彻底地拦住。

“考试加油！”李阿姨大声喊道。

苏芷回首看着她，重重地点了点头。

密密麻麻的人，恍惚的一瞬间，她像是看到了某个人。

然而，下一秒，天空传来炸裂的轰鸣。

苏芷抬头，一道巨大的闪电划破天空。

她沉默地看着两秒，随后，再没有任何犹豫，转身，大步朝校园走去。

暴雨随即倾然而下，她脚步也越发坚定。

这天开始，一切即将进入新篇章！

高考期间，苏芷的心态异常平和。

考完一科忘一科，最后一天的下午四点四十分，她考完生物。

考场里铃声响起的时候，老师厉声提醒所有人放下笔。

苏芷把答题卡平展放在桌面上，老师已经开始快速地收卷，从她的面前将她的答题卡收走时，她目光安静地朝一侧的窗户看去。

空无一人的广场上，下一瞬出现第一个走出考场的人。

随后，第二个，第三个。

跑出考场的人越来越多，她身上也迅速地起大片的鸡皮疙瘩，而后，心里开始无法控制地潮涌。

她心跳加速，手指紧紧地握在一起。

结束了。

一切结束了！

苏芷从考场里走出来的时候，就看见了穿着红色裙子的李阿姨。

李阿姨还拿了面“必胜”的小旗子，一看见苏芷就开心地摇个不停。

苏芷一眼看见李阿姨，眼眶又不受控制地发红。她小跑着过去，抱了一下李阿姨。

“解放啦，苏小姐。”

苏芷含着眼泪笑起来：“解放了。”

并没有想象中的高考过后应有的那种“疯狂”，苏芷那天回到家后除了觉得有些兴奋以外，突然觉得无尽的空虚。

一下子，她什么都不用干了。

一下子，她找不到可以用来填补空虚的东西了。

在家里躺了几天之后，言希喊她去学校拍照，穿校服，拍两个人的毕业照。

言希约了一个网红摄像师，和苏芷在校园里拍了四五个小时。

接下来的几天，苏芷一直都待在家里看志愿，她分数估得差不多了，可以选到北岭大学很好的专业。期间，她其实想过要不要给苏昌铭打个电话。

可也就一瞬的念头，她既不知道要说什么，也没有说的必要。

日子还是照常过。

六月十四日的晚上，苏芷接到了程怀瑾打来的电话。

她洗完澡正坐在花园里发呆。

去年的花在年初的那场大雪里败了不少，春天的时候家里重新种上了一批新的花木。

新开的洋桔梗，如今也长得鲜艳俏丽，晚风一吹，跟着左右轻摇。

她原本在用手机外放着很轻的音乐，忽然一阵熟悉的电话铃声响起。

苏芷目光几近于发愣地看着屏幕上的那个名字，许久才敢接起电话。

她双手抱住自己的膝盖，把电话放在耳边。

其实，她并没有对程怀瑾能够记住她的生日有多大的期待。她原本做好了等成绩出来的那天再联系他的准备的。

苏芷看着不远处的洋桔梗，听见电话里，程怀瑾淡声喊她：

“小芷。”

很多时候，苏芷恨自己这样脆弱。

脆弱到他这么久不联系自己，可当他开口叫她“小芷”的时候，她又这样完全溃败。

眼眶甚至还没有来得及发红，一滴眼泪就直直地掉了下来，或许，她根本无须酝酿任何低落的情绪。

程怀瑾离开的日子里，她从来就没有开心过。

“在家吗？”

电话里，他声音还是和从前一样平和，隐隐有风声，并不大。

苏芷很平静地应了一声：“在花园里，家里新开了花。”

“好看吗？”他又问。

苏芷眼泪一滴滴地往下流：“好看啊。”

电话里，风声又大了。

他像是站在外面，一会儿，有人在他身边低语。

断断续续的，她听不清楚。

于是沉默，但是也无法挂断电话。

“恭喜你，高考结束了。”

片刻，程怀瑾又开口：“人生进入全新篇章了。”

苏芷开始慢慢地看不清那片随风摇曳的花朵了，她右手捂住自己的双眼，听见自己轻声说道：“是啊，进入新篇章了。”

苏芷紧紧地抿住自己的嘴唇。他们为什么在这里说着这样生疏的话呢?他们什么时候变得这么陌生了呢?

可是，她无论如何也无法问出口。

她想知道，他到底什么时候能回北川呢?他到底什么时候可以了结手上的事呢?

他为什么什么都不和她说。

是不愿意说，还是其实根本就无话可说。

手心渐渐地濡湿，她用手背把眼泪擦开，声音发涩地问道："你最近还好吗?"

"好。"

"我们好像很久都没见面了。"

"是。"

隔着遥远的距离，苏芷无由地也觉得他声音变得有些陌生。

电话里，风声变得更大了。

"小芷。"他又轻轻地叫她的名字。

苏芷强忍着哭声，还是冷淡地应他："你还有事吗?"

"明天下午我回北川。"

"你回来干什么?"

"给你过生日。"

苏芷的身子微微地发颤。

"有什么想做的吗?"程怀瑾问。

苏芷最后沉默了一会儿："程怀瑾，我还想去海边看烟花。"

"好。"

"不管发生什么都陪我看完，好吗?"她眼泪不住地流，并不知这种几近于绝望的问句到底从何而来。

然而他也说："好。"

无法言说的惶然，像是堆积的乌云一般在她的心头压下。

其实他们什么都没有说，其实程怀瑾什么都没有说，可正是因为他什么都没有说。

无法控制地下陷，她像是又回到了那陡峭的崖边。

"明天见。"电话里，程怀瑾最后说道。

苏芷的声音也艰难地从嗓间挤出："明天见。"

电话挂断了。

她心里像是烧起了一把无尽的火，从她的心脏开始，火舌无情地顺着她的经脉蔓延。

她倏地站起了身子，像是着急般地要朝屋子里走去。

恍恍惚惚，世界像是变成了不停变化的旋涡。

要不然，她怎么会连走路都踉跄。

身子也摇摇晃晃，像是那随风飘摇的洋桔梗。

赤脚踩在微冷的草地上，伸手推开门的一瞬，一阵剧烈的疼痛从她的脚踝传来。

苏芷愣怔地站在门边，低头去看。

她的脚踝上，一道红色的血珠正缓慢地流下。

苏芷一动未动，只静静地低头看着，像是已经忘了刚刚要做的事情，有风安静地从她的身边吹过。

她忽然不明白。

一切原本都好好的，怎么忽然，就流血了。

一条并不深的划痕。

草丛里的地灯不知何时磕碎了一角，裸露出来一道锋利的刃，在苏芷的脚踝上留下了一条并不深的划痕。

她在客厅里翻出了消毒酒精和创可贴，独自处理了伤口。

眼泪其实已经干了。

贴上创可贴的那只脚重新落回了地面。

客厅里一如既往地安静。

苏芷在客厅坐了一会儿，很快便走回了卧室。

十一点还没有到，但是她有些难以克制地心悸，像是求救一般，她很早就上床了。

将耳机塞进耳朵，用音乐充斥她的大脑。

她不能再去想更多了。

苏芷第二天早上很早就醒了，一夜其实睡得并不安稳，迷迷糊糊，直到后半夜才艰难地睡去。

早上醒来的时候，眼下果然有淡淡的黑眼圈。

她站在镜子前，像是有些失神地看着自己，嘴角试了几次扬起，然后又沉默地放下。

抽屉里，她又重新拿出那条程怀瑾送给她的项链，自从在京市过完年回来之后，她就再没戴过它。

苏芷把扣子拆开，重新戴在自己的脖子上。

手指轻轻地在吊坠上抚过，心脏也冷不丁地开始刺痛。

她随即放下了手指，转身去换衣服。

一条再简单不过的无袖浅蓝色长裙，百褶裙摆，正好遮到她的小腿中间。头发只梳顺了，并没有扎起。

没有再去刻意追求看起来像一个成熟的女人，因为她已经长大了。

无须更多的证明。

一上午有些浑浑噩噩，潦草地吃了点午饭之后，苏芷就一个人去了花园坐着。

温度还带着些许晨早的微凉，她察觉自己无法控制的心跳加速，除了佯装无事地坐在这里等待，她其实什么都做不了了。

没有办法看得下去任何东西，没有办法再专心做任何的事。

只能这样，强迫着自己看着院子的草木，去消磨着最后的等待时光。

日光逐渐强盛，晨间的潮气慢慢地散了。

温度攀着她的小腿节节上升，她却并没有察觉任何的热。

或许是心里太冷了。

怎么样都很难捂热了。

苏芷在这刺眼的阳光下坐着，神思恍惚。

不知到底等了多久，忽然，她听见了李阿姨的声音。

“程先生回来了。”

怔忪的一刻，她仿佛陷入了某种幻境。

那间昏暗的前厅里，她第一次看见程怀瑾时，有人低声说道：“程先生慢走。”

苏芷转过身子看向程怀瑾的住处。

那里没有开灯，从明亮的室外看过去，显得更暗了。

她手指不自觉地紧紧握住扶手，片刻，看见程怀瑾走到了餐厅。

一瞬间，时空倒置。

她坐在明亮的室外，而他站在昏暗的室内。

四目相对，像是她第一眼看见他。有什么东西和那天完美地重合了，有什么东西和那天完美地倒置了，像是一条跌跌撞撞走到尽头的宿命，如今也首尾折叠了。

苏芷手指不自觉地握紧扶手，她看见程怀瑾大步朝她这里走来。

院门顷刻被他打开，扑面的冷气从家里涌出，苏芷打了一个冷战。

“热吗？”

程怀瑾淡声问道。

苏芷抬眼看着他。

同那天一样的珍珠白挺括衬衫，他骨节分明的手指按在门把手上，垂眸看过来的目光，像是流动的一层霜。

这样炎热的夏日里了，无端地叫人心底寒凉。

苏芷嘴角扬起，笑了笑。

“还不算太热。”

比她起来时在镜子前笑过的任何一次都要自然。她随即站起了身子，同他一起朝他那走去。

“自己开车回来的吗？”

“嗯。”程怀瑾应道，“今天路上车少，回来得也早。”

靠近他的时候，能闻到极淡的沉木香气，苏芷心口微微发颤，声音却还是清澈：“我们晚上出去吃吗？”

程怀瑾点点头：“你挑。”

苏芷眼角弯起：“好。”

苏芷最后挑的是程怀瑾第一次带她来吃过的牛肉面，程怀瑾又同她确认了一遍。

“我就想吃这个。”

车上，空调的风匀速地吹在她的脚踝，那条伤口已经结疤，并不显眼。

苏芷侧身朝程怀瑾看去，一个冬天过去，他好像并没有什么变化，同她说话的时候，一如既往地专注与认真。

他语调依旧平淡，像是他们之前其实什么都没有发生一样。

车子一路顺畅地开入了面馆旁边的停车场。

今日他们来时正值饭点，店里也很是热闹。老板娘并不在，招呼他们的是个年轻小姑娘。

“两位？”

程怀瑾应了一声。

“坐里面可以吗？”小姑娘又问。

程怀瑾偏头去看苏芷：“里面可以吗？”

苏芷点点头：“可以。”

“好嘞！”小姑娘爽快地笑起，把他们领着坐到了里面的桌子。

位置有些逼仄，但是意外地同拥挤的人隔了开来。

程怀瑾伸手去拿筷子，却被苏芷中途拦了下来。

“我来吧。”她嘴角微微地弯起，帮程怀瑾拆筷子。

“以前一直都是你帮我拆的，今天我来帮你拆吧。”苏芷说完把拆好的筷子递给程怀瑾。

程怀瑾看着她顿了片刻，却也没有犹豫地接了过来。

面馆里灯光温黄，柔和地照拂在她的脸上。程怀瑾垂眸看着她，她没有化妆，一种纯粹到极致的柔软，也从她微微弯起的眼角溢出，没有了任何的尖锐，她像是真的长大了，变得这样懂事，也变得这样生疏。

程怀瑾的目光长久地停留在她的脸上，苏芷轻轻地笑了笑。

“我脸上有东西吗？”

程怀瑾目光微动，说道：“没有。”

苏芷微微上挑的眼尾朝他弯起，笑道：“那就好。”

很快，两份面条就上来了。程怀瑾没有忘记给她要小份。

苏芷拿起筷子，轻声说道：“程怀瑾，我们以后还可以来这家店吃饭吗？”

“这家店会一直开着。”

“这样啊。”苏芷轻声应道，没有再说话。

两人吃完晚饭后，程怀瑾先开车带她回了家。

两人仍是去了程怀瑾的住处，李阿姨已经把程怀瑾订的蛋糕放进冰箱了。

“想在哪里吃？”程怀瑾低头问她。

“客厅，可以吗？”

“好。”他今晚不拒绝她任何要求。

程怀瑾说完就去了厨房，从冰箱里把蛋糕取出放在客厅的茶几上。

苏芷拿了两根香薰蜡烛，用点火器点上后放到了蛋糕的旁边。

“可以帮忙关下灯吗？”

程怀瑾看着她坐在地毯上抬头望着自己，顿了片刻，应道：“可以。”

他大步走到开关处，将客厅的灯熄灭了。

瞬间，那两簇燃起的烛光将苏芷温柔地收拢了。她双手伏在茶几上，偏头看过来。

温黄的烛光在她的脸庞上微微地跳动，她柔和地、安静地朝他笑着。

“你不过来吗？”苏芷轻声朝他说道。

程怀瑾寂了一刻：“来了。”

他仍是坐在沙发上，帮她把蛋糕的盒子拆开。

两层的草莓蛋糕，是她长这么大以来过过的最精致的生日，上面写着“祝苏芷生日快乐”。

程怀瑾逐一将蜡烛插到蛋糕上。

“小心。”他伸手叫苏芷身子微微后退，然后用点火器将蜡烛一根一根点燃。

每点燃一根，她心里也燃起一把火。

直到最后一根。

程怀瑾放下点火器，偏头问她：“许愿吗？”

苏芷点了点头，然而，却并没有闭上眼睛。

她一动不动地看着程怀瑾，仿若也在用自己的目光仔细描摹他的轮廓；第一次遇见他的时候，第一次觉得他不是个坏人的时候，第一次觉得他是好人的时候；第一次他们在南岩山一起看日出，第一次他说这一切都是真的时。

她从来没有忘记过，所有关于程怀瑾的记忆。

而这一次，她也想让他知道。

苏芷眼角微微地弯起，然后，如此目的明确地，不遮掩地轻声说道：

“我希望，从今往后每年除夕的时候都能陪在程怀瑾身边。”

程怀瑾目光闪过难以察觉的讶然，苏芷却没有停止：

“陪他在海边看跨年烟火，陪他守岁。

“给程怀瑾喂牌，叫他年年都开心。

“年初五的时候，陪他去看阿姨，不叫他再是一个人。

“我把我这辈子所有的愿望都许给程怀瑾。

“希望他一辈子都能活得快乐。”

苏芷的嘴角一直轻轻弯着，眼泪却也无声地流下。

柔软的烛光里，她看见程怀瑾无言投来的目光，那样沉默地将她完全地包裹了。

他听到了。

她知道。

然而，她的心脏却也开始剧烈地疼痛。

因为他什么也没说，因为他什么也没有说。

苏芷缓慢地闭上了双眼。

她想笑也想哭，如踩空在悬崖边，一直往下坠。

她伸手慢慢地擦掉了眼泪，睁开眼睛看着程怀瑾，轻声说道：“我们现在就去海边放烟花，可以吗？”

程怀瑾很深地看着她，一直没有说话，仿佛也是在克制着自己。

苏芷的眼泪重新积蓄，慢慢地，她又看不清他了。

只觉得，那个熟悉的程怀瑾又回来了。

那个在车里紧紧抓住她手的程怀瑾又回来了。

“好。”

片刻，程怀瑾沉声回道。

他站起了身子就朝门外走去。

昏暗的客厅里，苏芷看着他的背影。

她却只能跟在他的身后。

什么也问不出口。

车厢里，再无人开口说话。

天色已经完全暗了。

一条冷僻的车道上，他们像是开往某个不知目的地的远方。

无尽的惶然，从看不见边际的天幕层层袭来。

苏芷麻木地望着窗外连绵的黑影掠过，听见了他的手机铃声响起。

安静的车厢里，那铃声从车载音响里传出。

他连了手机蓝牙。

苏芷身子一动未动，仍只沉默地看着窗外，听见程怀瑾直接按下了接通。

她很久没听到江妍月的声音了。

“二哥，你明天几点回京市？”电话里，江妍月声音如同她们第一次相见时那样温柔，“我爸爸让我来问下好安排吃饭。”

“中午十二点可以到。”程怀瑾沉声说道。

“好呢，二哥，”江妍月笑了下，又问，“二哥你现在在家吗？”

“我在开车。”

“哦，好，那我不打扰你开车了。二哥，明天见。开车一定注意安全。”她说完，就挂断了电话。

……

苏芷仍是沉默地看着窗外。

连绵的远山在天幕的尽头起伏，不知怎的，她视线又变得模糊。

要是去南岩山的路上就好了。

模糊的视线里，她思绪也变得游离。

车玻璃上，渐渐起了很薄的雾气。

她视线移下去，那侧曾经放着水和礼物的地方已经空了。

这不是去往南岩山的路。

眼眶依旧濡湿，她也听见心底有个人在大哭也大笑。

她嘴角也慢慢地弯起，像是最最不经意的聊天：

“家里重新种了一片洋桔梗。”

程怀瑾安静了几秒：“什么？”

苏芷仍是看着窗外，淡声说道：“冬天的那次大雪，家里的花死了好多。春天的时候花匠重新来种了一批花。”

车窗的倒影里，她看见程怀瑾侧头看了她一眼。

他没有说话。

苏芷干涩地笑了笑：“希望你不要怪我，我喜欢洋桔梗，就种了很大的一片。之后如果你不喜欢的话，就请人拔了种其他的吧。”

“没关系，可以留着。”程怀瑾沉声说道。

苏芷看着远方的树木，又说道：“可以问你一件事吗？”

她坐正身子，朝程怀瑾看了过去。

“可以。”

苏芷声音平缓：“我高考那天，你去看我了吗？”

窗外的远山在他的侧脸后连绵起伏，他目光一直未动。

“没有。”他说。

这条路已经开了多久了，她不知道。

“这样，”苏芷低低地笑了笑，“原来是我看错了。”

她把目光重新投向车前，他们开到了一个亮起了红灯的十字路口。

车子缓缓地停下来，她无法控制地又重新看向程怀瑾。

宛若心有灵犀，他也偏头看向她。

四目相对的一刹——苏芷想起那天晚上，他们也像这样坐在一起，好像人在以为自己可以得到的时候，才会越发小心翼翼、患得患失。

害怕他知道，又害怕他不知道，而此时，苏芷再也找不到任何一个比现在更加冷静的时刻了。

所有的怯懦、谨慎和小心翼翼全都从她的心里消失。

昏暗的车厢里，她的目光那样澄澈。

冷白的月光柔软地照在彼此的脸上。

也叫她如此清晰地看见自己的真心。

像是根本没有期许他的回复，她声音轻得像是一缕随风飘散的烟。

注视着程怀瑾的眼睛，她轻轻开口：

“程怀瑾，我爱你。”

最靠近北川的海岸要往南开一个小时。

并非什么著名景点，因为没有大片的沙滩。程怀瑾带着苏芷到达的时候已是晚上十一点多。

海浪层层打上黑硬的礁石，然后周而复始地回落。

黑暗的夜色里，潮声从四面八方将他们包裹。

苏芷朝前走了几步，站在一块礁石上出神地眺望大海的另一边。

程怀瑾把后备厢打开，目光朝苏芷看了过去。

大片的黑色里，她一个人站在一块并不高的礁石上。

海风从她侧边吹过，也将她的裙摆紧紧吹在身上。

黑色的头发上，月光冷冷地披上了一层白色的纱。她脖间那条细细的项链也折射出点点细碎的光芒。

程怀瑾久久地看着她，然而，却再未从她的身上看出那种她曾经轻易就流露出来的脆弱。

那种即使她再刺出如何锋利的话语，也叫他一眼看穿的脆弱。

是从什么时候开始有变化的？

是从他第一次撕碎她可笑的幻想开始，还是他第一次对她说回家的时候开始。

抑或是，他那次冲昏了头脑连夜带她去南岩山看日出。

还是那次下雪？

程怀瑾记不清了。

他只记得，后来她常常无声地掉眼泪，却再没任性地控诉或是自贬了。

也仿佛，慢慢地变成了他。

那个在他身边长大的小姑娘，最终也叫他看见了自己的影子。

如何地悲哀。

冷硬的海风里，她依旧一动未动。

即使是在说出那样的话之后，她也还能轻声地拜托他：

“有什么话，可以等我们看完烟花再说吗？”

倾覆的荒诞感。

程怀瑾感到一种难以言说的溃败。像是原本以为的，他能叫她永远地站起来，不再感到怯懦或是自卑。

而如今看到的，不过是另一个他。

另一个同样遭受痛苦却沉默不语的他。

漫长的沉默后，程怀瑾终于将目光收回，他伸手去拿那后备厢里准备好的烟花。

苏芷的目光也看过来，程怀瑾抬头问她：“要点哪一种？”

她小步朝他走去，车厢里有几种不同的烟花。

“我们还有多久？”她轻声问道。

程怀瑾抬头看了眼手表：“十五分钟。”

像是也接受了她话语里的隐喻，苏芷心头忍不住地发颤，脸上却还笑着，说：“那不点大的了，我们点几根小的吧。”她说着挑了一根可以拿在手上的烟火棒。

“好。”程怀瑾拿出了打火机。

他侧身站在风来的方向，将潮湿的、连绵不断的海风完全地遮挡了，也将她围在自己的身侧。

打火机点起，一簇明黄的火焰从他们的眼前亮起，跳动的火舌像是蛊惑人心的咒语。

他们不自觉地靠近。

昏暗的海边，那团晃动的光影将他们的脸庞温柔地照拂，仿若天地之间再没有什么可以将他们分离。

一切忽然变得很寂静。

苏芷眼睫轻颤，心跳也变得失措。

她抬眼看过去，也看见他低垂而来的目光，沉默不语，像一张温柔的大网将她完全地捕捉。

一切变得虚无。

周而复始的潮水也永久地退到了无边的天际。

只剩下，被那点火光围拢的他们。

海风不再从他们之间穿过，交错的身影，早在这片无法看清的深夜里混为一体。

她眼睫微微地濡湿，无尽的绝望与微妙的希望交织着互相残杀。

麻痹着自己最后一点清醒。

可很快，海风重新从他们之间呼啸着穿过，将那股炽热的、迷乱的、无法控制的情绪，吹散到再也触摸不到的天际。

火光灭了，像是从来都没有存在过，无尽的冷风将她的裙摆吹起。

苏芷第一次知道，原来海边的夏夜也可以这样冷，冷到叫她由内而外地寒凉，僵硬得再也无法动弹。

“还点吗？”黑暗中，他低缓的声音传来。

苏芷眨了眨眼睛，有冰冷的液体濡湿在她的眼下。

“点的。”她轻声说道。

火焰又一次跳起。

苏芷一动不动，等着程怀瑾将它点燃。

“不要放太近。”

程怀瑾轻轻地握着她的手腕将她的手放远，她的眼眶情不自禁地发涩。

这一次，他顺利地将烟火棒点燃了，银白的焰火像花朵一样在黑夜中绽放。

苏芷睁着眼睛，失神般地注视着。

那样绚烂、明亮的焰火，也叫她的双眼无法抑制地发痛，然而她却仿佛自虐般地不肯眨眼。

一路燃到尽头，也不过短短的二十秒。

一切，又重新陷入了黑暗。

潮湿的、温热的泪水缓缓地从她的脸颊流下。

苏芷不明白，为什么这样的美好，也会这样快地燃尽，是不是这世界上原本就没有可以长久的快乐，是不是她这辈子就注定不会拥有长久的快乐。

是不是她的宿命。

是不是她永远就只可以一个人。

她不明白。

无尽的黑暗里，她听见自己的手机在振动，她也看见自己的那束焰火终于也要走到了尽头。

一切就快结束了吗?

一切就快结束了吧。

苏芷缓慢地将燃尽的烟花棒放下，听见程怀瑾问她：

“还放吗？”

她抬头看过去，轻声道：“程怀瑾。”

程怀瑾没有说话。

海风呼啸着将她的头发吹起，她已经分不清那声音到底是风声还是她失控的心跳声。

苏芷朝他走了过去。

这一次，不再是小心翼翼，不再是躲躲藏藏。

苏芷伸手将他紧紧地抱住。

冰冷的身体，他如何不也是。

熟悉的气息重新铺天盖地地将她包裹，她手臂像是求生般地将程怀瑾紧紧抱住。如一片无能为力的扁舟，她就快要溺死。

然而，过了许久，她也没有等来那个缺失已久的回抱。

潮冷的海风，从她的心口无情地穿过。

潮湿在他的前胸慢慢晕开，程怀瑾也感到一阵失血般寒冷。

他低头看着苏芷，也看到自己轻颤的手臂。

原本以为，他早就做好了准备的。

原本以为，他不会再靠近一分的。

他其实可以不回来的，他其实可以假装忘记的。但他还是无法控制地回到这里，践行他给她的承诺。

可是程怀瑾同样无法忘记，那天，程怀岭如何跪在他的面前，痛哭流涕。

“我是真的什么都没有做，怀瑾，大哥求求你了。”

那个恨了他那么多年的大哥，第一次跪在他的面前，恳求他救救他。

程怀瑾想起，很小的时候，程怀岭也不是这样的。

那时候母亲还在，外婆偶尔来看的时候，会夸大哥以后能接父亲的班。

母亲陈琬宜很是骄傲，她嫁给程远东时原本就不被娘家看好，如今程怀岭懂事上进，她也常常觉得自己脸上有光。

后来有了程怀瑾，陈琬宜最常对他说的也是："以后你也要像你大哥一样厉害，做个对程家有用的人。"

如此一句话，程怀瑾后来记了一辈子。

他把程怀岭当作榜样，看着程怀岭如何跟在父亲的身后成长为一个意气风发的少年。

那时候家里常来客人，他年纪小，不适应，是程怀岭一直把他护在身旁。

程怀岭是他的大哥，也做他的榜样。

程远东那时风头正盛，程怀岭更是从没怀疑过自己以后的人生，高考结束后的一切，也早早被安排得井井有条。

原本，他只要一步一步往前走就好。

原本，他应该比现在要走得更远，更顺利。

可是，十八岁那年，母亲一朝离开，程远东被人陷害。

陈家痛失女儿，也袖手旁观不肯再帮。

程怀岭不得不放弃从前计划好的一切，好像一夜之间，拥有的一切都灰飞烟灭。

那个八岁的弟弟伏在他的腿边大声哭泣，却也只叫他发狠地推开。

如果不是程怀瑾，母亲不会去世，陈家不会袖手旁边，他也不会一夕之间失去所有。

从那以后，那个会把程怀瑾护在身后的大哥消失了，那个原本应该站在高处的天之骄子，一落成为被人嗤笑的对象。

那些年，没有人知道程怀岭经历了什么。

他从前途无量，变成一无所有。

后来，程远东翻案重回京市，也把程怀瑾从外婆家接回。

那是很久很久之后，程怀瑾再一次见到程怀岭。

他变成了一个用心钻营、不惜一切代价也要用力往上爬的男人，像是要拼命地填补曾经被落下的那些年。

他变得利欲熏心，他变得不可理喻。他冷血地要程怀瑾记住犯下的错，他要每年都在程怀瑾的心里狠狠地插刀，要程怀瑾永远也不准忘记。

然而这一切，也让程怀瑾更加无法原谅自己。如果，他从未见过父母亲近，兄友弟恭；如果，他从未见过那个意气风发的程怀岭。

可是他偏偏看到过这一切，知道那个程怀岭本不该变成这样，大哥原本不是这样的。而如今，大哥痛哭着跪在地上求他，求他救救自己。

那么多年，那么多年，程怀瑾祈求一个可以弥补所有人的机会，一个可以叫他从此以后心安理得的机会。

现在，这个机会也摆在他的面前。

程怀瑾没有办法，他没有办法拒绝。

这么多年，他一次又一次地徘徊在这个家的外面。他也姓程，却从来没有真的成为这个家的一分子。

像是他真的不重要，像是真的没有人在乎。

而如今，这个机会这样摆在他的面前。

程怀瑾没有办法拒绝。

他这么多年的执念，叫他如今粉身碎骨头破血流也要往前走——“以后你也要像你大哥一样厉害，做个对程家有用的人。”

程怀瑾这辈子都不会忘记，泪水已经变得冰冷了。

她不知什么时候已经松开了手，濡湿的一片衣襟像是逐渐凝结的冰，从程怀瑾的心口无声地蔓延。

他手臂仍然忍不住地发颤，却也还是什么都没有做。

已经沉默得太久了。

已经让她哭得太久了。

程怀瑾低头看着她，终于开口：“小芷——”

苏芷却轻声打断了他：“其实我早该知道的。”

程怀瑾哑然。

黑暗里，她湿亮的双眼亮得像是能看进他的心里。

“早在你说，程怀岭出事的时候我就应该知道的。”她的声音带着无法言说的冷静，也像是终于将自己碎掉的心一片一片拾起。

烟花早就燃尽了，一切已经结束了。

眼泪慢慢地掉下来，她笑着对程怀瑾说道：“其实我早就应该知道的。”

“从始至终，在你程怀瑾的心里我就不是第一位的。如今程怀岭出事，你更不会选择我。只是我一直以来，这样欺骗自己。骗自己只是因为我还没有长大。所以我一直等，等到自己高考结束，等到我变成和你一样的大人。”

苏芷笑着颤抖，眼睛完全地模糊了。

“但是没关系，我现在知道了。”

“我是被你放弃的那一个。”

她慢慢地往后退去。

“我不怪你，程怀瑾，这是你的选择。我接受。如果你真的选择了我，我或许才会觉得困惑。”

“这的确就是你，也是我从第一天起就认识的那个男人。”

昏暗的夜色里，苏芷最后一次这样仔细地看着程怀瑾的眉眼。她已经长大了，她已经不是从前那个脆弱到要祈求他的怜悯的小姑娘了。

苏芷轻轻地擦去眼泪，抬眼看了看天上的月亮。

“真亮。”

她无声地笑了笑，随后，看着程怀瑾轻声说道:

“程怀瑾，你认识的这个小姑娘已经长大了。”

“你走吧。”

“这次，她就不挽留了。”

大鱼

无刺小玫瑰（下）

春与鸢 著

CHUNYUYUAN

Wuci Xiaomeigui

贵州出版集团
贵州人民出版社

第十一章 春水融化

苏芷一直在想，她第一天住进这里的时候，是什么样的。

李阿姨要帮她拿行李，她慌张地说不用。程怀瑾站在客厅的中岛台后看着她，她强装镇定地说不会留在这里。

第一次睡在这张床上的时候又是什么感觉?

她好像一夜浑浑噩噩，半梦半醒。

好久好久之前的事了。

原来，这么快，一切就已经走到了尽头。

她不会留在这里。

如今终于可以得偿所愿了。

天色从浓重的墨色慢慢褪青，逐渐地，能看见远方的轮廓。凌晨四点半，像是一个游离在现实世界之外的时刻。一切格外寂静，也显得那么不真实。

苏芷坐在阳台的这把椅子上已经很久了。

旁边一只打包完好的黑色行李箱。和她来到这里时，一模一样。

荒诞的宿命感，叫她忍不住想要发笑。

从海边回来之后，她把所有属于自己的东西都收进了行李箱里。

给江哲打了一通电话，询问他能不能去他家借住两天。

“等我找到合适的房子，我就搬出去。”

“直接搬来住吧。”江哲显然是知道所有，“我现在就去接你。”

“现在太晚了。”

“不晚。”

苏芷最后只能说谢谢。

她收拾完所有的东西之后就一直坐在阳台上看着窗外。

难以形容的平静，她或许也一直等待着这场早有预感的爆发，如今尘埃落定，一切反而回归了前所未有的平静。

约莫五点多的时候，江哲给她打了个电话，说还有五分钟就到。

苏芷挂了电话之后，就直接推了行李箱出去。

一切静悄悄的。

像是他还没有回来的时候。

她的目光轻轻地朝他的住处又看了一眼，而后再也没有迟疑地转身朝庭院出口走了出去。

江哲亲自开车，把人接到的时候特意看了看她的眼睛。

“哭了。”

苏芷点了点头：“从今天开始再也不哭了。”

江哲笑了笑，去看她身后。

“不和他说点什么了？”

苏芷摇了摇头，上了车。

“该说的昨晚已经说了。”

江哲也上了车，将车窗关上开了空调。他侧身去看一旁低头看着手机的苏芷，目光迟疑了片刻，还是开口道：“程怀岭可能要坐牢，对面有备而来，如果二哥……”

“江哲。”

苏芷打断了他的话。

江哲嘴唇轻抿。

苏芷轻声说道：“我没有怪他，你也不用帮着他给我讲好话。他做他的选择，我也做我的选择。”

江哲目光有些不解地落在她的脸上，片刻，问道：“你放弃了？”

“不是我放弃了。”苏芷转头看着窗外，“是我被放弃了。”

她眼睛轻轻地眨了眨，像是已经被抽干了力气，那声音不能再轻了。

“我们可以出发了吗？我不想再待在这里了。”

李阿姨是早上去苏芷房间叫她吃饭的时候发现她不见的。

卧室的房门大开着，她原本以为苏芷起来了，却发现到处找不到她人。

李阿姨又去卧室里一看，这才发现出事了。

衣柜里的衣服原本也并不多，只是现在只剩下了后来添置的那些。原本苏芷带过来的东西全都不见了。

书桌上也被收拾一空，只有一个纸盒子不明缘由地被摆在上面。

李阿姨当下就去看她行李箱存放的地方，一推开柜门，果然那行李箱不见了。

她心口一紧，立马快步走出屋子朝程怀瑾那里去。

“程先生。”她敲了两下门，又担心这么早程怀瑾会不会还没醒来。

谁知道没过几秒，程怀瑾就开了门。

李阿姨愣了一下，发觉他身上的衬衫好像还是昨天穿过的，她刚想再细看，程怀瑾已经开口：“有什么事吗？”

声音有些低沉，还有不知是否她听错的一丝沙哑。

李阿姨没再去多想，只立马说道：“苏小姐离开了，程先生您知道吗？我早上要出门的时候看到她房门——”

“知道。”程怀瑾说道。

李阿姨顿时哑然，眼睛困惑地眨了好几下，又不解地说道：“怎么这么早，也不是和程先生您一起出去的——”

可她说到一半忽然惶恐般地噤了声。

“还有事吗？”程怀瑾缓声问道。

李阿姨的心脏怦怦跳，一时的着急竟让她有些慌乱地去过问主人家的事了。

她微微地定了几秒：“没事了，我一会儿就去准备早饭。程先生今天是吃完午饭走还是不吃？”

“不吃，你弄早饭就好。”

“好。”李阿姨说完就转身下了楼。

程怀瑾站在门口，看着阿姨很快朝餐厅去了。

他目光缓缓地移动，也看见了那个房门敞开的卧室。

家里安静极了。

早晨的阳光从客厅的一侧铺进。

也显得空荡荡的。

程怀瑾无声地走出了自己的屋子，穿过安静的草坪，来到她住处的门外。

苏芷搬进来之前，他其实很少来这幢房子。他常年一个人，更没有什么客人。

而在苏芷搬进来之后，他更加少地走到这里。

像是一道泾渭分明的界限。

如今，他站在这道门的前面，像是站在了一条通往虚无的路。

无来由的冷风呼啸，转瞬就能踏空的错觉。

程怀瑾穿过安静的客厅，看到了她敞开着门的卧室。

书桌上什么都没有了，只有一个黑色的盒子，像是专门留给他的。他伸手打开，也是意料之内。

装着宝格丽项链的盒子和一张他给她的银行卡。

他昨天晚上划过去的大学生活费，她也连同这张银行卡一并归还。

程怀瑾伸手抚上那个项链的盒子，却并没有打开。

他抬眼看了看这间卧室，阳台上有一张单人沙发，窗帘是拉开的，阳光得以充分地洒入。

程怀瑾朝着窗外看了一会儿，沉默地收回了目光。

将盒子关上的一瞬，他看见了那张被压在银行卡下的白纸。

几乎是瞬间，程怀瑾已经知道那是什么。

耳边响起轻微的蜂鸣声。

他手指轻轻地将那折叠整齐的白纸取出。

平展。

【不管发生什么事情，程怀瑾永远相信苏芷。】

右下角的落款上，她如今补上了最后的截止日期。

【六月十六】

一切，到今天为止。

结束了，原来一切，真的已经结束了。

程怀瑾长久地看着那个日子，一动未动。

忽地，听见阿姨在门外喊他。

他转过身子。

“程先生，早饭准备好了。”阿姨说道。

程怀瑾安静了一刻，点了点头。

他将那张纸重新折叠，放回了盒子里。

走出了卧室。

“程先生，”李阿姨走在稍前面，“我想和您请个假。”

程怀瑾抬眼。

李阿姨不好意思地笑笑："我儿子过两天结婚，我想请三天假，后天开始，您看可以吗？"

程怀瑾走回到自己的住处："可以，我之后应该也不会常回来住。你保持房子干净就行，如果有需要，我会提前和你打招呼的。"

李阿姨连忙道谢，又问道："苏小姐也不会回来住了？"

程怀瑾安静了片刻："应该不会了。"

"那她那边的东西——"

"放着吧，就和我这里一样，你正常打扫就行。"

李阿姨点了点头："好的。"

程怀瑾在家里简单地吃了早饭，并没有多待。

"程先生您慢走。"

"好。"

李阿姨看着程怀瑾朝车库走去，便很快关了家里的门。

她走回餐厅把餐具都拿到厨房放进洗碗机，手机忽然收到了一条转账信息。

李阿姨一点开，是程怀瑾给她转的一万块钱。

下面是条备注：恭喜。

李阿姨眼眶一热，赶紧也给程怀瑾回了条消息：谢谢您，程先生，破费了。

她发完消息就立马给儿子拨去了电话，站在厨房里絮絮叨叨地说了好一通，最后确定了回家的时间。

一通电话打完，李阿姨喜上眉梢。

这才想起早上要去外面买的东西还没买。

她立马拿了钥匙，往外面去。

平时出门时李阿姨都是骑电动车，她的车子放在车库里，谁知道走到车库的时候，却看见程怀瑾的车还在原地。

李阿姨有些困惑地朝车子走去，发现程怀瑾还在车内。

可是从他出门开始，已经过去了小三十分钟。

李阿姨犹豫了一会儿，走到了程怀瑾的车窗边。

轻轻两下敲击。

她看见程怀瑾微微偏头。

转投而来的目光竟有两分大梦初醒般的茫然，不知是不是她的错觉，因为下一秒程怀瑾就打开了窗户。

那目光瞬间变成了毫无感情的、冷静的问询。

“有什么事吗？”

李阿姨瞬间哑口，片刻才问道：“程先生还在等什么人吗？”

程怀瑾目光落在她身上，李阿姨却觉得他并不在看她。

车库里安安静静的，几乎察觉不到时间的流逝。

程怀瑾轻轻挪回了视线，淡声道：“没有。”

“那……要叫司机来开车吗？”

“不需要。”

李阿姨愣了一下，立刻往后退了退：“那程先生路上注意安全。”

程怀瑾点了点头，随即将车开了出去。

黑色的车身在小区里前行，他开得并不快。

门卫朝他敬礼，而后给程怀瑾放行。

一条笔直空旷的马路，他开了不过五公里，忽然减了速将车慢慢地靠停在了一边。程怀瑾拿出手机给司机发了一条定位。

程怀瑾：送我回趟京市。

司机的消息也很快回来：好的，程先生。

程怀瑾把手机收回，熄火。

心悸铺天盖地地袭来。

他无声地闭上了双眼。

高考成绩出来的那天，苏芷请江哲出来吃饭。

她高分顺利考上北岭大学，专业还在犹豫。

“请人出来吃饭，还得我开车。”江哲跟在苏芷身后下楼。

“不吃就算了！”

江哲连忙投降，伸手去揉她头发：“我家小姑娘脾气越发见长！”

苏芷偏头去躲：“下午就搬走了，你可以省心了。”

“我宁愿你不搬。”

“不可能。”苏芷小步跑开，在电梯口等他。

两人开车来到一家川菜馆，江哲进门前打量了一眼。苏芷从后推他：“我请你吃饭，你就别挑了。”

江哲装模作样，笑着说：“我哪敢挑？”

两人坐定之后，苏芷就让江哲点菜，他一上来就大手一滑几乎点了整页纸，苏芷赶紧把菜单拿回来跟服务员重新点菜。

点完菜，服务员把包厢门合上。

苏芷从身侧拿出了一张纸递给江哲。

江哲瞥了一眼：“什么？”

“借条。”

苏芷很是认真地把那张纸又往江哲面前推了推：“我向你借的十万块钱的借条，我的身份证个人信息还有还款日期都写好了。我从网上找的模板，你看一下要是不行我回去再重写。”

江哲浑不在意地笑了笑，伸手拿来看。

随后，饶有兴趣地说道：“小丫头的字还蛮好看。”

苏芷也抿嘴笑：“我们班主任也这么夸我。”

可她的话刚说完，就看见江哲把借条撕了，然后还仔细叠了叠，推到了苏芷的面前。

苏芷一脸诧异。

“没有收少于一百万以下借条的习惯，抱歉。”他一脸欠揍的笑意。

苏芷：“……”

“不用给我写，”江哲伸手去拿一旁的杯子，“你要是想还，不需要借条也行。你要是不想还，我也不可能拿这借条去找你催债的，是不是？”

他抬眼瞥苏芷，小姑娘脸上刚还有些怒气转瞬已像是被他说服。

“更何况，我把你当家里人，你把我当外人。”

苏芷原本有些皱起的眉头也被他说得有几分感动，可还较真道：“亲兄弟还明算账呢！”

江哲把倒好的水推到她面前：“原来你是男的？”

苏芷：“……”

借条的事情只好不了了之，服务员很快上了菜。

江哲问她接下来的打算。

苏芷放下筷子，双手平放在桌上认真说道：“计划很明确。”

“说来听听。”

“下午拜托江哲……哥哥帮我搬个家，然后我这几天有在看打工的事情，利用暑假时间先赚点钱，开学之后就认真学习，周末还可以做家教，有很多赚钱的方式。”

“非要这样辛苦？”

“非要。”苏芷毫不退缩。

江哲看着她：“对不起，我无法理解。”

“没关系，你尊重我就好。”苏芷朝他轻轻一笑，微微上挑的眼尾几分俏皮。

录取通知书出来的时候，苏芷有想过要去告诉苏昌铭和齐美玉。

可她偏偏刻意地等了一段时间。然而等到她快开学也没等到苏昌铭和齐美玉的一个电话。

像是把她完全地忘记，而她忽然不想再去打那个电话了。

要他们一点学费到底又有什么意义，倒不如先和江哲借一点，之后自己还上。

江哲挑了挑眉，没说话。

想起刚刚带她回京市的时候，她整个人看上去没什么大问题，只是话少了很多，唯独被他撞破过一次半夜在卧室哭。

他隐约听到哭声，在门口等了一会儿，敲门问她有没有事。

她开门，就顶着一双发红的眼睛，继而又开始大哭。

江哲无奈，只能在客厅陪她。

苏芷捂着自己的双眼，一哭哭了一整夜。

从那之后，她就好像慢慢地恢复过来了，再也没有提起过程怀瑾了。

江哲抬手喝水，听见自己的手机有新消息的声音。

他低头去看，是江妍月发来的。

江妍月：这周六家庭聚餐，二哥也来，你别忘记了。

江哲没什么感情地冷笑了两下，回了“好”。

抬头，像是随意般地问道：“最近还和程怀瑾有联系吗？”

苏芷拿着筷子的手一顿，淡声道：“没有，我把他的电话和微信都拉黑了。”

“老死不相往来了？”

“本来也永远都不会见到了。”

“这可说不准，”江哲问道，“你恨二哥吗？”

苏芷抬眼看着江哲，片刻，慢慢地把筷子放下了。

她好像太久太久没有想这个问题了，她好像把那段过去就像乱七八糟的衣物一样胡乱地塞进了柜子里。

这件事情没有一个结局。

至少，没有一个她往后想起来可以用两三句话评价的结局。

她恨他，并决定往后再也不与他来往，又或是她不恨他，从此以后要与他相忘于江湖。

苏芷回忆着故事最后的那段时间，然而她并不能将那些情绪、话语富有逻辑地梳理和总结。所有的画面变成断断续续的片段，她已无法再读取那些令人心碎的片刻了。

因为她拒绝读取。

苏芷出神地看着江哲的方向。

许久，她才说道：

“我不知道。”

“我的确是恨他的，恨他给不了我想要的东西。”

“但是我其实也不恨他。”苏芷声音变得很低，“我不想要他以后过得不好，不想要他以后过得不开心。那天晚上我许给他的愿望，到这一刻我都是真心的。”

她眼眶微微地发热。

江哲看着她如今已能平和地提起程怀瑾，开口道：“其实有件事情，我一直没告诉你。”

苏芷静静地看着他：“什么？”

“过年时我去程怀瑾家找你，看到了你脖子上戴的那条项链。”

苏芷嘴唇轻轻抿起：“你……看到过？”

“是，当时我没说，但是现在想来还是觉得你有知道这条项链背后故事的权利。”

江哲注视着她，开口道：“去年圣诞节前夕，我家来了个客人。这人整日里东奔西走忙得要死，请他吃饭喝茶都要和时间赛跑。有天他在宝格丽订了套首饰送人，你别多想，人情往来避免不得。我正好得闲陪他去取，他在门店等候的时候，看上了店里圣诞节特别款的一个小件。但是服务员说不巧，店里正好没货，要请他等两个小时，他们去别的门店调货。我一看那小件又不值几个钱，他肯定不愿意在这儿等。没想到他居然同意，生生在那店里等了两个小时。”

江哲看着面色逐渐僵硬的苏芷，继续说道：“那人临走时把那小件放在了自己车里，一声不吭还叫我别多管闲事。”

他话语停在这里，再也没有下文，只直直地盯着苏芷。

苏芷手指忍不住地抚上自己如今已空落落的脖颈，头皮开始发麻，完全无法耐受这种折磨般的沉默与意有所指了。

她的声音有些飘忽：“你这客人——”

她的话还没说完，就看见江哲轻轻地笑出了声。

他的目光垂在苏芷的脸上，缓声说道：“客人的名字叫程怀瑾。那项链呢，正是买给你的。”

长久的一段沉默。

苏芷胸口起伏，可慢慢地，也重新平静了下来。因她已经不再是从前那个会为一点事就冲昏头脑的苏芷了。

“谢谢你，告诉我这些事。”她竭力克制住自己的情绪，缓声说道，“但是我不能再想到他了，一想到他我就会回到那段浑浑噩噩的日子。更何况他现在要结婚了。”

苏芷哽咽了一下，喝水将自己的情绪尽力压下去。

她已经不想再哭了，她已经哭够了。

“我不知道到底该怎么去想他，也不知道该怎么去面对他。世界上很多事情不是非得要有一个结果的，人偶尔也是可以逃避的不是吗？”

苏芷扯了扯自己的嘴角，露出一个并不好看的笑。

“这就是我现在的想法。”

江哲看着她努力克制住情绪的样子，也觉得心口发酸。

“有事就给我打电话。”

“什么？”苏芷一怔。

“下午你搬走之后，有事就给我打电话。我不关机。”

苏芷捂住眼睛。

“你再说，我又要掉眼泪了。”

下午吃完饭后，江哲就开车把苏芷送到了她租下的单间。一室一厅的房子，原来的租客剩下两个月租期想提前搬走，正好苏芷想租，就低价转给了她。

小区是个老小区，十分便利。地段也在北岭大学附近，周边有很多商户。苏芷正是看中了这一点，到时候找兼职也就近。

江哲帮她找了清洁公司打扫了整个房子，面积虽然不大，但是上一个租客还算爱惜，里面很是干净。

临近傍晚的时候苏芷把自己的东西全都搬了进去，然后跟着江哲去附近的超市买了一些日用品。

苏芷留他在家里吃了一顿小火锅。她也是第一次像是在自己家招待客人一样，心情有些雀跃。

江哲最后难得下厨房，帮着她收拾了碗筷。

“我的电话存了吧？”他站在门口穿鞋子。

“存了存了！”苏芷脸上笑意扬起，像是不耐烦他的婆婆妈妈。

江哲穿好鞋子，又好像舍不得一样地站在门口看她。

片刻，伸手。

“过来，给哥哥抱一下。”

苏芷瞬间害羞：“干吗？”

“快点！”

像是无法抵抗的魔法，苏芷抿了抿嘴巴，走上前抱住了江哲。

苏芷觉得心口微微地发颤。

两人很快就松了手。

江哲最后摸了摸她头发：“有事记得打电话给我。”

苏芷重重点了点头：“好，你路上注意安全。”

房门随后关上，一切重回安静。

苏芷转过身子看着这间尚还有些陌生的屋子，也像是进入了一个完全陌生的阶段。对于未来的无知、兴奋与忐忑在一瞬间和刚刚的温情重叠。

苏芷像是无法耐受般地走到了客厅的小沙发上坐下。她将自己完全地蜷缩在一起，克制地将这些突如其来的、汹涌的情绪慢慢消化。

屋子里一切都很安静，让她有足够的时间重回平静。

片刻，苏芷从沙发上起来，把行李箱拖进了卧室里。她的东西还是不多，被子什么的是江哲家里的阿姨帮忙购置洗净的。

她的东西还是行李箱里的那些。

高中的课本她基本都捐了，所以行李箱打开，里面只有几个笔记本。

苏芷跪在地上把东西往外拿，那本言希送给她的笔记本不小心被甩到了一边。

她附身去拿，手指却在摸到本子的那一秒瞬间僵硬。

笔记本的夹层里，那张明黄色的便笺也掉了出来。

心脏在一瞬间绞起，她察觉到极钝的一下敲击。

黄色的纸张上，他的字迹一如既往的有力。

【小芷，吃草莓。】

苏芷目光无法移开地看着那行字。

是她最后最后的私心了。

她什么也不想带走，却还是偷偷地留下了这张贴纸。

他第一次叫她小芷。

她承认自己的软弱也承认自己的不舍。像是最终还是无法完全地割舍一般，她祈求留下这一点点的，曾经被程怀瑾放进过心里的痕迹。

说过哭够了的，说过再也不想哭的，可是视线越来越模糊，她手指也越来越发颤。蛰伏的痛感铺天盖地地袭来，她手指紧紧捏着那张纸片，哭声也越发地破碎。最后，像是彻底放弃一般，她伏在一旁的床上将所有的泪水掩埋到厚厚的被褥里。

一切都没有消失，一切也都没有和解。

像是那只她胡乱塞进所有东西的柜子，一旦打开一角，所有的记忆也会不受控制地倾覆而来。

然而，她不能再这样沉湎于过去，她不能再这样止步不前。

被抛下一次，被抛下两次，她不想也不会再被抛下第三次了。

最后，苏芷用力地把自己的眼泪擦干。她将那张贴纸重新夹进了笔记本里，然后塞进了行李箱的最里层。

江哲无法理解她为什么一定要朝他借钱搬出去住，他无法理解她为什么要把宝贵的时间浪费在打工上。

然而苏芷并不期望他的理解。

只要自己可以理解就好，她可以向别人借钱，也会按时还钱，但她再也不会把自己这样完全地寄托在另一人的身上了。

第一次，对苏昌铭失望的时候，她对自己说过：从今天开始，她不属于任何人，也不被任何人拥有。

然而，不久之后她就重蹈覆辙，摔得粉身碎骨。

但从今天开始，她把这句话用血泪重新深深地刻磨在自己的心里，告诉自己：

苏芷，从今天开始。

你不属于任何人，也不被任何人拥有。

第一份工作是在大学城附近的一家奶茶店。

苏芷交了健康证后没几天就被通知去店里上班。因为是暑假，原本在这里兼职的一个学生回家了，她正好补上那个人的位置。

一切都比她原本想象的还要顺利。

店长除了第一次领她入职培训的时候见过几次，后面就没怎么来过。平时只有苏芷和另外一个男生在店里。

男生名叫许嘉，是店长的侄子，这段时间正好有空才来店里帮忙。

十分巧的是，许嘉也是北岭大学的学生，不过他开学马上大四，比苏芷大三届。

苏芷刚开始上班的时候还有些小心谨慎，生怕自己哪里做得不对被扣工钱。可是和许嘉相处了两天之后，她也逐渐变得放松。

因为许嘉性格极为开朗，常常在没事的时候和苏芷唠嗑把她逗得哈哈大笑。一来二去，两人也变得熟络。

店里没生意的时候，就在一起聊聊天。

后来一次夜班，许嘉随口问她住在哪里，苏芷才知道原来他们还住在一个小区。许嘉大部分时间住在宿舍里，那个小区里的房子是他父母早几年给他买下的，说是投资。他住的次数不多，所以一直没和苏芷碰上。

“下次有空倒是可以来我家玩，”许嘉坐在店里一边煮着珍珠一边说，“我再叫几个同学来，通宵玩狼人杀和剧本杀，保管你以后天天想来！”

“我只玩过狼人杀，不会玩剧本杀。”苏芷坐在门口的高脚凳上，她头发扎成丸子头，纯白短袖加浅蓝色牛仔裤，两条长腿折起踩在高脚凳的横杠上。

“很简单，我到时候给你介绍下规则就行。”许嘉一口白牙笑起，“你也可以叫你的朋友过来玩，我家挺大。”

苏芷耸了耸肩膀：“我在这里没什么朋友，只有一个……哥哥。”

“亲哥？”

“不是，但是他对我很好。”

许嘉欲言又止地眨了眨眼睛：“这个……哥哥，是我以为的那种……哥哥吗？”

苏芷眼睛微微笑起，知道他什么意思。

“不是，不是那种‘哥哥’。”

“喔喔，”许嘉不好意思地绕绕头，“是我想多了。”

“没事。”

“那你家原本是哪里的？”许嘉把火关了。

苏芷跳下凳子去帮他拿干净的容器：“我原本是北川的。”

“那你怎么暑假这么早就过来了，不多在家玩玩吗？”

苏芷低着头帮他把煮好的珍珠舀出来：“我没有家人。”

许嘉有些惊讶地看她。

苏芷朝他笑了笑：“我刚刚说过的那个哥哥，就是我唯一的家人了。”

许嘉好像有些难以消化般地看了她两眼，可很快移开了目光。

“不好意思，说到你不开心的事了。”

“没关系的，我没有不开心。”苏芷眼睛笑成细小的月牙，声音也一直很平和，“我父母一年前去M国了，我和他们很少联系。后来我住在一个叔叔家里，现在考到北岭大学，身边能联系的就是那个哥哥了。”

“那你之前的那个叔叔呢？”许嘉问道，“你们也不联系了吗？”

苏芷目光无声地又落下去，声音仍然平静："嗯，不联系了。"

许嘉看着她情绪好像有些低落，"啧"了一声，像是想叫她开心一点："不联系就不联系了呗，反正你已经成年了，以后都是要靠自己了。"

苏芷点了点头，看着锅里逐渐见底的珍珠，附和道："是，你说得没错。"

八月初的时候，苏芷给江哲打了一笔钱。

不多，只有一千。

是她第一个月收入的一大半。

钱刚转过去没几分钟，苏芷就接到了江哲的电话。

"怎么了，赚大钱了？"电话里，他也不放过她要揶揄两句。

苏芷刚吃完午饭朝奶茶店去，她一路走在有树木遮蔽的阴凉处，一边嘴角上扬地说道："给你的红包。"

"这么大手笔，我可不敢收。"

"收着吧，下次请我吃饭就行。"苏芷眼睛也笑得眯起，第一次收到自己挣来的钱的快乐，与第一次回报给别人的快乐，让她更加发自内心地肯定自己的独立。

"那我就真的收下了？"江哲笑道。

"当然了。"

"你现在在干吗？"

苏芷站在路口左右看了看："在去店里的路上。"

"悠着点。"

"放心吧，我先挂了，过马路了。"

江哲嘴巴抿着也克制不住笑意："行，那你注意安全。"

他慢悠悠地把电话收起来，转过身去，果然看见沙发上江妍月正侧着身看他。

“谁给你转什么钱了？”

江哲慢悠悠地走过去，坐下：“我养的小姑娘。”

江妍月皱眉：“别一天到晚就知道在外面胡搞。”

江哲笑呵呵：“好嘞。”说完去看坐在江妍月一侧的程怀瑾。

然而他却像是没听见似的，根本没有看向江哲。

一整个下午，江妍月都在大张旗鼓地安排订婚的事情。程怀岭这次的事情江家已经开始插手，因为事态不小，所以需要花费的时间也多。

上下都需要打点，原本也是急不得的。

奈何江妍月想要先订婚，江家自是没问题，程怀瑾也没有拒绝。

于是江哲被拉回来，强行听江妍月的订婚安排。

但是他一直三心二意，弄得江妍月也有些恼火，刚刚更是旁若无人地接打电话，完全不把她的订婚放在心上。

“你要是实在听不下去就先回去好了。”江妍月面色已然不善。

谁知道江哲连犹豫都没有，立马站起了身子，临走前还阴阳怪气：“祝你们俩百年好合！”

江妍月气不过，最后骂他一句“滚”！

江哲关门前回她一句：“反弹！”

江妍月气得狠狠地拍了两下桌子，随后又去看程怀瑾。

“二哥，你能不能管管江哲，让他对我这个姐姐好歹有一丁点的尊重吗？”

一直坐在一侧没有说话的程怀瑾看了她一眼，声音很是冷淡：“没有人应该听我的。”

“那你就看着他这样欺负我吗？”

“你可以试着和他沟通沟通。”程怀瑾面色清冷，靠在沙发里。

静了片刻，又问，“今天还有什么事吗？没有的话我就先回去了。”

“你每天这么忙吗？”江妍月似是迁怒程怀瑾，“我上次叫你陪我去和朋友吃饭，你也说没时间，再上次让你陪我去买东西，你也说没时间。二哥，你就真的忙成这样抽不出一点时间陪我吗？”

程怀瑾目光看过去，江妍月无端有些心怯。

可他的声音依旧平缓：“我这段时间在北川和这边来往得多，公司里很多事情已经被耽误了。不是我故意抽不出时间，今天你说要商量事情我有空也就来了。没必要发脾气。”

江妍月一拳打在棉花上，又有些不甘愿地说道：“我知道你忙，但你也得多花些时间陪我啊。”

“你如果有个正常的工作，忙一点也不会多想。”

“二哥你什么意思？”

程怀瑾嘴唇轻抿，像是不愿再说的样子。

江妍月的声音变得有些冷：“二哥，你是要和我结婚的。如果你有什么话应该早点告诉我，而不是一副不愿意多说的样子。我也不是不讲道理的人，有什么话你和我说我也会好好考虑不会胡搅蛮缠的。”

“如果从现在开始你就这样一副不愿意和我沟通的样子，那我们以后……”

江妍月开始无止境地说话。

然而程怀瑾的脑海里却不自觉地开始回想江哲刚刚在电话里说的话：

——“怎么了，赚大钱了？”

——“这么大手笔，我可不敢收。”

他轻笑着和电话里的人聊天，在聊什么。

无由地腾起一阵烦躁。

他知道这是苏芷打给江哲的电话。

程怀瑾目光长久地落在深灰色的茶几上，忽然看见一只手拍在了上面。

他视线上移，看见江妍月像是不可思议般地瞪着他，随即嗓门也上扬："二哥，你刚刚一句话都没有在听我说吗？"

程怀瑾看过去，双肘支在膝盖上，沉声说道："没有必要。"

"没有必要和我说这些，我答应你父亲和你结婚，为了什么你我都是心知肚明。"

"……你什么意思？"

明亮的灯光下，江妍月更加清晰地看见他眼里的无情。像是她刚刚所有的情绪与抱怨根本没有在他的心里激起哪怕一丁点的波澜。

他像是根本不在乎。又或者，他就是根本不在乎。

程怀瑾站起了身子，垂手拿过了自己外套。

"如果你有什么需要我和你一起做的，我都会抽时间来陪你。订婚、婚礼，所有我都会配合，需要我做什么我也一定会去做。"

"但是，"他目光像是冬日扑面的雪，冷刀一般锋利，"但是有件事情，我觉得你应该是知道的。江叔叔为什么会和他第一任妻子离婚，而和你母亲结婚，是因为他和第一任妻子就是我们这样的利益婚姻。"

"因为利益婚姻本来就是没有感情的，这一点我觉得你应该知道。"

江妍月面色发冷地看着站在不远处的程怀瑾，他自始至终没有波动的声线，和他不怯于撕破她幻想的残忍。

"最开始可以是没有感情的，"她手指紧紧握起说道，"但是二哥没试过又怎么知道一定没有感情？毕竟我们以后还要在一起生活一辈子的。"

程怀瑾微微往后退了两步，像是根本无所谓："是。"

“那你就这么肯定这辈子都不会对我有感情吗？”江妍月也站起身子看着程怀瑾。

他穿着一件深灰色的衬衫，高挺的眉眼里，像是浮动着无法拨开的雾。

为什么明明他们是要更进一步了，她却觉得，他走得更远了。

安静的客厅里，有窗外投来的树影晃动。

程怀瑾站在一片阴影里，敛眸沉寂了两秒，下一刻，也毫不留情地伸手戳破她的幻想。

“不会。”

他说完，就转身大步离开了。

第十二章 坠入无尽冰窖

W U C I X I A O M E I G U I

从江家出来后，一路沿着清河往南开，上一个高架，在第三个出口下，是程怀瑾在京市新买的一间公寓。

面积一百多平方米，一间卧室，只住他一个人。

确定会在京市常住之后，他顺手买下了这间公寓。风格是灰白的极简装修，家具也是原本就自带的。

程怀瑾什么都没有变动。

手机在开车的时候就已经响了无数声。程怀瑾将车开入公寓楼下的停车场，熄了火。

铃声还在持续不断地、坚持不懈地响着，像是燃烧柴火时不断跳出的火星，一点一点灼烧在他的心上。

程怀瑾目光看着前方，片刻，还是按了接通。

“有事吗？”他声音很是平淡，像是刚刚的争吵从未发生。

然而电话里的声音也没了刚才的愤怒，只小声地说道：“二哥，我不应该和你发脾气。”

江妍月一连十几个电话才被接起，此刻已是不敢再胡来。

“……我刚刚就是被江哲气了一下，又看你有些心不在焉我才口不择言的。”

江妍月知道自己心急了。

原本程怀瑾同意和她结婚的原因，她心知肚明。程怀瑾不喜欢她，她也不傻。但是她有足够的信心让程怀瑾爱上他。

因她太过了解这个男人，只要结了婚，他是无论如何也不会再对其他人有任何的心思。再硬的冰块，她有一辈子的时间去软化他。程怀瑾现在说话再难听再刺耳又有什么关系，只要结了婚，她就什么都不怕。

“二哥，”江妍月声音又放软，“你到家了吗？”

“到了。”程怀瑾淡声道。

“二哥，你可以不要生我的气了吗？我以后不会再这样和你吵架了。”

程怀瑾轻抿了下嘴唇：“我没有生你的气，答应你的事情也会履行，你不用想太多。”

江妍月低低地应了一声，两人都没有再提起最后的那段对话。一刻，又问道：“那二哥你明天有空吗？我上次订了套衣服明天正好可以去取。”

“抱歉，明天我已经有事。”

“没关系的，”江妍月立马表示理解，“那下次有空我们再一起去吧。”

“嗯，还有事吗？”

“没有了。”

“好。”程怀瑾说完，就摁断了电话。

手机轻轻地收回。

他目光仍然像是专注似的看着前方空旷的车位。安静的车厢里也带来近乎真空般的封闭，没有声音的叨扰，也没有时间的流动。

他应该打开车门，然后上楼的；他应该回到卧室里，然后收拾明天回北川的行李的，而不是几乎凝滞般的，坐在车厢里，一动不动。

耳膜逐渐变得沉闷，昏黄的车库里，像是变成了一片人工的地下海，看不见的海水缓慢浸过车窗，而后也将他完全地包围。

不需要呼吸，也不需要思考，思绪全凭本能地从他的眼前浮过。

——“怎么了，赚大钱了？”

——“这么大手笔，我可不敢收。”

她去做什么了？为什么赚钱了？江哲没有帮她吗？她现在又在做什么？住在哪里？

程怀瑾的目光近乎空洞地看着前方，手指收紧在方向盘上。

浸满“海水”的汽车缓慢地沉入海底，也将他的理智逐渐剥离。

无尽的沉默。

程怀瑾忽然重新启动了车子。“海水”汹涌地从车身流出，他轻踩油门将车重新开出了车库。

江哲在家听见门铃声的时候，刚结束和江妍月的电话。

不知道江妍月哪里来的忽然抽风，居然和他讲了那么多废话后又和他道歉。江哲最是不屑于和她维持和平，即使是表面上的和平他都懒得装。

电话刚放下没多久，他就听到门铃声，吓得他太阳穴一跳，以为是江妍月“追杀”上门。

却没想到是程怀瑾。

江哲目光上下打量了他一番，语气中几分调笑意味：“二哥怎么忽然想上我这来了，和江妍月聊得不开心吗？”

谁知道程怀瑾冷冷地看了他一眼：“不要阴阳怪气。”

江哲：“……”

程怀瑾进了屋子，问他："晚上有安排吗？"

江哲也跟过去："你要跟我吃饭就没有安排，你要没事我就有安排。"

程怀瑾看着他。

江哲笑了笑，又问："怎么忽然想起来要和我吃饭？"

"我现在和你吃饭都需要一个理由了吗？"

江哲愣了愣，又去看他，忽地，像是知道了几分似的，眉毛无声地扬了扬，声音很是乖巧："当然不需要，那今晚就在家吃吧，我们两人好久没一起吃饭了。"

程怀瑾应了一声，同江哲一起去了阳台。像是默契般地，谁也没有提起江妍月。阳台上的两把椅子，他们各自坐着看窗外无边的江面。高楼俯瞰，过往船只也如渺小树叶。

"北川那边的工作怎么办？"江哲侧身去看他，"我爸是不是让你干脆别干了，听他安排。"

"我大哥事情解决之前，只能先两边跑。"程怀瑾淡声道，"但是我不打算接受你父亲的建议，那不适合我。"

江哲笑笑："我就知道，我这个儿子他算是彻底放弃了，现在来了个比我厉害一百倍的，他肯定想方设法把你弄过去给他当接班人。"

"那程怀岭出来之后呢？"江哲又问。

"回北川。"

江哲眉头一皱："江妍月也跟着你回去？"

"她想在哪里工作都可以，但是我是没有换工作的打算。"

"北川不是她的地盘，江妍月不可能去的。那到时候你们俩不就分居了吗？"

"那我也没有办法。"

江哲看着程怀瑾一副软硬不吃的样子，竟有几分看江妍月笑话的样子。

“日子定了吗？”

“什么？”

“订婚。”

“她还在找人看。”

“挺好。”江哲不冷不热地评价了一句。

程怀瑾目光看向他，片刻，却也像是不知如何开口一般又转了开。

他们再没多说什么。

六点的时候，阿姨做好了晚饭。

两副碗筷放在餐桌的两侧。

程怀瑾目光沉默地逡巡了片刻，坐了下来。

“饿了。”江哲大大咧咧地坐下来拿筷子就吃。

程怀瑾却是没有动。

江哲筷子一顿，去看他。

“二哥，你怎么不吃？等什么？”

程怀瑾目光轻动了一下：“没有。”

说完，也拿起了筷子。

两人有一搭没一搭地说些话，程怀瑾说话的欲望并不强烈。

江哲也没在意。

快要吃完的时候，忽然微信来了消息。江哲眼睛笑眯眯地去点开，是苏芷发来的一张照片。

她拿着一小张工资条坐在奶茶店的一侧拍了照。头上戴着写有奶茶店名的粉色帽子，眼睛笑成一条小月牙。

苏芷：同事刚刚帮我拍的，庆祝我第一次拿到工资。

江哲抬头问程怀瑾：“二哥，我打个电话你介意吗？”

程怀瑾摇摇头。

江哲随即给苏芷拨了过去。她像是手机正拿在手里，几乎是下一秒就接了起来。

“好厉害。”江哲毫不吝啬自己的夸赞，“可以自己养活自己了！”

电话里，苏芷的声音显得很是雀跃：“我今天可太高兴了！”

“听出来了，”江哲嘴角也忍不住无限上扬，“到家了吗？”

“刚到。”

“注意安全。”

“我会的，江哲哥哥！”像是撒娇般的，她声音拖得很长，叫人心里发痒。

江哲手指在桌上敲了几下，随即问道：“晚上我接你出来吃饭吧，就当庆祝。”

“不啦，”苏芷拒绝道，“今天去朋友家庆祝了。”

“男的女的？”

“都有，很多，”苏芷那边像是有人在说话，“一会儿挂了电话我给你发照片。”

江哲扬眉：“好，那我明天去接你吃饭。”

“好，那我先挂了。”

“好。”

江哲嘴角带笑挂了电话，抬头才看见程怀瑾一直安静地坐在一边。

可他什么也没问，并不在意的样子。

“叮”一声轻响。

苏芷的照片发了过来。

一群人有男有女，坐在一间并不大的客厅里吃火锅。

她身子小小的，坐在一个男生的旁边，歪着头朝镜头比了个“耶”。

江哲低低地笑出声，像是顺手般地把手机转去了程怀瑾的前面。

“看看小丫头，是不是感觉比以前活泼多了？”

程怀瑾的目光无声地落下去。

照片里，她穿着一件深蓝色的短袖，下摆塞进牛仔短裤里。黑色的头发随意扎成丸子头，左手抱膝坐在沙发上，右手朝镜头伸出比“耶”。

脸庞很是娇俏地微微偏向左边。

左边。

坐着一个程怀瑾不认识的男生，一只手轻轻搭在苏芷身后的沙发上，目光微微侧着，带笑地看着苏芷。

也像是曾经的他。

一刻的寒凉，像是坠入无尽的冰窖。劈头盖脸的冷风随即变成无数锋利的刀刃，在他的身上无情地切割。

江哲正要把手机拿回说些什么，却看见程怀瑾放下了筷子。

“二哥？”他开口。

程怀瑾却直接站起了身子，往后退了两步：“我今天还有事，就先走了。”

江哲愣了一下，即刻说道：“好，那……”

然而，程怀瑾没等他说完，就已经转身朝客厅去了。

安静的一段走廊，他像是走在看不见前方的迷雾里，脚步几分飘忽，也叫他的心脏再一次找不到任何可以落脚的地方。

荒诞的惶然。

——他分明像是落荒而逃。

电梯门合上又打开。

程怀瑾快步走回了车上。

“砰”一声车门关合声。

耳边再无多余的声响，只有他的心跳声。他身子紧紧靠在座椅上，眼睛几分克制地闭上，像是重新坠入那片看不见的大海。

思绪和呼吸被强制剥夺，只剩下残存的本能。

她买了新的衣服，有了新的朋友，在过新的生活了，也会有新的人重新爱上她。

程怀瑾手臂无法自控地收紧，然而，下一秒，他在手边的储物格里摸到了一个细细的、柔软的东西。

程怀瑾慢慢地睁开眼。

一根黑色的、极细的塑胶发圈被他轻轻地拿在手里。

心口像是撩起火般发烫、发颤。

她什么时候丢在这里的?

她什么时候丢在这里的?

程怀瑾手指不自觉将那发圈轻轻撑开。弃用已久的发圈早就失去了原本的弹性，随着程怀瑾的手指不断撑开，渐渐泛出了白色的裂痕，而他却像是失神般地无法控制自己的手指。

裂痕越发明显。

下一刻，发圈轻轻断开在了他的手上。

弹跳完最后的生命力，那根黑色的发圈像是在再无意义般地重新落入了黑色的储物格。

程怀瑾目光几近出神地看下去，那股莫名的、无法控制的火焰忽然慢慢地消退了。

没有意义。

发圈已经断了。

一切已经结束了。

浸没车厢的“海水”无声地从窗户的缝隙退了。

程怀瑾神思重新地凝聚。

再次抬头看向前方的目光也覆上了冰冷的霜。

他随即伸手启动了车子。

黑色的轿车像是一条巨大的鲸鱼，无声地从车库开出再潜入无尽的黑夜里。

他不应该来这里的。

六月十六。

他们早就结束在了那一天。

九月十号开学前，苏芷和许嘉一起去了趟南岩山。

同行的还有许嘉的几个室友和他们各自的朋友。许嘉是个攒局王，因此每次出来玩都可以叫到一大批人。苏芷跟着他们在许嘉家里吃过几次火锅，还玩过好几晚的游戏，很是自然地就熟络了起来。

为了赶上看南岩山的日出，他们提前一天晚上坐巴士在南岩山山脚下住了一小晚。

但其实谁也没睡着，因为他们大约凌晨四点就要醒来，随后计划步行爬上南岩山，最后再看日出。

山间的早晨清冷，一群人已经在山脚下集合完毕。苏芷眼睛一会儿睁开一会儿闭上，整个人还有些迷瞪。

许嘉从后面拎起她的背包，苏芷一惊立马回头张望。

却看见许嘉朝她笑着："我帮你拎包吧。"

苏芷连忙左右摇头，眼睛又困得眯成一条线，声音小小的："不重，自己背。"

"那水我帮你拿着吧。"许嘉松了手，把苏芷手里的水拿了过来，"你一会儿要不拉着我，我看你困得不行，到时候爬山都看不清路。"

苏芷使劲睁了一下眼睛，随即又打了个哈欠："我可以。"

许嘉忍不住嘴角扬起，她头发简单地扎了一个马尾在身后，身上穿着一件深蓝色的冲锋衣。天色还没亮起，只能看见她脸庞的轮廓。

此刻迷迷糊糊，有种茫然的娇憨。

“那跟在我旁边，天黑别走丢了。”

苏芷点了点头：“好。”

四点一刻的时候，一群人准时上山。

山间一片漆黑，只有那条上山的小路两边有极其微弱的灯光指引着路线。

除此以外，抬眼尽是看不见的黑暗。

一开始大家还比较兴奋地有说有笑，苏芷的困意也慢慢驱散了不少，但是爬了半个小时之后，渐渐地没了声响。除了窸窸窣窣的衣服摩擦声，一切都变得很安静。

苏芷一直跟在许嘉的身后，他拿着矿泉水的瓶尾，要苏芷拿着瓶口。原本两人走在大部队的中间，但是因为苏芷走得慢，快要半山腰的时候，他们已经落在了队伍的最后面。

苏芷伸手拉了拉矿泉水，许嘉停下来看她。

“走不动了吗？我来帮你拎包吧。”

苏芷的身子让了让。

像是怕惊扰这山间的安静，她轻声道：“我走得太慢了，耽误你了，要不你先别管我，跟着他们往上面去吧。”

“为什么？”

“日出的时间快到了，我不想耽误你看日出。”苏芷说着在后面轻推了许嘉一把，两人继续往山上走。

“错过了也没关系。”许嘉这次不由分说地把苏芷的背包拎了过去。

苏芷小声地“欸”了一声，却也不想和他争抢，显得过分矫情。

“谢谢。”她身子一下轻了许多，大步跟着许嘉往前走。

许嘉笑了笑：“累就慢点走。”

“你不想看日出吗？”苏芷有些困惑。

“想看，但是错过也没关系。”

苏芷有些不懂地偏头看着他。路上灯光昏暗，两人靠得近，许嘉能看见她眼里的困惑。

他低低地笑了笑：“我有没有和你讲过我前女友的事情？”

苏芷一愣，随即摇了摇头，几分好奇地问道：“什么事？”

许嘉很是坦然地说道：“我大一的时候和我女朋友认识，她比我大两届，是我学生会的学姐。”

“哇哦！”苏芷捧场。

许嘉拿矿泉水轻敲她额头，又说：“但是我大三那年她出国读研究生了，所以我们就分手了。”

“因为异地恋吗？”

“是，她觉得我没办法在她身边陪着她，有事的时候我永远都只能给她打电话而没有任何实质性的帮助。”

苏芷抿了抿嘴唇，不知道要说些什么。

然而许嘉却并不要她的安慰：“所以我们就分手了，她也有了新的男朋友。”

苏芷看着他一直微微扬起的嘴角，问道：“你难过吗？”

许嘉转头看着她，语气认真：“一开始的时候，非常。但是现在，你看我和你说起的样子，你还觉得我很难过吗？”

苏芷轻轻地摇了摇头。

“我就是想和你说，能看到日出很开心很快乐。但是如果没办法错过了那也不要难过，因为陪你看日出的人也陪你走过了这段上山路。所以我已经很满足了。”许嘉目光重新看向无尽的黑暗，“有没有听说过这句话，走不到终点的人，能一起走过一段也已经很感激了。”

寂静的山间，苏芷忽然听见自己逐渐怦然的心跳。她像是几分失神般地拉住了许嘉的衣袖，只凭他将自己往前引领。然而，像是有另一个她慢慢飞到了半空中。看见她此刻缓慢地行走在这片漆黑的山间，也看见她坐在那个缆车上。

他陪她走过了一段路，却没能陪她看到最后的“日出”。

她也看到刚刚搬来江哲家里的她，时常惊醒的夜里，泪水涟涟。

怨恨他没有选择她，怨恨他的冷酷无情。

可是此刻，许嘉的话也在她的耳边重响：“走不到终点的人，能走一段也已经很感激了。”

苏芷没有办法忘记，那一个个她和程怀瑾一起走过的日子。

他的温柔与包容，将她身上的利刺一根根拔下，也给了她一个她从前从未想过的港湾。

那个飘在空中的人慢慢地归位了。眼眶几分湿漉，迎面吹来的风，也带走微微的潮湿。

他已经陪着她走过了她最难的一段路了，就算没能陪她看到最后的“日出”又有什么关系呢。

黑暗里，她眼眶微微湿润，然而这一次，她的笑里不再是心寒、痛苦和无可奈何。

她发自真心地笑起，也和那个陪了她一段路的人说再见。

苏芷抬手擦了擦眼眶。

许嘉回头，看见她像一只小兔子一样三步并作两步往前冲去。

寂静的山间，她声音清脆：“加速，我们今天一定要看到日出。”

许嘉笑开：“我来了！”

随即大步朝她追去。

五点多，一群人赶在日出之前来到了山顶。

许嘉拿出包里的毯子铺在地上，大家坐在一起，互相依偎。

苏芷靠在一个姐姐的身上，看着远方的云雾，所有人都在静静地等待那一刻。

无边无际的云海，天地一片昏暗。

片刻，有金丝从云间漏出。

大家屏息。

随后，越来越多的金丝铺陈，仿佛能看见光线朝无边的天际蔓延。隐于云海身后的太阳终于慢慢显现了轮廓。

苏芷专注地看着那轮新日，不过数秒之间，金海将整片天地浸润。而后，万物明朗。

空气中扑来拂面的温热，她看见许嘉回头朝她笑了笑。

苏芷也笑了笑。

一种天地变得更加开阔的感觉，她想，或许今天，才是她人生的新篇章。

有许嘉的帮忙，苏芷的大学生活开启得格外顺利。他对一切都熟门熟路，各种避雷也都提前和苏芷说了清楚。

不过苏芷最感谢他的还是他的兼职信息。由于她已经开学，奶茶店的工作不得已已经辞去，在找到固定的周末兼职之前，她时常会和许嘉一起做些临时的兼职活动。

许嘉做这些很是熟门熟路，苏芷之前问过他为什么做这些。许嘉说他父母为了给他在京市买房子已经出了不少钱，他想帮家里分担些生活费。

苏芷于是一有合适的机会也会发给许嘉看看。

九月末的时候，许嘉传来一个周末的兼职活动。

许嘉：周六下午两点到三点的 coffee break（茶歇）服务生，清河慈善拍卖中心。每人三百。

苏芷：我报名！

许嘉消息立马回来：报了，我和你。

苏芷：谢谢许菩萨，不过这么好的机会你哪里来的。

许嘉：在我之前酒店兼职的群里看到的，报名的人很多，因为是个比较高端的活动。我和招人的老板认识，所以抢到了两个名额。

苏芷：厉害！

许嘉：才发现。

苏芷：嘚瑟。

周六的下午，许嘉提前来了苏芷的宿舍楼下等着。两人随后就坐公交去了清河慈善拍卖中心。

苏芷跟着其他来兼职的女生去了换衣间。每人依着大概的身材发了一条米白色的旗袍。

无袖，材质很是爽滑，表面绣有精致的花纹。

就是开衩有些大，一直到苏芷的大腿。

高跟鞋也是必不可少，头发有专门的化妆师帮忙低低地盘起。要不说是来当服务员，倒是有几分江南美人的味道。

领头的阿姨讲了下她们工作的内容。一小时的 coffee break，帮忙布置一下点心和饮品，然后就是在会场等候指令就行。

一点半的时候，苏芷和许嘉进到了会展中心。

他们和其他人一起把东西全部布置好，很快就有人从一旁的门里走进。

许嘉站在苏芷的旁边："今天有一场佳士得的拍卖在这里举办，这些人都是中场休息出来吃点东西的。"

"拍卖些什么？"苏芷轻声问道。

"具体我也不知道，我猜是珠宝首饰艺术品。"

"哇，你猜得真准，一下囊括所有。"

许嘉绷不住直笑，苏芷也微微笑眯了眼。

很快，会展中心里的人越来越多。大部分都是三五成群一边吃点东西一边闲聊。其实用不上他们太多。

苏芷时不时和许嘉搭两句话，消磨下时间。

冷气十足的室内，她忍不住摸了摸自己的手臂。

随意的目光扫过，苏芷愣了一下。

她其实已经很久没有想过他了。

更没想到这么大的京市，他们还会再见面。

不远处的入口，她看见程怀瑾慢慢地走进来。

他穿着一件烟灰色的西装，身形颀长。面色几分冷漠的淡然，偏头和身边的人说着话。

苏芷眼睫轻动了两下，正要挪开的时候，却看见程怀瑾像是不经意地朝她这里瞥了一眼。

但也仅仅是一眼，他就移开了视线。

苏芷目光随即也收回了眼下，许嘉看她有些不对劲，问她怎么了。

苏芷摇摇头："有点冷。"

"你站我身后一点吧，我帮你挡着风？"许嘉说着就把她往身后藏了藏，却看见眼前来了几个人。

"小丫头，躲什么？"

苏芷一听声音，立马探出头来。

"江哲？"

江哲耸肩笑笑，上下打量她。

"好漂亮。"

苏芷忍着笑意瞪他一眼，随后给有些摸不着头脑的许嘉介绍道："我和你说过的那个哥哥。"

许嘉连忙会意，朝江哲点了点头："您好。"

苏芷这才看到，原来程怀瑾是和江哲一起过来的。

此刻江哲走过来，程怀瑾也朝这边来了，苏芷的身子微微几分紧绷，抬眼看过去。

他安静地走到她的面前，高挺的眉眼也和从前一样，没有半分的变化。他嘴唇轻轻地抿起，像是在等她开口。

苏芷其实想过如果她再和程怀瑾见面会是什么样子，所有的设想里她都会不堪一击的溃败。所以她其实从未期待着和他的重逢。

然而此时，程怀瑾这样真实地重新站在她的面前，她却慢慢地平静了下来。

她想，她已经不是从前那个会因为他的只言片语就高兴或是大哭的小姑娘了。明亮的灯光下，他目光少有的澄澈、温和。

苏芷手指微微握紧，几分疏离地开口喊他："程叔叔。"

一切回归他们最原本的样子，不是恩断义绝也不是余情未了。

她感激他曾经陪她走过的一段路，但是一切也就只能到此为止了。

她听见程怀瑾低低地应了一声，随即又说："我还有工作要做，就先走了。"

苏芷说完就转身朝一侧走去。

许嘉看了她一眼，没有说话跟了上去。

江哲看着程怀瑾沉默追过去的目光，不禁无声笑了笑。

"她从前不是不肯叫你叔叔吗？"

不知从何而来的冷气吹拂在程怀瑾的发间，他像是无意识地回话："她从前喜欢叫我程怀瑾。"

"后悔吗？"

江哲往前两步，并肩站在他身边。

程怀瑾目光轻动。

比起照片，如今他也亲眼看到。

仿若结冰的冷气不断地从他的脸颊吹过。

江哲侧头，竟看见他像是无声地笑了笑。一种站在悬崖边的萧瑟之感，也叫江哲忍不住心颤。

难以呼吸的窒息感。江哲开口：“出去走走？”

程怀瑾目光收回，淡声道：“好。”

空旷的晒台，他们两人面向无边的天际站着。

程怀瑾看着没有一片云朵的天际。

很久也没有说话。

江家订婚的事情一直拖了很久。

原本以为解决程怀岭的事情是手到擒来，却在深入插手之后发觉并没有那么容易。

江妍月时常回家和她父亲发脾气，迟迟不和程怀瑾订婚也叫她越发烦躁与不得安宁，像是生怕程怀瑾随时就会从她的手中溜走。

十月末的时候，江妍月强硬要求程怀瑾搬去她那里住。就算不住一个房间，她再也无法忍受时常看不见他人的日子。

程怀瑾忍受不住她的吵闹，只能同意。

家里请阿姨打扫了一遍，他把一些简单的衣物放进了行李箱。

江妍月在家吃过晚饭之后就开车过来，进屋的时候阿姨已经在做最后的清洁。

“二哥，你就这些东西？”她走进屋子，看见客厅里有一个大行李箱和一只手提箱。

程怀瑾坐在沙发上，像是在看电脑上的什么文件。

他抬头看了眼江妍月：“我手上有些事情要现在做完，你不介意可以等我一下。”

江妍月笑了笑：“好呀，又不着急这一时半会儿的。”

她说着就坐到程怀瑾身边，去看他在做什么。

“着急吗？”

程怀瑾应了一声。

江妍月抿嘴笑起，她今天心情很是不错，也不在一边催他。

在沙发坐了一会儿之后，她有些无聊地站起了身子朝程怀瑾的卧室去了。他屋里并没有把所有的东西都带走，江妍月每个抽屉都抽开看了看，没什么新鲜的。

倒是床头的一小束花开得很不错。

阿姨正在一旁擦桌子，她开口问道：“这是什么花？”

阿姨看了眼：“洋桔梗，程先生每周都换一束新的。”

江妍月微微怔了一下，笑容逐渐变得有些冷。

她随即转身走回了客厅，程怀瑾还在改着方案。

江妍月靠着他身边坐下，像是不经意地问道：“好像很久没听你说过苏芷的事情了？”

程怀瑾的目光都没有抬起：“她去上大学了。”

“那你们就没有联系了吗？我前几天还在江哲朋友圈看到她照片，她旁边有个男生好像和她关系很不错？”

程怀瑾仍是冷淡地说道：“我们没有联系了。”

江妍月目光在他脸上打量，半晌，不冷不淡地“喔”了一声。

伸手拿过他桌上的文件来翻：“床头的花不错。”

她话音刚落，就看见程怀瑾转头看了过来。

“你想说什么可以直说。”

江妍月看着他冷淡的目光，心里微微有些撩火。

“我就是随便问问不行吗？还是戳中你什么痛点了？”

程怀瑾不再看她：“如果你不想在这里等我的话可以先回去，不用这样。”

江妍月眉头皱起：“我就随便说几句话不行吗？而且我也没听

说过你怎么忽然就喜欢洋桔梗了，娇滴滴的花，倒像是小姑娘才会喜欢的。”

她话一出口，自己心头却像是警醒般地颤了一下。

然而程怀瑾却还是极度漠不关心地看着自己的电脑屏幕。

江妍月嘴巴像是不敢相信地微微张着，忽然，她的目光瞥到程怀瑾那只放在客厅里的手提箱。

最上面把手的附近，有一张浅粉色的花朵贴纸。

几乎是下意识地，她站起身子走到那只行李箱的旁边。层层叠叠的粉色花瓣，和他床头的那束洋桔梗一模一样。

强烈的、无法抵抗的预感，也像是她第一次遇见苏芷的那一次。

程怀瑾转头看见江妍月的时候，她已经把那张贴纸撕了下来。

她脸上带着很是温柔的笑，将那贴纸揉起，然后扔进了垃圾桶。

几乎是瞬间，江妍月就看到了程怀瑾脸上的血色褪去。她心里也顷刻的寒凉，因为那预感的响应。

“你不应该随便动别人的东西。”程怀瑾终于不再看向他的笔记本电脑。

江妍月却仿若很无辜：“二哥你说那张贴纸吗？我以为是哪个小孩子无意给你贴上去的，就扔掉了。”

程怀瑾目光沉冷地看着她。

“这不是贴纸不贴纸的问题，你不应该随便动我的东西。”

“我不能动吗，二哥？”江妍月朝他走近了两步，“我们很快就要结婚了，我连一张贴纸都不能左右吗？”

“你这样让我觉得很不受尊重。”

“不就是一张贴纸，有必要扯到什么尊重吗？”

“这不是一张贴纸的问题。”

“我看就是这张贴纸的问题！”江妍月的声音忽地提高，而后笑了笑，“谁给你贴的，二哥？这么明显，这么久你都没有撕下来？”

她笑容近乎阴冷，一步步朝程怀瑾的身边走来。

“让我来猜猜，是苏芷，对吗？”

程怀瑾沉默地看着她，半晌：“我不想和你讨论这个问题。”他说着就合上了电脑，起身要去拿自己的行李箱。

江妍月却一把将他推开，程怀瑾似是震惊地垂眸看着她。

“怎么了，二哥？你为什么不回答我这个问题？还是说我猜对了？”

连日来的烦躁与不得安宁此刻在看见程怀瑾的反应后开始爆发。江妍月不是傻子，她知道程怀瑾之前的心不在她身上。然而她却没想到，这个男人竟然时至今日也没有忘记苏芷。

“洋桔梗是她喜欢的花，所以你每周叫人买新的放在你的床头，是吗？那张小花贴纸也是她给你贴的是吗？程怀瑾？”江妍月身子忍不住地发抖，话语也越发咄咄逼人。

“程怀瑾，你说话啊！”

安静的屋子，程怀瑾看着她几欲发狂的模样，却也只沉声说道：“是，但这和你、和我们的婚姻都没有关系。”

“没有关系？”她止不住地冷笑，“你心里有其他人还说和我的婚姻没有关系？”

“我们本来就是——”

“程怀瑾！”江妍月几乎是尖叫似的打断了他的话，手臂直指他眼前，“所以你现在承认你喜欢她是不是？你是不是承认你喜欢她？”

程怀瑾没有说话。

江妍月却像是已经知道了答案。

巨大的讥讽袭上她的心头。她原本以为，她可以慢慢地软化程怀瑾，因她知道这个男人的长情。

却没想到，他早就把这份长情给了别人。

怪不得，怪不得那天，他那样笃定地告诉她，他永远也不会喜欢上她。

原来如此。

原来如此。

江妍月几乎是无法承受般的身子发颤，然而，在片刻之后，她将那束透着无尽恶意的目光朝程怀瑾看了过去。

“二哥，我懂了。”她声音忽然变得很尖，像是毒蛇吐信。

“是不是男人一辈子都喜欢小姑娘，还是你们早就搞到一起了！”

程怀瑾几乎是不敢相信地朝她看过去。

冰冷的灯光下，她目光只剩下疯狂的残影，那张涂着鲜红唇釉的嘴巴也变成了最最恶毒的武器。

“二哥，你告诉我。她到底是什么狐狸精转世？能让你到现在都对她念念不忘，她是不是——”

“江妍月！”

然而，这次程怀瑾没再让她把话说完。

他目光里有难以克制的愤怒，也带着叫人心颤的警告，厉声道：“你应该看看你现在的样子。”

江妍月嘴唇瞬间死死地抿住，泪水也惶恐地在眼眶里打转。

下一秒，她的“对不起”就脱口而出。

程怀瑾却再也没有看她一眼，拿了钥匙大步走出了家门。

十月的时候，秋老虎威猛过一阵，然而到了月底，早晚出门已经要穿外套。

苏芷下楼前套了件黑色的运动外套。

许嘉看她短裤配外套，笑她乱穿衣。

苏芷哼哼瞪他，又同家里正在吃火锅的人确认还要几扎啤酒和饮料。十月的最后一天，大家来她家里吃火锅，吃到一半才发现啤酒饮料买得不够。

许嘉陪她去小区门口的超市再买。

一下楼，光着的腿脖子有些冷，苏芷连蹦带跳地给自己制造点热量。

许嘉一口白牙笑起，拉着她注意两边的车子。

平日里都是空着的临时车位今天也多停了几辆车子，灯光昏暗的原因，苏芷也并没有留心，一路蹦蹦跳跳地跟着许嘉到了小区门口的超市。

谁知道啤酒已经没货了，老板说过十分钟送货的才来。许嘉怕苏芷在外面着凉，叫她抱着饮料先回去。

“那你到时候拿得动啤酒吗？”

“我连你都能一起拎着。”

苏芷：“……”

许嘉朝她挥挥手：“到家给我发个消息。”

苏芷点了点头：“那我先把饮料给他们送回去。”

“好。”

苏芷随即就抱着一大瓶可乐往小区里走。

天色虽然已经暗了，但是小区里很热闹。天气已经到达最宜人的秋天，每天晚上出来散步的人也变得更多。

苏芷脚步轻盈地朝里面走去。

快到她住的单元楼下时，她隐隐约约看见有人在路边。但是那人站在没有灯光的地方，苏芷看不清是谁。

警惕的本能，她抱紧饮料脚步加快朝单元楼门口走去。谁知道一辆送外卖的电动车忽然从她的身后擦来，苏芷一个踉跄，连带着饮料一起扑进了路旁的草地。

对方却是连头都没有回一下，飞也似的溜了个干净。

苏芷小声地朝着那个方向骂了句“无语”，低头，才发现自己的脚踝磕到了水泥路牙。

她双手支着身子坐起来，尝试着活动了下脚踝。

一阵钝钝的疼痛从脚踝处传来，苏芷轻嗞一声，重新换了个姿势咬着牙正准备站起来，却看见视线里闯入了一双鞋。

她心下警惕，连忙抬头看过去——昏暗的灯光下，她看见程怀瑾无声地蹲在了她的面前。

苏芷这才发现，他竟是刚刚那个站在楼下的男人。

他为什么会在这里?

心脏顷刻皱成一团乱七八糟的纸张，清冷的初秋此刻像是失去了所有的威力，苏芷后背微微地出汗，因他靠得实在是太近了。

脸庞就在她的眼前，安静的呼吸，也轻柔地洒在她的额间。

苏芷克制地屏息。

“你——”

可她下句话还没出口，程怀瑾就问道：“你男朋友呢？”

她皱起眉头看着程怀瑾：“他不是我男朋友，只是来家里吃饭的朋……”

程怀瑾随即淡声道：“给他发消息说你有事先走了。”

苏芷瞬间愣住。

片刻，她像是有些提防般地问道：“你要做什么？”

程怀瑾目光微微发黯。

“我没事的，就是脚扭了一下，我……”

苏芷话还没有说完，他温凉的指腹就小心地贴上了她的脚踝。

一刻的天旋地转。

他的指腹轻轻地摩挲。

身躯瞬间失去所有反抗的能力，叫她再也无法出声。

男人的手掌随后将她的脚踝完全地握住，抬头问她：“疼吗？”

第十三章 命运翻转

W U C I X I A O M E I G U I

稀里糊涂上了程怀瑾的车。

从他手掌握上来的那一刻。

苏芷不愿意承认，即使她已经很久没有再刻意去想过程怀瑾，即使她以为上次的碰面她已经对程怀瑾足够免疫。然而，当他手掌触上来的那一刻，她仍像是位被拖拽着沉入大海深处的溺水者，瞬间也就缴械投降。

她无法否认她心里短暂出现的不舍，但也没有糊涂到再像从前一样迷失自我。

一厢情愿地认为失去就会毁灭，得到就会圆满。

把他当作一位曾经陪了她走过一段路的朋友，苏芷如今用这样的方式重新面对程怀瑾。

苏芷在车上发了一条消息给许嘉，说她偶然碰到一位老朋友，请他回到楼上之后还是和大家开心吃喝，最后不用收拾，帮她把门关好就行。

许嘉有些担心，即刻来了电话。

苏芷在电话中和他说了抱歉，他确定苏芷是真的安全，一会儿就挂了电话。

车里吹不到风，渐渐地也有了些燥热。

苏芷把自己的这侧窗户打开，秋天微凉的晚风柔和地拂在她的脸庞。街道上是昏黄的底色，来回穿梭的行人与车辆像是不断交织的影子。

她没有去问程怀瑾为什么会来这里。

从前她最爱揣摩、推断程怀瑾的每个微小行为，如今她再也不会叫自己误入歧途。

得知与他的不可能，也就不会让自己重蹈覆辙。

程怀瑾开车带她到了一家私人医院，苏芷看见那幢气派的大楼时，几分没必要地转头去看他。

“说实话，我现在甚至觉得已经好了。真的没必要来医院。”

程怀瑾没说话，下车打开她那侧车门，伸手要扶她出来。

苏芷只扶了车门，落脚的瞬间，眉头不可控制地皱了一下。

瞬间的心虚。

程怀瑾问她：“要抱吗？”

“不要。”斩钉截铁，苏芷后脊又开始慢慢发热。

她左脚轻轻着地，有些一瘸一拐地往前走。程怀瑾在后面看了她一眼，也大步跟了上去。

一到门口，就有小护士推了轮椅过来。

小护士像是认识程怀瑾，开口说道：“程先生晚上好。”

程怀瑾朝她点了点头：“我来吧。”说着就接过了轮椅。

三人随后上了电梯。

医生帮苏芷照了片子，确定骨头没问题，只是轻微的扭伤。

“先冷敷，如果家里有冰袋也可以在家里敷，程先生你……”

“在这里敷。”程怀瑾说道。

“好的，没问题。”医生扭头叫小护士推苏芷去病房。

一间墙面刷成鹅黄色的病房，小护士开了灯，随即要把苏芷扶上床。

“不用不用，”苏芷连忙拒绝，“我坐沙发上就行，这也不是什么大事。”

小护士看了程怀瑾一眼，程怀瑾抬手让她先出去。

“那冰敷……”

“先出去吧。”程怀瑾淡声道。

小护士没再坚持，把冰袋留下就退了出去。

病房门轻轻地合上，程怀瑾搬了一个软凳放在苏芷坐的沙发前面。

他俯身又要去抬苏芷的左脚。

苏芷缩了一下，开口：“没什么大事，我回家也可以冰敷的。”

程怀瑾坐在她对面的床边，手里捏着冰袋：“家里有冰袋吗？”

苏芷想了想：“有冷冻饺子。”

程怀瑾没理她，伸手捏住她脚踝的偏上位置，几分强硬地把她的脚抬到了软凳上。

她出门时恰好穿的拖鞋，此刻倒是方便极了。

苏芷的心像是无法耐受地紧缩在一起，身子不自觉地僵硬。然而程怀瑾却是毫无杂念一般地把冰袋轻轻地敷在了她的脚踝上。

极度的冰冷贴上，她不禁“嘶”了一声，条件反射般地想要收腿。

程怀瑾手掌微微用力，连带着冰袋将她的脚踝握紧。

“忍一下。”他抬眼看过来。

病房里的灯光很柔和，安安静静地打在他的眼睫上，氤氲的影子遮住眼眸里的光。

一动不动地、专注地看着她，一如既往认真的神色。

苏芷的心无法控制地微微轻颤。逃也似的落下目光，她还没有修炼到能做到完全的不在意。

她抿了抿嘴唇，只是闲聊般地又问起：

“你今天怎么在这里？”

话出口，又忽觉是否不该问。

“我就是随便问问，你要是不想——”

“就是想来。”程怀瑾却忽然开口。

苏芷一怔，看过去。

他淡声说道：“想弄明白有些东西是不是其实根本没必要。”

“什么东西？”

程怀瑾的目光圈在她的脸上：“无所谓的坚持。”

苏芷心口微微地塌陷，但她也拒绝再为程怀瑾任何的话做注释。

一刻的沉默，程怀瑾又开口：“怎么没有住宿舍？”

“住的。”

他也没有继续纠结上一个话题，苏芷情绪微微地放松。

“原本开学的时候那个房子的租约就到期了，但是江哲把它买下来了。”

“是他的做事风格。”程怀瑾说道。

“对，他这人有时候比我还任性，说我不收就要和我绝交。”苏芷说起的时候脸上也不自觉地扬起笑意，“我很害怕会被他惯坏。”

她眼角微微地弯成小月亮，在谈到江哲的时候。

程怀瑾嘴唇轻抿。

目光垂下去看她的脚踝。白皙的小腿，下方的脚趾修长白净。修剪整齐的指甲圆润精致，上面涂了一层淡淡的肉粉色。

像是羞于被他注视，苏芷的小腿又想往回收。

“应该好了吧？”她轻声说。

程怀瑾把有些融化的冰袋拿下，另一只手却仍然握住她的脚踝不让她收回去。

“还有一袋。”

他态度很是固执。

苏芷把嘴里的话也咽回去，不再作声。

“和你一起下楼的，是你大学同学吗？”敷上新的冰袋，程怀瑾声线平静地问她。

病房里温度是恒温，苏芷不知怎么忽然觉得有些冷。

她眨了眨眼睛：“你说许嘉？”

程怀瑾又问：“是你大学同学吗？”

“是，但他已经大四了，我们之前在奶茶店打工的时候认识的。”苏芷话说出口，心里忽然升起几分不祥的预感，因程怀瑾从前和她说过没必要把大学的时间浪费在打工上。

她嘴唇随即抿起，可是程怀瑾什么都没有说，只低低地应了一声。

没来由的寒意渐渐地消散了。他其实什么都没有提，像是真的和她成为只是恰好一起走过一段路的人。

苏芷心里微微的发涩，然而也察觉到一种温热的潮涌。

原本以为，他们再也不会这样温和地说些无关紧要的话了；原本以为，他们早就在那天彻底地分道扬镳了。可是此刻，他们这样随意聊起平淡的生活，苏芷已觉得满足了。

“程怀瑾。”她忽然轻声开口。

程怀瑾目光随即看向她，澄澈的，温热的。

苏芷心头也微微发烫：“我们上次去爬南岩山了。”

“我和许嘉，”她补充道，“还有他的朋友。”

“我们提前一晚在山下住，然后第二天早上三点就起来了。但是爬山的时候差点因为我走得太慢而错过了日出。”

“那最后看到了吗？”程怀瑾沉声问道。

“看到了，”苏芷朝他笑道，“但是许嘉和我说，即使看不到日出也没关系。”

程怀瑾没有说话。

苏芷把他手上那袋已经慢慢融化的冰袋拿了下来，然后重新穿上了拖鞋。

“程怀瑾，我们其实也没有看到我们的日出，不是吗？”

温黄的灯下，她目光坚定也澄澈。

第一次，她这样坦然面对他们的无疾而终。不是痛哭流涕，也不是自怨自艾，而是这样的平和。

“许嘉告诉我，没看到日出也没关系，至少我们曾经一起走过一段路。”苏芷站起身子，轻轻地用左脚踩了踩地面，已不是很疼。

她低头看着程怀瑾，说道：“程怀瑾，我从前说过的每一句话都是真的，和你一起度过的每一天我都不会忘记。你看，我是不是已经长大了？”

程怀瑾目光很深地看着她，却吝啬地不肯给她任何的回应。

苏芷笑了笑，没有在意：“你要送我吗？我也可以打车回去。”

程怀瑾最后把苏芷送回了家。

她不肯叫他上楼，程怀瑾没坚持，只在楼下看见她家客厅灯亮起，才又回到车里。

车灯熄灭。

程怀瑾坐在位置上一动未动。

浓重的夜色漫过车窗，也将他深深地淹没。

——“没看到日出也没关系，至少我们曾经一起走过一段路。”

病房里，苏芷对他说的话此刻一遍遍地重复。

无法停止，也无法拒绝。

他们没有一起看到日出吗？没有吗？

程怀瑾眼睛闭上，看见那天，她穿着他的外套站在山顶，眼睛红红的，朝他笑着。

心脏像被无数看不见的细针刺入，没有任何伤痕，却在每一次跳动的时候，流出淙淙的、鲜红的血。

原来他已经成为那个陪她走过一段路的人了；原来她已经放下他，继续往前走了。

像是再也无法耐受这种想法。程怀瑾睁开眼睛，启动了车子。黑色的车身，漫无目的地融入这片沉默的夜海。他看着车来车往的街道，却不知道自己要去哪里。

每一盏灯都那样目的明确地朝着某个方向前行，明明他曾经也是如此，如此“目标明确、奋不顾身”地朝某个方向前行。

可是惶然的一瞬，程怀瑾也察觉到了一刻的迷失，不知自己做的是否真的正确，不知自己是否真的不后悔。

江妍月发疯一般的质问，和苏芷轻声的告别。

程怀瑾将车缓缓地重新停到了路边，目光沉默地落在副驾。

空荡荡，她已经不在了。

潮水窒息般地将他的口鼻淹没。

程怀瑾像是求生般地将自己的手机重新开机。纷至沓来的未接电话和短信瞬间将他的手机充斥，他却好像什么都看不见般地点开了她的通讯录。

手指快要按上那个号码的前一秒，犹如警钟响起一般，程怀瑾瞬间愣在了原地。心脏像在被看不见的大手无声地撕裂，他这才惊醒般地记起，他早已被她拉黑了。

开车回到公寓的时候，江妍月还在。

桌上几件玻璃饰品已经不见，程怀瑾没有过问。

“二哥。”江妍月看见他进门就起身走了过去。

她眼泪倏地就往下掉，伸手想要去抱住程怀瑾。

程怀瑾微微伸手将她挡开。

江妍月手臂一滞，眼泪也掉得更多，声音哽咽道：“二哥，对不起。真的对不起。我刚刚是真的丧失理智了才会胡言乱语的。”

程怀瑾换上拖鞋，往卧室走。

江妍月紧跟在他身后。

卧室门一推开，果然那束花连带花瓶都已经不见了。

程怀瑾回头，江妍月连忙解释：“对不起二哥，是我刚刚不小心把花瓶碰到倒了——”

“还有事吗？”可他转投而来的目光却是那样的冰冷，像是刚刚的争吵根本就没有发生。

江妍月一顿，眼泪又开始氤氲：“二哥，你要是现在不想搬去和我住也行，到时候结婚了再搬也不迟。”

程怀瑾沉声道：“好。”

江妍月微微讶异，没想到他同意得这般快，可嘴唇只能又恨又无奈地抿了抿，说道：“那，那二哥你不再生我的气了吗？”

她说着眼泪又要掉下来：“我这段时间真的是因为家里的事情太过烦躁才会这样的，二哥你相信我，我以后一定不会再这样和你发脾气了。”

程怀瑾目光低低垂在地下，并不看她。

江妍月话说完，他才抬眼，语气却仍很冷淡：“好，需要我叫司机送你回去吗？”

江妍月看着他这副软硬不吃的模样，心里恨极，却又在此刻拿他无可奈何，末了只能咬了咬牙，很是体谅地说道：“不麻烦二哥了，我已经叫司机在楼下等我了。”

程怀瑾点了点头，转身走进了卧室。

十一月的时候，京市进入了深秋。街景变成了金黄的底色，树叶簌簌飘落。

程怀瑾某天凌晨的时候，接到了一个电话。他那时人正在北川，公司里临近年末事情多，京市这边程怀岭的事情推进也遇到了困难。一切好像都陷入了无法前进的泥泞。

电话是外婆打来的，她年纪大，常年醒得早。程怀瑾很是意外，因为外婆叫他回一趟家。

回一趟外婆家。

程怀瑾挂了电话，从床上坐起来的时候，思绪还有些沉缓。

他抬眼看着窗外青色的天空，耳边回响着外婆刚刚说的话：“你大哥的事已是板上钉钉的事实了，怀瑾，你回来一趟，外婆有话和你说。”

程怀瑾坐在床沿，深秋，他卧室的窗户却没有全关，微微地开了一条缝。

此时天色还冷着，朦胧的青色氤氲在窗外，他察觉有微弱的、冰冷的空气慢慢地游走到他的手边。

思绪很是缓慢而谨慎地落地，像是不能，也不敢做出任何冲动的行为。

手机上，程远东的电话被他点开。然而，程怀瑾却迟迟没有打出去。冥冥中一种原来如此的讥讽，终于在外婆的这通电话里重重落地。

为什么程怀岭坚持自己无罪，对方却总能一而再，再而三地找到压倒性的证据叫他们手足无措。为什么程远东这样迫不及待地要和江家站在一起，却不愿意相信证据可以还程怀岭清白。

是否到头来，其实只有他一个人还相信程怀岭是无罪的。是否到头来，只有他一个人还记得原本的程怀岭是什么样子的。

冷风瑟瑟地游走到了他的脚踝，程怀瑾目光缓慢地下垂。这一段时间，他把自己完全地交付在两地忙碌的往来里，北川这里的工作放不下，京市那里也无法冷着江妍月。

总是匆忙地来往，一头栽进沉重的工作里，一头麻木地陪在江妍月的身边。

程怀岭出事那天，他本以为这么多年他终于找到了一条可以给他指明方向的路。一条这么多年来，他可以重新回到这个家的路。

然而，这么久过去，程怀瑾却也开始迷茫。像是走入一团浓重的大雾，他抬脚看不清前路，不知是否只是在原地打转。

那盏原本清晰的明灯渐渐地在这雾里模糊了。

程怀瑾知道，这里面掺杂了他的贪念和欲望，却也在这个早晨意识到，或许这盏明灯从一开始也就是假的。

通往“家”的那条路是否也是真的存在，又或许，连带着那条路从一开始也就根本都不存在。

程怀瑾早晨没有叫醒阿姨，他无声地下楼准备出门。

走出大门的时候，他没来由地在草坪处停留了一会儿。而后，缓步走向了苏芷曾经住过的屋子。这里还像之前一样日日打扫，她卧室里，曾经摆在书桌上的盒子已被阿姨收进了抽屉里。

程怀瑾来到阳台处轻轻开了一扇窗户。清冷的空气缓缓地从他的脸颊拂过，程怀瑾安静地站了一会儿，而后关上窗户就离开了。

一路交通顺畅，到达外婆家的时候不过十一点。

门口的阿姨看见他喊程先生，程怀瑾点点头，问她外婆在哪里?

“太太在祠堂等你，特意嘱托你进去的时候先给你母亲上炷香。”

程怀瑾点点头，抬脚朝祠堂去。

穿过长长的走廊，程怀瑾往院子的深处走去。庭院里两棵高大的桂花树碧绿茂盛，下面抖着扑簌簌的金色小花。

扑面的香气叫他轻易回想起曾经在这里度过的那些年月。程怀瑾抬眼，看见前方那扇深棕色的木门。

他走上前，抬手推开了门。

光线阴暗的祠堂里，外婆正坐在一旁的椅子上拨动佛珠。

阳光从门口投入，端正地照在牌位前那方柔软的垫子上。

外婆没有睁眼，因为还未念完一轮。

程怀瑾安静地走进祠堂，在桌子的一旁抽出了一根香。

点燃，鞠了一躬，插进了面前的香炉里。

白烟缓慢地朝上空弥散，程怀瑾抬眼环视这间屋子。从前觉得黑暗的、恐惧的、无法直视的这间祠堂，如今再看来，早已失去了神秘的面纱。

淡淡的香火味，轻轻嗅进他的鼻间，其实，也有一种镇静的错觉。

“来这边坐。”

安静的祠堂里，外婆的声音从他身后响起。

程怀瑾侧身，坐到了她的身边。

外婆抬眼看着他，很久也没有说话。

而后，沉缓的一声叹息。

……

那天程怀瑾知道了事情的所有来龙去脉。

程远东和江父早就知道程怀岭的事，然而程远东不知如何说服了江父同他站到了统一战线。或许是巨大的利益许诺，又或许是江妍月也有从中推波助澜。

于是，程怀瑾成了这盘局中最关键也最被蒙在鼓里的一枚棋子。

程怀岭要利用他获取罪名的洗白，江妍月想借此从中达到和他结婚的目的。而一旦程怀岭无罪，那么江家也将得到程远东许诺给他的巨大利益，程远东也可以凭着和江家的捆绑再度肆无忌惮。

一场没有硝烟的博弈，原来，所有人都能获得各自的利益。

除了这盘棋上那枚最最重要的那枚棋子。他被完全地蒙在鼓里，而后利用他心底那段最最柔软和不可触碰的回忆，叫他彻底地沦为他们博弈的工具。

冥冥中的一根利刺，如今也穿过那团浓重的迷雾，狠狠地刺进了他的心里。是从什么时候开始，他和他们其实早就没有了那份“亲情”的?

那条他以为的可以叫他重新回到这个家的路，是不是根本就没有。

一段白色的烟，从香炉里慢慢地氤氲而后扩散。

程怀瑾近乎失神地看着那片虚无的昏暗。

失望落尽的无力感。

然而，也觉得心里下起细细的、鲜红的雨，带着蒙蒙的雾气，缓慢地从他的心口散尽。雨水慢慢地在他的脚下汇成一条窄窄的小路，程怀瑾沿着这条小路慢慢往前走。走进一片轻轻摇曳的花丛。

无法克制的心神震颤，他难以自抑地将身子绷紧。

外婆的声音其实他已经听不清了。

他只记得，那天晚上他们一起吃完饭，她对他说：“程怀瑾，我觉得和爱自己、自己也爱的人在一起就是家。”

那时他并没有在意她的这句话，也并未真正地去思考。可如今，这句话却像一声猛然敲醒的警钟一般久久震荡在他的心间。

有血缘关系的一定就是家人吗?

他苦苦哀求的、汲汲追寻的，那个来自程远东和程怀岭认可的家，难道真的存在过吗？这么多年，他因为那场事故而深种的悔恨和自责将他的双眼蒙蔽，叫他盲目地徘徊在这个家的外面。

可是现在，他才知道。这么多年，或许只有他还在真的在意那场事故。而程远东和程怀岭却可以毫不犹豫地借此叫他成为他们登顶的垫脚石。

这次之后呢，他娶了江妍月之后呢？他难道真的就可以和他们重新成为家人吗？

再也不会有比现在看得更清楚的时刻了。

浑身湿漉漉的，他站在那场越发凶猛的大雨里。那团将他紧紧围困的迷瘴，这么多年终于慢慢地散开了。是他用一场幻想将自己这么多年困在这里，幻想自己可以回到那个家的怀里。

而如今，他的那道伤疤也被自己无情地揭开。鲜血淙淙地流下，程怀瑾却觉得一种超脱的轻松。

香炉里，那支香已经慢慢地燃到了最后，灰烬轻轻地落下，堆积成浅灰色的小山。

程怀瑾站起了身子，朝外婆说道：“抱歉，我想出去打个电话。”说完，就抬脚走出了屋子。

他沿着走廊回到庭院，仰头。

宽大的桂花树冠上密密地缀着鹅黄色的花朵，后面是一片高远而又辽阔的天空。一只黑色的鸟飞快地划过天际，而后消失在他的视线里。

耳边空荡荡的，像是能听见远方的声音。

程怀瑾无声地望着辽远的天空，给程远东打了一个电话。

电话的那头，程远东暴怒。然而程怀瑾只在说完了自己的那句话之后，就挂断了手机。

太阳照在遥远的天边，拂面的桂花香里带着些暖洋洋的干爽。程怀瑾眼睛微微眯起看着天上的太阳。

他无声笑了笑。

这么多年来愚蠢的幻想，最后捅向自己的这一刀——他也绝不手软。

程怀瑾第一次回到程家的时候受到这么大的“欢迎”。

程远东远远就冲上来，厉声质问他为何反悔。

程怀瑾只问他是否知道程怀岭的事，程远东支支吾吾，最后恼羞成怒地承认。

不出程怀瑾的意外，很快程远东就开始用他那一套牺牲奉献论来大骂程怀瑾的不孝顺，说他不配做程家的子女。

程怀瑾反问他：“原来做程家的子女，从来都是有条件的吗？”

程远东哑然，又骂他忘恩负义。

程怀瑾不愿与他争吵，只重复了电话里的事情：不会和江妍月结婚，也不会再为大哥的罪行做任何的遮掩。

程远东最后气急，叫他去和江妍月说。

程怀瑾没拒绝。

下午的时候，就给江妍月去了电话。江妍月喜不胜收，因这是程怀瑾第一次主动要来家里。

程怀瑾说不吃饭，说些事情就走，江妍月也没听，请人在家里做了一桌子的饭菜，非要吃完晚饭出门散步的时候再说事情。

程怀瑾电话里没再说，直接开车去了她家楼下。

江妍月发疯了。

也在程怀瑾的意料之中，他什么都没有闪躲，任凭她发泄。

回到公寓的时候已是晚上十二点，然而，一种蓬勃的、轻盈的力量却叫他难以停下。程怀瑾洗了个澡，换了一身干净的衣服，给江哲打了一通电话。

江哲兴奋地问他要不要现在来见苏芷，程怀瑾却说先不要告诉她，他如今身上还未和程怀岭的事情摘干净，少说还需要一些时间。

江哲告诉他有事一定叫他知道，能帮就帮。程怀瑾应了一声，电话的末了，还是问了问苏芷最近怎么样。江哲几分得意，告诉他人家现在过得风生水起，早就把他忘了。

程怀瑾沉默，要挂电话。

江哲连忙认错，又问："你打算什么时候去找她？"

"把手上的事情全都清掉。"

"你这次是认真的吗？"江哲又问。

程怀瑾静了一秒："每次都是。"

苏芷再次听到程怀瑾的消息，是在一次年末班会上。她来得早，辅导员还没来，大家就凑在一起叽叽喳喳地聊天。

她靠在舍长黄羽的肩上在一边听得乐呵呵，原本话题还是在她们宿舍到底明天吃什么上，后来黄羽忽然神神秘秘地说要和他们讲个惊爆的八卦。

苏芷原本一边听她们说话，一边有些三心二意地在摸自己大衣上的扣子，却在听到"惊爆的八卦"的时候，不受控制地把目光聚了过去。

黄羽有个哥哥在北川一家金融公司上班，前几天的时候公司的老板忽然被带走了。

"表面上说是因为公司业务有问题，需要老板配合调查，但是我哥和我说是因为那老板之前家中留住过一个读高中的小姑娘，有心人故意把这事翻出来炒作。"

"虽然上边很快就查清根本没有什么不道德的事情发生，但是那老板为了公司声誉还是离职了。"

这话一出，众人纷纷聚了过来。

“这为什么还要离职啊，根本不是他的错啊？”

黄羽立马说道：“谁说不是呢？我当时也立马问我哥为什么，我哥说估计是为了彻底平息那个想搞事情的人，不然那人绝不会善罢甘休，公司也会跟着一起倒霉。”

黄羽话音刚落，周围就响起了一片不得了的啧啧声。

黄羽接着说道：“我觉得他更想要保护那个女孩。”

她正打算再说，却察觉苏芷紧紧地拉住了她的手臂：“那个老板叫什么名字？”

黄羽转过头去看她，顺手摸摸她脸颊。

“好像，叫程什么……”

苏芷瞬间愣在原地，黄羽察觉她有些不对劲，连忙问她：“你认识这个人吗？是你亲戚？”

然而苏芷却像是呼吸急促般地眨了眨眼睛，丢下一句：“我先出去打个电话。”而后就快速地从位置上起来跑出了教室。

十二月的天气已经是冷硬的下刀子了。

苏芷一推开门，就被一阵冷风裹挟。她跑到一侧的楼梯口连忙拿出手机拨通了江哲的电话。

心脏没来由地怦怦跳，然而电话拨出去不过两秒，苏芷才意识到自己是否应该打出这通电话。

可犹豫的一瞬，江哲已经接起了电话。

“怎么了，小芷？”

苏芷一只手握在冰冷的扶手上，冷静了几秒。

“……没什么大事。”

“没什么大事，就是有事要说，对吗？”

苏芷眉头微微拧起，顿了片刻。

“程怀瑾离职了，是吗？”

电话那端，江哲显然早已知道。

他语气并不惊讶："是的，就是上周的事情，你怎么知道的？"

"我同学她哥哥在他公司工作，就知道了。"

江哲淡淡地应了一声："因为你说过不想知道程怀瑾的消息，所以我也就没告诉你。"

苏芷望着漆黑的楼梯间，心里说不上来地堵。可是，这已经不关她的事了。

她握着电话沉默了好一会儿，最后只说："如果有什么需要我的地方，我可以帮忙。"

她话音刚落，电话那端的人就轻轻笑了起来。

"我们小阿芷是真的善良。不过你也别把程怀瑾想得太弱了，有人故意搞事而已，但是本来也是莫须有。程怀瑾离职不过是顺水推舟罢了。"

"那他这样不是把这污名坐实了吗？"

"他不离职，要害他的人反而会因此而越发凶猛，最后再把你卷进来，不划算。"

苏芷语气里染了怒意，声音也不自觉抬高："到底是谁要害他？为什么又会知道我的事情？"

江哲笑了笑："别着急，不是什么大事。"

"你为什么还能笑得出来？"

江哲笑声更大了，直接转移了话题："圣诞节来我家吃饭吗？"

苏芷眉毛拧着，声音闷闷道："不了，和朋友约了在我家吃火锅的。"

"行，那元旦别忘记。"

"知道，会给你买生日礼物的。"

"嗯，真乖。"江哲声音很是松快，最后又安慰她，"放心，程怀瑾不会有事的。你要是真担心，不如自己给他打个电话，他电话号码又没变。”

苏芷嘴唇轻轻抿了抿，低声道：“还是算了，既然你说没事就没事，本来也不关我的事。”

“好冷漠的女人。”江哲感慨。

“不给你过生日了。”

江哲：“……”

苏芷随后就挂了电话，心头有些隐隐的担忧，却也知道她如今已经没有了任何的理由再去干涉他的生活。

程怀瑾受难，自有江妍月会去心疼他。

总之，轮不到她。

年末所有的课程都进入了最后的收官阶段，苏芷也开始每天忙得不着床。

宿舍里每人轮流早上六点去图书馆抢位置，晚上都学到十点多才赶着宿舍门禁回来。

平安夜那天，苏芷给自己放了一天假，叫了许嘉和他的朋友来家玩。

从早上到晚上，一圈人四仰八叉地霸占了苏芷家的客厅。江哲秋天的时候给她家里装了全屋的地暖，然后换了新的地板。

苏芷那时还夸张说这一通改造下来比这屋子本身还要贵，太不值当。谁知道冬天来了才知道这地暖的好。

一群人像极了懒洋洋的猫咪，各个贴着地面不肯起来。

苏芷笑得眼睛都睁不开，忙前忙后地给他们弄水果弄饮料。许嘉叫苏芷别一直忙，但是苏芷停不下来。

一种发自内心的快乐，当朋友在自己身边的时候，让她不再觉得自己是一个人，也让她一个人的时候不再觉得孤单。

下午一把剧本杀没控制好时间，一直到晚上八点才打完。大家一整天零食吃下来已经吃不下火锅，许嘉提议去买点清酒和小菜，大家晚上喝喝聊聊。

苏芷也说好，最后回不了家的，女生和她睡卧室，男生睡客厅。

大家热情高涨，纷纷说好。

苏芷随后就去套大衣，和许嘉一起下楼。

热烘烘的屋子里出来，冷不丁一个冷战。苏芷有些兴奋地原地跳跳，然后一脚两个台阶地往下蹦。许嘉腿长，一下跨三个。苏芷拉着他大衣不准他超过自己。

两人去了小区门口的便利店，各种饭团子、饮料、清酒都买了些，最后把店门口的关东煮全部包下。

苏芷最后还抱了两瓶可乐，跟在许嘉的身后，边走边叽叽喳喳刚刚那一把剧本杀，她打得有多机智。

两人吵吵闹闹，快走到单元楼下。

苏芷远远地瞧见了一辆黑色的轿车。然而还没给她机会多想，她就看见了站在车旁的程怀瑾。

清冷的冬夜里，他穿着一件深灰色的大衣，身形颀长，像是一棵立于风雪中的松柏。昏暗的路灯从他的头顶照拂而下，苏芷看不清他的表情。

许嘉在这两人之间看了几眼，脚步停下问苏芷："好像是你那个叔叔？"

苏芷这才反应过来，点了点头："我去和他说几句话。"

她说着就小步跑到了程怀瑾的身边。

走近了，才看见他耳郭有些被冻得发红，不知是等了多久。

苏芷刚要开口问他为什么来这里，程怀瑾就伸手拿过了她怀里的两瓶可乐。苏芷没抱住，反应过来的时候可乐已经被拿走了。

她有些不知所措地把手插进了口袋里，然后才开口问他：“你来找人吗？”

“找你。”

苏芷愣住，心脏猛地一跳，因他这过分直白的话语。

“找我有什么事吗？”她难以控制地紧张起来。

“你们还在聚餐吗？”然而程怀瑾却没回答她这个问题。

苏芷迟疑了一下，点了点头。

她安静了几秒，随即有些客套地问他：“家里挺多人的，你是要上去坐坐吗？”

“方便吗？”

苏芷已然蒙了，程怀瑾像是真的要和她上去一样。

可她话已说出口，只能小声找补道：“但是我家挺小挺乱的，而且人也挺多，你会不会不自在。”

程怀瑾垂眸看着她，说：“不会，上去吧，外面太冷，你一会儿要着凉了。”

苏芷耳郭也开始微微地发烫，明明还没开始喝酒，却有些不真实的晕乎。

她只能点了点头，然后朝身后的许嘉说道：“我们一起上去吧。”

许嘉随即朝程怀瑾笑了笑，“你好，我叫许嘉，上次拍卖会我见过你，我是苏芷的大学同学。”

程怀瑾也朝他微微点头：“程怀瑾。”

苏芷心脏一路怦怦乱跳，完全不知道程怀瑾今天为什么忽然来找她。

一打开大门，她就很是简单地和大家介绍了一下程怀瑾，然后就拿些饮料有些匆忙地躲进了厨房。

她双手撑在流理台上，刚要喘口气理理思路，却听见身后的推拉门很快也被人一把推开。

苏芷猛地回头，看见程怀瑾走了进来。

她身子立马崩成一条线，几分警惕地看着他。

然而，程怀瑾却很是坦然地走到了她的身边，淡声道："需要帮忙吗？"

苏芷心口有微微的灼烧感，声音还能保持平静。

"没有什么需要帮忙的，我先出去吃东西了。"

她说着就要往门口去，却听见程怀瑾在身后轻声说道："小芷，圣诞快乐。"

苏芷脚步缓缓地止住，回头。

狭小的厨房里，他垂眸投来的目光无声地将她包拢，虽然沉默，却叫她难以否认地察觉到无限的温和。像是融化的春水，缓缓地从她的心口流过。

警惕慢慢地放下了。

他或许只是想来和她说声节日快乐。

苏芷轻抿了下嘴唇，开口："我还不知道你也有过圣诞的习惯。"

"我不过。"

苏芷眉头微微拧起："我以为你今天来是为了——"

"今天来主要是想问下方便把我的电话和微信都加回来吗？"

苏芷心口重跳，她几近哑然地看着程怀瑾。然而他眉眼里仍是不加掩饰的坦然，更叫她此刻无比慌乱。

半晌，她只支吾道："……为什么？"

程怀瑾声音平缓："因为想联系到你，还想看到你的朋友圈。"

苏芷嘴唇瞬间变得干燥，思绪也开始变得艰难："你都要结婚了，这样是不是不——"

"小芷，我不和江妍月结婚了。"

苏芷愕然地朝他看过去。灯下，他眼眸里那股曾经徘徊已久的迷瘴消失了，取而代之的是一片仿佛一眼就可以看到底的澄澈。

如此专注地看向她，如此目标明确地看向她。

也叫她心口惶然地发颤。

像是回到了那一年的夏天，她第一次听到他说这句话的时候。

而如今，命运再一次重叠倒置。

从前起点变终点，今天开始，再次翻转。

第十四章 每句话都是认真的

W U C I X I A O M E I G U I

苏芷原本以为，今晚这场子注定是要冷下来了。程怀瑾那种不苟言笑的个性，肯定会让大家觉得尴尬。

谁知道她就中途去了趟洗手间的工夫，回来一看大家已经纷纷围着程怀瑾在叽叽喳喳地提问了。一圈人紧紧凑在一起，她连条缝都插不进去。

程怀瑾抬眼就看到她，伸手叫她坐在自己身边。

旁边的人立马会意地让了让，苏芷没有办法，只能挤着坐到了程怀瑾的身边。

程怀瑾垂眸问她好坐吗?

苏芷连忙点点头，声音很低："好坐。"

莫名地有些郁闷，这明明是她家，怎么程怀瑾比自己还像是主人。

然而没出两分钟，苏芷就知道了这群人为什么忽然对程怀瑾这么热情。

许嘉的朋友都是和他一样的，今年大四，明年面临毕业的学生，他们大多要在下半学期的时候开始找工作。程怀瑾对各个行业都有不少了解，自然知无不言。有些行业他虽然并未涉足，但是也能说得上一二。

有位姐姐一直在纠结手里拿到的两个工作机会，程怀瑾也耐心而专业地从各个角度帮她分析了一边。

许嘉更是夸张，直接问能不能加程怀瑾的联系方式。

苏芷心头一紧，依着程怀瑾那种冷淡的性子，他是绝不可能加这些“陌生人”的联系方式来给自己添麻烦的。

可她刚想圆场的话还没说出口，就看见程怀瑾点出了自己的微信二维码放在了桌子的中间。

“我看手机比较少，可能没法及时回复，但是看到一定会回的。”

于是下一秒，大家纷纷点开了微信去扫二维码。客厅里一阵“叮叮叮”的回响。苏芷微微有些蒙，却看见程怀瑾偏头看着她，轻声道：“你要加一下我吗？”

苏芷心跳又有些加速：“不，不用了。刚刚不是把你电话号码拖出来了嘛，你要是有事直接给我打电话就行。”

程怀瑾目光静了一刻：“你会接吗？”

他们靠得很近，程怀瑾此时离她也不过二十厘米的距离。家里暖气今天热得离谱，苏芷简直觉得自己要原地烧着。

然而前后左右都被程怀瑾的“疯狂粉丝”给堵住了，她进退两难。

半晌，她才把目光挪到一边去，小声说道：“只要你别骚扰我。”

程怀瑾点了点头：“好。”

苏芷原本以为对话已经结束，抬头，却看见程怀瑾还在看她。

她心口一跳，随即“恶狠狠”地小声警告道：“你这样一直看我就是骚扰我了，再看我就把你的电话号码重新拖进去了。”

程怀瑾：“……”

一群人终于依次把程怀瑾的微信添加完毕，许嘉很是“狗腿”地把程怀瑾的手机递还到他面前。谁知道手指不小心碰到退出键，微信一下回到了聊天界面。

苏芷目光一瞥，看见了最上面的置顶。

头像是她的微信头像，备注是小芷。

苏芷立马警惕地抬头看着许嘉，发现他已经转头在和朋友说话。程怀瑾也看到了他的聊天界面，却很坦然地对上苏芷随后而来的质询目光。

“我都把你拉黑了，你干吗置顶我？”她声音放得很小，两只眼睛瞪着程怀瑾。

程怀瑾身子微微朝她俯去，轻声道：“什么，我没听清。”

苏芷于是朝他靠去，几乎是凑到他耳边：“我都把你拉黑了，你干吗置顶我！”

程怀瑾嘴唇轻抿了一下，垂眸看着她被暖气微微熏红的双颊，淡声道：“习惯了。”

苏芷皱眉：“什么习惯了？”

“被拉黑之前就置顶了，所以一直没改。”

苏芷心跳声逐渐放大，带着几分莫名的慌乱。

她目光瞥去一边，只低声丢下一句：“与我无关！”而后就趴去了另一边和其他人说话。

程怀瑾目光落在她的背影上，但是很快也被身边的人拉去了下一轮的聊天里。

一圈人有说有笑地一直聊到了晚上一点多，清酒喝得差不多了。因为度数不高，所以大家顶多就是脸蛋有些发红，不至于醉。

苏芷问大家是要走还是在这凑合留宿明天再走。

几个人说可以打车回去，也有几个人担心晚上打车不安全，要不干脆凑合一晚算了。

“我可以叫司机来一趟。”程怀瑾看了一下人数，“我没有喝酒，也可以送一趟。”

他说着就给司机打了个电话，随后起身去穿外套。

“司机五分钟之后到，大家把东西收拾好下楼正好。”

瘫倒到地上的人听言纷纷起身去门口的衣服堆里找自己的外套。

苏芷看着程怀瑾，有些不好意思地问他：“你现在开车不会累吗？”

“不会，”程怀瑾将大衣穿好，淡声说道，“东西你就不要收了，明天我叫阿姨来帮你收。”

“不用不用。”苏芷连忙拒绝，“你今天帮我送朋友回家就很感谢了，真的。”

“你一会儿把门关好。”程怀瑾说道。

“好，我知道。”苏芷点了点头，一一和大家招手告别，“到家、到宿舍的都在群里说一声，下楼不要大声说话，轻声走路。”

“放心吧！”许嘉最后一个出门，轻声和苏芷说道，“再见！”

“再见！”

苏芷随即把门关上，回头去看，客厅仿佛被龙卷风刮过，一片狼藉。

刚刚的吵吵闹闹在瞬间消失，心头有微微的空落感。然而却并不会觉得过分的孤寂或是落差。没有了从前那种一定要依附在朋友或是亲人身上的不安感。

她如今觉得自己也长成了一棵树干直立的小树苗，虽然还没变成足够坚强的参天大树，但也不会再为一片云朵的离去而惴惴不安。

因她自己立在此处，云朵和雨露也总会再次回来。不必惴惴不安，也不必患得患失。

苏芷把家里的窗户都打开了散散味道。

然后把大家喝剩下的一些杯子倒干净放进了厨房，开封还未吃完的零食也都封了口。

一通忙碌下来，客厅里的杂物收拾了七七八八，剩下的打算明天再收拾。

味道散得差不多，关窗户的时候苏芷听到了门铃声。

她把窗户带上，就去猫眼处看。

是程怀瑾。

她心里踌躇了一下，却还是很快开了门，但并没有就让他进门的打算。

“还有事吗？”她轻声问道。

程怀瑾伸出左手。

苏芷看下去，才发觉他手腕空荡荡。

她脱口而出：“你手表？”

程怀瑾点了点头：“应该是不小心掉在你家里，方便我进去找一下吗？”

苏芷连忙让开了身子。

程怀瑾进了屋子，察觉温度有些低。

“你刚刚开窗了？”

苏芷点了点头：“散散味道。”

又有些紧张地去他刚刚坐过的地方帮他找手表。

“是你把手表拿下来的吗？”她边翻沙发上的靠枕边问道。

程怀瑾声音却很是冷静：“晚上的时候你朋友想看我就摘下来了。”

苏芷眉头皱起，有些责怪他不小心：“别人想看你就摘下来给他看，丢了怎么办？”

程怀瑾走到她身侧，和她一同找：“因为是你的朋友才摘的。”

苏芷耳侧微微地发烫，又说道：“那要是真在我这里丢了怎么办？我赔不起你这么贵的表。”

“丢了就丢了。”

“你这人说话怎么这么随便？”

“我说的每句话都是认真的。”

苏芷有些生气他这样不爱惜自己的手表，不再和他说话。

沙发上找了一圈没看到，她想起会不会在沙发底。果然趴下去一看，手表像是被人不小心踢进去一样安详地躺在靠墙的地上。

苏芷心里舒了一口气，手臂伸下去将手表拿了出来。

“在这里。”

她刚想把手表还给程怀瑾，却发现上面沾了污渍。

“你等下，我去厨房帮你擦一下。”

她说着就往厨房去了，抽了一张消毒湿纸巾，细细地帮程怀瑾擦起了表面。

程怀瑾不知什么时候也跟了进来，反手轻轻地合上推拉门。

苏芷没有察觉，把污渍擦干之后就递给他：“好了。”

程怀瑾却没接过，而是手掌向上伸出了自己的左手。

语气很是平缓：“方便帮我戴一下吗？”

昏黄的灯光下，他平展而来的手掌骨节清晰、修长，像是雪山上笔直的松柏，清隽有力。

苏芷不可抑制地也想起，那只手曾经如何用力地握住过自己的手。

潮涌浅浅地没过她的心头，她有些无法拒绝地低声道：“……可以。”

苏芷拿着他的手表，从他的手指处穿过，指腹轻轻按在他的手腕处，借力将他的手表扣好。

靠得近的缘故，鼻间能闻见他身上淡淡的沉缓的气息，尤其是在这间狭小的厨房里。

苏芷心跳有些摸不着地落空。

她正要松开手，却看见他手腕内侧有一条很长的伤疤，几乎是脱口而出：“你这里怎么了？”

程怀瑾低头看见她的目光，淡声道：“江妍月的包链砸到的。”

“她砸你干什么？”苏芷心脏一下刺痛，急声质问道。

程怀瑾沉默了一刻，低声问道：“要摸一下吗？”

“伤疤。”他说道。

苏芷看着他那条伤疤。

她鬼迷心窍地，竟真的缓缓地把自己的手伸了过去。指腹很是小心地拂过他的伤疤，像是一根柔软的羽毛。

程怀瑾身子不自觉绷紧，垂眸看她：“我那天去告诉她不会和她订婚的时候，她情绪有些失控。”

“情绪失控就可以打你了吗？”苏芷食指在那道伤疤上反复地摩挲，抬头问他，“你为什么不躲？”

程怀瑾目光很深地看着她眼里隐隐的担忧，沉声道：“我没想到她会那么激动。”

苏芷鼻头发酸，又不敢用力去摸：“疼吗？”

“不疼。”

“我说刚被打到的时候。”

“不疼。”

苏芷的心不断地收紧，可在下一秒也惊觉自己像是慢慢地顺着他的漩涡正在被他往下拖拽。

一刻的清醒，她目光看向了她覆在程怀瑾手掌上的手，竟是像极了他们曾经交相握住的时刻。

可是他们早就没有关系了。

苏芷身子微微地朝后仰了些，空气缓慢地重新将他们分开，也让她的思绪重回清晰，声音已然变得有些客气：“……手表找到了，我就不留你了。很晚了。”

她说着，就要把自己的手收回去。

然而，电光石火的一刹。她身子像是过电一般瞬间酥软，心口一脚踩空进万丈深渊。

无尽下坠。

像是最最不经意般的，在她将手收回的一刻。程怀瑾手指微微屈起。

轻轻地——从她的手心擦过。

苏芷睡着的时候，天色其实已经有些微微地发白了。

程怀瑾是接近凌晨三点离开的。

她思绪疲乏到不足以支撑她再洗完一次澡吹干一次头发。于是，浑浑噩噩地倒在床上，本以为可以即刻进入睡眠。

然而，大脑却进入了几乎由潜意识掌控的地带。她眼前黑沉沉的，一直看见他站在她那间狭小的厨房里。

灯光仿佛很暗，只够将他们的脸庞微微照亮。

“我没有要和江妍月结婚了。”

“要摸一下吗？”

“伤疤。”

她的手指一直在他的手腕上摩挲，微微凸起的伤疤也在她的指腹上来回刻磨。

“疼吗？”

“不疼。”

怎么会不疼呢？那么长一条伤疤，被砸的当下流血了吗？

一定流血了吧。

反复几个画面，像是坏掉的旧磁带，来回地卡带又重播。思绪最后仿佛不堪重荷般地坍塌湮灭，苏芷无意识地把眼睛睁开一条缝，看见窗外泛着淡淡的白光。

再闭眼的时候，终于沉沉地睡了过去。

圣诞节后的几天，苏芷一直在学校忙着期末考试。有几门课的考试时间在元旦节前，她没法松懈。

三十号、三十一号两天，终于考完了那两门功课。

下午苏芷一回到宿舍，就看见三个凑在电脑前津津有味看起综艺的人。

黄羽见她回来，问她要不要一起看。

苏芷摆摆手："我有个朋友元旦那天过生日，我下午要去给他买礼物。"

黄羽一听，立马问道："那你明晚元旦的班级聚餐不来啦？"

"不啦，我已经和班长说过了。"

"可惜了。"黄羽啧啧道。

苏芷一边收拾出门的挎包，一边笑眯眯地问她："舍不得我是不是？"

黄羽点点头："不只有我舍不得啊！"

她话音刚落，旁边两个舍友也转头来吃瓜般地看着苏芷。

苏芷立马知道她是什么意思，随即伸手给她们三个人一人一个脑瓜嘣。黄羽抱头哀号。

"对他不感兴趣。"

黄羽揉揉脑门："那你到底对什么样的男生感兴趣啊？这才第一学期，仅仅是我们一起吃饭的时候，都碰上至少三个男生问你要微信了吧，你一个都没给。上次那个国防生那么帅，你好歹给人家一个了解的机会啊！"

苏芷一边笑着看黄羽，一边围围巾。

“我不喜欢那种男生，太幼稚了。”

“你喜欢年龄比你大的？”

苏芷笑容微微一滞，随即哼哼道：“也不喜欢，半截身子都入土了，我才不要。”

黄羽：“？？？”

苏芷看着她吃瘪的模样忍住笑，也不再和她们拌嘴：“我元旦放假几天就不在宿舍了，你们有事给我打电话发消息就行。”

黄羽垂死挣扎：“你真的不来聚餐啦？”

苏芷背着小包往门口去：“真的不啦！”

她一路脚步轻盈地下了楼，大门一推开，扑面的冷风吹来。碎发吹到脸上，苏芷眼睛闭了一瞬，然后把头发撩开。去年在京市的时候就领教了这里冬天冷而钝的风刀，今年已变得有些游刃有余，并不会太过的不适应。

正午还没过去多久，迎面吹来的冷风也带着丝丝被阳光暴晒过后的暖意，她朝着学校的南门去，在公交站上了车。

靠窗的位置，阳光正好从一侧铺进。空气中有些许的冷意，然而围巾、手套、棉服也将她温暖地包裹。车厢里遮蔽了呼啸的北风，投射下来的阳光也显得更温暖。

苏芷掏出了耳机戴上，随后偏头看着窗外。

澄澈的天空，繁忙的街道。日光将这条街上的每一个角落都妥善地填充，一切都显得很干净。耳边是很轻盈的女声，苏芷几分出神地看着窗外的一切，一种极致的稳妥与静谧感慢慢地将她的心里充斥。

身子变得很轻盈，也像这片明亮清澈的冬日阳光。她嘴角不由得上扬，将耳机的音量也慢慢调大。二十多分钟的路程，她在汉中路下了车。

这片的商场她并不常来，因为里面的牌子大多都是偏高端的奢侈品，她来了也买不起什么。

但是前段时间周末兼职的钱，苏芷七七八八攒了有两千块，想来看看能给江哲买什么。然而她一走进商场，就有一种略微的心虚感，不由得想到要是江哲和她一起来，她必定脚步都会比现在更加踏实。

苏芷心里微微给自己做了点心理建设，也没有再想太多就往里面去了。

大多都是装修奢侈的挑高店面，黑色的大理石地板投射出高冷的莹白光线。就连里面的服务员也端着过分清高的架子，在他们看到苏芷的衣着和预期的价位时，虚假的热情也顿时变得苍白。

越是预算拮据的，越是会左右反复纠结。

更不要说她拿着两千块钱在这样随随便便一个配件可能就上五位数的门店。

苏芷在这商场里逛了大半圈，着实也有些气馁。

她坐在外面的椅子上，有些迷茫地看着一排她其实连名字都有些念不上的门店，心里也第一次觉得她好像什么都给不了江哲。

没办法回馈他给予自己的这么多帮助，甚至连买一个和他相配的礼物都做不到。

苏芷眼睛几分迷茫地看着远方，忽然口袋里的手机响了起来。

她掏出手机，才发现是程怀瑾。

上次从她家里离开之后，他就没联系过自己。

苏芷静了几秒，还是接通了电话。

“喂。”她声音不高，也很平静。

“是我，程怀瑾。”

“有事吗？”

“想问你今天晚上有空吗？想请你吃晚饭。”

隔着电话，他声音有种说不出的温和、沉缓。苏芷原本有些烦闷的情绪，像是被压着一般缓缓地沉下。

她目光看向自己的鞋子，轻声道："我不知道晚上赶不赶得上吃饭。"

"你在忙吗？"

"我在给江哲买礼物，但是还没买到。"

程怀瑾那边立马隐隐有了些衣物窸窣的声音，他问道："你人在哪里？"

苏芷一愣，立马拒绝道："不用不用，你不用过来。"

"如果你预算不多又想给他买个称心一点的礼物，我觉得你不用这样急着拒绝我，毕竟我可以给你一些很有用的建议。"程怀瑾沉声说道，"一会儿买完，我带你简单吃一个晚饭然后把你送回宿舍，这样安排可以吗？"

他话语里让人无法抗拒的逻辑，苏芷嘴巴微微张开，竟不知道说什么。

程怀瑾的声音也很快再次传来："发个地址给我，我现在已经出门了。"

电话挂断之后，苏芷只能将地址发了过去。

等候的间隙里，她也察觉后知后觉的惶然。无法抗拒的靠近，他总有一套自成体系的逻辑，将她的躲闪用最义正词严的理由拆分、瓦解。

而她的再次拒绝也会变成过分的矫情。

可还没等苏芷寻找出行之有效的解决方案，程怀瑾的电话已经又一次进来。她不得不拿着手机小步朝商场的门口走去找他。

行至商场门口，外面已有些微微的昏暗，虽然时间刚过五点，但是冬天黑得早。苏芷站在门口左右张望着，生怕程怀瑾走错入口。

门口有川流不息的车辆，她目光一瞥，看见了从停车场门口走出来的程怀瑾。

灯光并不算明朗，氤氲着的一团，从他的一侧照亮。他穿着一件浅灰色的大衣，衣襟敞开着。里面是一件白色的单薄衬衫。明明看着挺冷的穿着，映衬着昏黄的灯光，苏芷竟也觉得有几分温热的气息。

不似他从前总叫人觉得清冷而又疏远的。苏芷觉得他落下来了，从那个无法靠近的迷瘴里落下来了，也变得像是真的可以触碰。

不过几秒的时间，程怀瑾的目光也朝她看来。

苏芷身子紧了紧，朝他简单地招了招手。

“这里。”

程怀瑾点点头，随即大步走来。

苏芷原本以为的会尴尬、不知所措的场景其实也并没有出现。他像是真的只是为了帮她给江哲挑一个礼物。

问清楚了她的预算和她想给江哲买的东西，最终推荐她买一些高奢牌子的小件，这样也可以叫江哲时常用到。再加上程怀瑾在这儿的会员折扣，可以买到不错的东西。

这次的进店体验也跟之前大不相同，柜员们顷刻变得很是热情，带着苏芷认真地挑选和推荐。

她最后花了两千四给江哲买了一个银白色的领带夹，原价还要更贵，程怀瑾用他的积分抵了一部分。

“谢谢你。”苏芷上车之后朝程怀瑾说道。

他低低地应了一声，问她：“晚上吃的地方我定，可以吗？”

“当然可以。”苏芷俨然也把这次吃饭当作是答谢他，“让你破费了。”

程怀瑾偏头看了她一眼，忽然侧身过来。

苏芷一愣，身子紧紧地后靠在椅背上，才看见他是伸手将自己的安全带拉了出来。淡淡的木调香从他的身上飘来，苏芷忍不住屏息。

心跳跳错几步，她才有些慌乱地说：“对不起，我忘记了。”

“没关系。”程怀瑾将她的安全带扣好，就启动了车子。

车子一直沿着汉中路朝南开，苏芷没怎么朝这片来过，她一直看着窗外有些好奇。程怀瑾开了约莫半个小时，终于将车开进了一条小巷子。

苏芷跟着他下了车，走进了一个院子。

面前一座上海小洋楼风格的建筑，门口有个阿姨笑吟吟地走上前。

“程先生、苏小姐，晚上好。”

苏芷有些微微讶异。

程怀瑾侧身伸手轻轻揽了一下苏芷的后腰：“我提前预约过。”

苏芷“喔”了一声，心跳却又开始不着调地乱跳。分明隔着厚厚的棉服根本没什么，而他的手也在下一秒就松开，可苏芷的身子还是在瞬间就开始微微发烫。

每一次他靠近的时候都会这样，像是任何外力都无法阻止的本能。苏芷只能借着昏暗的夜色朝前“镇定”地走着，也告诫自己不要再犯和从前一样的错误。

阿姨领着两人走进了洋楼的二层。里面像是真的有人居住的模样，所有的摆设都叫人仿佛回到几十年前的旧上海。

二楼的餐厅里，是一个并不大的圆形餐桌。

阿姨帮他们拉开了椅子，同程怀瑾说道：“程先生，那我们走菜了？”

“好，麻烦。”

阿姨点了点头，笑着退了出去。

一顿饭，并没有苏芷以为的那样步步紧逼。程怀瑾只和她聊一些学习上的事情，也叫她如果有需要可以随时找他。他现在赋闲在家，有的是时间。

苏芷又问他没有了工作怎么办。

程怀瑾笑了笑。

苏芷立马觉得自己是瞎操心，随即不再问。

两人吃得差不多的时候，程怀瑾请人把餐桌清了。苏芷问是不是要走了。

“再等一下。”

苏芷有些疑惑，随着他的目光朝外看。

餐厅的门缓慢打开，有人将灯调到了最暗的一档。

光线一下从她的眼前溜走，苏芷有些不知所措地又去看程怀瑾。然而，他目光里一种沉静到几近虔诚的情绪，顷刻也叫她心头无处落脚的飘起。

惶然，不知那情绪到底依托何来。

苏芷再次转头朝门口看去。

微微跳动的烛火，像是燃起的信子，瞬间也将她的记忆点燃。

服务员将蛋糕推到餐桌边，然后稳妥地放在了苏芷的面前，轻声说道：“苏小姐，生日快乐。”

随后，就安静地推着车出去了。

房门轻轻地关上。

苏芷不可置信地看向程怀瑾。

烛火照拂的脸庞，晃动、模糊。可她却如此清晰地看见他专注而澄澈的目光，像是无言的信笺，叫她无可控制地也想起那个晚上。

她坐在客厅的地毯上，回眸看着他。

一样的烛火跳动，一样的他和她。然而，他们已经从一个夏天错过到了一个冬天。

完全无法开口了。

太过太过沉重的回忆。

苏芷眼眶不由得发涩，却听见程怀瑾说道：“小芷，生日快乐。”

眼眶渐渐地湿润了。

即使她再如何告诫自己不要再为了程怀瑾的一举一动而变得那样的敏感，也不要再把自己依托给任何人。

可是，程怀瑾如今的旧事重提，把他们曾经的伤口拿出来重新地填补、修整，叫她无论如何也做不到冷眼。

只能竭力地保持着最后平稳的声音，问他：“不是已经给我过过了吗？”

昏暗里，她眼眶中徘徊的泪水像是一小把细碎的银子，折射着微弱的光芒。

程怀瑾身子微微前倾，专注的视线将她完全地包裹。

仿佛回到了那天晚上，他穿过昏暗的客厅走到她的身边。

她笑着，也掉眼泪，把自己彻底地剖开，手无寸铁，接受他的狠心。

“小芷，”程怀瑾看着她的眼睛，“我一直想和你说对不起。”

眼泪摇摇欲坠，苏芷抬手粗糙地全部擦掉，嗓子一瞬的哽咽，却仍开口道：“程怀瑾，我想问你。”

“你说。”

“你当年丢掉的那只猫，后来有再找到吗？”

程怀瑾看着她，静了一刻：“没有。”

像是早就知道答案，苏芷轻轻笑了笑，随后吸了一口气，俯身，将蛋糕上的蜡烛吹熄。

黑暗重新将他们包裹。

又或者说，分离。

椅子后撤的声响。

也仿若是绞刑架上闸刀落下的时刻。

“程怀瑾，那看来你还是没记住这个教训，有些东西弄丢了。”

“可能就真的再也找不回来了。”

这一年的最后一天晚上，苏芷一个人在家里看了一部电影。很是无聊的一部喜剧片，卧室里关了灯，只有屏幕的亮光照在她的脸上。

她睡不着，睁着眼睛把这部片子看完了，电脑合上的时候，竟已经完全忘记了这电影讲的到底是什么。

无由的一种讽刺，也把她的心不在焉悉数抖落。

卧室里变成黑黢黢的避难所，她把自己完全地裹进被子，每一处都紧紧地贴合，仿佛这样才能心安。

原本以为的完全地忘却，不再牵挂地往前走。却也在他一次次出现的时候，心头下起无法自控的细雨。密密地下渗，试图将那片枯泽的土地唤醒。

然而，理智并未一同地丧失。她没有忘记，那天晚上他是如何狠心地离开，叫她彻底地失去所有。

只是沉沉睡去的时候，心头也蒙起浓浓的雾，梦里的一段小路，她全凭感觉前行。

第二天早上起来的时候，苏芷才意识到自己犯了一个错。

她翻出手机，犹豫了一下还是给程怀瑾发了条消息：我给江哲买的礼物，是不是丢在你车上的储物格了？

他消息回得很快：是，下午的时候我会帮你带过去。

苏芷的心微微落地：谢谢。

程怀瑾：不客气。

像是完全将昨天晚上的不欢而散当作不作数，他言语里没有任何的“伺机报复”或是“故意阻挠”。

片刻，程怀瑾又发来一条消息：下午的时候要我先去接你，再一起去江哲那里吗?

苏芷：不用了，我可以过去。

程怀瑾：好。

苏芷放下手机，决定不再去多想关于他的事情。洗漱完毕之后先去蛋糕店取了给江哲订的蛋糕。

江哲这人要求就是奇怪，什么花样都不要，只要白底加几个红字。像是有某种执念，苏芷取到蛋糕之后就打车去了江哲家。

把蛋糕交给阿姨放进冰箱，苏芷才开始脱自己的外套。

今天温度骤降，天气预报说明天寒潮就要到了。

苏芷在外走了不过几分钟，手脚都冰凉。然而江哲家里又实在太过暖和，她不得不去换件单薄衣裳。

“我先去换件衣服。”苏芷说着就朝自己之前的卧室走去，里面还有一些留下的衣服。

不一会儿出来的时候，已经换上了白色的短袖和宽松灰色长裤了。

她小步走到沙发旁边端起了那杯热水，两口下去，觉得浑身都舒服多了。

江哲大剌剌地坐在她旁边：“前几天考试考得怎么样？”

苏芷端着杯子，热气慢慢地蒸着她的脸颊。

“好像还行。”

“好像还行是什么意思？”

“就是好像还行。”她和他绕弯子。

江哲笑出声，不和她扯皮：“想问问你，二哥最近有和你联系吗？”

苏芷看了江哲一会儿，其实有个问题她想问很久了：“程怀瑾为什么后来又不打算和你姐姐结婚了？”

“他想通了。”

“想通了什么？”

江哲眼角笑意更浓：“想通了还是有女人好。”

苏芷：“……”

“和江妍月结婚不也是有女人。”

“那不是结婚，那是出家。”江哲啧啧道，“不仅是出家，还得伏妖。”

苏芷：“……”

“所以二哥最近到底有没有去找你？”江哲锲而不舍地又问。

“你去问他。”

苏芷朝他丢下这句，不管他错愕便一溜烟地往餐厅去。江哲被气笑了，也起身随着她去了餐厅。

中午两人简单地吃了午饭。

就在客厅里一边打牌一边等程怀瑾，下午四点左右，程怀瑾也到了。

苏芷窝在江哲的身边，像是昨晚什么都没发生似的很是平静地和他打招呼。

程怀瑾朝他们点了点头，把外套递给了阿姨。

“事情怎么样？”江哲把牌放下问道。

程怀瑾走到他们身边，在苏芷这侧的沙发坐下。

“昨天没有审完，休庭到后天下午了。”

“法院怎么说？”

“不好说，主要就是判多少年的事了。”

“你呢？”

“我没事。”

“那就好。”

苏芷目光看着自己的牌，听着他们两人近乎平静的对话，却也知道他们是在谈程怀岭。

没想到他是真的要关进去了。

淡淡的冷意从程怀瑾的身边扩散而来，苏芷紧了紧身子，却察觉到了一丝的热。

抬头，果然看见他仿佛不经意般地垂眸看着自己。

“我去弄点水喝，你们闲聊。”苏芷随后就小步跑进了厨房。

反手将门关上，她在台面上四处找着她的杯子。一阵没来由的失重感，终于在她惊觉她的杯子在客厅的那一瞬，缓缓地落了地。

苏芷站定在厨房的一角，而后，才敢一点点地，去回想他刚刚说的话。

他从前不是最把程怀岭放在第一位的吗？

她没法否认，在程怀瑾重新回来找她的时候，她也猜测过是不是程怀岭的事情解决了，所以他才来重新找自己的。

可她也不愿意这样去想程怀瑾，更不愿意去询问到底是不是真的。害怕得到肯定的答案，同时也不想要叫自己再这样为他上心。

原本就是已经写上句号的两个人了，再去想这些又有什么意义。

然而刚刚，她才知道。这一次，程怀瑾放弃的不是她。

苏芷没办法忘记她第一次遇见程怀岭的那天，第一次，她知道了程怀瑾不是无坚不摧不是冷血无情。

在他的心里，程怀岭、程家永远都占有最高且不可动摇的地位。

那如今，又是发生了什么呢？

苏芷身子紧紧地绷在一起，却再也无法思考下去了。

直到江哲轻轻敲了敲厨房的门，她才猛地回头。

江哲把门推开，轻声问她：“你要是觉得不自在，我叫二哥先走？”

苏芷顿了一下，摇摇头：“不用，我就是刚刚发呆了。”

江哲走进来问她：“你是今天才知道程怀岭的事情，是吧？”

苏芷抬头看着他，半晌：“是，他没和我说。”

“所以我说，他想通了。”

苏芷仍然有隐隐的心悸，可也觉得对江哲很是抱歉：“我们出去吧，今天是你生日，要开心的。”

江哲无所谓地笑了笑：“你们在这里，我已经觉得很开心了。”

苏芷推推他，两人重新回到了客厅里。

三人在客厅里简单地又打了会儿牌，江哲从外面请的厨师就到了。

今年不在外面吃，江哲提前打过招呼要一起喝点酒玩通宵。程怀瑾没意见，苏芷说她可以喝点低浓度的。

七点的时候，三个人一起吃了晚饭。厨师请的是粤菜师傅，道道菜都精致美味。

苏芷也没再像刚才那样神态失措，和程怀瑾的交谈也变得很平静。

三个人吃完之后就转战客厅，苏芷把蛋糕摆在茶几上。她坐在地毯上方便操作。

点蜡烛的时候才发觉原来江哲已经二十六了。

“点二十六根还是插数字？”苏芷仰头看他。

“点一根，这样我就可以假装不知道我的年龄。”江哲说完又对程怀瑾说，“二哥一会儿可以帮忙拍几张照片吗？”

“可以。”

苏芷眼角眯起笑他自恋，也转头对程怀瑾说：“可以麻烦你去关一下灯吗？”

程怀瑾点头，随即起身。

他站在客厅的一角看着苏芷附身将那根蜡烛点燃，温黄的火光跳动着燃起。

心里也有淡淡的失意，可也不过一秒，程怀瑾就抬手关上了客厅的灯，重新走回到苏芷的身旁。

她安静地伏在茶几上，叫江哲闭上眼睛：“许愿吧，一定会实现的。”

跳动的火光，在她的脸颊上晕染出一层淡淡的光圈，她眼睛亮亮的，一动不动地看着江哲。她赤着的双足蜷起落在程怀瑾的附近，垂眸看下去，能看见隐隐的豆蔻色的指甲油。

如此的鲜活，也如同她此刻轻盈的笑意。

程怀瑾的手臂不自觉地微微收紧，而后将自己的目光转去了江哲。

很快，江哲就吹熄了蜡烛。

程怀瑾把自己的礼物和苏芷的礼物一起放在了茶几上。

“小哲，生日快乐。”

江哲很是开心地笑笑，收下礼物：“谢谢二哥和小丫头。”

程怀瑾只吃了很少一点蛋糕，苏芷吃了两块也不再吃得下。

江哲拿出他准备的各种酒，像是誓要在今晚不醉不归。原本还担心程怀瑾不肯陪他多喝，谁知道他伸手就挑了一瓶味辛的白兰地。

淡红色的液体无声地灌入他手中的玻璃杯，江哲随即笑了起来，也很是豪放地给自己倒了一杯。

苏芷没见过程怀瑾喝酒，她端了一杯最不醉人的果酒窝在沙发里。

江哲像是很久没有这么高兴一般，因程怀瑾不拒绝他任何的邀请。

江哲同他拼一杯，他就拼一杯。江哲要他如何加码，他也就如何加码。

绝不拒绝。

渐渐喝到半夜，江哲有些醉了一般不停地说话。他说他总记得当年和二哥在M国读书的时候度过的那段时光，时常一起喝酒喝到不省人事，二哥最后如何把他带回家。

后来那么多年，再也没看程怀瑾露出过这样随意、放纵的一面，只觉得他像是变了一个人。

可江哲却也知道，他认识了那么多的二哥其实从未变过。不会对他说过分矫情的话，却愿意每年这样由着他胡闹一次。

苏芷一直靠在沙发里听着江哲絮絮叨叨，目光却时不时地瞥向那个坐在她身边的男人。

他一边喝着酒，一边安静地听着江哲的所有话。

他像是永远也不会醉永远也不会失控。

苏芷身子隐隐地灼烧，仿佛是低浓度的酒精慢慢地产生灼热的化学反应。

她伸手将自己的杯子重新放回桌面，轻轻的一声“嗒”响。

也看见了程怀瑾转投而来的目光。

江哲还在一旁近乎喃喃自语般地说话，但是苏芷却已经完全听不到了。

昏暗的客厅里，他坐得离她那样的近。

苏芷也收回刚刚的觉得他永远也不会醉的结论。

沉默的目光里，已经有几分混浊了。漂移不定的、难以看清的情绪在程怀瑾的目光里酝酿。

苏芷能闻到他身上混杂着的酒气，随着他几乎是下意识的靠近，也逐渐变得越发浓郁。

“……程怀瑾。”

酒精的作用下，她告诫的声音也变得发软，

然而，程怀瑾也像是微微的清醒，即刻也就停下。

炙热的目光在她的脸颊上游走，良久，才忽然开口问道：“你知道我后来为什么没有找到那只小猫吗？”

没来由地，他此刻忽然问她这样的问题。心脏重重地跳动，苏芷无法得知他为何又忽然问到这样的问题。像是一个陷阱的预设，可她却没办法拒绝地往前走。

“为什么？”

程怀瑾很深地看着她，声音却像是从很远的地方飘浮而来：“因为它不是失踪了，而是被人抓走了。”

一瞬的愕然，苏芷像是无法相信般地看着程怀瑾，酒精带来的热量在一瞬间化为虚有，她连声音都发冷：“……怎么会这样？”

程怀瑾轻轻地放下了杯子，更像是在自言自语：“所以努力过就一定有用吗？反抗就一定有意义吗？”

苏芷嘴唇紧紧地抿住，他目光越发混浊、错乱，说出的话语却也像是收紧的绳索，让她无法自抑地呼吸困难。

所以，这也是最开始他为何这样对待她的原因吗？

不是因为他从来不需要为了生活去反抗或是斗争，而是因为他从一开始就已经被这些残忍的、不近人情的行径刻磨。

不管是来自陈家，还是程家。

从他八岁那年，也将他残忍地刻磨成这个沉默的程怀瑾。而他所能做的最多的，不过是给那只曾经陪伴过他一段时间的猫咪，一个“尚且圆满”的结局。

眼眶慢慢地发烫了。

在想到他如今到底又是如何说服自己放弃程怀岭的。

苏芷心头无声地下起密密的雨，水位涨潮，也叫她呼吸愈加凝滞。

只这样，沉默地、放纵地同他四目相对。

可是，不能再继续了。

那酒精已顺着她的情绪无声上行。

逃避般地，苏芷终于错开了和他对视的目光。半晌，她才又低声开口：“能看看你刚刚给江哲拍的照片吗？”

最是克制语气了，她企图将他们之间重新拉回到最最疏远的距离。

程怀瑾安静了一刻，轻声道：“好。”

苏芷嘴唇轻轻地抿起，目光看向他递过来的手机。

程怀瑾给她报了密码。

苏芷接过，随后用密码解锁了手机，却在看见他手机界面的瞬间怔然地定住了身子。耳边再也听不见任何的声响，无声的漩涡重新将她拖曳着逐节下沉。

抬眼，也看见他此时忽然清澈得不能再清澈的目光。

像是那天晚上，他对她说：“你看到的一切都是真的。”

苏芷忍不住地心悸，却也难以忘记她刚刚看到的那一眼。

手机停留在他上一次打开的相册界面。

朦胧的烛光，昏暗的背景。

尚未拍全的生日蛋糕——和照片中仅此一人的她。

完全无意识的、想要转移话题的行为——她朝茶几伸出手，想要拿回自己的酒杯。

逃避似的目光垂下，去喝杯里的酒。谁知道入口，辛辣燃着热火从她的喉间滚下，她猝不及防地呛住。

程怀瑾伸手接过她手中的杯子，给她递了一张纸巾。

苏芷眼眶被呛出热泪，擦干之后才发现，她拿的是程怀瑾的杯子。

越发燃起的火，从她的身体里不断地蔓延。她热到快要无法呼吸。理智被挤压到大脑的边缘，无论如何竭力思考都只能让自己更加无措。

“如果有点醉了，就先回去睡吧。”

然而，程怀瑾恰如其分的解围，叫苏芷终于找到了台阶。

她声音含糊地应了一声，随即便从沙发上站了起来。

“……那我先走了。”

她说完，头也没回地小步朝自己的卧室走去。

房门关上，苏芷倒进柔软的被褥里，身子彻底地放下戒备，也感受到那股炽热的、无法抵抗的浪潮慢慢地从自己的四肢涌来。

或许是酒精的作用，她眼睛闭上，像是浮游在一片温暖的海洋里。海水从她的口鼻流入，却并没有觉得窒息，只觉得自己也变成了一滴透明的水，融化在了这片大海里。

苏芷第二天醒来的时候，已经上午十一点多。

洗漱完之后原本打算和江哲说一声就回学校了，却在客厅里看到了正打算出门的程怀瑾。

假装镇定地和他说了一声“早”，苏芷正准备回头，就听见他说道：“江哲还没醒。”

苏芷只能站在原地，“嗯”了一声。

程怀瑾看着她已经穿上了要出门的棉服，又问道：“要回家了是吗？”

苏芷连忙否认，生怕他顺路：“不是，我打算去学校的。”

程怀瑾把大衣穿上，淡声道：“走吧，我正好顺路。”

苏芷：“……”

半晌，她又开口问：“你昨晚喝了那么多，现在已经能开车了吗？”

程怀瑾站在门廊处看了她几秒，径直朝她走了过来。

苏芷心跳几分加快，却还是故作镇定地看着他要做什么。

程怀瑾走到她面前不过二十厘米的距离停下，淡声开口：“我身上还有酒味吗？”

苏芷立马下意识地往他身前凑了凑，轻嗅一下，竟真的只有他原本淡淡的沉木香了。

“好像是没……”

然而，也在话刚出口的下一秒，察觉他这近乎诱捕般的行为，瞬间耳郭发热，苏芷嘴唇紧紧地抿住。

程怀瑾稍稍往后退了两步，轻声道：“走吧，我送你。”

苏芷在原地沉默地站了一会儿，缓步跟了上去。

默契般地，他们谁也没有再提昨晚的那件事。程怀瑾将车朝北岭大学开去，一路上也只开了音乐电台。

苏芷的神经慢慢地松弛，将目光完全地投向了窗外。

半个多小时的车程，车子开到了学校的门口，苏芷不肯叫他往里面去，程怀瑾也没坚持。

简单的一句谢谢，苏芷就下了车。她把车门关上，然后小步跑着朝学校里面去了。

程怀瑾偏头看着她越来越小的背影，随后，也启动了车离开了。

一回到宿舍，苏芷就把包往桌上一丢，整个人脱水般地扑到了床上。

她以为宿舍无人，随即还发出了一声哀鸣。

“你咋啦？”

谁知道黄羽的声音立马从她上铺传来。

苏芷一个激灵，坐起身子朝上看，黄羽的头倒着垂下来，头发仿佛女鬼。

苏芷吓得心脏一跳：

“……我以为宿舍没人。”

黄羽笑得不行，从床上爬下来。

“她们两人出门逛街了，我刚刚在床上玩手机。对了，你怎么今天就回来了？”

苏芷有些无措地眨了眨眼睛，原本是以为宿舍没人她才哀号的。

黄羽看她脸颊红红，立马若有所悟地笑了起来，笃定道：“你陷入了感情的烦恼。”

苏芷一听，刚要否认又听见黄羽说道：

“你脸更红了，不要给我扯瞎话企图蒙混过关。”

苏芷：“……”

黄羽随即搬了个凳子到她床边，一副老谋深算的样子：“我就说你开学了这么久对我们身边的男生一副兴致缺缺的模样，原来是你早就心有所属了。”

“……不是。”苏芷小声反驳。

“不是，你脸红什么？”

苏芷立马伸手把自己的脸颊捂住：“我跟那人早就不可能了。”

“怎么不可能了？那人是结婚了还是有女朋友了，还是和你异地要五十年后才能回来娶你？”

苏芷：“……都不是。”

“那是他父母坚决不同意所以他也做不了主还是你父母坚决不同意？”

“也不是。”

“那他是那方面不行所以你不愿意？”黄羽振声。

“也不是！”苏芷说完随即察觉后背发汗，立马补充道，“这我不知道！”

黄羽没忍住，“扑哧”一声笑出来。

“小芷，那你在纠结什么？”

苏芷目光看着黄羽，又几分郁结地垂了下去。

她伸手把被子缠来自己身上，想了一会儿，低声说道：“他从前放弃过我。”

“放弃过你？为什么？”

“他在他的家人和我之间，选了他的家人。”

黄羽眉头皱了皱，倒是没想到还有这出。

犹豫片刻，小心询问道：“妈宝男？”

苏芷："……"

黄羽立马道歉："对不起。"

苏芷摇了摇头："没事，反正就是他从前因为家里的事不得已放弃了我，但是现在又回来找我了。"

"事情解决完又回来找你了？"黄羽脸上表情有些无语，"那你等于还是第二位啊，下次他家里再出事不还是会立马把你放弃？"

"不是的。"

苏芷简单地把事情给黄羽讲了一遍，省去了一些具体的细节，但是黄羽很快就听明白了。

"所以你现在知道他已经后悔并且改正了，但是他以前对你的伤害你其实也没那么容易释怀。"

苏芷听着黄羽字句铿锵、言简意赅的分析，足足愣了有半分钟。而后，才仿佛无法接受他们之间的情况其实就是这么简单似的，缓缓地点了点头。

黄羽说得没错。

苏芷以为她已经对程怀瑾彻底地释怀了，可以放下那段有他的过去。可当程怀瑾重新闯入她的世界时，她才知道，一切没那么容易就过去。

黄羽沉思了片刻，又问道："那我想知道，小芷，你现在对这个男人还有感情吗？"

苏芷握住被子的手指微微收紧，心脏不自觉地加重了跳动。

她声音很轻，也很不确定："我不知道。"

"那我其实有一个建议。"黄羽开口说道。

苏芷目光投过去，真有几分求助的期盼。

"你说你原本已经把和他的过去放下了，但是他再次出现之后，你却变得很困扰。那你有没有想过，给自己和他一个重新开始的机会？”

“重新开始的机会？”

“没错，”黄羽说道，“一个重新开始的机会，你放下过去的恨，也放下过去的爱。以一个崭新的人去体验你对他的感受。说到底，你困惑的原因不就是因为既放不下爱又放不下恨吗？可你刚刚也说了，你以为自己已经放下这一切了。那为什么不趁这一次彻底地、真正地放下一次？”

苏芷心脏微微发颤，听着黄羽继续说道：“如果是我的话，其实我会珍惜这一次的机会。毕竟对于我而言，现在能够把握的快乐远比死守那些陈年的痛苦要重要。也许你觉得我没心没肺，但我的确是这么想的。”

苏芷嘴唇一直抿住，其实她并未真的从黄羽的话语里也把自己的郁结疏通、厘清。然而她也察觉到那种及时行乐、不问过去的洒脱与畅快。

珍惜眼下与囿于过去，像是两股纠缠不清的力量一直在苏芷的心里斗争，她目光几分失神地看向窗外，没有再答话了。

元旦假期的最后两天，苏芷也在宿舍躺了两天。

看似和平时没有任何的不同，但是黄羽知道她已是满脑子糨糊打架。

这两日在宿舍不是心不在焉地看看电视剧，就是躺在床上睡觉。

最后一天的晚上，许嘉来电话问她在不在家，他妈妈给他寄了一大箱土特产想拿点给苏芷。

苏芷连忙说了谢谢，傍晚的时候到了小区门口。

许嘉发消息说他有个朋友喊他有事先走了，土特产放她家门口不要忘记拿。

苏芷上楼看见箱子之后，立马给他回了消息再一次说谢谢。

整整两袋子的土特产，苏芷拿回厨房找了个地方好好存放。

随后就脱了外套，索性今天也不回宿舍了。晚上简单地吃了一点东西，苏芷就洗漱上床了。电脑没有带回来，她坐在床上有些无聊地刷了一会儿手机。

然而，目光却时不时地瞥向一侧的衣柜。

苏芷很快就把目光拉回来，一条条微博刷过去。可鬼使神差地，她又不受控制地看向一侧的衣柜。

安静的家里，让她有种不被窥视的私密感。

蠢蠢欲动。

一种即使她此刻做出任何行为也可以否认的想法在苏芷的脑海里出现。

她伸手慢慢掀开了被子，赤足走在地上。

衣柜的门推开，最左边的角落，正安静地摆放着那只跟了她很久的行李箱。

苏芷沉默地在这行李箱前驻足了一秒，然后蹲在地上拉开了行李箱的拉链。

那个言希送给她的本子还像很久之前她看到的那样躺在行李箱的一侧，苏芷手指轻轻地抚上。

片刻，也将那本子打开。

干净的页面，没有那张贴纸。

随后，苏芷又轻轻翻了几页。

仍然没有。

她心里陡然生出慌张，手臂收紧又往后哗哗翻了好几页。然而那张贴纸却好像消失了一般，没有了任何的痕迹。

没有任何缘由的、原本也不该有的慌张像是一道凶猛打来的浪，将她猛地打翻。

溺水般的慌乱，苏芷将这个本子快速地翻动。

一无所获。

那张黄色的便笺就像是这样忽然消失了一般，她再怎么找也没有找到。

本子前前后后翻了无数遍。

苏芷无声地跌坐在地上。

怎么会。

怎么会。

怎么会弄丢。

巨大的轰鸣在她的耳边响起，她像是一张破败的纸张，听见汹涌的风从她的胸膛中穿过。

怎么会弄丢呢?

苏芷目光近乎空洞地看着手中的本子，耳边却忽然传来手机的铃声。

她僵硬地看向放在身边的手机，屏幕上，程怀瑾的名字像是剂量强大的催化剂，轻而易举地叫她的情绪彻底失控。

苏芷接起电话，声音有些潮湿和低落："有事吗？"

程怀瑾像是顷刻就察觉："小芷，你怎么了？"

苏芷紧紧地握住本子："你有事吗？"

声音却更加潮湿。

"小芷，你怎么了？"

程怀瑾的声音再次重击在苏芷的心口。

她嘴唇死死地抿住，可也在下一秒，几乎呓语般地地问道："程怀瑾，你写给我的便笺呢？"

眼泪随之而来，耳边只能听见剧烈的心跳声。

苏芷又喃喃重复问道："程怀瑾，你写给我的便笺我怎么找不到了？"

电话的那端，程怀瑾的声音也即刻传来："你现在人在哪里？"

然而她却并不答话，只一遍遍轻声问道："我找不到你写给我的那张便笺了。"

电话那端，苏芷听到急促的脚步声："你在家是吗？"

可是，程怀瑾已经再无法听到任何来自苏芷的回答了，她声音变得彻底模糊、迷茫。低低的啜泣，像是黑夜里无法停止的细雨。他大步走出家门，推开楼梯间朝下快步走去。

听到电话里终于又重新传来了声音："对不起，我没事了。"

她声音瞬间的冷静。

然而，就在苏芷准备挂断的前一秒。

程怀瑾不容拒绝的声音从电话中传来："我十分钟后到。"

第十五章 不变的爱

W U C I X I A O M E I G U I

程怀瑾按响苏芷家门铃的时候，不过刚刚过去了八分钟。

有些出乎他的意料，大门很快就从里打开，但只开了一条不大的缝，正好能看见苏芷的脸。

“你怎么来了？”

她声音有些低沉，也有些刻意的冷淡，一件灰色的短袖，白皙的手指轻轻地搭在门把手上。

程怀瑾站在门口问她：“便笺找到了吗？”

苏芷沉默了一会儿，目光移去地面：“找到了。”

掉在了行李箱里，是她一时着急慌了神。

“刚刚以为找不到所以哭了？”

“没有，你听错了。”她一以贯之的矢口否认。

程怀瑾垂眸去看她还有些微微发红的眼角，沉寂了一会儿：“找到了就好。你不要着凉，把门关上吧。”

他言语里并未有任何想要进来的意思，苏芷微微错愕抬头看去，才发现他只穿了一件极为单薄的灰色衬衫。

昏暗的楼梯间里，有冷白的月光投入。他身周像是寒意飘浮般地清冷，也止不住地沾染到苏芷的身边。

她后脊一阵没来由地发麻，往后退让了一步：“你先进来吧。”

程怀瑾走进屋子之后，苏芷就去厨房给他倒了一杯热水。

“干净杯子。”她说着就推到了程怀瑾的手边。

程怀瑾拿起喝了小半杯，又轻轻放下。

苏芷一个人坐在沙发的另一头，双手抱膝，远远地看着他。

明亮的灯光下，他耳郭微微发红。苏芷心口发涩，却还是无法开口说任何关心的话。

只是沉默，放弃一切将他们的关系推向和好的机会。

程怀瑾转头看着她，良久，开口说道：“我今天打电话，是想问你下周末有空吗。”

苏芷一直看着他。

原本以为他知道她还一直收着那张便笺便会胜券在握地抖落她全部的心思，却没想到他只字未提，只平淡地问她下周有没有空。

酝酿好的叫他不要自作多情的话语被她沉默地吞下，半晌，苏芷缓声说道：“你要干吗？”

“去年的时候没能陪你去摘草莓，想问问你还愿不愿意去。”程怀瑾态度很是诚恳，“也可以叫上你的朋友，人多一点也热闹。”

他目光温和而平静地朝苏芷投来，并不催她。

苏芷身子慢慢地松弛了下来，她想了想，轻声道：“我不确定有没有空，下周……可能有考试，忙起来就没空了。”

“没关系，那等到放寒假也可以。”

他无限的耐心与退让，让苏芷心里忍不住地也轻颤。

如果是从前的苏芷，此刻她一定已经什么都不顾地就扑进他的怀里。他愿意给，她又怎么会拒绝，但是现在在他身边的，不是那个头脑一热就心甘情愿把自己献祭的苏芷了。她犯过一次的错，不想再犯第二次。

苏芷看着坐在沙发另一端的程怀瑾，情绪像是细密的汽水泡，无声地蔓延。

她很是警慎地，最后才说道：“我下周再答复你。”

“好。”

“真的可以带朋友？”苏芷小声朝他确认。

程怀瑾点头：“当然可以。”

苏芷低低地“嗯”了一声，便又不说话了。

程怀瑾也安静了一会儿，站起了身子。

“我先走了。”

他说着就朝门口去了。

苏芷一愣，也随即跟上，帮他开了门。

程怀瑾从她的身边走过，拂动的气息，也似有若无地从她的身边缠绕。

苏芷目光忍不住地垂下去，却发觉程怀瑾驻足在了她的面前。

她抬眼，正要开口的一瞬，看见程怀瑾伸出了他的左手缓慢地朝她脸颊而来，致命的酥麻，瞬间从她的头皮向四肢蔓延。

苏芷无法抗拒地站在原地，头脑变成难以思索的空白，轻到像一根羽毛。

程怀瑾微凉的指腹缓缓地擦过她的眼角。苏芷心脏停止，看见他左手捻起一张纸巾的碎屑。

应该是她早先擦眼泪时留下的，顷刻的情绪落地，她心脏也开始疯狂地跳动。短衫里像是蒸桑拿般涌起一阵潮热，她目光不自觉地垂下。

“我走了。”程怀瑾垂眸看了她一会儿，“把门关好。”

他说完就走出了房门，反手将门关上。

客厅顷刻安静。

苏芷灵魂出窍般地转过身子。手心微微发汗，好像还闻得到他身上那阵清冷的寒气，久久也不会散去。

原本是想一直拖着就不了了之的，谁知道几天之后，许嘉给苏芷打了个电话。

他下半年要准备找工作的事情，一直在犹豫选哪个公司。思来想去最后给程怀瑾发了微信。原本没指望程怀瑾能真的帮到他什么，只是想了解了解情况，谁知道程怀瑾开车来了学校一趟。

问了他具体的打算，然后给他提了一些建议。

最让许嘉感动的，是程怀瑾最后还帮着安排了许嘉和他最心仪的那家公司的老板见了一面，那人对许嘉的简历很是满意，叫他到时候大胆投他们公司的招聘。

许嘉给苏芷打电话的时候，言语里的激动溢于言表，说下次一定请程怀瑾来家里吃饭。

苏芷也有些惊讶，因为程怀瑾什么都没和她说。

挂了电话，她思来想去，最后还是给程怀瑾去了个电话。

“考试都考完了？”他很快接起了电话。

苏芷坐在宿舍的床边，看着外面光秃秃的树枝低低地应了一声。

“接下来几天有什么打算吗？”

“看看兼职。”

“介意我知道你缺多少钱吗？”

“介意。”苏芷说道。

电话那端果然安静了几秒，苏芷伸手在白墙上到处抠抠，低声问道：“你怎么没告诉我许嘉的事情。”

“什么事情？”

“就是你帮他找工作的事情，”她声音变得有些黏糊，“谢谢你。”

“不用谢我，原本也是我能力范围里的事情。”

“你不是已经辞职了吗？”

“人脉不会连同职位一直辞掉。”

苏芷“喔”了一声，也觉得自己又开始为他瞎担心。

对话像是又要冷掉，程怀瑾忽然开口问她：“那明天有空吗？我看最近天气都不错，可以带你的室友一起来。”

“她们不是本地的，已经都回家了。”

“你一个人也可以。”程怀瑾平缓地说道，“或者你不想摘草莓，做其他的也可以。”

苏芷握住电话，下巴轻轻磕在窗台上。

其实他邀请她也说了好几次了，被她一拖再拖也没有来催过。早些时候如果不是许嘉给自己打电话来，她也不会知道程怀瑾帮了许嘉。

如果这样还继续拒绝，倒让苏芷觉得自己太过吊着人了。

她不是这样的性格，再说去一趟草莓园其实也没什么。

“那明天吧。”她静了好一会儿，终于答应。

“那我早上八点来接你，那边有点远，摘完之后吃个午饭，我再送你回来？”

“好。”

苏芷挂了电话，心里飘虚虚的，又不知为何，索性不再去想这件事。

第二天果然是个晴天，但是前一晚大降温，苏芷出门的时候还是察觉到了一阵刺骨的寒意在她的脸上凝结。

她穿了一件长至小腿的灰粉色羽绒服，白色的围巾围上，两只手还套着毛茸茸的手套。步行至校门口时，脸颊被冻得微微发红。

刚停下脚步，就看见程怀瑾从一辆黑色的库里南旁走过来，苏芷连忙小跑着过去。

“你换车了？”

程怀瑾应了一声：“SUV 后备厢空间大些，到时候好装草莓。”

“会摘那么多吗？”

“多做准备没关系。”

程怀瑾说着走到她那侧帮她开了门，苏芷才注意他只穿了一件单薄的衬衫。

她下意识地问：“你不冷吗？”

程怀瑾帮她撑着车门，目光示意后座：“外套在车里。”

“喔。”苏芷说着就上了车。

这车的空间比程怀瑾从前那辆更要宽敞，车里的暖气很快就起了效果，苏芷摘了围巾、手套，也把羽绒服一并脱了放在了后座。

等红灯的间隙，程怀瑾侧头去看她。

澄澈的阳光照在她的脸颊和发丝上，像是镀上了一层浅金色的描边。白色的高领毛衣更衬得她皮肤仿佛冷藏过的牛奶，有种凝脂般细滑的错觉。

绿灯亮起的瞬间，苏芷的目光也看过来。但是程怀瑾很快看向了前方，重新加速前行。

一路上，车里都在播放着欢快的民谣。阳光像是一团柔软得看不见的空气，在车厢里四处流淌。苏芷的心情也慢慢变得轻盈，像是窗外明亮的光线。

两个多小时的车程，他们终于到了草莓园。

原本还该更快些，但是昨晚降温，有些路段结了冰并不好开。

车子停下，两人就穿了外套下车。

苏芷闭目深深地吸了一口新鲜又冰冷的空气，有种醍醐灌顶的清醒感。睁眼，却发现程怀瑾眼里有很浅的笑意，正安静地看着自己。

苏芷顿时升起些许的害羞，随即义正词严道：“你看我干吗？”

程怀瑾目光轻动了一下，淡声道：“你脸上有东西。”

苏芷即刻就想起那天晚上他帮她摘下的眼角的纸巾碎屑，羞涩和害臊也随即重返脑海。

她立马用手去摸自己的脸，眉毛到鼻子到嘴巴都胡乱摸了一通，可是什么都没有。

她眉头随即怒皱：“程怀瑾，你现在也开始骗人了！我不要和你摘草莓了，我现在就要回家！”

她声音清脆得像是冬日里一根晶莹剔透的冰凌，程怀瑾只垂眸看着她，淡声说道：“我可以拍给你看。”

苏芷半信半疑地瞪他一眼，言语威胁：“你要是真的在耍我，我现在就和你绝交。”

程怀瑾扬眉没有说话，只是拿出了手机。

苏芷闭上眼睛，几分郁闷地等着他的照片。

谁知道，下颌处忽然贴上来一只温凉的指腹，像是在微微调整她脸的角度。

一阵酥麻过电般地从苏芷的下颌处蔓延，她心脏也跟着漏跳了半拍，一动不敢动。

轻轻的一声“咔嚓”。

“好了。”

苏芷立马睁开眼睛扒住他的手臂，急着要去看那照片。程怀瑾却叫她先看看了旁边屋檐上的那串水晶风铃。

苏芷不解。

程怀瑾随即把手机翻转过来对向她。

他声音里有隐隐的笑意，食指指在照片她闭起的双眼处：

“彩虹。”

几乎是瞬间，羞赧像是潮水般地将苏芷淹没。

她身子一阵发热发烫，呼吸起伏间，能察觉到热气从脖颈间溢出。

耳朵一定已经发红了。

她甚至不用去摸。

抬眼，还发现自己的双手仍抓住程怀瑾的小臂，烫手般地立马松开，转头就朝草莓园的门口快步走去。

她恍恍惚惚，脑子里还在重复他刚刚那句：“彩虹。”

风声呼呼从她的耳边穿过，苏芷闷头往前一直走。

忽然一只手从后将她拉住，苏芷有些惊吓般地回头，却看见是程怀瑾。

他眼角很浅地弯起，手随后也松开。

“入口在你后面的方向。”

苏芷驻足。

“……”

她后悔了，她想现在、马上、立刻回家！

程怀瑾垂眸看着一动不动的苏芷。

她立马掉转方向，噔噔噔就朝草莓园门口冲。

从脖子上掉下来的半截围巾像是一只在空中上下翻飞的白色蝴蝶，程怀瑾嘴角轻轻抿起，大步跟了上去。

作为对程怀瑾的惩罚，苏芷从进了草莓大棚之后，拿篮子，摘草莓，都是和程怀瑾保持五米以上的距离。

程怀瑾问她是不是不高兴，苏芷振振有词：“你离我太近会把我的大草莓都摘光。”

程怀瑾也没再追问，点了点头让她想摘多少摘多少。

“肯定会让你破费的，我摘完就给我在京市的同学分一分，程怀瑾你做好心理准备！”

隔着五米的距离，程怀瑾面色很是松快：“好，摘不完明天再来。”

苏芷刚要答应，思绪紧急刹车。

“我才不和你明天再来了！”

她说完就赶紧背过身去，脸颊红红的，又差点被他带进坑里。

棚里温度不低，再加上时间已经快到中午。

苏芷摘了一会儿就觉得身上出了不少汗，把摘满的篮子送到一旁的桌子上，她左右张望了一会儿。

程怀瑾也走过来问她在找什么。

“这个桌子上有灰，我不想把我的外套放在这里。”苏芷又看了眼，“算了，我去放车上吧。”

“给我吧，你就待在棚里不要出去，有汗吹风容易着凉。”

苏芷还和他较劲，避开他。

“我身体比以前好一百倍了，你不知道。”

她说着小步就往棚外去，目光还时不时地瞥向后面。

然后程怀瑾也没有要强迫她的意思，只是站在原地看了她一会儿也就去摘草莓了。

苏芷一路走到尽头，掀开棚布，太阳虽然依旧热烈，但是温度也是实打实的寒冷。

一吹过苏芷的脖颈，她就忍不住地打了个寒战。

然而刚刚话已出口，她必不能认𡱁。

苏芷随即伸手去拉车门，一拉到底——

车锁了。

苏芷：“……”

她想回家，现在、立刻、马上！

冷风里站了一分钟，苏芷决定只要她不理程怀瑾，程怀瑾就嘲笑不到她头上。

她心理建设了一会儿，刚觉得可以了要转身往棚里走，却看见程怀瑾也走了出来。

苏芷一怔，还没开口就听程怀瑾说道：

“刚刚摘好的草莓我已经请老板去装盒了，时间不早了，我们先去吃午饭吧。”

“好啊。”

苏芷随即答应，否则自己还要回答他为什么没把外套放进车子，继而被他嘲笑忘记问他拿钥匙。

她说着就面不改色心不跳地站在车旁等着程怀瑾，却看见他缓步走到自己面前，伸手探了一下口袋，抬头对苏芷说：

“钥匙好像没拿。”

苏芷立马皱眉：“是不是丢在大棚里了，快去——”

然而她话还没说完，就看见程怀瑾从口袋里拿出了钥匙，缓声道：“原来没忘拿。”

大脑顷刻的空白，随即就从他垂眸投下的含着笑意的目光里察觉出了他的调笑。

他故意的！

苏芷气急，伸手去擂程怀瑾的手臂。

“我恨死你了程怀瑾！我现在就把你拉黑！”

她气得直跺脚，却看见程怀瑾嘴角轻轻的笑意。

他任由她发泄，良久，才轻声问她：“是不是早就想打我了？现在有没有好点？”

苏芷听言，又补了数拳。

一通发泄过后，两人重新上了车。

苏芷原本气鼓鼓地趴在她一侧的窗户上不和他说话，可是慢慢开着开着，她却不自觉地嘴角弯起。

意识到自己笑意的瞬间，苏芷随即又转变为气鼓鼓。

程怀瑾在这草莓棚的附近找了一家饭店，像是本地的农家乐。

两人进店的时候人不多，一位阿姨领着他们进了包间。

菜单一人一份放到两人面前，苏芷点了两个素菜，程怀瑾看着搭配了一荤一汤。

阿姨临走前问苏芷要不要吃草莓圣代，说草莓就是旁边的大棚买的。

苏芷下意识地去看程怀瑾。

“喜欢就点。”

苏芷随即朝阿姨说道：“我要一个，谢谢。”

阿姨应了一声：“马上给你拿过来。”

“谢谢。”

不一会儿的工夫，阿姨就把草莓圣代先送了过来。

透明的杯身里看得见被切成小块的红色草莓，尖尖的雪顶上稳稳地插着一颗鲜艳欲滴的完整大草莓。

上面还像是撒了些糖分，很有冬天落雪的味道。

苏芷眼角弯成一条小月牙，用勺子舀着吃。

冬天里有些许的冰牙，但是奶味和甜味极大地取悦了味蕾，她忍不住轻摇身子。

“好甜，好好吃！”

“喜欢可以再要。”

苏芷摇摇头：“我保持身材。”

“为什么？”

苏芷放下圣代，振振有词：“我还没男朋友呢。”

“喜欢你的不会因为你身材不好就不喜欢你。”

“我不和老年人讨论爱情。”

程怀瑾：“……”

苏芷看着他语塞的样子，忽觉心情舒畅，直接笑出了声。随即快速地将圣代消灭完毕，用纸擦干净嘴角，耐心等热菜。

这家饭店的味道很是不错，虽然装修并不是很华丽，但是分量和味道都算得上诚心。

苏芷吃得很是舒心。

程怀瑾结账完毕之后，问她是否还要继续摘草莓，他时间都够。

苏芷摇了摇头：“不了，我有点想下午回家了。”

忙了一个早上，又刚刚吃了午饭，她整个人有些困顿。

“要搬东西回去吧，我可以送你一程。”

苏芷想了想：“方便吗？我要在宿舍收拾点东西，寒假就不住宿舍了。”

“方便。”程怀瑾说完就让她先上车。

两人随即开回了草莓园，程怀瑾去找老板拿了刚刚包装好的两盒草莓，付了钱。

回京市市区的路上，苏芷不知不觉睡了过去。

阳光照拂在她的脸上，她手脚被暖气烘得热热的。

整个人缩着靠在椅背上，像一只肆意晒太阳的猫咪，敞开柔软的肚皮，没有任何的防备。

迷迷糊糊再醒来的时候，才发觉车子已经停了。

苏芷揉揉眼睛，转头看向了程怀瑾。

“醒了？”

他声音很温和，还带着些冬日阳光干燥的舒缓感。

苏芷左右看了看，思绪回笼了好一会儿，才意识到他们已经在她的宿舍楼下了。

“你怎么没叫我。”她还没从睡意中完全抽离出来，声音几分松软。

“我不赶时间。”

苏芷伸手又揉了揉脸，感官才完全回来。

“那我上楼去收拾东西，有点多，你可能要等我一下了。”

“好，不着急。”

苏芷说了声谢谢，就开门下车了。

一回到宿舍，关上门。

苏芷连忙坐在自己的小板凳上缓神。

宿舍里的冷空气慢慢地将她身体里多余的热气带走，苏芷的思绪终于也变得清晰了起来。

一整个上午，像是被程怀瑾最拿手的蛊惑人心“拿捏”得七上八下，也让她想起最开始和他认识时，他也极其擅长这种三言两语就能让人心潮翻涌的话术。四两拨千斤般地，能叫她心脏一次次的失控。

苏芷忍不住要骂他，也觉得上午那几拳还是轻了。

然而，也有阵阵的甜意从她的心口无法控制地渗出，因为程怀瑾完全的包容和溺爱。

懊恼和甜意互相中和，苏芷收拾完行李下楼的时候已经恢复成了十足的冷静。

程怀瑾帮着她把行李放进后排座位，就开车朝苏芷的小区去了。

路程不远，几分钟的事情。

程怀瑾帮她把东西放上楼就走了。

大门关上后一秒，苏芷又把门打开：“等我下。”

程怀瑾在楼梯间回头看她。

苏芷把拖鞋换下朝门外走来：“请你去楼下吃个晚饭，今天到底是谢谢你了。”

程怀瑾眼里有些意外之喜："好。"

两人说着就一起往小区外面去了。

天色刚刚开始有些黑，像是油画笔涂抹换了天空的底色。各种各样的摊子已经摆出来了，白色的炊烟袅袅飘向天边。

两人在人群中徐徐走着，也不着急。

苏芷问他想吃什么。

"都可以，挑一个你喜欢的。"

苏芷又朝他确认："真的？"

"真的。"他语气无比诚恳。

苏芷随即点头："我想吃麻辣烫，但是那家店要多走几分钟，在下个路口。"

"好。"

两人慢悠悠地沿着这条街往前走，不知是冷风停歇的缘故还是烟火气的缘故，竟也不觉得冷了，倒有几分暖暖的市井气息。

鼻间嗅到的也是饭菜的香气，苏芷心情有些轻盈盈的，转眼看到一旁开了一家新的花店。

"这边居然开了家花店。"

程怀瑾问她："要进去看看吗？"

"你赶时间吗？"

"不赶。"

两人随即走进了花店。

店面不大，但是收拾得很温馨。花朵的种类也很丰富，呼吸间尽是各种馥郁的香气，老板见有人进来也热情迎上去。

"今天店里有刚进的玫瑰花，品种很多，很适合送女朋友的。"

苏芷连忙出声："我和他是亲戚。"

老板一惊："不好意思不好意思，那两位是要送给谁的，可以随便看看。”

苏芷就在花店里看了两圈，不一会儿的工夫，忽然听见程怀瑾问老板有没有花瓶卖。回头想看看他在干什么，却一眼看到了他正微微弯身，去挑角落里的花。她慢慢地转身朝程怀瑾走过去，看见程怀瑾面前那一大把浅粉色的冰激凌洋桔梗。

有风从敞开的店门吹入，也紧紧地扼住她的嗓口，像是不能说话，也像是不知从何说起。

然而，程怀瑾只很平静地看了她一眼，随即看到老板拿出了一只透明的花瓶。

程怀瑾走过去:“麻烦帮我把那边的洋桔梗都打包，连同这只花瓶。我晚点来取可以吗？”

“可以的。”

“谢谢。”

安静的花店里，只有老板来回穿梭的脚步声。

大捧的洋桔梗搅动起一阵水声，被老板从桶中抱起。

大片的包装纸展开。

窸窸窣窣。

苏芷怔怔地站在原地，听着这些声响像是跳动在她的脉搏上。

安静等候的程怀瑾，低头剪裁的花店老板。

怦然的预感，像是无声倾注的暴雨，在她的心里猛烈地冲刷。

程怀瑾终于转头看向了她。

心跳声渐渐漫过了耳边，他声音变得很低。

苏芷却字字听的清楚：“吃完饭我们来拿，你带回家好吗？”

她嘴唇像是被封禁，许久才很轻地问道：“你要送我洋桔梗吗？”

程怀瑾很是直接：“是。”

苏芷眼眶没来由地发涩，冷风从门口呼呼地吹向她的脸庞。

“你总是这样随便送别人花吗？”她话语中带着显而易见的“警告”。

“我没有随便送别人花。”

可程怀瑾却仿佛毫无察觉般地不肯就此“收手”。

“你知道洋桔梗是什么意思吗？”

窸窸窣窣的包装袋声终于结束，老板的声音像是从很远的地方传来。

“先生，您的花包好了，这是营养液。”

然而程怀瑾却一动不动地注视着眼眶微微发红的苏芷，片刻，伸手将她不知何时掉落半圈的围巾缓缓地重新围在她的脖子上。

温凉的指腹掠过她的脖颈，苏芷像是无法耐受般地动弹不得。

只听见他轻声道：“我知道，小芷。”

晚上的时候，苏芷重新看了一遍《触不可及》。

修剪漂亮的洋桔梗插在透明的敞口玻璃花瓶中，她把它放在了卧室的书桌上。

房间的大灯熄了，只留了床头柜上的一盏。

光线的边缘无限朝外模糊，然而不远处的花束依旧蓬勃、生机盎然。也让苏芷想起北川的花园里，夏季有阴凉的风，潮湿而又温柔地吹拂在人的脸庞。大片的洋桔梗飒飒地摇曳在晚风中，肆无忌惮地舒展着蓬勃的生命力。

很久没有回过北川了，不知道那片花园如今又变成了什么样子。

温暖的卧室里，电脑的屏幕光投射在苏芷的脸庞。她第二次去看这电影时，竟有一种难以言说的平静。脑海里是那天晚上他们在北川家里看完电影的场景，他一如既往地要打破她虚无的幻想，她胡搅蛮缠地说他是有钱的菲利普。

也想到今天早上，他故意逗弄她，却也叫她肆意发泄怒气。苏芷甚至可以想象，如果是最初和程怀瑾认识的时候，他是断然不会这样接受她如此的胡搅蛮缠与任性。

某种程度上，程怀瑾依旧是冷面阎罗。他一以贯之的疏远和清冷最是叫人心生畏惧。所以当他展现出完全的纵容与溺爱时，那强度也远远超乎人的想象。

像是互相匹配的基因组，天然而又强大的吸引力法则总能叫他们准确无误地重新匹配。即使分开再久，靠近的第一秒也会情不自禁地再次被吸引。

寒假正式开始之后，苏芷在家休息了两天也着手找兼职的事情。

原本许嘉和她一起的时候，他们都能找到还不错的兼职。因为许嘉结识的人多，做这行也久。但是前两天给许嘉发消息的时候，苏芷才得知他这个寒假都要在一家公司实习，这样才能丰富简历，增加自己在市场上的竞争力。

于是苏芷只能自己看着找兼职，很快就找到了一份家教的兼职。试上了两节课后，对方家长觉得还可以。

其实苏芷原本在试上完两节课后就有些退缩了。并非这家的家长有什么问题，而是这家的孩子是个男生，性格很是内向，上课下课都不肯和苏芷说一句话，几分油盐不进的样子。

苏芷担心他不听自己的，成绩到时候没起色，但是后来想了想能拿到不少钱还是答应了这家人。

谁知道问题就出在这个男生的身上。

倒不是他不肯听苏芷的话成绩上不来，而是苏芷去了三次之后，竟发现这个小孩开始打听她的事情。

问得最多的就是她有没有男朋友，喜欢什么样的男生。

苏芷最开始出言制止过几回，他都沉默不语。原本以为他就此收心不会再问，谁知道第四次去的时候，那个男生趁苏芷不注意想要靠近她。

苏芷条件反射就把那男生推了开，那男生不受力摔倒在地，膝盖摔破了皮。家长自然不会相信是男生主动靠近的苏芷，而男生腿上的伤口又是血淋淋的事实，于是难听的话一句句从家长的口中说出。

苏芷被骂得哑口无言，可也知道和他们对骂根本解决不了任何问题，直接报了警。

但是她没有任何证据。对方又指着自己孩子的膝盖得理不饶人，警察只能调解。

最后苏芷一分钱没有拿到，还被逼着倒赔了几百的医药费。

眼泪在眼眶里疯狂打转，苏芷一离开那人的家，就直接打车去了江哲家。

门铃按得直响，她才想起江哲未必在家。转身要走的一刻，听见身后传来了开门的声音。

一路上忍着的没有掉下来的眼泪瞬间就落地，她回头，才看见门口站着的是程怀瑾。

“怎么了？”程怀瑾眉头瞬间皱起，让苏芷先进屋。

苏芷原本想赶紧绷住眼泪，可是程怀瑾的话一问出口，她的委屈也像开了闸的洪水再难止住。

她坐在沙发上和程怀瑾讲完了事情的始末，因为情绪太激动常常讲到一半忘记讲到哪里，程怀瑾适时给她提醒，叫她继续讲下去。

足足半个小时，苏芷先是委屈，然后愤怒，把这家人狠狠地骂了一顿，最后讲完的时候竟觉得这一口气通畅了。

说来说去，也只能怪自己经验不足和倒霉，但是骂完人心里通顺了好多。

程怀瑾刚要开口，苏芷就打断了他的话：“不需要你安慰我，也不需要你补偿我那部分钱。”

她把刚刚擦眼泪的纸巾丢进垃圾桶，言语已恢复了自如：“我就是想找个人发泄一下，我这次吃亏，下次就会多个心眼了。”

她眼眶明明还有些发红，然而程怀瑾却并未觉得她有任何的脆弱与虚张声势。她还是那个很喜欢掉眼泪的苏芷，但是已经长大成比他以为的还要坚强的苏芷了。

一种微微的失落感，像是没有了那种能叫他轻易伸出援手再去接触她的机会，但也有一种浓烈的为她感到骄傲的情愫在程怀瑾的心里蔓延。

“我没有想要帮你补偿你损失的那部分收益，”程怀瑾双眼看着她，沉声说道，“如果你愿意把它当作步入社会所交的一部分学费，我觉得很合理。我只想问你两个问题。”

苏芷嘴唇抿了抿：“什么？”

“那个男生伤害到你了吗？”

苏芷连忙摇摇头：“没有，我发现得及时，他还没碰到我，我就把他推开了。”

“好，第二个问题，我最近在计划接下来的工作，有一份简单的整理材料的工作正好缺人，想问问你愿不愿意了解一下？”

苏芷嘴巴微微张开，像是不相信他就这么正好缺人。

程怀瑾站起身子：“你等我一下。”

他说着就朝江哲的书房走去，片刻拿了一份文件出来。

苏芷这才意识到江哲不在家：“江哲……”

“他临时出门解决点私人的事。”程怀瑾将那份文件放在苏芷的面前，“我今天本来是和他商量些事的，如果你来得再晚些我可能就已经离开了。”

苏芷心里没什么底的伸手去拿了那份文件，上面是一串英文。

“这是什么？”她抬头看着程怀瑾，“你是要出国了吗？”

“这是我前段时间刚刚收到的几家咨询公司的运行情况，”程怀瑾认真地给她讲解，“你知道我前段时间离职了，目前也没有再回去任职的意愿，所以我在计划之后会投资一家咨询公司，也算是和我原本的职业有些关联。”

“我以前在M国读书的时候在一家咨询公司实习过一段时间，所以对这方面也比较了解。国内但凡涉及比较专业的需要实验室支撑的科学技术，大多直接和高校的老师对接，这就是为什么不少高校老师会有自己的公司或是商业项目。但是单个人总是人手不足、技术也比较片面，很难做大。”

“所以国外比较普遍用这种咨询公司作为政府或者商业寻求科学技术帮助的桥梁，一方面咨询公司收纳各个学科的科研人员有自己的实验室，另一方面也和各个高校有紧密的合作关系。这样能保证给出客户完整又专业的科学建议。”

“我打算先投一家公司，目前正在做前期的考察。”

程怀瑾言简意赅地和苏芷说了他的想法，苏芷坐在沙发上，一动不动。

她嘴唇松了又抿，抿了又松，半晌，才支吾说道：“我好像听懂了，又好像没听懂。”

程怀瑾却是意料之中的表情：“没关系，我只是前段时间雇的人因为请假导致我现在有些缺帮手，就正好想问问你有没有意愿。主要是查找公司的资料，整理分类收纳然后汇总给我，资料都是英文，我觉得对你来说也是一个很好的学习机会。”

“我害怕我会有很多不懂最后导致你进度反而被拖慢。”苏芷有些犹豫，但也不可否认地觉得心动。这些接触到的东西不仅算是兼职而且肯定能学到不少东西。

“可以先来试三天，如果到时候你觉得很没意思或者的确弄不明白也可以退出。”程怀瑾言语很是坦诚，“如果你同意的话，明天之前发消息给我，可以吗？”

苏芷内心开始越发挣扎，又听到程怀瑾说：“时薪两百，你觉得合适吗？”

苏芷：“？？？”

她眼睛忽地瞪大，同他确认道：“你说时薪两百？”

“是。”

苏芷眉头瞬间皱起，因觉得他不过是在变相扶贫，语气也变得有些不悦：“你这还是等于直接给我钱。”

程怀瑾看着她，嘴角轻轻地笑了一下。

“小芷，我在M国读书做助教的时候，时薪就已经不止两百人民币了。”

苏芷眼神微微讶异，而后嘴唇抿起，像是羞于自己的孤陋寡闻。

程怀瑾双肘支在膝盖上，身子前倾靠近她：“没关系，慢慢来。如果以后有机会的话可以多出去看看，这个世界还是有很多值得你去了解的地方。”

“我也不知道我有没有机会。”

“只要你想的话，一定可以。”

苏芷目光垂到了沙发上，其实她并不觉得没见过世面就有多么丢人，但她心里还是有淡淡的难以排解的情愫，说不出来。

沉默了好一会儿，苏芷趿拉上拖鞋。

“我正好也要走了，送你吧。”程怀瑾也跟着站起身子往门口去。

两人站在门边安静地换鞋，苏芷低着头，忽然听见程怀瑾的声音从上淡淡地落下：“还有几句话，你如果不喜欢可以听过就忘。”

苏芷抬头："什么？"

程怀瑾垂眸看着她，从上而下的一小簇聚光灯将他们无声地罩拢。

他声音其实有些低落，却并不明显："下次如果出事，你也可以第一时间给我打电话。"

苏芷不由得绷紧身子。

然而，他安静了一会儿，又说："当然，我没有资格这么要求你。所以你把我刚刚说的话忘了也可以。"

程怀瑾伸手推开了门，示意她不用再多想。

两人走进电梯，金属门缓缓地关上。

苏芷站在他的前面，印着花纹的电梯内壁，只能看见他隐约往下看的面容。

一阵荡在海中的漂浮感。

苏芷觉得很不真实，却又那样清晰地叫她从程怀瑾的语气中捕捉，那种想跨出却又收回去的摇摆，那种想伸手也无法拥抱的挣扎。她那样清晰地也曾感同身受。

电梯无声地一路下行。

降到三层的时候，苏芷忽然开口："还有什么地方也是值得去看的？"

她没有转身，只从电梯门的折射里看着程怀瑾。

程怀瑾一刻讶然，立马回道："冬天的话，可以从苏黎世坐火车到瑞士，有一条线路可以看见下雪的阿尔卑斯山。"

"好看吗？"

"好看。"

电梯"叮"一声到了底层，金属门缓缓打开。

程怀瑾心脏不由得吊起，看见苏芷转过了头，问他："资本家，时薪两百当真吗？"

程怀瑾眉梢扬起："当真，只要你愿意，明天就可以开始。"

苏芷偏头："那截止日期呢？"

程怀瑾顿了片刻。

恍惚的一瞬，也像是回到了他们去往南岩山的那天。她站在房间里要他在那张纸上写上截止日期。

而如今，他的回答也依旧没有变："小芷，这句话的答案，我和从前一样。"

程怀瑾交代的工作并不容易，苏芷原本以为很快就能上手不至于叫他看笑话。

但是在程怀瑾家工作的第二天，苏芷开始止不住地焦虑。

程怀瑾给她的第一个任务是把一家叫 KCB 的 M 国风动力咨询公司这几年在做的全部公开项目做一个简单的分析和汇总。

苏芷原本以为英文看不懂顶多常查字典就好，不会太困难。然而当看到每个项目动辄上百页的项目报告书时，她瞬间头皮发麻。

程怀瑾叫她速看、抓关键词，提取核心信息即可。可苏芷一目看过去，俨然几分看天书的即视感。

密密麻麻的专业术语更是叫她甚至连一句话都很难一口气读下去，常常需要连查四五个单词才能勉强把一句话捋顺。

第一天的时候程怀瑾只简单地给她布置了任务就没再管她，苏芷那天结束的时候甚至没敢告诉他，她花了一整天的时间，才勉强读完了十五页。

第二天，程怀瑾依旧没问她进度如何。

从早上一直到现在，程怀瑾都在客厅和人打电话，留苏芷一个人在卧室的书桌前看项目书。她坐在柔软的椅子上，已有几分如坐针毡的感觉。

程怀瑾的声音从客厅里不时地传来，苏芷看着面前密密麻麻的英文和止步不前的进度，从昨天开始慢慢累积的沮丧感将她压得有些喘不过气。

诚然，程怀瑾根本不会对她有任何的不满或是催促，但苏芷并不是能心安理得这样挥霍他工资的人。她这样的工作进度根本不值得他给出的时薪两百。

苏芷眉头越蹙越深，目光有些焦灼地去读电脑上的内容。

身后，卧室门被轻轻打开。

程怀瑾缓步走进，坐到了她身旁的椅子上。手机平放在桌上，没有说话。

苏芷也沉默地又看了一会儿屏幕，但很快，她默默地转过了身子。

“程怀瑾。”她语气有些沮丧。

程怀瑾随即应了一声，倾身朝她靠近：“有什么问题随时可以问我。”

然而他越是这样根本不计较，她也越觉得不该赚这钱。

“我想了想，”她握在鼠标上的手也垂了下来，“我还是没办法胜任这个工作。”

她眼角耷拉下，去看自己面前的桌子。

忽然，转椅被人控住，苏芷整个人跟着转椅转到了和程怀瑾面对面的方向。

她抬头看着程怀瑾，察觉到自己裸露的膝盖轻轻地贴在了他的西裤上，些许的冰凉，还有些似有若无的丝滑。

苏芷忍不住想要往后退，但是程怀瑾的两只手按在她的转椅扶手上，身子微微前倾。

“就因为昨天和今天进度慢了所以觉得自己不行吗？”

苏芷心跳不自觉地加速。因他这有几分压迫感的姿势，也因她被迫和他的西裤相贴的膝盖。

她目光很不自然地垂下去看自己的拖鞋，毛茸茸的粉色拖鞋，上面还有一只小兔子。苏芷的心又是一跳，她昨天都没发现程怀瑾给她买的拖鞋上还有一只小兔子。

“在走神吗？”

程怀瑾的声音又让苏芷吓一跳，这才重新抬起头看他。

她嘴唇抿了抿：“我远远达不到可以帮你产出有用东西的地步，就光是把这些材料看一遍我都要花费很长的时间。”

“我并没有催你。”

“我知道，”她声音也越发低了，“如果不是我，你也会这么仁慈吗？”

“不会。”程怀瑾倒是坦坦荡荡。

苏芷语塞。

“你现在看到哪里了？”程怀瑾说着把苏芷重新转回了面对电脑的方向，自己也坐近，“我带着你把这份项目书看完。”

苏芷刚要拒绝，就听到程怀瑾命令式地、不容拒绝地说道：“现在就开始。”

于是，从早上十点一直到下午两点，程怀瑾一直坐在苏芷的身边陪她看这份文件。教她怎么速读，怎么去抓关键字和关键句。把常看到的专业词汇随笔记录下来，之后再看到几次就不用再查。

程怀瑾靠得她很近，身上冷冽的沉木香将苏芷完全地包裹。说话时更像是贴在她的耳边，叫苏芷从头到脚地发麻。

然而，也只是最开始的那几分钟。

程怀瑾很快批评了她心思没有集中，苏芷脸颊一羞再也不敢胡思乱想了。

一百多页的英文项目书，两个人一口水都没喝，程怀瑾很是耐心地在一旁看着她做摘录、划重点。哪里看得慢了就提示几句，绝不会催她。

苏芷慢慢渐入佳境，看得也越来越快。项目书一页页往后翻，翻到最后一页看完的时候，她声音洪亮地大喊一声：“结束了！”然后抬眼笑眯眯地去看程怀瑾。

程怀瑾垂眸看着她，声音里也有隐隐的笑意：“吃饭吧，两点了。”

说完，他就起身先朝餐厅去了。苏芷随即也趿拉上拖鞋，步子轻盈地跟在他的身后。

阿姨很快就把饭菜又重新热了一下。

两人坐在餐厅里。

等着阿姨把菜端上来的间隙，苏芷忽然有种回到北川的感觉。像是那次国庆的时候，他在家里给她辅导高三的作业，也是这么有耐心。

阿姨很快把菜端了上来，最后还摆了一个小份的草莓蛋糕。

苏芷心头一热，也想起北川家里李阿姨最喜欢在她饭后给她上一块小甜点。

“谢谢你，阿姨。”她随即朝阿姨笑道。

阿姨立马有些不好意思地笑笑：“这都是先生吩咐的。”

苏芷目光去看程怀瑾，他很是淡然地已经在拿筷子了。

一种柔软而又温和的感觉慢慢地在苏芷的心里围拢，像是披上了一块珊瑚绒的大毯子。

“你还记得。”她说。

程怀瑾看她：“我记忆力还不错。”

苏芷抿嘴笑，不服气：“也不知道真的假的。”

“我还记得你高三第一次月考数学考了89加18，物理考了57。”

苏芷两眼随即瞪圆，正要开口，又听他补充道：“你那时还说你也不确定要不要上大学。”

苏芷：“……”

她瞪了一眼程怀瑾，大声嘀咕：“这些鸡毛蒜皮的事情你记它干吗？”

程怀瑾嘴角微微扬起：“我觉得很有趣。”

片刻，他也有些认真地说道：“小芷，你真的变得优秀了很多。”

他突如其来的表扬，让苏芷有些不适应。

“干吗忽然说这些？”

“很早就想说了，你比以前更坚强也更成熟了。”

苏芷心里又开始擂小鼓，像是轻易就被他鼓动起情绪，却仍然没法完全坦然接受般地说道：“我要是真的变得那么好，也不会刚刚连一份项目书都要你在旁边帮忙才能看完。”

“没有人能什么都会，”程怀瑾说道，“但是你在进步，就永远会比以前更好。”

苏芷嘴巴轻轻地抿上，她不想再继续否认，因为她知道自己的确比以前好很多了。

仿佛要转移话题，苏芷开口问道：“我看你找的意向公司都在国外，那你之后是要搬走了吗？”

程怀瑾看着她：“不出意外的话，是。”

“喔。”苏芷应了一声，再无其他问题。

她安静地把午饭吃完，就一个人又先回到卧室看资料了。

程怀瑾没有打扰她，一个人在客厅工作。

一个下午的时间，苏芷循着上午的方法又看完了一本项目书。精疲力竭地去看时间的时候，才发现居然已经晚上九点半了。

因为午饭吃得迟，所以并不饿。

苏芷挺了挺后背，正要站起来。

忽然，一阵潮热传来。她脑子轰地瞬间空白，整个人愣在了原地。

小腹微微的绞痛也细密地传到她的大脑，苏芷满脑子只有“完了”两个大字。

她艰难而又小心地挪动着身子站起来，伸手去裤子后面摸了一把，低头看见了手指上淡淡的血迹。

羞意瞬间涌上了苏芷的脑海。

她整个人像是着火一般变得滚烫，然而小腹的痛感也越发明显，针刺一般让她连走路都失去了力气。

苏芷缓慢地挪动着步子走到门口，用干净的那只手打开了房门。

不过两秒，程怀瑾就闻声从沙发上站起身子朝她走来了。

“看完了？”他话刚说出口，就发觉苏芷脸色异常的苍白。

苏芷根本无法形容这种又羞又想消失的感觉，她手指都不自觉地颤抖。

程怀瑾目光追下去，握住了她的手腕。

“手指怎么流血——”

话说到一半，像是忽然意识到了什么。

“小芷，”他声音放得很缓，“来例假了是吗？”

苏芷的身子已经羞烫得不行，声音也像是被挤成了一条细细的线：“可能把你的椅子也弄脏了。”

“没关系，你现在先去浴室洗澡，我叫阿姨去帮你买东西。”程怀瑾不自觉地伸手去抚了抚苏芷的后背。

苏芷却已经无暇顾及般地并没有阻止，声音低低道：“在你浴室吗？可是有血……”

“我不介意。”程怀瑾直接走进卧室，把苏芷带着往浴室去。

他把淋浴喷头打开，试了下水温。

“脏衣服放在这个篮子里，我现在让阿姨去买东西。你有什么特别需要的吗？”

苏芷耳垂红得能滴血。

浴室暖黄的灯光下，像是随时能融化，小腹又传来一阵痛，她忍不住轻哼了一声。

程怀瑾手臂微微收紧，却也无法伸手做任何事，末了，只说：“我去给你买盒止痛药。很快回来。”

苏芷点了点头，声音很低：“谢谢。”

程怀瑾最后又看了她一眼，转身出去了。

苏芷腿都发麻，把裤子脱下来一看，果然一大片红色。

她用干净的地方把血渍包起来，然后走进了淋浴间。

阿姨很快就把干净的衣服和卫生巾送了进来。苏芷冲过热水澡之后，感觉舒适了很多。她换上阿姨送来的衣服，然后把自己刚刚的脏衣服在水池里洗干净。

抱着湿衣服出来，卧室里还是没有人。

苏芷走到客厅，程怀瑾就坐在沙发上，像是在等她。

他一眼也看到了她手里的湿衣服，起身带她去烘干机。

两人都没开口说话，却像是有一百分的默契。程怀瑾打开烘干机的门，苏芷把衣服丢进去。

她站在他的身前，把门关上。转身问他：“按哪个？”

灯光被程怀瑾微微地遮住，他从上而下的目光将苏芷完全地包拢。

她湿漉漉的头发，发尖还滴着透明的水珠在露出的锁骨上。水珠无声地下滑，随后消失在她新穿的灰色短袖上。整个人因为例假而变得格外脆弱和缓慢，就连说话也消了三分力度。

程怀瑾嘴唇轻抿，伸手：“按这个。”

他按完，烘干机就转动了起来。

“肚子还疼吗？”

苏芷身子完全转过来看着他，点了点头。

“好点了，但还是疼。”

“要吃止痛药吗？”

“要。”

程怀瑾低声道：“你去卧室床上躺着，我一会儿给你拿热水进来。”

苏芷怔然抬头看他。

“快十一点就别折腾了，你晚上在这里睡吧。”

“……你呢？”

“我不进去，你放心。”程怀瑾话说完，又轻推了她一把，“去吧。”

苏芷小腹又开始隐隐作痛，她实在也没力气到处跑了。

程怀瑾的身影很快朝餐厅去了，苏芷转头看了一眼他的床。

很是素净的灰色。除此之外，什么也没有。像是他本人的映射。

苏芷伸手去摸被子，柔软得像是一团云朵。她很没骨气地立马屈服，把整个人都埋了进去。

程怀瑾端着热水和止痛药进来的时候，苏芷已经完全地躺进了床里，只剩下上手臂和头露在外面。

程怀瑾有些微微的恍惚，可也只是一瞬就恢复自然地继续往前走。

他坐在苏芷的床边，帮她拆了药盒。

“我不知道你以前会痛经。”

“以前没那么严重。”

“现在为什么变严重了？”

苏芷拿着热水吞了两颗止痛药：“好像是这边宿舍冬天太冷了，我常常一觉醒来觉得很冷。”

程怀瑾眉头很轻地蹙了一下，没说话接过她手里的水和药。

但是，他也没有立刻出去。

靠近腿边的那一侧被子被程怀瑾压在身下，苏芷也有些惴惴不安。

不知他还在等什么。

然而很快，程怀瑾就转过头来。

“小芷。”

苏芷心口一紧，等着他的下半句话。

程怀瑾似是又犹豫了一下，可最终还是说道：“你下次如果有任何需要我的地方直接告诉我好吗？”

苏芷知道他是在说这次例假的事情，脸上又隐隐开始烧。她不想和他讨论这件事，于是把他中午吃饭时说过的话拿出来：

“你不是说你很快就要出国了嘛，我到时候就是想找你也找不到。”

“我说的是没有意外。”

苏芷心里有些莫名的烦躁，低声回他：“什么算是意外？”

她说完话就低头看向了被面。

没来由地，她也不想再继续讨论这个话题。他已经有要离开这里的打算了，她还在这儿和他说什么。

卧室里，只剩下暖气低低运行的声音。

苏芷正要说她想睡觉了，却听见程怀瑾开口：“只要你要我留下来，我就留下来。”

几乎是再清楚不过的表述了，不知道是不是激素的原因，苏芷顷刻就觉得鼻子发酸。

“我对你就那么重要吗？”

然而程怀瑾如今已不再做任何的遮掩：“是，小芷。我——”

可他话还没说完，苏芷的手机却忽然响了起来。

苏芷并不在意地转头去看，却在看到备注的一瞬间，眉头紧紧地皱了起来。

带着几分茫然，苏芷去看程怀瑾。

程怀瑾随即从她手里拿过电话：“我来接。”

苏芷没有拒绝。

程怀瑾很快点了接通键。

他们靠得很近。

苏芷很快就听到了那个她已有些陌生的声音：“喂，小芷吗？我是爸爸啊。”

第十六章 永远是第一顺位

W U C I X I A O M E I G U I

“你好，我是程怀瑾。”

苏芷完全想不出苏昌铭主动给她打电话的理由，更不知道这么久没联系的他们，到底还有什么要说的。

程怀瑾偏头看了她一眼，随后，轻轻地握住了苏芷冰凉的右手。

像是柔软的珊瑚绒，如此直接地接触，也输出如此强劲的温度与触感，温热的潮涌极速地将苏芷重新地包裹。

程怀瑾很轻地在她的手背上摩挲了两下，仿佛在安抚，苏芷鼻子没来由地发酸，不自觉地往他的身边靠。

程怀瑾看了她一眼，把电话放在手边，开了免提。

“你……程先生？”

苏昌铭显然是没预料到苏芷还在程怀瑾身边，不过他很快像是明白了什么，竟低低地笑了一声。

“程先生，我没想到我们家阿芷能有这个福分，竟然能和您——”

“你想多了。”然而程怀瑾很是直接地打断了他的臆想，“你找小芷有什么事？”

苏昌铭愣了一下：“我是她爸爸，自然是能给她打电话的。”但他很快又恢复几分做小伏低的模样，“不过程先生，阿芷手机怎么在你手里？”

苏芷也察觉他话语里隐隐的陷阱，有些担心地看向程怀瑾。

程怀瑾在她手心轻握一下，只沉声又问道：“你今天打电话过来有什么事吗？”

电话里，苏昌铭沉默了好一会儿：“程先生，那我也不瞒你了。”

他随即又长长地叹了一口气，声音变得有些悲伤与不愤，开口说道：“其实……我和阿芷妈妈到了M国之后没多久，又生了一个儿子。原本这是件喜事，但是谁能想到今年年中的时候他忽然连着发了好几天的高烧，送到医院的时候居然告诉我是先天性心脏病。”

苏昌铭的声音里多了些泣音：“但是程先生你说这怎么可能呢？我儿怎么会这样呢？他这么小怎么可能得上这种病呢？”

苏昌铭在电话里已然情绪有些激动，然而程怀瑾声音很是很冷静。

他只问：“所以你打电话的诉求是？”

电话里，苏昌铭沉默了好一会儿，而后重新开口：“程先生，麻烦你和阿芷说一下，我们养她这么大不容易，虽然总是忙于工作但总算是没亏待她的。”

苏昌铭的声音从扬声器里传出，苏芷的后背密密地爬上了一层鸡皮疙瘩。

原来他们已经有了新的孩子，原来他们已经有了新的孩子。

手里不自觉地发力，直到程怀瑾把手机放下用另一手安抚她的肩头时她才发现，尖锐的指甲全部掐进了程怀瑾的手心里。

她瞬间松手，手却仍被程怀瑾握住不肯叫她抽出。

苏昌铭又继续说道：“程先生，您帮忙转告她，我已经给她订了下个星期来M国的机票，来了我们肯定会好好对她，一定不会再——”

“你叫她去M国做什么？”

“就是家人团聚啊，我们也好想阿芷了——”

“说实话。”程怀瑾冷声说道。

电话那头立马噤了声。

随后，仿佛地府里传出的声音一般，苏昌铭缓缓说道：“我知道我和她妈妈从前对不起阿芷，总是没空照顾她。但是我们这么努力挣钱不也是为了她吗？现在家里所有的钱都投进了医院里，阿芷她应该过来帮帮忙，照顾照顾——”

然而这一次，苏昌铭仍未能把他的话说完。

因为打断他的，是已经无法再忍受下去的苏芷。她努力克制着颤抖的声音，缓缓道：“苏昌铭，你说这些话真的问心无愧吗？从我高考结束、拿到录取通知书一直到现在，你们都没主动联系过我。走之前你和我保证会给我交大学学费也被你们一并忘记再也不提。”

她声音沾染上哭腔，可依旧字句清晰：“如今你需要我帮忙了，倒是立马想起我来了。”

程怀瑾把手机放在床头柜，两只手圈住她的肩头低声喊她名字：“小芷。”

然而苏芷已经完全地无法停止了，从苏昌铭的名字显示在她的手机上开始，从苏昌铭提到那个她从没见过的孩子开始。她明明已经接受自己被这个“家”忽略的事实了，现在却又来提醒她他们还想继续利用她身上剩余的价值。

苏芷眼泪直直地往下掉，声音也越发冷漠：“你说你养了我这么多年，我应该知足应该对你们感恩戴德，但是你真的担过一个父亲的责任吗？这么多年，你们忙于工作一直把我疏忽，每次说起来都说是为了我。可你们真的觉得这是我想要的吗？”

“阿芷，爸爸也是——”

可苏芷没再给他任何说话的机会：“这么久不联系，一联系就是命令我去M国帮你们照顾孩子，不问我任何意见。”她开始急促地喘气，声音也变得沙哑，“苏昌铭，我不会去M国的，我也有自己的人生。”

她说完，像是精疲力竭了一般，身子不住地发抖，眼泪也不停地往下流，然而脸上却是平静、释然和绝不后悔。

程怀瑾再没犹豫，他伸手将苏芷紧紧地抱在了怀里，手机直接按了关机。

卧室里，苏芷的哭声也像是一颗颗钉在程怀瑾心上的钉子。

程怀瑾将苏芷抱着侧坐在了他的腿上。她因为哭泣而大口大口地喘息，上下浮动的胸口也一次次叫程怀瑾心窒般发涩。

苏芷把头埋在程怀瑾的胸口，克制地呜咽。她其实声音已经很模糊了，粘连着的字句更多的只是要把她心里这么多年的委屈发泄出来。

程怀瑾右手一直在慢慢地抚她的后背，像是想要把她揉进自己的身前。

渐渐地，苏芷的声音变得沙哑，也变得低沉，颤抖的身子也慢慢地平静下来。

她只很小声地、低低地在他的胸前啜泣，手指紧紧揪住他衬衫的一角，也像是抓住一根救命的稻草。

程怀瑾什么都没说，只安静地把她抱在自己的怀里。

一刻的恍惚，苏芷有种漂浮在温暖的大海中的错觉。他的身体、他的手臂、他的手掌，像是温暖的、无孔不入的海水，将她从头到脚地包裹。感受到一股强烈的安全感与归属感，像是闭上双眼就能什么都不怕地在这片大海里沉下。

苏芷心口不由得发颤。

比握手还要更加亲密的身体接触，源源不断传到她身子里的体温也叫她像是照见阳光的藤蔓，迅速抽出无数枝丫往上攀附。

她的眼泪慢慢地停止了，仿佛已经从程怀瑾的怀抱里汲取了足够多的力量。

不知道抱了多久，苏芷慢慢地松开了手。

思绪从愤怒中抽离，也意识到程怀瑾看到了她如何冷血又绝情地拒绝苏昌铭。

她仍然被程怀瑾抱在怀里，鼻尖轻轻地蹭在他的衬衫上。

这个迟来了这么这么久的拥抱，她鼻尖忍不住地又要发酸，却也叫自己别再这样丧失理智。

低而迟缓的声音，苏芷和他保持着这个姿势开口："我现在就是这样冷血的人，你看到了。我不会去帮苏昌铭的。"

把自己最最"恶毒"的一面完全地展示给程怀瑾，也叫他如果从前没预料到，今天也可以及时收手。

苏芷的声音有些冷："程怀瑾，我和你不一样。今天你也看清楚了，我不会再向以前回头，也不会变成从前那个人了。所以即使现在让我回到高考之后的生日那天，即使程怀岭那时没有出事，即使你那时也愿意接受我，我也不会和你在一起的。"

"如果我永远是你的第二顺位，那我就宁愿不要和你在一起。"

其实，她的眼眶又有些氤氲了，但她今天对自己已经很满意了。

第一次，主动地斩断了来自苏昌铭的挽留。也第一次，告诉程怀瑾，现在的苏芷绝不会做任何人的第二顺位。

他胸前被她眼泪濡湿的部分，慢慢地变冷。

苏芷轻轻抿了抿嘴唇，正要从他的怀里起来，却被更加紧地重新按了回去。

他的声音仿佛就贴在她的耳边，潮热的、温暖的气息不容抗拒地拂在苏芷的耳畔："小芷，我之前一直没有和你说过一些事情，是因为我不想用这些事情去道德绑架你。但是我觉得今天是个很合适的时候，而你也远远比我以为的要更加成熟。”

程怀瑾慢慢地松开了手臂，他双手握住苏芷的肩头，目光无比认真地看着她：“小芷，其实从一开始，你就比我更加坚强。从我们刚刚认识的时候开始，你的反抗和你的奋力争取其实都是我从来没有的。我所依靠的不过是因为年长你一些而获得的虚假的俯视感。打击你的反抗，利用你那时的脆弱与迷茫来达到认同我的目的，以为不过是驯服一只很会抓咬的野猫。”

“小芷，”他的声音忽然变得很沉，目光里有浅浅的在浮动的情绪，“其实从头到尾，我才是那个被你驯服的人。如果不是因为你，我可能会一辈子都是那个程家的程怀瑾。”

苏芷像是无法相信般地看着程怀瑾，这个他们第一次见面叫她觉得心生惶恐的男人，如今这样坦诚地把自己所有的脆弱与无助展露。

程怀瑾的手指不住地在她的肩头上摩挲，声音也有些微微的起伏：“不过我也不会再犯和从前一样的错误了。”

他嘴唇轻轻地抿了一下，伸手拿出了自己的手机，点开照片，是一张医院的病历单。

“原本这些事情都是与你无关的，我也根本没打算告诉你。”程怀瑾伸手轻轻抚住了苏芷的脸颊，“但是我现在也知道，你变得更成熟也变得更理智了，我把我的所有完全地摊开，最后的决定都由你来做。”

苏芷的心脏早就失去了落脚之处，每一跳都叫她仿佛落空。

她的目光看向那张照片，才发现是程远东的病历。

“……你父亲？”

“因为程怀岭的事情，我父亲承受不了打击上周进了医院。”

“他现在还好吗？”苏芷忍不住又问。

程怀瑾看着她：“悲伤过度，这几天已经在休养了。”

“对不起，我不知道……”

“你没有什么对不起我的。”程怀瑾用指腹将她眼角的潮湿擦去，声音沉缓地说，“小芷，我还有最后一件事情想告诉你。”

苏芷看着他无比认真的眼神，冥冥中的一种预感，叫她有几分回到悬崖边的错觉。

然而此刻，并无凛冽的寒风。只有无尽的来源于他目光里，赤忱的情意，像是一把火，即使还没有触碰，就已被熊熊的热浪灼到。

几乎是能预知到的，她听见程怀瑾说道：“小芷，你永远是我的第一顺位。”

他澄澈的、不动摇的目光。

他说的每句话都是真的。

苏芷知道。

像是得到一个许愿了好多好多年的礼物，即使满足也伴随着巨大的委屈。

叫她等了那么那么久。

那么那么久的拥抱。

那么那么久的爱意。

无须更多的酝酿，一切像是早该发生。

苏芷大声地哭了出来，发泄般地大哭。

程怀瑾的眼底微微湿润，重新把她抱进怀里。

苏芷的双手像是要把彼此勒进身体里一般，发狠般地用力，她胸腔已无法呼吸，手臂也感到疼痛。

却还是一丝一毫也不肯松开。

“程怀瑾。”她哭着喊他的名字。

“我在，小芷。”

苏芷眼泪于是更甚：“我还想要听。”

程怀瑾声音也已有些颤抖，却还是字句清晰地说道：“小芷，你永远是我的第一顺位。”

苏芷的视线完全地模糊了，她松开抱住程怀瑾的手臂，潦草地擦掉眼泪，然后抱住他的脸颊极近地凝视。

鼻尖相错，呼吸也纠缠。

程怀瑾就一动不动地任她看着。

苏芷的眼眶又热，喃喃问道：“程怀瑾，你以前都不肯抱我的？”

“对不起。”

苏芷声音发闷，又问：“我想知道，你今天说的这一切都是真的吗？”

她眼眶红红地看着程怀瑾。

祈求他说有。

然而程怀瑾很深地看了她一眼。

安静的卧室里，他掷地有声：“小芷，我今天说的一切都是真的。”

呼吸被彻底地打乱。到底应该如何呼，到底又该如何吸。心跳也来添乱，血液向上倒流。耳边出现轻轻的蜂鸣声，五感像是被封闭。

而后，一个温热的、柔软的东西，轻轻地含住了她的嘴唇，身子被抽干了力气。任凭他的气息将她的唇齿完全地填满。

太过太过的温柔，仿佛羽毛从后脊擦过。

程怀瑾细细地描摹她的唇形，也轻轻地撬开她的唇齿。

呼吸变得奢侈，她忍不住开始发出叫人心里发痒的嘤咛。

却像是滴落焰火中的助燃剂。

越发深入。

她在偏头的瞬间仓促地换气，也在下一秒又重新陷入潮湿的旋涡。

卧室里，暖气成为脸颊发烫的罪魁祸首。

她紧紧地抱住程怀瑾的脖颈，叫自己不至于彻底沦丧。

最后，苏芷深深地把脸埋在了程怀瑾的肩窝里。

心跳重重地与他重合。

也觉得眼眶重新发热，像是被这晚太过丰盈的喜悦充斥。但嘴角仍是诚实地高高弯起，毫不掩饰所有的失而复得与快乐。

苏芷收了收自己抱住程怀瑾的手臂，忽然身子轻颤了一下。

她察觉程怀瑾的一只手轻轻地握住了她的脚踝。温凉的指腹在她的小腿上细细地摩挲，也叫她忍不住地要收腿。

“你干吗？”苏芷低声在他耳边说道，却更像是撒娇。

程怀瑾低头看着她：“肚子还疼吗？”

苏芷一愣，刚刚发生的事情已经叫她忘记了痛经这件事，眼下意识重新回笼。她安静了几秒：“好像不疼了。”

“止痛药起效了。”

“不是，”苏芷身子稍稍后退，直视着程怀瑾的眼睛，“是多巴胺。是因为你抱我亲我而产生的多巴胺让我感觉不到疼痛了。”

她的眼眶还有些余红未褪，嘴唇上也有莹亮的水润感。程怀瑾的目光在她脸上逡巡，半晌，沉声道：“小芷。”

苏芷不明所以地轻眨眼睛，程怀瑾却没再犹豫，低头，重新描摹她的唇线。

终于要准备睡觉的时候，两人已经乱七八糟地折腾到了快要一点。

程怀瑾洗完澡从浴室里出来。

他坐在苏芷的床边摸了摸她的头发：“睡吧，我先出去了。”

可当他刚要起身的时候，却察觉一只手紧紧地拉住了他的睡衣袖口。

程怀瑾回头。

卧室里只开了一盏床头的灯，她整个人像是化开的春水，柔软地倚在床头。半边脸颊被温黄的灯光照拂，仿佛还能看见眼眶微微的红。

苏芷松开拉住他衣袖的手："我肚子还有点疼。"

"还要吃药吗？"

"不能吃了，"苏芷摇摇头，"不是很严重，就是想要你抱。"

程怀瑾微微怔了一下，落在她脸颊上的目光像是在辨别她话语里的意思。

可他的话还没出口，苏芷却忽然躺了下去伸手将被子紧紧遮住了脸。声音从被子里闷闷地传出："程怀瑾，我今晚可以抱着你睡吗？"

苏芷的脸简直都要烧起来了，但她看不见程怀瑾，程怀瑾就嘲笑不到她，于是语气越发振振有词："陌生房间睡觉我害怕。"

"而且我要是半夜肚子疼你还能帮我拿药。"

"我不习惯一个人睡觉。"

"你今晚就抱了我一小会儿我还想……"

她最后一句话还没说完，忽然听见关灯的声音。

苏芷立马把被子掀开想要看看程怀瑾去哪里，就察觉床的另一边微微下陷，随即一只手将她揽了过去。

苏芷心跳骤然加速，听见程怀瑾说道："抱着吧。"

柔软的棉质睡衣，他身上有淡淡的洗浴过后的香气。较高的体温熨帖在她的身前，让她不由自主地还要更加靠近。

枕着他的一只手臂，苏芷把自己完全地蜷缩在程怀瑾的怀里。

头顶是他的下颌，双脚收起踩在他的膝盖上。

她心里像是有淙淙的暖流不断流出，手指都兴奋得发颤，只能按在程怀瑾的胸前，几分紧张地去抓他的睡衣。

安静的黑暗里，视觉失去了主宰地位，触觉和嗅觉被允许无限地放大。

苏芷慢慢地听见了程怀瑾的心跳，稳健而又规律。她忍不住又凑近，将自己的脸颊完全地贴在程怀瑾的胸口。

听了一会儿，她低低地笑了起来。

程怀瑾抚在她头发的手轻轻摸了摸她耳垂："笑什么？"

苏芷往上挪了挪，同他鼻尖相错。

"在听你的心跳声。"

"这么有意思吗？"

他说话的气息打在她的脸颊，苏芷忍不住又笑。

"没听过。"

她随即用鼻尖蹭了蹭程怀瑾的鼻子，然后像小猫一样在他的脸颊到处吸吸，随后又往下去嗅他的脖颈，仔仔细细一寸寸。

正要继续往下的时候，程怀瑾忽然收紧了手臂。

苏芷被扼制，抬头抱怨："你抱我这么紧干吗？"

程怀瑾的声音很沉地从上面传来："小芷，别动了。"

苏芷眼睫微微扇了几下，刮蹭在程怀瑾喉结上，忽然，也像是意识到了什么一样，浑身噌地烧了起来。

脸颊随即也发烫，身子僵在原地不敢再造次。

微微的屏息中，程怀瑾伸手将她提着往上。

视觉适应了黑暗，能看见彼此模糊的轮廓。

苏芷睁大眼睛去看他，又情不自禁往前靠，要与他鼻尖碰鼻尖。

程怀瑾环在她身后的手掌轻轻在她脊骨上摩挲了几下："太瘦了，都能摸到骨头。"

苏芷嘴角都要咧到耳朵边了："那都怪你中途把我'放养'了这么久。"

"嗯，"程怀瑾很是认同地说道，"还是得放在身边。"

苏芷整张脸都笑得开始酸痛，她的目光落在程怀瑾的嘴唇上，顿了几秒。

然后她轻轻地伸出舌尖，凑近，舔了一下。

明显地，她又感觉程怀瑾的身子僵了一下。

心头的兴奋更深，她又凑近轻舔。

同样一击脱离。

第三次，她故技重施。

却在靠近的一瞬间被程怀瑾突如其来的吻眩晕。

带着“恶意”的惩罚，他也剥夺她换气的机会。

最后，只在她断断续续的求饶里，将她整个人翻了过去。

程怀瑾从后抱住她，切断她再胡作非为的机会。

他很轻地亲了一下她的肩头：“睡吧，太晚了。”

苏芷往后退了退，确保自己的后背完整地贴合上他的前胸，然后把程怀瑾手牵来嘴边，在他手心亲了亲。

“晚安，程怀瑾。”

“晚安，小芷。”

“晚安，程怀瑾。”

“……晚安，小芷。”

“晚安，程怀瑾。”

“……晚安，小芷。”

“晚安，程怀瑾。”

“睡觉。”

说起来，这也是苏芷第一次在这张陌生的床上睡觉。

然而一整晚，她像是回到了某个原本就属于她的地方，熟悉的气息、温热的体温。被人抱在怀里的安全感与归属感，叫她完全地将自己敞开。

一觉睡得舒畅，睁眼的时候才发现天刚微微亮。

明明昨晚睡得那么迟，今天却还是醒得那么早，但苏芷心里也知道，她整个人的情绪一直处于亢奋的状态，如何还睡得着。

翻身，想去抱抱程怀瑾，却发现身边已经没了人。

苏芷撑起身子四下张望了下，一眼看见了坐在阳台上的程怀瑾。

天色还有些发青，像是被雾蒙蒙罩住的天边安静得出奇。

他还穿着那套灰色的睡衣，窗帘未遮住的半边身子，看得见他支在扶手上的右手。宽松的袖口落下，露出一截修长有力的小臂。

苏芷扶着床边站起来，小步先去了浴室。

浴室的洗手台上，整齐地放了一排新的洗漱用品。旁边还有一整套的护肤品。苏芷忍不住地嘴角弯起，觉得从昨天开始她的人生已经开始糖度超标，不然她的嘴角为何时时刻刻都高高地朝上扬起。

洗漱了一下。

视线落到镜子里穿着灰色睡裙的自己，发梢有些湿漉漉的，眼睛因为刚醒还有些微微的困顿。

视线落到嘴巴上。

苏芷情不自禁地轻抿。身子顷刻开始发热，苏芷连忙挪开了视线。蹑手蹑脚朝阳台走去，推拉门打开的瞬间，程怀瑾也偏头看她。

“醒了。”

苏芷裙角被风吹动，才察觉他开了一扇窗户。

程怀瑾随即起身去把那窗户关了。

“先回卧室，外面有点冷。”

苏芷摇摇头：“不要。”她说着又把程怀瑾推回了座椅上。

程怀瑾将她拉来自己腿上坐。

苏芷抱着他的脖子靠在他身上：“在想什么？”

“程远东明天出院，我要去接他。”

“嗯嗯，好。需要我帮忙什么吗？”

“不需要，我就是去看一眼。他身边有人照顾。”

苏芷点了点头，在他胸前蹭蹭，知道他不想说太多这些事情。

半晌，苏芷扶着程怀瑾的肩头换了个姿势，两条腿分开跨坐，叫她也舒服一些。

程怀瑾两只手将她的腰拢起，温热的手掌透过薄而柔软的棉质睡裙，也将她的皮肤熨烫。

苏芷仿佛不耐受般地往前靠了靠，却又听到程怀瑾喊她：“小芷。”

带着几分克制的。

这一次，比昨晚更加清晰地察觉。

苏芷耳后迅速地飞红，随即把脸埋进了程怀瑾的肩窝里，声音闷闷地说道：“你这人不正经。”

程怀瑾很轻地笑了一下：“小芷，我快三十了。”

苏芷的脸烧得不行，察觉自己身子也开始发软。

“我要去吃早饭了！”她随即跳下程怀瑾的腿，一溜烟往卧室里去了。

程怀瑾偏头看了她逃窜的背影，嘴角很浅地笑了一下，起身，也跟了过去。

苏芷回到卧室后穿了件内衣才往餐厅去。

阿姨已经在做早饭了。

“不知道苏小姐喜欢吃什么，面包牛奶可以吗？或者有什么想吃的我现在下去买都行。”

“没事没事，面包牛奶可以的。谢谢阿姨。”苏芷笑着说道。

程怀瑾随后也进了餐厅，他已经换了衬衫西裤。柔和的晨光从窗户的一侧照进，叫人有种清爽温润的感觉。

他在苏芷的对面坐下，叫阿姨先去忙。

“不喜欢吃一会儿下楼吃其他也行。”

“喜欢吃，你又不是不知道，我不挑食的。”苏芷朝他眨眨眼，伸手拿过温牛奶去喝。

她小口小口啜着，心情很是惬意。

程怀瑾垂眸看了她一会儿，安静地拿出手机，“咔嚓”一声。

苏芷随即抬头，眉头一皱，控诉他：“你偷拍我！”

程怀瑾点开照片去看，淡声道：“拍自己女朋友不算偷拍。”

他如此的理所当然。

苏芷心跳一重，听到他口中的“女朋友”三个字，可随即也故作姿态：“谁是你女朋友？”

程怀瑾抬眼看她：“你。”

“我不是！”她非要和他唱反调。

“那我们是什么关系？”

苏芷放下牛奶，朝他笑了笑：“室友关系。”

程怀瑾很认真地看着她：“小芷，我是认真的。”

他态度里过分真诚的诚恳，苏芷也软了下去，小声道：“那你也还没到我男朋友的标准。”

“什么标准，都可以说出来。”

“要对我好。”

“我会的。”程怀瑾说完低头点开了手机，几下操作，推到了苏芷的面前。

苏芷低头一看，他居然发了朋友圈。

简短的五个字文案：小猫喝牛奶。

配图是她刚刚低头小口啜牛奶的照片。

苏芷瞬间脸烫到发烧，声音也不利索：“……你，你这人怎么这样啊！”

然而嘴角的笑意却很是没出息地暴露了她：“你不是从来不发朋友圈的吗？”

“没意义的东西没什么好发的。”

“那你这朋友圈里都有谁啊。”

“所有人。”程怀瑾淡声道。

巨大的虚荣感与幸福感像是吹起的热气球，带着苏芷轻飘飘地上天。

她紧紧抿住笑意过甚的嘴唇，刷新了一下。

瞬间五十多个赞。

心里开始尖叫，她又刷新了一下，居然看到了好几个许嘉的朋友也都点了赞。

苏芷的脑子“嗡”了一下，忽然也反应过来他不仅是在他的朋友圈宣布他非单身的事实，然而也叫她的朋友知道她现在已经不是单身。

“程怀瑾，你这人好阴险！”

程怀瑾知道她也看穿了自己的心思，把手机收了回来：“小芷，把我微信拉回来吧。”

苏芷哼哼：“就不！”

她随即把牛奶大口喝下，然后去吃面包。

程怀瑾看了她一会儿：“没关系，慢慢来。”

苏芷忍不住笑：“程先生，你心态好好哦！”

程怀瑾睨她一眼：“还行。”

两人吃完午饭之后，程怀瑾有事出去了一趟。

苏芷很是自觉地回到卧室，打开电脑继续啃项目书。

让她感到欣慰的是，经过昨天一整天高强度的训练之后，她的阅读速度的确提高了一点点，查词、整理和汇总也变得更加上手。

愉悦的正反馈让她很是心血澎湃，一个上午没摸手机又看完了一部分项目书。

加上前天和昨天的内容，苏芷先做了一个小的横向对比，然后写了一份简单的英文汇总报告。遣词造句大多还只是高考时的那个水平，然而她有一种很扎实的满足感。

知晓程怀瑾绝不会打击或是嘲讽她，而是会帮她修改带她进步。

临近中午的时候程怀瑾才回来，他刚推开门在玄关处换鞋子，就看到苏芷从卧室里飞奔出来。

小兔子一样朝他身上跳，程怀瑾随即伸手将她整个人一把抱起。

小小地转了一圈，苏芷抱住他的脖颈喊他："程怀瑾。"

程怀瑾双手将她抱紧往卧室走，抬头看她："什么事？"

苏芷捧着他的脸庞："就是想叫你的名字。"

她说着快速地亲了亲他的额头，继续叫道："程怀瑾，程怀瑾，程怀瑾。"

程怀瑾嘴角微微笑了下，淡声道："这么喜欢不如升级成男朋友？"

苏芷眼睛一弯："不可以。"

程怀瑾轻轻地打了一下她的屁股。

苏芷一个没忍住轻叫了出来，随即脸颊微微飞红，声音像是黏稠的蜂蜜："你干吗打我屁股？！"

程怀瑾抱着她坐到书桌前，面容恢复严肃："检查一下你今天早上的工作成果。"

苏芷扶着程怀瑾肩头，转头去看自己的电脑桌面："我刚刚看完了一个新的项目书，你点右边那个 word，是我刚写的一个小汇总。"

她说完又重新伏到了程怀瑾的身上，把头磕在他的肩窝里，像个人形挂件一样趴在他身前。

程怀瑾左手抱住她的身子，右手滑动触摸屏去看她刚刚写的文档。

苏芷悄悄抬头去看他脸色，小声道：“不要嘲笑我。”

“不会。”程怀瑾左手抚她后背，摸到肩胛骨附近的时候手指顿了一下。

“小芷。”程怀瑾低声开口。

苏芷一脸无辜地去看他：“怎么了，程老师？”

温热的卧室里，她身子也像是一团柔软的珊瑚绒，服帖地靠在他的胸口。此时抬头看着他的眼神，像是真的纯真而又无畏。

程怀瑾左手又在她光滑的后背轻抚了一下，低声道：“早上吃早饭的时候我记得你穿了。”

苏芷随即知道他在说什么，嘴唇轻抿了一下：“因为有阿姨在，但是我一个人回卧室的时候就又脱了。”

她声音轻轻的，像是完全的无辜。

靠得近的缘故，程怀瑾能闻见她身上似有若无的清甜的香气。

然而她似乎并不察觉“危险”，只认真地问他：“这样会影响你看我的报告吗？”

程怀瑾无声地看着她的眼睛，像是在仔细地研判，而后，沉声说道：“会有一点影响。”

她随即轻笑起的嘴唇，也印证她并非完全无知。苏芷轻轻把自己又靠近程怀瑾的怀里，身子撒娇般地蹭了蹭：“那你快看吧，看完给我反馈。”

程怀瑾的身子僵了一下，却也很快重新看起了她的报告。

苏芷收起声音偷笑，安稳了没一会儿，开始轻轻地吻他的脸侧。点到为止，却又遍地开花。

程怀瑾终于无法忍受她这种撩拨，右手从电脑上下来轻拍了她的后腰。

“你这样我没办法看了。”程怀瑾沉声道。

苏芷忍住笑，义正词严道：“我什么也没干就趴在这里也不行吗？”

“你什么也没干吗？”他面色沉冷。

苏芷现在已根本不怕他，振振有词：“我最无辜最纯洁了！”

谁知道她话刚说完，身子忽地一怔，裙摆窸窸窣窣，在这安静的卧室里格外清晰。

可还没等她继续反应，程怀瑾的另一只手就按着她的头吻了上去。

仿佛失足坠入没有尽头的深渊，抓不住任何可以求生的绳索，只能任由身子无声地下坠。耳边的声音变得渺小，察觉疾风从她的身上呼啸掠过。

电脑停在了文档的第一页，光标不停地闪烁。随后，也安静地熄屏。

然而，一切也只是饮鸩止渴。

苏芷很快就伏在程怀瑾的肩头大口的喘气，程怀瑾将她的裙摆重新捋平，展开。

他偏头循着她的脖颈很轻地亲了一下，然后拍拍她的后背：“小芷。”

苏芷早就红成了一只烧熟的虾，此刻蜷在程怀瑾的身上不肯动弹。

心跳重重地和他重合，也叫她重新想起他刚刚带着些失控的动作。像是要一把揉捏进她的心里，在离她心脏如此之近的地方。

苏芷仍然不看他，声音闷闷地：“我例假还没走。”

程怀瑾安静了片刻：“我知道。”

随后，他又补充道：“即使你的例假走了，我也没有说一定要怎么样。”

苏芷抱住他的脖颈，又问道：“那你以前没想过找女人吗？像江哲那样找很多个女朋友？”

“没有。”

“为什么？”

程怀瑾手指在她的后背摩挲了几下，沉声道：“说实话，我那个时候对我的人生都没有太大的期望，所以也根本不可能还有心思去顾及这些。”

苏芷靠在他的肩窝里偷偷地笑：“程怀瑾。”

“嗯？”

“程怀瑾。”

“嗯？”

“我想告诉你，我很开心。”

程怀瑾环在她身后的手臂也收紧：“我也是。”

“那你再抱我紧一点。”

这一次他以行动作为回答。

当天晚上程怀瑾把苏芷送回了家。

程怀瑾被邀请上楼坐坐。他第一次仔细地参观她这个麻雀虽小但是五脏俱全的家，犹豫了好一阵，最后还是开口问苏芷愿不愿意搬去和他住。

苏芷思考了一会儿，拒绝了。

她真的觉得她和从前变了好多。

程怀瑾说以后会把她永远当作第一顺位，她就坚定不移地相信此刻他一定是真心的。但也不会和从前一样就立马放弃自己现在拥有的一切去投奔到他的怀里。

保持自己相对的独立，不过分地依赖另一方。即使程怀瑾最后没能遵守住他的诺言再一次走了，她也不会和从前一样受到那么大的伤害。

她把他们之前的感情当作一段健康的、可持续发展的关系，就绝不应该让自己再次变成没了他就无法生长的菟丝花。

程怀瑾听了她的理由之后沉默了很久，最后选择尊重她的选择。

只是临走的时候，把她抱在怀里亲了很久。

作为拒绝搬去和他住的补偿，苏芷很是痛快地把程怀瑾的微信拉了回来，并且高高置顶。

而后的几天，苏芷都按时去帮程怀瑾做事。她越来越上手，也越来越熟练。

那天在程怀瑾家吃晚饭的时候，她照例扫了一眼班级群的消息。

大部分都是同学在说自己的寒假生活，倒是辅导员早些时候发了几个群通知。

苏芷点进去一一查看，发现是北岭大学和M国几个高校的本科合作交流项目。苏芷有些好奇地点了进去，合作的M国学校竟然都是比较有名的学校，她放下筷子，认真地看了起来。

程怀瑾在对面见她很专注地在看手机，等了快十分钟，看她又抬起头来的时候才开口："有什么消息能和我分享一下吗？"

苏芷笑起来，把手机递转到他面前："在看辅导员刚刚发的本科交换项目，我都不知道还有这种可以提供学费和一部分生活费的出国交换项目。"

程怀瑾把她刚刚点开的文件快速地浏览了一遍，问她："感兴趣吗？"

苏芷愣了一下，坦诚道："其实我从没往这方面想过，因为我一直以为出国读书是要花很多钱的。"

"这就是平台的优势。"

"什么？"

程怀瑾把她的手机递还回去。

"小芷，人在不同的平台就会有不同的认知。平台越高越大，你的认知和所能接触到的机会也就越有优势。我倒是觉得你可以仔细看看这些机会，如果能抓住某些对你有利的也会让你的以后事半功倍。”

苏芷听着程怀瑾认真的解释，思索了一会儿又重新把这些文件点开看了一遍。第一次是抱着猎奇的心理，这一次却是实实在在地查找是否真的有合适她的机会。

不一会儿，她说：“你看这个。”

苏芷把手机重新递给程怀瑾：“这个项目是从大二开始去M国念本科，三年修满那边的学分，回来可以拿那边和北岭大学的联合本科毕业证。学费是全免的，生活费每个月一千五百美元。但是名额一个年级只有两个人，应该是看成绩的。”

程怀瑾也认真地读了一遍：“我觉得你可以试着去申请。”

苏芷也不知道为什么，手心竟然有些微微发汗：“程怀瑾，你是认真的吗？”

“当然。”

“但是如果我一个人去了那里，你怎么办？”

“你希望我怎么办？”程怀瑾笑了笑。

苏芷皱眉：“我不知道。”

“你去了我就陪你。”

“那你工作怎么办？”

他很是淡然地耸了耸肩：“我是投资咨询公司，不是给咨询公司打工。”

安静的灯光下，他的面色很是松快。

一种温热的情绪在苏芷的心里慢慢荡漾，这一次，不是她追在他的身后了。

一切怎么这么好。

她嘴角控制不住地要笑，最后把文件点了收藏：“我一会儿回家再研究研究。”

“好，有什么需要问我的请不要客气。”

“不会的。”苏芷说道。

“还有一件事，我今天正好想问问你。”

苏芷把手机熄屏：“什么？”

“小芷，”程怀瑾看着她，“我们今年回北川过年吧。”

苏芷微微有些发怔。

程怀瑾又说：“只有我和你，我们回家过年。”

苏芷鼻子倏地有些发酸，她已经好久好久没回过北川了。

“李阿姨还在吗？”

“在，她一直在打理那个房子。”

苏芷声音随即也发闷：“好，程怀瑾。我也想回去看看了。”

在程怀瑾家打工的第一个周末，工作场景从京市转移到了北川。

程怀瑾来家里接的那个早上，苏芷五点就醒了。

行李是昨天就收拾好的。

中间还出了个小插曲，原本苏芷用的行李箱还是原来那个黑色的，谁知道昨天收拾完所有的东西拎起来的时候一整个大散架。

程怀瑾知道后直接给她买了个新的，告诉她是工作福利。

一只鹅黄色的行李箱，颜色像是温柔的奶油，苏芷一眼看到就喜欢上。

第二天早上程怀瑾八点就到了她家门口，苏芷要自己拎着行李箱往楼下去。

走到楼梯口的时候，忽然叫程怀瑾给她和行李箱合照。

程怀瑾愣了一下，立马拿出了手机给她拍了好几张照片。

苏芷随后就扒着他的胳膊查看她和行李箱的合照，声音里满溢而出的欣喜：“程怀瑾，我好快乐哦！”

程怀瑾垂眸看着她，忍不住摸她毛茸茸的头发：“就买了个新的行李箱就这么快乐？”

苏芷仰头去亲他：“就是觉得事情怎么都朝这么好的方向发展了，我怎么这么幸运这么幸福！”

程怀瑾把她抱住，也低头吻她：“以后还会更好的，上车吧，小芷。”

“好。”

回北川的路上畅行无阻，苏芷一直跟着电台哼歌。整个车程更像是她的个人演唱会，每个红灯停下的机会，程怀瑾都忍不住伸手和她十指相扣一会儿。

没办法，他觉得他也有些疯魔。贪婪地依恋苏芷在他身边留下的温度，也无法否认那些幼稚的行为是他本人做出的。像是被她深深地吸引，偶尔也抛下理智沉迷于这些高甜的瞬间。

中午十一点左右车子开到了北川家里的车库。

李阿姨听到车声就从家里出来了，苏芷一下车就一声响亮的“李阿姨”，然后整个人跑着扑了过去。

李阿姨笑得合不拢嘴，抱住苏芷又摸又看：“苏小姐怎么变得这么高这么漂亮了！好久没见，阿姨真的好想你啊！”

“我也想你，阿姨。”苏芷抱着李阿姨，鼻子拼命发酸。

忍住要掉出来的眼泪，不想叫这天变得太伤感。

“先进去吧，外面冷。”

程怀瑾摸摸苏芷的头，随后拎着她的行李箱先往她那里去了。

苏芷一进门就冲向了自己的卧室。

这么久没回来，卧室里依然和她走的时候一样干净整洁。只不过这次换上了浅粉色的四件套，更像是个女生的房间了。

在这间卧室里住过的回忆像是涨潮的海水一般从苏芷的脑海里漫过，她忍不住在屋子的各个角落都看了看，一种失而复得的快乐，叫苏芷一回头看到站在门口的程怀瑾就忍不住地冲过去抱住了他，声音已经不可避免地沾上了潮湿："程怀瑾，我今天真的好开心。"

她的眼泪在他的衬衫上晕染，一种强烈的归属感，她忍不住真的觉得像是回家。

程怀瑾捧着她的脸轻轻吻她眼角滑落的泪珠："小芷，我们回家了。"

他话音刚落，苏芷眼泪彻底失守，很没出息地刚到家里就哭了好一会儿，中午去程怀瑾那儿吃饭的时候还有些不好意思。

好在李阿姨已经回到厨房，并没有看见她的样子。

李阿姨也准备了一大桌子的菜。

还是熟悉的饭后小甜点，苏芷吃得满脸笑意。

身子在座椅上晃悠悠。

两人吃完午饭后就去客厅休息，苏芷没坐样地横躺在宽大的沙发上。程怀瑾去楼上取了个东西很快下来坐在苏芷的脚边。

苏芷随即心思一动，把脚踩在程怀瑾的西裤上。

正要继续"作恶"，忽然被程怀瑾握住了脚腕。

她发出挣扎的哀号，试图把腿抽回来，却直接被程怀瑾拖着抱到了自己的怀里。

苏芷于是顺势跨坐在他身上，恶狠狠："干吗拉我？"

程怀瑾伸手摸着她因穿着短裤而裸露出来的小腿，缓声道："有个东西物归原主。"

"什么呀？"苏芷搂住他的脖子嘻嘻哈哈。

程怀瑾轻拍了她一下屁股，叫她严肃一点。

苏芷哼唧唧，几分不情愿地不再乱动，看见程怀瑾从口袋里掏出了一个东西。

苏芷目光跟过去，程怀瑾手掌轻轻展开。

那个红色的扇子吊坠晃悠悠地从半空中垂下。

几乎是瞬间，苏芷的心口就被揉成了一块块碎片，嗓口被巨大的回忆堵塞，半晌也说不出话来。

——“我觉得很值得。”

——“哪里值得。”

——“因为我现在都还能听到。”

——“听到什么？”

——“听到你刚刚的痴笑。”

他们说过的每一句话，一字不落地在苏芷的脑海里重现。

“小芷，如果以后有喜欢的可以再买，但是这个可不可以现在先重新戴上。”程怀瑾安静地注视着她的脸颊，等着苏芷的答案。

细细的一圈碎钻在灯光下发出柔美的光。

她看得已经有些失神了，却也立马重重地点了点头，开口有微微的沙哑：“好。”

程怀瑾将项链解开，苏芷很是乖巧地伏在他的肩窝上。

他从后将项链的扣子扣好，几分留恋般地，拇指在她的后颈上摩挲了几下。

苏芷身子忍不住地战栗。

“好了。”他说。

苏芷坐正身子，低头去摸那项链，眼眶热热的，亲程怀瑾的唇，声音也断断续续：“是我的小链子回来了。”

程怀瑾更加热烈地回应。

在这间他们曾经一起居住过、生活过的屋子里；在这张他们曾经想靠近却又只能后退的沙发上。

完全的、不留任何余地的拥抱和亲吻，像是要把所有没有完成的遗憾一一弥补。

潮湿混乱的气息里，程怀瑾听见苏芷说道：

“我例假走了。”

小而发颤的声音，叫他倏地止住了动作。

起伏的胸膛，他沉声问道：

“小芷，你确定吗？”

从他肩窝里传来的声音变成了一根湿漉漉的棉线，慢慢地收紧在了他的心上：

“确定。”

程怀瑾身子一瞬的绷紧。

片刻，他直接将她抱着站了起来，脚步不再犹豫地朝楼上大步走去，沉声道：

“那我检查一下。”

苏芷其实一次都没有进入过程怀瑾在北川的这间卧室。

甚至这幢别墅的二楼，都因为有这间卧室的存在而叫她时常望而却步。

她只被自己允许来这里的餐厅吃饭，却绝不该进入有他卧室的二楼。曾经泾渭分明的界限，如今，也终于被打破。

苏芷被程怀瑾抱着推门进入了他的卧室，映入眼帘的一瞬，即是最为单调的灰白。

然而，她还没能够更加仔细地查看这间卧室的全貌，就被带着放到了柔软的床上。

他随后压下来的重量，叫她深陷在属于程怀瑾一个人的气息里。

那个她深藏已久的夙愿，如今也以一种十全十美的姿态实现。

潮湿的、克制的吻。

她紧紧抱住程怀瑾的脖颈。

真实感受到的重量，让她产生了一种强烈贴合的错觉。

微微缺氧的胸腔叫她的大脑渐入模糊的地带。

第一次，听见程怀瑾落在她耳边的低沉的呼吸。

他又一次朝她确认：“小芷，你确定吗？”

微微涣散的目光里，她湿漉漉地看着程怀瑾。

然而语气却异常的坚定：“程怀瑾，我确定。”

……

慢慢平静下来的时候，苏芷察觉这屋里有微弱的风。

敞开一条缝的窗户旁，灰色的窗帘一直在小幅度地泛起涟漪。

程怀瑾捧着苏芷的脸庞垂眸看下去。

苏芷挣脱他的手掌，把自己的脸重新埋在他的肩窝里。

“程怀瑾。”她声音低低的，像是缓慢流淌的蜂蜜。

程怀瑾抚在她身后的手掌隐隐地察觉她有些发颤的身子。

“小芷？”他声音有些担忧，却听到苏芷断断续续的、带着潮湿的声音从他的下方传来。

“……程怀瑾，我感觉就像是榫卯。”

几乎是在瞬间，程怀瑾觉得苏芷的声音像是一只手，穿过他此刻的胸膛紧紧地抓住了他的心脏。

他无可克制地想要再次去看苏芷的眼睛，可她依旧深深地埋在他的身前。

带着雨水般湿漉漉的声线，滴滴落在他的心里。

“我也不知道别人是什么样子的，我也不知道这到底是不是只是正常现象……只是，”苏芷轻轻把眼泪擦在程怀瑾身上，有些轻微的哽咽，“……只是，最开始我不知道会是什么样子，不知道会是什么感觉。”

“但是，很快我就觉得像是榫卯。”

苏芷终于把头抬了起来，眼眶发红地看着程怀瑾。

“我明明是很奇怪的形状，你却能那么严丝合缝地把我的每一个拐角都容纳。你能听明白我的意思吗？我不是说身体上，我是说我这个人。”她声音里不断涌起的情绪也叫她的胸口越发起伏，“程怀瑾，怎么会有这种感觉。”

眼泪也止不住地往下流。

仿佛恰好碰到喜好读同一本冷门书籍时的灵魂碰撞，肌肤上的相连则是从更直接更纯粹也更猛烈的角度叫她感受到那种完美的契合。

强烈到盖过她所有的感觉，强烈到她忍不住掉眼泪。

忍不住发问怎么会那么契合。

温热的被子里，程怀瑾低头吮吸她的唇瓣。

她也仰着脸把手指伸伸地插入他微微湿润的发间。

“程怀瑾。”

她很低地喊他的名字，声音过分黏稠，像是捣碎的草莓汁拌上黄色透明的蜂蜜。

程怀瑾垂眸看了她一会儿，亲了亲她的头发，低声道：“抱一会儿吧。”

窗帘还在小幅度地抖动。

窗外的风更甚了。

然而屋内并不察觉冷。

平稳的暖气安稳地烘着屋子的每一个角落。

快到吃晚饭的时候，两人才从卧室出来。

苏芷换了一套阿姨新送到门口的短袖和短裤，原本不知道怎么面对阿姨，谁知道李阿姨只看着她笑了一下，就拎了一个袋子递给程怀瑾。

程怀瑾很是自然地说了谢谢。

苏芷低头去看，才发现是给她买的衣服。

她站在门口脸颊瞬间羞红，看着李阿姨下楼的背影，低声质问程怀瑾："你为什么叫李阿姨给我买衣服啊？"

程怀瑾坐在床边，把袋子里的东西拿出来放进床头柜："买点放在这里，这样你不用来回拿衣服。"

苏芷随即跑到他身边，伸手缠住他脖子："我又没说我要和你住在这里……"

"我没有让你现在就一定住过来，"程怀瑾把她环着抱到自己腿上，"只是你想来的时候家里有衣服方便些。"

苏芷抿住嘴角，把头靠进他肩上，嘀咕道："你居心叵测。"

随即就听见他很低很轻地笑了一下，伸手摸了一把她的腰："我是正大光明。"

苏芷眉毛一拧，立马挣扎着要下来："好啊，你现在是一点都不装着了？"

然而她也低估了男人的力量，程怀瑾只是一只手臂把她圈在怀里，她就已经动弹不得了。

挣扎了好一会儿，苏芷终于放弃，十分委屈地说道："程怀瑾，你欺负我。"

程怀瑾看着她一副可怜巴巴的模样，眼睫轻颤了一下，低声道："是吗？"

说着，抬头吻了上去。

下楼吃饭的时候，已经过了原本计划好的饭点。

李阿姨把饭菜重新热了下端上桌，苏芷和阿姨打招呼的时候脸颊又忍不住发烫。

没来由地，她有种把李阿姨当成家长，而她和程怀瑾在家长的眼皮子底下眉来眼去的错觉。

然而程怀瑾很是坦然，他低头给苏芷拆分鱼肉，把刺挑出来，然后把剩下的鱼肉推到她面前。

“多吃一点。”

苏芷眼睛都笑成一条小缝，嘴巴却紧紧抿住不叫自己笑出声，而后，很是装模作样地问道：“程怀瑾，你怎么忽然变成好人了？”

程怀瑾抬头看她一眼，淡声道：“我是好人还是坏人，不都是你上下嘴皮一碰的事情吗？”

苏芷毫不羞愧，笑出声：“你干吗这么直白地揭穿我哦。”

“那你下次教教我应该怎么回答你这个问题。”程怀瑾说着又给她舀了一小碗鸽子汤，“现在先吃饭。”

苏芷心头像是被大团的粉色云朵包围，她有种飘飘然的感觉。明亮的灯光下，程怀瑾的面容一如既往的清晰。

她忽然想起最最开始的时候，她第一次坐在这间餐厅和他一起吃饭。

“你还记得我们第一次在这里吃饭的时候，”苏芷说道，“你根本没有管我，自己吃完就先走了。”

“记得。”程怀瑾说道。

“你那时是在想什么？是不是觉得我很麻烦？”

程怀瑾眉尾轻挑了一下：“没有，我并没有觉得你很麻烦。”

“真的吗？”苏芷不信。

“因为我根本没打算在你身上花心思。”

苏芷：“……”

“好无情哦！”她低声吐槽道。

最后，苏芷很是义正词严地说道：“程怀瑾，经我确定。”

“你不是好人。”

程怀瑾：“……”

吵吵闹闹把晚饭吃完，苏芷就往自己的住处去。

李阿姨帮她把行李箱放在了她原来的衣柜里。

苏芷坐在卧室地毯上把行李箱打开，刚准备开始拿衣服出来挂，就听见门口有人敲了几下门。

然而她卧室门并没有关，抬头，看见程怀瑾站在门口，面色从容地看着她。

他从前很少过来，现在倒是一点不拘着了。

“程先生有何贵干？”苏芷手里拿衣服的动作没停下。

“我方便进来吗？”程怀瑾眉眼里有浅浅的笑意，灯光在他的侧脸打上一片氤氲的影子，叫他整个人显得更加温和。

“别人的住处，你进来合适吗？”

程怀瑾笑了笑：“我觉得合适。”

他说完就走了进来。

原来手边还拿了一杯果汁，给苏芷放在了一边的桌子上。拉来一把椅子坐在苏芷的旁边，像是专门来看她收拾行李一般，也不说话。

苏芷最后终于憋不住，伸脚踢踢他：“你找我到底有什么事？”

程怀瑾两只腿把她乱动的脚夹住，声音很是平静：“想给你提个建议。”

苏芷目光在他脸上左右上下打量，察觉他这句话一定别有目的。

“你说，我可不一定接受哦。”

程怀瑾嘴角轻轻地弯了一下，站起身子直接把她的行李箱合上了。

苏芷随即一怔：“你……”

可她话还没说完，就被程怀瑾整个人拎着从地面上抱了起来往外走。

苏芷一声轻叫，赶紧抱住程怀瑾的脖颈。

也在下一秒听见他轻声说道：“小芷，从今天开始，去我那里睡吧。”

东西被悉数装进行李箱里，这一次却不是离开，而是回“家”。程怀瑾把苏芷一直抱回了自己的住处，上楼放在柔软的床上

巨大的喜悦随即将苏芷淹没，她将自己卷进柔软的被子里，而后才敢放肆地上扬嘴角。程怀瑾又下楼去将她的行李箱一并拿过来。他轻轻放下行李箱的一刻，看见她脸上羞涩，嘴里念道：“我先去洗澡！”随即便像只小兔子般从床上弹跳起来，冲进浴室。

“砰”一声关上门，卧室里重新恢复了宁静。

程怀瑾站在行李箱边，眼眸里慢慢地浮上了很浓的笑意，。

他目光去看那片刚刚把苏芷放下时，被揉得乱七八糟的被子，心里却觉得格外柔软。

他在这间卧室里度过了很长一段孤独的时间，这间卧室包括这幢房子从来都是按照他的要求被打扫整理得仿佛无人居住。

被褥要拉到看不见褶皱，客厅不存放任何无聊的摆件。

江哲每次来会说他这里没有人气，冷冰冰的。他也从来不反驳，因他从来只把这里当作一个居住的地方。不寄托任何的情感，如何不会冷冰冰。

浴室里，有隐隐的水声响起。

程怀瑾站在门口，却好像也能感受到那股潮湿而又温热的水蒸气，从他的心里慢慢蒸腾。

程怀瑾觉得心头很热，也有难以言说的情绪从他微微轻动的嗓间

流溢。但他也并未继续在门口驻足太久，很快就拎着苏芷的行李箱去了衣帽间。

抬手开了灯，灰白色调的衣帽间他只用了三分之一的空间。他把苏芷的行李箱放在中间，决定还是等她来自己选择挂在哪一边。

卧室里很快传来了苏芷的叫声，程怀瑾快步走过去，看见她裹着浴巾从浴室的门口探出头来。

脸颊被热气蒸腾得微微发红，嘴唇像是浸着露水的鲜红樱桃。

白皙的手指按在门上，几分害羞地问他要衣服。

“在你行李箱里吗？”

苏芷点点头：“谢谢。”

“客气了。”他说完就转身朝衣帽间走去，给她拿了一条她从前穿过的那件鹅黄色吊带睡裙。

白色的内裤也整齐地叠放在上面，苏芷鼻子里挤出很是羞涩的一声，迅速地把衣服拿了进去。

慢吞吞地在浴室把衣服穿好，她开始用吹风机吹头发，声音响起来没多久就听见了程怀瑾敲门的声音。

她关了吹风机一手去开门。

程怀瑾站在门外，很是自然地也就进来。

“在吹头发？”他目光垂下看着苏芷。

苏芷忽然有些紧张，不知他进来要做什么。

低低地应了一声，只能又若无其事地看向镜子打开了吹风机。

然而很快，程怀瑾就站到了她的身后。仿佛演练过千百次，他拿过苏芷手中的吹风机里，她也就自然地松手。

心跳都跟着踩空一瞬，叫人心颤的灵魂契合。

她偷偷地从镜子里去看。

程怀瑾一只手轻轻拨弄着她的头发，一只手虽不熟练却也没有出错地帮她吹着头发。

微微的热气从她的耳侧不断地撩过，苏芷忍不住低笑。

毛茸茸的碎发不时遮住她的双眼，她伸手撩开，却也在一瞬间看见镜子里的自己。

微微发红的脸颊，些许粘在额间的湿发。鹅黄色的吊带露出她大片的肩颈。暖黄色的浴室灯下，像是打上了一层柔光滤镜。

镜子里她红润的、不知何时半开着的嘴唇，和程怀瑾认真垂下看着她的目光，叫她不自觉地身子发热。

“不用再吹了。”

她的声音也软成一潭融化的春水，伸手拉住了程怀瑾的手臂。

“这样就行了吗？”程怀瑾关了吹风机放回柜子里，目光仍然看着她。

苏芷不敢转过去看他眼神，只能保持着和他一齐面对镜子的方向，低声道：“你快去洗澡吧，我出去了。”

“可以给我帮个忙吗？”然而程怀瑾却像是没这么轻易放过她的样子。

苏芷一刻疑惑，可还没反应得过来就被程怀瑾拉着手臂转向了他。

程怀瑾双手随即按在她身后的盥洗台上，身子微微下弯与她平视。

苏芷身子开始发烫，也察觉他气息温热地铺洒在她脸颊。

“……干吗？”

程怀瑾的脸颊凑近，用下巴轻轻地蹭了蹭她耳后。

苏芷被痒得身子缩成一小团止不住地笑，听见他也带着笑意的声音：“作为回报，帮我刮下胡子吧。”

苏芷睁开眼睛看着他，忍不住伸出手摸了摸他的脸颊。

“你每天都刮吗？”

“顺手的话。”

“可是我没帮人刮过。”

程怀瑾手臂微微收紧，将她拢来自己身边。

“没关系。”

他说着就伸手开了盥洗台上方的柜子，把黑色的电动剃须刀递到苏芷的手里。

苏芷还没看清剃须刀的样子，就察觉一双手提着她的腰部将她抱上了盥洗台。

台面的冷意透过轻薄的睡裙传到她的肌肤。

程怀瑾双手撑在她身后，目光专注地看着她。

心跳像是扑通扑通的小鹿，思绪早就被他身上传来的气息扰得天旋地转。

苏芷觉得口干舌燥，嘴巴不自觉地轻张，也觉得身子发软，却怎么也拒绝不了程怀瑾。

声音变成黏腻的玫瑰花汁，每个语调都被赋予了馥郁的香气。

“……要是疼了你要告诉我。”

“好。”

程怀瑾完全信任。

苏芷轻轻地推动了开关，剃须刀“嗡嗡”地响起。

她不禁觉得好奇地笑了起来，伸手，慢慢抵到了程怀瑾的下颌。

他完全配合。

即使她根本就是浮于表面地在他下颌处扫了一圈也全无任何指责。

苏芷故意在他的脖颈处也扫了一圈，察觉他喉结轻动了一下，还特意用手摸了摸。

“好了吗？”

程怀瑾忽然开口。

苏芷一怔，立马关了剃须刀。

她认真严肃回答道：“好了程先生。”

说完把剃须刀放到了一侧。

抬眼，看见程怀瑾近乎沉溺的眼神，她心头又开始小鹿乱跳。

他缓慢靠近的脸颊。

苏芷也忍不住屏息。

“……程怀瑾。”她低声开口。

程怀瑾身子止住，目光问询。

苏芷不自觉地舔了舔嘴唇，故意说道：“我们玩一个游戏好不好？”

“什么？”

“看谁能忍住一直不亲对方。”

程怀瑾的目光在她脸上犹疑了几秒，问道：“赢了有什么好处？”

苏芷眼睛眨了眨，脑海飞快思索。

然而，她话还没说出口。

程怀瑾就环着她的腰低头吻了下来。

新鲜的、沾着露水的鲜红樱桃，也被碾出过分甜蜜的汁水。

她轻易堕入程怀瑾设下的陷阱，却不得不紧紧抱住他的脖颈。

换气的瞬间，听见他低沉的声线：“下次想好游戏规则再来问我。”

随后，再次剥夺她的呼吸。

回到北川家中不过一周，李阿姨已开始着手年货采购。

程怀瑾鼓励苏芷随意装饰这幢别墅，并叮嘱她把他卡里的钱花光。苏芷骂他暴发户行为，程怀瑾很是受用地认下。

于是，一整个星期，门卫每日傍晚登门拜访一次，送来一车快递。

卧室换上了新的珊瑚绒淡粉色四件套，沙发旁也铺上了一块云朵形状的雪白长毛地毯。

随处可见地跳脱出黑白灰三色的装饰，从复古绿的玻璃台灯到浅黄色的小猫咪加湿器。

程怀瑾每天都能在卧室以及家里的其他地方看到具有苏芷鲜明特色的装饰。

色泽鲜艳、活泼生动，也像是看到了她本人。

这间他居住了很多年的房子，像是一点点地被人填充进了血肉，慢慢拥有了生命。

农历二十七的时候，程怀瑾偶然开车路过从前他常去的那家牛肉店，看见门口写着过年后就不再开张了。

他停车过去问了问，原来是老板娘刚刚抱了孙女，要回老家帮忙带孩子。

程怀瑾电话里问苏芷今晚要不要来吃牛肉面，苏芷欣然应允。

车子开回去接她，才看见她穿的是去年过年时买的白色羽绒服。粗针帽子戴在头上，只露出一双水灵灵的大眼睛和微红的鼻尖。

程怀瑾下车，把她抱进怀里，拉下遮挡住嘴巴的围巾，低头去亲了亲。

“先上车。”

苏芷点点头，跟着他上了车。

北川已进入每年最冷的时间，这两天断断续续地一直在降温，暴雪预警响了好几次却也还没下。

苏芷难得出门，兴致也很高。

程怀瑾和她说了牛肉店很快就要关门的事情，苏芷也觉得很可惜。

两人到达的时候，店里人并不多。

程怀瑾和苏芷寻了一个靠近里面的桌子坐下。

程怀瑾拿了两张纸巾先把桌子擦了一遍才叫苏芷把手靠上去。

老板娘很是热情地过来给他们点单，他们也还是老一套。

点完单后，程怀瑾给她倒了点热水。

“冷不冷？”

他问完，伸手去摸她的手。

苏芷乖乖地把两只手都递给他：“好冷好冷。”

程怀瑾一摸，温热温热的。

他嘴角噙着笑，声线平稳：“那就放我这里焐一会儿吧。”

苏芷听言，立马抽出。

“才不给给你白占便宜！”

程怀瑾眼里笑意更浓。

“你昨天和我说你问过辅导员出国交流的事情了，怎么说？”

“喔，我都忘记告诉你了。”苏芷说道，“我们辅导员说这个项目挺好的，往年去过的几个学生反馈也很正面。虽然的确是按成绩来筛选的，但是成绩最好的人家不一定愿意申请这个项目，所以她挺鼓励我报的。”

“你的想法呢？意向学校是哪个？”

“我觉得可以先申请，反正中不中也不是我说了算。学校的话，我看了几个还没确定，到时候是可以同时申请好几个的。”

程怀瑾点了点头：“有任何需要我帮忙的就告诉我。”

苏芷嘴角扬起，小声警告他：“你这样会把我惯坏的。”

程怀瑾很不在意地扬了扬眉：“不一定是坏事。”

“你不怕受不了我？”

“我只怕你不愿麻烦我。”程怀瑾几分玩笑道，“有时候宁愿你和从前一样，百分之百地依赖我。”

“我才不会和从前一样呢！”苏芷说道，“我现在不仅不能百分之百依赖你，我还要考察你！”

“考察我什么？”

“考察你合不合格做我男朋友。”

“那要考察多久？”

苏芷伸手撑住下颌思索了一会儿。

程怀瑾又问道：“在我三十岁之前能做到你男朋友吗？”

苏芷哼哼：“这我怎么敢给你保证。”

程怀瑾目光落在她表情丰富的脸上，嘴角有浅浅的笑。

苏芷刚要再开口，就听他淡淡地说道：“不做男朋友也行。”

苏芷：“？”

程怀瑾：“你很快会到结婚的法定年龄。”

苏芷：“？”

苏芷看着程怀瑾一副气定神闲的模样，随即也镇定思绪，冷静开口：“程先生，你要和谁结婚？”

明亮的堂光下，苏芷清晰地看见他嘴角扬起，目光像是一束目标明确的聚光灯，将她完全地包裹。

他淡淡地说道：“你。”

苏芷脸颊唰地飞红，竟没想到他这人居然能这么坦然地说出这种话。

恰好老板娘又在此时端来了牛肉面。

她脸颊憋得红红，不得不假装脱围巾把头别了过去。

老板娘离开的时候，苏芷才敢重新抬起头。

程怀瑾在帮她拆筷子，伸手递给她。

苏芷不接。

程怀瑾把筷子放在她的碗边，和她道歉：“对不起，不应该在刚刚和你说这个。”

他态度诚恳，苏芷也一下就软了：“下次不要开这种玩笑了，我……”

“小芷，我没有开玩笑。”

苏芷整个人愣住，又开始觉得热气股股地从领口涌出。

“只是现在时候还没到，所以不应该和你说。但是小芷，我没有和你开玩笑。”

苏芷整个人都快烧起来了，支吾道：“你现在还不是我合格男朋友呢！”

“我知道，所以我慢慢来。”

他态度无懈可击的坦然和诚恳，叫苏芷心里的甜意已经再无法遮掩。

面子上哪里还管挂不挂得住。

苏芷两只手捂住脸，低声道：“程怀瑾，我不要这个求婚，到时候你要是拿这种求婚糊弄我，我就和你绝交！”

嘈杂的大堂里，她清晰地听见了程怀瑾低沉的笑声。

心中又羞又甜，她耳垂几欲滴血。

程怀瑾把她的手轻轻拉下来，目光澄澈。

“一定不会糊弄你的，小芷。”

“我向你保证。”

一顿晚饭吃得苏芷心跳频频失调，结账的时候程怀瑾问她，同不同意他给老板娘包个红包。

苏芷一瞬讶异：“当然可以啦，为什么问我？”

程怀瑾眉尾轻挑了一下，把一沓现金放进了他下午回家时拿的红包里。

“什么事情都和你商量，我觉得这样很合适。”

苏芷心里又软成一滩水，话都说不出。

程怀瑾将红包仔细地收好口，递到她手边：“小芷，你去给她。”

苏芷不解：“可是这是你给的啊。”

“这是我们给的，”程怀瑾把红包放在她手心，“我放进红包，你给出去，才算是一起的。”

苏芷鼻子忍不住发酸，随即点了点头。

“好。”

两人起身去前台的时候，老板娘正好在算账。

看到苏芷递出红包的一刻，老板娘愣了好久，话都说不利索。

然而程怀瑾也没有给她拒绝的机会，他说他在这里吃过好几年，包个红包也是应该的，不用太客气。

最后老板娘只不停地说谢谢。程怀瑾同她说了新年快乐就拉着苏芷出去了。

天色已经全然地黑了，但是一切却并不显得萧瑟。

空旷的一条马路，两边被昏黄的灯光照起，稀稀落落的商家像是夜幕中的星星，随意点缀在这条马路的两侧。远远的，能听见悠扬的音乐声。

这让苏芷想起那年夏天，她刚和程怀瑾相遇的时候。

那时她正陷入人生的困境，在痛苦和愤怒之中苦苦挣扎。

快要跌入深渊的时候，有个人朝她伸出了一只手，锋利、冷漠、无情，是她最初给他贴上的标签。

然而，也在和他一次次的靠近中，察觉到自己无可控制的爱意。

她站在寒风凛冽的悬崖边，本以为自己的未来已是条根本无解的道路，却在他的一次次指引下重新燃起了无尽的希望。冷风从他们身边吹过。

几乎是不用多言的默契了，他们在门口相视一眼，程怀瑾将她的手握着放入自己的口袋。

两人没有朝停车场走去，而是沿着这条他们曾经一起走过的马路继续往前。

路边鲜有行人，冷风也削减了凛冽的力度。

此刻灯火可亲，世界安静得像是只剩下他们，并不觉得这冬夜到底有多冷。心脏怦怦地跳着，也喷涌着无尽的热血。

相依的身影慢慢从灯下走过，苏芷时不时仰头看他。

程怀瑾便也偏头，低下同她接吻。

他们慢慢地往前走，走到了那个宽大的十字路口。

红灯亮起在这片昏暗的路口，往来并没有车。

他们停下脚步耐心等。

风声变得很轻，听见程怀瑾在和苏芷说到江哲年后要来家里玩，又听到苏芷说她有个快递快要到了。

两人依偎在路口有一搭没一搭地说着话，放在程怀瑾口袋里的两只手却越握越紧。

转瞬，人行道的绿灯亮起。

程怀瑾拉着她往前大步走。苏芷偏头看着他被灯光打亮的半边侧脸，高挺的眉眼下，是一双足够澄澈足够温和的眼睛。

程怀瑾的目光也随之垂下。

她轻轻地抿住嘴角：“程怀瑾，告诉你一个秘密。”

“什么？”他微微偏头，靠近她。

温热的鼻息交错，苏芷笑眯了眼睛伏在他的耳边。

“你是我的待定男朋友。”

“这条我已经知道了。”他说道。

苏芷嘴角忍不住上扬，又继续说道：“但是你早就是我的家人了。”

程怀瑾脚步慢慢地停下，垂眸看着她。

苏芷踮脚抱住他的脖颈。昏黄的路灯下，他们的身影在马路上融合、延长。

鼻尖对着鼻尖，她轻轻地蹭了一下。

“程怀瑾，我一直都觉得，和自己爱的人在一起就是家。”苏芷看着他的眼睛，继续说道，“我觉得我已经找到家了，我找到了我爱的人，我也找到了我的爱人。”

“程怀瑾，”她声音有些许的哽咽，缓慢却也清晰，“你就是我的家人，你也是我的爱人。”

北风呼呼地吹起她的碎发，也将她的眼圈吹红。

程怀瑾忽然有一种天旋地转的错觉，像是他那么那么久以来的挣扎、反抗、挫败和无望，其实都比不上她这句话来的分量更重。

好在幸运的是，他没有真的把她弄丢；好在幸运的是，他这一次真的找到了回家的路。

“小芷。”

第一次，他声音也染上柔软的潮湿。

苏芷仰头朝他笑着，听见他说：

“苏芷，我爱你。”

最最温柔的一个吻了，在这个寒冷的冬夜里。

他们闭上双眼，把过去潦草的、痛苦的、无解的往事统统翻篇，也把彼此重新书写进余生的新篇章。

身边，有汽车飞驰而过的鸣笛。

他们微微分开，又相视一笑。

而后，再次亲吻。

洁白的、细小的雪花从无边的天幕缓缓落下。

她眼睛重新眯成明亮的小月牙。

“下雪了，程怀瑾。”

“嗯。”

苏芷伸手抚摸他的脸颊：“我们回家吧。”

昏黄的路灯下，雪花纷扬地落下。

他再次亲吻她的额头。

“好，我们回家。”

第十七章 小猫咪

晚上回到家的时候，两人在门口的草坪上又站了一会儿。

开车回来的这一点空当，草坪上已经铺上了一层白白的雪。但还未达到完全覆盖的程度，隐隐约约还有些微黄的影子。

苏芷看到的时候驻足了一会儿，程怀瑾就站在她身后帮她把围巾掖好，看了几分钟，叫她进屋再看。

苏芷伸出手等了一会儿天上的雪花，奈何此时雪还小，寥寥几片沾到她的指尖就化了。她把手间的一点湿润摆给程怀瑾看，程怀瑾伸手握住，连同她的手一起放进了自己的口袋里。

苏芷藏在围巾下面的嘴角高高扬起，乖乖跟他进了屋。她已不住在自己曾经住过的那座小平层里，而是搬去了程怀瑾的别墅里。

两人一同回到楼上，苏芷先去洗了澡，头发吹到半干趿着拖鞋就要去楼下。程怀瑾正在解衬衫的纽扣，见她要往外去问她做什么。

“拆快递。”苏芷说完就“嗒嗒嗒”地朝门外去了。

程怀瑾轻笑了一下，径直朝浴室去了。

出来的时候，看见苏芷坐在卧室的地上拆快递。

一个不大的纸箱子，她拿着小刀拆得认真。

程怀瑾走到她身边，蹲下身子才发现是好几本书。

“怎么忽然想起来买书了？”

苏芷用小刀细细地把书的包装拆开，递给他看。

是几本英文原著。

程怀瑾扬扬眉：“比我想象中还要好学。”

他故意的揶揄，苏芷哼哼地作势要从他手中夺回书。但是程怀瑾转而又说：“今天晚上看吗？”

“看呀，就当睡前催眠读物。”

程怀瑾很是赞同地点了点头，从中挑了一本，起身朝床上去。

“来吧，我正好和你一起读。”

他掀开了被子，一副邀请的模样。

苏芷忍不住心里发羞，脸上却也不受控制地溢出难以掩饰的笑意。

即使反复确认过自己已经和程怀瑾在一起了，却还是时常会感到有些无法相信的欣喜。

程怀瑾看着她还坐在地上傻笑，眼眸动了动，直接上前将她整个人像小兔子一样拎了起来。

苏芷一声轻叫赶紧抱住他的脖子，嗔骂道：“你这人怎么总是动手动脚？”

“我以为你坐在那里一动不动是在暗示我过去抱你。”

他言语里竟还反客为主，苏芷忍不住握拳播他的胸口，随后，也轻易同他一起陷进柔软的被褥里。

微凉的布料带来极度的舒适，苏芷情不自禁地把自己的肌肤往上贴。

程怀瑾后背靠在床头，将苏芷圈在自己的身前。

完全被包裹的姿势，也察觉到他从后落在她脖颈上的气息。

程怀瑾伸手关了卧室的大灯，而后，床头的那盏落地灯很快亮起。

温黄的灯光像是自带静谧模式，转瞬就将气氛变得隐晦而安静。

苏芷情不自禁地往后看他，光线从他的右上方打来，程怀瑾也正垂眸看着他，高挺的眉骨下是一片浓郁的阴影，并不能看清他此刻眼眸里的情绪。

然而，她却像能感受到似的，顷刻就觉得灼热，也察觉他微微低靠来的脸颊，气息似有若无地喷洒在她的耳畔。

苏芷的身子不由得一颤，听见他问："看吗？"

她顿时嗓子发紧，而后短而快地说道："看。"

身子重新坐正，程怀瑾将她抱在自己怀里，两人依偎着一同看向他手里的那本书。

程怀瑾不翻页，只拿着。

苏芷看完一页才翻。

安静的卧室里，很快就只有偶尔的翻页声。

虽然是比较通俗易懂的爱情小说，但她还是会遇到不少不认识的单词。不过只要手指在那单词下面无声地指指，程怀瑾就会立马低声告诉她中文意思。

苏芷感到一种无须多言的安全感，只要她有需求，他就一定有回应。

渐渐地，她身子放松在他的怀里，感受到他胸口传来的温热和均匀有力的心跳，心思也慢慢地开始飘忽。

苏芷情不自禁地又回头看他，眼神像是晨雾中一只迷路的小狐狸，带着几分茫然与无辜，也带着几分湿润。

程怀瑾垂眸看了她一会儿："不想看了？"

苏芷摇摇头，半晌，埋怨似的说道："我一直听见你的心跳。"

程怀瑾的目光在她脸上逡巡了片刻，低声道："打扰到你了，是吗？"

苏芷认真地点了点头。

程怀瑾随后就要起身让她一个人坐，却被苏芷拉住了手臂。

“我有点困了，今天可不可以先睡？”

程怀瑾顿了一下，随即合上了书。

“当然。”

他说着就把书放到了一边，苏芷从他的怀里出来，挪着钻进了被子。

灯光熄了。

苏芷很快就像一只小海螺一样吸到了程怀瑾的身上。

他手臂很是自然地将她重新圈进怀里：“困了就睡吧。”

柔软的月光静静地铺陈在卧室的每一个角落，窗外，雪势越发大了。

倾斜着向下飘落的雪花将北风的形状勾勒，树木摇摇欲坠。

然而，室内却依旧安静、温暖。

像是最最原始的避风港。

苏芷窝在程怀瑾的怀里。

他细细地吻她的额间，手指整理她濡湿又散落的头发。

苏芷在他的胸口蹭了蹭，闭眼睡了过去。

一夜风雪未停。

苏芷再次睁开眼的时候，天色还没完全亮，只看见窗台上积了厚厚的一层雪。

她伸手摸了摸眼角，有潮湿的眼泪。

她小幅度地擦了擦，却还是不小心惊醒了身旁的程怀瑾。

几乎是下一秒，他有些低哑的声音就响起：“怎么醒了？”

他随后伸手看了眼手机上的时间，不过五点半。

苏芷像是有些委屈地用他的睡衣又擦了擦眼泪：“做梦梦见你又

离开我了。”

说完，眼角又开始濡湿，也知道不过是虚假的梦境，但是心里的情绪也像是真的被再次放弃。

程怀瑾将她搂进怀里，安静了一会儿。

“不会的，小芷。”他伸手轻轻抚了抚她的后背。

窗外的光线还泛着浓浓的青色，带着些冬日早晨不可避免的阴冷色调。

然而屋子里却还是稳妥的恒温。他们没再说话，程怀瑾一直轻轻地抚她的后背。过了小会儿，察觉她慢慢平复的情绪。

程怀瑾低头下去看她：“好点了吗？”

苏芷点了点头，闷声“嗯”了一下，随即和他道歉。

“把你吵醒了。”

“没关系。”他用指腹在她眼角轻擦了一下。

天色慢慢地变成淡青，两人的睡意也逐渐消散。醒在这样一个万物尚未苏醒的时刻，难免有种恍惚飘忽的错觉。

说话也像是无意识的呓语，答与问都变得无比缓慢。

“我们哪天去京市？”她轻声问道。

“初五。”

“当天去，也当天回吗？”

程怀瑾摸着她的头发：“嗯。”

“你知道吗？言希交男友了。”

“是之前那个在餐厅工作的男生吗？”

苏芷不由得低笑：“不是他，不过你居然还记得那个男生？”

程怀瑾低头去看她的双眼，眼里几分淡淡的戏谑：“当然记得，你和我大吵，又哭又委屈。”

苏芷忍不住捶他胸口一拳：“还不是你误会我。”

程怀瑾嘴角很浅地笑了一下，握住她的手，轻声问：“除夕晚上有什么打算吗？”

“和你一起守岁。”

“要看烟花吗？”

“在院子里放吗？”

“可以，”程怀瑾将她的手握住，“还可以打牌。”

苏芷闻言，又止不住地笑了起来，鼻尖在他的胸膛上蹭蹭。

“这次我才不给你喂牌了。”

程怀瑾低下头亲她脸颊：“我给你喂。”

农历二十八的时候，家里来了一位客人。

苏芷从早上就开始准备，程怀瑾带着她去了一趟甜品店，亲自挑了小蛋糕回家。

下午两点多，家里的门铃响起。苏芷随即从沙发上跳起，朝门口飞奔而去。

大门打开，她大喊一声：“言希！”

然后紧紧地和门口的小姑娘抱成了一团，激动和兴奋从苏芷的心里满溢，两人在门口抱了好一会儿。

程怀瑾从后面走过来的时候，才提醒苏芷让言希先进门。

苏芷这才反应过来，连忙帮言希拿拖鞋。

言希看了一眼程怀瑾，脸上的笑容随即有些收敛，开口却有些犹疑：“程……”

程怀瑾面色很是轻松愉快，轻声说道：“你可以直接叫我程怀瑾。”

言希心里还是有些没底，偷偷去瞥苏芷。

苏芷一把挽住她的手臂：“叫他程叔叔也行。”

两人随即笑成一团。

言希穿好拖鞋就跟着苏芷一起往客厅去。茶几上，李阿姨已经摆放好了茶和甜品。两人好久没见，自然是十分难分难解地靠在一起。

程怀瑾坐在一旁的沙发，很是温和地问起言希的现状。言希眨了眨眼睛，虽然知道苏芷和程怀瑾已经在一起，但是她心里对于这个男人的敬畏却还是叫她即刻做学生状地认真回道：“我现在在北川科技大学念书。”

她过分一本正经，苏芷忍不住笑出声。

言希愤愤地用胳膊肘捣她一下，却还是不敢在程怀瑾面前造次。

程怀瑾点了点头：“挺好的。”

言希立马摆出一个阳光标准的笑容。

“但是想和你提前说声抱歉，因为我下午有些事情需要出门一趟，所以晚饭就没办法回来陪你们吃了。”程怀瑾态度很是诚恳。

言希立马有些受不住，连忙说道：“您太客气了！”

话出口才反应到他已经不做老师，言希连忙改口：“程叔叔。”

三个字出口，言希又瞬间石化。

程怀瑾笑笑，淡声道：“你们在家里随意一点，晚点我和苏芷再送你回去。”

他说完就站起了身子往门口去。

苏芷拍拍言希，笑着叫她不要紧张，就站起身子去送程怀瑾。

他停在玄关处换鞋，苏芷一把抱住他的腰，声音软到像快要融化的棉花糖：“程怀瑾、程怀瑾、程怀瑾，你真好真好真好。”

程怀瑾垂眸睨着她，似笑非笑：“前几天不还信誓旦旦地说我是坏人要和我划清界限吗？”

苏芷立马耍赖：“不是我说的，你年纪大听错了！”

程怀瑾眼里浮上笑意，不与她计较：“好好玩，我晚上晚点回来。”

“你开车注意安全哦。”苏芷仰起头眼睛笑眯眯。

程怀瑾瞥了一眼客厅，又轻又快地在她嘴边亲了一下。

苏芷瞬间发愣，然后“嗖”地转头去看客厅，随即脸颊有些发烫地小声质问程怀瑾：“你这人怎么这样啊？”

程怀瑾摸了摸她的头发，淡声道：“补偿。”

苏芷的脸颊更红。

程怀瑾最后拿了车钥匙，朝她说了声再见，转身就出去了。

苏芷嘴角忍不住的笑意流出，她收敛了几分，转身朝客厅走去。

还没走到沙发，就看见言希一脸焦急。

苏芷连忙问她怎么了。

言希几分夸张地问她：“小芷，你们家有药吗？”

苏芷顿时有些慌张：“言希，你怎么——”

“我快被齁死了，能给我来针胰岛素吗？”

苏芷：“……”

然而言希戏份还没结束，她学着苏芷刚刚的声音，添油加醋地说道：“程怀瑾、程怀瑾、程怀瑾，你真好真好真好。”

苏芷耳朵红得仿若下一秒就能滴血，她一个飞扑，捂上了言希的嘴。两人随即在沙发上滚成一团，笑得东倒西歪。

屋子里暖气开得足，两人闹了一会儿就有些汗涔涔的。言希把外套脱了，坐在地毯上开始吃小蛋糕。

苏芷挨着她坐在旁边，问她在学校交的那个男朋友怎么样。

言希眉毛一挑：“还不错，比上个月刚分手的那个好。”

苏芷震惊：“那这是你上大学后的第二个了？”

言希点点头，几分老神在在地说道：“我现在也算半个爱情大师了，你有什么不懂的都可以问我。”

她说完，顿了一下。

“不对，以你刚刚那股子撒娇的劲，没几个男人挡得住。”她随即阴笑着朝苏芷看去。

苏芷警惕地后退。

“我问你，”言希放下挖甜品的小勺子，一把将苏芷拉住，“你和你的程怀瑾现在到哪一步了？”

苏芷嗓子一干，还没说话耳朵就红了。

言希几乎是瞬间就从她的表情上知道了。

言希笑得前倾后仰：“小芷，你好幸福哦！”

苏芷的脸更红了，支吾道：“什么呀！”

“有一说一，程怀瑾那种男人真的是极品了。”言希一本正经道，“又帅又有钱，对你还那么好。”

“他对我可坏了！”苏芷立马反驳道。

言希嘿嘿一笑，摸摸她的脸蛋。

“那还把你养得这么好，气色那叫一个红润，皮肤那叫——”

言希话还没说完，嘴巴又一次被捂上了。

两人在客厅打打闹闹、嘻嘻哈哈了好几个小时。苏芷听言希讲了她上大学之后的事情，言希是个小炮仗，吐起槽来不停歇，苏芷笑得上气不接下气。

快六点的时候，阿姨叫她们来吃饭。

桌上都是些偏甜偏辣的小姑娘喜欢的菜，言希两眼羡慕得发光，啧啧感叹苏芷现在是咸鱼大翻身。

程怀瑾不在的缘故，言希也不再拘束。两人好像回到了从前一样，吃得很没形象。边吃边聊，快结束的时候才发觉已经八点多。

言希问苏芷程怀瑾什么时候回来。

苏芷说给他发个消息。

没一会儿，程怀瑾的消息也回来：十分钟后回家，有什么需要我从外面帮你带的吗？

苏芷嘴角弯起笑着：不用，开车注意安全。

程怀瑾：好，一会儿见。

言希看着苏芷的表情，不由得感慨："小芷，真好。"

苏芷看她："为什么忽然这么说？"

"就是想起来你当时高三的时候，日子那么难。再看看现在，终于能看到你这么开心地笑了。"

苏芷听她这么说，心里也像是有暖流淌过。

"你现在也很好，有了男朋友，也比以前更好了。"

言希咧开嘴笑起，忽然听见自己的手机响了起来。她接起，发现是快递员的电话。

三两句请快递员把东西放在门口她就挂了电话。

苏芷随口问她是什么。

言希的笑容忽然变得有些"猥琐"，苏芷眉头一皱，看见她点开了淘宝。

界面几下切换，苏芷看到是上面的店铺，眼睛忽地瞪圆去看言希。

苏芷刚准备说话，忽然听到了开门的声音。

苏芷身子一抖，自己把自己吓一跳。

两人随即朝玄关看去，刚刚到家的程怀瑾朝她们点点头，换了拖鞋往里面走。

"聊得开心吗？"

程怀瑾走近，也带来一阵似有若无的寒意。

苏芷像是出神般地一直看着他。

程怀瑾走到她身边，用手背蹭了蹭她的脸颊。

"热吗？脸怎么这么红？"

苏芷却像是被烫到一样，往后退了退。

程怀瑾的手指一滞，目光又看了看在一旁偷笑的言希。

言希瞥见目光过来，秒速变脸。

“程……先生，谢谢你的招待，我今天就先回家了。”

程怀瑾随即也转身。

“我送你。”

苏芷这才回过神来，立马从沙发上起身。

“等等我！”

程怀瑾和苏芷两人开车把言希送到了家门口，很快也折返回了家。

苏芷站在玄关处换鞋子，刚要往里面走忽然听见程怀瑾问她：

“刚刚在聊什么？”

苏芷愣了一下。

“我刚到家那会儿，”程怀瑾伸手轻推着她后颈一同往楼上走，“你的脸很红。”

苏芷陡然心虚，然而声线依旧平稳：“我就是那时候有点热。”

程怀瑾看了她一眼，也没再多问。

两人上了楼，苏芷就说要去洗澡。

她把手机带进了浴室，房门轻轻地关上。

心跳开始不自觉地加速，她伸手打开了花洒，坐到了一边的凳子上。

水雾很快就慢慢地弥散到了浴室的每一个角落。

温度、湿度攀爬着升高。

苏芷嘴巴不自觉地微张，像是微微的缺氧。

目光飘浮在滑动的手机界面上，仿佛第一次闯进森林的麋鹿。

胆怯、慌张，却也好奇。

思绪早就开始漫无边际地发散，她忍不住地抿紧嘴唇。

不知过了多久，程怀瑾轻轻敲了一下房门。

苏芷心脏重重一跳，猛地转头。

“还好吗？”他的声音从浴室外传来。

苏芷嗓子一紧，立马回道：“我马上就好。”

心跳顷刻回落。

她抬眼瞥见镜子里，自己面颊绯红。

目光再回到手机界面，上面是一张刚刚付完款的淘宝界面。

物品的名字赫然写着：

猫咪睡裙。

农历二十九的时候，家里来了最后一批快递。

苏芷全权掌管家中快递事务，程怀瑾不被允许插手。

她买了很多新年的装饰品，等着除夕那天和程怀瑾一起装饰。当然，也有那件坐着快递末班车来、被她偷偷拆开丢进洗衣机的小睡裙。

苏芷很是心虚地特地帮阿姨把洗好的衣服放进烘干机，烘干后自己把那条小裙子塞进了衣帽间的角落，生怕程怀瑾提前发现。

然而苏芷也发现，程怀瑾这个人仍保留了一些属于他本性里的冷漠。比如对于家的探索，他很少关注那些边边角角的东西，大多都交给李阿姨管理，更不要说担心他去翻衣帽间的某个角落了。

农历三十那天，两人早上早早就醒了。

李阿姨昨天晚上坐着司机的车回乡下了，今天家里只有他们两人。

两人洗漱完毕之后就下楼，早上先得把春联和福字贴起来。苏芷把一沓红色的福字和春联放到客厅的茶几上，先挑了最大的一副对联拿到了门口。

大门打开，冷风呼呼地往家里灌。

苏芷穿着短袖的胳膊瞬间立起了汗毛。程怀瑾接过她手里的春联和胶水，叫她把门关上。

他一个人站在外面忙活了几分钟，再开门，两条红色的春联就整整齐齐地贴在了门上。

苏芷随即夸张地惊叹：“哇，好整齐好好看哦！”然后拉着程怀瑾进门，把他的手贴在自己的脸上，“给程先生焐手！”

她眼睛闭起来把程怀瑾的手掌完全地贴在自己的脸颊，程怀瑾也忍不住收动手指，在她的脸颊上轻轻摩挲，而后，眼里含笑地“揭穿”她：“戏过了。”

苏芷睁眼，抱住他脖颈：“听不懂你在说什么。”

程怀瑾微微弯腰，一手把她抱起来。

苏芷立马把腿盘上他的身子：“你干吗？”

程怀瑾大步朝客厅的茶几走去，几分戏谑道：“你再多演一会儿，到晚上春联都贴不完。”

苏芷：“……”

家里第一次在春节的时候精心打扮，前院、后院的大门都贴上了春联，房间的门就简单贴了福字。两人黏在一起忙活了一上午，终于把苏芷买的装饰全都贴了上去。

原本色调冷淡的家里瞬间变得色彩鲜明，苏芷忍不住问程怀瑾会不会觉得不协调。

程怀瑾倒很是无所谓：“我觉得挺好看的。”

苏芷看了他一会儿，疑虑道：“程怀瑾，你审美正常吗？”

程怀瑾淡淡地瞥她一眼：“我也觉得你很漂亮。”

苏芷一噎，肯定道：“你审美挺正常。”

程怀瑾嘴角微微上扬，偏头亲了她一下。

李阿姨不在的缘故，今天的午饭和晚饭都是定的酒店来送。

中午简单吃过之后，两人也没能闲着。

苏芷想和程怀瑾一起包点饺子晚上吃，李阿姨提前一天给她拌好了馅。

程怀瑾叫她到餐厅包，苏芷不肯。

“我刚吃完，还不能坐。”她站在厨房的流理台前把饺子皮和肉馅摆好。

程怀瑾也就走到她身边。

“你会包吗？”苏芷见他上来就拿了一张饺子皮。

程怀瑾没说话，舀了一勺肉馅，抬头问她：“要包成什么形状？”

苏芷：“？”

程怀瑾眉尾微扬，不过两分钟的工夫，包了三个不同样式的饺子摆在她面前。

苏芷：“……”

短暂的一段沉默，苏芷问他：“你在餐厅干过啊？”

程怀瑾低低地笑了一下：“以前在我外婆家的时候包过一些。”

苏芷“哦”了一声，伸手指了指那个像柳叶一样的饺子：“你教我包这个吧。”

“好。”

程怀瑾于是重新拿了一张饺子皮，很慢地给苏芷演示了一遍。

她原本以为不是很难，谁知道上手了才发现自己有些手笨。照葫芦画瓢捏出的第一个，倒有几分像是车祸现场后的柳叶饺子。

苏芷抬眼去瞪程怀瑾，不准他笑。

谁知道程怀瑾朝她这边走了两步，站定在了她的身后。

苏芷刚要回头看他在干吗，就察觉他气息喷洒到她的耳畔。双手从她的身侧伸出，将她环在怀里。

“重新拿一张。”他语气里无比冷静。

然而擦过她耳后的气息瞬间叫她的身子僵了一下。察觉苏芷没动，程怀瑾身子又朝前靠了靠，伸手拿了一张新的饺子皮放在她手上。

“你来捏，不对的地方我修正你。”

后背和他宽阔的胸膛相贴，苏芷几乎能感受到他沉稳的心跳。

柔软的饺子皮捏在手里，程怀瑾低头看着她：“想什么呢？”

苏芷一愣，立马振声说道：“在回忆你刚刚的步骤！”

程怀瑾低笑了一下，苏芷瞬间察觉到他在嘲笑自己。

“我已经学会了！不要你教！”她说着还气呼呼地用胳膊肘戳了一下程怀瑾的腰叫他站到一边去。

谁知道程怀瑾两手直接撑在她身旁的流理台上，淡声道：“那你包一个我看看。”

苏芷目光垂去自己手里的饺子皮，大脑一片空白，哪里还记得一点步骤。

被程怀瑾拿捏的郁闷逐节攀升，苏芷皱眉振振有词道：“你在这里打扰到我了！我原本也没打算包这么多花样，我包我最朴素的造型就好！”

她声音很是不愤，又接着说道：“你忽然站到我身后都把我原本的计划打乱了，我现在要求你，程怀瑾，立刻、马上、现在离开厨房，要不然我就——”

然而，她下面的话还没说出口，忽然看见程怀瑾按在流理台上的手蹭了一点干面粉随即往她脸上来。

迅速地偏头躲开他的偷袭，苏芷刚要开口骂他不讲武德，就察觉程怀瑾的气息从上而下，瞬间朝她袭来。

毫无防备地，他轻易撬开了她的唇齿。

将她开口的话语全部吞入，手臂随后也收紧在她的小腹。无法动弹的身体，呼吸也被“恶意”地夺取。

哪里还顾得上刚刚气势汹汹地要和他对峙，能勉强站在这里都还要依靠他手臂的借力。

低低溢出的轻笑，他忍不住收臂在她的小腹上摩挲。她越是这样的“气急败坏”，他越觉得难以忍受地心动。

最后，几乎是全凭他手臂的力量，苏芷唇瓣湿漉漉的，视线也湿漉漉的，低垂着，仿佛承担不了抬起的重量。

程怀瑾垂眸看着她，在苏芷慢慢恢复力气能自己站稳之后才松开了手。

苏芷伸手扶在了流理台上了，声音有些羞赧似的：“……我不包了，你手抬一下我要出去。”

程怀瑾随即就把撑在她身边的手拿开，身体也微微后退：“好，那你——”

谁知道他话还没说完，苏芷忽然狡黠地朝他笑了一下。

下一秒，她把自己沾满面粉的手用力地在程怀瑾灰色的衬衫上蹭了四五下，然后拔腿就跑。

偷袭成功的快乐从她高高扬起的嘴角溢出，她一路快跑冲上了二楼的楼梯口。

停下握住扶手，苏芷不禁心跳加速，一种做坏事的心慌感也随即浮上。她偷偷地朝楼下看，看到了程怀瑾正沉着脸色大步朝楼上走来。

心脏陡然开始剧烈跳动，她有些结巴地站在楼上明知故问：“……你，你也不包了吗？”

程怀瑾的目光锁定在她身上：“你说呢？”

他身上过分明显的面粉，与他平时的形象格格不入。

苏芷忍不住笑了一下，也立马觉得心慌，随即装模作样地惊讶道：“呀，程先生，你身上怎么脏了？”苏芷小步迎到程怀瑾的身边，还伸手戳了戳他胸口。

程怀瑾低头看着她，一手推着她往卧室走。

“去拿件干净的衬衫给我换一下。”

见他居然没生气，苏芷的气势又涨了上来，理直气壮道：“自己拿！”

可话刚说完，又瞥到程怀瑾冷下的目光。苏芷瞬间气虚，小步跑进衣帽间，声音很是谄媚：“程先生，您要穿哪件？”

程怀瑾跟着走进去：“你随便挑一件。”

苏芷立马皱起眉头，很是操心模样地在他的衣柜里扫视了一圈，说道：“程先生，你的品位出奇地专一欸，除了黑白灰就没有其他颜色的衬衫了？”

程怀瑾垂眸睨着她，声音低沉：“你也可以给我送其他颜色的。”

苏芷回头看他：“我买不起你的衬衫啊。”

程怀瑾看了她一眼，像是欲言又止，脸色依旧沉冷，自己伸手随便拿了件白衬衫。

苏芷见他好像真的不开心了，心头一紧，立马走到他身边伸手给他解纽扣。

她声线低软：“对不起，我不应该把面粉弄到你身上。”

她面色很是愧疚，嘴唇抿起给他解纽扣。

程怀瑾低头看着她，没说话。苏芷没来由地一阵心虚，也不知为什么。

纽扣解到最后一个，正要松手，听见他声音从上传来：“但你能攒钱给江哲买礼物。”

苏芷的目光有些茫然地朝他看去，几乎是瞬间就明白了他为什么忽然生气。心里一阵又甜又涩，才知道他原来是因为这件事吃醋。

潮湿而温热的潮涌漫过她的心头。

苏芷直接抱住了他的腰，精瘦有力的腰际也传来较高的体温，肌肤相贴，更让苏芷心都化成一潭春水。

声音像是沾着花蜜，从她的唇齿之间流出："我人都是你的了，你还和江哲吃醋啊。"

"没有，"他声音仍是平淡，"随口一说。"

苏芷抬眼去看他，脸色都要掉到地上去了。

目光偷偷地瞥向衣帽间的那个角落，她忽然踮起脚凑到程怀瑾的耳边："我今天晚上有东西送给你！"

程怀瑾的目光垂到她脸上，顿了一会儿。

"什么？"

"那当然不能现在告诉你啦！"苏芷在他身前蹭了蹭，"晚上的时候才能给你，但你得先不生气了，过年不能生气的。"

"我没生气。"程怀瑾把脏了的衬衫脱下，换上干净的。

苏芷松开手，很是自觉地帮他扣纽扣。

"那你亲我一下，当作你原谅我了。"

程怀瑾看了她一会儿，低头在她唇上轻吮了一下。

下午两人还是把饺子包完了。

程怀瑾又给她示范了几次，这次学的时候专心了也就很快学会。三大盘的饺子包完之后就放进了冰箱冷冻。

酒店的晚饭六点的时候准时送过来，菜品都很精致小份，浅金色的小碟子铺了半张餐桌。

送餐的工作人员离开之后，两人就从冰箱拿了一盘饺子出来煮。

程怀瑾把苏芷抱在身前，他扶着锅，她用勺子在锅里不时地拨动几下。

热腾腾的水汽将他们的身周包围，耳边只有咕噜咕噜的水声。

无法控制的笑意，像是摇晃过度的甜味汽水。

带着粉红的甜蜜泡泡充斥在这间厨房里。

饺子煮好后端上餐桌，窗外不远处忽然亮起烟花。

苏芷忍不住跑到后院处去看，才发现是小区里在放烟花。

奈何晚饭已经做好。

于是，除夕夜的这顿年夜饭，苏芷吃得三心二意。

目光一直惦记着窗外的烟花。程怀瑾让她把碗里的饺子吃掉一半就可以出去玩，不然半夜会饿。

苏芷得令，迅速地解决掉碗里的大部分饺子，剩下的几个程怀瑾放到了自己的碗里。

“出去的时候把羽绒服穿上。”

苏芷激动地抱着他亲了一口，就“噔噔噔”地冲上楼穿衣服。

没两分钟，程怀瑾就从餐厅的窗户看到了苏芷站在院子里的身影。

她看着烟花激动地跳了好几下。然后转身把脸贴在窗户上，和他打招呼。

不过一会儿的工夫，鼻子和脸颊都被冻得有些微微发红了。但是笑容却是满溢而出，呼出的暖气将窗户蒙白，她手指擦擦，鼻尖贴在窗户上。

听不见她的声音，但是能看到她的口型。

“程怀瑾，我爱你！”

她说完就像小兔子一样对着他乱跳了起来，手臂乱舞，身子也随便跳来跳去。散开的头发被风吹动，程怀瑾出神地看着外面。完全地被吸引，即使他根本听不到外面丝毫的声音。然而，却能无比精准地补充出她此时的笑声，再也无法自如地一个人坐在这里了。

程怀瑾随即放下筷子大步走了出去。

苏芷看见他第一眼就问他怎么不穿大衣就出来了。但是程怀瑾三步并作两步将人抱起来，直接问道："你刚刚说什么？"

苏芷立马低低地发笑："我说程怀瑾，大坏蛋！"

"重说。"

苏芷笑得前倾后仰，两只手捧着他的脸。

鼻尖靠着鼻尖，气息也相互纠缠。

"我说，"她亲了一下程怀瑾干燥而柔软的嘴唇，"程怀瑾，我爱你。"

身后，烟火再一次亮起，程怀瑾轻按住她的头，也用炽热和潮湿回应她。

除夕夜的最后一项活动被合并。

《春节联欢晚会》在电视上播着，烟火在后院里放着，两人坐在沙发上打牌。

抛开所有的技巧，只玩纯靠运气的小猫钓鱼。

输了的人被刮鼻子。

在苏芷被刮到第八次鼻子的时候，她恼羞成怒地扑到程怀瑾怀里说他欺负人。

程怀瑾眼里含笑，摊开手："纯靠运气。"

苏芷不服气地瞪了他一眼，随即把牌丢下。

"我去洗澡睡觉了，都快十二点了。"

"不看了？"他的目光示意下电视。

"不看了，困了！"她说着就往楼上去。

程怀瑾也没阻拦，起身把牌收好。

“你先上去，我把楼下收一下。”

苏芷点点头，一溜烟进了卧室。

程怀瑾走到后院，把燃尽的烟花全都收好放到了院子的一角。

今年除夕没有下雪，他情不自禁地在屋外站了一会儿，并不觉得寒冷。冷风吹动他单薄的衬衫，甚至有种通透、清澈的感觉，漫无边际的黑色夜幕，也显得格外高远和空阔。

程怀瑾觉得心头很轻，回头，也看见苏芷刚刚跳舞的那小片空地。他嘴角淡淡地浮上笑意，给江哲打了个电话，简单地说了几句新年快乐，就挂了电话往屋里去。

楼下的灯一一关了，他伸手推开卧室的房门，却发现里面一片漆黑。

仅有的一点微弱光源来自半开着的窗帘，低低地打在苏芷的身上，她像是坐在床上，一动不动地看着自己。

“新年快乐。”苏芷的声音从床上传来。

无端地，程怀瑾觉得心跳加速。

下一秒，窗外燃起了新年的第一束焰火，火红的光亮照拂在苏芷的脸上，程怀瑾顷刻愣在了门边。

她穿了一件他没看过的睡裙。

头上两只毛茸茸的猫耳朵，腿边是一条雪白的小尾巴。

“你……”

程怀瑾开口，话语却又断在了嘴边。

苏芷有些紧张地眨了眨眼睛，仍然镇定地说道：“程先生，你的新年礼物，不过来自己拆一下吗？”

程怀瑾心底慢慢开始灼烧，他无声地走到床边。

抓住她的尾巴。

他垂眸，沉声问道：“这是什么？”

苏芷也心跳加速，嘴唇越发干燥。然而下一秒，她猛地扑进程怀瑾的怀里。

气息凑近他耳边，开口道：

“喵呜！”

第十八章 男朋友

醒来的时候，已经临近中午。

身体像是陷在柔软而蓬松的棉花里，四处使不上劲。窗帘被完全地拉上，应该是程怀瑾不想叫她那么早醒。卧室的东南角，她买的小兔子加湿器在安静地吞云吐雾。

微微的潮湿、温暖。

身子情不自禁地往下缩，手脚都焐得暖暖和和。

苏芷舒服地忍不住要伸懒腰，也在大动作的下一秒面部迅速皱成一团。手臂和后背像是被人打过一顿，动一动都酸痛。她放慢动作，翻身拿过了床头的手机。

已经中午十一点半。

程怀瑾早就不在卧室，苏芷正要起身。

目光却瞥到她床头柜上不知何时多了一个红包。喜意随即挂上嘴角，她伸出手臂把红包拿了过来。

翻身趴在枕头上，看见红包的封面上过分熟悉的字迹，遒劲有力地写在左上角：

给小芷

苏芷忍不住低低地笑出声，仿佛能想象他写出这三个字时的表情。

她喜欢程怀瑾叫她小芷，舌尖微微收回，顶在柔软的舌腔上颌。

喊她名字的时候，也永远会伴随着他专注而沉静的目光。

苏芷沿着开口细细地将红包拆开，厚厚的一沓百元现金。即使她知道程怀瑾很有钱，但是当把厚厚的现金拿在手里的时候，心里还是忍不住咋舌。

抽出来，里面还掉落了一张浅黄色的便利贴和一张银行卡。

目光落在那张便利贴上，苏芷心跳悄然地加速。

心知肚明他为何用这种浅黄色的便利贴纸，也叫她还没开始看内容就开始鼻尖发酸。

他总是记得她这些细枝末节的东西，简直犯规般地叫人根本毫无招架之力。

苏芷把现金和红包放到一边，拿起那张便利贴。

第一眼，她面颊瞬间发烫，他写道：

小猫咪，新年快乐。

浑身发烫，像是源源不断的热气从她的剧烈跳动的心脏喷薄而出，也叫她心里止不住地开始无声尖叫。

苏芷不得不停下，把脸埋在枕头里笑了好一阵。

也立马回想起昨天晚上，他扯着她的小尾巴问她：“这是什么？”

嘴角早就失控地扬到了后脑勺，她双脚也高高地跷起。

她笑容收敛了几分，抬眼继续看他下面的内容：

祝苏芷小朋友在新的一年里，身体健康，每天开心。红包比较小放不下太多现金，剩余的都在卡里，密码目前是你的生日，建议拿到手之后尽快更改。

最后再一次，新年快乐。

你的待定男朋友：程怀瑾

苏芷的嘴角憋笑到酸痛，他这样一本正经地祝她身体健康，但也有淙淙的暖流从她心里淌过。他给她的新年愿望里，没有任何的花里胡哨，也没有任何的索取。

只是完全地祝福她。

眼眶微微发烫，她在枕头上快速地擦过，随即掀开被子，把钱、银行卡还有小纸片重新放回了红包里。

洗漱完毕之后，换了新的短衫和长裤下楼。

走到楼梯上的时候，看见他站在后花园打电话，烟灰色的衬衫外面套了一件长款的棕色大衣。身形高挺地站在偌大的院子里，叫人轻易想起峭壁上的松柏，青隽而又挺拔。

苏芷推门走出去，感受到冰冷的空气将她瞬间包裹。

程怀瑾一手拿着电话，也转身看到了她。

眉头轻蹙，快步走到她身边轻推要她进屋。

苏芷不肯，仗着他在打电话行动不方便，伸手探进了他宽大的外套里，紧紧抱住他的腰，也把自己的脸颊贴在他的胸口。

清淡的、带着些许冷意的木香隐隐传入她的鼻息，她察觉程怀瑾把外套合拢在了她的身后。

她忍不住抬头去看他，程怀瑾拿着电话，也垂眸。温和的目光里含着淡淡的“警告”，却让苏芷更加雀跃地想要打破他的防线。

他还在和电话里的人说话，苏芷慢慢地踮起脚，去亲他干净的下颌。不一会儿，听见电话里的声音：“二哥，什么声音？”

苏芷瞬间愣住，才意识到电话里竟能听见她的声音。

小乌龟般地迅速缩回了程怀瑾的怀里，听见他很低地笑了一下，对着电话说道：“小芷。”

苏芷在他怀里躲了没几分钟，程怀瑾就挂了电话，拥着她进了屋子才松了手。

苏芷怪他："你怎么不告诉我电话里能听到啊？"

程怀瑾伸手摸她毛茸茸的头发，轻推她去餐厅吃早饭："我也不知道能听到。"

苏芷坐在椅子上，等着他拿早餐。

"他没说什么吧？"

"他没太听清，"程怀瑾把早餐递给她，"以为我养了只小猫。"

他说话间，还别有意味地看了她一眼。

苏芷的耳朵一热，随即眼睛瞪圆在桌下踢了他一脚。

"还没问你我的睡裙去哪里了呢！"

程怀瑾坐在她对面帮她倒了一杯温牛奶，淡声道："下次换家店吧，这家质量比较一般。"

苏芷："……"

程怀瑾很是松快地笑了笑，问她："红包看到了吗？当作我给你的一点小补偿可以吗？不够的话我还可以再补贴你。"

苏芷忍不住被他一本正经要赔偿她的模样逗笑，哼哼道："一年仅此一次的小猫咪，再没了。"

"可惜了。"他坦然地"无耻"。

苏芷的脸颊迅速发烫，敌不过他，只能低头佯装专心喝牛奶。

简单吃了一点早饭之后，程怀瑾才告诉她晚上江哲会来家里住几天。

苏芷原本还疑虑江哲怎么能从新年这么繁忙的时间段里抽出时间来看他们俩，程怀瑾只说了两个字她就恍然大悟：

"催婚。"

料是江哲这样浪荡惯了的性子也挡不住江家这样强势的催婚。从年前就逼着他带着人家姑娘在京市转悠，原本江哲也不在乎跟谁结婚，谁知道江父给他找的姑娘是个从小在国外娇生惯养长大的。

喝水只喝进口的矿泉水，穿衣服看不上六位数往下的。

江哲也不是没有钱，只是他最看不惯这种眼睛长在天上的。而最终把他惹恼的，是那小姑娘说没在父母和睦的家庭里长大的小孩心理多少有点畸形。

江哲气得和她吃完饭就叫司机来把人送回家，自己一个人开车走了。江父大怒，从年前就一直骂他。江哲以为过年至少会消停，谁知道江父逼着他去和小姑娘认错道歉。两人大吵一通后不欢而散。

苏芷忍不住为江哲默哀，却也觉得有种冥冥之中的奇妙。去年的时候，他们三个人各自身陷囹圄，明明住在那么近的地方却好像隔着无法跨越的距离。

然而今年却以这种方式重新聚在一起。

她坐在沙发上靠着程怀瑾，问他："如果我说我有一点高兴，会不会不太道德？"

"为什么觉得不道德？"

"因为江哲来家里过年我觉得很高兴，但他好像遇上麻烦事了。"

程怀瑾的手指抚在她肩头，缓声道："江哲是江家唯一的儿子，他父亲就是再气也不可能会真的伤害他。"

苏芷认真地琢磨了一会儿，然后有些小心翼翼地欣喜道："那我们今晚出去吃好不好？"

程怀瑾点了点头："当然可以。"

晚上六点多，江哲一个人开车到了北川。

人还没走出车库，就看见朝他飞奔而来的苏芷。他伸手将人一个捞起，抱着在空中转了几圈。

程怀瑾走到两人旁边，把苏芷拉了下来叫她没穿外套不要在外面久待。

苏芷激动得不肯，非要帮江哲拿行李。

“太重了，”程怀瑾轻推她叫她回屋，“我来拎。”

“那我拿个轻的吧！”苏芷眼睛笑得弯弯的，帮江哲拎了个随身小包。

江哲忍不住又要去搂苏芷，程怀瑾看了他一眼。

江哲立马收了手，苏芷高兴地快速朝家里跑去，两个男人慢悠悠地跟在后面。

江哲开始阴阳怪气地啧啧：“二哥，你最近过得很滋润吧。”

“注意你的言行。”

程怀瑾淡声提醒道。

可是江哲哪里忍得住，他偏头看着程怀瑾有些严肃的面色直接笑出了声。

片刻，凑近他耳边说道：“二哥，我就刚刚抱苏芷那么一下，你脸都拉到地下了吧！”

程怀瑾瞥他一眼：“你要住几天？实在没地方去我出钱请你出去玩也行。”

“哦，谢谢二哥的好意了，”江哲随即一本正经道，“好久没和我家小芷打牌了，怪想念的，今年就在你家常驻了！”

他说着大步甩开了程怀瑾，朝苏芷喊道：“小芷，等我！”

江哲在程怀瑾家也有一间属于他的房间。

就在和程怀瑾同一层的二楼，但是在两个方向。江哲把自己的东西丢进去之后，三人就收拾收拾准备出门吃晚饭。

程怀瑾开车。

苏芷很久没见到江哲，一肚子的话想和他说，两人索性一起坐在了后座。

上车的时候害怕程怀瑾不高兴，苏芷还特意问了他介不介意。

程怀瑾“警告”她下不为例。

于是一路上，苏芷都在和江哲叽叽喳喳。程怀瑾偶尔插话，苏芷都会抱着他的座椅靠背凑到他脸颊旁边认真听。

江哲受不了，叫她还不如现在就坐去副驾驶。他好免受这种吃狗粮的苦。

半个多小时的车程，三人就到了吃饭的地方。进了包厢，老板特意来和程怀瑾打招呼。

程怀瑾不想叫苏芷觉得局促，就说他出去几分钟很快回来。苏芷点点头，让他不用着急慢慢聊。

包厢门关上，江哲就迫不及待问她和程怀瑾两人在一块开不开心。

苏芷嘴巴抿住，看了他一会儿，随后，笑声像是被风吹起的小铃铛一样在包厢里持续不断地响起。

江哲也跟着笑，扬眉道：“二哥这下就算再苦也值了。”

苏芷愣了一下：“什么意思？”

江哲也一顿，这才发觉自己口快了，嘴唇随即闭上。

苏芷眉头轻轻皱起，知道他不是空穴来风，语气也变得有些不悦：“我又不是小孩了，为什么还瞒着我呢？”

江哲还是没说话，像是仍在犹豫。

苏芷看了他一会儿，开口道：“是你家里还不肯放过他吗？”

即使程怀瑾从来没和她说过他悔婚之后受到了怎么样的损失，但苏芷也知道，程怀瑾不可能毫无损失地全身而退。

几乎是下一秒，她眼圈就开始发红。江哲的话怎么会是假的，他说程怀瑾受苦了那就是真的受苦了。她却什么都不知道。

“算了，”苏芷声音变得潮湿，“你不告诉我，我去问他。”

她说着就要起身，江哲立马一把抓住了她。

“和你是不是小孩没有关系，”他沉声说道，“小芷，只是男人的自尊心罢了。”

苏芷不解地看着他。

江哲无声地呼了口气：“二哥和江妍月的婚事闹掰，江妍月怎么可能就这么轻易放过他。二哥也知道，只要他还继续在国内工作，江妍月都有本事用各种手段叫他不得安宁。”

“国外她是管不到，但是国内的话……”江哲声音几分冷意地说道，“不要低估江妍月这个女人的恶毒，她极端得很。”

苏芷的身子都变得有些僵硬，她以为那件事情早就已经结束了，她以为真的是程怀瑾自己主动决定离职。

她声音也染上了轻微的哽咽：“……他从来没和我说过。”

江哲轻轻地笑了笑：“我说了，不是把不把你当小孩看的原因。他把你当成他的女人看，自尊心就叫他不愿意让你知道这些事。毕竟知道了你也帮不上什么忙，而他也不想要你的怜悯。”

情绪难以抵抗地袭来，她的眼眶越发潮红。

江哲递了张纸巾给她：“小芷，不要哭。二哥看到了只会觉得自己没用。”

他话语那样轻快，苏芷双手紧紧地揪住，片刻，声音平静地朝他说道：“好，我知道了。”

程怀瑾回来的时候，不过过了七八分钟。

苏芷原本坐在江哲的一侧，不知为何换到了他的身边。

苏芷帮程怀瑾把外套收起来，还帮他倒了热水。

程怀瑾垂眸看了她一会儿，缓声问道：“有什么事情要和我说吗？”

苏芷却抱住他手臂，声线温软地回道：“就是喜欢帮你做事不行吗？”

江哲随即放下筷子，嚷嚷着要走。

程怀瑾轻笑了一下，叫他别忘了把家里的行李一起拿走。

江哲：“……”

三人热热闹闹地吃了晚饭。

开车回到家里，苏芷早早地就去洗了澡上床。

程怀瑾洗完出来的时候，看见她躲在被窝里写着什么东西。

听见他从浴室出来，苏芷还立马把手里的东西塞进了枕头下。

程怀瑾坐在一边的沙发上，目光里有隐隐的笑意。不说话，就看着她鬼鬼祟祟的模样。

苏芷也看了他一会儿，开口道：“你过来一下。”

程怀瑾眉尾微扬，随即很是配合地走到了她的床边，蹲下身子同她平视。

淡淡的沐浴过后的香气，苏芷忍不住凑近他轻嗅。

谁知道程怀瑾忽地靠近，亲了她一下。

苏芷被这突如其来的吻惊到，溢出一声甜腻的鼻音。

程怀瑾嘴角微微上扬，淡声道：“还要吗？”

苏芷眉头一皱，嗔道：“我又不是叫你来亲我的！”

“哦，抱歉，那是我弄错了。”他脸上毫无悔意的轻笑，“我以为你叫我过来是让我亲你的。”

他那侧微微塌陷，苏芷顺势翻进他的怀里。

“我也有一个红包给你。”

程怀瑾眼里有隐隐的惊讶闪过，言语仍然平缓：“我可以看看吗？”

苏芷点了点头，拿出了一个看上去很薄的红包。几乎像是没有存放任何东西的状态。然而，没来由地，程怀瑾开始微微地心跳加速。

安静的卧室里，他们仿佛都在屏息。

他的手指将红包挑开，看见里面只有一张浅黄色的便利纸。

程怀瑾侧头又看了苏芷一眼，没有说话。

他缓慢地将那张贴纸拿出，看见上面只写了一行字：

新年快乐，男朋友。

灯光安静地铺洒在这张便利纸上，短短的七个字，程怀瑾却仿佛阅读困难般地久久没有抬起头。

苏芷忍受不了这样没有回复的惴惴感。拉了拉他的手臂：“你怎么不说话？”

然后，就看到程怀瑾转投而来的目光，无言的，却叫她身子不自觉地发热。

“小芷，这是什么意思？”他沉声问道。

苏芷也心跳加快，语气却还是镇定地回道：“就是你现在是我男朋友的意思。”

“待定的？还是——”

“正式的。”她语气笃定地说道。

程怀瑾仍是无声地看着她，仿佛在研判她为何会这样做。

但是，苏芷并没再叫他这样盲目地揣测了。

她鼻尖轻轻地蹭在程怀瑾的颈间，双手抱住他：“我想了想，初五要去见你妈妈，我没个名分终归是不好的。”

“我不介意这件事情，”程怀瑾说道，“如果我的确没达到你的标准，你不用因为这件事情来迁就我。”

即使是这样，他也没有要占她一丝一毫便宜的想法。

苏芷忍不住地鼻尖又开始发酸。

强忍着想要掉眼泪的冲动，她轻声说道：

“你早就达到了，程怀瑾。”

“是我想告诉你妈妈，我是你女朋友的。”

眼眶湿漉漉的，泪水也止不住地掉在他的怀里。

“除非是你不想。”

她把脸完全地埋进程怀瑾的胸口，不想叫他看见自己现在的模样。

半晌，他将她紧紧地搂在了怀里。

用低到不能再低的声音，像是再多一分，他都无法这样克制地回话了。

“谢谢你，小芷。”

江哲来到家里和苏芷玩了几天，初三的时候，一个从前跟过他一段时间的女伴重新联系他。

江哲原本说是闲得无聊见见也无妨，谁知道初四的晚上就没回来了。

苏芷旁敲侧听地问了程怀瑾是什么情况，程怀瑾也不清楚，但他很支持江哲搬出去。说他影响了他的正常生活。

苏芷从程怀瑾的怀里抬起头问他什么正常生活。

程怀瑾低头去亲她，手掌也摸到她腰上。

苏芷怕痒躲了一下，也立马察觉他意思，脸庞一热：“你这人满脑子不正经！”

程怀瑾低低地笑了一下，不再闹她。

“早点上楼洗澡吧，明天要起早。”

“好。”苏芷很是干脆地答应，随即就从程怀瑾的怀里出来，趿着拖鞋往楼上去了。

晚上两人睡得很早。

苏芷没有像从前一样在他怀里闹个不停。床头灯熄灭了之后她就很乖地枕在程怀瑾的手臂上，双手双脚攀缠上去，在他颈间浅浅地呼吸。

卧室里温度适宜，不远的角落处暖黄色的加湿器还在慢慢地运行。

苏芷闭了会儿眼睛，却并不能睡着，偷偷地抬眼，发现程怀瑾也在无声地看着她。

昏暗中，视线模糊而又亲近。

她忍不住地往上挪挪，鼻尖与他相贴，用轻缓的、只够他们两人之间听到的声音呢喃：“你怎么还没睡啊？”

苏芷说完又朝他怀里靠了靠，察觉程怀瑾也很轻地用鼻尖蹭了蹭她。

“你怎么还没睡？”

“……我有点紧张。”她坦诚。

“因为明天中午要在外婆家吃饭吗？”

苏芷小幅度地点了点头，缓声道：“其实有一点害怕。”

“如果不想去，也可以不在外婆家吃饭。”

“不要，我要去。”苏芷声音微微提高，“我就是有一点害怕，但是我想和你一起去的。”

程怀瑾温热的手掌轻轻抚她的后颈，说：“没有必要为了我委屈自己。”

“没有委屈，我心甘情愿的。”

她气息缓缓地铺洒在程怀瑾的脸颊上，程怀瑾无声地亲她的唇角，又听见她说：

“我只是有一点紧张，你今晚都紧紧地抱住我睡好不好？”

程怀瑾手臂也即刻收紧。

苏芷脸上溢出浅浅的笑意，也回抱他：“那现在就睡吧，明天你还要开车，我不想要你太累。”

程怀瑾很是配合地点了点头。

他低头亲了苏芷的额头一下，同她一起闭上了眼睛。

“晚安，小芷。”

“晚安，男朋友。”

第二天早上五点多，两人就从北川出发。

前一天的大雪今天基本已经融化，一路高速通畅，九点多的时候还出了大太阳。

车里放着低低的音乐，苏芷一会儿和程怀瑾聊天，一会儿跟着电台里的音乐哼歌。程怀瑾早上起来的时候，情绪还不错，并没有苏芷以为的会很低落。

约莫十点的时候，他们开到了进入京市的高速出口。

苏芷也不再跟着电台哼歌，车辆一直沿着一条并不繁华的公路朝南开，渐渐地，看不到太多的人烟。

她伸手关闭了电台，脸颊贴在窗边看着外面飞逝而过的树木，很快，也看到了道路两旁售有鲜花与纸钱的商店。

苏芷安静地转头去看程怀瑾，窗外的阳光清透地打在他高挺的眉眼上。

他穿着一件白色的衬衫，脸上并没有太多的表情。

又往前开了几分钟，他把车开进了墓园的停车场。

两人穿上外套下了车。

苏芷跟着他走到旁边的一间店铺买了一束黄色的菊花。

苏芷下车后就一直没有说话，紧紧地跟在程怀瑾的身后，不想在今天给他捣乱。

因为不是清明节，墓园里人也很稀疏。

程怀瑾牵着苏芷的手往里面走，她看见不远处的围墙上写着“让两个世界的人都安心”。

没来由地心戚戚然，她随后又握紧了程怀瑾的手。

穿过一片墓碑，程怀瑾带着她走到了陈婉瑜的墓前。

苏芷第一次看到他母亲的样子。

墓碑上，是一个笑起来很端庄的女人。看上去不过三十出头的模样，头发整齐地梳在身后，左脸颊处有一个小酒窝。

苏芷觉得心口很沉，像是一块浸湿了的棉花堵在那里。呼吸变得沉缓而困难，她忍不住去看程怀瑾。

北风将他的头发吹动，他目光平静地看了墓碑一会儿，然后俯身，把花放了上去。

两人的手已经松开了。他直直地站在墓前，垂眸看着陈婉瑜的照片，一直都没有说话。

苏芷的口舌被封缄，她不知道她应该说些什么。又或许，他根本也不需要她这些言语上的安慰。

手指慢慢地重新扣上了他的手掌，苏芷轻轻地在他手心握了一下，也没有更多的动作了，只是这样无声地陪着他。

明艳的菊花在北风中瑟瑟地发抖，却有种难言的盎然之意。

苏芷抬眸看着他。宽阔挺拔的肩背，北风鼓起他灰色的衣角不停地上下翻动。天色辽远而空阔，他什么也不说，无端让她想起那天晚上，他们一起去往南岩山的那晚。黑色的连绵的山脉，也像是此刻沉默无言的程怀瑾。

苏芷忍不住地心颤，却也只能再次握紧他的手。

"走吧。"

不过几分钟的停留，他伸手摸了摸苏芷的头。

苏芷怔了片刻，问他："这就走了吗？"

程怀瑾轻轻推着她往前："是，每年都是来看一眼而已。"

苏芷嘴唇抿起，没有再问太多。

两人上车之后，程怀瑾就开车带着她去了外婆家。往年都是过年那会儿就要上门拜访，但是今年程怀瑾把这两件事合并成了一天。不想叫她在京市待太久，不想叫她这样不自在地度过这个新年。

下车之前，程怀瑾还再一次和苏芷确认了她真的愿意来吃午饭。

“我没有你想的那么脆弱，程怀瑾！”她伸手去穿外套，眼角笑得弯起像是要安慰他。

程怀瑾垂眸看了她一会儿，开口道：“那我觉得还是再提前和你说一下比较好。”

苏芷动作停下，安静地看着他。

“我外婆一直都是一个门第观念很重的人，所以她很瞧不上我父亲，也并不喜欢我。但是在我母亲去世后的那几年，的确是我外婆一直在照顾我。所以——”

“我知道。”苏芷忽然开口打断了程怀瑾的话，她的语气很是认真，“我明白你的意思，你知道外婆不喜欢你，但是你敬重你的外婆所以每年还是要来看她。”

她说着就打开了车门：“程怀瑾，我想要和外婆一起吃午饭，哪怕她不喜欢我，我也不会有任何不满的。”

苏芷说完话就下了车。

程怀瑾目光追过去，下一秒，就看见她脸颊轻轻贴在车窗上，嘴角弯起：“程怀瑾，快下车！”

他心头微微地发酸：“好。”

门口很快有阿姨来领路，苏芷走在程怀瑾的身边，跟着阿姨一路走到了餐厅。

程怀瑾一五一十地说了他现在和苏芷在一起，也没有隐瞒苏芷曾经在他家住过的那段时间。

坦白的十几分钟里，苏芷数次抬头去看外婆的脸色。

然而外婆却显得很平静。除了没有太过的热情以外，一切正常地问询了两人的情况，并没有苏芷以为的下马威。

“和江家那边传来的差不多。”

程怀瑾说完，外婆缓声说道。

她侧身拿茶来喝，餐厅里就安静地落不下一根针，随后，放下茶杯。仔细地看起了苏芷。

苏芷的后背一阵一阵地出冷汗，脸色却还是强装镇定地带着浅浅的笑意。

“外婆。”她轻声喊道，也等着外婆对她的拷问。

但是外婆只淡声问道：“成年了，对吧？”

苏芷嗓子眼顿了一下，立马回道：“成年了。”

“行。”

外婆只说了一个字就放下茶杯，身旁的人随后上前扶她站了起来。

“你们两人吃吧，我就不陪了。吃完来给你母亲上炷香。”她说完就离开了餐厅。

苏芷无声地朝程怀瑾看去，他沉默了一会儿，轻声道：“先吃饭吧。”

像是走进一片看不见前路的迷雾里，外婆的态度也让苏芷惴惴地难以心安。再次抬眼去看一侧的程怀瑾，也察觉他心不在焉的状态。话语重新咽回嘴里，她安静地先把午饭吃完。

吃完之后，程怀瑾领着她往祠堂去。穿过长长的走廊，看见那棵高大的桂花树。浓郁的香气从两人的身边浮过，苏芷却没有任何驻足观赏的心思。

她紧紧地跟在程怀瑾的身后，来到了祠堂的门口。

深色的大门半敞着，看见外婆坐在里面。

“你去吧，我在门口等你。”苏芷轻声说道。

程怀瑾伸手抚了抚她的后背：“好，你在这里等我一下。”

他说完就要一个人往里走，却听见外婆说道：“小芷也一起进来。”

一刻的错愕。

她像是不敢相信般地去看同样回头的程怀瑾。片刻，两人将目光挪去了外婆的方向。

昏暗的祠堂里，外婆的面容变得模糊而柔和，门口打进去的一片光照稳妥地落在她转动佛珠的左手上。

苏芷的身子僵在原地不知所措，又听到外婆说道："怀瑾，你带她进来。以后每年都来给你母亲上炷香。"

心跳早就失控般地加速了，她看见程怀瑾转身将她牵了进来。一脚踏进这间祠堂，仿佛是踏进了另一个世界。阴凉将她浑身包裹，也嗅到那缕清淡而柔和的香。

程怀瑾站在香炉前点燃了一根香递给苏芷，苏芷伸手接住。

看着面前那方小小的牌子，她鞠躬拜了一下，然后将香插进了香炉。

程怀瑾随后也插进了一根香。

他走到外婆的面前："那我和小芷就先走了。"

外婆看了他一眼，转头对苏芷说道："小芷，你过来。"

苏芷嘴唇轻抿，沉默地走了过去。

随后，一双布满皱纹的大手拉住了她。外婆的手很有力，也许是常年保养的缘故，即使已经不可避免地长满了皱纹，但是摸起来的时候仍然觉得柔软。

苏芷心口不由自主地收紧，看见外婆给她戴上了一只深绿色的镯子。

强烈的惶然感让她转头去看程怀瑾，不知道是否应该接受这份礼物。

然而却看见程怀瑾目光完全地停留在那只手镯上，沉声道："这是……"

"这是我留给你妈妈的，"外婆站起身子将两人往门口推，"收着吧，以后记得每年来看看我就行。"

苏芷和程怀瑾被推出祠堂的门口，外婆并未踏出来。她仍然站在这间昏暗的祠堂里。光影将他们切割，像是站在了两个不同的世界里。

程怀瑾沉默地看着外婆，久久没有开口。北风吹动着他们身后的那棵桂花树，发出瑟瑟的声响。

外婆轻轻地笑了笑，抬手想要去摸程怀瑾的头。

他弯腰。

外婆将他前面的头发轻轻捋顺，然后拍了拍他的肩膀："怀瑾，过去的事情就过去了。你以后要和小芷好好过。"

外婆说完就将手缓慢地收回。

转身，合上了祠堂的门。深色的大门将那缕清淡的香斩断，也隔绝了所有的声响。

那个曾经将程怀瑾牢牢锁住的地方，如今，也叫他久久地无法挪步。

而后，察觉到一只柔软的手拉住了他。

心口像是有汹涌的浪潮翻涌，无声地任由苏芷带着他朝长廊的另一端走去。远远地，看见那棵高大挺立的桂花树，也想起那天他是如何从外婆家离开与程家一刀两断。

而现在外婆也和他说："过去的事情就过去了。"

浓郁的桂花香将他们完全地包裹，程怀瑾不禁将她的手越握越紧。那段曾经把他困住的时光，那些曾经叫他无法往前走的人和事，好像就这样无声地化解了。

外婆的主动和好，送给小芷的手镯。

院子里，北风依旧在呼啸。

程怀瑾的心里却静得像是走在一片无人的草原上。一望无际的天空，辽远而又寂静。

有很轻的风从他的脸颊拂过。他垂眸去看走在一旁的苏芷。

苏芷仰头，伸手去捂他的脸颊，几分哄他开心的语气：“今天天气好好哦，程先生？”

柔软的阳光下，她脸上像是披上了一层轻薄的金子，笑起来的时候，也漾起轻盈的光泽。

程怀瑾看着她，笑了笑：

“嗯。”

第十九章 小芷，我爱你

二月中旬，苏芷开学。两人一起回到京市。

原本苏芷还是坚持不和他住在一起，奈何程怀瑾常常在晚上和她发消息说晚安的时候，还附带一句：现在有点想抱你。

当然，在说完这句之后，他又会立马恢复理智般地加上一句：早点睡吧，门窗关好。

像是真的不想要她多想。

苏芷好几次把手机合上之后，脑子里都是他说那句“现在有点想抱你”的语气。目光再触及无人的卧室，心里难免想到他们在北川时日日相拥入睡的场景。

她知道自己被惯坏了，被腐蚀了。那种被程怀瑾抱在怀里，被他无时无刻地亲吻，被他抚摸的感觉像是无声的细雨一般，早就深深地渗入了她的四肢百骸。

如今他这样不经意地说起，苏芷好几次半夜差点没忍住给他发消息。但几乎是出于本能的一种警醒，让她不允许自己这样完全地沉沦。

直到一次半夜被痛经痛醒，她下床的时候发现止痛药已经吃完了。原本打算上床躺到天亮再去买药，但是躺着躺着又去翻手机看程怀瑾早些时候才和她说过的：现在有点想抱你。

明明也没有那么脆弱，明明也没有那么痛，但眼泪还是止不住地往下流。

手指不受控制地给他回复消息：我也想要你抱。

谁知道几乎是下一秒，程怀瑾的电话也就进来。

得知她痛经，叫她在家里等一下，他马上就到。

程怀瑾来的时候带了药给她吃，半个多小时的时间就不再疼了。

把她安顿好之后就准备离开，苏芷却拉了拉他的衣角："今晚一起睡吧。"

于是一晚上，苏芷蜷缩在他的怀里。他的气息是世界上最好的镇痛剂，苏芷又贪恋又害怕上瘾般地无法自拔。

第二天早上，程怀瑾再次问她，可不可以搬到他那里去住，或者他搬过来陪她。

苏芷靠在他怀里，支支吾吾才说出了自己的担忧。

"程怀瑾，我控制不了想要黏着你的冲动。就像现在，我一边警告自己不能这样依赖你，一边又没办法从你怀里离开。"

她把脸埋在程怀瑾的肩窝："如果我从你这里得到的太多，以后还是和你分开了，那我真的会非常非常伤心的。"

不知是不是激素的原因，她的眼眶又不自觉地发胀，泪水很快濡湿他的肩头。

程怀瑾安静了一会儿，伸手把她的脸庞捧起。

他面色并不轻松，甚至有些严肃。

"小芷，这种事情不会发生。"

"你怎么知道？"她轻声地抽泣，"我想要自己没那么爱你，没那么依赖你。这样就算以后我们又分开了，我也不会这么难受。"

她克制又脆弱的哭泣，像是根根细针落在程怀瑾的心里。

他知道苏芷那年落下的心理阴影其实没有那么容易消散。不过是她天生坚韧的性格叫她没有被打败并且看起来一直在向前。

但是这并不代表她已经完全地走了出来。

她仍然没有完全地信任程怀瑾可以永远待在她的身边，她仍然在给他们不完美的结局做假设。

刀尖从他的心口慢慢划开，程怀瑾察觉一阵难言的钝痛。

无力于此刻言语的苍白，也觉得他不应该再这样放任她一直游离。

“我明天搬过来。”他声音沉稳，像是已经做了决定。

苏芷有些愕然地朝他看去，也听见他说：“小芷，是我离不开你，是我没办法每天见不到你。”

于是大一的下半学期，程怀瑾搬进了苏芷租住的那间一居室里。

苏芷周一到周五在宿舍住，周末就和他一起在家里。

程怀瑾也并没有闲着，咨询公司的事情进入下一个阶段，他常常飞到 M 国去出差。

但是只要回到国内，程怀瑾就会抽时间去学校接她。

很快苏芷有个又高又帅的男朋友就被全院传开了，苏芷羞得叫他下次不要这么频繁地来接她了。

程怀瑾思考了一下，很有礼貌地回绝她。

“但我真的很想去接你。”

“为什么？”

“控制不了，就是想等你，想接你。”

他说话的神色太过认真，苏芷的心头都忍不住发颤。

毫无遮掩的、强烈的情感，程怀瑾都叫她看见。

苏芷伸手抱住他：“程怀瑾，你太坏了。”

他偏头去亲她的头发。

“你这样真的会把我惯坏的。”

“理智上来说，我希望你能独立自信越走越远。”他伸手将苏芷搂紧，声音也变低，“但是自私点来说，我希望你被我惯坏。”

不知道是和他在一起之后的第几次，苏芷总是被他这些话弄得掉眼泪。

她也知道这是程怀瑾在用行动叫她相信，他真的不会离开她。

她都能感受到。

苏芷无法用语言回应，只能低下头去亲他。

六月份放暑假的时候，苏芷接到了一个好消息。

联合的出国项目选中了她，学校并不是她最心仪的那所，但是M国排名前二十，苏芷仍是很满意。

地理位置也并非人们最常叫得出口的大城市，而是位于M国东海岸的罗德岛。程怀瑾说他也没有去过这个城市，但是靠近海边，他们以后可以常常去看大海。

梦想有了具象的模样，接下来的时间也被各式各样的幻想所填充。

苏芷开始不断地搜索关于这座城市和这所大学的消息，甚至在某个晚上找到了一本叫作《东岸的罗德岛》的小说，半夜看到睡不着，程怀瑾凌晨三点出来客厅，发现她泪眼婆娑地对着手机屏幕。

一听见程怀瑾出来的脚步声，她也抬起头，声音哽咽地问他：“丘雨寒为什么没有和狄伦在一起，我真的好伤心。”

“两个相爱的人为什么最后还是会分开？”

程怀瑾在客厅里抱着她，听她边哭边碎碎念完整本书的内容。眼泪濡湿他胸前的一片衣襟，凌晨的北川，寂静得像是某个平行世界。

昏黄的路灯穿过落地窗投射在他们的身上，也像是浸在一片看不见的大海里。最后，苏芷靠在程怀瑾的怀里睡着了。小小的身子伏在他的胸前，程怀瑾觉得心头很潮湿，也很温暖。沉甸甸的来自她身体的重量，严丝合缝般地镶嵌在他缺失的心口里。

目光慢慢地移向了窗外，天色已经微微发亮了。

他看了一会儿，把苏芷抱上了楼。

醒来的时候已经是第二天的中午，苏芷把脸埋在枕头里蹭了蹭，伸手才发现程怀瑾已经不在身边。

但也并不惊讶，他很少会陪她一起睡懒觉。

眼睛眨了眨才发现有些肿，她翻身把手机摸了过来，想在床上再躺一会儿。或许是发出了些声响，程怀瑾很快也回到了卧室。

他穿着一件烟灰色的西装外套，像是刚从外面回来的样子。

苏芷看到他进来，就把手机放下坐起身子要他抱。

程怀瑾站在她床边，苏芷抱着他的腰。

察觉他身上温暖干燥的气息，抬头问他："你出门啦。"

程怀瑾低头摸摸她毛茸茸的头发："有点事。"

"工作上的吗？"

"不是。"他说着蹲在了苏芷的床边。

目光专注地看着她，苏芷不由得觉得心跳加速。

"小芷。"程怀瑾沉声开口。

苏芷这才发现他今天还打了领带，心跳越发怦然。早起的低血糖症状叫她生出几分恍惚的错觉，她情不自禁地抓住程怀瑾的手臂才叫自己不至于立马倒下去。

卧室里的冷气一阵一阵打在苏芷的身上，她看见程怀瑾从口袋里掏出了一个深蓝色的丝绒盒子。

几乎是瞬间，知晓那里面是什么。

她不敢置信地看向程怀瑾，看见他单膝跪了下来。

打开盒子，是一只硕大的钻石戒指。

卧室里安安静静的，他的声音也就越发清晰。

“小芷，我没有打算逼你现在就确定要和我结婚。”程怀瑾目光专注地看着她，“但是除了一直陪在你身边以外，这是我目前能想到的让你相信我不会离开你的最好的办法了。”

他从盒子里拿出了戒指，另一只手也轻握住苏芷的左手。

苏芷忍不住地身子发颤，嗓音却被巨大的惊喜所湮没，只能任由他动作。

“把这当作我提前给你的承诺，如果你愿意的话，明年我们就去领证。”

苏芷的眼泪一滴一滴地往下流。

她带着浓重的鼻音，小心翼翼开口问道：“……这不能算是求婚吧？”

“不是。你不用对此有任何心理负担。”

她嘴角忍不住弯起，眼泪却也掉落得更多：“……怎么突然想起来要给我送戒指的？”

程怀瑾伸手用指腹擦掉她的眼泪，轻笑道：“是我怕你去到 M 国看到更广阔的世界之后，后悔和我在一起了，所以先用这个约定把你套在我身边。”

他言语里自我调侃的意味，却让苏芷眼泪更甚。知晓他从来都不是那种要把她紧紧捆在身边的人，知晓他根本就是为了叫她不再患得患失。却还是这样顾着她的面子，说他自己要套牢她。

苏芷抱住他的脖子直哭，声音也同眼泪一起碎成一个个片段：“程怀瑾，你为什么这么坏？总是把我这样弄哭。”

程怀瑾捧着她的脸庞，慢慢地亲她眼角的泪水。

“那你把戒指先戴上，然后再给我惩罚，好不好？”

他无比坚定而温和的目光，也像是那颗永远闪烁不会蒙尘的钻石。

苏芷泪水糊住眼睛地点了点头，看见程怀瑾将那枚戒指戴上了她的无名指。

几乎是女孩子的本能，她立马就抬手把戒指举到半空中左右转了转，在看到墙面上折射出来的璀璨光影之后，嘴角咧开笑了起来。

弯起的小月牙里也即刻流出了晶莹闪烁的小钻石。

程怀瑾目光轻动，抱住她的身子就要去吻她。

却在靠近她唇瓣的下一秒被她的手掌挡住。

快乐和感动在瞬间收敛，苏芷睁着通红的眼睛几分“秋后算账”模样地看着程怀瑾。

程怀瑾身子顿在原地。

随后，听见她义正词严地说道：“鉴于你总是把我弄哭，所以现在你要接受你的惩罚。”

程怀瑾寂了片刻，缓声问道：“什么惩罚？”

“就是——”

苏芷在他眼前晃了晃自己手上的戒指，一字一句道：“收了你的戒指——但是不嫁给你！！！”

程怀瑾：“……”

八月中旬，罗德岛进入温热潮湿的夏季。

典型的温带大陆性气候将炎热多雨烙印在这座城市的上方。

大片绵延的海岸线成为人们度过炎热夏季的最佳选择，太阳西落，沿线的餐厅依次亮起五彩的灯光。

傍晚六时十五分，一架飞机准时落地纽约国际机场。

穿着制服的海关人员正严肃地对入关的游客进行抽箱检查。

海关大厅的冷气十足，吹动着一颗颗刚从漫长飞行中苏醒过来的心脏。

拿取行李，过海关。

苏芷一路上跟着程怀瑾，心里无比踏实。

即使她对于接下来要做的事情一无所知，但是只要知道程怀瑾在她身边，她就连半分的担心都不需要。

走出海关大厅，密密麻麻的人群瞬间填满她的视线。

“那边。”

程怀瑾偏头朝她说道，苏芷目光顺着他的手指，看到了一个写着“CHENG”的白色纸板。

拿着纸板的男人似乎也在瞬间认出程怀瑾，笑着朝他们招了招手：“程先生，苏小姐，欢迎你们！”

苏芷跟着上了车才知道，这是程怀瑾在M国的一位朋友的助理。

两人上车之后，程怀瑾和助理道谢。

“程先生您客气了，”助理很是有礼貌地说道，“季先生今天有事实在脱不开身，才让我先来送您和苏小姐去罗德岛。”

“辛苦了。”程怀瑾回道。

苏芷脸上憋着兴奋的笑容，身子趴在窗边看着外面的风景。

程怀瑾给她开了一瓶水：“喝点水，饿不饿？”

苏芷转过身来喝了两口，笑容像是摇晃过后的汽水瓶止不住地满溢，又怕自己没见识的样子给程怀瑾丢脸，只能贴近程怀瑾耳侧，小声又激动地说道：“我现在好开心哦！”

她嘴唇笑得抿起，鼻子上挤出可爱的小皱纹。

程怀瑾也跟着轻笑了一下，身子靠近她叫她往窗外看：“我们现在在机场高速上，到罗德岛大约三个小时的车程，你是要睡一会儿还是要听我给你介绍？”

苏芷看了一眼他，小声而又笃定道：“要听你给我介绍！”

程怀瑾眼里笑意的更浓，伸手半环在她腰间：“好。”

于是一路上，程怀瑾都在给苏芷介绍一些 M 国的基本人文环境。苏芷也不停地指着窗外的建筑问他这是什么。

程怀瑾有问必答。

渐渐地，天色完全地暗了。他们驶上了远离城市的高速公路。

建筑变成了一望无际的灯光，苏芷靠去程怀瑾的肩头，看着窗外的天色慢慢地睡了过去。

再次醒来的时候，像是有种冥冥中的预感。

她眼睛缓慢地睁开，看见窗外有了建筑的灯光。

蹭着程怀瑾的胸口抬头，看见他也正垂眸看自己。

他手指在她后背上摩挲几下，低声告诉她："我们快到了。"

苏芷立马又朝窗外扫了几眼，抱住他的脖颈凑近："我们住在哪里啊？"

程怀瑾轻拍她的身子叫她朝外看，几分钟后，伸手指了指一间亮着灯光的独栋别墅说道："到了。"

安静的街区，路两侧是高大而明亮的路灯。

他们进入这片街区之后，苏芷几乎就没看见过几辆车子在路上行驶。

房屋与房屋之间的距离远得令人咋舌，大片的绿色草地将街区分割成相互独立的地段。

一打开车门，潮湿而又温暖的热浪将苏芷的皮肤完全地裹挟，她忍不住觉得浑身舒适，也觉得这湿度简直像是住在海边。

说话的声音被这安静的夜晚轻易放大，她小声感叹道："程怀瑾，这里好安静啊。"

程怀瑾摸了摸她的头发，伸手拎起行李箱："进去吧。"

两层高的独栋别墅，进来的时候里面是被人妥善打扫整理过的模样。风格是极其强烈的现代简约风格，却轻易能看出精心设计过的痕迹。苏芷一进门就激动地跳到程怀瑾的身上，两条腿被他盘到身后，抱着他的脸颊亲个不停。

程怀瑾轻笑，按着她的后脑勺回吻她。

思绪早就被兴奋搅成一团厘不清头绪的糨糊，哪还管得了现在到底是要参观别墅还是收拾行李。

又亲又笑，程怀瑾就索性抱着她先在家里走了一圈。

她两条腿时不时在他背后晃悠两下，君临天下般地把屋子里面看了一圈。

程怀瑾最后带她来到了二楼的卧室，俯身将她放到沙发上："我去把行李拎上来，你先洗个澡，里面东西都有。一会儿我们吃点东西。"

苏芷很是乖巧地点头，随后一溜烟地冲进了浴室继续参观。

程怀瑾转身还没走到楼下，就听到了她一声尖叫，随后大喊他的名字："程怀瑾！"

他站在楼梯上低低地笑了一下，转身，看见冲出来的苏芷。

脸上的惊喜和激动过分明显，他就站在原地看着她，扬了扬眉："好看吗，小芷？"

苏芷的眼泪都要掉出来，冲到他身边一把抱住他："你怎么没告诉我我们会住在海边？我刚打开浴室的窗户才发现外面就是大海。"

她双臂紧紧地抱住程怀瑾的腰，像是无法立马消化这巨大的惊喜。

程怀瑾伸手去摸她的头发，淡声道："所以你先去洗澡，一会儿我们可以在海边吃晚餐。"

浓郁而又潮湿的海风。

苏芷终于知道自己一下车时的感受并没有错。

天色浓得像是和大海在无尽的远方融合，两盏昏黄的地灯将他们合拢在这片木质的码头上。

一条从家中后院延伸进大海的码头，上面是一把双人躺椅。

程怀瑾告诉她这是一片被天然陆地围起的内海，海的另一端连接着汹涌的大西洋，但是靠近他们的这一段因为陆地的包围而形成了风平浪静的内海。

苏芷站在码头的栏杆处，看着近乎黑色的海浪拍打在码头上。她低头看了许久，又去看无尽的天边，潮湿的海风将她还未全干的发丝吹在脸颊上。

苏芷也不知道为什么，明明一眼就可以看尽的夜晚，她却像是着了迷一般久久挪不开眼。伸手，仿佛能感受水汽在自己的身上流动，细小的水珠穿过她被风鼓起的睡裙，然后继续飞向流动的大海。

程怀瑾走到她的身后，双手撑在栏杆上，亲了亲她的手指。

九月初，苏芷开始准备开学的文件。

程怀瑾某天回来问她有没有空在开学之前去一趟纽约。

苏芷正坐在电脑前选课，听见他的话探出头思考了一会儿："要去多久？"

"看你，"程怀瑾坐在她对面说道，"不想在那里多待就早去晚回，想逛一逛纽约住几天也可以。"

"是和谁一起吃饭？"

"就是上次请人在纽约机场接我们的季先生。"

苏芷回想了一下，点了点头。

"好，那我们早去晚回吧，我这几天有点忙。"

程怀瑾点点头："好。"

开学前三天，程怀瑾开车带着苏芷去了纽约。

三个小时的车程，她追着程怀瑾问了很多关于季岑风的事情。

原本只是随口问问一起吃饭的都有谁，程怀瑾也就告诉她是季岑风和他的妻子司月。两人刚刚新婚，住在纽约。

“那你是怎么认识他的？”

程怀瑾说道：“我那时为我大哥在M国奔走的时候认识的他，后来投资咨询公司的事情也和他有合作。”

程怀瑾叫她去看自己的手机，翻开季岑风的朋友圈，里面有且仅有一张结婚照片。

苏芷盯着照片看了好久，一间很是普通甚至有些简陋的乡村院子，灰白的水泥墙面，地上被扫得一尘不染。一个穿着黑色西装的男人正偏头看着身边穿着白色鱼尾婚纱裙的女人。

天空是无尽的蓝色，两人明明是在那样简陋毫无装饰的院子里，相互对视的目光却叫人无比强烈地感受到他们之间的爱意。

苏芷没来由地觉得鼻子发酸，挤出柔软的声音：“他们看起来好相爱啊！”

程怀瑾嘴角微微扬起，缓声道：“分开过两次的人，会更加互相珍惜。”

于是，苏芷一路上听程怀瑾大致讲了司月和她先生之间的故事。

下车的时候，她泪水涟涟。

“如果我是司月姐姐，我肯定在第一次分开的时候，就再也撑不下去了。”

程怀瑾伸手去抹她的眼泪：“不一定，我觉得你也同样很坚强。”

苏芷忽然安静地看了程怀瑾一会儿，然后紧紧抱住他：“程怀瑾，我爱你。”

程怀瑾静了片刻，轻声道：“怎么忽然说这些？”

“就是想到如果我也被误认为死了，你会有多伤心。”

“不会发生这种事情的。”

苏芷把脸埋在他的胸膛，让情绪慢慢地平缓，随后抬起头朝他说道：“我也想给他们买一份礼物，时间够的话我们可以去逛一下商场吗？”

“当然可以。”

两人在餐厅附近的商场逛了半个多小时。

六点不到的时候，就买完东西到了程怀瑾订好的日式餐厅。

苏芷在车上听完故事之后就一直很是期待见到司月，临近六点的时候还叫程怀瑾多次帮忙查看她衣着形象是否整洁。

六点整，包厢的门被人推开。

苏芷一看到走进来的女人时，就忍不住嘴角上扬朝他们打招呼道：“总算见到你们啦！”

进来的女人穿着一件米白色无袖长裙，乌黑的头发散在身后。比照片还要浓郁的美丽，像是一枝馥郁洁白的广玉兰。

她微微错愕之后立马露出很是温柔的笑意：“你好，我是司月。”

程怀瑾也站起身子依次同他们握手。

四人很快坐定。

一顿饭吃得热热闹闹，苏芷原本以为自己会与他们有代沟，但是交流起来才发现司月出奇的温柔和耐心。

倒是一旁的季岑风，嘴角虽然总是笑着，却让苏芷觉得隐隐的冷意与疏远。并非最初见到程怀瑾的那种疏远，季岑风叫人心生害怕。只有在看向司月的时候，苏芷才能找寻出那张照片里满眼爱意的影子。

十点多的时候，苏芷和程怀瑾把带来的礼物送给了他们当作新婚礼物。

司月很是不好意思，苏芷一脸认真模样地说道：“很有用的！都是我精心挑选出来的好东西！”

司月被逗笑了：“到时候你们结婚的时候，一定通知我们，我给你们回礼。”

程怀瑾刚要说客气了，就看见苏芷摆摆了手，开玩笑地说道：“不用啦，我不打算嫁给程怀瑾的！”

程怀瑾：“……”

和司月他们告别之后，程怀瑾开车带着苏芷回家。

苏芷还沉浸在刚刚的饭局中有点兴奋。

喝了一点酒的原因，思维也变得极度的活跃。没来由地，又去回想司月和季先生的爱情故事。总觉得程怀瑾来时给她讲的故事太过写实，自己忍不住开始脑补古早的霸道总裁言情小说。

想着想着，开始低低地笑。

她随口感慨道：“霸道总裁好帅啊！”

红灯路口，程怀瑾偏头看她了一眼，没说话。

苏芷酒精上脑，情绪也有些兴奋。

“我现在满脑子都是他——”

谁知道她下个字“们”还没说出口，程怀瑾就开口问她：“只见过一面就觉得帅吗？”

苏芷立马被他的话题岔开，振声回道：“季先生的确长得很帅啊！霸道总裁标配！”

程怀瑾收回目光，一脚踩上油门淡声道：“方便给我普及一下霸道总裁有什么吸引人的点吗？”

苏芷脑子里立马回想到了自己看过的言情小说，笑眯眯道：“霸道总裁强制爱。”

程怀瑾：“……”

他侧头瞥了双颊微红的苏芷一眼：“现实和小说要脱离开来。”

苏芷听出他话语里几分教育的意味，有点不满，故意反击道：“我就喜欢霸道总裁！季先生就是很帅！”

程怀瑾抿了抿嘴唇，并没有和她争论。

苏芷也没和他多纠缠，因为她很快就把注意力移到了司月给她发的微信上，他们就住在纽约，很快就到了家。

一路上，苏芷都笑咯咯地在聊天。

到达罗德岛的家里时，情绪仍然高昂。

在门口脱了鞋子就小跑着往卧室去，程怀瑾跟在她身后，一直没说话。

“我今天晚上可以晚点睡吗？”她一边转头问程怀瑾，一边伸手去开卧室的灯，“因为我想要——”

谁知道她话还没说完，一只大手忽然将她轻推了一下。

刚刚打开的顶灯被人故意重新关上。

苏芷的眼前变得一片漆黑。

她还没反应过来，身子顷刻就被人从后压在了关上的房门背后，手机被拿走。

而后双手反扣着推上了腰际。

几乎是瞬间，她就被完全地压制。

苏芷脸颊贴在微凉的房门上，左右扭了扭自己的身子。皱着眉头抱怨道：“你干吗呀，程怀瑾？”

她话音刚落，立马察觉一只手按在了她的腰上。

冷不丁地战栗了一下。

漆黑的卧室里，五感被无限地放大。

程怀瑾滚烫的气息很快就极具压迫性地打在了她的耳边。

苏芷的身子止不住地发软。

听见他冷声道：

“不是喜欢吗？”

……

那天晚上苏芷充分领教了“霸道总裁”的魅力，并在之后的很长一段时间内再也不敢提季先生。

开学的第一个月，苏芷忙成了站不住脚的陀螺。

大量的新生活动以及讲座将她的空闲时间全部填满，每天晚上回家后还要看两个小时的英文视频练习英语。

本科的课程并不轻松，再加上她的语言障碍，苏芷有些力不从心。

好在程怀瑾每天晚上回家之后都会陪在她身边帮她看看作业和课程，苏芷有时候都忍不住愧疚，觉得自己耽误了程怀瑾太多的时间。

程怀瑾却很是无所谓。

“我想把时间花在你身上，你不用觉得耽误我或是什么。”

“程怀瑾，你真好。”苏芷抱住他手臂感慨道。

片刻，她忍不住又戏精上身假装感动到流泪：“程怀瑾，你对我这么好，我这辈子无以回报，只能以身相许。不知道你愿不愿意？”

程怀瑾垂眸看着她眼睛很是楚楚可怜地眨了两下，点了点头淡声道：“我们可以在 M 国领证结婚，结婚证回国公证一下就可以，你要是真的想以身相许不如——”

“今天作业好多哦！我就不陪聊了。”苏芷面色一秒严肃，身板挺直看向了自己的电脑，“程怀瑾，你年纪大了，先去睡觉吧，不用等我了。”

程怀瑾的目光看向她，没说话。

苏芷心虚地瞥他一眼，看见他面色无常地站起身子往卧室走。

“你生气啦，程怀瑾？”苏芷忍不住回头喊他。

程怀瑾轻飘飘看她一眼：“晚上睡觉的时候回答你。”

他说完就转身往卧室去了，留下苏芷脸颊发红。

熬过了开学最难的一个月后，苏芷开始慢慢地跟上了学习的节奏。她参加了一个冲浪社团，周末常常跟同学一起去海边。

十月份的时候，程怀瑾在西雅图出差了两个星期。二十九号回来时原本以为能见到苏芷，却在到家的时候收到了她要和社团的同学去纽约看话剧的消息。

苏芷和同学一起坐三个多小时的火车去纽约，住在青年旅馆，玩几天之后再自己回来。

接到电话时，苏芷已经坐上了去纽约的火车。

她兴奋不已地和程怀瑾讲着她和朋友这几天的计划。话剧、美术馆、艺术馆和烟花秀，所有的行程都安排得满满当当。

电话的末尾也和程怀瑾道歉，说朋友们心血来潮趁着周末和没有课的周一打算出去玩玩，她没来得及提前告诉他。

程怀瑾也没有责怪她，只是叫她把同行朋友的姓名和联系方式，以及他们的行程在微信上发他一份。

苏芷很是听话地发了过去，末了，又发了好几个亲亲的表情包给他，问他有没有生气。

程怀瑾说没有，叫她一定注意安全，每天多给他发消息。

苏芷很快速地回了好，然后又加了好几个亲亲。

家里，程怀瑾把她发过来的信息反复看了好几遍。

加苏芷一共五个学生，他们预定了一个叫“Hello NY”的青年旅馆。苏芷随后还发了一张她和朋友在火车上的自拍，想要叫他不用担心。

程怀瑾把照片点开，三个男生，两个女生。

五个人坐在一起，很是亲密的模样。

他回了一个“好”字。

片刻，他又叮嘱了她一次“注意安全”。

十月三十、三十一加上十一月一日，三天后，她才会回来。

程怀瑾又看了会儿手机，关上。

茶几上有一只银棕色的丝绒盒子，他拿起放进了下面的抽屉，然后就起身往楼上卧室去了。

十月三十号那天，程怀瑾亲自开车去了趟纽约。

原本可以派人送过来的文件，他不知出于什么心理自己开车过来了一趟。

熟知她这几天的行程，也在路过那间美术馆的时候把车停到了停车场。

在车里坐了半个多小时。

程怀瑾最终还是没有下车，趁着他们计划离开美术馆的前十分钟开车驶离了这里。

无法否认。

他心里生出的涩意，竟然对那些可以每日陪在苏芷身边、和她一起读书冲浪的男生产生了连自己都觉得不该有的妒意。

知道她如今正处于人生最绚烂也最耀眼的阶段，怎么可能每分每秒都在他的身边度过，只属于他一个人。

她会有自己的朋友，也会有自己相对独立的生活。从她离开北川去上大学的第一天，他就明白这些道理。一路开回罗德岛，程怀瑾就进了书房工作，再没去问过苏芷的事情。

十月的最后一天，早上江哲难得来了个电话。程怀瑾和他聊了一会儿，就有事出门。

晚上在外面随便吃了一点，然后独自回了家。洗了澡，坐在海边的码头上，灯光只留了靠近码头边缘的那一盏。

他喝了一点酒，腥咸的海风吹过他的裤脚。程怀瑾看了一眼无人的另一侧，很快也将目光转向了无边的大海。

手机屏幕停留在苏芷早些时候给他发的几张照片。她和朋友坐在话剧的观众席上，现在应该正在听着话剧。

屏幕光兀自亮了一会儿，随后就自动熄灭了。程怀瑾靠在椅背上，感受着海风从他的皮肤上缓慢地划过。

偶有一只海鸥低空飞过，掠起一阵浪花后又消失不见。

程怀瑾的思绪慢慢地沉淀，一动不动。

忽地，听见了很轻的开门声。

他嘴唇轻轻地抿起，身子却没有立马转过去，一种很强烈的预感，他却像是不敢面对般地定在原地。

心脏无声地加速跳动了起来。然而，那小跑着的脚步声却叫他感觉熟悉。

站起身子转过去，看见微弱的灯光下，苏芷正沿着长长的栈道朝他跑过来。黑色的头发与黑夜融为一体，她眼睛亮得像这天晚上的星星。笑起来的时候，鼻头上有熟悉的小皱纹。

被风吹起来的裙摆，打在她白皙的小腿上。

手臂朝他挥了挥，过跑边喊道："程怀瑾，我回来啦！"

程怀瑾哑然。心脏像是彻底失控般地乱跳，他竟觉得连呼吸都有几分错乱。

苏芷一路跑到他的身边。

程怀瑾终于回过神来，伸手将她抱进了怀里，确认她是真的，然后捧着她的脸颊亲吻她。

他呼吸变得沉重，半晌才问她："不是在和朋友看话剧吗？不是明天晚上才回来吗？"

苏芷的眼睛笑得弯起，伸手抱住他的腰"那是我们早上拍的照片，就是不想叫你猜到我会今天回来。"

"为什么？"

冥冥中一种预感在程怀瑾的心头升起，他声音也越发低沉，直直地看着苏芷的眼睛。

苏芷伸手去抚他的脸颊，踮脚，在他的额头上轻轻地碰了一下。

“去纽约是因为知道美术馆有举行埋藏铁盒的活动，每个人写一张字条放在铁盒里然后一起埋在美术馆后面的那片草坪。十年后会被挖出来，每个人可以取回个人的字条。我觉得很有意义，所以才去的。”

“也应该是明天晚上回来的，”苏芷眼睛眨了眨，轻轻舔了一下他的嘴唇，“但是今天是个大日子，我怎么可能忘记呢？”

程怀瑾的手臂不自觉地收紧，声音却还是克制地问道：“晚上怎么回来的？”

“我从火车站打车回来的。”

“下次尽量不要，太晚了，不安全。”

苏芷把头埋进他肩窝，撒娇道：“知道了，程怀瑾。下次不会了。”

心头逐渐汹涌的情绪，程怀瑾嘴唇抿了好几次才重新开口：“方便问问写了什么吗？”

苏芷低低地笑了笑：“写了给程先生的愿望和一个秘密，十年后我们一起去取。”

程怀瑾再难以忍受这种捉摸不透的答案，捧着她的脸庞，四目相对。

“秘密我不问，但是愿望是什么，我想知道。”

海风将他的头发微微地吹动。

昏暗的天色里，程怀瑾的眼眸黑亮而专注。

苏芷忍不住地再一次对他感到心动，声音也变成轻盈而丰满的粉色泡泡。

“我写了：祝程怀瑾生日快乐。身体健康，长命百岁。”

点点亮光程怀瑾的眼眶里闪烁，几乎是极尽的克制了。

半晌，他低声问她为什么许这个愿望。

苏芷轻轻地捧住他的脸颊，在他干燥柔软的嘴唇上亲了一下，认真说道：“想要你身体健康，长命百岁。”

“永远陪着我啊，程怀瑾。”

来到罗德岛的第一个圣诞节，苏芷跟着程怀瑾飞去了苏黎世。那年在江哲家门口为了挽留她说出的话，程怀瑾如今也一一兑现。

从苏黎世中央火车站出发，八十分钟到达少女峰。沿路可以极近地看到覆满皑皑白雪的阿尔卑斯山。出发去坐小火车的前一晚，他们住在了山脚下的一个小镇里。坐在客厅的火炉前，可以透过窗户看见巍峨的山脉。

童话故事般的美丽，广场上有高大的圣诞树和一到晚上就全部亮起的如同群星一般的彩灯。程怀瑾告诉她的，这世界上还有太多太多值得她去看的风景是真的。

住在小镇的那天晚上，苏芷激动得一直没有睡着。凌晨五点的时候忽然清醒过来，静静地对着漆黑的卧室看了许久。

程怀瑾的手臂环在她的小腹上，来自他身上温热的气息源源不断。

苏芷清醒了一阵子，想要去屋外看看。

她伸手想把程怀瑾的手臂悄悄推下去，却在刚碰到他手指的时候就被他轻轻地握住了。

程怀瑾手臂收紧，将她更近地捞来怀里。

眼睛还未睁开，先在她后颈亲了一下，带着低哑的声音在她耳边问道：“怎么醒来了？”

他说话间的气息扑洒在苏芷的耳边，苏芷忍不住地缩起身子低笑了起来。

她转过身子面对他，看见程怀瑾微微睁开的眼睛。

“早。”

他手指摸摸她头发，低笑道：“太早了。”

苏芷在他身前笑得眼睛弯起，亲了亲他干燥柔软的嘴唇。

“我有点睡不着了，想出去看看。你继续睡，我不打扰你。”

程怀瑾的眼睛慢慢地闭上，苏芷以为他要继续睡了，刚准备翻身下床的时候，却还是被他的手臂抱住了。

苏芷抬眼去看他，程怀瑾还是没有睁开眼睛，安静地靠近，在她的唇瓣上亲了一会儿，而后淡声道：“我陪你一起。”

苏黎世的凌晨，一切像是被冬天封印一般萧瑟。街道上仍是傍晚的模样，只不过几乎没有车辆通过。他们住在小镇的中央，出门走几步就能看见镇中心的广场。

两人都穿了厚厚的大衣，程怀瑾帮她把围巾帽子和手套一一戴好，才牵着她出了门。圣诞节前夕，这里已经连着下了好多天的大雪。即使白天将道路的积雪清理干净，一夜过去各家的门前依旧是雪白一片。

天色还没从冬夜里完全地苏醒。

苏芷被程怀瑾牵着一步一个脚印地从雪地里走过去。每踩下去一脚，都能听到干燥而蓬松的积雪发出的嚓嚓声。

她像是十分享受这份乐趣般，走一步就抬起头来邀功似的看着程怀瑾笑一下。

程怀瑾也不催她，就慢慢地走在她的身边，牵着她的手叫她不至于滑倒。短短的一段从家门口走到广场的路，她一步一个脚印地走了快二十分钟。最后的几步路，她双手搭在程怀瑾的小臂上，并脚往前跳去。

谁知道身子一个踉跄，顺势倒进了程怀瑾的怀里。

苏芷看着他含笑的眼眸，随即发出了一串轻盈的笑声。

昏黄的路灯下，看得见两人呼出的白气。苏芷好像耍赖似的一直挂在程怀瑾的身上。程怀瑾垂眸看了她一会儿，伸手将人抱了起来。

苏芷一声惊呼，而后咯咯地笑起。

“开心吗？”程怀瑾抬头看着她。

被冻得微微发红的鼻尖和脸颊，嘴角却是最大幅度的上扬。

苏芷用鼻尖去蹭他的脸颊，声音雀跃得像是她刚刚跳动的身影：“程怀瑾，我太开心了！”

“我们可以每年都来。”

“真的吗？”

“真的，只要你愿意。”

他眼里一如既往的认真神色，他说过的每一句话都从不骗她。苏芷心头热得发烫，双臂环上他的脖颈亲吻他。

凌晨五点的苏黎世街头，一切都还沉浸在安静的沉睡里。远方巍峨的阿尔卑斯山，大雪又慢慢地积了一整夜。

他们站在无人的街头，安静地接吻。

黑色的大衣将他们的身影融为一体，无法自拔地沉溺于程怀瑾大海一般的拥抱里，感受他毫不遮掩的、热烈的爱意。像一枝努力汲取养分的花朵，来自他的每一次亲吻都叫她浑身震颤。

耳朵、鼻子、脸颊变成冷空气的牺牲品，心脏却越跳越热，最后，停止在两个人交缠炽热的呼吸里。

额头抵着额头，看得见彼此眼里闪烁的光亮。

轻到只有苏芷才能听到的声音，这样寒冷的冬日里，虔诚得犹如那片山间的白雪：

“小芷，我爱你。”

出发去阿尔卑斯山的那天早上，程怀瑾陪着苏芷在小镇的广场上逛了好几圈。天快亮的时候，两人在路边的店里解决了早餐。回家拿了一些东西之后，程怀瑾就带着她去了火车站。

早晨九点十五分，一辆红色的小火车准时进入了中央火车站。

车厢里光线明亮，干净柔软的红色座椅上印着这列火车的名字：VCableway Eiger Express.

程怀瑾让苏芷坐在靠窗的位置，偌大的透明窗外，一眼就看得见巍峨的阿尔卑斯山。

露出的灰色山体上，铺着大片的白雪。火车很快就启动，连绵的山脉不断地往后移去，他们也朝着更高的海拔开去。

渐渐地，看到了山脚下错落的房屋。互相被树木丛林远远隔开，安静地卧在阿尔卑斯山的脚下。

苏芷一会儿不停地转头和程怀瑾说话，叫他看窗外的风景。一会儿又几乎痴迷般地看着外面的雪山。

太近了，一切都太近太近了。

那样美丽的雪山，那样巍峨的山峰。

看了一会儿，苏芷忍不住地转过身来抱住程怀瑾。

她声音甜得像是挤出的花蜜，低声在他耳边说道："程怀瑾，我爱你。"

程怀瑾很轻地笑了一下。

苏芷快速地亲了亲他脸颊，然后把他手拉在身前抱住，继续又去看窗外的风景。

中途行至半山腰的时候，火车上来了一批新的行人。

冷风从敞开的车门涌入，苏芷打了个喷嚏，看见一对老夫妇坐在了他们的对面。两人的头发都花白了，老爷爷一只手拄着拐杖，另一只手牵住他的妻子。

自来熟般，两人一落座，老爷爷就朝他们笑了笑。苏芷立马也跟他们打招呼，但是夫妇两人开口说的却不是英语。

她刚有些紧张，就听见程怀瑾很是轻松地和他们聊了起来。老爷爷似乎也没想到程怀瑾能听得懂他们说的话，情绪随即有些兴奋了起来。

三人聊了好一会儿，苏芷才去问程怀瑾刚刚说的是什么语言。

程怀瑾帮她开了一瓶水，说道："荷兰语。"

"我都不知道你会说荷兰语！"

程怀瑾眉尾微扬，笑道："我以前读书的时候在阿姆斯特丹交换过一年，那个时候学的。"

"你都没告诉过我这些事！"苏芷偷偷用胳膊肘不满地戳了他一下。

程怀瑾低低地笑起，揽住她的肩头："不知道你对这些事情也感兴趣，回头发你一份我的简历。"

苏芷被他逗得笑起，抬手擂他手臂。

火车一路朝着仙女峰行进，临近中午的时候终于到达了观景平台。

苏芷跟着程怀瑾下了车，在这附近开始自由活动。

高海拔的缘故，温度一下变得更低。卷着凛冽雪意的寒风从他们的脸颊上刮过，

程怀瑾牵着苏芷的手在雪地里慢慢地走。

一眼望过去，连绵的山脉。白色的云朵在山间飘浮，广阔无垠的天际，蔚蓝得叫人不敢相信这是真的。两人站在一处偏僻的眺望台，苏芷一动不动地看着远方，很久都没有说话。

想起了她和许嘉一起登上南岩山的那天，也想起了程怀瑾那年半夜带她去爬南岩山的那天。

好像是很久很久以前的事情了，她却清晰地记得那天发生的每一个细节。

程怀瑾从后拥着她，察觉她抱住了自己的手臂，垂眸看下去，苏芷也正抬头看向自己。

“问你一个问题。”白雾从她的口中喷出。

程怀瑾微弯身子，靠近她：“什么？”

苏芷转过身子抱住他厚厚的大衣，布料摩擦出“哗哗”的声音，她看见程怀瑾的耳朵有些被冻得发红。

很自然地伸出一只手去摸了摸，开口道：“你那年为什么忽然带我上南岩山？”

程怀瑾看了她一会儿，不知出于什么原因，他没有说话。

苏芷看着他的眼睛，不由得无声地笑起：“程怀瑾，那你回答我这个问题。”

“什么？”

苏芷两只手轻轻地抚上他的脸庞，问道：“如果那个时候你不需要为了家里和江妍月结婚。程怀瑾，我们会更早在一起吗？”

清冷的山间，她的声音像是飘扬落下的雪。

程怀瑾的手臂不自觉地收紧。

将近三十年的人生里，他一直在用那把沉重的道德枷锁“惩罚”自己。从不行差踏错，从不放纵欲念。

而如今，也彻底看清自己的心境。

程怀瑾握住她的手，良久，用行动回答她——一个轻柔而又绵长的吻。

四目相对，额头相抵。

这片广袤的天际下，他们也渺小得犹如山间一片无名的雪花。

从前浑浑噩噩，是游移在云间的两滴水。

后来相互纠缠难分彼此，经历过极寒后凝成了一朵慢慢飘落的雪花。

口齿间呼出的白雾，渐渐变得温热。

无人的角落，气息慢慢地纠缠。

听见他说：“明年暑假我们回国休假，好不好？”

苏芷很轻很轻地笑，亲吻他的下颔：

“好。”

在罗德岛学习一年后，苏芷在大三前的那个暑假和程怀瑾回了北川。

六月初的时候落地北川，在家里住了几天又去京市看了看外婆。难得地，外婆叫他们在家住几天，程怀瑾原本不同意，担心苏芷觉得别扭。

没想到苏芷却爽快答应。原因也很简单，她和外婆说想住在程怀瑾小时候住过的那个房间，外婆一口就答应了。

倒是程怀瑾面上虽然仍是平静，心里却有些没底。他很多年没在外婆家住过了，更不知道那间屋子怎么样了。

直到他和苏芷住进去的那个晚上，程怀瑾才知道这间屋子一直被人打扫着。他离开时放在屋子里的书和玩具也都一样不少地被存放在柜子里。

红曲木的大床和书桌，双开门的卧室。

程怀瑾站在门口的一瞬，有种恍惚的错觉。像是看见窗口被风吹起的白纱窗帘，看见那时年仅八岁的自己趴在窗台上发呆的模样。

可是转瞬，就听见苏芷低低的笑声。看见她开了书柜的门，在看他那时的小学课本。

有风轻轻地从敞开的窗边吹来，也温柔地缠上了他的脖颈。窗外的阳光澄亮地卧进这间卧室的每一个角落，在她的脸侧打下氤氲的光影。

一切显得很安静，也很温和。

苏芷偏头眼睛弯着笑起，将手里那本语文书朝他摊开：“程先生，你以前连自己名字都写错哦。”

阳光从她的后背照来，将她散开的毛茸茸的碎发披上金色的光影。

程怀瑾一动不动地站在门口，一种无言的，却又强烈的潮涌将他完全地包裹了。从没去回想过他在这间卧室里度过的这些年月，总觉得和那间祠堂的回忆是一样阴冷的、没有色彩的。

而如今故地重游，也像是从另一个角度回看这段回忆。

苏芷指着他课本上的那个“瑾”字：“程先生，你瑾字少写了一横。”

程怀瑾眼角有浅浅的笑意，大步上前将人抱在怀里，几分蛮不讲理：“那你教我怎么写？”

在外婆家住了一个星期之后两人就又回了北川。

临近苏芷的生日越近，气氛也就越不对劲。心知肚明那天会发生些什么，两人越显得不在意似的。只规规矩矩地选定了蛋糕，其余的一律默契地闭口不谈。

六月十四的时候，程怀瑾还特地出门一天谈工作上的事情。

临近傍晚的时候才回来，看见苏芷正穿着泳衣要往楼下去。

苏芷一看见他回来，故意不搭理他地小步往楼下去。楼下游泳池水温适宜，苏芷坐在池边上用脚撩水，一会儿，就听见程怀瑾下楼的脚步声。

偏不回头去看他，嘴角却依旧笑得一发不可收拾。

果然下一秒，听见那脚步声来到她旁边。苏芷偏头去看，程怀瑾正蹲在她的一侧。

黑色的西裤微微崩紧，上身只一件珍珠白的衬衫。

即使蹲在她身边，仍比她高上不少。虚虚地半拢着她，目光在她肩头流连。

苏芷鼻间溢出一声短促的笑意，双手一撑滑进了池里。黑色的长发像是浓密的水藻一般游弋在她的身后。

程怀瑾的目光追过去，冷白的灯光将她的手臂照成无瑕的瓷器。波动的水纹如同有了生命一般在她的身上游动。

修长的双腿在水底屈起又伸直，短短的一个来回，伴随着极近的出水声。

苏芷扶着下水的池边重新探出了头。

明亮的地下游泳池里，程怀瑾蹲在池边，苏芷从水里探出头极近地与他对视。

黑发收拢在她的肩上，从头到脚湿漉漉的。

连同着看向他的眼神。

程怀瑾眉尾轻扬，伸手摸向了她赤裸的肩头。

苏芷忍不住地缩了缩身子，朝他咧嘴一笑。

程怀瑾这才开口："见到我跑什么？"

"我想游泳。"

"想游泳，我也不会阻拦你。"

"你会你会，"苏芷说着故意撩了水到程怀瑾身上，"你这个人不正经。"

谁知道程怀瑾也没躲，任她玩，只淡声说道："游完一会儿看部电影吧？"

"怎么忽然想看电影了？"

程怀瑾很轻地笑了下："明晚会忙，就今晚看了吧。"他说着就站起了身子，"我先上楼换衣服。"

苏芷在游泳池里游了一会儿之后也上楼洗澡换了衣服。

重新回到影音室的时候才发觉她穿的是和那年她第一次来这里看电影时相似的衣服。

白色的短衫和一条灰色的棉质短裤。

推门进去的时候，程怀瑾已经熄了里面的灯。

“好香啊。”苏芷进来将门合上后忍不住说道。

程怀瑾起身将她牵到沙发旁，苏芷刚准备坐到一旁的沙发上，就被程怀瑾拉着坐来了怀里。

他怀里温热的气息一下叫苏芷忘记了刚刚的花香，鼻尖蹭到他脖颈上，用力地吸吸。

而后她又靠到他耳边，窃窃私语道：“程怀瑾，你好好闻哦！”

黑暗里，听见他很低的笑声，将人更朝怀里揽了揽：“抱着我。”

他的声音是无法抗拒的迷药，苏芷伸出手臂将他的脖颈抱牢，偏头，看他点开了电影。

光亮从屏幕上反射到她和程怀瑾的脸上，苏芷愣了好一会儿才反应过来：

“《触不可及》？”

程怀瑾垂眸看着她惊愕的双眼：“嗯，可以吗？”

苏芷安静了好一会儿，很轻地点了点头：“可以。”随后，将目光重新投向了屏幕。

昏黄的街道上，一辆疾驰的汽车。

一秒钟就叫她觉得熟悉的音乐，苏芷冷不丁地出了一层鸡皮疙瘩。几乎是瞬间，她想起那年她和程怀瑾在这间影音室里看这部电影的时候，她坐在一侧的沙发上，甚至不敢轻易触碰他的手。

然而现在，他过分熟稔地将她抱在怀里。她可以永无节制地亲吻、拥抱他，也可以正大光明地伸手去触摸他。

不再是触不可及。

心里又甜又涩。苏芷的眼眶微微发热。她把头枕在程怀瑾的胸口，听着他平缓有力的心跳同他一起再一次看这部电影。

心里有淙淙的暖流淌过。

电影的最后，阿布德尔和菲利普站在山顶看着缓缓升起的太阳。

苏芷无声地掉了眼泪，听见程怀瑾说道：“我去开灯。”

“好。”她的身子微微让了一下。

程怀瑾站起来，朝门口走去。

苏芷很快地抹了一下眼角，不想叫他发现自己又哭了。手指迅速地放下，房间里的灯光也在缓慢地亮起。

她的目光随意地抬起，几乎是瞬间，呼吸停止。

成千上万朵布满了整间影音室的粉色洋桔梗，她的身子僵硬地转过去看了站在门口的程怀瑾。

柔和的灯光淡淡地打在他的眼眸上。

他不知什么时候穿上了黑色的西装外套，双手打着领结垂眸轻轻地看着她笑。

“……你。”

像是无法开口问出任何话了，苏芷只能听见自己心脏疯狂的跳动声，身子靠在柔软的沙发上，早已无法动弹。

看见程怀瑾缓步走到了她的身边，单膝下跪。

他还什么都没说，他还什么都没做。

苏芷却已经热泪盈眶，死死咬住下嘴唇不叫自己就这样轻易地溃败。

本以为，本以为会是在明天她过生日的时候，却没想到他这样地给她惊喜。

“小芷。”

片刻，程怀瑾低声开口。

抬头看向她的目光，清澈得像一潭一眼就能望到底的清水。

将她完全地包裹了，淹没了，沉溺了。

苏芷的身子忍不住地轻颤，被他紧紧地握住了手，眼泪也在触碰到他温度的瞬间掉落。

“……程怀瑾。”

她下意识地，唤他的名字。

眼泪更甚。

才发觉他的手掌难以掩饰地轻颤。

上下滚动的喉结，紧抿的嘴唇。

程怀瑾从自己的口袋里拿出了一只深蓝的丝绒盒子，打开。

是一颗通体璀璨的钻戒。

“小芷。”他的声音也难以避免地染上了潮湿，喊她的名字之后，沉默了很长很长一段时间。

而后，他依旧坚定、清晰地重新开口道：“在没有认识你的二十七年人生里，我只是一个叫程怀瑾的男人。我为所有人活着，却从来没有为自己活过。”

“但是，在认识你之后，我变成了自己。”

“小芷，从来都不是你需要我，”程怀瑾哽咽了一下，重新克制地说，“是我需要你。”

氤氲的潮湿从他的眼中升起。

苏芷泪流满面，手指发抖地被他握住，听见他问：“苏芷，你愿意嫁给我吗？”

可是，很久很久以前，苏芷就有了这个答案。

对于这个把她从泥潭里拉起来的男人，这个会严厉训斥她也会温柔地为她舔舐伤口的男人，这个宁愿做一万件事情也绝不会只是嘴上说说的男人，她早就有了答案。

苏芷努力克制着自己发抖的手臂，戴上了那枚戒指。

终于终于，等到这一天。

终于终于，等到这一天。

她说出口：

“我愿意，程怀瑾。”

“我愿意嫁给你，程怀瑾。”

前一晚，程怀瑾少见地失眠了。原本是苏芷总会情绪激动失眠，然而过生日时程怀瑾把她闹得太晚，以至于她累得很快睡了过去。

一觉睡到第二天早上十点，醒来的时候看见程怀瑾已经穿戴整齐，连领带都打上就坐在卧室的沙发上看着她。

像是不敢相信，苏芷把脸埋在被子里蹭了几下，再探出头程怀瑾已经走到了她的床畔。

“早。”他蹲下身子，伸手摸了摸苏芷的脸。

苏芷握住他的手捂住了自己的脸，然而笑声却从他的指缝中满溢。知晓他为何这样着急地坐在卧室里等她。

半晌，才收敛了笑意抬眼去看程怀瑾。

白色衬衫，黑色西装外套，绣金的黑色领带上是一只她后来送的银色领带夹。

有光从阳台的方向打来，照在他高挺的眉眼上。清隽得像是山间的一棵松柏，叫人无法移目。

明明每天都能看见他这张脸，然而苏芷还是无法控制地觉得心动。手指也蠢蠢欲动，摸上了他的鼻梁。

程怀瑾眉眼含笑，捉住她的手亲了一下。

而后抬起手表装模作样地看了看，轻声道：“约了十一点半的婚姻登记，现在已经十点半了。”

苏芷笑成一朵花枝乱颤的小桔梗，偏要看他着急。她慢悠悠道：“程先生今天好着急哦。”

程怀瑾完全地坦然：“是有点，不然不会六点就醒来，在这里坐了好几个小时。”

“你六点就醒啦？”苏芷一惊。

程怀瑾手伸进被子里捏了捏她的腰：“快起，一会儿迟到了。”

苏芷身子痒得缩成一团，止不住地笑：“你这人好坏！”

十一点的时候，苏芷收拾完毕。

她穿了一件白色的无袖长裙，收腰，裙摆正好到小腿中间。出门的时候在鞋柜里犹豫了好一阵。

程怀瑾就站在旁边不说话，苏芷叫他给点意见她是穿这双带点高度的小高跟还是另一双平底的。

程怀瑾开口：“高跟的。”

“为什么？”

“不然人家不看身份证以为我道德败坏拐骗未成年。”

苏芷一愣，随即笑得前倾后仰。

“那就穿这双平底的吧。”

程怀瑾：“……”

“都行，挑你喜欢的。”

苏芷随即伸手去拿那双平底的，却又在碰到的瞬间拐了弯，拿出了那双高跟的。

程怀瑾：“……”

在门口磨蹭了一会儿，终于出了门。

路上苏芷没再折磨程怀瑾，只叫他开车注意安全。

十一点二十，两人到了北川市民政局。

一切都十分顺利，领号，排队，签字，盖章。

一刻钟的工夫，两人就拿到了红色的结婚证。

苏芷的眼睛都笑成了一条缝，拿在手里左看右看。到家的时候，就被程怀瑾都收了去。

美其名曰怕她弄丢了，他收来一起保管。

苏芷笑他人到中年疑心过多，程怀瑾安静看她一眼，单手将她抱起来往楼上走。

苏芷一声轻叫抱住他的脖子，听见程怀瑾淡声说道："安心了，上楼陪我睡会儿。"

婚礼定在七月底。

程怀瑾原本打算定个小岛，苏芷却说就想在家办。别墅前面的大片草坪，只请一些亲近的朋友。一起吃个晚饭就好。她从来都不喜欢那种大而空的华丽，只想要几个能一起说话的朋友聚在一块吃个晚饭。

程怀瑾也就顺着她，找了婚礼策划，然后加急定制了婚纱。

婚礼当天早晨，程怀瑾就被人"请出"了二楼的卧室。

一楼随他支配，就是上不去二楼。

同样上不去二楼的还有随着言希一起来参加婚礼的男友、江哲以及许嘉等男性同学。

言希还有苏芷的舍友一早就来了二楼卧室陪着苏芷化妆。

她身边三个妆造师从八点开始一直忙到了中午十一点，苏芷也就和一群小姐妹说说笑笑聊到了十一点。

到了中午的饭点，大家都是简单吃一下，因为下午就会有正式的婚礼流程。

苏芷不敢吃太多，害怕到时候穿婚纱不好看。

言希立马跑下楼去帮她拿点巧克力。

到楼下的时候看见程怀瑾正在和人聊天，但他一听到楼上的脚步声就立马投来了目光。

“要拿什么东西吗？”程怀瑾从人群中走过来问道。

言希立马朝他笑了笑，认真回道：“阿芷不吃午餐，想拿点巧克力垫垫肚子。”

程怀瑾抬头望了一眼楼上：“叫她还是多吃一点，一直到晚上我怕她撑不住。”

言希站在楼梯口咯咯地笑：“你就让她‘任性’这一回吧，每个女孩子都希望自己在婚礼上是完美无缺的！我会一直在她身边时不时叫她吃点补充体力的！”

程怀瑾无声地失笑，最后还是让了身子。

“辛苦你了。”

“客气啦。”

苏芷在房间里简单地吃了午饭，休息了一会儿。化妆师就进来帮她穿好了婚纱。

下午三点整，苏芷的妆发和婚纱全部准备完毕。言希以及其他姑娘率先出了门通知大家。

嘻嘻闹闹的别墅很快就安静了下来。

苏芷慢慢地听见了自己不由自主加速的心跳，站起身子朝门口缓缓走去。从来没有觉得这段路有多长，然而也清晰地感到一阵不真实的眩晕。

所有人都在等待这一刻，都在等待她。缓步走到楼梯口的时候，苏芷伸手紧紧扶住了一侧的扶手。

偌大的客厅里，站满了来参加婚礼的男男女女。

而她的程怀瑾，正穿着一身挺拔的黑色西装，身形笔直地站在一楼的楼梯口。明亮的阳光穿过偌大的落地窗将这一刻照亮，苏芷感受到一种从所未有的轻盈与快意。像是飘浮在柔软的云间，要不然怎么会有如此温柔的风吹过。

缓慢地沿着楼梯往下走，终于来到他的面前。

看见程怀瑾朝她伸出的手，看见他脸上无法遮掩的爱意。苏芷嘴角高高地笑起，伸出了自己手。

客厅里随即响起了如雷的掌声。无须更多的言语，所有的祝福与爱意他们都能完全地感受。

开阔的草坪上，最最简单的仪式。

外婆作为他们的证婚人，给了他们毫无保留的祝福。

宣读誓词，交换戒指。

夏风轻轻扬起苏芷的头纱，将那个绵长又充满爱意的吻轻柔地包裹。

仪式结束之后，苏芷跟着程怀瑾重新上了楼。

前院的草坪开始摆放晚餐的桌子。

卧室的房门一关上，她就被抱住。

继续那个浅尝辄止的吻。

毫无顾忌地、无法控制地沉沦。

笑意早就从他们彼此的目光里溢出，而后化成难分难解的缠绵。

傍晚时分，草坪上摆上了各式各样的点心与酒品。

草坪的正中央被空出，一侧有现场乐队在演奏。

苏芷也换上了更为轻便的珍珠白鱼尾裙，被程怀瑾揽着在草坪中央和大家一起跳舞。

昏黄的玻璃串灯将整片草坪打亮成肆意、慵懒的舞池，所有微醺的灵魂都可以互相倚靠着在这个夜晚尽情地欢乐。

歌曲从 *I' m Yours*、*A Thousand Years* 演奏到《你的名字我的姓氏》，最后来到了苏芷最喜欢的 *At My Worst*。

昏黄的灯光将他们沉浸在这片看不见的幸福海洋里，空气里是梅子酒的香甜和威士忌的辛辣。温柔的晚风从每个人的腕间流动，笑容变成最自然而然的情绪。

苏芷被程怀瑾圈在怀里，侧脸贴在他温热的胸膛，跟着音乐缓慢旋转。

Can I call you baby? Can you be my friend?

我能叫你宝贝吗？我们能做朋友吗？

Can you be my lover up until the very end?

我们能永远都做恋人吗？

Let me show you love， oh， I don't pretend

我想让你知道我所有坦诚的爱意

Don't you worry

不要担心

I'll be there， whenever you want me

无论何时你需要我，我都会在你身边

I need somebody who can love me at my worst

我需要一个在我最糟糕的时候仍然会爱我的人

No， I'm not perfect， but I hope you see my worth

我知道我并不完美，但希望你看到我所有的价值

两人相拥着在草坪上缓慢地转圈，听到最后一句的时候，抬眼相视一笑。

心有灵犀般的，却又谁都没有开口。

他在她最糟糕的时候爱上了她；她也在他最糟糕的时候重新接受了他。他们都是这个世界上的不完美，却又是彼此的最完美。

音乐继续演奏，他们重新合上眼睛享受这个时刻。这个像梦一样的夜晚，谁都不会忘记。

苏芷在罗德岛的第三年拿到了本科毕业证书，然后在程怀瑾的支

持下又读了两年的研究生。

毕业的那天程怀瑾不巧在别的城市出差，傍晚才飞回罗德岛家里。

机场回家的路上给苏芷买了一束鲜花，到家的时候才发现客厅里早就摆了四五束不同的鲜花。

苏芷从卧室里跑出来一下跳到他的身上，程怀瑾抱着她转了几圈。

“恭喜你，毕业了！”

苏芷捧着他的脸亲了两下，故意嗔道：“程先生，你再不回来，你家小姑娘就被人拐走了！”

程怀瑾的目光瞥了瞥客厅的花，抱着她往楼上去。

“谁送的花？”

“老师，还有课题组的同学。”

“怎么拿回来的？”

“司机去接的。”苏芷很是快意地晃了晃了腿，“哦对了，还有一张贺卡，是老师的女儿送的。”

苏芷一到楼上卧室就跳了下来，跑到桌子上拿过了那张贺卡。

浅粉的底色上，歪歪扭扭地写了一个“Congrats（恭喜）”。

程怀瑾垂眸笑了笑：“我记得他女儿才四岁？”

苏芷点点头：“对呀，很可爱。”

她说完忽然停顿了一会儿，抬头去看程怀瑾：“程先生，今年过完生日你是不是就三十四了？”

程怀瑾站在衣帽间解领带，目光看向她。

“是。”

苏芷忍不住笑：“程先生没想过要小孩吗？毕竟你这么大年纪了？”

程怀瑾似笑非笑地看着她，俯身：“我只是不知道，你到底还是不是小孩？”

苏芷的目光看着他，心跳不自觉加速：“我永远都是小孩。”

程怀瑾轻笑了一下：“等你想要的时候再说吧。”

“那你也没告诉过我，你到底想不想要？”

程怀瑾目光冷静地看了她一会儿，问道：“怎么今天忽然想起这个问题了？”

“就……”苏芷扭捏了一下，假装不经意地说道，“研究生毕业正好有个空当期。”

程怀瑾眉眼里有浅浅的笑意，半晌，开口道：“那我可以预约你这个空当期吗？”

“看你干什么了。”苏芷憋住笑。

程怀瑾把她抱来怀里，俯身亲了一下，笑道：“我不介意家里再多一个孩子。”

程怀瑾三十四岁生日，苏芷给了他一份大礼。

原本打算要小孩之后，苏芷以为很快就能怀上。谁知道她越是期望过高，结果反而一直叫她失望。

倒是程怀瑾，一直反对她隔几天就测一次的行为。

苏芷因为一直怀不上，半夜偷偷哭了几回。程怀瑾随即就带她和自己去做了全套的检查，两人都是身体健康，医生也叫苏芷要放松心情，不能这样焦虑。

可是身体健康却怀不上更是叫苏芷无所适从地不能理解。程怀瑾某天晚上把她从被窝里拉出来，认真地和她谈了两个多小时，告诉她如果怀孕对她压力那么大，他宁愿不要。

第二天起来的时候，家里所有的验孕棒都被程怀瑾收起来。苏芷也收到他的决定：这段时间先暂停，十月份的时候和他去苏黎世住一段时间。

于是，十月初的时候，程怀瑾放下了手里全部的工作带着苏芷飞去了苏黎世。

一个月带她玩遍了整个欧洲。

最开始心里总还放不下怀孕这件事，但是后来她也完全地抛之于了脑后。

程怀瑾带着她去各个名胜景点打卡拍照，只要叫得上名的景点一个都不放过，甚至某天还带着她从代尔夫特一路骑行去荷兰的另一个城市海牙看北海。

十月底的时候两人飞到了从前住过的阿尔卑斯山山脚下的小镇，在给程怀瑾挑选生日蛋糕的蛋糕店里，老板娘问苏芷是不是怀孕了。

两人都有些震惊，苏芷连忙摇头说没有。

老板娘立马和他们道了歉，说自己只是觉得苏芷看上去像是怀孕的样子。

原本苏芷和程怀瑾也觉得不过是个乌龙，两人却在回家后越发地觉得不对劲。

程怀瑾立马出门去药店买了验孕棒，回来一测，清晰的两条红线。

情绪比理智还要快速地溢出，苏芷随即就开始掉眼泪。

程怀瑾只能放下验孕棒，伸手将人揽进了怀里，然而，也像是被哽住一般只能伸手轻拍了拍她的后背。

良久，他才开口道："辛苦了，小芷。"

苏芷的眼泪更甚，全都擦在了他的衬衫上。不过令人欣慰的是，苏芷的孕期过得很是舒适，几乎没有任何强烈的孕反。

程怀瑾带着她回了北川养身体，在家里给她请了营养师和瑜伽教练。

苏芷第一百次咋舌他的暴发户行为，程怀瑾坦然接受并且绝不悔改。

在M国的工作也放下了大部分，全身心地陪在苏芷的身边。

第二年夏天，苏芷生下来一个小姑娘。

精疲力竭被推回病房的时候，看见了大步走进来的程怀瑾。他像是不敢用力似的，只轻轻地抱住她。

苏芷弯起嘴角，费力地笑了笑。

“程怀瑾，这下你要养两个小姑娘了。”

程怀瑾无声地看着她，无数话语徘徊在嘴边，却被汹涌而陌生的情绪吞没。

他眼角发红，轻声道：

“谢谢你，小芷。”

“我们又多了一位家人。”

番外一
十年前的礼物

京市很多年没有下过这么大的雪，鹅毛般地从漆黑的天幕里落下，短短十几分钟，就把窗外的所有景色描摹成冷白的色调。空旷的院子里，只有远远的几盏壁灯还亮着。雪花飘在昏黄的光束里，也被投射上了具象的模样。

一切安静得像是一个最平常不过的冬夜。新年刚过去不久，他还住在京市的家里。

程怀瑾在长廊上站了二十几分钟，阿姨过来说程远东叫吃饭了。

他偏头说知道了，阿姨就安静地离去了。

男人沉默的目光朝着没有亮灯的西侧房间扫了一眼，随后又收了回来。

身子早就冻得失去了知觉，几分麻木地，不知道自己为何在这里站了这么久。

东侧的餐厅里，程远东一看见程怀瑾进来就急吼吼地问他工地那边有没有什么新进展。

程怀瑾把外套脱下递给阿姨，沉声道："目前还找不到大哥和供应商对接的合同，我已经让更多的人去找了。"

程远东一屁股坐在椅子上，看着窗外骂道：“他们想要把你大哥弄死，我早就知道那件事情没那么容易过去！”

程怀瑾坐在他对面的位置上：“只要大哥是清白的，找到证据只是时间的问题。”

“你懂什么！”程远东大声喝止他，“你大哥这些年不知遭多少人嫉妒，你一个人远在北川明哲保身，现在说这些轻松话！”

程怀瑾看了他一眼，随即也不再开口。知晓程远东如今正在气头上，他说什么都是不对。

片刻，他只说道：“吃饭吧，我晚上会给工地那边再打电话的。”

一顿晚饭，父子俩之间气氛僵持。

程怀瑾从前大多都是在西边自己解决吃饭问题的，可如今程怀岭出事，程远东叫他每天来东边吃饭。

但程怀瑾也知道，叫他过来吃饭不过也只是为了日日催他尽快帮程怀岭查找证据。除此以外，程远东什么也不会给他。

饭吃到一半的时候，程怀瑾的手机来了一条消息。

程远东立马问他是不是找到证据了。

程怀瑾看了一眼：“北川家里暴雪预警了。”

程远东随即收回目光，又重新低头吃饭。

冷寂的餐厅里，他们谁也没有开口说话。

程怀瑾的目光又瞥了眼手机，几分心神不宁的。

吃了一会儿，程远东像是难掩心中愤懑般地开口骂人。

骂了约莫十分钟，才发觉程怀瑾一直没给反馈，程远东抬头看过去正要开口质问，却看见程怀瑾忽然放下筷子：“抱歉，我出去打个电话。”

他说完就转身走出了餐厅。

一直走到长廊处才停下了脚步。

他拿出手机快速地拨通了李阿姨的电话。

打了两次那边才接通。

“喂，程先生。”电话那边，李阿姨的声音有些哽咽，却还是努力克制着自己的声线，“对不起，程先生，我刚刚有些忙没能来得及接电话。”

程怀瑾眉头微微蹙起，语气仍是冷静地问道：“家里停水停电了吗？我收到了物业发来的消息。”

“啊，已经停水停电了吗？”李阿姨也是一惊。

程怀瑾顿觉事情不对劲，语气也变得有些严厉：“你不在家吗？”

李阿姨吓得话语都有些哆嗦，连忙解释道：“对不起，程先生。我……我儿子在雪地里摔断了腿，我就和苏小姐请了假来医院照看我儿子了。家里是下大雪了，但是我走的时候还没停水停电，我现在就打电话——”

“不用了，你待在医院吧。”程怀瑾沉声说道，“我给物业打电话。”

他说完就挂断了电话，给物业打了过去。

没几分钟就知道小区里还没停水停电，只是早些时候供暖设备在维修，这一下来了暴雪，物业才发提前预警的。

程怀瑾挂断电话之后，一直沉默地站在长廊里。

手机上很快收到了几张物业在他家庭院外拍摄的照片，里面灯光都亮着。

物业：程先生，您家里水和电都是正常，真的不需要我敲门核实一下苏小姐的情况吗？

程怀瑾的消息很快回去：谢谢，不用了。

他把手机放回口袋，转身回到了东边的餐厅。

程远东不满他这样突然离席，几乎是转移怨气般地一直在指责程怀瑾。

然而，程怀瑾却好像完全听不到。

那张从北川家门外拍摄的照片，隐隐的光亮穿过她住处的窗户照射在积雪深重的冬夜里。

她一个人在家。

还不清楚后半夜到底会不会断水断电。

察觉不到饭菜的味道，行动也变成了机械的重复。

断水断电又怎么样，她已经成年，总能找到应对的办法。

李阿姨天亮也会很快回去，无论如何也不会出事。

他不该回去的。他没有任何理由回去。

一碗米饭逐渐见底。

程怀瑾缓慢地放下了筷子。

“我还有事，先走了。”

完全地再也接收不到来自程远东的任何信息，他几乎有些恍惚地起身往屋外走去。

兜头的冷风猛地将他裹挟，屋外，白雪已积了厚厚的一层。

脚步缓慢地朝着西边走去，推开门，阿姨迎上来帮他拿过了外套。

“程先生，冰箱里的草莓苏小姐一个没动，眼见着要坏了。是不是要丢掉？”

程怀瑾的脚步一滞。

“一个都没动吗？”

阿姨点了点头：“一个都没动。”

程怀瑾无声地站在原地，脚步却再没朝屋内走去。

阿姨有些困惑，却还是上前要把程怀瑾的外套挂去衣柜里。谁知道刚把外套拿到手里，程怀瑾就忽然又将外套拿了回来。

“……程先生？”

阿姨一惊，可她的话还没说完，就看见程怀瑾转身大步走了出去。

穿过无人的长廊，庭院里依旧是空旷萧瑟。大雪簌簌地飘落在他的肩头。

程怀瑾脚步匆忙，像是一秒也无法停下来，不敢停下来思考，也不想停下来思考。

一路走到车库里，他在数米之外就解锁了车辆。

完全强烈的、无法控制的情绪在他的心里蔓延，将车子开出了车库，一路奔着那片草莓园去。

漫天的大雪，道路上早就变成沦陷的战场。

稀疏的车辆在白雪里缓慢地行驶，程怀瑾目不转睛地看着前方的路灯。

不需要更多的指引，他记得这条来过的路。

草莓园早就关闭，程怀瑾给老板打了电话额外多付了钱从那里买了一盒草莓。

老板把草莓放进他车里的时候随口问道："怎么下这么大的雪还特意来买草莓？"

昏暗的灯光下，他只看到程怀瑾近乎苍白的脸色，良久，才听到他轻声回道："给朋友送草莓。"

他只是想给苏芷送这一份草莓。

只是恰好是在这天暴雪，只是恰好是在这天夜晚。买完草莓之后，程怀瑾很快开上了去往北川的高速。在他开上高速后不久，入口就因为暴雪封闭了。

黑色的天际与雪白的积雪在无限的天边汇聚，车上，一遍一遍地播放着那首他曾经和苏芷一起听过的民谣。

幻想他们还是在北川的夏天，幻想她坐在他的身旁。敞开的车窗，亮起的红灯。她在与车外的那只小狗打招呼，他们在去往那家甜品店的路上。

循环往复的画面，将这四个多小时的风雪填补。

车子开进北川家中车库的时候，他已经彻底地无法思考了。行为完全地趋于本能，打开她住处的大门就快步朝她的卧室走去。

一片漆黑。

程怀瑾的心跳在顷刻加速，失口喊道：“苏芷。”

也在看见餐厅传来的微弱灯光时，重新紧抿双唇。

无声地走到餐厅的门口，看见那根快要燃尽的蜡烛勉强照亮她消瘦的背影。

蜷着双腿面向那片同样白雪皑皑的后院。

他像是无法看清她。

明明咫尺之间的距离，却觉得那么远。

无法碰触，也不被允许碰触。

那个可笑到再多思索一分都无法成立的理由，却成了这个冬夜里的最后一根救命稻草。

用以掩饰他的怯懦与卑劣

……

“先生，您的咖啡好了。”

说着英语的服务员忽然将程怀瑾的咖啡端来。

他的目光从窗外的大雪收回：“谢谢。”

偌大的落地窗外，雪势越发强盛。

屋子里却依旧温暖、明亮。

接过温热的咖啡，程怀瑾又忍不住地看了一眼窗外的大雪。

纽约很多年没下过这么大的雪了，也叫他情不自禁地想起十几年前京市的那场大雪。

他一个人冒雪开回北川，在那间点着蜡烛的餐厅里见到苏芷的画面。

太久太久的过去了，久到他刚刚在回想的时候竟已无法再更多地回忆起当时的心情。

只觉得一种潮热难言的情绪在心口缓慢地升起，但也在下一秒听见“爸爸”的时候立马朝一侧看了过去。

笑容在一瞬挂回嘴角，程怀瑾用空着的那只手将朝他飞奔而来的小姑娘抱了起来。

苏芷连忙将程怀瑾手中的咖啡接过：“不要烫着她。”

程怀瑾的另一只手也空下来，随即去揽苏芷的腰。

“还有几分钟活动开始？”

“五分钟。”苏芷抬手看了眼时间，笑道，“这么迫不及待把小丫头甩了？”

程怀瑾把小姑娘揽在怀里，顺势捂住她在外面的另一只耳朵，坦诚道：“是有点。”

苏芷忍不住笑出声，伸手帮他理了理衣领。

“刚刚看见你站在窗边发呆了。”

“想到一些以前的事情。”

“嗯，”苏芷故意拉长音调，“程先生年纪大了，怀念自己以前年轻的时候了？”

程怀瑾轻笑，淡声道：“我在你这里年轻过吗？”

“那倒也是，”苏芷放下手里的咖啡，扬扬眉，“我认识你的时候就该喊你叔叔了！”

程怀瑾含笑睨她一眼，看到了前来博物馆集合的老师。

他牵着小姑娘的手往前走，交给老师之后叮嘱了几句就重新朝苏芷走去。

“从现在开始的三个小时，我们自由了。”苏芷憋住笑看着他说道。

程怀瑾扬扬眉，伸手将她揽住大步朝美术馆外走去。

“没错。”

街道上明亮的灯光将整片夜幕照得仿佛白天，高耸入云的建筑物上播放着各式各样夸张的广告。

傍晚六点，正是车辆行人最为繁忙的时刻。

红绿灯积攒了一波又一波的人群，一切都在有条不紊地朝深夜滑入。

苏芷穿了一件米白色的大衣，深色的牛仔裤下是一双浅灰的短筒高跟靴。程怀瑾搂住她肩头，两人在漫天的大雪里缓步沿着街道往前走。

行人密集的人行道上留不下积雪的模样，抬眼却能看见路边树木上已经簌簌地盖上了一层银霜。

苏芷把喝到一半的咖啡杯递还给程怀瑾，程怀瑾接过来，把剩下的喝完。

难得小姑娘今晚有博物馆奇遇夜活动，六点到九点的三个钟头，他们两人完全地自由。

沿着博物馆外的那条路往前走了十分钟，两人进入了一家餐厅。

程怀瑾一个月前在这里订了位置，服务员核对完预约信息之后领着他们去了靠窗的位置。

苏芷把大衣脱下随后入座，一只手翻动着面前的菜单，一只手随意搭在桌子上。

没一会儿，察觉有人不动声色地伸手覆上了她的手。

苏芷的眼睛都没抬，嘴角忍不住地笑。

程怀瑾目光沉静地看着她。

桌面上仿真蜡烛的光线摇曳，打在她低下的眼眸上。

她穿着一件高领的纯白毛衣，头发松松地绾在身后。

圆润小巧的肩头上落着头顶垂洒过来的光线，叫人有忍不住要去揽住的冲动。

姣好的面容在和他结婚的九年里像是一朵越发馥郁的花朵肆无忌惮地绽放，从她十八岁开始，属于苏芷的花期就从未结束。

看着她念完大学，念完研究生，在纽约开始自己的第一份工作。被打击也重新站起来，有气馁也从来没想过放弃。

她越来越让人刮目相看，也开始带新的实习生工作。

足够独立、足够强壮，变成了可以为别人遮风挡雨的参天大树。

不会再有无助时肆意的泪水，也不会自暴自弃自我贬低。她开始习惯穿高跟鞋出门，在公司的年会上和同事游刃有余地交谈。

但是，也有只让程怀瑾知道的那些她内心里最最柔软的部分。仍然会在每天睡前在他的怀里索吻，要他紧紧地抱住才能安心地入睡。

每年的圣诞节飞去苏黎世的那间小屋度过，下雪的时候牵着他的手在雪地里慢慢行走。

时间好像让一切都发生了变化，也好像让一切都和最初一样美好。

程怀瑾轻轻摩挲她无名指上的戒指，引来苏芷抬头轻笑。

“程先生不点餐，看我就看饱了。”

程怀瑾的嘴角上扬：“你怎么知道？”

两人随后相视一眼，一同轻笑了出来。

点餐的工夫，窗外的雪势也越来越大。

程怀瑾还握住苏芷的手没放，两人有一搭没一搭地说话。

苏芷给他吐槽工作上的琐事，程怀瑾就听得认真，时不时还问她几个人之间的关系和过去有什么纠葛，而后认真地给她分析。

苏芷原本也就是随便说说，却忽然笑了出来。

程怀瑾问她笑什么。

苏芷眨了眨眼睛：“觉得好像一辈子都是那个被你护在手心的小姑娘，说什么你都这么认真地听。我又不是十七八了，这些事情不会真的烦到我的。”

“我知道。”程怀瑾回道，“我只是喜欢你需要我。”

他平缓的声线和坦然的目光，随着年月增长越发直白的话语，总是能叫苏芷心里泛起涟漪。

她反手轻轻地也握住程怀瑾的手，岁月在这个男人的脸上几乎没有留下任何的痕迹，反而增添了更多源于阅历和年龄的魅力。与刚刚认识他时几乎未变的身形，良好的饮食与运动习惯也叫他的精力没有丝毫消减。

所以，即使结婚戒指那么显眼地戴在他的无名指上从未褪下过，也无法阻挡程怀瑾的“桃花”。

然而，苏芷从未放在过心上，甚至还会和程怀瑾分析那些小姑娘爱上他的原因。

“她们不过是来迟了的我。”苏芷万分惋惜地说道。

程怀瑾则会沉冷地看她一眼，告诫她不要乱说话。

“不是时间的问题。”

完全的安全感，在结婚后九年里，从未让苏芷有过一分的担忧。

餐点上来之后，两人默契地松开了手。

餐厅内响起了一首很是欢快的圣诞乐曲，像是无数个和程怀瑾一起度过的晚餐，他们之间从未消减的分享欲，让每分每秒都充满了轻盈欢快的情绪。

用餐完毕之后，苏芷叫了一份甜点。

她请服务员在一旁点了一根蜡烛。

“祝程先生三十九岁生日快乐！”

她说完随即叫程怀瑾闭眼许了一个愿。

程怀瑾只闭了约莫五秒钟就睁眼吹熄了蜡烛。苏芷笑他许愿这么匆忙，一点都不认真。

程怀瑾切了甜品的一半放到苏芷的盘子里，淡声道：“我只是比较着急看到今年的礼物。”

苏芷耳后随即染上了一抹绯红，轻声道：“今年要是你不说，其实我都忘了。”

程怀瑾把自己盘子里的甜品消灭殆尽，轻笑道：“我记忆力一直很好，现在都还记得你高三时的第一次月考成绩。”

苏芷：“……”

两人消灭完甜点之后，就走出餐厅沿着马路继续往前走。

说实话，苏芷都不太记得十年前她在纽约美术馆里具体写了什么了。只记得字条的最上面一行写的是祝程怀瑾生日快乐，身体健康，长命百岁。

下面则是她那时情绪激动写下的东西，说实话，十年过去她真的忘差不多了，只觉得如今重新拿出来看，定会觉得十分幼稚。

奈何程怀瑾很是坚持地要看，苏芷只能勒令他不准嘲笑自己。

五分钟的步行路程，美术馆因为铁盒的活动今晚关门很晚。

两人走进去的时候就看见了一大片铁盒被整齐地摆放在门口，很多上面已经锈迹斑斑，但是看起来并无破损。

苏芷还未走近的时候心跳就开始微微加速了，偏头试探地问程怀瑾：“你确定要看吗？”

也听到程怀瑾笃定的回答：“确定。”

两人走到前台处，出示了邮箱里的邮件。

戴眼镜的大爷很快就锁定了苏芷的那只盒子，他拿来用布擦了擦盒身，帮她装进了一只袋子里。

程怀瑾伸手接过了那只袋子，朝大爷说了谢谢。

他随后就大步朝一侧的沙发走了过去。

苏芷连忙跟上，小声道：“你要在这里看啊？”

程怀瑾坐下，伸手去拿盒子。

“这是你送给我的礼物，我有权利在任何地方查看它。”

苏芷被他搞得情绪也有些微微的激动，紧紧地贴着他坐下也要在第一时间看到自己那时写了什么东西。

巴掌大的盒子，外面还有些坚固地粘在上面的泥土。

程怀瑾也不觉得脏，伸手就把盒子打开了。

苏芷紧紧地抱住他的手臂，眼睛眨也不眨地看着程怀瑾从盒子里捻出了那张被折成正方形的纸。

他仿佛很小心的样子，缓慢地将纸平展。

安静的美术馆里，只有寥寥的行人脚步声。靠窗的沙发上，他们安静地相依坐在一起。

程怀瑾两只手拿着那张脆弱的信纸，第一次，亲眼看见那年他的小姑娘写给他的祝福：

祝程怀瑾生日快乐，身体健康，长命百岁。

然后，也看见她那时在后面写下的剩余内容。

苏芷几乎是在信纸展开的一瞬间，就回想起了当时的情景。

她拿着这张崭新的信纸，一个人躲在安静的角落。

原本只是想给程怀瑾写些简单的祝福，却在写完的时候哭成了一个泪人。

现在看见这张信纸重新被打开，她心里也有种又甜又涩的感觉，仿佛和程怀瑾一起重新阅读这封十年前写下的信。

明亮的灯光安静地照在那张微微发黄的纸张上，苏芷的目光随着程怀瑾的一起落在了信上的第二行。

工整的笔迹，清秀而又认真：

程先生，今天是你的二十九岁生日。我想来想去，没什么能在金钱上再叫你感到快乐的。所以最后我决定给你写一封信。如果十年之后我们还有幸在一起的话，就一起来看这封信吧。

程怀瑾，你知道我为什么一直很喜欢叫你的名字吗?

最开始是因为，每每叫你的名字时，你总那样认真地看我，叫我觉得自己也同样被人重视、被人尊重。后来是因为，我想叫自己永远记住这个名字，记住这个对我来说这辈子最重要的名字。

如果十八岁的时候没有碰到你，我无法想象我会堕落自轻自贱到什么地步。

如果十八岁的时候没有碰到你，我会一辈子被困在那个虚假的“家”里，变成一棵根茎腐烂的浮萍，一辈子无依无靠。

程怀瑾，我有没有和你说过，刚跟你分开的那段时间我几乎没办法去超市、去商场、去任何会随时随地响起音乐的地方。快乐的音乐会叫我想起你，悲伤的音乐更会叫我想起你。无时无刻都能掉下来的眼泪，我变成了一只破碎的杯子，每个音符都能从我的身上穿过。

而我也无法否认，这是因为我根本无法接受不和你在一起。

或许你依然会觉得我幼稚，就像那年你给我写的字条。世界上哪有那么容易的一辈子，就连此时此刻我在写下这段话的时候，仍然无法保证十年后我们还会不会一起回来取回这封信。

但是我还是想让你知道，程怀瑾，我会爱你一辈子。

不知道三十岁、四十岁又或者五十岁的苏芷思想会发生怎样的变化，不知道那个时候是否已经和你分开，是否已经不再相信这个世界上还有永恒的爱。

但是此时此刻的苏芷爱你，她发誓会爱你一辈子。

程怀瑾，谢谢你在我十八岁时为我做的所有。

我永远也不会忘记。

苏芷，写于纽约美术馆

灯光依旧明亮，她潮湿的双眼埋在程怀瑾的胸膛。那么那么多年过去，苏芷还是能在一瞬间感受到当时的情绪。

湿热、澎湃却也冷静、坚定，发黄的信纸，程怀瑾来回又看了好几遍，最后，仔细叠起，稳妥地放入钱包的夹层。那份来自十年前的爱意，程怀瑾终于完整地感受到了。

被尘封已久的一意孤行和飞蛾扑火，原来已经是那么多年前的事了。如今再去回味，仍觉得心潮汹涌。

他伸手抚了抚苏芷的脸颊，垂眸看去。发红的眼圈和鼻尖，脸颊上还有尚未滑落的泪珠。

他忍不住开口问她："那时说的话，现在还觉得是真的吗？"

那时说的，会一辈子爱程怀瑾，现在还觉得是真的吗？

他温柔而澄澈的目光，在这十年间从未变过。

苏芷好像瞬间变回了从前的那个小姑娘，那么轻易地掉眼泪。

她无声地点了点头。

"是真的，程先生。"

那时说的，会一辈子爱程怀瑾，现在还觉得是真的。

程怀瑾嘴唇轻抿，将她紧紧地抱在了怀里。

时光从来没有将他们的爱意偷走，反而在漫长的岁月里慢慢沉淀成了无数个散发着光芒的记忆碎片。

大雪漫天的纽约街头，一家三口走在深夜的街道上。

昏黄的灯光从他们的头顶洒下，夫妻两人各牵住孩子的一只手往道路的尽头走去。

一路缓慢地将车驶回家，小朋友先冲进屋子。

两人就不缓不急地站在玄关处换鞋。

程怀瑾帮她把外衣挂起来，搂住她的肩头一齐往楼上去。

最是寻常的语气，他忽然开口道：“或许你早已经知道。”

苏芷偏头朝他看去：“什么？”

程怀瑾沉静地看着她，缓声说道：“谢谢你。”

苏芷抿唇看着他，不知他为什么忽然这么说。

程怀瑾很轻地笑了一声。那么多年，她陪在他的身边，他们有了自己的家，成了彼此不可分割的家人。

这样平凡而又普通的时刻，他很想再和她说些什么。可最后，他只安静地看了她很久，然后轻轻地俯身，吻住了她的唇。

他再一次重复：“小芷，谢谢你。”

番外二
程玉

小姑娘的中文名叫程玉。

起名字的时候程怀瑾翻了好多词典和诗集，他有太多的期望都想要灌注到这个小姑娘的名字里。但是苏芷最后问他：“可不可以就单名一个玉？”

程怀瑾问她会不会太过简单。

苏芷点了点头：“我想要一个简单的、直白的名字，叫人一眼就看出来她有一双把她当成宝贝的父母。”

那时正是苏芷怀孕的晚期，她的肚子已沉重得无法灵活移动，整个人靠在柔软的床头，把程怀瑾手里的书合上。

明亮的灯光照拂在程怀瑾思考的眉间，苏芷嘴角弯起，忍不住伸手去抚他眉。

“不过也还没到时间，如果你有更好的名字我们还可以商量。”

“就叫程玉。”程怀瑾却在下一秒答复她。

程怀瑾把书放回了一侧的桌子，轻轻地握住了苏芷的手：“我总找不到一个或者两个字去表达所有我想给这个孩子的期望，幸福、健康、快乐、美好。但是或许你说得对，我们其实并不能真的保证她未来一定幸福健康快乐美好，但是父母给予孩子的爱是可以保证的。”

程怀瑾说完，安静了片刻。

而后目光澄澈地落回了苏芷的脸上。他如何不知道苏芷为什么想要用这个字，简单也是最直白。从前她偶有抱怨过自己的名字，叫“芷”是因为那时齐美玉吃过一味中药便叫“白芷”，给她取的名字于是也随意、含糊。

如今她重新有一次机会赋予一个小生命名字，她想把所有的爱简单、直接地摆在桌面上。不必含蓄，不必遮掩。她把这个孩子当作捧在手心里的美玉，不会叫她像自己一样生作无人在意的草芥。

苏芷眉间溢出笑意，鼻头也微微发酸。

她把这一切归咎于孕晚期起伏的激素作祟，叫她总是能在程怀瑾的只言片语里找到流泪的由头。

“都怪你，我又哭了。”她伸手擦擦眼泪，随后抹在程怀瑾的衬衫上。

程怀瑾无声笑笑，倾身将她揽入怀间。

程玉出生在北川的夏天。

苏芷到现在还记得那年夏天，窗外的阳光刺眼到世界一片空白，她躺在被推着向前行进的手术床上，明亮的白炽灯从她的头顶一闪而过。

生产的过程绝非真正意义上的无痛，生产后的不方便也给苏芷带来了很大的不便。

苏芷曾在某天深夜掉过眼泪，程怀瑾没问她为什么。这一切痛苦他都看在眼里，随后，他把原本就推迟到每天晚上的工作也一并推了。

吃完晚饭后就陪着苏芷看书。

程玉有阿姨陪着，程怀瑾就陪苏芷看看书消磨消磨时间。

苏芷不解："你白天都陪我了，晚上就去忙自己的事吧。"

程怀瑾像从前那样从后把她揽在怀里，示意她该翻页了。

"我没什么事情可做。"

"我看你前天还在忙新合同。"

程怀瑾手指着书上的一个句子，念道："我爱你。"

苏芷的耳朵忽红，目光瞥回书上，那里果然有一句"我爱你"，是男主在历尽苦难之后对女主的告白。此刻程怀瑾声音冷静地说出来，叫她分不出真假。

可笑意早已染上她的嘴角，苏芷轻哼一声。

"你爱以前的我，但是不爱现在的我了。"

"为什么这么说？"

苏芷扬扬眉，像是真的在和他论证："我的肚子不会和从前一样紧致了，身体也没有从前那么健康了，胸会因为喂奶而下垂，脸也因为激素失衡而变丑了。"

苏芷喋喋不休地说出一串证据，身子侧开去看程怀瑾的脸。

她嘴上没再说话，看向他的目光却有隐隐的期待与担忧。

她怕程怀瑾全盘否认，更怕程怀瑾直接点头。

这对任何一个男人来说都是致命的问题。

可程怀瑾眉宇之间依旧沉静，他把书放在一边，伸手探进了她的衣摆。

此时已是苏芷生产后三月有余，她生产后一刻没有耽误过身体的修复。此刻的小腹摸上去其实已和从前一样平坦。

程怀瑾摸了摸，说："的确有小肚子。"

苏芷的眉毛随即竖起来，也伸手下去摸，摸了半天，不确定地问程怀瑾："真的吗？你真的觉得我有小肚子吗？"

程怀瑾这才撤出手，嘴角弯起笑了笑："和现在相比，以前的确像是有小肚子。”

苏芷皱眉思索了好一会儿，才从他弯弯绕绕的话语里理解清楚意思。心头的紧张在一刻转化为愤怒，她抬手去擂程怀瑾的胸膛。

程怀瑾胸膛溢出低笑，伸手将人松松锢在怀里。

“我和你说句实话，听不听？”

苏芷在他怀里挣扎了一会儿，在听到这句话的时候将信将疑地平息了下来。

“小芷，我爱你。”

苏芷觉得他答非所问，他不回答如何看待她身材的变化，却只说“我爱你”。讨巧却又无法让她满意。

“所以你还是觉得我是真的变丑了？”

程怀瑾低头亲了亲她颈侧，轻笑道：“我从来没有这么觉得过。”

“真的？”天性里的多疑和敏感并没有完全地消失，苏芷又问。

程怀瑾仍然耐心地说道：“小芷，从和你重新在一起之后，我没有骗过你。”

他话语里叫人心神颤动的虔诚，他不用如何大声、不用如何证明。

苏芷觉得，他一定是掌握了某种可以随时调动她激素的神秘武器，要不然她为什么这么快就丢兵弃甲。眼眶迅速湿润，她转过身子，一头埋进了程怀瑾的肩上。

肩头很快变得湿润。

愧疚感也渐渐袭上心头。

苏芷闷声问他：“我这段时间是不是问过你很多次这种问题了？”

程怀瑾伸手抚她后背，话里有很轻的笑意：“至少五十五次。”

苏芷哭着笑出声：“你还真数了？”

“没有，我胡乱说的。”

“你一定觉得我很烦了吧？”苏芷又问。

“没有。”

“为什么？”

“你承受的痛苦是我的百倍千倍，我没有任何资格因为你的抱怨而生气。”程怀瑾的声音逐渐变得严肃，“小芷，如果有任何的不开心都可以发泄出来。”

他顿了顿，又说：“我喜欢看你发脾气。”

苏芷眉头一皱，带着泪眼困惑地抬头看上去。

程怀瑾帮她擦擦眼泪，眼角笑起：“有没有见过奓毛的猫？”

苏芷于是在下一秒奓毛，然后扑着将程怀瑾摁在床上，恶狠狠地反问道：“有没有见过咬人的猫？”

程怀瑾把人抱得更紧，笑声已沸腾。

“不介意你把他一并吃了。”

程玉小朋友出生之后一直表现良好，带着她长大的阿姨都说她哭得比其他小朋友少，喂饭也很轻松。这样的美誉在她五岁开始上幼儿园之后戛然而止。

老师不止一次给程怀瑾打电话。

有时候是和别的小朋友打闹碰到了，有时候是玩滑滑梯不小心摔倒。

“小朋友太活泼啦！”

老师话里的意思再明白不过。

程怀瑾带着程玉去做过检查，医生也说只是年纪小性格活泼没什么问题。程怀瑾也就放心不再多想，只叫她平时注意安全。

直到六岁时一次春游活动，程玉跟几个小朋友在小山坡上滚下去时扭伤了一条胳膊，程怀瑾和苏芷才真正紧张起来。

医院里打上石膏的程玉已和帮她包扎的小护士侃侃而谈了起来，

苏芷问起程怀瑾："你小时候这么皮？"

程怀瑾睨她一眼，没说话。

苏芷随即闭嘴，不得不把这部分好动的基因归在自己的头上。

可想了想，她总觉得不平衡，又争辩道："我以前可没这么好动和胆子大。"

程怀瑾忍不住溢出一声冷笑："大半夜暴雨一个人，要去餐厅找手机。我叫你上车都不肯，非要自己——"

"程怀瑾！"苏芷一把捂住他的嘴，"你怎么翻旧账？"

程怀瑾把她的手拿下来握在手心，淡声道："帮你回忆回忆你的大胆。"

苏芷："……"

程玉的手臂包扎完毕，三人驾车回家。

小姑娘一只手臂不能动了，但是不妨碍嘴皮子的任何活动，一路上都在好奇这个石膏到底是怎么做出来的，拉着程怀瑾问了一路。

苏芷也佩服程怀瑾的耐心，不管程玉如何重复着问一个问题，他总能无比耐心地回答她。

苏芷从前问过程怀瑾他哪来这么好的耐心，程怀瑾瞥瞥她，然后淡淡道："你比程玉叫我费心多了。"

苏芷不信，非说他诬蔑。

程怀瑾笑笑，问她要不要帮她回忆回忆当时帮她补课的场景。苏芷一愣，连忙拒绝。

三人到家之后，程怀瑾先帮程玉洗了手，然后苏芷帮她换干净衣服。

程玉挺着小肚子听苏芷在一旁喋喋不休以后一定要注意安全，小姑娘似是而非地点点头，又问她："妈妈，我明天还能去玩滑滑梯吗？”

苏芷眉头一皱，心生幽怨。

“妈妈刚刚才说不能剧烈运动。”

“滑滑梯不是剧烈运动。”

“对你来说是。”

程玉不满，嚷嚷着要叫爸爸来评评理。

两人在卧室里辩论了好一会儿，程怀瑾随后敲门。

苏芷叫他进来，看见他手里端了一个盘子。

程玉嘴馋，迫不及待地要去看爸爸手里端的是什么。

程怀瑾把盘子放在她手边，是一盘洗净的鲜红大草莓。

程玉拿起一个就吃了起来，好奇的脑瓜立刻开动，她问：“为什么是草莓？”

程怀瑾一愣，也没想到她会问这样的问题。

程玉：“冰箱里有西瓜、菠萝、火龙果、草莓和杧果，但是爸爸现在给我端来的为什么是草莓？”

程怀瑾：“因为你喜欢吃草莓。”

“我也喜欢吃西瓜、菠萝、火龙果和杧果。”程玉迅速回答道。

程怀瑾顿了片刻，似是真的陷入思考。

苏芷在一旁笑出了声，她凑到程玉耳边，轻声说道：“草莓有不一样的意思。”

程玉好奇心大作：“哪里不一样？”

苏芷目光直直地看着程怀瑾，想起那年雪夜，他匆匆从京市赶来给她送的一盒草莓，轻笑道：“爸爸给你草莓的意思，就是他爱你。”

“给草莓就代表‘我爱你’吗？”

苏芷点点头：“可以这么理解。”

苏芷又在程玉的卧室里陪她玩了一会儿，很快程玉就精神困乏，睡了过去。

苏芷退出卧室，看见程怀瑾在书房工作。她没去打扰，一个人先回了房间。

快到晚饭的时候，程怀瑾回了卧室。

他右手别在身后，苏芷一眼看出猫腻。

“拿的什么？”她伸手要去看。

程怀瑾叫她闭眼。

苏芷闭眼。

唇上是染着笑的，下一秒也触到另一半柔软的唇。

苏芷睁开眼，正要笑骂他装神弄鬼，嘴巴张开的一瞬间，却被他喂进一颗鲜红甜蜜的小草莓，声音一霎变得安静。

四目在咫尺间对视。

“……为什么给我？”苏芷的声音拖得老长，像是透明黏稠的蜜。

程怀瑾笑了笑：“这么快就忘了？”

苏芷愣了一刻，在下一秒双颊烧红。

她分明听过太多次他说这句话，可每一次重新听到的时候，都会叫她再次心血澎湃。安静的卧室里，程怀瑾的声音依旧清澈、澄净。

像他们之间这么多年的感情，从未因为时光而有任何的变化。

程怀瑾轻轻地将她抱进怀里，开口道：

“小芷，我爱你。”